Anie Parker

Almost
PERFECT
Together

Roman

Impressum

Almost Perfect Together
© 2023 Anie Parker

Coverdesign und Umschlaggestaltung:
Florin Sayer-Gabor – www.100covers4you.com
unter Verwendung von Grafiken von Adobe Stock:
Djero Adlibeshe

Kontakt: parker.anie@gmail.com

Anie Parker
c/o WirFinden.Es
Naß und Hellie GbR
Kirchgasse 19
65817 Eppstein

Herstellung und Druck über tolino media GmbH & Co. KG,
Albrechtstr. 14, 80636 München. Printed in Germany.
Fragen zu Produktsicherheit an: gpsr@tolino.media.

Für alle, deren Freundschaft Feuer gefangen hat

»Echte Liebesgeschichten gehen nie zu Ende.«

Marie von Ebner-Eschenbach

Hinweise zu möglichen Triggern findest du auf Seite 374! (Spoilergefahr!)

Vorwort

Als ich meine ersten Romance-Bücher geschrieben habe, ist mir tatsächlich nicht klar gewesen, dass sie sich gewissermaßen ein wenig vom „klassischen" Romance-Genre unterscheiden. Erst nach Rückmeldungen von Leserinnen und Lesern, die meine Geschichten auf eine positive Weise als „andersartig" empfanden, habe ich erkannt, wie unkonventionell meine Liebesromane zu sein scheinen. Dabei war es für mich stets selbstverständlich, meine Open-Minded-Denkweise und Tiefgründigkeit auch in meinen Geschichten auszuleben und meine Umwelt zum Nachdenken anzuregen.

In diesem Sinne findet ihr bei mir keine konventionellen Storys, sondern:

- eher außergewöhnliche Plots
- oftmals unvorhersehbare Wendungen
- Textpassagen mit Tiefe

Wenn ihr also Lust habt auf nicht ganz gewöhnliche Romance-Geschichten – die aber natürlich immer ein Happy End bekommen! –, seid ihr bei mir genau richtig.

Ich freue mich, euch ein paar emotionale und unterhaltsame Lesestunden schenken zu können!

Alles Liebe,
Anie Parker

Prolog

Lieber Leo,

ich glaube fest daran, dass es für jede und jeden von uns den einen besonderen Menschen im Leben gibt. Und obwohl ich noch so jung bin, habe ich meinen Seelenverwandten bereits gefunden: Das bist du, Leo, ohne jeglichen Zweifel.
Wir beide hatten gerade die unglaublichste Zeit unseres Lebens und haben andauernd unvergessliche gemeinsame Augenblicke erschaffen, die am liebsten niemals vergehen sollten. Und weil wir schon so lange befreundet waren, mussten wir nicht einmal mehr Vertrauen, Geborgenheit und Zusammenhalt aufbauen – all das war längst da. Du weißt selbst, wie perfekt wir zusammen waren …

Doch dann hat der Sarkasmus des Schicksals dich von mir gerissen und mein Herz in eine Sandwüste verwandelt. Denn nach dieser Sache spüre ich nichts als nur noch Leere in mir. Manchmal möchte ich einfach vergehen und in der Unendlichkeit des Universums nie wieder auftauchen …
Neulich nachts habe ich die Sterne angebrüllt, was für einen beschissenen Scherz sie sich da erlaubt haben. Doch sie sind nur kurz zusammengezuckt und haben dann unbeeindruckt weitergefunkelt. Aber mein Inneres ist erloschen, als du weggegangen bist, und mein Herz ist stehengeblieben. Bis jetzt hat es nicht wieder angefangen zu schlagen, und vielleicht wird es das ohne dich in meinem Leben auch nie wieder. Ich weiß es nicht.
Und im Prinzip ist es mir egal. Dann bleibe ich eben bis an mein Lebensende eine leere Hülle, denn ohne dich spielt es einfach keine Rolle mehr. Und das ist die reine Wahrheit.

Mittlerweile bist du genau vier Wochen weg … und ohne dich fühlt sich mein Leben unbeschreiblich einsam an. Mein Alltag ist farblos, irgendwie funktioniere ich nur. Ohne dich komme ich mir wie ein Roboter vor. Alles Positive ist mit einem Mal verschwunden. Ich vermisse den Spaß am Leben und die Leichtigkeit. Ich vermisse, was wir 21 Jahre lang zusammen erschaffen haben.
Die Nacht ist so stockdunkel ohne dich, und die Sonne am Tag will mich mit ihrem grellen Licht verhöhnen. Ich höre die Vögel nicht mehr singen, obwohl sie noch immer da sind. Und unsere gemein-

samen Lieblingslieder sind viel zu fröhlich und zu laut für meine Ohren.

Ich esse meiner Mutter und Freunde zuliebe, aber ich habe keinen Appetit. Nicht einmal das Eis von Carlo schmeckt nach irgendwas ohne dich in meinem Leben.

Mein Alltag besteht aus Uni und ab und zu Cara und die Mädels treffen. Und währenddessen muss ich mich immer wieder daran erinnern, das Atmen nicht zu vergessen. Denn ohne dich kommt mir die Luft um mich herum einfach viel zu stickig vor.

Seit Wochen schwimme ich auf dem weiten, dunklen Ozean, aber ich erreiche einfach kein Land, keine Insel. Ich weiß wirklich nicht, wie lange meine Kräfte noch ausreichen, um nicht unterzugehen. Ich weiß nicht, wie lange ich noch ohne ein Lebenszeichen von dir leben kann, Leo …

Du fehlst mir so unendlich.

Deine Lou

Kapitel 1 ✿ Lieblingsgeschenk

Ich bin so verdammt nervös. Ausgerechnet heute an meinem Geburtstag findet die letzte Klausur für dieses Semester statt. Aber andererseits – was solls, es gibt definitiv Schlimmeres. Ich werde nie vergessen, wie ich vor einigen Jahren an meinem Ehrentag auf der Beerdigung meiner Oma gewesen bin. Im Leben kommt es eben oft anders, als man denkt.

Auf dem Küchentisch, an dem ich sitze, steht ein Geburtstagskuchen, in dem eine Horde von kleinen ausgepusteten Kerzen steckt. Rings um meinen Sitzplatz hat meine Mutter vor ihrem Aufbruch zur Arbeit ein paar hübsch verpackte Geschenke drapiert, von denen ich zwei bereits aufgemacht habe. Den Rest nehme ich mir für später vor, weil ich wie auf Kohlen sitze und ungefähr alle zwei Minuten auf die Uhr am Herd linse, um ja nicht zu spät zum Bus loszulaufen.

Vor mir liegt ein Gutschein für einen Mutter-Tochter-Städtetrip, daneben ein bezauberndes Retro-Fotoalbum mit selbstklebenden Fotoecken, das alle möglichen Highlights aus meinem bisherigen Leben beinhaltet. Wie es aussieht, hat meine Mom Stunden mit der Verzierung der Seiten verbracht. Obwohl ich bisher nur wenig Zeit hatte, es intensiver anzuschauen, habe ich auf den ersten Blick gemerkt, wie viel Liebe sie in das Album gesteckt hat.

Gerade schiebe ich mir den letzten Bissen eines Stücks vom Schokokuchen in den Mund, als ich draußen eine Autohupe höre und aus dem Küchenfenster schaue. Leo lehnt lässig an seinem Wagen und hebt grinsend die Hand, als er mich erblickt.

Meine Laune klettert einige Stufen nach oben. Ich schnappe mir meinen Rucksack vom Stuhl. Dann ziehe ich mir im Flur meine Sneaker an, gehe aber noch einmal in die Küche zurück, wo ich für Leo ein Stück Kuchen in eine Butterbrottüte packe und ganz oben in meinen Rucksack lege. Ich schließe die Haustür zu und laufe durch unseren Vorgarten in Richtung Straße.

»Hier ist dein persönlicher Uni-Chauffeur!«, ruft Leo mir entgegen und öffnet seine Arme. »Happy birthday, meine Lieblings-Lou!«

»Lieblings-Lou?«, lache ich, als ich fast bei ihm bin. »Du

kennst doch nur eine! Also zumindest, soweit ich weiß.«

Er zieht mich in seine Arme und grinst. »Selbst wenn ich eine Million Lous kennen würde, du wärst definitiv immer meine Nummer eins.« Obwohl seine Statur von der körperlichen Arbeit durch seinen Job sehr kräftig ist, ist seine Umarmung wie immer sanft. »Alles Liebe nochmal.«

Ich drücke mich an ihn und strahle. »Danke schön, dass du mich abholst, Leo! Das ist bereits deine zweite Überraschung. Und es ist noch nicht einmal acht Uhr!«

Mein bester Freund konnte es sich nicht nehmen lassen, um Punkt Mitternacht anzurufen und mir per Videocall ein Ständchen zu singen. Dann hat er mir den Tipp gegeben, einen Blick unter mein Kopfkissen zu werfen. Vor lauter Überraschung habe ich heute Nacht vergessen zu fragen, wie er es geschafft hat, dort ein kleines flaches Schächtelchen hinzuschmuggeln. Deshalb hole ich das jetzt nach.

»Ich hatte eine Komplizin«, antwortet er verschwörerisch.

Meine Mutter also. Etwas anderes hätte mich auch gewundert, weil Leo bei uns zu Hause kein gern gesehener Gast ist – zumindest nicht, wenn es nach meinem Vater geht. Er hat noch nie ein gutes Haar an meinem besten Freund gelassen. Und ich bezweifle, dass er überhaupt selbst weiß, was Leo ihm jemals angetan hat. Keine Ahnung, was in seinem Kopf alles so vorgeht … Ich habe wirklich längst aufgegeben, es nachvollziehen zu wollen.

Ich räuspere mich und streiche demonstrativ meine dunkelblonden schulterlangen Haare hinter beide Ohren, um ihm zu zeigen, dass ich seine Geburtstagsüberraschung bereits an mir trage. Mir ist bewusst, dass es meinen Mitmenschen gegenüber ein wenig unfair ist, seine Geschenke insgeheim allen anderen vorzuziehen, aber irgendwie liebe ich sie immer am meisten. Einfach weil Leo mein absoluter Lieblingsmensch ist.

Er erkennt sofort, worauf ich anspiele. »Hey, du hast sie ja bereits an! Ich hoffe, sie gefallen dir?!«

Ich nicke. »Und wie!«

Weiß-silberne Plumeria-Blüten schmücken meine Ohrlöcher. Ich mag sie, weil sie mich an Sommer, an Sonne und Strand erinnern. Im Prinzip an exakt das, was mein eineinhalb Jahre älterer bester Freund für mich ausstrahlt. Und ohne außerordentlich zu übertreiben – aber manchmal, wenn ich

Leo ansehe, muss ich tatsächlich an einen Sommertag am Strand denken, bei dem ich auf einer Liege im Schatten relaxe und auf den Ozean hinausblicke, während eine warme Brise mich umweht. So ungefähr wirkt Leo auf mich, weil er für mich so viel Ruhe und Stärke ausstrahlt, dass seine Gegenwart irgendwie schon immer meine persönliche Kraftquelle war. Möglicherweise bin ich aber auch ein klein wenig befangen, was meinen Eindruck von Leo anbelangt. Denn tatsächlich stammt sein Vater aus Hawaii. Von ihm hat er einen beinahe goldenen Teint sowie dunkel glänzende Haare vererbt bekommen. Und manchmal kann ich ihn einfach nicht ansehen, ohne unmittelbar an seine Wurzeln erinnert zu werden.

»Das ist schön …«, lächelt Leo und scheint erleichtert zu sein, dass er mit seinem Geschenk meinen Geschmack getroffen hat.

Ich bemerke, dass Leos normalerweise glatte Haare sich im Moment leicht wellen, da er sie in den letzten Monaten etwas länger hat wachsen lassen. Sie sehen dadurch fast ein wenig wuschelig aus, was seiner Attraktivität jedoch keinen Abbruch tut.

»… und weil ich dieses Jahr so einfallsreich war, habe ich tatsächlich noch etwas für dich. Es hat nur nicht unter dein Kopfkissen gepasst. Warte –« Er öffnet die Autotür und greift auf den Rücksitz, um mir ein sehr leichtes und flauschiges Päckchen zu überreichen.

»Du hast dich dieses Jahr echt selbst übertroffen!«, lache ich kopfschüttelnd. »Du weißt, dass ich eigentlich gar keine Geschenke bräuchte, Leo. Aber ich freu mich natürlich trotzdem immer über deine Überraschungen.«

Er schnalzt mit der Zunge. »Schweige einfach und öffne das Geschenk«, sagt er übertrieben förmlich und grinst dann.

Ich löse die Ecken des Geschenkpapiers. Kurz darauf halte ich eine wunderschöne Steppdecke in den Händen. Die Grundfarbe ist cremeweiß. An den Rändern entlang befinden sich mintfarbene Blatt-Applikationen. Auch die schwarzen Schildkröten und kleinen rosafarbenen Hibiskusblüten in der Mitte sehen nach richtig viel und hochwertiger Arbeit aus.

Leo vergräbt seine Hände in den Hosentaschen. »Ich muss gestehen, dass ich die Decke nicht selbst gemacht habe. Fürs Nähen reicht mein Talent noch nicht ganz aus«, sagt er entschuldigend. »Der Entwurf ist von mir, und meine Oma war für die Ausführung zuständig. Du hältst sozusagen einen traditionellen Quilt direkt aus Hawaii in deinen Händen.«

Ich streiche an den Nähten der Applikationen entlang. »Ich liebe ihn, er ist so hübsch! Danke schön, Leo. Man könnte meinen, du kennst meinen Geschmack ziemlich gut«, zwinkere ich ihm zu.

Ein weiteres Mal umarme ich Leo. Dann stelle ich mich auf die Zehenspitzen und drücke ihm einen kleinen Kuss auf die Wange.

»Langsam sollten wir los, oder? Nicht dass du zu spät zu deiner Klausur kommst«, bemerkt er.

Na toll. Prompt setzt die für einen Moment vollkommen vergessene Nervosität wieder ein. Ich ächze und verstaue Decke und Rucksack auf dem Rücksitz. Dann nehme ich auf dem Beifahrersitz Platz und bedanke mich ironisch für die Erinnerung an das bevorstehende Ereignis.

»Sorry«, lächelt er schief, während er den Motor startet. »Ich wusste nicht, dass dich das so extrem nervös macht. Wie ich dich kenne, hast du dich mehr als genug darauf vorbereitet.«

»Eigentlich schon. Wenn ich noch mehr gelernt hätte, wäre mein Kopf, glaube ich, geplatzt.«

»Siehst du, dann hast du doch dein Möglichstes getan.«

»Wenn man es so betrachtet, sollte ich jetzt definitiv gelassener sein. Aber ... nein«, lache ich auf.

»Ich bin mir sicher, du kriegst das hin.« Er streicht mit seiner Hand kurz über meinen Oberschenkel.

Ich atme einmal tief durch. »Danke für deine Zuversicht.«

Leo lächelt und blickt in den Rückspiegel, als er den Wagen wendet.

»Übrigens«, informiere ich ihn, »habe ich mich doch nicht in der Fahrschule angemeldet.« Ich zucke mit den Schultern. »Im Moment brauche ich neben dem Studium nicht noch eine zweite Baustelle. Und außerdem ...« Ich tippe ihn an. »... habe ich, wie es aussieht, ja einen besten Freund, der mich völlig stressfrei herumkutschieren kann.«

Er lacht entsetzt auf. »Ich komme mir gerade ein bisschen ausgenutzt vor.«

»Mal ehrlich«, wende ich ein, »so viel gemeinsame Zeit, wie wir verbringen, würde eines der beiden Autos doch eh nur sinnlos herumstehen.«

»Ist schon okay, dass ich nie was trinken kann, wenn wir weggehen«, sagt er ironisch.

Ich lache. »Leo, das eine Glas, das du beim Weggehen meist trinkst, ist bei dir doch bereits wieder verstoffwechselt, wenn wir zurück zum Auto laufen.«

»Na, bin ich froh, dass du nie zu Übertreibungen neigst.«

Ich muss grinsen.

Wir biegen am Kreisverkehr ab, und ich merke, dass unser Gespräch mich gut von meiner Nervosität abgelenkt hat. Mein Herzschlag ist ein wenig ruhiger geworden, während ich noch einmal über die Führerschein-Sache nachdenke.

Manchmal an Geburtstagen habe ich so einen Spleen, dass es mir vorkommt, als würde einem zu bestimmten Ereignissen vor Augen geführt werden, was man alles im Leben hat und was nicht. Ich finde, Ereignisse sind irgendwie eine Art Bestandsaufnahme der aktuellen Lebenssituation.

Wenn man zum Beispiel auf einer Hochzeit eingeladen ist, wird einem erst so richtig klar, dass man entweder ein glücklicher oder ein unglücklicher Single ist, oder aber dass man in einer erfüllten oder katastrophalen Beziehung lebt. Begleitet man einen Freund oder eine Freundin auf eine Beerdigung, weil die einzige Oma gestorben ist, stellt man fest, wie schön es ist, selbst noch Großeltern zu haben. Und wenn Frauen ein entsprechendes Alter erreichen, dann können manche vor allem an ihren Geburtstagen auf einmal nur noch daran denken, dass all ihre Freundinnen verheiratet sind und bereits Kinder haben und sie selbst nicht. Es scheint also fast so, als bekäme man zu gewissen Zeitpunkten im Leben immer wieder Spiegel vorgehalten. Entweder ist man dann glücklich mit dem, was man hat, oder eben nicht.

Mit meinem heutigen 21. Geburtstag ist es auch ein bisschen wie mit einer Bestandsaufnahme. Zum Beispiel: Ich habe keinen Führerschein. Damit bin ich vermutlich eine der wenigen Gleichaltrigen. Und: Ich lebe noch bei meinen Eltern zu Hause. Unser Haus liegt in einem kleinen Ort mit rund 4.000 Einwohnern ein paar Straßen von einem wunderschönen großen See entfernt. Es ist in der Gegend an manchen Flecken so idyllisch, dass ich meine Heimat absolut liebe. Trotzdem hoffe ich, dass ich mir nach dem Studium eine eigene Wohnung nehmen oder ein WG-Zimmer mieten kann. Vielleicht kann ich diesen Punkt auf meiner Bestandsliste an meinem nächsten Geburtstag sogar schon korrigieren.

Eine weitere Sache ist, dass ich aktuell in keiner Beziehung bin. Ach ja, und dann bin ich noch eine lebende Bestätigung für das Vorurteil, einfach BWL zu studieren, wenn man keinen Plan hat, was man mit dem bestandenen Abi und einer riesengroßen Welt voller Möglichkeiten anstellen soll. Doch mittlerweile bin ich mit meiner Verlegenheits-Entscheidung ganz zufrieden. Im Herbst beginnt also bereits mein drittes Semester an der Uni.

Der wichtigste Punkt, den ich meiner imaginären Liste hinzufüge, ist ohne Zweifel mein bester Freund, der die größte Rolle in meinem Leben spielt. Manchmal denke ich, dass ich schon fast ein bisschen süchtig nach dem bin, was es mit mir macht, wenn ich mit ihm Zeit verbringe. In seiner Nähe fühle ich mich sofort ausgeglichener und unbeschwerter, egal was zuvor gewesen ist.

Im Großen und Ganzen bin ich mit den Eckpunkten meiner Geburtstagsbestandsliste also sehr zufrieden.

Als Leo mich aus meinen Gedanken reißt, verlassen wir gerade unseren Wohnort und steuern auf die Landstraße zu.

»Was hast du heute nach der Prüfung eigentlich so vor?«, erkundigt er sich verheißungsvoll.

Ich muss grinsen. »Wenn du so fragst, denke ich, du wirst es mir gleich sagen.«

Als wir an einer Ampel stehen bleiben müssen, blickt er mich an. »Du hast dir also noch nichts überlegt? Ich möchte auf keinen Fall deine Geburtstagspläne durcheinanderbringen, Lou.«

Ich winke ab. »Das wirst du bestimmt nicht. Mein Hauptvorhaben besteht darin, Zeit mit meinem besten Freund zu verbringen. Alles andere kommt auf der Prio-Skala ziemlich weit unten.«

Er stützt grinsend seinen Kopf mit der linken Hand ab, während sein Ellenbogen am Fenster lehnt. »Klingt ja fast so, als würden sich unsere Pläne perfekt vereinen lassen.«

Ein erstes Hupen ertönt hinter uns, während ich auf die Ampel deute, die mittlerweile auf Grün umgesprungen ist. Leo richtet seinen Blick wieder auf die Straße und fährt an.

»Wie lange dauert die Klausur heute?«

»90 Minuten. Danach kann ich endlich mal wieder für ein

paar Wochen durchatmen und wie du einfach mein Leben ohne diese ewige Lernerei genießen.«

»Lass dir von jemandem, der seine Ausbildung vor Kurzem beendet hat, sagen, dass es sich wirklich gut anfühlt.«

Nachdem er schon als Teenager seinen Vater im eigenen kleinen Gartenbau-Betrieb unterstützt hat, war es absehbar, dass Leo selbst auch Garten- und Landschaftsbauer geworden ist. Aufgrund seines Abi-Notendurchschnitts hätte es sogar für ein Studium als Landschaftsarchitekt gereicht. Doch die nächste Hochschule, die diesen Studiengang anbietet, wäre knapp zwei Fahrstunden von hier entfernt gewesen. Und das wollte er nicht in Kauf nehmen, weil er laut eigener Aussage ohnehin nicht so gerne plant, sondern eher praktisch veranlagt ist.

»Gut«, ergänzt er, »dann hole ich dich gegen zehn wieder ab.«

»Das ist ein Service, danke schön. Kann man nicht einfach immer Geburtstag haben? Jeden Morgen Schokokuchen, ein Chauffeur und tolle Geschenke – hört sich irgendwie verdammt erstrebenswert an, oder?«

Er zuckt mit den Achseln. »Du weißt schon, dass sich dann all diese *specials* abnutzen und nichts Besonderes mehr sind?«

»Du elender Realist!« Ich pike ihm in die Seite.

Er zuckt zurück und versucht, mit seiner rechten Hand meine Finger festzuhalten. »Hey, der Fahrer darf nicht abgelenkt werden.«

Seine gespielt ernste Beschwerde bringt mich zum Lachen.

Als wir rund zwanzig Minuten später an der Uni ankommen, ist meine Nervosität in derselben Intensität zurück wie zuvor zu Hause. Ich verabschiede mich von Leo, der mir viel Glück wünscht und verspricht, jede Minute in den nächsten zwei Stunden an mich zu denken. Dann schnappe ich mir meinen Rucksack, drücke ihm noch die Papiertüte mit dem Stück vom Geburtstagskuchen in die Hand und verschwinde in Richtung des Haupteingangs.

»Und?«, fragt Leo, als ich mich das zweite Mal an diesem Tag auf den Beifahrersitz in seinem Auto plumpsen lasse.

»Zum Glück gab es keine fiesen Fragen. Eigentlich ist es sogar ziemlich gut gelaufen. Glaube ich.« Ich verdrehe die Augen und muss über mich selbst lachen.

Er grinst. »Du wirst es in einigen Wochen wissen. Jeden-falls kann dein Sommer jetzt so richtig beginnen.«

Leo startet das Auto und lenkt es aus dem eingeschränkten Halteverbot zurück auf die Hauptstraße. Als wir auf der Schnellstraße angekommen sind, öffnet er das Glasschiebe-dach und lässt die Sonnenstrahlen ins Wageninnere. Auf seiner Playlist läuft gerade ein sommerlicher Song. Ich strecke meine Arme in die Höhe und fühle den warmen Luftstrom, der durch meine Finger gleitet. Dann schließe ich meine Augen.

Als der Wagen kurz stoppt und ich die Lider öffne, sehe ich aus dem Augenwinkel, dass Leo mich lächelnd beobachtet.

»Was?«, schmunzle ich.

»Ich finde es schön, dich in letzter Zeit so oft glücklich zu sehen, Lou.«

Und da ist er – der Punkt in meinem Leben, der so gar nicht perfekt ist: Leo spielt auf die vielen Jahre an, in denen ich unter dem, was bei uns zu Hause los war, unheimlich gelitten habe. Wenn ich an viele Situationen in der Vergangenheit zurückdenke, spüre ich immer noch, wie sich eine Enge in meinem Brustkorb bildet. Doch so hart und traurig es viel-leicht klingen mag: Irgendwann gewöhnt man sich gewisser-maßen an die Nicht-Harmonie zu Hause. Man kennt es ja nicht anders. Und ich glaube, dass ich es von meiner Mutter gelernt habe, für die vielen schönen Kleinigkeiten des Lebens dankbar zu sein.

Wenn ich eins sagen kann, dann dass die *family affairs* für mich zumindest ein klein wenig erträglicher wurden, je älter und unabhängiger ich von meinen Eltern geworden bin. Und vor allem: je mehr Zeit ich mit meinem besten Freund ver-bracht habe, der mich immer wieder aufgebaut hat.

Doch nachdem ich an meinem Geburtstag alles andere will, als alte Storys hervorzukramen, schiebe ich alle unschönen Gedanken beiseite. Stattdessen freue ich mich über Leos Aus-sage, weil man mir mein inneres Glück offenbar auch ansieht.

Einige Minuten später fährt Leo in eine Parkbucht in unse-rem Nachbar-Ort, der ebenfalls direkt am See liegt.

»So, und wie du weißt, darf es keinen Geburtstag ohne ein Eis von Carlo geben.«

Ich lache, weil wir an seinem letzten Geburtstag tatsächlich auch hier gewesen sind. Obwohl Leo Mitte Dezember

Geburtstag hat, war es eines dieser verrückten Jahre gewesen, als es kurz vor Weihnachten bei purem Sonnenschein noch spätherbstliche 14 Grad hatte und Carlos Eisdiele aufgrund der Wetterlage noch immer geöffnet war.

Leo kauft uns einen großen Eisbecher mit viel Schokosoße und lässt sich zwei Löffel geben. Wir setzen uns auf eine Bank an der See-Allee, die von Schatten spendenden Platanen gesäumt ist.

Schweigend genießen wir unser Eis. Ich blicke auf das fast schon türkisfarbene Wasser, das in der Sonne überall dort silbern glitzert, wo kleine Wellen vom Wind aufgescheucht werden. Heute sind relativ wenige Segler und Stand-up-Paddler unterwegs. Aber sicherlich dauert es nur noch einige Tage, bis sich das Getümmel auf dem Wasser aufgrund der Sommerferien vermehren wird. Das einige Kilometer gegenüberliegende Ufer mit dem Bergpanorama im Hintergrund ist an diesem Tag beinahe glasklar zu erkennen und sieht damit viel näher aus als sonst. Unglaublich, wie schön es hier ist! In solchen Momenten fällt mir wieder auf, wie sehr ich es zu schätzen weiß, an einem Ort zu wohnen, an dem andere ihren Urlaub verbringen.

Ich höre mein Handy in der Tasche klingeln und hole es hervor. »Hi Mom.«

»Hi Schatz. Sag, was machst du Schönes?«

»Eis essen mit Leo.«

Sie lacht. »Wieso mal nicht zuerst den Nachtisch und dann das Hauptgericht?! Habt ihr Lust und Zeit, mit mir zusammen Mittagessen zu gehen? Ich würde heute eher Schluss machen.«

Meine Mutter ist ein wirklich wundervoller Mensch. Ich frage mich oft, wie sie auf so einen Griesgram wie meinen Vater treffen konnte. Aber auf der anderen Seite wäre ich ansonsten nicht hier ... Von daher ist nicht immer nur alles schlecht.

Das Mittagessen mit ihr und Leo in einem vietnamesischen Restaurant war sehr entspannt. Sie mochte im Gegensatz zu meinem Vater meinen besten Freund schon immer und ist vermutlich insgeheim auch dankbar, dass er mir in vielen schlimmen Zeiten eine Stütze war, wo sie es selbst vielleicht nicht immer sein konnte.

Nach dem Essen spazieren wir zu dritt gemütlich durch die schmalen Gassen der See-Stadt. Egal, wie oft ich in unserem

Nachbar-Städtchen schon gewesen bin, irgendwie verliert es nie seinen Zauber. Ich liebe die Idylle dort mit all den bunten Häusern und individuellen Boutiquen, den überschaubaren Hafen mit seiner malerischen Einfahrt und dem historischen Leuchtturm, den Platz davor mit gemütlichen Cafés und den riesigen Palmen und Oleandern, die in Pflanztöpfen stehen. Speziell an heißen Tagen, wenn die Menschen superentspannt und sommerlich gekleidet sind, fühlt es sich hier eigentlich wie in Italien an.

Am späten Nachmittag sind wir wieder zu zweit und schauen kurz bei Leo zu Hause vorbei.

»Kommst du mit, Lou?«, fragt er, bevor er aus dem Auto aussteigt, weil er von innen noch etwas holen möchte. »Ich habe meinem Dad versprochen, dass ich dich wenigstens für ein paar Minuten hierher entführe.«

Keanu öffnet die Tür, noch bevor wir dort angekommen sind. Offenbar hat er uns durch das Fenster schon kommen sehen.

»*Aloha*, Louisa! Alles, alles Liebe zu deinem Geburtstag!« Er drückt mich fest an sich und streicht mir dabei ein paarmal liebevoll über den Rücken. »Ich kann es gar nicht glauben, dass du jetzt schon 21 bist.«

Für einen Moment könnte ich meinen, ein wenig Rührseligkeit in Keanus Stimme zu hören. Es würde mich jedenfalls nicht wundern. Ich kann manchmal auch nicht recht glauben, dass ich Leo und ihn im Prinzip schon mein Leben lang kenne.

»Kommt, lasst uns kurz anstoßen, bevor ihr zum See aufbrecht.« Keanu winkt uns herein und geht den schmalen Flur entlang voraus. Wir laufen vorbei am leicht abgenutzten Surfbrett, das dort an der Wand hängt, seit ich denken kann. Leos Vater hat mir mal erzählt, dass er froh sei, es als Erinnerung an seine Heimatinsel mitgenommen zu haben, weil er das Surfen aus seiner Jugend noch immer ein wenig vermisse.

Im Wohnzimmer setzen wir uns auf die Couch und unterhalten uns einige Minuten, bevor Keanu eine Sektflasche und die dazu passenden Gläser aus dem Schrank holt.

»Auf dich, Lou. Es ist so schön, dass es dich in unserem Leben gibt, *wahine nani*.« Leos Vater stößt mit mir an.

Wie immer, wenn Keanu etwas sagt, merke ich, dass jedes seiner Worte aufrichtig gemeint und nicht einfach nur so dahergesagt ist. Es ist ein schönes Gefühl, zu spüren, dass es noch Menschen gibt, die einen wirklich *sehen*, anstatt einen nur anzublicken. Das scheint heutzutage irgendwie sehr selten geworden zu sein. Von daher schmeicheln mir seine Worte, und ich lächle zurück.

In diesem Augenblick bekommt meine Bestandsliste einen weiteren Spiegelstrich: Es ist nicht nur schön, Leo in meinem Leben zu haben, sondern auch, dass er einen so liebenswerten Vater hat. Das macht mich besonders glücklich für meinen besten Freund, nachdem er seine eigene Mutter leider nie kennenlernen konnte.

»Jetzt musst du mir nur noch verraten, was *wahine nani* bedeutet«, sage ich zu Keanu.

Noch bevor sein Vater mir antworten kann, kommt Leo ihm zuvor. »Es heißt *wunderschöne Frau*. Aber ich weiß gar nicht, wie Dad darauf kommt«, neckt er mich.

Keanu gibt seinem Sohn einen leichten Stoß in die Rippen und lacht.

Bevor wir uns verabschieden, greift Leo in der Küche nach einem Picknickkorb sowie einem fertig gepackten Rucksack mit – laut seiner Aussage – „streng geheimem Inhalt".

»Möchtest du nicht mitkommen?«, frage ich Keanu, bevor ich ihn zum Abschied umarme. »Ich fände es tatsächlich sehr schön, wenn du mit uns ein wenig Zeit am See verbringst.«

Er winkt ab und lächelt. »Leo hat, glaube ich, andere Pläne. Da wäre ich nur überflüssig. Habt einen schönen Nachmittag, ihr beiden!«

In der Sonne brütend laufen wir durch die Straßen, bis wir nach zehn Minuten den See erreichen.

Leo hat meine Lieblingsstelle ausgewählt: eine kleine Bucht, die einen Kiesstrand besitzt. Dahinter befindet sich eine Wiese, die von großen Pappeln gesäumt ist. Der Blick auf die hohen Berge des Nachbarlandes ist von hier aus heute ebenfalls einzigartig. Im Westen, wo später die Sonne untergehen wird, kann man die vorstehende Halbinsel unseres Ortes sehen, die eine malerische Kirche sowie einen vorgelagerten Anlegesteg für die Schifffahrt beherbergt.

Direkt an unserer Bucht befindet sich in einer Einkerbung rechter Hand ein kleiner Bach, der in den See fließt, und wo sich immer besonders viele Vögel aller Art im seichten Wasser aufhalten. Heute sind etliche Schwäne und sogar ein Reiher unterwegs, die allesamt im flachen Gewässerrand nach Essbarem fischen. Links der Bucht gibt es ein Schwimmbad, das direkt an den See anschließt. Etwa hundert Meter entfernt liegt ein Parkplatz, auf dem oft Tagesbesucher ihre Wägen abstellen oder Camper eine Nacht verbringen, weil sie die Idylle des Ortes entdeckt haben.

Als wir näher kommen, wird mir klar, dass Leo unseren Freundeskreis eingeladen hat, um mich zu überraschen. Sie sitzen auf mehreren Decken ausgebreitet auf der Wiese vor dem Kiesstrand. Aus der Ferne erkenne ich meine Freundin Cara mit Antonio. Die beiden sind seit etlichen Monaten ein Paar. Und dann sind da noch Leah und Isa, zwei weitere Freundinnen von mir. Als sie uns entdecken, fangen sie an zu jubeln. Ein Ehepaar, das einige Meter entfernt den Abendbeginn genießt, blickt sich erschrocken nach ihnen um.

»Happy birthday, Lou!«

Ich umarme sie nacheinander. »Was für eine Überraschung! Ich freu mich total, euch zu sehen!«

Meine beste Freundin Cara drückt mir einen Kuss auf die Wange. »Na, Lou, wie fühlt es sich an, auch 21 zu sein?«

»Heute Morgen hab ich das erste Mal meine Arthrose-Tabletten gebraucht, so haben meine alten Gelenke geschmerzt«, scherze ich.

Ihr Freund Antonio zieht mich in seine Arme. »Jaja, Lou, ab jetzt gehts wahrhaftig bergab. Hat man die Zwanzig erstmal überschritten, wird man unaufhaltsam schnell älter und älter. Du wirst sehen.«

»Wow, Antonio, sehr aufbauend«, schnaube ich lachend.

»Einer muss einen ja darauf vorbereiten.«

Cara boxt ihren Freund in die Rippen. »Bloß weil du mit Mitte zwanzig schon in deiner Midlife-Crisis steckst, muss es anderen nicht genauso gehen. Versau ihr bloß ihren Geburtstag nicht, Toni. Du bist heute schon zweimal angezählt. Deine Chancen sind gerade wieder erheblich gesunken …!«

Sie zieht ihre Augenbrauen nach oben, und wir alle können uns ungefähr denken, welche „Chancen" sie meint. Typisch Cara. Ihre Direktheit ist manchmal ein wenig gewöhnungsbedürftig, aber meistens wirklich erfrischend.

»Tsss …« Antonio schnaubt. »Das sind ja mafiöse Erpresser-Methoden. Von mir hast du das jedenfalls nicht! Vielleicht

20

sollte ich in Zukunft darauf achten, dass du nicht so viel Zeit mit meinem *Padre* allein verbringst.«

Unsere Freunde machen für Leo und mich Platz und packen aus ihren mitgebrachten Taschen so viele Dinge aus, dass ich meinen könnte, sie hätten ein Restaurant überfallen. Nach kurzer Zeit erstrecken sich vor mir sämtliche Leckereien von Fingerfood über Pudding und Obst bis hin zu Cupcakes, bei denen ich jetzt schon weiß, dass es mir das Herz brechen wird, in sie hineinzubeißen. Sie sind mit ihrer weißen Cremehaube und den bunten Zuckerblüten zum Essen eigentlich viel zu schön. Eine echte Schande.

Ich forme mit beiden Daumen und Zeigefingern ein Herz. »Ihr seid wirklich unglaublich! Danke für die Mühe, die ihr euch meinetwegen gemacht habt!«

»Oh, warte, es fehlt ja noch etwas!« Meine beste Freundin zerrt ihre Tasche heran und greift zielgerichtet hinein. Dann überreicht sie mir ein kleines Geschenk, das genauso hübsch wie die Cupcakes aussieht.

»Lou«, lacht Cara, »du sollst es nicht bloß ansehen, sondern auch aufmachen.«

Ich ziehe die Schleife samt weißen Blümchen von diesem Wunderwerk an Einpackkunst. Leo gebe ich den Freesien-Stängel zum Halten, doch er nimmt ihn und steckt ihn mir in meine dunkelblonden Haare hinter mein linkes Ohr.

Als ich das Geschenkpapier abgestreift habe, halte ich einen Umschlag in der Hand. Ich nehme eine hübsche, vermutlich selbstgestaltete Karte heraus. Ein Armband fällt mir entgegen, an dem ein kreisrunder filigraner Anhänger mit einem roséfarbenen Lebensbaum hängt. Ich lächle, weil sie meinen Geschmack ziemlich gut getroffen haben. Anschließend öffne ich die Karte und erkenne, dass es sich um einen Gutschein handelt.

Als ich einen Blick darauf geworfen habe, erklärt meine Freundin mir alle Details. Für unseren Kroatien-Urlaub in einigen Wochen haben sie eine private Yacht organisiert. Bei einer Sunset-Tour mit Dinner wollen wir meinen Geburtstag ausgiebig nachfeiern.

»Das hört sich einfach sensationell an!«, freue ich mich.

Ich umarme jeden meiner Freunde noch einmal, nachdem ich die Karte verstaut habe. Dann nehmen wir unsere Gläser und stoßen erst auf meinen Geburtstag und schließlich auf uns alle an.

Nach dem Essen gönne ich mir eine kleine Auszeit und sinke auf die Decke zurück. Ich lege die Arme unter meinen Kopf und lasse meinen Blick schweifen. Der Himmel ist passend zu meinem besonderen Tag strahlend blau. So weit das Auge reicht, ist keine einzige Wolke zu sehen. Die unzähligen kleinen Blätter der hohen Pappel über mir werden vom Wind hin- und herbewegt, sodass der schnelle Wechsel zwischen Blattvorder- und rückseite kurioserweise so aussieht, als würden tausende silbern glitzernde Konfetti jeden Moment auf mich herabregnen. Die Luft über dem Kiesstrand flirrt an der ein oder anderen Stelle immer noch ein wenig von der Hitze, doch langsam wird die Temperatur angenehmer.

Gegen neun Uhr am Abend wird es dunkler, und wir verlagern unseren Sitzplatz auf den Kiesstrand. Dort tragen wir trockenes Schwemmholz zusammen und machen ein Lagerfeuer.

Als einer meiner Lieblingssongs aus den Bluetooth-Boxen ertönt, schließe ich für einen Moment meine Augen. Es kommt mir vor, als wäre das Lied exakt für Augenblicke wie diesen geschrieben worden. Wie beinahe kitschig schön die Welt manchmal sein kann! Der purpurfarbene Sonnenuntergang malt Silhouetten an den Horizont, ich spüre die kühle Seebrise an meiner Haut, die sich mit der warmen Sommerluft mischt. Der abendliche See liegt geheimnisvoll und still vor uns. Und dann dieses Lied.

Ich rutsche ein paar Zentimeter näher an Leo heran und lehne meinen Kopf an seine Schulter, während ich die letzten Sonnenstrahlen des Tages in mir aufnehme. Als der Feuerball hinter der Horizontlinie verschwunden ist und die anderen uns nicht weiter beachten, weil sie gerade über irgendeinen albernen Witz von Cara schäkern, teile ich meine Gedanken mit Leo.

»Weißt du, was echt kurios ist? Ich habe bisher nie wirklich verstanden, wenn jemand gesagt hat, dass er so glücklich ist, dass er sterben könnte. Aber gerade weiß ich das erste Mal haargenau, wie es sich anfühlt. Weil ich einfach nur so unendlich happy bin.« Ich nehme Leos Hand. »Ich hoffe, ich vergesse nie dieses Gefühl von Freiheit und Leichtigkeit, wenn ich irgendwann einmal wieder an diesen Abend zurückdenke.«

Mein bester Freund legt seinen Arm um meine Schultern und drückt mir einen Kuss auf den Scheitel. »Für mich war der Tag auch perfekt. Und das Schönste ist: Er ist noch nicht mal zu Ende.« Ich höre das Lächeln in seiner Stimme, ohne ihn dabei ansehen zu müssen.

»Müsste ich verstehen, was du mir damit sagen willst?«

Doch er schüttelt lediglich den Kopf und lässt mich im Unklaren.

Gegen 23 Uhr, als die Mücken uns immer stärker auf den Geist gehen, lösen wir unser Lager auf und packen zusammen. Am Parkplatz angekommen verabschieden wir uns. Ich sehe meinen Freunden, die in Richtung Antonios Auto laufen, hinterher und bleibe mit Leo alleine zurück.

Ich drehe mich zu ihm um. »Begleitest du mich noch heim?«

»Generell schon. Aber du wirst heute nicht nach Hause gehen.«

Ich runzle die Stirn, als er den Kopf schief legt.

»Okay …«, sage ich langsam. Warum sieht er mich denn so erwartungsvoll an? »Und was mache ich stattdessen?«

Einige Meter von uns entfernt blinken die Lichter eines Wagens auf, während Leo weiter dasteht und mich grinsend ansieht. Dann holt er einen Autoschlüssel aus der Hosentasche und drückt mit seinem Daumen darauf. Wieder blinken die Lichter des Wagens von eben.

»Na ja, du wirst heute nicht nach Hause gehen«, wiederholt er schulterzuckend und wendet sich ein wenig zur Seite.

Als ich mir besagten Wagen näher ansehe, beginne ich zu verstehen. Es ist ein Camper.

»Ernsthaft? Du hast wirklich einen Camper für heute Nacht organisiert?«

Er lächelt. »Du hast immer die Touristen beneidet, die ihre Nacht hier verbringen. Jetzt wirst du gleich selbst wissen, wie es sich anfühlt, mit Blick auf den See und in die Sterne einzuschlafen.«

»Oh mein Gott!« Ich quietsche leise und falle ihm um den Hals. »Du bist der Beste, wirklich!«

»Weiß ich doch«, grinst er gespielt arrogant. Aber ich weiß haargenau, dass er unheimlich happy ist, dass ihm die Freude, die er mir bereiten wollte, so gelungen ist.

»So, und jetzt wünsche ich dir eine gute Nacht im Camper.

Wir sehen uns dann morgen. Bye, Lou!« Er umarmt mich kurz und lässt dann den Schlüssel vor meinem Gesicht baumeln, um ihn mir auszuhändigen.

Ich starre ihn entgeistert an. »Ach so, ich dachte ... Oh«, stammle ich perplex.

Dann lacht er los.

Ich schlage ihm auf den Oberarm, als ich verstehe. »Du bist echt fies, Kaleo, weißt du das?!« Ich verziehe mein Gesicht und grinse. »Jetzt dachte ich wirklich, du lässt mich hier alleine meinen Geburtstag ausklingen!«

Leo vergräbt die Hände in seinen Hosentaschen und schenkt mir ein hinreißendes Lächeln. »Sorry not sorry ... Du weißt doch, wie viel Spaß es mir immer macht, dich zu ärgern.«

Kapitel 2 ✿ Sandkastenfreunde

Vergangenheit

»Du bist im Namen der Weltraum-Roboter festgenommen«, verkündete ihr Klassenkamerad Samuel.

Es war Freitagmorgen, erste Pause. Alle Schüler der Grundschule befanden sich an diesem sonnigen Vormittag im Schulhof. Samuel griff nach ihrem dunkelblonden Pferdeschwanz und begann, sie in Richtung des „Gefängnisses" zu ziehen, während Eric ihre beiden Arme in ihrem Rücken gefasst hielt und sie von hinten antrieb.

»Au, ihr tut mir weh!«, beschwerte sich Louisa nachdrücklich. Die beiden Jungen reagierten nicht und führten sie unbeirrt weiter ab, vorbei an ein paar anderen „Robotern" aus ihrer Klasse, bis sie an der Seite des Gebäudes angekommen waren. Im schmalen Gang vor dem geschlossenen Zauntor, der zur Turnhalle führte, ließen sie von ihr ab und gaben ihr einen letzten leichten Schubs, um sie im Gefangenenbereich abzugeben. Louisas Miene bewegte sich irgendwo zwischen zitronensauer und eingeschüchtert. Sie straffte ihren Pferdeschwanz und lief auf die „Wachen" zu, um an ihnen vorbei wieder in Richtung des Schulhofs zu gelangen.

»Nein, du musst hier bleiben bis zum Ende der Pause!«, gifteten ihre männlichen Mitschüler und drängten sie zurück zum Zaun.

»Ihr seid sowas von doof! So könnt ihr nicht mit mir umgehen!«, rief Louisa wütend.

Wo waren eigentlich die Grundschullehrerinnen, wenn man Hilfe brauchte?

Sie sah erneut Samuel und Eric auf das Gefängnis zukommen, dieses Mal hatten sie Cara in ihren Fängen. Als diese ihr wohl oder übel Gesellschaft leistete, sahen die beiden siebenjährigen Mädchen sich mitleidig an und starteten einen weiteren Fluchtversuch, indem sie probierten, unter der Jungen-Barriere hindurchzuschlüpfen. Doch da sie nur erneut zurückgeschubst wurden, gaben sie resigniert auf. Sie lehnten sich schicksalsergeben an den Zaun im hinteren Eck, um möglichst viel Abstand zu den gemeinen Mitschülern zu bekommen und das Ende der Pause abzuwarten. Die Pause hatte unglücklicherweise jedoch gerade erst begonnen, es konnte also noch dauern, bis der Schulgong sie erlöste. Vermutlich würden sich in Kürze auch noch die ganzen restlichen Klassenkameradinnen bei ihnen einfinden.

Louisa hörte ihren Magen knurren und hätte gern einen Bissen von ihrem Pausenbrot zu sich genommen, doch das lag noch auf der Bank, von der sie weggezerrt worden war. Wenn sie keine Chance mehr bekommen würde, in der Pause etwas zu essen, würde sie bis Schulschluss warten müssen. Wenn man Hunger hatte, konnte diese Zeitspanne unglaublich lange sein.

Da hörte sie eine bekannte Stimme und blickte auf. Kaleo hatte sich vor der Barriere ihrer Mitschüler aufgebaut und seine Hände in die Hüften gestützt. Wow, wie groß er war - und außerdem war er bereits in der dritten Klasse, was Louisa beides mächtig imponierte. Kaleo war der Junge, der früher einmal mit seinem Vater im Haus neben ihren Eltern gewohnt hatte und nun einige Straßen weiter lebte. Sie hatten damals öfter zusammen gespielt gehabt. Kaleo war sogar im gleichen Kindergarten wie sie gewesen, doch sie hatten dort nur eine relativ kurze gemeinsame Zeit verbracht, weil er schon zu den Großen gehört hatte und bald darauf Schulkind geworden war.

»Lasst sofort die Mädchen frei!«, forderte Kaleo nachdrücklich und linste Louisas Mitschüler finster an.

»Vergiss es, sie sind unsere Gefangenen«, kommentierte Samuel das Offensichtliche.

»Ihr seid echt grob zu Louisa und ihrer Freundin gewesen«, fuhr Kaleo fort. »Wollt ihr auch so behandelt werden? Ihr könnt euch gern mit mir anlegen!« Er schaute jeden einzelnen an, und zwei der Jungen knickten ein und öffneten die Barriere, die sie mit ihren ausgestreckten Armen gebildet hatten.

Louisa und Cara schickten sich an und drängten sich an ihren Mitschülern vorbei. Kaleo wandte den jüngeren Grundschülern den Rücken zu und strebte mit den beiden Mädchen in Richtung des großen Pausenhofs.

»Haben sie euch weh getan?«, wollte Kaleo wissen.

»Nein, nein.« Louisa schüttelte mit dem Kopf, obwohl eine Stelle an ihrem Arm immer noch leicht schmerzte, wo Eric sie zu fest gepackt hatte. »Danke, dass du uns geholfen hast,

Kaleo. Das war echt toll!«

Kaleo strahlte Louisa an. »Hab ich gern gemacht.«

Cara eilte zu den restlichen ihrer Mitschülerinnen zurück, während Louisa zur Bank ging, auf der ihre Brotbox in der Morgensonne rot leuchtete.

»Magst du dich zu mir setzen?«, bot sie ihm an.

Kaleo nickte und nahm neben ihr Platz.

Sie holte das Brot aus ihrer Box. »Oh, Schoko-Aufstrich! Möchtest du ein Stück? Den bekomm ich so selten, weil Mama immer sagt, dass das eine Süßigkeit und kein ordentliches Frühstück ist.«

Kaleo grinste sie breit an. »Das sagt mein Papa auch immer. Eltern sind doch alle gleich, oder!«

Ohne Kaleos Antwort auf ihre Frage abzuwarten, brach Louisa die zusammengelegten Brotscheiben in zwei Hälften und hielt ihm die größere der beiden hin.

Kaleo griff nach der kleineren. »Danke.« Er biss beherzt in seine Frühstücks-Spende und kaute genussvoll. »Wirklich total lecker«, kommentierte er mampfend, und Louisa nickte eifrig.

Sie saßen einige Minuten schweigend und essend unter dem großen Ahornbaum nebeneinander und beobachteten das Geschehen, während sie sich die tiefstehende Morgensonne ins Gesicht scheinen ließen.

Louisa blickte noch einmal in Richtung des Gefängnisses und stellte fest, dass es sich inzwischen restlos aufgelöst hatte. Sie war nach Kaleos mutiger Aktion gut gelaunt und schlenkerte lächelnd mit ihren hängenden Beinen, während um sie herum Schüler über den Hof heizten und dabei schrien, spielten, sich gegenseitig ärgerten, lachten. Der Geräuschpegel war wie immer enorm, doch Kaleo und sie auf der Bank bildeten eine kleine Ruheinsel inmitten dieses ganzen Trubels.

Louisa betrachtete ihren Sitzbanknachbarn von der Seite. Seine dunklen Haare glänzten. Sein gebräunter Teint schimmerte in der Sonne leicht golden, was sie sehr hübsch fand.

»Wollen wir uns heute Nachmittag zum Spielen treffen?«, fragte Louisa vorsichtig, als sie den letzten Rest des Brotes hinuntergeschluckt hatte.

Eigentlich war es total blöd, ihn das zu fragen, denn bestimmt wollte sich Kaleo mit den größeren Kindern abgeben und nicht mit einem Kleinkind wie ihr Zeit verbringen. Als sie früher ab und zu gemeinsam im Sandkasten gesessen hatten, waren sie beide noch klein gewesen und zusammen in den Kindergarten gegangen, aber jetzt ...

»Aber ich verstehe auch, wenn du nicht magst. Bestimmt bist du lieber mit deinen Freunden zusammen als mit einem Mädchen«, schob Louisa entschuldigend nach, ohne ihn aus den Augen zu lassen.

»Und was hat das damit zu tun, dass du ein Mädchen bist? Das verstehe ich nicht ganz. Ich mag Mädchen.« Kaleo blickte Beine baumelnd zurück und zuckte mit den Schultern. »Also, ich würde mich gerne mit dir treffen.«

Louisa strahlte über das ganze Gesicht. »Abgemacht.«

»Wer zuerst mit den Hausaufgaben fertig ist, kommt beim anderen vorbei!«

Als der Schulgong in diesem Augenblick ertönte, schwangen sie sich von der Bank und liefen in unterschiedliche Richtungen davon, weil sie in je einem anderen Gebäudebereich Unterricht hatten.

Louisa blickte noch einmal schräg über den Hof und sah Kaleo, der sich beeilte, zu seiner Klasse zu kommen.

»Tschüss, Louisa, bis später!«, rief Kaleo über den ganzen Schulhof – zu ihr, einer Erstklässlerin!

Sie freute sich unheimlich und beschloss in diesem Moment, dass Kaleo ab jetzt zu ihren besten Freunden gehörte und deshalb auch unbedingt zu ihrem achten Geburtstag in einigen Monaten kommen musste.

»Dein Papa hat mich irgendwie komisch begrüßt.« Kaleo setzte sich neben Louisa auf ihr Bett mit dem flauschigen Sternchen-Bezug. »Warum ist er eigentlich schon von der Arbeit zu Hause? Oder hat er heute frei?«

Louisa neigte ihren Kopf, um Kaleo anzublicken. »Er geht seit ein paar Tagen nicht arbeiten. Wenn er dieses Zeug trinkt, sagt Mama, soll er sich lieber krank melden. Dann redet er irgendwie auch immer so langsam. Wenn es ganz schlimm ist, nuschelt er so, dass man kaum was versteht. Und außerdem sitzt er die meiste Zeit in seinem Sessel und schläft oder schaut in den TV. Falls er mal aufsteht, schwankt er ganz komisch.« Sie hob ratlos ihre Handflächen nach oben. »Wie ich, wenn ich mich zu oft im Kreis gedreht habe und dann loslaufen will. So ungefähr, verstehst du?«, versuchte Louisa zu erklären.

»Oh!« Kaleo blickte seine neue Freundin verwundert an. »Was ist das denn für komisches Zeug, das er trinkt?«

»Ich weiß nicht genau. Manche Flaschen kenne ich. Das sind die, die ich ab und zu für ihn vom Dorfladen holen muss, wenn Mama noch arbeiten ist. Große Flaschen aus Glas mit einer durchsichtigen Flüssigkeit. Es sieht eigentlich wie Wasser aus. Aber ich glaube, das alles sind Erwachsenen-Sachen. Herr Makowski vom Laden hat mal gefragt, wer den Zettel geschrieben hat, den ich ihm immer geben muss. Und als ich gesagt habe, *mein Papa*, hat er genickt und gemeint, dass das auf keinen Fall für Kinder ist. Und ein anderes Mal wollte ich mir was davon in mein Glas schenken, um zu sehen, ob es Wasser ist, aber Papa hat mir die Flasche abgenommen, als er mich erwischt hat. Dann hat er …« Louisa senkte ihren Kopf. »… mich richtig schlimm angeschrien. Und deshalb hab ich mich nicht mehr getraut, irgendwas nachzufragen, weil er wegen der Sache so böse auf mich war.«

Einen kurzen Moment saßen die beiden betreten neben-einander, bis Louisa eine eben gewonnene Erkenntnis mit Kaleo teilte. »Vielleicht ist es ein Zaubertrank! Der kann einen doch auch verändern, zum Beispiel verliebt machen oder in ein Tier verwandeln! Vielleicht wurde mein Papa in ein Faul-tier verzaubert! Was meinst du?« Sie blickte ihren neuen Freund an. »Wobei, sind Faultiere nicht friedlich? Na ja, das ist mein Papa jedenfalls nicht, wenn er manchmal so rumschreit.« Louisa zog eine Grimasse, weil es ihr irgendwie peinlich war, dass sie all das jemandem erzählt hatte.

»Wirklich seltsam«, bemerkte Kaleo und verengte seine grünen Augen, sodass die Brauen schräg darüber standen und es wirkte, als würde er angestrengt nachdenken. »Du könntest doch deine Mama fragen, warum dein Papa öfter so eigenartig ist.«

»Lieber nicht. Sie weint manchmal so wegen Papa. Das macht mir richtig Angst. Und dann trau ich mich nicht, was zu fragen, weil ich nicht will, dass sie vielleicht schon wieder weinen muss.« Louisa schnappte sich ein Stück Knete von ihrem Nachttisch und begann, es mit beiden Daumen zu malträtieren.

»Oh«, sagte Kaleo erneut und machte große Augen. »Deine arme Mama.«

»Ich umarme sie dann immer ganz fest und sage ihr, dass

sie nicht traurig sein soll und dass ich sie lieb habe. Und danach weint sie nur noch mehr.« Louisas Knete-Stück war bereits platt wie eine Flunder und hatte Löcher gebildet. »Also glaube ich, dass ich in Zukunft vielleicht lieber nichts mehr sagen sollte.« Sie zuckte traurig mit den Schultern.

Kaleo und sie blickten beide auf die verhunzte Knetmasse in ihrer Hand.

»Lass uns jetzt nicht mehr über meinen Papa reden.« Mit einem Ruck stand Louisa auf und legte die Knete zurück an ihren Ursprungsort. »Wollen wir Schiffchen basteln und bemalen? Meine Mama hat mir neulich gezeigt, wie das geht.«

Als Kaleo seine Zustimmung gab, verschwand Louisa aus ihrem Zimmer und kam kurze Zeit darauf mit einer Handvoll kleiner quadratischer Notizzettel zurück, die sie auf den Tisch in die Mitte legte. Kaleo war für die Stühle am Tisch fast schon ein bisschen zu groß, stellte sie fest. Bestimmt würde sie einen neuen größeren Tisch bekommen, wenn sie in eineinhalb Jahren hoffentlich auch so groß wie er wäre.

»Schau, du musst alle vier Ecken genau bis zur Mitte falten. Dann drehst du das Blatt um und machst genau das gleiche wieder. Und noch einmal. Jetzt musst du zwei gegenüberliegende Ecken aufziehen und alles platt drücken. Siehst du, gar nicht so schwer!« Sie präsentierte ihm das fertige kleine Papierboot.

Louisa nahm sich ein neues Blatt und begann gemeinsam mit Kaleo Schiffchen zu falten. Als sie eine Weile damit fortgefahren waren, gingen sie dazu über, ihre Basteleien zu bemalen.

»Eines mach ich für meine Mama, das wird auf jeden Fall blau und rot wie Superman«, kündigte Kaleo an und griff nach den entsprechenden Filzstiften.

»Hab ich schon mal gehört. Aber wer ist das eigentlich?«

»Superman ist eine Comic-Figur. Er ist fast unverwundbar. Nur grünes Kryptonit macht ihn schwach. Außerdem kann er fliegen, und er ist total stark und schnell!«

Louisa war begeistert. »Cool! Das wäre ich auch gern!«

»Ich auch«, pflichtete Kaleo ihr nickend bei. »Ich wünschte, das Kryptonit hätte meine Mama nicht geschwächt. Dann würde sie jetzt vielleicht noch leben.«

»Warum ist sie denn eigentlich gestorben?«

»Sie ist gestorben, als ich geboren wurde. Sie war stark wie eine Super-Frau, aber irgendetwas hat ihren Körper bei der Geburt vergiftet, meinte mein Papa, als er es mir mal erklärt hat. So ungefähr wie Kryptonit Superman vergiften kann.«

»Das ist sehr traurig.« Louisa grübelte eine Weile. »Sag mal, wenn deine Mama eine Super-Frau war, hast du das vielleicht von ihr geerbt?«

Kaleo lachte auf. »Nein, nein, das ist nur so ein Vergleich. Meine Mama hatte keine wirklichen Superkräfte. Mein Papa hat sie nur immer so genannt, weil er sie so bewundert hat.«

»Das ist schön. Ich wünsche mir, mein Papa würde meine Mama auch *Super-Frau* nennen, anstatt sie immer so zu beschimpfen.«

Im Erdgeschoss klingelte das Festnetz-Telefon. Lange. Schließlich wurde es beantwortet, und beide hörten, wie Louisas Vater sich schroff mit »Ja« meldete. Sie malten unbeirrt weiter, bis er lautstark zu fluchen begann. »Wo ist denn so ein scheiß Notizzettel, wenn man ihn braucht! Louisaaaaa, bring mir was zum Schreiben!«

»Ups«, flüsterte Louisa. Erschrocken griff sie sich die verbliebenen Blätter und eilte vermutlich fast so schnell wie Superman in Richtung der Stimme ihres Vaters. Wenige Augenblicke später war sie wieder in ihrem Zimmer bei Kaleo.

Das Telefonat wurde beendet, und sie hörten die schweren, behäbigen Schritte des Vaters die Treppe hinaufkommen, die schließlich vor Louisas offener Zimmertür stoppten.

»Hey, du lästige Motte. Ich möchte … nicht noch einmal erleben, dass neben dem Telefon keine Zettel liegen.« Da sein Körper leicht schwankte, lehnte er am Türpfosten.

Louisa saß stocksteif auf ihrem Stuhl, als sie kleinlaut antwortete: »Tut mir leid, wir wollten nur basteln.«

Ihr Vater hob sein Kinn missbilligend an und blickte in Kaleos Richtung. »Und du, warum gibst du dich überhaupt mit ihr ab? Du bist doch viel älter als sie.«

Kaleo straffte seine Schultern und strich sich eine Strähne seines dunklen Lockenkopfes aus den Augen, damit er Louisas Vater ungehindert ansehen konnte. »Ich mag Louisa. Sie ist meine Freundin.«

Ihr Vater lachte höhnisch auf. »Freundin, ha! Freundin, hahaha!« Noch immer spöttisch lachend drehte er sich einfach um, machte sich wieder auf in Richtung seines angestammten Platzes und ließ die beiden Kinder verwirrt zurück.

»Dein Papa ist wirklich seeehr komisch«, flüsterte Kaleo leise in Louisas Ohr. »Komm, lass uns die restlichen Boote bemalen, und dann könnten wir rausgehen. Weißt du was, ich habe gerade eine Idee: Wir könnten die Schiffe einfach auf der Straße verkaufen und uns ein bisschen Taschengeld verdienen!«

»Das machen wir«, ließ sich Louisa von seiner Idee anstecken und zückte einen neuen Stift. »Ich wollte schon immer mal eigenes Geld haben!«

»Wir könnten davon Gummibärchen kaufen gehen!«

»Oder einen Superman-Comic!«

»Genial! Auf jeden Fall kaufen wir davon nicht so ein komisches Zaubertrank-Zeug, das steht fest.«

Auf der gemauerten Mülltonnenbox sitzend winkte Louisa ihrer Mutter zu, die gerade das Auto unter dem Carport parkte. Elena nahm ihre Arbeitstasche vom Beifahrersitz, verließ den Wagen und kam zu ihrer Tochter und Kaleo, um beide zu begrüßen. Sie drückte Louisa einen Kuss auf den Kopf und wuschelte Kaleo liebevoll durch sein Haar.

»Hallo Kaleo, schön dass du mal wieder mit Louisa zusammen Zeit verbringst.«

»Schauen Sie, was wir gebastelt haben!«

»Bitte sag doch Elena zu mir, du musst mich nicht siezen, Kaleo.« Sie lächelte ihn an, und er nickte einverstanden mit dem Kopf.

»Hier.« Louisa streckte ihr einige der bunt bemalten Schiffchen entgegen.

»Oh, die sind ja toll geworden!«, lobte ihre Mutter.

»Wir verkaufen sie an die Leute, die vorbeikommen. Die Kleinen kosten zehn Cent und die Großen zwanzig. Wir haben das hier alles schon eingenommen.« Sie hob eine Keramikschale an, die Elena als die aus ihrer eigenen Küche identifizierte.

»Das ist aber viel Geld! Dann habt ihr ja jede Menge gebastelt.«

»Na ja, geht so. Aber die Leute sind immer sehr nett und geben uns viel mehr Geld, als sie bezahlen müssen.«

»Dann waren sie wirklich spendabel«, bemerkte Elena anerkennend und blickte in die Schale, in der sich große und kleine Münzen häuften.

»Frau Simon hat uns das da gegeben«, Louisa holte stolz den 5-Euro-Schein aus der Schale.

»Sie ist wirklich eine nette alte Dame«, kommentierte ihre Mutter. »Ich hoffe, sie hat ein besonders schönes Schiffchen für diese großzügige Spende bekommen.«

»Ja, das hat sie. Sie hat das Superman-Boot genommen, das Kaleo für seine gestorbene Mama bemalt hat.«

Elena lächelte Kaleo an und strich ihm kurz über die Wange. »Das ist eine nette Geste von dir gewesen, mein Schatz. Das wird deine Mama bestimmt gefreut haben, wenn sie es vom Himmel aus gesehen hat. Vermisst du sie sehr?«

Kaleo zuckte ein wenig ratlos mit den Schultern. »Weiß nicht. Ich kannte sie ja leider nicht einmal. Aber wenn Papa mir manchmal Geschichten von ihr erzählt, dann hört es sich an, als wäre sie bestimmt eine tolle Mama gewesen. Dann fehlt sie mir schon.«

Elena blinzelte schnell die aufkommenden Tränen in ihren Augen weg, damit Kaleo sie nicht bemerkte. Sie dachte noch ziemlich häufig an ihre Nachbarin zurück, die wie eine Freundin für sie gewesen war.

»Aber Papa ist auch großartig. Er ist der Beste, den man sich wünschen kann!«

»Ja, das ist wahr«, stimmte Elena ihm zu und lächelte. »Du kannst sehr froh sein, dass du ihn hast.« Sie straffte ihre Schultern und atmete einmal tief durch. »So, und ich gehe nun das Abendessen vorbereiten, während ihr fleißig weiterverkauft. Kaleo, möchtest du heute bei uns essen?«

Louisa sah ihre Mutter betrübt und verunsichert an. »Mama«, druckste sie herum, »… ich weiß nicht, ob das so eine gute Idee ist … Papa ist heute schon wieder so seltsam … Und er hat sich vorhin über Kaleo lustig gemacht. Das war nicht so nett.«

Elena versuchte, sich nichts anmerken zu lassen. Ihre Fassade war verdammt schwer aufrechtzuerhalten, doch sie blieb tapfer. »Oh je. Vielleicht ist es dann sogar besser, ihr esst heute Abend beide bei dir, Kaleo? Dann kann ich mit Marc mal in Ruhe reden. Bist du so lieb und nimmst Louisa mit zu dir, wenn ihr die Schiffchen hier fertig verkauft habt?«

»Na klar!«

»Ich hol dich dann später bei Kaleo ab, in Ordnung, Louisa?«

Sie nickte, und ihre Mutter ging durch das Gartentor an

ihnen vorbei in Richtung der Haustür.

»Mama?«

Elena drehte sich noch einmal um. »Ja mein Schatz?«

»Ich hoffe, du musst nicht wieder wegen Papa weinen.«

Elena schluckte schwer und hätte erneut um ein Haar die Fassung verloren. »Mach dir bitte keine Sorgen, mein Engel.« Dann drehte sie sich eilig um, kramte nach dem Schlüssel in ihrer Tasche und machte sich auf die Begegnung mit Marc gefasst. Sie würde die Gewissensbisse ihrer Tochter gegenüber auf einen anderen Zeitpunkt verschieben müssen. Jetzt brauchte sie womöglich erst einmal alle nötige Kraft und gute Nerven für ihren betrunkenen Ehemann. Später irgendwann – vermutlich nachts, wie so oft – könnte sie sich dann immer noch selbst zerfleischen, was sie ihrer Tochter mit den ganzen Streitigkeiten eigentlich antat. Auch wenn jede Alkoholsucht einen Grund hatte, war sie sich schon länger nicht mehr sicher, ob sie die Situation noch weiter ertragen konnte. Irgendwann würde sie durch die Last des schlechten Gewissens vermutlich einfach zusammenbrechen.

Als das allerletzte Schiffchen rund eine halbe Stunde später verkauft war, kletterte Kaleo von der Mülltonnenbox und half anschließend Louisa herunter. Sie schnappten sich die Schüssel mit den Einnahmen und liefen gemächlich durch die Häusersiedlung, bis sie einige Straßen weiter an Kaleos Haus ankamen und klingelten. Das Haus war ein Stückchen kleiner als jenes, in dem er und sein Vater ehemals neben Louisa und ihren Eltern gewohnt hatten, aber für die beiden hatte es zusammen mit dem kleinen liebevoll angelegten Garten ausreichend Platz.

Keanu freute sich sichtlich, als er öffnete und seinen kleinen Sohn mit dem Mädchen vor seiner Tür stehen sah.

»Kann Louisa heute bei uns zu Abend essen? Ihre Mama muss dringend etwas mit ihrem Papa besprechen.«

»Na klar, kommt rein. Ich freu mich, dass wir uns mal wieder sehen. *E komo mai*, Louisa, herzlich willkommen!« Er begrüßte sie auf Hawaiianisch und machte eine einladende Geste.

Als Kaleo seine Schuhe vor der Tür auszog und in den Flur trug, tat Louisa es ihm gleich. Dann bugsierte Keanu die beiden in Richtung Küche.

»Ich bin noch nicht ganz fertig. Wollt ihr mir beim Tischdecken helfen?« Auch wenn er mittlerweile schon etliche Jahre nicht mehr in Hawaii wohnte, konnte er den amerikanischen Akzent in seiner Aussprache nicht vollständig verbergen.

Als Kaleo und Louisa mit den ihnen zugeteilten Aufgaben fertig waren, beendete Keanu gerade seine letzten Arbeitsschritte. Er trug die Pfanne in Richtung Küchentisch und gab je einige Löffel des Erbsen-Karotten-Gemüses auf die Teller. Während er anschließend den panierten Fisch und den Kartoffelbrei aufteilte, beäugte Louisa ihn verstohlen. Sie war unglaublich davon fasziniert, wie ähnlich die beiden sich sahen – fast so, als wäre Kaleo eine Miniatur-Version seines eigenen Vaters. Kaleo hatte nicht nur seinen Teint, sondern auch die gleiche Augenfarbe sowie beinahe die gleichen lockigen dunklen Haare.

»E'ai kaua«, sagte Keanu in die Runde, als er sich gesetzt hatte. »Das heißt: Guten Appetit«, fügte er an Louisa gerichtet hinzu und nahm seine Gabel zur Hand.

»E'ai kaua«, antwortete Kaleo.

»Was habt ihr denn eigentlich für Geld gesammelt?«, wollte Keanu wissen und deutete mit seinem Messer in Richtung der mitgebrachten Schüssel.

Nach dem Essen und etliche gezählte Münzen später saßen sie zu dritt im Wohnzimmer auf der Couch und löffelten selbstgemachtes hawaiianisches Shave Ice mit Erdbeer-Sirup aus kleinen bunten Bechern.

Elena hatte sich telefonisch für 18 Uhr angekündigt, war jedoch viel zu spät dran, als es schließlich eine halbe Stunde nach der vereinbarten Zeit an der Tür klingelte.

Keanu stellte sein Eis ab, um Elena in Empfang zu nehmen.

Als er die Tür öffnete, verspürte er einen kleinen Stich in der Brust. »Aloha Elena, gehts dir gut? Du siehst heute noch blasser als sonst aus.«

Und nicht nur das ist anders an dir, dachte sich Keanu. Die beiden gaben sich zur Begrüßung einen Wangenkuss.

Elena strich ihr blondes und naturgewelltes langes Haar hinters Ohr und seufzte. Ihre Wangen waren ein wenig eingefallener als sonst, weshalb ihre blau-grauen Augen markanter wirkten, und auch ums Kinn herum war sie hagerer geworden. Dass ihr schwarzer Pullover so an ihrem Oberkörper herunterhing, ließ erahnen, dass sie auch an ihrer ohnehin schon schlanken Figur ein paar Kilos abgenommen hatte.

»Ach Keanu«, seufzte sie niedergeschlagen. »Marc schlägt momentan wieder extrem über die Stränge. Du glaubst nicht, wie viel Kraft mich das alles kostet.«

Keanu konnte nicht anders, er schloss Elena kurz tröstend in seine Arme. Als ehemals gute Nachbarin und Freundin hätte er sie gerne öfter gesehen, aber wenigstens telefonierten sie noch regelmäßig. Keanu ärgerte sich, dass er nicht mitbekommen hatte, wie schlimm es Elena in Wahrheit gehen musste, wenn ihr innerlicher Zustand in den letzten Monaten so enorm äußerlich sichtbar geworden war. Er machte sich ernsthaft Sorgen. Ab jetzt würde er sie wieder ein wenig öfter sehen, beschloss er. Er fühlte eine enorme Verpflichtung, sich um ihr Wohlergehen zu kümmern. Vielleicht musste er auch noch einmal mit Marc sprechen. Aber er war sich noch nicht sicher, ob das irgendeinen Zweck hatte. Wichtig war jedenfalls, dass es Elena irgendwie besser ging. Und dass Louisa nicht unter der ganzen Angelegenheit zu leiden hatte …

»Es tut mir unendlich leid, Elena«, meinte er aufrichtig und mit bitterernster Miene. »Komm doch auf einen Sprung rein, die Kinder essen gerade noch Eis.«

»Ja, was solls, gerne. Marc ist zum Glück schon ins Bett gegangen.« Elena schüttelte ihre Sneaker ab und folgte Keanu ins Haus und weiter in die Küche.

»Möchtest du Kaffee?«

»Gern. Ich kann heute Nacht eh wieder nicht schlafen, da kommt es auf ein bisschen puschendes Koffein auch nicht mehr an. Sag mal, hast du umgeräumt?« Sie sah sich im Raum um und bemerkte ein paar neue Familien-Bilder an den Wänden sowie den Essplatz, der an einer anderen Stelle als zuvor stand.

»Ist schon länger her. Ich brauchte mal wieder ein wenig Abwechslung.«

Keanu stellte die dampfenden Tassen auf dem Holztisch ab und nahm gegenüber von ihr Platz. »Und jetzt erzähl mal, was dich belastet«, sagte er sanft.

Wie auf Knopfdruck fielen Elenas Schultern noch ein wenig mehr in sich zusammen. Unglaublich, was Stress und Sorgen aus jemandem machen konnten. Elena war einmal eine unerschütterliche Person gewesen, die das auch nach außen ausgestrahlt hatte. Doch ihr Ehemann hatte sie nicht erst seit Louisas Geburt Stück für Stück zermürbt. Bereits zuvor hatte es schwierige Phasen gegeben, und nun war sein Alkoholkonsum das seit Jahren vorherrschende Thema in ihrer Beziehung. Manchmal konnte sie sich nur noch vage an die guten Zeiten mit Marc erinnern, doch sie wusste genau, dass ihr Gehirn ihr hier einen Streich spielte, weil es diese wunderschönen Jahre und Momente natürlich ebenfalls gegeben hatte. Ab und zu dachte sie darüber nach, was gewesen wäre, wenn sie Marc schon vor Louisas Empfängnis verlassen hätte, als die ersten schwereren Probleme ihre Ehe belastet hatten. Aber im selben Moment nagte bei dieser Überlegung ein furchtbar schlechtes Gewissen an ihr, weil es ihre wunderbare Tochter dann womöglich nicht auf dieser Erde geben würde – und das war einfach unvorstellbar.

»Marc war heute scheinbar recht unfreundlich zu den Kindern. Und ich überlege, ob es überhaupt so gut ist, dass Kaleo zu uns kommt, wenn Marc zu Hause ist. Es ist nicht fair, dass er ihn so krumm anredet … Vielleicht sollten sich die Kinder künftig lieber bei dir treffen, falls sie jetzt wieder mehr miteinander zu tun haben?« Sie nippte von ihrem Kaffeebecher, den sie mit beiden Händen umklammert hielt.

Keanu stimmte ihr knapp zu und wartete darauf, dass sie womöglich noch mehr erzählen wollte. Doch als sie nicht weiterredete, bohrte er vorsichtig nach. »Wie behandelt er dich, Elena? Ich … hoffe, dass sich die Sache von damals nicht wiederholt hat.«

Elenas Puls beschleunigte sich, und ihr Hals wurde eng. Für einen Moment überlegte sie, ob sie lügen sollte. Doch sie brachte es im Grunde weder übers Herz, ihm die Unwahrheit zu sagen, noch über die Realität zu sprechen. Ihr Mund öffnete und schloss sich wieder, während Keanu sichtlich unruhig wurde, als er sie so beobachtete.

»Was hat er getan, Elena? Ich bekomme bereits Fantasien, und das ist ziemlich gruselig!«

»So schlimm ist es auch wieder nicht«, wiegelte Elena schnell ab. »Ihm ist neulich mal … die Hand ausgerutscht. Aber nur einmal.«

»Elena!«, rief Keanu entsetzt aus.

»Pssst, die Kinder!«, flüsterte sie panisch.

Keanu wechselte den Stuhl, kam auf den Sitz neben sie und blickte sie von der Seite an, während er eindringlich auf sie einredete. »Elena! Das ist nicht okay! Das weißt du selbst. Und es ist auch keine Entschuldigung, dass es *nur einmal* seit damals wieder vorgekommen ist! Bitte, Elena. Egal, was du jetzt bestimmt für Argumente bringen wirst: Denk daran, dass du auch Louisa schützen musst!«

Sie kaute nervös auf ihrer Unterlippe herum. »Ich … kann nicht von ihm weg. Und solange es nur mich betrifft … Er würde Louisa nie etwas antun.«

»Doch, du kannst von ihm weg, Elena! Ich würde dich unterstützen, egal welche Konsequenzen das hätte. Du müsstest da nicht alleine durch! Und sei dir mal nicht so sicher, was Louisa betrifft. Man schlägt einfach überhaupt niemanden! Weder Erwachsene, noch Kinder, noch Tiere. Punkt. Ist die Grenze erst einmal überschritten, kannst du dir doch nie wirklich sicher sein, oder? Wo zieht jemand wie er denn eine Linie, wenn sein Toleranz-Pegel irgendwann erneut übertreten wird?! Und davon mal abgesehen bleiben eure Konflikte und der Zustand von Marc vor Louisa ja auch nicht verborgen.«

»Es wird bestimmt bald wieder besser mit ihm! Es war auch in der Vergangenheit oft ein Auf und Ab«, beschwichtigte Elena ihn und wusste, dass sie ihm und vermutlich auch niemandem sonst vormachen konnte, dass solch eine vage Hoffnung nicht gerade erbaulich war. »Ich spreche noch mal mit ihm, dass er einen Entzug machen soll. Unserer Familie Frieden zuliebe.«

Keanu seufzte tief, weil der einzige Trost, den er Elena momentan geben konnte, eine Umarmung war.

Wegen ihrer unterdrückten Gefühle war Elenas Kloß im Hals mittlerweile so groß, dass sie echte körperliche Schmerzen hatte. Als Keanu sie in seine Arme schloss, konnte sie diese liebevolle Geste kaum aushalten. So etwas Simples aber Herzliches hatte es in ihrer Ehe schon seit Ewigkeiten nicht mehr gegeben. Um bloß nicht loszuweinen, biss sie sich so fest auf ihre Wange, dass sie Blut schmeckte.

In diesem Moment registrierte sie, dass zwischen Marc und ihr schon so viel kaputt war, dass sie vielleicht nie wieder etwas würde empfinden können, selbst wenn er sie irgendwann einmal umarmen sollte. Und dass sie gleichzeitig momentan einfach keine Kraft und keinen Mut hatte, sich von ihm zu trennen. Es könnte sie alle ins Verderben stürzen, wenn Marc daraufhin womöglich seiner unkontrollierten Wut freien Lauf ließe … War es da nicht das geringere Übel, einfach den aktuellen Zustand auszuhalten und auf Besserung zu hoffen? Ihr war elender zumute als jemals zuvor.

»Ich muss jetzt gehen. Danke dir fürs Zuhören, wirklich.« Sie war bereits aufgestanden.

»Das ist das Mindeste, was ich für dich tun kann, Elena. Aber ich lasse dich furchtbar ungern in dieser Verfassung los. Ich kann nur an dich appellieren, dass du dich noch einmal besinnst. Du weißt nicht mit Sicherheit, ob das, was du dir ausmalst, Realität werden wird. Überleg es dir bitte!«

Sie nickte und lächelte müde. Dann ging sie ins Wohnzimmer, um ihre Tochter mit nach Hause zu nehmen, da es mittlerweile bereits kurz vor 19 Uhr war und diese dringend ins Bett sollte.

»Na, mein Schatz, hattest du einen schönen Abend?«, fragte sie gespielt unbekümmert.

»Wir haben die Münzen gezählt und fast zwanzig Euro verdient! Und Keanu hat uns Eis gemacht«, rief ihre Tochter aus und strahlte vor Glück.

»Das freut mich!« Elena gab ihr einen schnellen Begrüßungskuss und verabschiedete sich von Kaleo und seinem Vater. Wenn das mit dem Glücklichsein bei ihr doch auch so einfach hätte sein können … In diesem Moment kam ihr diese kindliche Unbekümmertheit und Unschuld unglaublich wertvoll vor.

Kapitel 3 ✿ Notlüge

Wir betreten den kleinen Camper, und ich muss alles genau erkunden – die Küche, die Sitzecke, die kleine Nische mit Toilette und Waschbecken –, obwohl wir vermutlich nichts davon benutzen werden, weil wir ja nur zum Schlafen heute Nacht hier sein werden. Wirklich faszinierend, was alles auf so wenig Platz untergebracht werden kann.

Dann fällt mir blitzartig etwas ein. »Weiß meine Mutter, dass ich heute Nacht nicht zu Hause bin?«

Leo nickt mir vom Schlafbereich aus zu. »Alles geklärt. Lou-Boutin, jetzt komm schon her!«, benutzt er meinen Spitznamen. Keine Ahnung mehr, wer von uns genau ihn letztlich kreiert hat. Er ist während eines Binge-Watching-Nachmittags entstanden, als ich in einem Film von den sexy High Heels mit der roten Sohle geschwärmt habe. Wenn wir ab und zu unsere albernen zehn Minuten haben, steht der eine dem anderen in nichts nach, was den Blödsinn anbelangt, der aus uns heraussprudelt. Aber wenn man sich und sein Leben immer bitterernst nehmen würde, wäre es doch irgendwie auch furchtbar langweilig. Jedenfalls genieße ich es unheimlich, dass ich mit meinem besten Freund sowohl die tiefsinnigsten Gespräche führen als auch den größten Spaß haben kann.

Ich beende meine kleine Besichtigungstour und komme nach hinten. Leo hat bereits die Vorhänge zugezogen, die Betten gemacht und das Panoramadach geöffnet, sodass etwas kühle Luft ins Innere strömt. Er sitzt lässig an die Wand gelehnt auf der Matratze. Eine seiner lockigen Haarpartien hat sich verirrt und hängt ihm in sein hübsches Gesicht. Ein zufriedenes Lächeln liegt auf seinen Lippen, als er auf den Platz neben sich klopft.

Ich krabble zum Ende der Matratze.

»Warte, da fehlt noch was.« Er zieht seinen Rucksack zu sich heran und kramt die Lautsprecher heraus, um sie mit seinem Handy zu verbinden. Kurz darauf umgibt uns unaufdringliche Lounge-Musik.

»Weißt du noch, wie wir früher öfter zusammen übernachtet haben? Das waren immer eine der schönsten Momente in meiner Kindheit und Jugend«, schwärme ich. »Und erinnerst du dich noch an das Zeltlager?«

»Das war so verdammt cool«, lacht er. »Wir waren noch so klein. Aber wir kamen uns unheimlich erwachsen vor, weil wir das erste Mal in den Ferien ohne unsere Eltern unterwegs waren und für superwichtige Lagerdienste eingeteilt wurden.« Wir müssen beide lachen. »Gott, wir waren bestimmt zuckersüß zusammen.«

»Wieso *waren*? Sind wir immer noch, oder etwa nicht?«, werfe ich ein. Ich schiebe die Bettdecke noch ein Stück weiter auf die Seite und lege mich mit aufgestellten Beinen auf die Matratze, um aus dem Dachfenster in den freien Himmel blicken zu können.

Leo tut es mir gleich und schmunzelt. »Entschuldige, du hast natürlich recht. Wir sind einfach perfekt zusammen.«

Wir schweigen einige Minuten, als wir die Sterne betrachten und unseren Erinnerungen nachhängen.

Mit einem Mal durchbricht Leo die Stille. »Ich packe meinen Kroatien-Koffer und nehme mit: einen Gemüsehobel.«

Ich muss losprusten. »Also dieses Spiel mal wieder, okay? Schön, kannst du haben«, nehme ich die Herausforderung an. »Ich packe meinen Koffer und nehme mit: einen Gemüsehobel und … einen Alien-Detektor.«

»Einen Alien-Detektor? Was soll das denn sein?«, will er wissen.

»Ist das nicht selbsterklärend? Um Aliens zu erkennen. Sonst weiß man ja im Zweifelsfall nicht, wer da vor einem steht. Wer weiß, wem man alles so begegnet, wenn man in der Welt herumreist.«

»Na gut, das macht natürlich Sinn«, gibt er grinsend zu. »Ich packe meinen Koffer und nehme mit: einen Gemüsehobel, einen Alien-Detektor und ein Bratwurstbratgerät.«

»Braucht man definitiv am Strand«, kommentiere ich.

»So ist es.«

»Ich packe meinen Koffer und nehme mit: einen Gemüsehobel, einen Alien-Detektor, ein Bratwurstbratgerät und ähm … eine Spreewaldgurke.«

»Hey!«, beschwert mein bester Freund sich. »Müssen wir uns die teilen oder bekomme ich eine Eigene?«

»Na gut, dann eben *zwei* Spreewaldgurken«, stocke ich unser Inventar auf, und Leo nickt zufrieden.

»Ich packe meinen Koffer und nehme mit: einen Gemüsehobel, einen Alien-Detektor, ein Bratwurstbratgerät, *zwei*

Spreewaldgurken und … und … ein Hühnersuppen-Duftspray«, sagt er mit einer Bestimmtheit in seiner Stimme, dass ich in schallendes Gelächter ausbreche. »Für den Fall, dass du dich fragst, wofür man das brauchen könnte: Stell dir vor, du bekommst im Urlaub eine Erkältung und sehnst dich nach Hühnersuppe von deiner Mom. Schon mal was von Placebo-Effekt gehört? Ich bin davon überzeugt, dass das Einatmen von Hühnersuppen-Duftspray dieselbe Wirkung hat.«

Als ich mein Lachen wieder unter Kontrolle habe, atme ich einige Male tief durch, um mich selbst zu beruhigen. »Was zu beweisen wäre! Ich hoffe, du packst für den Notfall eines für Kroatien ein.«

»Definitiv. Bestelle ich gleich online, gib mir einen Augenblick.«

Er zieht sein Smartphone heran und tippt aus Spaß „Hühnersuppen-Duftspray" in der Suchmaschine ein. Kurz darauf stockt er und hält mir das Handy hin. Dann wirft er schallend lachend sein Telefon auf die Matratze, als bei einem großen Online-Kaufhaus tatsächlich ein solcher Artikel angezeigt wird.

Wir kriegen uns kaum noch ein, weil es so irrwitzig ist, dass es solch einen Blödsinn auch noch wirklich gibt. Manchmal glaube ich, dass es tatsächlich nichts auf der Welt gibt, was noch niemand erfunden hat.

Nach einigen Minuten wischen wir uns die Tränen aus den Augen und setzen unser Spiel fort.

»Gut, also, ich packe meinen Koffer und nehme mit …« Ich kichere bereits wieder, während ich den Inhalt unseres bisherigen Gepäcks aufzähle. »… einen Gemüsehobel, einen Alien-Detektor, ein Bratwurstbratgerät, *zwei* Spreewaldgurken, ein superwichtiges Hühnersuppen-Duftspray und … ein Makaken-Affen-Ortungsgerät.«

Leo lacht auf. »Man weiß ja nie …«

»Genau«, gackere ich. Ich stoße die Luft aus. Dann ziehe ich meine Wangen nach innen, um das Grinsen aus meinem Gesicht zu bekommen und wieder einigermaßen normal sprechen zu können. »Leo, du bist dran!«, pikse ich ihn in die Seite, sodass er vor Überraschung kurz zusammenzuckt.

»Hm, lass mal sehen, was noch fehlt.« Er sieht mich an, als würde er die Antwort in meinem Gesicht finden. »Ich packe meinen Koffer und nehme mit: einen Gemüsehobel, einen

Alien-Detektor, ein Bratwurstbratgerät, zwei Spreewald-gurken, ein Hühnersuppen-Duftspray, ein Makaken-Affen-Ortungsgerät … und … und einen Schnappschildkröten-Maulkorb!«

»So ein Bullshit!« Ich breche schon wieder in Lachen aus, und Leo stimmt mit ein.

Spätestens nach der darauffolgenden Lachmöwen-Aufzuchtstation in unserem Gepäck können wir beide nicht mehr, uns laufen die Tränen über die Wangen. Ich habe mich mittlerweile aufgesetzt und halte mir meinen Bauch, der vor lauter Lachen inzwischen höllisch schmerzt. »Ich … kann … nicht mehr … Leo … Stopp, Spielende!«

Bis wir uns gefangen haben, lachen wir noch eine Weile weiter und liegen schließlich beinahe erschöpft atmend nebeneinander.

»Das war der schönste Geburtstag, den man sich wünschen kann«, sage ich und nehme seine Hand. »Danke, Leo. Für alles.«

Er blickt mir direkt in die Augen. »Hab ich sehr gern getan, Lou.«

Eine Zeitlang sinniere ich vor mich hin. Dann lasse ich ihn an meinen Gedanken teilhaben. »Weißt du, dass ich völlig verloren wäre, wenn ich dich nicht hätte?« Ich sehe zu ihm. »Ernsthaft! Ich weiß gar nicht, was ich ohne dich machen würde, Leo. Und dieser Gedanke jagt mir manchmal, ehrlich gesagt, eine Heidenangst ein.«

»Geht mir genauso«, flüstert er und lächelt fast schon wehmütig.

Wir betrachten beide diesen wunderschönen Sternenhimmel, der über uns thront. Und ich wünsche mir sehnlich, ich könnte diesen Moment konservieren wie in einer Schneekugel …

Einen Augenblick später stupse ich ihn an. »Wir haben heute noch gar kein Geburtstagsfoto gemacht!«

Leo blickt auf die Uhr. »Fünf vor zwölf. Noch ist es nicht zu spät.«

Er hält sein Smartphone über uns. Kopf an Kopf lächeln wir in die Kamera, als der Blitz die Dunkelheit erhellt und diesen letzten Moment an meinem 21. Geburtstag festhält.

Das Grinsen klebt mir immer noch im Gesicht, als ich am frühen Morgen nach meinem Geburtstag nach Hause komme und die Haustür leise aufsperre, um niemanden – und vor allem nicht meinen Vater – zu wecken.

Leo und ich haben letzte Nacht im Camper nicht wirklich viel geschlafen, weil wir die meiste Zeit geredet und gelacht haben und in Erinnerungen an früher geschwelgt sind. Aber trotzdem bin ich nicht allzu müde. Stattdessen bin ich immer noch voller positiver Energie und freue mich schon, in den heutigen Samstag zu starten. Das Wetter scheint erneut schön zu werden, und wir haben überlegt, am Nachmittag vielleicht im See baden zu gehen.

Doch in dem Moment, als ich unseren Flur betrete, wird meine glückliche kleine Welt zerstört.

»Müsstest du nicht eigentlich von oben kommen?«

Ich zucke zusammen, als ich die Stimme meines Vaters höre und ihn in der Küche rechts vom Flur erblicke. »Dein Schlafzimmer ist im Obergeschoss, soweit ich weiß. Wo warst du also?«

Ich schlucke und weiß instinktiv, dass das hier nicht gut für mich ausgehen wird. Aber ich versuche es zumindest – mit einer Notlüge. »Ich hab bei meiner Freundin übernachtet. Wir haben einen Mädels-Abend wegen meines Geburtstags gemacht. Hast du etwa schon vergessen, dass ich gestern hatte?«, rutscht es mir heraus. Seine Fragerei und sein Misstrauen triggern mich inzwischen einfach so sehr.

Mein Vater zieht gereizt das Kinn nach oben und schaut mich böse und prüfend an, während er auf mich zugeht. »Du lügst mich doch an!«

Ich verkrampfe mich schlagartig. Scheiße ... Am besten versuche ich, so nah wie möglich bei der Wahrheit zu bleiben ... »Wir haben gestern in einem Camper übernachtet, den sie extra für mich gemietet hat, weil ich das schon immer mal machen wollte ... Unten am Wasser auf dem Parkplatz beim Schwimmbad«, füge ich weitere Infos hinzu, um es glaubwürdiger zu machen.

»Dann ruf sie an! Ich will es von ihr selbst hören.«

Ich seufze innerlich auf, doch ich weiß, dass Diskussionen keinen Zweck haben. Also gebe ich mich geschlagen und hole mein Handy aus der Tasche. Ich merke, wie ich leicht zittere, als ich Caras Nummer heraussuche und auf das grüne Hörersymbol drücke.

Bitte Cara, sei so schlau und spiel mit, bete ich innerlich und spüre, wie mein Herz nervös gegen meine Rippen schlägt. Ich bemühe mich um einen lässigen Ton, als meine Freundin nach dem vierten Klingeln abnimmt.

»Hey Lou! Na, hattet ihr …?«

»Hey Cara«, würge ich sie ab, »kannst du bitte meinem Vater bestätigen, dass wir zusammen übernachtet haben? Ich gebe dich mal weiter.«

Ich händige ihm widerwillig mein Telefon aus und höre mit, wie Cara bestätigt, dass wir den Abend und die Nacht über zusammen waren.

Als mein Vater weiter nachfragt, merke ich, wie mir die Farbe aus dem Gesicht weicht. »Und wo habt ihr übernachtet?«

»Bei mir zu Hause«, höre ich Cara sagen, doch es klingt beinahe wie eine Frage.

»Danke Cara«, sagt mein Vater.

Er legt auf und wirft mir mein Handy zu, sodass ich es vor Überraschung gerade noch auffangen kann, bevor es auf dem Boden gelandet wäre.

Sein Blick ist starr, er hat die Augen verengt. »Deine Freundin sagt also, dass ihr bei ihr zu Hause übernachtet habt, Louisa. Ich dachte, ihr wart in einem Camper. Wer von euch beiden lügt nun eigentlich?« Er hat seine Hände in die Hüften gestützt.

Ich schlucke hart. Früher oder später wird er es eh erfahren. Ich bin fast den Tränen nahe, als ich gestehe, dass ich mit Leo zusammen im Camper gewesen bin.

Als mein Vater bedrohlich nahe an mich herankommt, kann ich seine Augenlider vor Wut leicht zucken sehen. »Louisa – du weißt ganz genau«, erhebt er seine Stimme, »dass ich etwas dagegen habe, wenn du mit … irgendwelchen Jungs Zeit alleine verbringst!«

»Es ist aber nicht irgendein Junge, sondern Kaleo!«, sage ich trotzig und kann ihn dabei nicht ansehen. »Akzeptier endlich, dass wir befreundet sind! Und außerdem bin ich seit mittlerweile drei Jahren volljährig und kann verdammt nochmal machen, was ich will!«

»Louisa …«, sagt er warnend mit zusammengebissenen Zähnen. »Sprich nicht so mit mir, hast du gehört! Du wohnst hier, in diesem Haus, und damit hast du dich an alle Regeln zu halten, die hier gelten! Und das bedeutet: keine Jungs, und erst recht kein … Kaleo!« Wie abfällig er seinen Namen ausspricht, macht mich unfassbar sauer und verletzt mich zutiefst.

Ich schnaube und merke, wie ich von Kopf bis Fuß zittere. »Das kannst du mir nicht verbieten! Du kannst mich nicht die ganze Zeit kontrollieren!«

Und dann rutscht mir etwas heraus, das ich vielleicht lieber nicht hätte sagen sollen, und schon gar nicht in dieser Situation. Aber ich bin einfach so wütend, dass er immer noch eine solche Macht auf mich ausübt, obwohl ich jetzt bereits 21 Jahre alt bin … »Ich bin so froh, dass ich dich im August zwei Wochen lang nicht sehen muss, wenn ich mit meinen Freunden in den Urlaub fahre!« Ich erstarre vor Angst, weil ich es in dem Moment bereits zu bereuen beginne, als mir die Wörter aus dem Mund kommen.

»Ha!«, lacht er höhnisch auf. »Davon wusste ich ja noch nicht einmal! Das wird ja immer schöner! DU fährst überhaupt nirgendwo hin!«

»Du kannst es mir nicht verbieten! Ich brauche keine Erlaubnis!«, rufe ich ihm mit zittriger Stimme entgegen.

Doch er ignoriert mich und straft mich mit seinem eiskalten Blick. »Ist Kaleo etwa auch im Urlaub dabei?«

»Ja«, sage ich kleinlaut und muss schlucken, während mir mein Herz bis zum Hals schlägt.

Er tritt einen Schritt auf mich zu und atmet schwer. Er ist stockwütend. Ich schließe die Augen, als ich seinen Atem vor mir spüre, der mich unglaublich anekelt. In mir krampft sich alles zusammen, meine Muskulatur ist zum Zerreißen angespannt. Mit jeder Faser meines Körpers bin ich darauf gefasst, dass er mich gleich schlägt …

Aber dann höre ich, dass er einen Schritt zurückgeht und immer schneller in Richtung Küche läuft.

»Du kannst vergessen, mit ihm auf diese Reise zu gehen! Du wirst den Urlaub stornieren!«, brüllt er von dort aus, und ich höre, wie ein Schrank zugedonnert wird.

Als ich aus meiner Schockstarre erwache und meine Augen öffne, greife ich zitternd nach dem Türgriff und verlasse das Haus so schnell wie ich gekommen bin.

An die nächsten Minuten kann ich mich nicht mehr wirklich gut erinnern. Ich weiß nur, dass ich irgendwann an Leos Tür klingle und in dem Moment zusammenbreche, als er mir öffnet.

Ich falle schluchzend in seine Arme und kann kaum noch

Luft holen, weil all die aufgestaute Angst und Panik von vorhin und meiner ganzen Vergangenheit in diesem Moment wie ein Vulkan ausbrechen und meinen Körper in die Knie zwingen. Wie in Trance bekomme ich mit, wie Leo mich ins Wohnzimmer bugsiert und mich mit sich zusammen auf die Couch setzt. Er nimmt meinen Nacken in seine Hände und legt meinen Kopf in die Kuhle an seinem Hals, wo ich nicht mehr aufhören kann zu weinen.

Etliche Minuten später werde ich in seinen Armen ruhiger und fühle mich mit einem Mal seltsam distanziert. So als würde ich gar nicht wirklich verstehen, was da eben passiert ist und mich lediglich von außen sehen. Mir kommt auf einmal alles furchtbar surreal vor, als hätte ich den Moment mit meinem Vater vor wenigen Minuten gar nicht selbst erlebt, sondern hätte nur eine andere Person dabei beobachtet.

Mir war bis gerade nicht bewusst, wie viel Panik ich in mir gehabt haben muss, wie viel Vergangenheit diese eine Situation in mir hervorgerufen hat. Alles hat sich gefühlt in diesem einen Augenblick entladen. All die lauten Worte zu Hause und der Unmut und die Verachtung, die mein Vater mir so oft entgegengebracht hat. All die jahrelange unterschwellige Angst, die ich hatte, dass er mir etwas antun könnte, weil er seine Wut oft nicht kontrollieren kann.

Ich habe mich in meinem Leben selten so schwach und schutzlos gefühlt wie vorhin. Dabei sollten doch eigentlich die eigenen Eltern gerade diejenigen sein, die einen vor allem Schlimmen in der Welt beschützen. Aber bei mir fühlt es sich genau andersherum an: als wäre mein Vater die größte Bedrohung, die die Welt für mich bereithält. Und es ist irrelevant, ob er mich in diesem Moment geschlagen hat oder nicht. Denn seine Nicht-Liebe so hautnah zu spüren, hat mir den Atem genommen und ebenso wehgetan. Oder vielleicht hat das sogar noch mehr in meiner Seele geschmerzt, als Schläge es könnten. Den Dolch, den er mir jahrelang in mein Herz gebohrt hat, hat er dort im Hausflur umgedreht … So viele Momente der Vergangenheit komprimiert in wenigen Minuten.

Als Leo mich zum wiederholten Mal fragt, was denn eigentlich geschehen sei, bemerke ich das erste Mal bewusst die Panik in seiner Stimme, die da schon die ganze Zeit über gewesen ist. Und das bringt mich schließlich in die Gegenwart zurück.

Ich versuche, mich für ihn zusammenzureißen, um trotz meiner Tränen endlich reden zu können. Also hole ich mehrmals tief Luft und schaffe es beim vierten Anlauf endlich, halbwegs einen Satz herauszubekommen.

»Mein Vater ...«, presse ich hervor. Ich registriere, wie ich wie Espenlaub zittere, als ich mit brüchiger Stimme zu reden versuche. »Er ist ausgerastet, als er erfahren hat ... dass wir nachts zusammen waren ... Leo, ich hatte solche Panik, dass er ... dass er mich wieder schlägt.« Ich kann einfach nicht verhindern, dass ich erneut losschluchze.

Ich höre, wie Leo schockiert die Luft einzieht. »Wieder?!«

Nein! ... Ich wollte das nie sagen!

Ich wollte es für mich behalten.

Für immer.

Und darum kann ich ihm auf keinen Fall antworten.

Es geht einfach nicht ...

Ich schüttle vehement mit dem Kopf, um all die unschönen Gedanken zu verdrängen.

Er umfasst mein tränennasses Gesicht mit seinen Händen. »Lou, sieh mich an. Bei mir bist du sicher, ich pass immer auf dich auf, okay?«

Mit einem Mal sehe ich, wie sich eine Träne aus Leos Augen löst. Er drückt mich so fest an sich, wie er kann.

Und dann weint Leo mit mir und hüllt mich tief in seine Arme ein. Und es tut so unsagbar gut, seinen Schutz zu spüren, diese unerschütterliche Festung, die er um uns beide herum aufbaut, nur mit seiner Umarmung und seinem Zuspruch. Er gibt mir damit so viel Sicherheit, dass ich in seinen Armen das Gefühl habe, dass mir hier nichts und niemand etwas anhaben kann. Bis zu diesem Moment ist mir vermutlich nie bewusst gewesen, dass es schon immer so gewesen ist. Dass ich ohne ihn schon längst zerbrochen wäre.

Plötzlich muss ich an all die Menschen denken, die schutzlos sind, die Situationen wie meine und noch viel schlimmere durchleben müssen und kein Schutzschild haben. Und mit einem Mal bin ich unendlich dankerfüllt, dass ich zu denjenigen auf dieser Welt gehöre, die diese eine Person in ihrem Leben haben, die ihnen ein wenig von dem Schmerz nimmt und ihnen Schutz gibt, wenn sie ihn dringend nötig haben.

Kaleo. Meine rettende Insel.

Kapitel 4 ✿ Zeltlager

Vergangenheit

»Louisa? Dein *Abholdienst* wartet bereits! Kommst du?«

Die Zehnjährige sprintete die Stufen vom ersten Stock ins Erdgeschoss hinab und stolperte dabei beinahe, weil ihre große Reisetasche gegen ihr Bein schlug und sie kurzzeitig aus dem Gleichgewicht brachte.

»Da hat es aber jemand eilig, von zu Hause wegzukommen«, lachte Elena, während sie ihrer Tochter kurz die Tasche abnahm, um sie fest in ihre Arme zu schließen.

»Tschüss, Mama!«

»Tschüss, mein Schatz. Hab ganz viel Spaß! Ich werde dich vermissen.«

»Mama, ich bin nur drei Tage nicht da.« Louisa verdrehte ihre Augen, und Elena musste schmunzeln.

Das ging ja schon bald los. Hatte sie etwa gerade die erste pubertäre Anwandlung ihrer Tochter erlebt? Sie mochte gar nicht daran denken, wie schnell es gegangen war, dass ihr kleines Baby nun bald schon 11 Jahre alt sein würde.

»Hat Papa dir auch einen schönen Ausflug gewünscht, bevor er heute Früh zur Arbeit los ist?«

»Nee, hat er vergessen. Aber nicht so schlimm.« Louisa zuckte mit den Schultern.

Ich bin es ja eigentlich gewohnt, dass er sich nicht viel für mich interessiert, konnte Elena beinahe die Gedanken ihrer Tochter hören, und es gab ihr einen Stich ins Herz. Sie strich ihrer Tochter über ihr dunkelblondes Haar, das mit einem neongelben Zopfgummi zusammengebunden war, und drückte ihr einen Kuss auf den Scheitel.

»Halt, vergiss deine Jacke nicht!«, stoppte ihre Mutter sie, nachdem Louisa eilig in ihre Turnschuhe geschlüpft war und bereits ihre Hand nach dem Türgriff der Haustür ausgestreckt hatte. Sie drückte ihr das Kleidungsstück in die Hand und wollte sie noch bis zum Gartentor begleiten. Doch Louisa war so ungeduldig, dass sie längst am Auto von Keanu, das auf der Straße wartete, angekommen war, ohne zu registrieren, dass ihre Mutter ihr nachgelaufen kam.

Keanu, der am Kofferraum lehnte und Louisas Tasche in

Empfang nahm, amüsierte sich köstlich. »Sieht so aus, als würdest du in den nächsten Tagen nicht recht vermisst werden«, rief er Elena zu.

Als seine ehemalige Nachbarin bei ihm angekommen war, begrüßten sie sich mit einer Umarmung und hielten einen kurzen Plausch, während Louisa bereits zu ihrem Freund ins Auto geklettert war.

»Gehts dir gut?«, wollte Keanu wissen.

Elena musste nicht lange überlegen, um die Frage zu beantworten, denn *ja*, es ging ihr zurzeit relativ gut. Nachdem sie vor einigen Jahren erfahren hatte, dass Marc ihre Tochter manchmal heimlich zum Dorfladen schickte, um Alkohol für ihn zu besorgen, war sie ausgerastet. Mit dieser beschämenden Aktion hatte er für sie eine rote Linie überschritten gehabt, die ihr die nötige Wut – und damit einhergehend Stärke – verliehen hatte, um ihm klarzumachen, dass er möglichst schnell einen Entzug machen sollte, weil er sonst bald niemanden mehr an seiner Seite haben würde. Der Mut, den es sie gekostet hatte, dieses Ultimatum aufzustellen, wurde tatsächlich in dem Sinne belohnt, dass Marc bereits vier Monate nach Beginn seiner stationären Therapie trocken gewesen war. Sie hatte sich in dieser und der darauffolgenden Phase mental ein wenig erholen können, sodass sie nun seitdem nicht mehr ganz so labil wie vor ihrem damaligen Ausraster war.

Eine harmonische Ehe führten sie dennoch nicht. Elena wusste nicht, ob ihre alten Wunden jemals komplett heilen konnten. Doch sie rechnete ihm hoch an, dass er seither zumindest auch bei größeren Problemen trocken blieb. Seine aggressive Neigung war jedoch leider nicht zusammen mit seinem Alkoholkonsum verschwunden. Seine Verbitterung gegenüber der beinahe gesamten Welt war manchmal schwer erträglich. Sie musste ihre Worte oft auf die Waagschale legen, um ihn nicht ungeahnt mit irgendetwas zu verärgern. Aber dennoch. Da es Elena nun besser als noch vor einigen Jahren ging, war sie sehr genügsam geworden und erfreute sich hauptsächlich am Glück, ihre Tochter zu haben.

»Ja, danke, zurzeit ist alles ganz in Ordnung«, antwortete sie ihm daher. »Und bei dir?«

Keanu grinste geheimnisvoll und redete leiser. »Ich habe jemanden kennengelernt! Aber erzähl bitte noch nichts weiter.

Ich möchte es Kaleo erst sagen, wenn ich mir sicher bin, dass es etwas Ernstes werden könnte.«

»Hey, das freut mich wirklich für dich!«, meinte Elena aufrichtig und fiel ihm um den Hals. »Dann drück ich dir dafür fest die Daumen! Wie sagt man noch mal auf Hawaiianisch? Pōmaika'i?«

»Genau!« Er fuhr sich durch seine dunklen Haare. »Danke dir.«

»Dad, wir müssen los! Wenn wir um zehn Uhr nicht da sind, dann fährt der Bus ohne uns«, rief sein Sohn ungeduldig durch das offene Seitenfenster zu ihnen nach hinten.

Keanu lachte. »Jaja, ich komme schon.«

»Danke, dass du sie fährst«, sagte Elena.

»Gern geschehen. Lass uns die nächsten Tage mal telefonieren. Ruf am besten *du* mich an, wenn Marc gerade nicht da ist. Ich will kein Trigger sein«, bemerkte er etwas leiser. »So, ich glaube, wir sollten jetzt tatsächlich mal los. Wir wollen die Kinder nicht um ihr Zeltlager bringen, sonst dürfen wir uns den Rest der Sommerferien was anhören.«

»Na endlich«, gickelten Kaleo und Louisa vom Rücksitz aus, als Keanu sich nach vorne zum Fahrersitz begab.

»Ich bin so froh, dass es geklappt hat und wir im selben Zelt sind«, stellte Louisa kauend fest, während sie auf Bierbänken sitzend nebeneinander ihr Mittagessen verspeisten.

Es herrschte allgemeiner Trubel unter den Zehn- bis Zwölfjährigen, da immer wieder jemand von den Tischen aufstand, um sich Nachschlag vom Buffet zu holen, das von den Camp-Betreuern zu Hause vorbereitet und mitgebracht worden war. Die Auswahl reichte von Würstchen über Nudeln sowie Gurken- und Käsesalat bis hin zu Kuchen und Wackelpudding für den Nachtisch.

»Ja, auf jeden Fall!«, bestätigte Kaleo ihre Feststellung. »Vielleicht werden wir später sogar ins selbe Team eingeteilt.«

»Nachtwache wäre cool! Oder Weckdienst. Oder kochen.«

»Stimmt. Alles, bloß nicht Klodienst oder Abspülen.«

»Egal, Hauptsache wir wären zusammen«, warf Louisa ein.

»Stimmt auch wieder. Dann könnten wir wenigstens Quatsch machen. Kennst du eigentlich sonst noch jemanden hier?«

»Nee. Aber ein paar Mädchen, mit denen ich mich vorhin

unterhalten habe, scheinen ganz nett zu sein. Eine wohnt sogar in unserer Nähe, sie ist neulich erst hergezogen. Sie heißt Isa und kommt im neuen Schuljahr auch in die fünfte Klasse. Dann wäre sie vielleicht sogar bei mir.«

»Freust du dich schon aufs Gym?«

»Ja – aber hauptsächlich, weil wir beide dann endlich wieder auf derselben Schule sind. Wir können morgens immer zusammen mit dem Bus fahren, das wird cool.«

Sie räumten ihre Teller weg und versammelten sich mit den anderen auf der großen Wiese am Waldrand, wo Bänke im Halbkreis aufgestellt worden waren. Die Einteilung der Lagerdienste begann, indem jedes Kind sich zuallererst eine Partnerin oder einen Partner suchen durfte. Anschließend wurden ihnen die Aufgaben zugeteilt.

Am Nachmittag sammelten Kaleo und Louisa mit einer kleinen Gruppe zusammen trockene Äste vom Waldboden für das Lagerfeuer am Abend. Nach Tauziehen, Quiz- und einigen Ballspielen wurde der Grill für das Abendessen angeworfen.

Als die Nacht hereinbrach und die Temperaturen kühler wurden, versammelten sich alle um das knisternde Feuer und hielten ihre langen Marshmallow-Stöcke über die Flammen. Es wurden Decken und Teetassen verteilt, während der Jugendleiter eine Geschichte zu erzählen begann. Aus dem Wald waren immer wieder ferne Eulenrufe zu hören, die die Mystik der Erzählung unterstrichen. Schließlich durfte jeder, der wollte, noch eine mehr oder weniger schaurige Gruselgeschichte beitragen.

Nach einer Gesangsrunde über eine im Hühnerstall Motorrad fahrende Oma und ein rotes Pferd waren die meisten eigentlich noch viel zu aufgedreht, um sich schließlich schlafen zu legen. Doch ab Mitternacht begannen die Betreuer, die Nachtruhe in den Zelten vehement mit Strafdiensten für den nächsten Tag durchzusetzen. Und so herrschte bald himmlische Ruhe über der Waldlichtung, als Kaleo und Louisa zusammen am beinahe erloschenen Lagerfeuer saßen, um Nachtwache zu halten.

In einigen Metern Entfernung fläzte auf der anderen Seite des Camps einer der Betreuer zur Wach-Unterstützung in einem Campingstuhl. Er hatte seine Schirmmütze ins Gesicht gezogen, sodass sie davon ausgingen, dass er womöglich bereits eingeschlafen war.

»Ich habe vorhin gesehen, wo die Lebensmittelvorräte aufbewahrt werden«, flüsterte Kaleo. »Im Hänger neben dem Toilettenwagen.«

»Ich weiß, hab ich auch gesehen!«

»Meinst du, wir könnten mal nachschauen, ob noch was Leckeres für uns abfällt?« Die letzten züngelnden Flammen ließen Schatten auf Kaleos schelmisch grinsendem Gesicht tanzen.

»Ja, unbedingt!«

»Na dann los. Ich glaube, der schläft tatsächlich. Ich habe ihn beobachtet, er hat sich seit mindestens zehn Minuten nicht mehr bewegt.« Kaleo deutete mit dem Kinn in Richtung der Lagerwache auf der gegenüberliegenden Seite.

Um sich bei ihrer Geheimaktion nicht zu verraten, knipsten sie die Taschenlampe aus und schlichen sich mucksmäuschenstill von den Zelten weg, bis sie auf der anderen Seite eines kleinen Trampelpfads bereits den Anhänger neben dem Waschhaus erreicht hatten.

»Okay«, flüsterte Louisa hibbelig, »ich stehe Schmiere und beobachte den da drüben, während du unter die Plane schaust.«

Kaleo löste einige Seile, mit der die Abdeckhaube an dem Wagen befestigt war. Nach wenigen Minuten kam er wieder zu Louisa. Gemeinsam huschten sie zurück zur Bank am Lagerfeuer und konnten ihr Kichern kaum unterdrücken, während sie wachsam den Betreuer im Auge behielten. Doch der schien von ihrer Aktion keinen Wind bekommen zu haben.

»Ich habe noch nie etwas geklaut«, bemerkte Louisa ehrfürchtig.

»Meinst du etwa ich?«, lachte Kaleo leise und holte zwei Hände voll Mini-Schokoladentafeln aus seinen Hosentaschen hervor. Er legte die Beute zwischen sich und seiner Freundin auf der Bank ab. »Aber ich sage mal so: Wir haben uns einfach unseren Anteil für morgen schon mal geholt und uns noch eine Extra-Belohnung für die tolle Nachtwache ausbezahlt. Ich meine, schließlich müssen wir gerade alleine die gefährlichen Tiere und Verbrecher vom Lager fernhalten. Da braucht man ein bisschen Energie, um wachsam zu bleiben und sich konzentrieren zu können.«

»Die besten Argumente!«, strahlte Louisa und begann

zusammen mit Kaleo ein Täfelchen nach dem anderen aus seiner Verpackung zu schälen und genüsslich zu verspeisen.

»Heute war ein echt toller Tag«, stellte Louisa zufrieden mampfend fest und zog die warme Decke, die der Nachtwache überlassen worden war, ein wenig enger um ihren Körper.

»Finde ich auch.«

Eine ganze Weile saßen sie schweigend und kauend nebeneinander und lauschten dem Zirpen der Grillen sowie dem leisen Knacken der letzten Glut, die inzwischen kaum noch glomm.

»Riechst du den Wald? Es gibt fast keinen besseren Duft. Ich finde ihn total beruhigend.«

Louisa sog die kühle Nachtluft ein und nickte. »Stimmt. Und es riecht auch ein bisschen nach feuchtem Gras und Erde. So wie bei uns im Garten, wenn meine Mama im Sommer gegossen hat und ich bei offenem Fenster schlafe. Es gibt nichts Schöneres.«

»Meinst du? Vielleicht ja schon! Hast du in den letzten Minuten mal den Himmel gesehen? Guck, die Wolken haben sich verzogen.«

Louisa richtete ihren Blick nach oben und war überwältigt. »Wooow!«

Sie sah langsam von links nach rechts und dann wieder zurück. So, als wolle sie den Himmel scannen, um ja alles zu erfassen, was sich über ihren Köpfen erstreckte. Der tiefschwarze Nachthimmel war von tausenden Lichtern überzogen, die wie Diamanten schimmerten – größere und kleinere, sanft ruhende und intensiv blinkende. Es war, als würden die Sterne einen in die Weiten des Universums hineinsaugen, je länger man hinsah.

»So beeindruckend und geheimnisvoll«, hauchte sie und konnte sich am Anblick nicht sattsehen. »Ich glaube, ich habe tatsächlich noch nie etwas Schöneres gesehen.«

»Irgendwo da oben ist meine Mama«, flüsterte Kaleo.

Louisa nahm seine Hand und drückte sie sanft.

So saßen sie eine halbe Ewigkeit lang da und hingen ihren Gedanken nach, bis irgendwann Louisa die Stille durchbrach. »Ich glaube, meine Mama spielt mir immer noch manchmal vor, dass es zwischen ihr und Papa besser geworden ist. Aber neulich hab ich ein Gespräch belauscht …«, sie stoppte kurz.

»Darf ich dir davon erzählen?«

»Ja, klar.«

»Ich wollte nachts aufs Klo gehen, und ihre Schlafzimmertür war einen Spalt geöffnet. Darum konnte ich hören, was sie besprochen haben … Also, ich erinnere mich nicht mehr an alles. Aber im Großen und Ganzen ging es darum, dass Mama gemeint hat, Papa soll in Zukunft versuchen, netter zu sein. Er müsste dringend eine Therapie wegen seiner Vergangenheit machen, und weil er immer so schnell ausflippt. Dann hat er Mama angefleht, ihn nicht zu verlassen, weil er sonst …« Louisa stockte kurz. »… weil er sonst nicht mehr leben will …«

»Bitte Elena, verlass mich nicht! Ich habe doch nur dich und Louisa … Meine Eltern sind so lange schon tot, dass ich mich mittlerweile tatsächlich kaum noch an sie erinnere. Ich wünschte, ich hätte zumindest Geschwister. Aber so seid ihr die einzigen beiden, die mir bleiben. Bitte nimm mir das nicht weg! Bitte! Ich kann … ich will sonst nicht mehr … weiterleben … Ich weiß nicht, wie …«

»Marc, du machst mir Angst! Weißt du, wie sich das anfühlt, psychisch so unter Druck gesetzt zu werden? Bitte, du brauchst endlich therapeutische Hilfe. Gern gehen wir da auch zusammen hin, um über die Vergangenheit zu reden. Aber verstehst du denn nicht? Du bist es selbst, der mit seiner Art alle von sich stößt. Mich, Louisa, unsere inzwischen nur noch wenigen Freunde und Bekannte. Wenn du nicht bald begreifst, dass du auch aktiv an dir arbeiten solltest, um uns allen das Leben zu erleichtern, dann … Marc, ich tue doch bereits alles, was ich kann. Und ich kann nicht mehr, als dir tausende Male zu sagen, wie unglaublich leid es mir tut, was du durchleben musstest. Aber wir hatten das schon unzählig oft: Wir alle können leider die Zeit nicht zurückdrehen und Dinge ungeschehen machen – so gern wir es auch tun möchten … Also wach bitte endlich auf und trag aktiv dazu bei, dass wir ein besseres Familienleben haben, wenn du willst, dass wir irgendwie zusammen funktionieren! Und bitte hör endlich damit auf, dich in deinem Selbstmitleid zu suhlen und in Hass gegen die ganze Welt zu versinken!«

Stille. »Wirst du mich je wieder lieben, Elena?«

Erneutes Schweigen. »Liebst DU mich denn?«

»Ja.«

»Tatsächlich?«

»Trotz allem immer noch.«

»Dann beweise es, Marc! Gib mir ein Stück von dem Mann

*zurück, der du warst. Der ist tatsächlich einmal sehr liebenswert
gewesen ... Marc ... Marc! Was soll das? Geh runter von mir, ich
möchte jetzt nicht ... Hör auf!«*

»Ist ja gut! Beruhige dich bitte wieder!«

*»Ich schwöre dir, ich zeige dich an, wenn du noch einmal in
deinem Leben auch nur versuchen solltest, mir irgendeine Art von
Gewalt anzutun. Und dann bin ich tatsächlich SOFORT weg!«*

*»Tut mir leid, Elena! So war das nicht ... ich wollte nicht ... ich
dachte nur ... Bitte verzeih mir. Ich dachte nur ... wir könnten mal
wieder versuchen, uns ein wenig näher zu kommen.«*

*»Nein, im Moment definitiv nicht! Vorher muss sich wirklich
noch eine ganze Menge verändern, ehe das wieder passieren kann.
Bevor ich nicht sehe, dass du wirklich Willen zeigst, deine Umgangs-
art uns allen gegenüber zu bessern, bin ich leider nicht fähig, dir
etwas in dieser Richtung zu geben. Nicht als Bestrafung oder so,
Marc, aber es ... funktioniert emotional einfach nicht, okay?! Ich ...
ich glaube, ich brauche heute Nacht ein bisschen Abstand. Ich werde
auf der Couch schlafen.«*

»Glaubst du, mein Papa wird sich was antun? Ich hab wirklich
Angst«, flüsterte Louisa.

Kaleo rückte ein Stück näher an sie heran und legte ihr mit-
fühlend seinen Arm um die Schultern. »Das kann ich dir nicht
beantworten, Lou. Ich glaube, wir sind noch viel zu jung, um
so etwas verstehen oder beurteilen zu können. Es macht mich
traurig, dass du dieses Gespräch zwischen deinen Eltern mitbekommen hast und dir jetzt solche Sorgen machst. Vielleicht ...
hm ...« Er dachte einen kurzen Augenblick angestrengt nach.
»Vielleicht solltest du einfach den Mut zusammennehmen und
deiner Mama sagen, dass du das alles gehört hast. Wenn du
willst, kann ich auch dabei sein, dann musst du das nicht
alleine machen. Nur, wenn du willst.«

Louisa beschäftigten seine Worte eine ganze Weile. Aber
schließlich kam sie zu einem Ergebnis. »Ja, das wäre, glaube
ich, eine gute Idee. Ich habe in letzter Zeit so oft alleine über
das Gespräch zwischen meinen Eltern nachgedacht. Und trotzdem hab ich immer noch solche Angst. Es wird einfach nicht
besser.«

»Das kann ich mir vorstellen. Wir machen das zusammen,
okay?«

»Du bist wirklich toll, danke. Weißt du, ich habe immer das

Gefühl, wenn ich mit dir rede, gehts mir gleich ein bisschen besser. Bei dir fühle ich mich so ruhig, egal wie aufgeregt ich manchmal bin. Ich finde das echt schön.«

»Das freut mich.« Louisa hörte, wie Kaleos Mundwinkel sich in der Dunkelheit zu einem Lächeln verzogen. »Und ich bin wirklich gern für dich da.« Er drückte ihre Schulter.

»Weißt du«, ergänzte Louisa nach einigen Minuten, »meine Mama denkt vermutlich, dass sie mir einen Gefallen tut, wenn sie manchmal vorgibt, alles wäre okay. Aber ich finde das fast noch schlimmer. Weil ich ja trotzdem merke, dass etwas nicht in Ordnung ist. Doch dann lasse ich sie lieber im Glauben, dass ich sie nicht durchschaue, weil sie sich sonst auch noch um *mich* Sorgen macht. Und so tut jeder bei uns zu Hause ständig, als wäre überhaupt nichts, dabei ist im Prinzip einfach alles total verrückt …« Louisa seufzte.

Nach einer kleinen Weile fragte sie: »Meinst du, dass das Weltall ahnt, dass hier so viele winzige Wesen auf diesem Planeten leben, die alle ihre kleinen und großen Sorgen haben?«

Darüber dachte Kaleo einen Moment nach. »Vielleicht ist der Himmel deswegen so schön. Um uns für eine Zeitlang all den Mist vergessen zu lassen, wenn wir zu den Sternen schauen.«

»Vielleicht«, flüsterte Louisa.

Sie lehnte ihren Kopf an Kaleos Schulter. Gemeinsam betrachteten sie ehrfürchtig den Sternenzauber, bis die Wachablösung kam und sie in ihre jeweiligen Schlafsäcke gewickelt nebeneinander einschliefen.

Kapitel 5 ✿ Schmetterlinge im Sommer

Nach dem grauenvollen Morgen hat mich Leo wieder so weit aufgefangen, dass ich sogar ein paar Bissen vom Mittagessen hinunterbringe, das Keanu für uns vorhin gekocht hat. Er hat die Situation zum Glück nicht vollständig mitbekommen, da er zum Zeitpunkt meines Auftauchens unterwegs gewesen ist. Ich habe Leo gebeten, ihm nichts zu sagen. Somit glaubt er nur, dass ich wegen irgendetwas traurig bin. Ich will nicht, dass sich noch eine weitere Person Sorgen macht. Es hat mir schon das Herz zerrissen zu sehen, wie Leo die Sache mit mir und meinem Vater mitgenommen hat.

Nach dem Mittagessen gehen wir wieder in Leos Zimmer hoch und setzen uns auf die Couch. Ich schreibe Cara eine knappe, beruhigende Nachricht, weil sie sich erkundigt hat, ob ich nach dem Anruf meines Vaters Stress bekommen habe und ob sie in seinem Kreuzverhör richtig reagiert hätte. Ich bringe es einfach nicht übers Herz, wenn ich ihr die Wahrheit sage ...

»Wenn du noch einmal gähnst, verfrachte ich dich persönlich ins Bett. Meinst du nicht doch, dass dir eine Runde Schlaf guttun würde?«

Ich zucke mit den Schultern, aber ich bin von dem nervenaufreibenden Vorfall tatsächlich so ausgelaugt, dass ich kaum noch Energie habe. Und mein leichter Schlafmangel von der heutigen Nacht im Camper tut sein Übriges.

»Na komm, leg dich hin«, sagt Leo liebevoll. »Ich würde meinem Dad solange bei einer Arbeitssache helfen. Wir müssen noch Steine vom Großhandel abholen. Du kannst dich währenddessen ausruhen.«

Als ich ihm versichere, dass es wohl doch eine gute Idee sei, mir ein wenig Erholung zu gönnen, schüttelt er seine Zudecke auf dem Bett gegenüber der Couch auf. Dann drückt er mir einen Kuss auf den Kopf und verabschiedet sich.

Nachdem er die Zimmertür hinter sich geschlossen hat, gehe ich zum Bett hinüber und setze mich an den Rand. Ich nehme das Bild von Leos Eltern, das in einem silbernen Rahmen auf seinem Schreibtisch steht, und betrachte es.

Seine Mutter hat eine weiß-gelbe Blüte in ihrem braunen, endlos langen Haar stecken. Sie blickt lachend zu Leos Vater neben sich, der noch sehr jung aussieht. Im Hintergrund kann man verschwommen einen Strand und das Meer ausmachen. Vermutlich ist das Bild in Hawaii entstanden. Von Leo weiß ich, dass sich seine Eltern in Keanus Heimat kennengelernt haben, als seine deutsche Mutter während einer Studienreise im Rahmen ihres Biologie-Studiums eine Zeitlang dort gelebt hat.

Es gibt mir einen Stich im Herzen, als ich daran denke, dass mein bester Freund seine Mutter nie kennenlernen durfte. Sie sieht so unglaublich glücklich und lebensfroh aus. Ich will mir nicht ausmalen, was für eine leidvolle Situation es für Keanu gewesen sein muss, im selben Moment seinen Sohn zu gewinnen, dafür aber seine Frau zu verlieren. Das Leben ist manchmal einfach so beschissen ungerecht.

So sentimental, wie ich gerade ohnehin bin, läuft mir eine Träne über die Wange. Gestern noch war einer der schönsten Tage meines Lebens. Und nach heute Morgen spüre ich wieder so viel Traurigkeit in mir. Dieser Gegensatz ist einfach zu viel für mich.

Als ich das Foto wieder zurückstelle und mich hinlegen will, entdecke ich, dass mein bester Freund auf seiner Schreibtischunterlage in eine Ecke dutzende Herzchen gemalt hat. Ich lächle und frage mich, was ihn wohl dazu bewogen hat.

Dann schlüpfe ich unter die Bettdecke, rolle mich zusammen und schließe die Augen. Das Kopfkissen riecht nach Leo. Nach seinem Shampoo und nach Behaglichkeit.

Wenige Minuten später bin ich bereits eingeschlafen.

Ich schrecke aus meinem Schlaf auf, weil ich geträumt habe, dass meine Mutter gerade keine Ahnung hat, wo ich stecke, und sich deswegen Sorgen macht.

Noch etwas benommen streife ich meine Haare glatt, richte meine Kleidung und laufe zur Couch, um mich dort niederzulassen. Dann fische ich mein Handy aus der Handtasche. Es ist bereits vier Uhr nachmittags. Ich habe mindestens drei Stunden geschlafen. Ich stöhne und reibe mir die Augen.

Noch bevor ich meine Mutter anrufe, erledige ich etwas, das ich gerade ziemlich dringend machen möchte. Ich lösche die Rufnummer meines Vaters aus der Kontaktliste und blockiere ihn im Messenger-Dienst. Gerade habe ich nicht das leiseste Bedürfnis, mich in nächster Zeit in irgendeiner Form mit ihm auseinanderzusetzen.

Als ich die Nummer meiner Mutter wähle, höre ich irgendwo in der Ferne ein Handy klingeln. Dann kommt jemand die Treppe hinauf, und ich gehe zur Zimmertür. Meine Mutter läuft mir entgegen. Sie sieht ziemlich aufgelöst aus.

»Oh Louisa«, sagt sie und breitet ihre Arme aus. Ein wenig irritiert erwidere ich die Umarmung, da ich noch nicht so ganz weiß, weshalb genau sie hier ist.

Sie drückt mich so fest, dass mir beinahe die Luft wegbleibt. »Mein Schatz, es tut mir unfassbar leid ... Kaleo hat mich vorhin angerufen und mir alles erzählt.« Sie hält kurz inne und umarmt mich dann erneut. »Es tut mir so, so leid«, sagt sie mit tränenerstickter Stimme. »Ich hätte das schon vor so vielen Jahren beenden sollen. Ich weiß nicht, ob ich mir je verzeihen kann, dass ich ihn nicht schon früher rausgeworfen habe.«

Sie hat meinen Vater rausgeworfen? Mit einem Mal bin ich völlig verwirrt, mein Kopf schwirrt. Ich kann die Bedeutung der Worte gar nicht wirklich erfassen.

»Ich ... weiß gar nicht, was ich sagen soll, Mom. Du hast selbst auch immer so viel Last auf deinen Schultern ... Und ich glaube, ich hätte dir das mit heute Morgen gern selbst erzählt, wenn es sich ergeben hätte ...«

Es ist mir peinlich, weil ich keine Ahnung habe, was Leo ihr alles offenbart hat. Und vor allem, weil Keanu es damit nun sicher auch weiß. Ich bin ein kleines bisschen böse auf meinen besten Freund, weil er mir keine Entscheidung gelassen hat, es selbst mit meiner Mutter zu besprechen. Aber ich weiß im gleichen Moment, dass er von meinem Zustand heute Morgen sicher selbst so erschrocken war, dass er seine Sorgen teilen und vor allem mich beschützen wollte.

»Nimm es Kaleo bitte nicht übel! Er hat sich Sorgen gemacht, dass Marc hierher kommen könnte. Oder ... dass er seine Wut an mir auslässt.«

Daran hatte ich gar nicht gedacht. Verdammt. Ich bin mit meiner eigenen Situation einfach so überlastet gewesen ... »Wie hat ... er denn reagiert, als du ihn rausgeworfen hast?« Ich traue mich kaum zu fragen.

Sie atmet tief durch, und ich merke, wie viel Kraft es sie kostet, das alles zu erzählen. »Zuerst war er unfassbar wütend. Aber dann hat er mich wieder angefleht und versprochen, dass ab jetzt alles anders wird … Ich habe ihm gesagt, dass er in jedem Fall erstmal ausziehen muss. Am Montag ist er weg … hoffe ich«, schiebt sie nach und seufzt.

»Ach Mom …«

Wir liegen uns eine gefühlte Ewigkeit in den Armen.

In meinem Kopf ist gerade so viel los, dass er mir fast zerspringt. Und auch mein Herz hüpft nervös in meiner Brust. Wenn mein Vater tatsächlich bald ausziehen würde … Bei diesem Gedanken spüre ich, wie eine unglaubliche Last von meinen Schultern abfällt. Mein Leben würde sich mit einem Mal vollkommen verändern. Ich habe einen Funken Hoffnung, dass ich die Vergangenheit doch bald hinter mir lassen kann.

Bevor sie geht, vereinbaren wir, dass ich, wenn ich es möchte, bei Leo und Keanu bleiben darf, solange mein Vater noch zu Hause wohnt. Sie verspricht mir, dass sie sich sofort meldet, wenn mein Vater unausstehlich werden sollte. Ich lasse sie dennoch nur ungern gehen.

Den geplanten Badetag verschieben Leo und ich auf morgen, weil es mittlerweile schon recht spät geworden ist. Keanu ist heute Abend bei einem Treffen mit den Mitgliedern seines Spieletreffs. Daher sind wir alleine zu Hause.

Wir holen uns Essen vom Inder und machen es uns mit Chicken Tikka und Palak Paneer auf der Couch gemütlich. Mit den Füßen auf dem Couchtisch und den Essensschüsseln auf unserem Schoß durchsuchen wir die App des Streaming-Dienstes. Endlich finden wir einen Film, der uns interessiert und den wir vor allem beide noch nicht gesehen haben. Er handelt von einer Kanadierin, die nach Paris reist, um ihre Tante dort vor der Einweisung ins Altersheim zu bewahren. Der Film ist richtig schön schräg und irrwitzig. Es gibt viele erheiternde Momente, was mir wirklich guttut, um auf andere Gedanken zu kommen.

Wir überlegen, uns noch einen weiteren Film anzusehen, und entscheiden uns schließlich für eine amerikanische Liebeskomödie. Irgendwann ist von Leo neben mir kaum noch eine Regung wahrzunehmen. Ich linse immer wieder verstohlen zu ihm hinüber, kann aber nicht erkennen, ob er schläft, weil ich meine Rückenlehne weiter nach hinten gestellt habe als er. Langsam und leise nähere ich mich ihm und halte ihm meine Hand vor die Augen.

Als er meinen Arm plötzlich wegschlägt, zucke ich vor Schreck zusammen. Ich fange an zu lachen. »Ich wollte nur prüfen, ob du schon eingeschlafen bist, du Schnarchzapfen.«

»Ich guck doch die ganze Zeit hin«, beschwert er sich lachend. »Ich war voll im Film drin. Wenn jemand ein Schnarchzapfen ist, dann ja wohl eher du! Ich sag nur: heute Nachmittag.«

Ich strecke ihm die Zunge raus, und wir schauen weiter.

Auf einmal bin ich in der Laune, ihn zu ärgern. Alle Zeitlang halte ich ihm die Hand vor die Augen, um den „Schlaftest" zu machen, und er schlägt sie jedes Mal wieder weg.

»Noch einmal, und du landest heute doch noch im See«, droht er.

Doch dann habe ich Erfolg. Als es wieder verdächtig still neben mir geworden ist, bleibt meine Hand, wo sie ist, und ich muss leise kichern. Was ihn natürlich sofort aufweckt.

Ich freue mich diebisch. »Erwischt!«

Leo zögert einen Moment. Dann geht er auf mich los. Er kitzelt mich, bis ich ihn zwischen zwei Lachsalven anflehe, Erbarmen zu haben.

»Selbst Schuld. Du hast schließlich mit dem Ärgern angefangen«, erklärt er grinsend, als ich gackernd unter ihm liege.

Den Sonntag verbringen wir am See, nachdem wir zuvor gemütlich gefrühstückt haben. Und ich kann es kaum glauben, als ich am Montagnachmittag tatsächlich Rückmeldung von meiner Mutter bekomme, dass mein Vater mit den meisten seiner persönlichen Sachen ausgezogen ist. Wohin, erwähnt sie nicht. Im Moment muss ich ehrlich gestehen, dass mich das auch reichlich wenig interessiert.

Die ersten Augusttage vergehen wie im Flug. Leo baut Überstunden ab, weil viele potentielle Kunden gerade im Urlaub sind und weniger Aufträge als sonst zu erledigen sind. Und so können wir uns jeden Tag schon ab dem frühen Nachmittag sehen. Wir machen eine Radtour, gehen erneut im See baden, haben einen lustigen Spieleabend mit Cara und Antonio und gehen Eis essen – und noch mehr Eis essen.

Ich habe mich schon immer extrem darauf gefreut, Zeit mit meinem besten Freund zu verbringen. Ich könnte mich ehrlich gesagt an kein einziges Mal erinnern, bei dem es nicht so gewesen ist.

Aber dieses Kribbeln in der Magengegend, das ich in den letzten Wochen schon öfter wahrgenommen habe, bevor wir uns treffen, ist irgendwie neu. Und wenn ich nicht den Eindruck hätte, dass es in seiner Gegenwart sogar stärker wird, hätte ich es wahrscheinlich einfach weiterhin ignoriert.

Doch so liege ich eines Abends wach im Bett und denke über Leo nach. Warum es mir wichtiger geworden ist, wenn er mir Komplimente macht, obwohl er das schon immer getan hat. Warum ich es schmeichelhaft finde, dass er so aufmerksam ist und wir uns so gut kennen, dass er manchmal jeden meiner Gedanken errät. Warum ich bereits am Morgen kaum den gemeinsamen Nachmittag mit ihm erwarten kann. Warum ich es so sehr liebe, wenn er mir einen Kuss auf den Scheitel gibt. Oder mich anlächelt, mich umarmt. Es kribbelt sogar, wenn wir uns gegenseitig aufziehen oder ärgern.

Oder … wenn er mir textet! Mein Handy am Nachttisch vibriert und zeigt eine Nachricht von Leo an.

»*Hallo Schönheit. Schläfst du schon?*«

Und schon grinse ich wieder wie ein Primeltopf.

»*Ja, und du?*«

»*Ich auch*«, schreibt er zurück.

»*Dann wäre das ja geklärt. Also dann, schlaf schön weiter.*« Ich schicke ihm ein Tränen lachendes Emoji hinterher, woraufhin von ihm eines zurückkommt, das die Zunge herausstreckt.

Dann schreibt er: »*Darf ich dich noch kurz anrufen?*«

»*Klar*«, freue ich mich.

Keine zwei Sekunden später vibriert mein Telefon, und ich nehme ab. »Hi, du Schlafmütze.«

»Selber.«

»Erzähl schon, was gibts? Du hast mich ganz neugierig gemacht.«

»Ich hab eine Mail von unserem Hotel in Kroatien bekommen. Sie haben uns ein Zimmer-Upgrade gewährt, weil sie leider verpeilt haben, dass die Standard-Zimmer bereits ausgebucht sind. Wie genial ist das denn, oder?«

»Total cool! Tja, man muss auch mal Glück haben. Jetzt freu ich mich irgendwie noch mehr auf den Urlaub!«

Leider bleibt aber nicht aus, dass ich kurz an meinen Vater denken muss, der mir diese Reise ausdrücklich verboten hat.

Aber jetzt, wo er nicht einmal mehr bei uns wohnt, frage ich mich ernsthaft, was er denn unternehmen will, um es zu verhindern. Mich verklagen? Mich im Zimmer einsperren?

Leo holt mich zum Glück aus meinen belastenden Gedanken. »Was hast du Schönes gemacht, bevor ich dir geschrieben habe?«

Normalerweise hätte ich einfach geantwortet, dass ich über ihn nachgedacht habe. Aber warum fühlt sich der Gedanke, ihm das zu sagen, mit einem Mal so anders, so intim an? Seltsam … Und darum sage ich lediglich: »Nichts Besonderes. Hab nur ein bisschen nachgedacht.«

»Gibt es irgendwelche bahnbrechenden neuen Erkenntnisse durch das Nachdenken?«

Er fragt es einfach nur so aus Spaß, doch sofort fühle ich mich ertappt. Als hätte er geahnt, dass es dabei um ihn gegangen war.

»Nee, nicht wirklich«, lache ich ein wenig verlegen. »Und du, was hast du gemacht?«

»Mir überlegt, was ich auf die Party morgen anziehe.«

»Und?«

»Mein blaues Lieblingsshirt und eine weiße Leinenhose.«

»Finde ich gut.« Und … echt sexy. »Ich selbst hab noch keine Ahnung. Aber ich habe morgen den ganzen Tag Zeit, darüber nachzudenken.«

Wir schweigen einige Sekunden.

»Ich will nicht auflegen«, grinse ich.

»Ich auch nicht.«

»Du musst morgen bald raus. Es ist schon fast zwölf.«

Er stöhnt. »Nur noch sechs Stunden Schlaf … Ach war das schön, als ich noch zur Schule gegangen bin und Ferien hatte.«

»Du hast leicht reden. Du hast deine Ausbildung ja schon hinter dir. Ich bekomme jetzt schon Schweißausbrüche, wenn ich nur an meine nächsten Semester mit den ganzen Hausarbeiten und Klausuren denke.«

»Mit deinen Noten und deinem Ehrgeiz schaffst du das mit links.«

»Dein Wort in Gottes Ohr! So, jetzt geh mal schlafen und sei für morgen fit. Ich freu mich jedenfalls schon auf abends.«

»Ich mich auch. Gute Nacht, Lou.«

»Nacht, Leo. Träum schön.«

»Du auch.«

Er legt auf, und ich lasse das Handy auf mein Bett sinken.

Da ist es wieder, dieses seltsam flattrige Gefühl.

Ich schüttle den Kopf, lege das Smartphone auf den Schreibtisch und knipse die Nachttischlampe aus.

In dieser Nacht träume ich von Leo und seinem Lächeln.

Am nächsten Abend sind wir bei Antonio zu besagter Garten-Sommer-Party eingeladen. Da ich schon letztes Jahr auf dieser Feier dabei sein durfte, weiß ich, worauf ich mich freue. Seine Eltern haben ein erstklassiges Haus mit einem riesigen Grundstück, auf dem sich auch ein Pool befindet. Sogar einen Bekannten seiner Eltern hat Antonio wieder organisiert, der als DJ auflegen soll.

Seinen linken Ellenbogen aufgestützt und mit dem Rücken halb an die Wand gelehnt, fläzt Leo ausgehfertig auf meinem Bett. Er ist in die Biographie eines surfenden Weltreisenden vertieft. Währenddessen sitze ich auf dem Hocker vor einem Kosmetik-Spiegel am Schreibtisch, um mich zu schminken.

»Weißt du, wer alles kommt?« Ich blicke zu Leo, als er nicht reagiert. »Hallo? Erde an Leo?«

»Sorry, was hast du gesagt?« Er rappelt sich auf, legt sein Buch beiseite und setzt sich an die Bettkante, wo er sich zu mir beugt. »Jetzt bin ich ganz Ohr.«

Ich räume meinen Kajalstift weg und wende mich Leo ebenfalls zu. »Ich wollte wissen, wer heute alles …« Ich halte fasziniert inne und komme einige Zentimeter näher an Leos Gesicht heran. »Oh wow! Die sind ja flauschig. Wieso ist mir das noch nie so extrem aufgefallen? Leo, ich will unbedingt deine Wimpern tuschen!«, verkünde ich.

»Was?!« Er zieht amüsiert die Stirn kraus und sieht mich entgeistert an. »Kommt überhaupt nicht in Frage!«

»Bittebittebitte!«, bettle ich. »Hast du schon mal gesehen, wie unglaublich weich und dicht deine Wimpern sind? Der Traum einer jeden Frau!«

»Na siehst du, wenn sie von Natur aus schon so toll sind, dann braucht man sie ja gar nicht mehr zu tuschen!«

»Ja, das stimmt natürlich«, gebe ich ihm recht. »Aber trotzdem. Sie sind geradezu prädestiniert, mit der Wimpernbürste durchzustreichen. Du kannst es ja anschließend auch gleich wieder abwaschen. Bitte!« Ich hebe meine Hand, fahre vorsichtig und verzückt mit der Zeigefingerspitze über seinen oberen Wimpernkranz. Seine dunklen Brauen und der goldene Teint heben die Attraktivität seiner grünen Augenfarbe definitiv zusätzlich hervor. Er hat so strahlend schöne Augen …

»Vergiss es!«, wehrt Leo mich erneut lachend ab.

Ich drehe mich gespielt schmollend um und schminke mich weiter, indem ich meine Wimpern tusche. Angriffslustig steht Leo auf, drängt sich von der Seite zwischen mich und den Spiegel und klimpert provokativ mit seinen Wimpern.

Sofort halte ich inne und greife nach seinem Shirt. »Na warte, jetzt bist du fällig!« Ich springe auf und versuche, ihn auf den Stuhl zu ziehen, doch er ist aufgrund seiner Körpergröße und –stärke keinen Zentimeter vom Fleck zu bewegen.

Er verschränkt gelassen seine Arme vor der Brust und lässt sich vom Zerren an seinem Arm nicht beeindrucken. »Was juckt es einen hawaiianischen Banyan Tree, wenn sich ein deutsches Wildschwein an ihm kratzt.«

»Jetzt wirst du auch noch arrogant?« Ich ändere meine Taktik, indem ich mit meiner Wimpernbürste auf Leos Augen abziele.

»Du lästige Fliege«, duckt er sich weg und wehrt meine Hände ab. Dann beginnt er zu rennen, während ich ihm hinterherjage. Er sprintet in den Flur, die Stufen ins Erdgeschoss hinab. Wie kleine Kinder heizen wir durchs Haus und schließlich durch die Tür in den Garten.

Rennend wirft Leo einen Blick über seine Schulter zurück. »Du wirst mich doch eh nicht einholen«, lacht er, »du vergeudest nur unnötig Energie, die du später auf der Party noch gebrauchen könntest. Nicht dass du um zehn schon wieder zu gähnen anfängst und wir wegen dir heim müssen«, neckt er mich.

»Na gut, du hast gewonnen!«, rufe ich ihm zu. »Ich geh mich wirklich lieber weiter fertig machen, wir wollen ja bald los.« Ich mache auf der Terrasse kehrt und lasse Leo im Garten stehen.

Als ich zurück im Zimmer bin, taucht einige Sekunden darauf auch Leo wieder auf. »Okay, also, ehe du mich noch dein Leben lang weiter damit nerven wirst – und ich kenn dich gut genug, Lou – das wirst du jedes Mal tun, wenn du ab jetzt meine Wimpern ansiehst: Ich gebe mich hiermit ebenfalls geschlagen.« Er breitet seine Arme vor mir aus. »Bitte, hier bin ich.«

Ich stoße einen kleinen Freudenschrei aus, und er lacht auf. »Du bist manchmal so eine verrückte Nudel. Wenn man dich mit sowas schon glücklich machen kann …«

Ich grinse über das ganze Gesicht, als hätte man mir gerade das schönste Geschenk der Welt gemacht. »Ich weiß.«

Leo nimmt bereitwillig auf dem Stuhl Platz.

»Übrigens«, kläre ich ihn auf, während ich meine Mascara zücke, »ist Männer-Make-up gerade total in! Warum sollen eigentlich nur Frauen mit Schminke ihre Schönheit unterstreichen dürfen? In alten Zeiten war Make-up für Männer jedenfalls üblich – die Ägypter zum Beispiel haben Smokey Eyes getragen. Total sexy.«

»Du hast mich doch bereits überzeugt«, grinst Leo so umwerfend, dass mein Herz wieder einmal flattert.

Plötzlich klingelt mein Handy-Alarm. »Oh no! Schon so spät? Ach Mist! Ich wollte mir doch noch die Haare eindrehen!« Auf einmal bekomme ich Stress und eile ins Badezimmer davon.

»Da bin ich ja nochmal ungeschminkt davongekommen«, ruft Leo mir nach.

»Irgendwann krieg ich dich!«, antworte ich, während ich mehrere Schubladen aufziehe und eilig wieder zuschiebe.

Zehn Minuten später sind wir dann ausgehbereit. Als ich mir im Flur meine Handtasche schnappe, bemerke ich Leos Blick im Augenwinkel.

Ich halte inne. »Was?«

»Ich habe gerade festgestellt, dass ich es unglaublich toll finde, dass du dein Make-up im Vergleich zu vielen anderen Girls immer so natürlich aussehen lässt. Dass man noch die echte Lou erkennen kann.«

Da, schon wieder dieses Flattern.

Ich lächle geschmeichelt, stelle mich auf die Zehenspitzen und drücke ihm einen Kuss auf die Wange. »Danke schön. Ich vermute, das war ein Kompliment.«

»Aber hallo!« Leo grinst und spielt mit dem Autoschlüssel in seiner Hosentasche. »So, und jetzt lass uns los. Die Party hat sicher schon ohne uns angefangen.« Er blickt auf seine Uhr, die bereits fast 21 Uhr zeigt.

Kapitel 6 ✿ Poolparty

»Wow, Lou, du siehst umwerfend aus!« Cara umarmt mich, als sie uns am Eingang des Hauses von Antonios Eltern willkommen heißt. »So sexy«, sagt sie an meinem Ohr, und ich muss grinsen.

»Danke schön.« Ich trage ein ärmelloses, enganliegendes Jersey-Kleid in Grün. Die eingenähte Spitze im Dekolleté zeigt ein wenig Haut, aber nicht zu viel. Das Kleid reicht mir knapp bis zu den Kniekehlen, und ich trage goldene Sandalen mit einem kleinen Absatz. Meine dunkelblonden Haare wellen sich auf meinen Schultern.

»Hi Leo! Auch so schick«, kommentiert sie und deutet auf seine weiße Leinenhose. »Geht am besten gleich am Haus vorbei nach hinten in den Garten zu den anderen. Die Party ist in vollem Gange.«

Unüberhörbar.

Je näher wir kommen, desto lauter wird es. Stimmen von dutzenden Menschen und Klänge von elektronischer Dance Music dringen in meine Ohren. Auf dem Weg begegnen wir bereits etlichen Gästen mit Drinks in der Hand, doch bis jetzt haben wir noch niemanden entdeckt, den wir kennen.

Als wir um die Ecke biegen, ist der halbe Garten bereits eine einzige Tanzfläche. Auf der Terrasse steht der DJ am Pult und wippt im Takt der Musik mit. Ich zähle auf die Schnelle über 60 Leute, die ausgelassen feiern, dabei ist der Abend noch jung und sicher kommen noch mehr. Dann erblicke ich Antonio am Poolrand, und wir schlängeln uns durch die Tanzenden, um ihn zu begrüßen.

»Hi Antonio.«

Leo schlägt mit ihm ein, und mir gibt unser gemeinsamer Freund einen Wangenkuss.

»Ciao! Schön, dass ihr da seid!«

»Na klar. Vielen Dank für deine Einladung.«

»Die Drinks und das Essen sind auf der linken Terrasse vom Haus aufgebaut. Matteo mixt euch, was ihr wollt.«

Wow, sogar einen eigenen Barkeeper scheint es zu geben. Aber wenn ich mir diese pompöse weiße Bauhaus-Villa mit der endlosen Fensterfront in Erd- und Obergeschoss sowie den Pool und das riesige Grundstück hier ansehe, sollte es mich eigentlich nicht wundern. Der Abendlohn für einen Barkeeper ist vermutlich Peanuts für Familie Gallo.

Antonios Eltern sind Immobilienmakler, und wer die Preise hier am See kennt, sollte eigentlich wissen, wie viel bereits eine einzige erfolgreiche Häuser-Vermittlung an Provision einbringt. Es ist abartig, sich das durch den Kopf gehen zu lassen ... Aber ich finde es gerade einfach nur fantastisch hier. Was für eine abgefahrene Location!

Im Pool tummeln sich überwiegend Mädels, die sich in Einhorn-Schwimmreifen und Luftmatratzen-Pizzastücken durch die Gegend treiben lassen. Unter meinem Kleid habe ich vorsorglich auch meinen Bikini angezogen. Man sollte schließlich auf alles vorbereitet sein.

Leo kommt nah an mich heran, damit ich ihn bei der lauten Musik besser verstehe. »Soll ich dir einen Drink mitbringen?«

»Ich komme selbst mit.«

Mit einem Aperol Mule und einem Limoncello Spritz, der Leo von Matteo wärmstens empfohlen wurde, gehen wir schließlich zur Tanzfläche zurück und erblicken Isa und Leah in der Menge. Ich winke, und sie kommen zu uns rüber.

»Wuhuuu, einfach nur so nice hier!«, schreit Leah, und ich merke, dass sie schon leicht einen sitzen hat.

»Ach stimmt, du warst ja letztes Jahr gar nicht mit dabei«, stelle ich fest.

»Nee, da war ich im Urlaub. Wandern. Wie unsexy. Aber DAS hier ist absolut PORNOOO!«, verkündet sie, wirft ihre Hände in die Luft und hüpft zur Musik.

Leo und ich sehen uns an und müssen lachen.

Doch ihre Euphorie ist ansteckend, und bald tanzen wir ebenfalls ziemlich ausgelassen.

Als unsere Gläser leer sind, bietet sich Leo an, Nachschub zu besorgen, und ich tanze mit meinen Freundinnen alleine weiter. Eine Viertelstunde ist locker um, doch mein bester Freund ist bisher nicht wieder aufgetaucht. Bestimmt hat er Bekannte getroffen. Und als ich mich umschaue, entdecke ich ihn tatsächlich. Er steht an die Hauswand gelehnt mit ein paar Leuten und unterhält sich. Ich winke, als er herüberblickt, und er hebt lächelnd eine Hand zum Gruß.

»Hey Leah!«, wird meine Freundin von zwei Typen begrüßt.

»Oh hey! Was macht ihr denn hier!« Sie drückt ihnen je

einen Schmatz auf jede Wange. »Das sind meine Freundinnen Lou und Isa.« Sie sieht uns an. »Und das sind Tim und ...« Sie kneift ihre Augen zusammen.

»Samuel«, hilft ihr der Typ mit besagtem Namen auf die Sprünge.

»Samuel, stimmt«, lächelt sie und sagt an uns gerichtet: »Ich kenne die beiden von dem Festival, auf dem ich im Juni war. Sie sind mit einem Freund von mir befreundet.«

»Darf man euch noch einen Drink holen?«, fragt Samuel höflich.

»Ja gern«, nicke ich. Wenn Leo mir später noch mein bestelltes Getränk bringen sollte, habe ich im Zweifelsfall eben gleich Nachschub. Wo ist er eigentlich? Seinen Platz an der Hauswand hat er inzwischen offenbar verlassen.

Wenige Minuten später ist Samuel mit zwei Gläsern zurück und überreicht mir den Lillet.

Die beiden Typen gesellen sich zu uns, um mit uns zu tanzen.

Ich habe schon gemerkt, dass Samuel sich mir im Lauf der Zeit immer weiter nähert. Und dann kommt er plötzlich hinter mich, fasst mich an den Hüften und beginnt, mich extrem heiß anzutanzen.

Ich spüre, wie mein Blut augenblicklich in Wallung gerät. Auch wenn er nicht komplett meinem Männergeschmack entspricht, kann ich nicht abstreiten, dass er doch relativ attraktiv und sympathisch ist. Ich lasse mich auf das Spiel ein, und bald tanzt er mit seiner Brust an meinem Rücken und seinem Unterkörper an meinem Hintern, während die Stimmung um uns herum immer ausgelassener wird. Ich sehe erhobene Drinks und Arme, glückliche und lachende Gesichter, so weit ich schauen kann. Leah, die mit Isa um Tim buhlt, zwinkert mir zu, als sie uns so tanzen sieht.

Der nächste passende Song – und Samuels Lippen liegen an meinem Hals. Ich bin ein wenig mit der Situation überfordert, finde es aufdringlich und verdammt heiß zugleich. Seine blonden Haarsträhnen und sein Drei-Tage-Bart kitzeln in meinem Nacken, als er daran auf und ab fährt. Dann beginnt seine linke Hand von dem Ort an meiner Hüfte auf meinen Bauch zu wandern und von dort aus weiter nach unten. Kurz bevor er an meiner intimsten Stelle ankommt, halte ich seine Hand fest. Er löst sich sanft aus meinem Griff und legt sie wieder brav auf meinen Hüften ab.

Mir schwirrt der Kopf. Ich weiß immer noch nicht so recht, was ich darüber denken soll, dass er so in die Offensive geht. Aber irgendwie fühle ich mich sexy und begehrenswert, wenn er mich so antanzt, und deshalb habe ich ihm bisher noch keinen Korb gegeben.

Keine Minute später küsst er erneut meinen Nacken und will mit seinen Händen meine Brüste streicheln.

Ich habe gar nicht gemerkt, dass ich die Augen geschlossen hatte, als ich sie plötzlich erschrocken aufreiße. »Hallo Lou, meine Schönheit!«, sagt Leo extrem laut, und Samuel lässt abrupt von mir ab, als hätte er sich die Finger verbrannt.

Ich brauche einen Moment, um wieder im Hier und Jetzt anzukommen, nachdem ich meine Augen geöffnet habe. Vermutlich hat mich auch der Alkohol ein wenig benebelt.

»Oh sorry!«, meint Samuel schnell, hebt beschwichtigend die Hände in die Höhe und tritt einen Schritt zurück.

Bevor ich erklären kann, dass Leo nicht mein fester Freund ist, hat der Typ schon das Weite gesucht. Vielleicht hat er sich in einer ähnlichen Situation schon mal eine eingefangen, wer weiß.

»Hast du Lust, mal kurz mitzukommen?«, versucht Leo die Musik zu übertönen.

Ich folge ihm auf eine Bank am Ende des Grundstücks, und er gibt mir den bestellten Drink von vorhin in die Hand.

»Was war das denn gerade?«, fragt er, und nur für einen winzigen Augenblick sehe ich etwas in seinem Blick aufblitzen, das ich bisher noch nicht von ihm kannte: Eifersucht. Doch er hat sich so schnell wieder gefangen, dass ich mich frage, ob es Einbildung gewesen ist, weil ich es mir vielleicht gewünscht hätte, diese Reaktion bei ihm zu sehen.

Ich zucke mit den Schultern und weiß nicht so recht, wie ich ihm antworten soll. »Ein Tanz?«

»Ein Begattungstanz vielleicht, ja.« Er schaut ziemlich ernst, obwohl er versucht, es lustig klingen zu lassen. Vielleicht ist er ja doch eifersüchtig? Warum wünsche ich mir, dass er es wäre?

Ich belasse es dabei und frage stattdessen: »Wo warst du denn die ganze Zeit über? Ich hab dich vermisst!«

»Ich habe alte Bekannte aus der Schule getroffen. Tut mir leid, dass ich dich so lange alleine gelassen habe. Aber wie es aussieht, hattest du auch ohne mich bestens deinen Spaß.«

Ich werde rot und hoffe, dass er es in der beinahe völligen Dunkelheit nicht sehen kann. Schnell nehme ich einen Schluck von meinem Getränk, doch ich bin mir nicht sicher, ob ich ein weiteres Glas Alkohol trinken sollte. Ich fühle mich jetzt schon etwas beschwipst. Vermutlich hätte ich abends einfach mehr essen sollen.

Nach einer Zeit lege ich meinen Kopf an seiner Schulter ab, und wir sitzen eine Weile schweigend nebeneinander.

»Fandest du es gut, was dieser Typ mit dir gemacht hat?« Er kann es nicht sein lassen. Dieses Thema scheint ihn tatsächlich sehr zu beschäftigen. Ich muss grinsen.

»Schon ein bisschen, ja«, sage ich wahrheitsgemäß. Aber mir klopft das Herz bis zum Hals, seit er mich das gefragt hat.

Ich beobachte die Party-Menge im Pool und auf der Terrasse in etwa hundert Metern Entfernung und bin gerade froh über ein paar Minuten Pause von dem ganzen Trubel.

Irgendwann sagt Leo plötzlich: »Hey Lou-Boutin, es ist bereits 23 Uhr, und du hast noch kein einziges Mal gegähnt!«

Ich lache auf. »Freu dich mal nicht zu früh.«

Dann sehe ich, wie Isa auf uns zukommt und fröhlich winkt.

»Habt ihr Lust, mit mir in den Pool zu kommen? Leah, das kleine Miststück, hat mich im Stich gelassen und ist mit Tim abgedampft.«

»Klar, ich komm mit!«

Leo winkt ab. »Badehose vergessen. Aber geht ihr ruhig. Ich such mal nach Cara und Antonio.«

»Die sind auch im Pool«, erklärt Isa.

»Na gut, dann schau ich mal nach meinen alten Bekannten aus dem Gym.«

Er begleitet uns zum Pool. »Bis später dann! Viel Spaß!«

»Dir auch«, erwidere ich.

Isa und ich ziehen unsere Kleider über den Kopf und die Schuhe aus und setzen uns an den Beckenrand. Sie trägt einen schwarzen Neckholder-Bikini und ich einen weißen mit bunten Hibiskusblüten und semitransparenten pinken Perlen an den seitlichen Bändern, die den Slip zusammenhalten.

Isa fasst ihre blonde Mähne mit einem Haargummi zu einem Dutt zusammen und lässt sich ins Wasser gleiten. »Komm rein, schön warm.«

Als ich ihr gefolgt bin, blickt sie mich strahlend an. »Wow, Lou, das vorhin mit Samuel war ja verboten heiß. Ich bin schon vom Zusehen ganz feucht geworden.«

Ich muss lachen, weil sie sonst eigentlich nie so direkt, sondern eher immer etwas zurückhaltend ist. Ich vermute, dass der Drink auch sie etwas lockerer gemacht hat. Aber es ist mir ein wenig peinlich, dass ich während Samuels Aktion vorhin tatsächlich keinen einzigen Gedanken an die Menschen um mich herum verschwendet habe, sondern völlig im Moment und der Musik gefangen gewesen bin.

»Hättest du dich mit ihm ... na ja, du weißt schon ... auf einen One-Night-Stand eingelassen, wenn er es drauf angelegt hätte? Oder wer weiß, vielleicht taucht er ja auch wieder auf, wenn er sich von dem Schreck erholt hat, den ihm dein bester Freund eingejagt hat. Der Abend ist ja noch nicht zu Ende«, zwinkert sie mir verschwörerisch zu.

Ich schüttle lachend mit dem Kopf. »Du bist aber heute ganz schön neugierig! Nein, definitiv wäre mit ihm nichts weiter passiert. Sowas ist einfach nicht mein Ding.«

»Kann ich nachvollziehen. Wäre für mich auch nichts. Ich wäre ja schon mal froh, wenn mich ein Typ so heiß antanzen würde wie Samuel vorhin«, schmollt sie.

»Isa!« Ich drücke ihre Schulter. »Dein Traummann wird schon noch irgendwann kommen, glaub mir. Wir sind gerade mal Anfang 20.«

»Ich gebe die Hoffnung nicht auf.« Sie fischt sich ein vorbeischwimmendes Pizzastück, und wir beide klettern darauf.

Eine Weile reden wir unbekümmert über Jungs, den geplanten Urlaub und den bisherigen Sommer.

Plötzlich deutet sie auf die linke Seite des Hauses. »Ist das da wirklich gerade dein bester Freund, der mit einem Mädel herumknutscht?«

Für einen Moment bleibt mein Herz stehen, als ich ihn auch sehe. Es ist wie bei einem Unfall. Ich möchte nicht hinschauen, aber ich kann meinen Blick auch nicht von ihnen lösen.

Er lehnt an der Hauswand, während eine dunkelhaarige Unbekannte sich an ihn drückt und ihm die Zunge in den Hals steckt. Seine Hände ruhen auf ihren Hüften.

»Ähm ja, sieht ganz so aus«, presse ich hervor.

Leo hatte ebenso wie ich selbst bereits zwei mehr oder weniger kurze Beziehungen. Deshalb ist es nicht das erste Mal, dass ich ihn mit einer anderen Frau sehe. Was also soll das Gefühlschaos gerade, das in mir tobt? Ich fühle mich, als könnte ich jeden Moment losheulen.

»Bin ich gerade echt die Einzige von uns, die heute leer ausgeht?«, mault meine Freundin.

»Scheint so«, sage ich geistesabwesend und schaffe es endlich, meine Augen von Leo und seiner Bekanntschaft zu lösen. Als ich einige Sekunden später noch einmal einen Blick in diese Richtung werfe, sind die beiden auf einmal verschwunden, und ich fühle mich seltsam melancholisch.

Isa überredet mich, an einem Wasserball-Spiel teilzunehmen, das ein paar Gäste angezettelt haben, und ich muss mich zusammenreißen, ihr die Laune nicht zu verderben. Ich verpasse des Öfteren einen Ball, weil ich immer wieder damit beschäftigt bin, Ausschau nach Leo zu halten. Doch er taucht nicht wieder auf. *Wow.*

Nach einer gefühlten Ewigkeit endet das Spiel, und wir haben trotz meiner Unachtsamkeit gewonnen.

Ich sage Isa, dass ich mir etwas Essbares suchen werde, und verlasse den Pool mit einem der bereitliegenden Handtücher, das ich um meinen Oberkörper wickle. Doch obwohl ich tatsächlich hungrig bin, mache ich mich auf die Suche nach Leo.

Nach kurzer Zeit treffe ich am Rand der Menge auf Cara.

»Hey, hast du Leo gesehen?«

»Ja, er hat vorhin mit einer Tussi geknutscht«, informiert sie mich, während sie weitertanzt und lachend nachschiebt: »Ist das zu fassen?«

Ich verdrehe innerlich die Augen. *Danke fürs Gespräch, Cara.*

»Ist allerdings schon länger her, dass ich ihn gesehen habe. Vielleicht sind sie mittlerweile irgendwo in der Horizontalen gelandet. Im Haus können sie eigentlich nicht sein, weil alle Zimmer bis auf das Gästebad abgesperrt sind. Aber schau doch mal nach seinem Auto. Na, oder vielleicht lieber nicht! Wer will seinen besten Freund schon beim Sex erwischen«, lacht sie.

Bevor sie mein Kopfkino noch weiter anstacheln kann, verabschiede ich mich und sehe mich noch mal um, doch ich kann ihn nicht entdecken.

Auf einmal merke ich, dass es mir hier gerade viel zu laut und voll ist. Ich suche mein Kleid, meine Handtasche und die Schuhe und nehme alles mit. Da mein Bikini noch nicht ganz trocken ist und ich keine Lust auf eine lästige Blasenentzündung habe, suche ich kurz noch die Toilette auf und schlüpfe aus der Badekleidung. Ärgerlicherweise habe ich in der Hektik vorhin zu Hause nicht an einen Ersatz-Slip gedacht, und deshalb ziehe ich das Kleid kurzerhand einfach über meinen nackten Körper. Kurz betrachte ich mich im Spiegel und stelle fest, dass man nur oben herum vielleicht mit ein bisschen Mühe sehen kann, dass ich keine Unterwäsche trage. Ich fühle mich ein wenig verrucht, den Stoff so pur auf meiner Haut zu tragen, aber schließlich stopfe ich den Bikini in meine Tasche und verlasse das Gästebad.

Dann schnappe ich mir vom Buffet einen Muffin und gehe essend den Weg am Haus entlang in Richtung des Platzes vor dem Eingang. Schließlich ende ich auf der Straße draußen, wo der Lärm, der im hinteren Bereich des Anwesens herrscht, durch die hohe Grundstücksmauer kaum noch zu hören ist.

Ich laufe ein paar Schritte auf dem Gehweg entlang, bis ich feststelle, dass ich mich unbewusst in die Richtung bewege, wo Leo sein Auto geparkt hat. In meiner Vorstellung sehe ich den Wagen schon verdächtig wackeln …

Traue ich ihm wirklich eine schnelle Nummer zu? Gott, keine Ahnung! Wer weiß, in welcher Beziehung er zu diesem Girl steht. Vielleicht kenne ich sie sogar?! Ich habe sie aus der Ferne vorhin nicht richtig sehen können …

»Lou?«

Ich suche nach dem Ursprung von Leos überraschter Stimme und entdecke ihn alleine auf einem kleinen Mäuerchen sitzend vor einem Hauseingang. Ich laufe die restlichen Meter, bis ich bei ihm angekommen bin.

»Hi«, lächle ich.

»Hi«, sagt er, als ich mich setze.

»Da bist du ja! Was machst du hier alleine?«

»Nachdenken.«

»So siehst du aus.« Ich habe das Gefühl, dass etwas mit ihm nicht stimmt, und hoffe, dass er es mir gleich erzählt.

Er blickt kurz zu mir, dann wieder geradeaus auf die Straße. »Passt du in Zukunft besser auf dich auf, versprichst du mir das?«

Ich bin irritiert. »Was meinst du?«

»Wenn du dir von einem Unbekannten Drinks holen lässt. Du weißt nie, wer einem auf so einer unübersichtlichen Feier K.O.-Tropfen ins Glas schüttet.«

»Shit. An so etwas hab ich gar nicht gedacht.« *Na toll.*

»Ich will jetzt kein großes Ding draus machen. Man hört nur eben immer wieder solche Geschichten. Das ist ziemlich gruselig.«

»Definitiv.«

Wir schweigen wieder. Und ich werde das Gefühl nicht los, dass das, worüber wir gerade gesprochen haben, nicht das ist, was ihn in Wirklichkeit so bedrückt. Aber ich will ihn nicht drängen, sondern ihm Zeit lassen. Und so sitzen wir bestimmt einige Minuten still nebeneinander, bis er schließlich wieder etwas sagt.

»Tut mir leid, dass ich dir die Sache mit dem Typen vorhin vermasselt habe. Ich hatte kein Recht dazu, mich einzumischen.«

Es ist sehr nett, dass er das sagt, aber eigentlich finde ich nicht, dass er sich dafür entschuldigen muss. Ich war mir ja selbst nicht ganz sicher, wie ich mit der Situation umgehen sollte. »Ist schon okay. Wirklich. Ich hab mich ehrlich gesagt durch seine Aufdringlichkeit auch ein wenig unwohl gefühlt.«

Ich hebe einen Tannenzapfen vom Boden auf, der vermutlich von der großen Pinie über uns stammt, und lasse ihn von einer Hand in die andere gleiten.

»Hast du Lust, dass wir uns auf den Heimweg machen?«, schlägt er vor.

»Klar.« Innerlich atme ich erleichtert auf und bin dankbar, dass wir nicht wieder zur Party zurückgehen.

Er steht auf und hält mir die Hand hin, um mich hochzuziehen.

Ich bemerke seinen schnellen Blick auf meine Brüste und registriere, dass mir so weit weg von der tanzenden Menge inzwischen ein wenig kalt geworden ist. Leo ist zu höflich, um mich auf meine steifen Brustwarzen anzusprechen, aber ich merke ein Ziehen im Unterleib, als mir wieder bewusst wird, dass ich rein gar nichts unter meinem Kleid trage.

»Hast du alles?«, will er wissen, und ich nicke.

»Ich schreibe gleich noch kurz in die Gruppe, dass wir gehen. Nicht dass sie uns suchen.«

Im Auto tippe ich schnell die Nachricht und wünsche den anderen noch viel Spaß.

Leo steuert das Auto durch die Nacht. Als ich merke, dass er an unserem Ortsteil vorbeifährt, frage ich nicht nach, wohin wir unterwegs sind, sondern lasse mich überraschen, was er vorhat. Wenige Minuten später halten wir am Parkplatz, wo wir an meinem Geburtstag die Nacht verbracht haben.

»Lust auf einen nächtlichen Abstecher zum See?«

Kapitel 7 ✿ Unwirklichkeit

Wir steigen aus, und Leo ist so aufmerksam, eine Decke aus dem Kofferraum mitzunehmen. Dann setzen wir uns auf eine der Bänke an der kleinen Bucht, und er breitet die Decke über uns aus.

Das Wasser schimmert im Schein der Laternen, die hinter uns stehen, und man sieht einige Boote im fahlen Mondlicht leicht hin- und herschaukeln. Es ist so unglaublich still und beruhigend hier, was mir durch den Vergleich mit der lauten Party von eben noch extremer erscheint. Wir sind weit und breit die einzigen Menschen.

Es dauert nicht lange, da holt Leo Luft. Ich denke schon, dass er gleich zu sprechen beginnt, aber es kommt nichts.

Als er noch einen Versuch startet, schüttelt er leise lachend den Kopf. »Ich kann nicht glauben, dass ich vor meiner besten Freundin gerade wirklich kein Wort herausbringe.«

»Leo, ich merke die ganze Zeit schon, dass etwas nicht in Ordnung ist. Spuck es einfach aus, egal was es ist.« Ich wende mich ihm zu und greife nach seiner Hand.

Er lacht erneut und hebt unsere verschlungenen Hände in die Luft. »Das hier macht es nicht gerade leichter … Oh Mann«, seufzt er und wendet sich mir ebenso zu. »Egal, ich hau es jetzt einfach raus.« Er streift sich mit seiner freien Hand durch sein Haar und hält es am Hinterkopf umfasst. »Okay, also Lou, pass auf. Wir kennen uns schon so lange, und ich gehe jetzt das große Risiko ein, dass ich damit unsere Freundschaft ruiniere, aber andererseits werde ich mir das nie verzeihen, wenn ich es noch weiter für mich behalte, weil uns das ständig wieder in solche Situationen wie vorhin bringen könnte …«

Ich bin wirklich verwirrt, weil er sich gerade um Kopf und Kragen redet und mir seit vorhin so unglaublich nervös vorkommt. Das kenne ich tatsächlich nicht von ihm. Ich muss innerlich schmunzeln, als er nach einem tiefen Seufzer weiterredet.

»… Also. Auf die Gefahr hin, dass ich nicht weiß, wie du reagieren wirst, wenn ich dir das sage … Lou, die Sache ist die: Ich habe vorhin mit einer ehemaligen Mitschülerin aus meiner Klasse rumgeknutscht …«

Hab ich gesehen, aber warum erzählst du mir das jetzt? Ich will es wirklich nicht wissen!, hätte ich ihm am liebsten gesagt, doch ich lasse ihn weitersprechen.

»… Sie ist so weit eine echt Liebe und recht attraktiv. Sie hat mir erzählt, dass sie früher immer in mich verknallt gewesen ist und ich immer noch so heiß aussehen würde. Und dann hat sie mich geküsst. Und ich habe mich durch ihre ganze Aufmerksamkeit wirklich geschmeichelt gefühlt. Aber während wir uns geküsst haben, musste ich die ganze Zeit über nur an … an *dich* denken …«

Mein Herz macht einen Satz und beschleunigt seine Frequenz auf vermutlich das Doppelte. Mein Kopf schwirrt leicht, und ich habe das Gefühl, dass die Bedeutung seiner Worte von meinem Gehirn nur sehr langsam verarbeitet werden kann.

Leos Blick ist so eindringlich, als er weiterspricht, dass eine immense Hitze durch meinen Körper zu strömen beginnt, die sich in der Bauchgegend sammelt.

»… Ich musste daran denken, wenn *du sie* wärst … Wie ich dich küssen und berühren würde …«

Je mehr er redet, desto wärmer wird mein Körper und umso trockener mein Mund.

»… Und dann hab ich sofort abgebrochen. Ich konnte einfach nicht weitermachen. Sie war natürlich total verwirrt, aber das war sicher nichts im Vergleich zu dem, was ich die ganzen letzten Monate über schon fühle.« Er lacht kurz auf und blickt weg. »Ich kann nicht mehr geradeaus denken! Alles in mir schreit nur noch *Lou.* Jede Faser meines Körpers will *dich.* Jeden einzelnen Zentimeter von deinen Haaren bis zur Zehenspitze will ich erkunden und berühren.«

Spätestens jetzt fühlt es sich an, als sei in meinem Unterleib ein Feuer ausgebrochen. Und dann zieht er mir den Boden unter den Füßen weg, als er nach einem tiefen Seufzer etwas verkündet und mir dabei intensiv in die Augen blickt.

»Lou, ich habe mich in dich verliebt.«

Die Welt ist mit einem Mal totenstill und verharrt regungslos. Wie ein Freeze-Moment.

Ich bin so überrumpelt, dass ich keine Worte herausbringe und ihn nur anstarre. „Surreal" ist alles, was mir dazu in den Kopf schießt.

Leo ist in mich verliebt?

Ich starre ihn an und beobachte innerhalb weniger Sekunden, wie sein Blick von Erleichterung in Unsicherheit und schließlich Verzweiflung umschlägt. »Lou, sag doch bitte was. Irgendwas …«

In meinem Kopf ist einfach zu viel los. Und gleichzeitig herrscht gähnende Leere. Totaler Blackout. Ich habe gerade keinen Schimmer, was ich antworten soll, aber er sieht mittlerweile so verzweifelt aus, dass mein Herz ganz schwer wird. Darum blicke ich kurz weg und versuche, mich zu sammeln.

Und mit einem Mal weiß ich haargenau, was ich sagen will. »Woran merkst du das?«, flüstere ich.

Sofort kommt wieder Leben in ihn, und es sprudelt nur so aus ihm heraus. »Ich muss pausenlos an dich denken, Lou! Du bist der erste Gedanke, wenn ich in der Früh aufwache. Und abends kann ich oft nicht einschlafen, weil du mir ständig im Kopf herumschwirrst. Wenn du mich ansiehst und lächelst, schmelze ich. Ich habe seit Monaten unzählige und völlig durchgedrehte Schmetterlinge in meinem ganzen Körper! Ich kann es keinen Tag erwarten, bis wir uns schreiben oder sehen! Es macht mich unendlich glücklich, bei dir zu sein. Ich möchte, dass das für immer so ist. Und vor allem wünsche ich mir so sehr, dass du auch glücklich bist!«

Die Erkenntnis trifft mich wie ein Schlag. Auf einmal versteht mein Kopf endlich ziemlich gut, was ich da in den letzten Wochen in Bezug auf meinen besten Freund andauernd gefühlt habe … Ich bin völlig perplex.

Leo holt kurz Luft und spricht weiter. »Lou, ich hätte vorhin vor Eifersucht auf diesen Typen beinahe alles kurz und klein geschlagen, weil ich mich so danach verzehrt habe, dass ich an seiner Stelle wäre … Ich möchte dich die ganze Zeit berühren und dich …«

Ich presse meine Lippen auf seine. Und dann ist es, als würde ein Vulkan explodieren. Wir küssen uns so stürmisch und so hungrig, dass mir nach wenigen Sekunden schwindelig ist. Es ist beinahe so, als hätten wir uns das schon immer gewünscht, und alles hätte nur auf diesen einen Moment abgezielt.

»Ich glaube, ich bin auch in dich verliebt«, flüstere ich zwischen zwei Küssen. »Ich kenne all das, was du erzählst.«

Ich habe nicht gewusst, wie sehr ich mich nach ihm

gesehnt und verzehrt habe, bis ich auf seinen Schoß klettere und damit die Intensität unseres Körperkontakts auf eine neue Stufe hebe. Es fühlt sich so atemberaubend gut an, ihm so nahe zu sein.

Leo stöhnt auf und umfasst meinen Kopf, um mich an sich heranzuziehen. Dann landen unsere Lippen wieder aufeinander, und wir setzen unsere sehnsüchtigen Küsse fort. Er ist so intensiv und fordernd, dass ich glaube, mein Herz müsse mir vom Adrenalin jeden Augenblick aus der Brust springen.

Meine Gedanken können mit meinen Gefühlen nicht mehr Schritt halten. Bis eben ist Leo jahrelang mein bester Freund gewesen. Aber nun küssen und berühren wir uns, und es fühlt sich überhaupt nicht seltsam an, im Gegenteil. Es ist so stimmig – es ist wie das Selbstverständlichste auf der Welt. So als hätte es schon immer so sein sollen. Und dieses Empfinden ist höchst verwirrend … Wir waren zuvor bereits ein grandioses Team. Aber jetzt habe ich das Gefühl, als würden wir eine untrennbare Verbindung eingehen. Es ist, als hätte nur noch die körperliche Nähe gefehlt, um alles absolut perfekt zu machen.

Leo beginnt, mir über den Rücken zu streichen, und greift dann nach meinem Po. Er zieht meinen Unterleib so nah an seinen Bauch heran, dass mein enges Kleid noch ein Stück nach oben rutscht und ich die Luft einziehe.

Dann setzt er seine Erkundungstour fort. Er fährt mit seinen Fingern meinen nackten Oberschenkel auf und ab und schickt damit unzählige Blitze direkt in meinen Unterleib.

Wie seine Lippen sich anfühlen! Und wie er küsst! Ich zergehe unter seinen Berührungen und merke, wie ich mich wie von selbst leicht auf und ab bewege.

Dann streicht er an meiner Oberschenkel-Innenseite entlang weiter nach oben in Richtung meines Slips – der da nicht ist.

»Scheiße Lou«, stöhnt er und zieht seine Hand zurück. »Willst du mich gleich am Anfang umbringen?«

Die Stelle, an der er mich berührt hat, glüht.

Er lehnt seine Stirn gegen meine. »Warum zur Hölle hast du nichts drunter an?« Seine Stimme klingt rau und heiser.

»Nasser Bikini«, sage ich knapp. »Ich habe meinen Slip zu Hause vergessen.«

Er sieht mich an, schüttelt leicht den Kopf und lacht leise.

»Ich kann nicht glauben, was wir hier tun, Lou.«

»Ich auch nicht«, flüstere ich.

Die Pause tut uns gut, und unser schweres Atmen wird allmählich wieder ruhiger. Dann lehnen wir erneut unsere Stirn gegeneinander.

»Ich habe das Gefühl, dass ich vor lauter Glück weinen könnte«, flüstere ich weiter und umfasse sein Gesicht mit meinen Händen.

»Was meinst du, wie es mir geht, Lou? All meine Träume werden gerade wahr. Ich weiß nicht, wann ich jemals so glücklich gewesen bin. Ich kann gar nicht glauben, dass das hier wirklich passiert. Wir beide. Es ist wie eine Erlösung, dir so nah sein zu dürfen.«

Die Schmetterlinge in meinem Bauch spielen verrückt, während er mir das alles erzählt.

»Es hat mich letztes Wochenende fast umgebracht, als du wegen der Sache mit deinem Vater in meinem Bett übernachtet hast. Ich konnte auf der Couch kaum ein Auge zumachen und wäre am liebsten zu dir unter die Decke geschlüpft, um dich in den Arm zu nehmen. Und die Nacht zuvor im Camper war es noch schlimmer, so ganz nah neben dir zu liegen. Ich wollte dich die ganze Zeit berühren und keinen Zentimeter Luft mehr zwischen uns lassen. Und als du geschlafen hast, habe ich mit klopfendem Herzen dagelegen und mir ausgemalt, wie es wäre, wenn du mich auch lieben würdest. Und jetzt sagst du mir tatsächlich, dass du das tust.«

Ich kann es ja selbst kaum glauben. Die Erkenntnis ist noch so neu für mich, dass ich bestimmt ein paar Tage brauchen werde, um das zu verarbeiten.

Er schüttelt ungläubig den Kopf, und wir küssen uns sanft, sodass unsere Lippen einige Sekunden aufeinander liegen bleiben, als würden sie sich nie wieder voneinander lösen wollen. Ich rieche seinen Atem, seine Haut, es ist ein altbekannter Geruch, den ich mit Geborgenheit und Wärme verbinde.

Ich schließe die Augen, und wir beginnen, uns weiter zu küssen, dieses Mal nicht ganz so stürmisch wie vorhin. Aber schnell sind wir doch wieder beim vorigen Tempo angelangt, und ich habe das starke Bedürfnis, mehr von ihm als nur Küsse zu brauchen …

»Berühr mich. Bitte«, hauche ich in sein Ohr.

Er stöhnt auf und murmelt etwas Unverständliches. Dann lässt er seine Finger von meinem Nacken an meinen Rücken entlang bis zu meinem Po wandern und streift an meiner Hüfte nach vorne. Mein Herzschlag wird mit jedem Zentimeter schneller, den er seinem Ziel näher kommt. Ich halte es kaum noch aus.

Und endlich streicht er mit seinen Fingern leicht über mein Geschlecht und ich zerberste. Ich lege meinen Kopf in den Nacken und spüre all die hauchzarten Berührungen, die bald stärker werden und beginnen, durch meinen kompletten Körper zu fließen.

Als er seine Finger in mich gleiten lässt, stöhne ich auf. Mein Unterleib steht in Flammen, während er meinen Hals, meine Schultern, mein Dekolleté küsst und gleichzeitig seine Finger langsam in mir bewegt. Dann beginnt er, mit seinem Daumen meine empfindlichste Stelle zu streicheln, und es dauert nicht allzu lange, bis ich über ihm zusammenbreche und meine Lust an seinem Ohr hinausstöhne.

»Leo … Oh mein Gott … Ahhh …« Ohne dass ich es kontrollieren kann, kommen die Worte aus meinem Mund.

Ich brauche einen Moment, bis ich ins Hier und Jetzt zurückkehre. Und selbst da bin ich noch ziemlich benebelt vom Gefühlschaos in meinem Inneren.

Leo streicht mir mein leicht verschwitztes Haar zurück. Sein Blick ist supersexy. »Das war das Schärfste, was ich je erleben durfte, Lou. Du machst mich so heiß.«

Wow, okay! Die Worte und seine wild funkelnden Augen treffen mich wieder genau im Unterleib.

Ich lasse meine Hände zu seinem Schritt wandern, öffne den Knopf seiner Leinenhose und habe meine Finger gerade am Reißverschluss, als wir beide erschrocken zusammenfahren und uns umsehen. Nicht weit von uns macht ein Hundebesitzer mit seinem Tier einen nächtlichen Spaziergang. Ich lasse mich abrupt auf den Platz neben Leo fallen und versuche eilig, mein Kleid weiter nach unten zu ziehen, als Leo bereits nach der Decke angelt und sie wieder über uns ausbreitet.

Mit klopfendem Herzen und hektischem Atem sitzen wir einige Zeit nebeneinander und warten darauf, wieder ungestört zu sein. Doch der Hundebesitzer lässt sein Tier ausgiebig in der Gegend herumschnüffeln. Wir beobachten das leuchtende Halsband, das beinahe an jedem gottverdammten Grashalm stehenbleibt.

»Lass uns abhauen«, schlägt Leo vor.

Wir stehen auf, und er packt die Decke unter seinen Arm. Hand in Hand machen wir uns auf den Weg zum Parkplatz und grüßen den nächtlichen Spaziergänger so superfreundlich, dass uns vermutlich das schlechte Gewissen ins Gesicht geschrieben steht. Nachdem ich mir nicht allzu lange vor seinem Auftauchen die Seele aus dem Leib gestöhnt habe, ist es ziemlich wahrscheinlich, dass er in der absoluten Stille etwas mitbekommen hat.

Im Auto angekommen brechen wir beide in Lachen aus.

»Oh mein Gott, der hat uns bestimmt gehört.«

»Anmerken lassen hat er sich aber nichts«, zwinkert mir Leo zu und zieht mein Gesicht zu sich heran, um mich zu küssen.

»Komm mit zu mir«, bitte ich ihn. »Wenn wir Glück haben, schläft meine Mutter schon.«

Er startet sein Auto.

Während der kurzen Fahrt geht mir so vieles durch den Kopf. Ich denke vor allem darüber nach, wie absolut verrückt das alles eben war. Vor einer Stunde noch waren Leo und ich „nur" beste Freunde. Und nun … Wie kann es sein, dass wir von null auf hundert durchgestartet sind, obwohl wir beide uns gerade erst damit konfrontiert haben, dass wir offenbar mehr füreinander als nur reine Freundschaft empfinden?

Sehr surreal … aber wunderschön.

In meiner Straße angekommen hält Leo nicht unmittelbar vor meinem Haus, sondern biegt in eine Seitenstraße ab, um dort zu parken.

»Lass uns gehen«, sage ich ungeduldig und greife nach meiner Tasche auf dem Rücksitz. Wir steigen aus, Leo kommt zu mir auf den Gehsteig und nimmt meine Hand.

»Lieber nicht. Nicht dass meine Mutter doch noch wach ist und uns kommen sieht«, sage ich mit dem Blick auf die noch nicht geschlossenen Jalousien unseres Hauses. »Das hier ist noch so frisch. Ich möchte selbst erstmal damit klarkommen können, was heute passiert ist, und es womöglich nicht gleich auch noch meiner Mutter erklären müssen.«

Leo nickt zustimmend und lächelt. »Geht mir genauso.«

Als wir gerade das Gartentor aufstoßen, habe ich den Eindruck, eine höhere Macht möchte uns heute unbedingt eins auswischen.

»Louisa! Kaleo!«, höre ich es aus nicht allzu weiter Ferne. Ich blicke die Straße hinunter und sehe meine Mutter, die auf uns zukommt.

»Echt jetzt?«, flüstere ich leise.

Wir warten, bis sie bei uns angekommen ist.

»Hi Mom, was machst du denn noch so spät hier draußen?«

»Ich war heute Abend noch spontan bei Linda. Wir haben mit Maria einen Mädelsabend gemacht. Und ihr seid bereits zurück?« Sie blickt kurz auf die Uhr. »Wobei, es ist ja schon halb zwei. Hattet ihr eine schöne Party?«

»Ja, der Abend war wirklich toll«, sage ich.

Wenn sie wüsste, wie tief ich gerade staple …

Mein bester Freund und ich haben nur vorhin nebenbei festgestellt, dass wir uns lieben. Und dann haben wir am See rumgemacht, und ich bin unter seiner Hand vor Lust explodiert. Aber sonst gab es überhaupt nichts Aufregendes heute Abend, Mom.

»Also dann …« Leo spielt mit dem Autoschlüssel in seiner Tasche, und ich bin mir sicher, dass es ihm gerade haargenau so wie mir geht. Wie es aussieht, endet unser Abend nämlich genau hier und jetzt.

»Gute Nacht Lou, gute Nacht Elena.«

»Nacht mein Lieber«, verabschiedet meine Mutter ihn.

»Nacht, Leo«, lächle ich unbeholfen und umarme ihn kurz.

Als meine Mutter und ich gemeinsam in Richtung der Eingangstür gehen, möchte ich mir die Haare raufen. Ich bin noch viel zu erregt von der Vorfreude, die ich auf dem Weg hierher in mir hatte, dass ich nun gar nicht recht weiß, wohin ich damit soll.

Oben in meinem Zimmer werfe ich meine Handtasche auf meine Couch und hole mein Handy hervor. Noch bevor ich selbst eine Nachricht tippen kann, erscheint bereits eine von Leo auf meinem Display.

»Ist nicht so schlimm, Lou. Wir haben noch alle Zeit der Welt. Dann wird die Freude auf das nächste Mal eben noch intensiver.«

Ich schicke ein Heul-Emoji und schreibe: *»Du hast ja recht. Es war nur so unendlich schön mit dir am See, dass ich dich jetzt schon vermisse … Schlaf gut, mein auf-einmal-nicht-mehr-nur-bester Freund.«*

»*Träum von mir, meine auf-einmal-nicht-mehr-nur-beste Freundin*«, lautet seine Antwort, hinter die er ein großes rotes Herz gesetzt hat.

Dann ziehe ich mir ein Tanktop und eine Shorts an und lege mich ins Bett. Und obwohl ich wetten hätte können, dass ich bestimmt noch ewig wach liegen würde, ist das Gegenteil der Fall. Die Aufregung und all die Gedanken haben wohl ihren Beitrag geleistet, sodass ich schon bald, nachdem ich unter meine Decke gekrochen bin, völlig erschöpft einschlafe.

Mich wundert nicht, dass meine Träume in dieser Nacht fast genauso heiß wie der vergangene Abend sind.

Kapitel 8 ✿ Ein offenes Geheimnis

Am Sonntagmorgen werde ich durch ein Klopfen an meiner Zimmertür geweckt. Es dauert einen Moment, bis ich vollkommen wach werde, mich aufsetze und schläfrig »Ja?« brumme.

Meine Mutter streckt den Kopf zur Tür herein. »Oh, du liegst tatsächlich noch im Bett. Hast du dir gar keinen Wecker gestellt?«

Ich versuche, die Neuronen in meinem Gehirn zu befeuern, aber ich habe keine Ahnung, warum ich mir einen hätte stellen sollen.

»Es ist Sonntag, Mom!«, sage ich daher nur und reibe mir meine Augen, während ich gähne.

»Wir haben doch gestern Morgen noch drüber gesprochen, dass heute der 50. Geburtstag deines Onkels ist. Schon vergessen, Schlafmütze?«

Ich stöhne. »Hab ich tatsächlich verdrängt.«

Ich lasse mich resigniert wieder auf das Bett zurückfallen.

Meine Mutter lacht. »In einer Stunde müssen wir gehen.« Sie schließt die Tür hinter sich.

Ich gebe ein knarzendes Geräusch von mir und schlage mir die Hände vor die Augen. Es ist nicht so, dass ich den Bruder meiner Mutter nicht gern sehe, aber … ich hatte mich so nach jeder Menge Zeit mit Leo gesehnt, nachdem wir gestern einen so unglaublichen Abend miteinander verbracht haben. Und jetzt muss ich ihm sagen, dass ich heute nichts mit ihm unternehmen kann. *Na toll.*

Ich schnappe mir mein Handy und gehe ins Bad, um mich fertig zu machen. Leo hat mir mitten in der Nacht getextet.

»Du fehlst mir.«

Ich muss lächeln und schreibe ihm Zähne putzend mit der linken Hand zurück, was sich jedoch als ziemlich schwierig erweist.

»Du mir auch. Sehr sogar. Aber du warst in meinen Träumen bei mir … Und wir werden uns leider noch länger vermissen. Hab total verschwitzt, dass wir heute auf dem B'day meines Onkels eingeladen sind.«

Ich lege mein Handy weg und spüle meinen Mund aus. Dann bürste ich mir die Haare und tusche meine Wimpern.

Als mein Telefon kurz vibriert, greife ich augenblicklich danach und hätte dabei fast den Puder von der Ablage geworfen, der daneben liegt.

»*Guten Morgen, Schönheit. Freut mich zu hören, dass ich dir zumindest in deinen Träumen Gesellschaft geleistet habe. Ich konnte wegen du-weißt-schon-was bis halb fünf nicht einschlafen. Frag nicht, wie müde ich jetzt bin ... Warum hat dein Onkel ausgerechnet heute Geburtstag?*«, schreibt er und schickt ein verzweifeltes Emoji mit. »*Er hätte sich doch auch einen anderen der 365 Tage aussuchen können, um geboren zu werden ...*« Ich muss lachen, doch als ich weiterlese, lasse ich deprimiert die Schultern sinken. »*Und morgen nach der Arbeit gehts bei mir leider nicht. Wir sind von einem guten Kunden meines Vaters zum Essen eingeladen worden. Aber ich lasse mir etwas einfallen, damit wir uns nicht erst am Dienstagabend sehen ...*«, schreibt er geheimnisvoll, und mein Bauch kribbelt schon wieder wie irre.

Als ich bei einer Schüssel Müsli mit meiner Mutter am Frühstückstisch sitze, muss ich mich höllisch zusammenreißen, nicht die ganze Zeit über total blöde zu grinsen, wenn ich an Leos und meinen nächtlichen Abstecher zum See zurückdenke. Ich frage sie daher über ihren eigenen gestrigen Abend aus, um ein bisschen abgelenkt zu sein. Meine Mutter macht seit einigen Tagen den Eindruck, als hätte auch sie sich nach dem Auszug meines Vaters ein wenig von dem Stress mit ihm erholt, was mich ungemein erleichtert.

Da mein Onkel zwei Autostunden nördlich von uns wohnt, brechen wir rechtzeitig um elf Uhr auf, um pünktlich zur Feier zu kommen.

Der Tag scheint schier endlos zu sein. Nach dem Mittagessen machen wir einen gemeinsamen Spaziergang mit meinem Onkel, meiner Tante, meinen beiden Cousins sowie einigen weiteren Gästen. Danach gibt es auch noch Kaffee und Kuchen.

Leo und ich sind mittlerweile vom Texten zum Sexten übergegangen, und wir erzählen uns gegenseitig von unseren nächtlichen Träumen. Ich schaue mich immer wieder verstohlen um, damit niemand zufällig etwas von unseren Nachrichten mitlesen kann. Dementsprechend zucke ich zusammen, als ich angesprochen werde.

»Wem schreibst du denn da in einer Tour?«, will Nicholas

wissen, mein neugieriger 22-jähriger Cousin. »Du kriegst das Grinsen ja gar nicht mehr aus dem Gesicht. Hast du jemanden kennengelernt?«

Ich werfe einen schnellen Blick auf meine Mutter neben mir, aber sie ist in ein Gespräch mit ihrer Schwägerin vertieft.

»Kann man so sagen, ist aber noch geheim.« Ich weiß, dass ich ihm wahrscheinlich nichts vorzumachen brauche. Meine Verliebtheit sieht mir vermutlich sogar ein Blinder an. Es ist also nur eine Frage der Zeit, bis auch meine Mutter davon Wind bekommt. Irgendwann werde ich es ihr ohnehin sagen müssen. Aber momentan genieße ich es, dieses kleine große Geheimnis für mich alleine zu haben, ohne neugierigen Fragen und Blicken ausgesetzt zu sein.

Gegen 19 Uhr sind wir wieder zu Hause, und ich habe eine Weile nichts mehr von Leo gehört. Nach dem Abendessen schauen meine Mutter und ich uns gemeinsam eine Serie an.

Als mein Handy vibriert, linse ich heimlich auf mein Display und sehe, dass Leo geschrieben hat. »*Morgen Abend sollte es klappen.*«

Ich runzle die Stirn, aber seine Nachricht lässt mich gleichzeitig schmunzeln und erhöht die Vorfreude auf den morgigen Tag um ein Vielfaches.

Gedanklich mache ich mir noch eine Notiz, dass ich später dringend meine App-Einstellungen ändern sollte, damit der Inhalt eingehender Nachrichten nicht bereits auf dem gesperrten Display lesbar ist.

Nach zwei weiteren Serienfolgen und einer kompletten Packung Eiscreme gehen meine Mutter und ich schließlich schlafen. Als Leo und ich uns an diesem Abend aufhören zu texten, ist es bereits nach Mitternacht. Es dauert noch beinahe eine Stunde, bis ich einschlafen kann, weil ich an nichts anderes als ständig nur an ihn und alles, was mit ihm zu tun hat, denken kann.

Mein Vater hat in meiner Kindheit zwei Ausflüge mit uns als Familie gemacht: Eine Bootstour auf eine Insel im See und eine Radtour mit Picknick. An beides kann ich mich noch so gut erinnern, weil es die einzige Zeit außerhalb des Alltags gewesen ist, die er jemals mit uns zusammen verbracht hat. Die restliche Zeit war ich alleine mit meiner Mutter oder mit Leo und Keanu unterwegs, während mein Vater durch

Abwesenheit geglänzt hat und oft betrunken im Schlafanzug auf der Couch gelegen und den halben Tag TV geschaut hat. Als er später trocken war, hat er oft genau dasselbe gemacht – nur dass er statt betrunken *und* wütend zu sein, *nur noch* wütend war.

Als Kind war mir nie vollkommen bewusst, wie schräg diese Situation gewesen ist. Aber jetzt, wo ich die Vergangenheit reflektieren kann und unabhängiger von meinen Eltern werde, sehe ich, dass das, was ich als Kind nicht anders gekannt und für normal gehalten habe, eigentlich das komplette Gegenteil davon ist.

Ich bin manchmal erschrocken darüber, wie beeinflussbar man als Kind ist, wie man von zwei Elternteilen geprägt wird, wie sie einen formen und man im schlechtesten Fall ihre Vorurteile und kompromisslosen Meinungen übernimmt, ohne es bewusst zu wollen und überhaupt zu merken. Und je älter man wird und von seiner Umwelt mitbekommt, desto mehr hat man damit zu kämpfen, solche negativen Muster und Prägungen wieder loszuwerden. Wie wäre es sonst zu erklären, dass ich mich immer sofort komplett versteife und Panik bekomme, wenn ich schon nur eine strenge Stimme *höre*, egal ob es nun die meines Vaters oder eines wildfremden Mannes ist. Ich kann gar nicht anders reagieren, auch wenn ich es will … Deshalb habe ich selbst in meinen jungen Jahren bereits eine vage Vorstellung davon, wie viel Arbeit und vielleicht sogar lebenslange Aufgabe es ist, Vergangenes aufzuarbeiten. Leo hatte mal vorgeschlagen, mir zu überlegen, vielleicht therapeutische Unterstützung zu suchen. Mal sehen, ob ich das tatsächlich mache. Denn manchmal denke ich, dass ich mich durch all den Mist eigentlich schon viel älter fühle, als ich es wirklich bin. Aber ich habe keinen Vergleich. Eigentlich wäre es superspannend, einmal in jemand anderen hineinschlüpfen zu können und nachzuspüren, wie sie oder er die Welt erlebt und empfindet.

Ab und zu geht mir durch den Kopf, dass mein Vater mich vielleicht deshalb so verachtet, weil er sich womöglich immer lieber einen Sohn anstatt einer Tochter gewünscht hätte. Aber ich weiß es nicht. Ich weiß nicht, warum er so ein Mensch geworden ist. Ich weiß nur, dass man seinem Kind all das nicht antun sollte.

Ich habe unzählige Situationen in meinen Erinnerungen,

die ich negativ mit ihm in Verbindung bringe: wie er mir oft aus dem Weg geht oder mich ignoriert. Wie er frustriert und genervt ist und dadurch aggressiv ist und herumschreit. Wie ich nichts richtig machen konnte – egal wie brav ich war, egal welch gute Noten ich mit nach Hause gebracht habe … Ich habe ihm irgendwie nie genügt, egal wie sehr ich mit allen Mitteln um seine Liebe und Anerkennung gebuhlt habe.

Ich habe ihm nie Angriffsfläche gegeben, sondern war immer darauf bedacht, nur möglichst unauffällig und folgsam in seiner Gegenwart zu sein. Manchmal frage ich mich, was wohl passiert wäre, wenn ich nicht so ein einfaches Kind gewesen wäre, sondern ihm tatsächlich Gründe gegeben hätte, sauer zu sein. Wenn ich ihm Konter gegeben hätte, etwas angestellt oder schlechte Noten gehabt hätte … Ich möchte mir eigentlich lieber nicht ausmalen, wie er dann mit mir umgegangen wäre.

Ich glaube, man kann es sich kaum vorstellen, wenn man es nicht selbst erlebt hat, was man empfindet, wenn der eigene Vater sich nicht für einen interessiert, ja einem sogar das Gefühl gibt, dass er einen verachtet. Es ist wie ätzende Säure, die einen Teil der Seele langsam zersetzt. Und dieser Teil bleibt irreversibel zerstört. Egal, was man im Leben sonst noch an Positivität und Liebe von anderen Menschen erfährt – wenn ein Mensch, der eine so wichtige Rolle im eigenen Leben spielt, einen über Jahre hinweg derart behandelt, ist dieses eine Loch in der Seele mit nichts aufzufüllen und bleibt für immer zurück.

Wenn nicht meine Mutter gewesen wäre und vor allem Leo, der einen großen Teil der familiären Sorgen mit mir gemeinsam getragen hat, wäre ich jetzt vermutlich ein psychisches Wrack.

Und so ist es wieder einmal Leo, der mir Halt geben muss, weil ich am Montagmorgen unerwartet meinem Vater begegne, als ich das Haus verlassen will, um mich gleich mit meinen Freundinnen zum Shoppen und Kaffeetrinken zu treffen …

Ich öffne gerade die Eingangstür, als mein Vater auf unser Haus zuläuft. Vor lauter Schreck schlage ich die Tür wieder zu und hoffe inständig, dass meine Mutter ihm den Schlüssel abgenommen hat.

Mit klopfendem Herzen stehe ich im Flur und überlege

fieberhaft, was ich machen würde, wenn er ins Haus kommen sollte. Ich fische zitternd mein Handy aus meiner Handtasche und öffne die Anrufliste, um jederzeit bereit zu sein, auf Leos Kontakt zu tippen und ihn zu informieren.

Durch den schmalen Glasausschnitt kann ich sehen, dass mein Vater direkt vor der Tür steht.

»Herzlichen Glückwunsch, Louisa! Jetzt hast du es ja endlich geschafft, mich komplett zu zerstören! Nur weil du dich nicht an meine Regeln hältst, hat deine Mutter mich rausgeworfen! Danke, dass du unsere Familie nun endgültig kaputt gemacht hast! Grandiose Leistung!«

Ich habe mit einem Mal wieder so viel Angst aber auch Wut in mir, weil es so unendlich unfair ist, dass er sich die Realität oft exakt so formt, wie es für ihn gerade passt. Vielleicht hält er das, was er sagt, am Ende sogar tatsächlich für wahr – was noch schlimmer wäre.

»Ich soll die Familie zerstört haben? Sind wir jemals wirklich eine Familie gewesen?«, rufe ich ihm durch die geschlossene Tür entgegen, weil ich seine beißenden Gemeinheiten nicht auf mir sitzen lassen kann. Offenbar hat er keinen Schlüssel, sonst hätte er sicher schon längst aufgesperrt, und das macht mich ein bisschen weniger ängstlich.

»Natürlich hast DU die Familie zerstört!«, brüllt er. »Du –«

Und dann halte ich mir einfach die Ohren zu und bekomme nichts mehr von seiner Boshaftigkeit mit. Ich laufe in mein Zimmer, wo ich nichts mehr von ihm hören und sehen kann und sperre vorsichtshalber die Tür hinter mir zu. Mit zittrigen Fingern wähle ich Leos Nummer.

»Hey, schön dich zu hören! Hast du heute Nacht gut schlafen können?«, fragt er mit einer Unbekümmertheit in der Stimme, dass mir ganz schwer ums Herz wird, weil ich mit meinem Anruf seine Laune sicher schlagartig verändern werde.

Ich will nicht, dass er für mich wieder alles stehen und liegen lässt. Aber auf der anderen Seite brauche ich gerade dringend jemanden zum Reden. Deshalb versuche ich, mich zusammenzureißen, mich zu beruhigen und ein wenig von meiner Panik in den Griff zu bekommen, damit er sich nicht wieder solche Sorgen um mich machen muss. Mal sehen, wie gut ich das hinbekomme …

»Hi Leo. Mein Vater steht gerade vor der Tür, und ich traue

mich nicht mehr raus. Ich … wollte gerade zum Shoppen los, da hab ich ihn getroffen.« Ich weiß, dass meine Stimme ein wenig aufgeregt und unsicher klingt, aber zumindest weine ich nicht.

»Hat er einen Schlüssel?« Ich merke, wie besorgt er verständlicherweise bereits wieder klingt.

»Nein, ich glaube nicht.«

Ich höre, wie er leise aufatmet.

»Er hat mich beschimpft, dass ich die Familie zerstört hätte … Ich weiß, dass es nicht so ist, aber trotzdem …«

»Oh Lou …« Er seufzt. »Es tut mir so leid.«

»Was soll ich jetzt machen? Ich weiß nicht, ob er immer noch unten steht oder sich in der Gegend rumtreibt. Ich trau mich nicht raus. Nicht, nachdem er mich so angebrüllt hat.«

Einen Augenblick ist es still, als würde er überlegen. Dann sagt er: »Mein Dad und ich sind gerade unterwegs, aber in etwa 20 Minuten wären wir bei dir und könnten mal schauen, ob wir ihn irgendwo entdecken.«

»Leo, nein! Ich will nicht, dass ihr wegen mir schon wieder irgendwelche Verrenkungen machen müsst!«, jammere ich und habe ein unheimlich schlechtes Gewissen.

»Ich bin immer für dich da, das weißt du. Du wurdest gerade übel von deinem Vater beschimpft, er steht vor eurer Tür, und dir geht es offenbar nicht gut. Wir kommen vorbei, keine Widerrede.«

»Okay«, gebe ich mich geschlagen und bin insgeheim froh, dass ich mit der Situation bald nicht mehr alleine sein werde. »Danke.«

Eine Viertelstunde später ruft Leo mich an. »Wir sind da, kannst du mir aufmachen?«

Ich verlasse mein Zimmer und öffne ihm die Tür. Sofort falle ich in seine Arme und drücke ihn fest an mich.

»Danke, danke, danke.«

Ich sehe, dass Keanu am Auto steht und ein wenig besorgt zu uns blickt. Also lieber kein Begrüßungskuss für Leo.

»Dafür musst du mir nicht danken. Wirklich nicht.« Wir lösen uns voneinander, als er weiterspricht. »Dad und ich sind die Straße entlanggefahren und haben in alle Nebenstraßen geschaut. Aber wir haben ihn nirgends entdecken können. Sollen wir dich irgendwohin mitnehmen? Wir fahren an der Stadt vorbei.«

»Ja, das wäre toll. Ich treffe mich da mit den Mädels. Den Bus habe ich eh verpasst.«

Ich schließe die Tür ab und laufe auf Keanus Firmenauto zu, auf dessen Anhänger sich allerhand Pflanzen und Büsche befinden. Natürlich habe ich sie mitten aus ihrem Arbeitsalltag geholt …

Leos Vater schließt mich kurz in seine Arme und streicht mir dann über die Wange. Mir ist es so unangenehm, dass er im Moment vermutlich einen Großteil unserer Familiengeschichte hautnah miterlebt.

Ich klettere auf die Auto-Sitzbank zwischen Leo und seinen Vater, und Keanu startet den Wagen.

Leo blickt mich von der Seite an. »Gehts dir gut?«

»Ja, alles okay.«

»Wo sollen wir dich absetzen?«, will Keanu wissen.

»Wäre am großen Kreisverkehr okay? Dann laufe ich die paar Meter zu Fuß in die Stadt, und ihr müsst keinen allzu großen Umweg machen.«

»Kein Problem.«

Während der Fahrt ruht meine rechte Hand neben meinem Bein, als Leo seine eigene plötzlich vorsichtig auf meine schiebt. Mein erster Impuls ist, die Hand wegzuziehen. Ich schaue verstohlen zu seinem Vater, der aus seinem Blickwinkel eigentlich nichts mitbekommen kann, weil Leo und ich ohnehin sehr nah beieinander sitzen. Leo beginnt, meine Hand mit seinem Daumen sanft zu streicheln. Ich werfe ihm einen kurzen lächelnden Blick zu. Augenblicklich bekomme ich wieder Schmetterlinge in der Magengrube, als er zurücklächelt und meine Hand leicht drückt.

Fünfzehn Minuten später sind wir am Kreisverkehr angekommen. Ich winke den beiden hinterher und mache mich auf in Richtung der Fußgängerzone unseres kleinen Nachbar-Städtchens.

In unserem Lieblings-Café Augustin, das in einer Gasse liegt, die parallel zum Wasser verläuft, haben meine Freundinnen einen Außenplatz reserviert und winken mir zu, als sie mich kommen sehen. Ich mag dieses alternative Lese-Café mit den leckeren Kuchen, erstklassigem Kaffee und himmlischer heißer Schokolade total gerne und komme schon länger regelmäßig mit meinen Mädels hierher.

»Sorry, dass ich zu spät bin.« Ich lasse meine Tasche auf

den freien Sitzplatz fallen und umarme Cara, Isa und Leah nacheinander. »Es gab mal wieder Stress wegen meines Vaters«, sage ich lediglich. Sie wissen nur, dass mein Vater kein einfacher Mensch ist, es bei uns zu Hause schon immer Probleme gab und er letztens ausgezogen ist. Die Details kennt nur Leo, und das ist auch gut so, denn es fällt mir ohnehin schon schwer genug, das alles mit überhaupt jemandem zu teilen.

»Oh no!« Ich ernte mitleidige Gesichter, mache jedoch eine wegwerfende Geste mit meiner Hand.

Bei einem Stück Schokotarte unterhalten wir uns vor allem über die Party am vergangenen Wochenende. Leah hat demnächst ein Date mit Tim, was natürlich allgemein bejubelt wird. Isa kann nicht anders, als erneut Mitleid für ihr Single-Leben von uns einzufordern. Und dann kommen selbstverständlich auch Leos Knutsch-Aktion sowie meine Tanzeinlage mit Samuel auf den Tisch. Ich versuche, relativ neutral zu bleiben und die Themen schnell als nichtig abzuhaken.

Als mein Handy den Eingang einer Nachricht anzeigt, ist es Leo.

»Ich hoffe, dir gehts nach dem Schrecken vorhin wieder gut?!«

»Ja, danke dir nochmal. Ich sitz hier mit den Mädels, und die Schokotarte tut ihr Übriges, meine Seele zu trösten.«

»Ich wüsste da auch etwas, was dich trösten würde …«, schreibt er zurück.

Sofort muss ich über das ganze Gesicht grinsen. *»Ach ja?«*

»Ich sag nur See und kein Slip …«

Shit, Leo!, denke ich und merke, wie mein Unterleib leicht glüht. Ich schicke ihm eine Reihe Chilischoten zurück.

Als ich aufblicke, merke ich, dass meine Freundinnen mich alle drei neugierig ansehen und ihre Gespräche verstummt sind.

»Was?«, frage ich gespielt ahnungslos, weil ich mich ertappt fühle.

»Lou, Lou, Lou«, schüttelt Cara mit dem Kopf. »Raus mit der Sprache! Wem textest du? Du strahlst ja, als würden Weihnachten, Ostern und dein Geburtstag zusammenfallen.«

»Niemand Besonderem«, sage ich, aber ich kann dieses blöde Grinsen einfach nicht auf Knopfdruck aus meinem Gesicht wischen. »Ich muss mal kurz auf Toilette.«

Ich stehe schnell auf und nehme mein Smartphone mit,

während Cara mir hinterherruft. »Hey, Lou! Ist das dein Ernst, dass du einfach flüchtest, ohne uns Rede und Antwort zu stehen? Mach dich auf was gefasst, wenn du von der Toilette zurückkommst!«

Am stillen Örtchen schreibe ich Leo noch einmal. »*Du verdammter Sadist! Ich bin ohnehin noch so heiß auf dich wegen der Nacht, die wegen meiner Mutter so abrupt vor unserem Haus geendet hat.*«

»*Genau das war ja Sinn der Sache – nämlich, dich daran zu erinnern, was dich wieder erwarten könnte, wenn wir uns das nächste Mal sehen … Zum Beispiel: heute Abend! Nach dem Geschäftsessen schaut mein Dad vermutlich Sport im TV. Meinst du, du kannst dich gegen 21 Uhr von zu Hause losreißen?*«

»*Das sollte klappen*«, freue ich mich aufgeregt.

»*Leo, was anderes*«, schicke ich hinterher. »*Darf ich den Mädels das mit uns erzählen? Sie haben bereits Verdacht geschöpft, und ich bin so schlecht im Lügen.*«

»*Ich hab kein Problem damit.*«

»*Bis heute Abend!*«

»*Bye Sonnenschein und noch viel Spaß mit deinen Girls.*«

Eilig stecke ich das Handy weg und atme durch. Dann mal auf ins Kreuzverhör … Ich habe ehrlich gesagt ziemlichen Bammel vor ihrer Reaktion auf unsere Beziehung. Mein Herz flattert vor Aufregung, als ich zurück an den Tisch komme und mich setze.

»Erzähl! Sofort!«, fordert Cara ohne Umschweife.

Ich verdrehe die Augen. »Schön, ich bin ja selbst schuld, weil ich es offenbar nicht gut verbergen kann … Ja, es gibt tatsächlich eine Neuigkeit, die ich euch mitteilen sollte.« Ich hole tief Luft. »Leo und ich, wir sind jetzt zusammen. Also als Paar.«

Allgemeines Raunen.

Cara klatscht sich gegen die Stirn. »Mann, Lou. Das hat ja lang genug gedauert, bis ihr beiden selbst auch endlich kapiert habt, dass ihr füreinander bestimmt seid! Die beste Liebesbeziehung ist vermutlich nichts gegen eure sogenannte *platonische Freundschaft*.« Sie malt mit ihren Fingern Anführungszeichen in die Luft.

Ich bin vollkommen von den Reaktionen überrascht, lache ein wenig peinlich berührt und schlage mir die Hände vors Gesicht. »War das wirklich so offensichtlich?«

»JA!«, schallt es unisono zurück.

Und dann lachen wir alle.

Vielleicht ist Leo schon immer mehr als nur ein gewöhn-licher bester Freund gewesen. Vielleicht haben wir es nur nicht bemerkt, weil es für uns immer schon so intensiv war und unser Verhältnis seit jeher so besonders ist. Langsam fange ich zumindest auch an, das zu glauben.

»Damit du es weißt«, erklärt Leah. »Leo ist echt heißes *boyfriend material*. Ich meine, er sieht verdammt gut aus, ist char-mant, fürsorglich, witzig, intelligent … Aber für uns war er schon immer tabu, weil wir alle genau wussten, dass das mit euch irgendwann etwas werden würde. Also zumindest, falls ihr beide hetero sein solltet. Thank God, ihr seid zur Einsicht gekommen! Halleluja.«

Ich strecke ihr die Zunge heraus, schlürfe den letzten Schluck aus meinem Becher und bin unsagbar glücklich, dass dieses *boyfriend material* Teil meines Lebens ist.

Kapitel 9 ✿ Anziehungskräfte

Wenn man mit jemandem eine Beziehung beginnt, ist zunächst alles neu. Man lernt sich Stück für Stück kennen: jeden Tag und mit jeder neuen Situation ein bisschen mehr.

Man nähert sich im Lauf der Monate und Jahre immer weiter an und baut Vertrauen, Loyalität und Verständnis auf. Man lernt seine eigenen Grenzen und die des anderen kennen. Man unterstützt sich und hat ein offenes Ohr für die Sorgen des Partners.

Doch all das haben Leo und ich schon hinter uns. Wir starten auf einer Ebene in unsere Beziehung hinein, für die viele Paare Jahre brauchen, um sie zu erreichen. Aber in einem sind wir dann doch wie alle anderen frisch Verliebten: Wir können die Finger nicht voneinander lassen und sehnen uns andauernd nach intensiver körperlicher Nähe.

Nach dem Tag mit meinen Freundinnen verbringe ich den Abend mit Cara bei ihr zu Hause, wo Antonio uns mit Spaghetti Amatriciana bekocht. Es ist so unglaublich lecker, dass ich mich frage, ob ich jemals etwas auch nur annähernd so Gutes in einem italienischen Restaurant gegessen habe. Er verrät uns, dass er das Rezept von der hauseigenen Köchin beigebracht bekommen hat, und ist sehr stolz, dass es uns so geschmeckt hat.

»Ich komme heute ein bisschen später heim, bin noch bei Cara und Antonio«, schreibe ich meiner Mutter irgendwann nach dem Essen. Dass ich gleich noch einen Abstecher zu Leo machen werde, bleibt mein Geheimnis.

Gegen 21 Uhr stehe ich im Dunkeln vor Leos Haustür und merke, wie furchtbar nervös ich bin. Vor lauter Vorfreude und Spannung hüpft mir beinahe mein Herz aus der Brust, als ich eine Info an Leo tippe. *»Bin da.«*

Geschlagene fünf Minuten vergehen. Doch dann wird die Tür einen kleinen Spalt geöffnet, und ein grinsender Leo legt den Zeigefinger auf seine Lippen. Verstohlen sieht er sich nach hinten um und winkt mich eilig herein. Als er mich die Treppe gleich links vom Flur ins Obergeschoss hinauf hinter sich herzieht, höre ich im Wohnzimmer den TV laufen, an dem sich Keanu seinem Abendprogramm widmet.

Ich habe nicht bemerkt, dass ich vor Anspannung die Luft

angehalten habe, als ich am oberen Treppenabsatz angekommen bin. Wir schlüpfen in sein Zimmer.

Sobald Leo die Tür hinter sich zugezogen hat, sperrt er ab und löscht das Licht. Dann presst er mich an die Wand daneben. Mir entweicht ein Stöhnen, als die Luft aus meinen Lungen gedrückt wird. Er umschließt mich fest mit seinem Körper und beginnt, mich hungrig zu küssen.

»Ich hab dich so vermisst«, raunt er.

Ein Stromschlag fährt durch meinen Körper und trifft mich im Unterleib. »Das merke ich«, presse ich schwer atmend hervor.

Er umfasst meinen Kopf und nimmt meine Unterlippe zwischen seine Zähne. Dann finden sich unsere Zungen, während er mit seinen Händen an meinem Körper seitlich nach unten fährt. Schließlich gelangt er zu meinem Po. Er umfasst ihn und zieht ihn mit einem Ruck zu sich heran. Ich merke, wie mir vom Hormonchaos leicht schwindlig wird. Mein Unterleib pulsiert, als ich die Beule in seiner Hose an mir spüre.

Leo hebt mich am Hintern hoch. Ich schlinge meine Arme um seinen Hals und meine Beine um seine Hüften, während mein Rücken gegen die Wand gelehnt ist. Als er von meinem Mund auf meinen Hals wechselt, genieße ich die feurigen Küsse, die er dort hinterlässt, und lege meinen Kopf in den Nacken. Bald schon winde ich mich unter seinen Berührungen und stehe von Kopf bis Fuß in Flammen.

Dann trägt er mich auf sein Bett und legt mich dort ab. Ich beobachte im Schein der Straßenlaterne, wie er mit wildem Funkeln in den Augen sein Shirt über den Kopf zieht und auf dem Bett zu mir kriecht. Ich bin genauso atemlos wie er, als er über mich kommt und mich wie ein hungriger Tiger taxiert. Ich greife nach seinem weichen Haar und ziehe ihn an seinem Hinterkopf zu mir heran. Unsere Lippen landen wieder aufeinander. Eigentlich möchte ich beinahe jetzt schon nach Erlösung flehen, doch auf der anderen Seite ist es viel zu schön, die prickelnde Erotik auszukosten, die zwischen uns herrscht.

Nach einer Weile drücke ich gegen seinen Brustkorb, dränge ihn zur Seite und schwinge mich auf ihn. Auf seinen Hüften sitzend sehe ich auf ihn hinab. Ich habe den Eindruck, noch nie etwas Atemberaubenderes als seinen Oberkörper und sein wunderschönes Gesicht gesehen zu haben. Leo hat die

Augen verengt, seine vollen Lippen sind leicht geöffnet und sein Haar ist so sexy verstrubbelt.

Für einen Moment sehen wir uns voll ungezügelter Leidenschaft an. Dieser Leo ist neu für mich, und für einen Augenblick komme ich mir ihm fast fremd vor. Seine Augen sind wie ein weites grünes Meer, dessen Wellen mich überrollen und mich dann mit sich in die Tiefe ziehen. Ich bin völlig überwältigt von seiner Intensität und Begierde.

Ohne den Blick abzuwenden, greift Leo nach meinem Shirt und zieht es mir über den Kopf. Mit seinen Händen streicht er an meinem Bauch und meiner Taille auf und ab und schiebt seine Daumen unter meinen Spitzen-Bralette. All seine Berührungen sind so zart und achtsam, dass vor lauter Wohlbefinden überall dort Gänsehaut zurückbleibt, wo er gewesen ist.

Ich könnte bis in alle Ewigkeit hier auf ihm sitzen und unter seinen Händen zerfließen. Doch im gleichen Moment möchte ich ihn selbst auch erkunden dürfen, und deshalb gehe ich in die Offensive.

Unzählige Male habe ich in all den Jahren bereits seinen nackten Oberkörper gesehen. Doch als er nun unter mir liegt, nehme ich seinen Anblick erstmals vollkommen bewusst wahr. Es ist umwerfend schön, über jeden Zentimeter seiner samtweichen hellbraunen und muskulösen Haut zu streichen und sie mit den Händen, den Lippen und der Zunge zu erkunden. Ihn so viele Jahre so gut zu kennen und ihn trotzdem noch nie auf diese Weise berührt zu haben, ist ein irres und sehr intimes Gefühl, das ich vollständig auskoste. Ich spüre Leos pochendes Herz in seinem Brustkorb, während ich seine Brustwarzen küsse. Ich rieche das Minz-Duschgel seiner Körperwäsche. Seine Muskeln spannen sich unter meinen Berührungen immer wieder an, wenn ich eine besonders empfindliche Stelle an seiner Haut erwische.

Ich ziehe einen letzten langsamen Pfad mit einer Reihe von Küssen von seinen Lippen über seine Brust bis zu seinem Jeansbund. Dann gleite ich an ihm hinab und öffne Knopf und Reißverschluss seiner Hose. Endlich bin ich wieder dort angelangt, wo ich vor einigen Tagen schon sein wollte …

Kurz hilft er mir dabei, die Hose über seinen Hintern zu ziehen. Dann mache ich mich daran, sanfte Küsse auf seine Boxershorts zu hauchen, und er stöhnt auf. Stück für Stück ziehe ich seine Unterwäsche nach unten und drücke meine

Lippen auf jede Stelle, die frei wird. Immer wieder werfe ich einen kurzen Blick nach oben und beobachte fasziniert, wie er reagiert. Seine beinahe geschlossenen Augenlider flattern, sein Mund ist geöffnet, und ab und zu gibt er leise lustvolle Geräusche von sich.

Als ich schließlich den ersten Kuss auf sein Geschlecht drücke, stöhnt er erst meinen Namen, und als ich weitermache, den des Allmächtigen.

Doch dann setzt er sich ruckartig auf, umfasst meine Taille und drückt mich wieder auf das Bett zurück. Ich muss schlucken, als ich seinem begierigen Blick begegne. Eilig entledigt er sich seiner Shorts und zerrt mir die Hose von den Beinen. Als er den Daumen an meinem Slip hat, hält er kurz inne und kommt zu mir nach oben.

»Willst du das wirklich, Lou?«, flüstert er.

Vehement nicke ich, denn ich realisiere all meine Körperreaktionen seit dem Beginn unserer Intimität mit voller Wucht: das aufgeregte Flattern meines Herzens, das freudige Kribbeln in meinem Bauch und die glühende Erregung in meinem Unterleib. Und auch, wenn es etwas surreal ist, Leo Haut an Haut zu spüren, will ich das hier definitiv. »Ich glaube, ich war mir selten bei etwas so sicher«, hauche ich.

Er gibt mir eine Reihe von Zungenküssen, während er meinen Slip mit seiner Hand nach unten zieht und ich ihm helfe, indem ich meine Beine aufstelle.

Dann hält er inne und betrachtet mich fast schon ehrfürchtig, während er über mir abgestützt ist. Unsere beiden nackten Körper im fahlen Licht zu sehen, ist eines der berauschendsten Dinge, die ich je gesehen habe. Wir beide, überirdisch schön und pur. Zwei Wesen, die ihre Verletzlichkeit und gleichzeitig Vollkommenheit auf ihrer nackten Haut tragen, wo zuvor immer Kleider gewesen sind.

Ich beobachte, wie er sich ein Kondom überstreift. Dann dringt er langsam in mich ein, und ich möchte zerspringen vor Lust. Ich biege meinen Rücken durch, während er beginnt, sich in mir zu bewegen. Genießerisch legt Leo seinen Kopf in den Nacken und schließt die Augen.

Mein Gott, er ist so wunderschön. Seine Muskeln sind von den Armen bis zum Bauch angespannt, weil er sein Gewicht über mir hält, und ich seufze bei diesem Anblick leise.

Für einen Moment muss ich wieder daran denken, wie verrückt es ist, was wir hier gerade tun. Ich glaube nicht, dass meine Gedanken sich bereits daran gewöhnt haben, mit meinem jahrelangen besten Freund zu schlafen und sein Geschlecht gerade in mir zu spüren. Dieses Wissen ist so unglaublich erregend, dass ich das Verlangen in mir kaum noch aushalten kann.

Ich schiebe meine Hand zwischen unsere Unterkörper und beginne, meine empfindlichste Stelle zu berühren. Wir atmen immer heftiger, bewegen uns immer schneller. Und schließlich kommen wir beide kurz hintereinander zum Höhepunkt. Stöhnend gebe ich mich dem Feuerwerk an Empfindungen und Gefühlen hin.

»Psssst, mein Dad«, flüstert Leo plötzlich und drückt seine Hand auf meinen Mund.

Als ich wieder zu mir komme und die Augen öffne, sehen wir uns an. Und dann müssen wir beide lachen.

»Ups«, sage ich.

Er beugt sich zu mir und gibt mir einen langen Kuss auf die Lippen. Dann zieht er sich aus mir zurück und lässt sich mit einem wohligen Seufzer neben mich aufs Bett sinken.

Erschöpft kuschle ich mich an seine Seite, während er den Arm um mich legt. Dieser Augenblick ist pure Magie. Ich fühle mich in diesem Moment so mit ihm verbunden, dass ich nicht mehr weiß, wo er aufhört und ich beginne. Wir sind eins. Untrennbar miteinander verwoben. Mir steigen Tränen in die Augen, weil ich so von meinen Gefühlen überwältigt werde. Als ein paar davon auf Leos Oberkörper landen, blickt er mich völlig erschrocken an.

»Was ist los, warum weinst du?«

Ich lache leise und streiche mit meinen Fingern über seine Brust. »Ich bin gerade so unfassbar glücklich.«

Er zieht meinen Kopf mit seiner Hand zu sich heran. Dann presst er seine Lippen auf meinen Scheitel. »Ich liebe dich so sehr, Louisa, dass es manchmal fast schon weh tut.«

Wir müssen beide eingeschlafen sein, denn ich erwache in Leos Umarmung eingehüllt von einem leisen Klopfen an seiner Zimmertür. Eilig ziehe ich die Bettdecke über mein Gesicht, entspanne mich jedoch schnell, weil mir einfällt, dass die Tür ja abgeschlossen ist.

Ich stupse Leo an, der aus dem Bett hochfährt.

Schlaftrunken antwortet er auf das Klopfen. »Bin schon eingeschlafen gewesen, Dad.«

»Oh sorry. Ich wollte dir nur eine gute Nacht wünschen, Kaleo. Ich geh jetzt auch schlafen.«

»Nacht, Dad.«

Mein klopfendes Herz beruhigt sich langsam wieder.

Ich ziehe Leos Oberkörper zu mir heran, sodass wir seitlich einander zugewandt daliegen. Er streicht mir durch das Haar und lächelt mich eine Weile schweigend an.

»Das war unbeschreiblich schön vorhin.«

»Fand ich auch«, flüstere ich. »Du bist so sexy und einfühlsam.«

Er lächelt. »Und du weißt genau, was du willst. Das finde ich unheimlich heiß.«

Ich grinse breit. »Ich würde mal sagen: Dann haben unsere letzten Beziehungen ja einem guten Übungszweck gedient.«

»Obwohl es auch das Schönste der Welt gewesen wäre, wenn wir unsere ersten Erlebnisse miteinander hätten teilen können«, wirft er zustimmend ein.

»Ja, das stimmt. Meine ersten Male waren aufregend – aber das wars dann auch schon mit den positiven Aspekten.«

Wir lachen beide wissend.

Dann küsst er mich sehr sinnlich und lange.

»Stopp, Leo«, flüstere ich. »Sonst landen wir gleich wieder an dem Punkt, wo wir vorhin bereits waren.«

»Am Höhepunkt meinst du?«, grinst er frech. »Wäre das denn so schlimm?«

»Natürlich nicht«, antworte ich zwinkernd. »Aber wie spät ist es überhaupt mittlerweile?«

Leo streckt seinen Arm aus und greift nach dem Handy auf seinem Schreibtisch. »Kurz vor zwölf.«

»Oh Shit!«, rufe ich und rapple mich auf. Ich werfe die Bettdecke von mir und stürze zu meinem eigenen Smartphone, das in meiner Tasche auf seiner Couch liegt.

Meine Mutter hat mir vor zehn Minuten bereits eine Nachricht geschickt. »*Wann kommst du ungefähr heim? Ich gehe bald schlafen.*«

»Netter Anblick.«

Ich sehe zu ihm rüber. Er hat seine Hände hinter dem Kopf verschränkt und lässt seine Augen über meinen nackten Körper wandern.

Ein wenig peinlich berührt lache ich und laufe zu ihm zurück, um ihm die Decke wegzuziehen. »Gleiches Recht für alle.«

Ich lasse meinen Blick kurz über ihn wandern und muss schlucken, als ich an seinem besten Stück hängenbleibe, das halb erregt ist.

Bevor ich heute tatsächlich nicht mehr heimkomme, sehe ich schnell weg und lasse mich auf das Bett plumpsen. Dann tippe ich eilig eine Antwort an meine Mutter. »*Schon auf dem Weg. Bin in ca. zehn Minuten zu Hause.*«

»Zehn Minuten also?«, kommentiert Leo, der mir über die Schulter geschaut und mitgelesen hat. »Dann muss es jetzt ja tatsächlich sehr schnell gehen.«

Er zieht mich auf die Bettdecke zurück, und ich lache überrascht auf. Als ich sehe, dass er es absolut ernst meint, spüre ich bereits wieder die Hitze in meinen Unterleib schießen. Dann fischt er nach einem Kondom und kommt über mich.

Zwanzig Minuten später bin ich zu Hause. Ich sperre die Haustür leise auf und begebe mich ohne Umschweife in den ersten Stock. Kurz linse ich ins halb offene Schlafzimmer meiner Mutter.

»Ich bin wieder da, Mom«, flüstere ich.

»Ich hoffe, du hattest einen schönen Abend«, ertönt ihre Stimme aus der Dunkelheit.

»Danke, den hatte ich«, antworte ich und bin froh, dass sie mein verräterisches Grinsen nicht sehen kann. »Schlaf gut.«

»Du auch.«

Während ich mich im Bad bettfertig mache, schreibe ich Leo, dass ich gut angekommen bin und mich irre darauf freue, ihn wiederzusehen.

Glücklich und zufrieden ziehe ich den hawaiianischen Quilt von meinem Bett und lege ihn über das Sofa. Dann schlüpfe ich unter die Decke und schlafe beinahe sofort ein.

Kapitel 10 ✿ God is a Woman

Jede gemeinsame Stunde mit Leo vergeht wie im Flug, und bald ist es bereits eine Woche her, dass wir zusammen sind. Wir genießen die Aufregung der Geheimniskrämerei, die wir vor unseren Eltern um unsere neue Art der Beziehung machen.

Beinahe jeden Abend sehen wir uns, wenn Leo Feierabend hat. Doch erst am Wochenende haben wir wieder die Gelegenheit zu mehr Intimität und sind bis dahin bereits völlig ausgehungert vor körperlicher Sehnsucht.

Nachdem Leos Vater am Samstagmorgen für Besorgungen unterwegs ist, können wir den Vormittag bei ihm zu Hause in der Horizontalen verbringen.

Mittlerweile ist es so selbstverständlich für mich geworden, meinen nicht mehr nur besten Freund zu küssen und zu berühren, dass ich gar nicht mehr weiß, wie es gewesen sein muss, als es dieses Extra in unserer Freundschaft noch nicht gegeben hat.

Unser Hunger aufeinander ist so heiß wie die erbarmungslose Sonne im August. Deshalb gehen wir am Nachmittag nach unserem leidenschaftlichen Wochenend-Auftakt wieder einmal mit Cara und Antonio zum Baden an den See. Es ist das erste Mal, dass wir als Paar auf die beiden treffen.

Cara kann nicht umhin, uns noch einmal ihren Segen zu geben, als wir uns mit nassen Badeklamotten auf der Picknickdecke trocknen lassen. »Ihr strahlt beide so, dass ihr die Nacht erhellen könntet. Ich freu mich so für euch, ihr seid unheimlich süß zusammen«, sagt sie verzückt, und wir müssen lachen.

»Sind wir das nicht auch?«, will ihr italienischer Freund wissen.

Cara macht eine wegwerfende Geste. »Wir können getrost einpacken gegen die hier.«

Ich schüttle lachend den Kopf.

»Grazie per niente, amore!« Antonio schnappt sich seine Freundin, hebt sie hoch und trägt sie ins Wasser, während sie sich strampelnd in seinen Armen windet. Dann lässt er sie fallen, und Cara taucht kurz unter. Prustend und lachend kommt sie an die Oberfläche.

»Na warte!« Sie spritzt ihm eine Ladung Wasser ins Gesicht und geht auf ihn los, während ihr Freund sie abzuwehren versucht. Eine Weile beobachten wir die beiden amüsiert, dann lassen wir uns auf die Decke zurückfallen und kuscheln engumschlungen.

Ich betrachte die letzten verbliebenen Wassertropfen, die auf Leos Haut glitzern.

»Ich liebe dich«, flüstere ich.

Es ist das erste Mal, dass ich es ihm so direkt sage, und mein Bauch schickt eine Reihe Schmetterlinge auf die Reise.

Er umfasst meine Wangen und küsst mich sanft auf die Lippen. Ich kann grüne Sprenkel in seinen Augen tanzen sehen, bevor er seine Stirn gegen meine lehnt und mich anlächelt. »Und ich dich erst.« Dann fährt er mir durch meine nassen Strähnen und streicht sie mir hinters Ohr.

»Finger aus dem Schritt – wir sind wieder da, ihr Turteltauben!«, kündigt sich Cara an. Sie schüttelt ihren Kopf, sodass die Wassertropfen aus ihrem blonden, kinnlangen Haar auf uns herabregnen und wir überrascht aufkeuchen, weil sich die Nässe auf unserer erhitzten Haut so kühl anfühlt.

»Sagt mal, habt ihr Lust, heute Abend mit uns zu grillen? Ich habe sturmfrei«, fragt uns Antonio, während er sich mit dem Handtuch über seinen dunklen Lockenkopf rubbelt.

Nachdem wir am See aufgebrochen sind, gehen wir zusammen ein paar Lebensmittel für das Abendessen einkaufen. Dann fahren wir mit Antonio in seinem weißen, abartig teuren Maserati-Coupé, das er letztes Jahr zum Geburtstag bekommen hat, in sein zehn Kilometer entferntes Anwesen. In dem Moment, in dem er auf der Landstraße ordentlich Gas gibt, muss ich zugeben, dass ich ihn, obwohl ich absolut kein materialistischer Mensch bin, schon ein wenig wegen seines Sportwagens beneide.

Nachdem unser Freund die Toreinfahrt per Fernbedienung geöffnet hat, fahren wir in die Garage neben der Villa, die im Prinzip von der Grundfläche so groß wie unser gesamtes Haus ist. Durch den Seiteneingang betreten wir die Villa und stehen im Flur, den ich bereits von der Party her kenne, weil sich fast gegenüber das Gästebad befindet. Wir laufen nach links um die Ecke und legen unsere Einkäufe auf der großen Kochinsel in der Küche ab. Antonio verschwindet schon bald nach draußen, um den Gasgrill anzufeuern und den Tisch zu decken.

»Husch, husch, ich will mal mit meiner Freundin alleine reden«, verkündet Cara und scheucht Leo, der uns bei der Vorbereitung helfen will, zu ihrem Freund auf die Terrasse.

Leo hebt beschwichtigend die Hände und lacht. »Ist ja gut, bin schon weg.«

Meine Freundin holt Schneidebretter und Messer aus den Schubs und beginnt, das Gemüse zu waschen.

»Erzähl mir alles! Wie ist es, seinen besten Freund zu vögeln?«

»Cara!«, lache ich laut auf.

»Ja, ist doch so«, verteidigt sie sich und lässt den Zucchino in ihrer Hand auf und ab gleiten.

Ich schüttle grinsend den Kopf angesichts ihrer obszönen Geste.

»Nun sag schon«, drängt sie ungeduldig.

Ich glaube, ich werde ein bisschen rot – zumindest fühlen sich meine Wangen mit einem Mal sehr warm an. »Es ist unglaublich. Wir harmonieren so gut. Ich kann manchmal immer noch nicht ganz glauben, was letztes Wochenende zwischen uns passiert ist.«

Sie blickt mich mit strahlenden Augen an und umarmt mich dann. »Oh Lou, ich freu mich so für euch. Ich gönn euch das von Herzen!«

»Danke dir, Cara.«

Wir schneiden das Gemüse in Stücke und Streifen und geben es in eine Schüssel, um es zu würzen und ölen.

»Leider hatten wir bisher nicht so viel Gelegenheit zum …«

»Vögeln?«, kommt Cara mir zu Hilfe, als ich eine Sekunde zögere.

»Ja genau dafür«, lache ich.

»Wieso das denn? Ihr seht euch doch bestimmt jeden Tag«, will sie wissen.

»Wir haben es unseren Eltern noch nicht gesagt und müssen uns deshalb bedeckt halten.«

»Aber ihr habt doch früher auch ab und zu mal zusammen übernachtet?!«

»Ja, verrückt, oder nicht?«, lache ich auf. »Aber jetzt, wo wir zusammen sind, habe ich das Gefühl, man sieht uns an der Nasenspitze an, was wir heimlich machen, wenn wir im

Zimmer verschwinden. Nur heute Morgen haben wir uns mal zu Hause treffen können, weil Keanu nicht da war.«

»Oh, là, là, dann hattest du ja heute schon Sex!«, flötet sie, und ich verdrehe die Augen. »Deshalb habt ihr heute am See so extrem zufrieden gewirkt.«

»Ja, vermutlich«, lache ich kopfschüttelnd. »Du bist unmöglich, Cara!«

»Wieso – weil ich die Wahrheit gelassen ausspreche?«

»Weil ich schweigen und genießen will. Und weil du viel zu neugierig bist.«

»Leb damit!« Sie zuckt mit den Schultern, grinst frech und gibt mir einen schnellen Kuss auf die Wange. Dann holt sie die Schaschlik-Stäbchen heran, auf die wir die einzelnen Gemüsesorten nacheinander aufspießen.

Nach einer Weile sagt sie: »Was hältst du davon, wenn ihr heute hier mit uns übernachtet? Toni hat bestimmt nichts dagegen.«

Ich muss nicht lang überlegen. »Das wäre sensationell! Ich habe bloß nichts dabei.«

»Was – außer einer Zahnbürste, die wir euch geben können – brauchst du denn? Make-up kannst du auch von mir haben. Und Klamotten werdet ihr heute Nacht eh nicht anhaben.«

Als ich ihre Aussage in meinem Kopf zu Bildern werden lasse, wird mir ganz warm.

Ich gebe ihr grinsend recht.

Wir bringen das Gemüse, den Grillkäse, die Würstchen und Hähnchenspieße in den Außenbereich zu den Jungs.

»Ich habe beschlossen, dass du mit Lou heute hier im Gästezimmer übernachtest, falls Toni nichts dagegen hat«, meint sie ohne Umschweife an Leo gewandt.

Antonio lacht zustimmend, und ich sehe, wie er seinem Kumpel mit einem Auge verschwörerisch zuzwinkert. Cara und ihr Freund stehen sich an Schamlosigkeit wirklich in nichts nach.

Bevor ich es vergessen kann, texte ich meiner Mutter, dass ich heute bei meinen Freunden übernachte, und wünsche ihr einen gemütlichen Abend.

Nach dem Essen spielen wir Scopone, ein italienisches Kartenspiel. Antonio kann relativ gut erklären, sodass wir schon bald flüssig spielen können. Nach mehreren Runden, von denen er die meisten gewinnt, schlägt Cara eine Auszeit im Pool vor.

Antonio löscht die Lichter im Haus und auf der Terrasse, sodass nur noch der Wasserbereich in der Dunkelheit türkisblau leuchtet. Da wir noch alle unsere Badekleidung von heute Nachmittag unter unseren Klamotten tragen, müssen wir uns nicht mehr umziehen. Ich setze mich in meinem roten Triangel-Bikini an den Beckenrand und lasse die Füße im Wasser baumeln, während sich Leo von der Leiter aus in den Pool gleiten lässt und untertaucht. Kurz vor meinen Füßen kommt er wieder an die Wasseroberfläche, stellt sich zwischen meine Beine und zieht meine Hüfte näher zu sich heran. Ich betrachte seine begehrenswerten Wimpern, die ich neulich unbedingt tuschen wollte. Winzigkleine Wassertropfen haben sich darin verfangen und funkeln wie Diamantensplitter. Ich beuge mich zu ihm nach unten und küsse seine feuchten Lippen. Dann fasst er mich an den Hüften und haucht Küsse auf meinen Bauch.

»Hebt euch eure Spielchen für später auf«, ruft uns meine Freundin vom anderen Poolende aus zu.

Leo lacht zwar leise, lässt sich jedoch nicht beirren und setzt seine Küsse an meinem Oberschenkel fort. Ich habe Gänsehaut von Kopf bis Fuß. Die Atmosphäre mit dem beleuchteten Pool, der dunklen Nacht um uns herum sowie Leos sanfte Berührungen sind prickelnde Erotik.

Dann zieht er mich an den Hüften zu sich ins Wasser und schließt mich zungenküssend in seine Arme. Zwei Puzzleteile, die perfekt zusammenpassen.

Später sehen wir uns im Wohnzimmer auf der immensen Couchlandschaft einen Actionfilm auf einem so großen Bildschirm an, dass unser eigener zu Hause glatt viermal hineinpassen würde.

Na ja, denke ich ironisch, *irgendwo muss man seine ganze Kohle ja hinbringen.*

Kurz nach Mitternacht wird uns unser Gästezimmer gezeigt, das am anderen Ende des Flurs von Antonios eigenem Reich liegt und sogar ein eigenes angeschlossenes Badezimmer besitzt. Ich betrachte das riesige weiche Bett, während Leo schon andere Pläne hat.

»Kommst du mit duschen? Ich will vor dem Schlafengehen noch das Chlor von meiner Haut und aus meinen Haaren waschen.«

»Geh schon mal vor, ich komme gleich nach.«

Leo lässt die Tür des Bades offen, das mit edlem schwarzem Marmor gefliest ist und durch die puristischen kantigen Formen von Waschbecken und Badewanne sehr modern wirkt. Die Dusche befindet sich auf der linken Seite, sodass ich ungehinderten Blick auf ihn habe, als er sich seiner Badehose entledigt und in den offenen Duschbereich tritt. Dann stellt er sich mit dem Rücken zu mir gewandt unter den Strahl und lässt sich Wasser über das Gesicht laufen. Als er sich mit den Händen durch die Haare fährt, beobachte ich das Spiel seiner Rückenmuskeln.

Schnell ziehe ich mir den Bikini aus und gehe ebenfalls ins Bad. Ich trete an ihn heran, lege meine Arme um seinen Bauch und schmiege mich an seinen Rücken und diesen göttlichen Hintern. Er dreht sich um und nimmt mein Gesicht in beide Hände. Dann küsst er mich langsam und genussvoll.

Als ich kurze Zeit darauf seine Erektion an meinem Bauch spüre, kann ich nicht widerstehen. Ich sinke auf die Knie und beginne, erst seine Oberschenkel zu küssen. Dann nehme ich *ihn* in den Mund.

»Fuck, Lou!« Leo stöhnt auf. »I'm sure now that God is a woman …« Er stützt sich an Wand und Glasabtrennung ab.

Ich muss grinsen. Ihn in seiner zweiten Muttersprache reden zu hören, ist verdammt heiß.

Eigentlich habe ich vor, meine Aktion bis zum Schluss durchzuziehen, doch irgendwann zerrt Leo mich zu sich nach oben und raunt: »Handtuch, und dann schnell rüber. Ich will auch etwas von dir haben.«

Wir trocknen uns notdürftig ab, und Leo fischt ein Kondom aus der Hose am Sessel. Dann schlüpfen wir unter die große Decke ins weiche Kingsize-Bett und machen dort weiter, wo wir im Bad aufgehört haben.

In unserer ersten gemeinsamen Nacht als Paar wechseln sich tiefsinnige Gespräche und feurige Leidenschaft ein paarmal miteinander ab, sodass wir kaum zum Schlafen kommen.

Kapitel 11 ✿ Inferno

Einige Tage später bin ich gerade auf meinem Zimmer und surfe im Netz nach möglichen Unternehmungen rund um unser Urlaubsdomizil in Kroatien, als Leo mir eine Nachricht schickt.

»Hast du gewusst, dass dein Vater vorgestern Abend bei uns aufgetaucht ist?«

»Was?! Warum? Ist was passiert?«

»Ich war ja nicht zu Hause, weil wir zwei uns zu dem Zeitpunkt getroffen haben. Und mein Dad hat vorhin nicht wirklich viel darüber erzählt. Vielleicht sprichst du einfach mal deine Mom an?!«

»Darauf kannst du Gift nehmen! Ich gebe dir später Bescheid, wenn es Neuigkeiten gibt.«

Wenn man vom Teufel spricht. Ich höre, wie die Haustür aufgeschlossen wird und meine Mutter vom Büro nach Hause kommt.

»Hi Lou!« Sie blickt zu mir, als sie mich von oben kommen hört, während sie ihre Tasche auf der Garderobe ablegt und ihre Schuhe abstreift.

»Hi Mom! Ich glaube, wir müssen mal reden!«

Sie sieht mich verdutzt an. »Okay, klar. Dann lass uns in die Küche gehen. Möchtest du auch einen Kaffee oder Tee?«

»Nein, danke dir.«

Wir verlassen den Flur, und sie macht sich daran, Wasser in den Tank der Kaffeemaschine zu füllen. Ich stelle mich mit verschränkten Armen neben sie und lehne mit der Hüfte an der Küchenarbeitsplatte.

»Wann wolltest du mir sagen, dass mein Vater vorgestern bei Keanu aufgetaucht ist? Warum schweigst du lieber immer alles tot, als mit mir darüber zu sprechen?«

Sie zögert einen Moment, bevor sie mir mit liebevollem Ton antwortet. »Mein Schatz, ist das nicht ein Phänomen, das uns beide gleichermaßen betrifft? Es gibt offenbar auch ein paar belastende Sachen, die du mir nicht erzählt hast, wie ich neulich von Kaleo erfahren habe.« Sie sieht mich traurig an und streicht mir über den Arm.

Ich hatte ja bereits geahnt, dass Leo ihr nichts von dem Gespräch neulich verschwiegen hat … Ich bin mir sicher, sie spielt darauf an, dass ich ihm ungewollt verraten habe, dass mein Vater mich geschlagen hat.

Nervös beiße ich auf meiner Lippe herum und merke, dass mein Herzschlag beim bloßen Gedanken an all die Situationen mit meinem Vater wieder hektisch wird. Ich kann meine Mutter nicht ansehen, als ich ihr nach einer Weile antworte.

»Ich ... wollte dir nicht noch mehr Sorgen machen, als du eh schon hast.«

»Oh Louisa ...« Sie streicht mir über die Wange. »Und ich wollte dich auch schützen, weil ich weiß, dass du manchmal sehr viel Angst vor ihm hast. Darum hab ich dir das von vorgestern nicht erzählt.«

»Aber es betrifft auch Leo! Und Keanu!«, sage ich nachdrücklich. »Ich will nicht, dass auch noch sie mit meinem Vater und unseren Familien-Problemen konfrontiert werden.«

Sie seufzt. »Du hast ja recht. Lass uns hinsetzen.«

Sie unterbricht ihre Kaffeekoch-Aktion, holt sich stattdessen Wasser aus dem Hahn und begibt sich mit dem vollen Glas an den Tisch.

»Dein Vater wohnt in einer kleinen Pension, eine halbe Stunde von hier entfernt. Vorgestern ist er scheinbar wieder einmal in der Nähe gewesen und bei Kaleo und Keanu zu Hause aufgetaucht.«

Ich schaue sie erwartungsvoll an, hebe fragend meine Schultern, weil die Infos, die sie mir gibt, wirklich dürftig sind. »Was wollte er denn?«

»Keine Ahnung«, sagt sie und nimmt einen Schluck von ihrem Wasserglas, doch ich merke, dass das sicher nicht der Wahrheit entspricht.

Ich rolle innerlich mit den Augen und recke mein Kinn nach vorne. »Ist Keanu was passiert?« Vermutlich hätte mir Leo das gleich erzählt, aber man weiß ja nie.

»Nein, nein.« Das klingt schon ehrlicher und überzeugender als ihre vorige Antwort. »Dein Vater ist relativ schnell wieder abgehauen. Aber auf dem Weg nach Hause ist er in eine Kontrolle geraten und wegen Trunkenheit am Steuer aufs Polizeirevier begleitet worden ...«

Ich mache große Augen. »Er trinkt wieder?«

»Sieht so aus«, sagt sie traurig und seufzt tief durch.

»Wow ... Na toll.«

Bestimmt nur, weil er ausziehen musste, denke ich.

Ich merke, dass sich mein schlechtes Gewissen in Grenzen

hält und ich darüber wirklich sehr froh bin. Ich fühle mich für die Situation meines Vaters nicht länger verantwortlich, was auch schon anders gewesen ist. Viele belastende Jahre meines Lebens habe ich die Schuld bei mir selbst gesucht, wenn er mit mir geschimpft hat, weil ich geglaubt habe, ihm unnötiger- weise Ärger bereitet zu haben …

»Woher weißt du das mit dem Alkohol am Steuer?«

»Er hat mich angerufen, ob ich ihn in die Pension fahre, weil sie ihm den Führerschein sofort abgenommen haben.«

»Hast du ihn denn gefahren?«, frage ich vorsichtig.

Sie nickt. »Ich habe es nicht übers Herz gebracht …«

»Er hätte auch ein Taxi oder so nehmen können!«, werfe ich leicht genervt ein. »Warum tust du immer alles für ihn, obwohl er uns beide so behandelt?«

Sie sieht sich den Inhalt ihres Wasserglases an und zuckt mit den Schultern. Ich bemerke die glasigen Augen, die sie bekommen hat.

»Oh Mom …«

Als sich eine Träne löst und über ihre Wange läuft, umarme ich sie fest. Ich merke, wie sie innerlich bebt und sich gerade enorm zusammenreißt, um vor mir die Fassung nicht zu verlieren.

»Er hat nicht nur mir schon mal etwas angetan, stimmts?«, flüstere ich.

Sie nickt. Dann umarmt sie mich ebenfalls, und wir weinen stumm an der Schulter des jeweils anderen.

Nach einer gefühlten Ewigkeit lösen wir uns voneinander, und meine Mutter fischt eine Packung Taschentücher aus dem Küchenschrank. Sie zieht ein Tuch heraus und hält es mir hin. Dann putzen wir beide gleichzeitig unsere Nase.

»Kleine Elefantenherde«, sage ich, und wir müssen beide lachen.

»Willst du ihn anzeigen?«, frage ich nach einer Weile.

Sie zuckt mit den Schultern. »Ich weiß es nicht. Was würde es denn nutzen? Ich weiß nicht, ob ich ihm das auch noch antun möchte.«

»Aber ihm einfach alles durchgehen zu lassen?«

Sie seufzt. »Hat Keanu auch schon oft genug zu mir gesagt. Es stimmt ja auch … Keine Ahnung. Ich hab gerade mal wieder echt keine Kraft dafür. Auch wenn Keanu und meine Freundinnen uns sicher unterstützen würden. Ich weiß es einfach nicht …«

Ich streiche ihr über den Arm, als ich merke, dass sie leicht zittert und innerlich sehr aufgewühlt zu sein scheint.

Nachdem sie einen Moment Löcher in die Luft gestarrt hat, kommt wieder Leben in sie. »So, und jetzt würde ich sagen, beenden wir den Nachmittag und Abend noch mit etwas Schönem. Wollen wir später essen gehen oder Pizza bestellen?«

Ich lächle sie an. »Gerne. Pizza und Serien schauen wäre toll.«

Sie begibt sich wieder zur Kaffeemaschine zurück, um sie zu aktivieren. Dann dreht sie sich noch einmal zu mir um. »Mal ein ganz anderes Thema: Gibt es eigentlich einen Grund, warum du in letzter Zeit – abgesehen von gerade eben –«, lacht sie, »so viel strahlst? Du wirkst irgendwie verändert.«

Sie hat sich bereits wieder der Maschine zugewandt, worüber ich froh bin, weil sie damit nicht sieht, wie ich vergeblich versuche, mir mein Pokerface zu bewahren.

»Echt? Findest du?«, sage ich. »Na ja, es sind Semesterferien, das Wetter ist toll, ich verbringe viele schöne Momente mit meinen Freunden, mein Vater ist ausgezogen …«

»Ja, das kann ich verstehen. Mir gehts seitdem auch besser«, gesteht sie. »Ich dachte schon, du hast vielleicht einen Freund oder so«, sagt sie schulterzuckend.

Das schlechte Gewissen frisst mich fast auf, weil ich den wesentlichen Punkt meiner guten Laune einfach unter den Tisch fallen habe lassen und sie mit ihrer Vermutung auch noch den Nagel auf den Kopf getroffen hat.

Also bin ich so kurz davor, ihr davon zu erzählen, dass Leo nicht mehr nur mein bester Freund, sondern seit Kurzem auch mein fester Freund ist. Aber dann lasse ich es doch sein und überlege mir stattdessen, erst mit Leo zu sprechen, ob er auch bereit ist, es seinem Vater zu sagen. So aufregend die ganze Geheimniskrämerei ist, wäre es allmählich wirklich schön, endlich ganz offiziell mit Leo Küsse auszutauschen und ohne schlechtes Gewissen und die Hilfe von Freunden gemeinsam übernachten zu können.

Später schreibe ich Leo, dass meine Mutter die Geschichte mit vorgestern bestätigt hat, und dass mein Vater an besagtem Abend noch betrunken beim Autofahren erwischt wurde, ich aber ansonsten nicht recht viel mehr aus ihr herausquetschen konnte. Da meine Mutter und ich den Abend gemeinsam verbringen wollen, verabrede ich mich mit Leo für den morgigen Tag. Und wie immer kann ich es schon jetzt kaum noch erwarten, ihn endlich wieder zu sehen.

»Wir sollten es unseren Eltern sagen, Leo. Ich will mich endlich nicht mehr verstecken müssen«, sage ich kauend.

Es ist wieder einmal Samstagnachmittag, und wir haben uns ein paar Pommes vom Imbissstand am benachbarten Freibad geholt, weil wir vom knapp zweistündigen Stand-up-Paddling auf dem See ganz ausgehungert sind.

Er nickt. »Ein Monat Geheimniskrämerei ist wirklich genug. Was denkst du, wie sie reagieren werden?«

Ich zucke mit den Schultern. »Keine Ahnung. Vielleicht vermuten sie es eh schon? Meine Mom hat mich neulich darauf angesprochen, warum ich in letzter Zeit so anders wirke. Ich könnte mir vorstellen, dass sie immer noch vermutet, dass ich heimlich einen Freund habe. Aber ob sie darauf kommen würde, dass du es bist? Gute Frage. Vermutlich denken sie, dass schon längst etwas passiert wäre, wenn wir tatsächlich aufeinander stehen würden. Ich meine, es hat ja wirklich ziemlich lange gedauert, bis wir gemerkt haben, dass es kein besseres Paar geben kann als uns beide.«

Lächelnd drücke ich ihm einen Kuss auf den Mund. Dann fische ich die letzten Pommes aus der Papiertüte und halte ihm zwei davon hin. Ich wische mir die Ketchup- und Majo-Reste mit einer Serviette von den Fingern und bringe den Müll weg. Als ich zurück bin und mich hinsetzen will, zieht Leo mich mit sich auf die Decke, sodass wir engumschlungen einander zugewandt daliegen.

Ich schmecke Salz von unserem Nachmittags-Essen, während ich meine Lippen auf seine drücke. Leo beginnt, unsere Küsse zu intensivieren, und schon bald vergessen wir für eine Weile die Welt um uns herum. Einige Schmetterlings-Schwärme in meinem Bauch später kuschle ich mich in seinen Arm und schließe die Augen, während er mir durch mein Haar streicht. Bald schon kribbelt alles an mir wie verrückt, weil ich die sanften Berührungen seiner Fingerspitzen so genieße.

Später lassen wir die Luft aus unseren SUP-Boards und packen zusammen, da wir für den Abend noch mit Cara und

Antonio im Open-Air-Kino verabredet sind.

»Ich freue mich schon so auf Kroatien in drei Tagen. Du auch?«, will ich wissen.

»Und wie! Das wird das i-Tüpfelchen in unserem jetzt schon perfekten Sommer werden«, lächelt er.

Mein Handy vibriert, und ich lese die Nachricht, die meine Mutter mir geschickt hat. Dann informiere ich Leo darüber.

»Meine Mom schreibt, dass dein Dad und du morgen bei uns zum Kaffee eingeladen seid.«

Ich lasse das Handy sinken und runzle die Stirn.

»Na gut, dann haben wir ja jetzt eine Gelegenheit gefunden, bei der wir ihnen das mit uns sagen können«, bemerkt Leo.

»Yeiiiiihhhh …«, freue ich mich gespielt, weil ich prompt eine Ladung Nervosität spüre, die in mir aufzusteigen beginnt.

»Ach komm schon, sind doch nur unsere Eltern«, lacht Leo. »Das werden sie schon verkraften.«

Ist es nicht kurios, wenn man morgens nichtsahnend aufwacht und noch nicht weiß, dass man am Abend ein völlig anderes Leben haben wird? Gerade war die Welt noch völlig in Ordnung, und im nächsten Moment wird man in grenzenloses Chaos und Unsicherheit gestürzt. Man braucht nur die Nachrichten zu lesen, die voll damit sind.

Denn hätte man morgens gedacht, dass man am Abend ohne Dach über dem Kopf dastehen würde, weil ein schweres Erdbeben die Heimat erschüttert? Hätte man morgens gedacht, dass es das letzte Mal für längere Zeit gewesen ist, dass man mit seiner Freundin getextet hat, weil sie auf dem Weg zur Arbeit bei einem Unfall schwerverletzt wurde und nun im künstlichen Koma liegt? Hätte man morgens gedacht, dass man ab sofort arbeitslos ist, weil der Firmenchef bei einer Routine-Besprechung verkündet, dass der Betrieb Pleite ist?

Jeden Tag haben irgendwo auf der Welt Menschen mit Schicksalsschlägen zu kämpfen. Und das ist es tatsächlich, was ich am meisten am Leben hasse: dass es einem alle Zeitlang unvorhersehbare und grauenvolle Ereignisse vor die Füße wirft, sodass man urplötzlich den Boden unter den Füßen verliert und fällt. Bei manchen Geschehnissen kommt irgendwann der Aufprall. Und bei anderen fällt man endlos. Es scheint kein Stopp zu geben, keine Lösung, kein „Alles-wird-wieder-gut" ... Nie hätte ich ahnen können, dass heute so ein Tag werden würde, als ich morgens aufgestanden bin ...

»Hi Keanu, hi Kaleo!« Ich höre von meinem Zimmer aus, wie meine Mutter den beiden am Sonntagnachmittag die Tür öffnet und sie hereinbittet. Mit einem Mal ist mir ein wenig schlecht im Magen, und mein pochendes Herz legt ein paar Pulsschläge zu. Dann beruhige ich mich wieder mit dem Gedanken, dass wir ihnen doch im Prinzip nur mitteilen wollen, dass wir zusammen sind. Ich bin weder schwanger, noch habe ich geklaut, noch das Studium hingeschmissen, noch will ich verkünden, dass ich in Kürze eine alleinige Welt-umsegelung machen werde. Alles ganz easy.

Ich atme durch, straffe meine Schultern und gehe die Treppe nach unten.

Als ich Leo sehe, überlege ich kurz, ihm einen Kuss zu geben und die Katze gleich aus dem Sack zu lassen, um das Elend abzukürzen. Doch er zieht mich schon in eine Umarmung, sodass der Moment verstreicht.

Wir gehen ins Esszimmer, und meine Mutter beginnt, die Kaffeemaschine anzuwerfen.

»Kann ich dir helfen, Mom?«

Ich sehe, wie sie leicht zittert, als sie die Tassen aus dem Schrank zieht, und runzle die Stirn.

»Ja, du könntest den Kuchen aus dem Kühlschrank auf den Tisch stellen, mein Schatz.« Ihre Stimme klingt ebenso wacke-lig, was mich zusätzlich irritiert.

Als sie die Tassen auf dem Tisch abstellt, bemerke ich die hektischen Flecken in ihrem Dekolleté und auf ihrem Hals, die sie eigentlich nur dann bekommt, wenn sie entweder sehr wütend, aufgeregt, gestresst oder aufgewühlt ist. Sie setzt sich zu uns an den Tisch und will den Kuchen verteilen, doch Keanu nimmt ihr den Tortenheber aus ihrer zitternden Hand.

»Lass mich das machen, Elena.«

Ich werfe Leo neben mir einen Blick zu und bemerke, dass er mich auch ein wenig irritiert ansieht. Offenbar bin ich nicht die Einzige, die gerade die seltsamen Schwingungen im Raum spürt.

Jetzt oder nie. »Leo und ich, wir sind zusammen!«, platze ich heraus, bevor ich es mir wieder anders überlegen kann.

Dann greife ich wie automatisch nach Leos Hand, die auf dem Tisch liegt, und lächle verunsichert meine Mutter und Keanu an.

Der darauffolgende Augenblick ist so bizarr, dass ich es kaum beschreiben kann. Meine Mutter schaut hektisch zu Keanu, der ebenfalls zu ihr sieht.

Dann scheint die Welt einen Moment stillzustehen, bevor Keanu vorprescht. »Wir müssen euch auch etwas mitteilen.«

Fragend werfe ich Leo einen Blick zu und schüttle kurz vor Unglauben den Kopf. *Was zur Hölle? Haben unsere Eltern etwa gerade komplett die Bedeutung meiner Worte von eben übergangen?*

»Ähm, ich … ich habe euch gestern zusammen am See gesehen …«, sagt meine Mutter mit einer Miene, die ich absolut nicht interpretieren kann.

Okay … Offenbar wissen sie beide schon Bescheid. Es war ja eigentlich ohnehin nur eine Frage der Zeit, bis alles rauskommt. Immerhin haben wir am See gestern ziemlich lange engumschlungen rumgeknutscht, und es ist nicht auszuschließen, dass meine Mutter in der Nähe spazieren war und diese Situation mitbekommen hat.

Reagieren sie so komisch, weil wir es ihnen verheimlicht haben? Ich will gerade zu einer Erklärung ansetzen, um mich zu entschuldigen, dass wir es ihnen nicht schon eher erzählt haben, als meine Mutter eilig weiterspricht.

»Es … ähm … Gott …« Sie seufzt, stützt kurz ihre Stirn auf ihrer Hand ab und schließt die Augen. Anschließend schaut sie hilfesuchend zu Keanu, und ich habe das Gefühl, dass sie plötzlich so hektisch atmet, als würde sie gleich in Ohnmacht fallen. Sie schluckt schwer, bevor sie weiterspricht. »Es ist unentschuldbar, dass wir es nicht rechtzeitig bemerkt haben, was sich da zwischen euch entwickelt und …«

In diesem Moment klingelt es an der Tür. Meine Mutter springt nach einer Schocksekunde so eilig auf, als hätte der Gong sie erlöst. Dabei stößt sie gegen den Tisch, sodass die Inhalte der Kaffeebecher ein wenig auf die Tischplatte schwappen. Ohne auch nur Notiz von diesem Missgeschick zu nehmen, läuft sie zur Tür. Wir hören, wie sie sie öffnet.

»Nicht du auch noch«, sagt sie mit verzweifelter Stimmlage.

»Hi Elena, ich freue mich auch, dich zu sehen.«

Mein Vater … Ich versteife mich prompt und hoffe, dass sie

ihn nicht hereinbittet.

»Was willst du?«

»Kann ich den TV aus dem Schlafzimmer haben?«, fragt er.

Ich höre sie seufzen und kann mir richtiggehend ihre Gestik in diesem Moment vorstellen, als sie antwortet. »Meinetwegen! Hol ihn dir. In einer Minute bist du aber wieder weg.«

Leo streichelt beruhigend meinen Handrücken, da er meine Befürchtung, mit meinem Vater konfrontiert zu werden, erahnt. Aber solange er und Keanu hier sind, fühle ich mich relativ sicher.

Mein Vater stapft die Treppe in den ersten Stock und kehrt nach nicht einmal einer Minute zurück ins Erdgeschoss.

Als Keanu mit einer Serviette den verschütteten Kaffee aufwischt und den Becher wieder auf dem Tisch abstellt, ist mein Vater alarmiert.

»Oh, ist Louisa da oder hast du Besuch?«, will er wissen.

Keine zwei Sekunden später erscheint sein Gesicht an der Esszimmertür. Er erstarrt, als er uns drei sitzen sieht.

»Ach, was für eine schöne Zusammenkunft!« Sein Tonfall trieft vor Sarkasmus. »Ich würde sagen, jetzt wäre der perfekte Zeitpunkt, um die Bombe endlich mal platzen zu lassen, oder? Na dann lasse ich euch vier wieder alleine und wünsche euch noch viel Spaß! Ich bin dann mal weg – ich tue mir dieses Dilemma hier bestimmt nicht mit an.«

Er wirft einen letzten abschätzigen Blick auf uns und strebt mit dem TV in seinen Armen davon.

Ich glaube, ich habe kurzzeitig vergessen zu atmen.

Seit mein Vater aufgetaucht ist, ist alles so furchtbar schnell gegangen, dass mein Gehirn gar nicht mitkommt, alles zu verarbeiten, was vor und während seiner Anwesenheit passiert ist.

Ich versuche, meinen Puls zu beruhigen, bis meine verzweifelt dreinblickende Mutter sich wieder zu uns gesetzt hat.

Doch die Frage brennt mir bereits Löcher in meinen Kopf. »Was, verdammt nochmal, hat er damit gemeint, es wäre langsam an der Zeit, die Bombe platzen zu lassen? Was ist hier eigentlich gerade los? Ich komme einfach nicht mehr mit«, sage ich nachdrücklich und schaue zu Leo. »Du etwa?«

Kapitel 12 ✿ Aus Nächstenliebe

Vergangenheit

»Marc macht mich wahnsinnig! Er drängt mich inzwischen dazu, fast jeden Tag mit ihm ... na ja, du weißt schon ... zu schlafen«, presste Elena hervor. »Er erzählt mir solche Dinge wie, dass er recherchiert hätte und es wohl viele Frauen gäbe, die mehrere Eisprünge im Monat hätten. Er will *keine Gelegenheit auslassen*.« Sie zeichnete Gänsefüßchen mit ihren Fingern in die Luft. »Aber trotz allem hat es immer noch nicht geklappt ... Wir probieren es mittlerweile schon beinahe zwei Jahre.«

Sie blickte ihn aus traurigen Augen an. »Ich war schon vor einiger Zeit beim Arzt. Er sagt, die Voraussetzungen bei mir wären gut, ein Kind zu bekommen. Meine Eierstöcke sind nicht verklebt, und hormonell ist auch alles im grünen Bereich. Ich habe meinen Stress auf Null heruntergefahren und mache Yoga, so oft es geht. Wie soll ich Marc verklickern, dass es eventuell an ihm liegen könnte? Du weißt ja, wie er manchmal ist. Er würde mich vermutlich fragen, ob ich etwa seine Manneskraft in Frage stelle ...«

Sie seufzte tief und ließ ihre Hände, mit denen sie bis eben gestikuliert hatte, auf die Couch fallen, auf der sie saßen. »Ich weiß gar nicht, wann das zwischen uns passiert ist. Dass Marc sich so negativ verändert hat. Ich glaube, sein Job fordert ihn auch sehr. Und vielleicht weiß er unterbewusst ja selbst, dass unsere Kinderlosigkeit an ihm liegen könnte und ist deshalb so überreizt. Und je mehr Stress und Druck er uns macht, desto weniger wahrscheinlich wird es im Grunde doch, dass es irgendwann tatsächlich klappt.« Sie schlug sich verzweifelt die Hände vor ihr Gesicht. »Ach Keanu, ich bin so durch. Ich habe mittlerweile gar keine Lust mehr, ein Baby zu bekommen. Nicht unter diesen Umständen. Nicht, wenn Marc sich wie im Moment wie ein egoistischer Arsch benimmt ...«

Sie hielt inne und fragte sich, ob sie eigentlich von allen guten Geistern verlassen war, Keanu über solch ein persönliches und intimes Thema ihr Herz auszuschütten. Ja, sie hatte ein sehr gutes und freundschaftliches Vertrauens-Verhältnis zu ihrem Nachbarn. Aber über das Sexleben mit ihm zu sprechen, war noch einmal eine ganz andere Hausnummer. Die Worte waren einfach so aus ihr herausgesprudelt. Aber irgendwie tat es auch gut, einfach mal jemanden ins Vertrauen zu ziehen und sich den Kummer von der Seele zu reden, anstatt immer nur freundlich zu lächeln.

»Ich könnte einfach nur noch heulen. Ich fühle mich echt elend, so über ihn zu sprechen. Er war einmal ein wirklich toller Partner – bis die Babyplanung letztes Jahr in einen solchen Stress ausgeartet ist«, schob sie entschuldigend nach.

»Elena. Es tut mir so unendlich leid. Deine ganze Situation.« Er blickte sie ein wenig verloren an und sah schließlich weg.

Schweigen. Mehrere Augenblicke lang. Dann ergriff Keanu schließlich wieder das Wort.

»Ich weiß nicht, wie ich es sagen soll …« Er strich sich mit seiner Hand durch sein dichtes dunkles Haar und hielt es am Hinterkopf für einen Moment fest. »Okay, ich spreche es jetzt einfach aus. Vermutlich ist es eh eine blöde Idee, aber ich wollte … Na gut. Bitte sag erst einmal nichts dazu, bevor du nicht mindestens ein paar Tage lang darüber nachgedacht hast. Und bitte verstehe mich nicht falsch. Ich will dir wirklich nur helfen. Versprochen, hoch und heilig! So doof es sich auch anhören mag: Mir ist sehr wichtig, dass du das weißt. Ich würde dich niemals ausnutzen. Weil du mir als Freundin sehr wichtig bist. Und ich respektiere dich wirklich sehr … Wie dem auch sei.« Er lachte kurz nervös auf und murmelte kopfschüttelnd: »Ich rede mich hier gerade um Kopf und Kragen, sorry …«

Dann atmete er einmal tief durch und ließ die Bombe platzen. »Soll ich dir helfen, ein Kind zu bekommen? Also … soll ich versuchen, dir ein Baby zu machen?«

»Wwwie bitte …?« Sie schrak zurück, blickte ihn an wie ein Reh, das von einem grellen Licht geblendet wurde, und war vollkommen perplex.

Er vergrub sein Gesicht in seinen Händen und schüttelte den Kopf. »Oh Gott, wenn ich es jetzt so reflektiere, hört sich mein Vorschlag wirklich sowas von dämlich an … Elena, hör zu, vergiss es einfach!« Er wandte sich ihr komplett zu und legte ihr beschwichtigend die Hände auf die Oberschenkel. »Denk bitte nie wieder daran. Ich habe nichts gesagt. Die letzten Minuten sind nie passiert. Gott, es tut mir so leid. Ich bin ein Vollidiot.« Er nahm seine Hände wieder zu sich, stützte seine Ellenbogen auf den Knien ab und blickte betreten zur Seite.

Ohne ein Wort zu wechseln, saßen sie einige Minuten lang nebeneinander, als wären sie zwei verschämte Teenager.

»Keanu«, durchbrach sie schließlich nach Worten ringend die Stille. Dann: »Entgegen deiner Annahme, was ich von dir denken würde, finde ich es wirklich sehr selbstlos, was du mir da anbietest. Und mach dir keine Sorgen: Ich weiß, dass es nicht darum geht, mit mir in die Kiste zu steigen. Außerdem könnten wir das ja auch ohne, na ja, intimen Kontakt lösen. Aber … ist diese Idee moralisch gesehen nicht der absolute Super-GAU? Und was, wenn es tatsächlich klappt und jemals rauskommen sollte? Was, wenn das Kind deine dunklen Haare und olivgrünen Augen hätte? Und deinen Teint? Deine hawaiianischen Wurzeln lassen sich eventuell nur schwer verleugnen.«

Keanu lachte geradeheraus auf. »Elena, so blass wie du bist, gleicht sich das sicher wieder aus! Das Kind würde dann wenigstens eine schöne gesunde Hautfarbe bekommen.«

Elena lächelte milde. »Du weißt, dass das nicht generell so kommen muss. Das Kind kann tatsächlich auch eins zu eins wie du aussehen.«

»Oder wie du.«

»Oder wie ich«, wiederholte sie. »Oh Mann, ich kann gar nicht glauben, dass ich gerade tatsächlich …« Doch sie sprach nicht weiter und schüttelte stattdessen den Kopf.

»Was, Elena?«

Auf einmal hörte sie, wie die Haustür aufging. Und als hätte sie ein unheimlich schlechtes Gewissen, rückte Elena automatisch einige Zentimeter von ihrem Nachbarn weg. Schon stand Marc im Türrahmen. Seine schwere Aktentasche warf er nonchalant in die Ecke des Flurs, in der die Garderobe war. Seine Schuhe folgten dieser Richtung.

»Hey Schatz. Hi Keanu. Was besprecht ihr Schönes?« Obwohl Marcs Gesichtsausdruck neutral war, hatte Elena das dringende Bedürfnis, ihre Situation aufzuklären, da sie sich ertappt vorkam.

Nur nicht nervös erscheinen … Sie stand vom Sofa auf, um ihren Ehemann zu begrüßen. »Ach – ich habe mit Keanu nur über das geplante Carport gesprochen. Er wäre dabei.«

Keanu erhob sich ebenfalls. »Ja, genau. Wenn wir uns ein Doppeltes anschaffen, kommt das für uns alle wesentlich günstiger.«

»Oh, gut! Dann sieht das Ganze auch ein wenig einheitlicher aus«, bemerkte Marc.

Elena war inzwischen bei ihrem Mann angelangt und drückte ihm einen Kuss auf die Lippen, während er sie die letzten Zentimeter an den Hüften zu sich heranzog.

Marc wandte sich an den gemeinsamen Nachbarn. »Ähm, Keanu, machts dir was aus, wenn wir unser Gespräch zu anderer Zeit fortsetzen? Ich bin kaputt von der Arbeit und muss jetzt dringend etwas essen.«

Keanu hob beschwichtigend die Arme. »Nein, nein, Marc, alles gut. Ich hatte ohnehin vor zu gehen. Ich muss mich ebenfalls noch um das Essen kümmern. Mein kleiner Sohnemann wird in den nächsten Minuten wieder von seiner Oma abgeliefert werden.«

Marc setzte ein strahlendes Lächeln auf. »Der kleine Kaleo. Wie läuft es denn?«

Keanu stand neben Marc und Elena und stütze sich mit dem Unterarm am Türrahmen ab. Seine angespannten Bizeps-Muskeln füllten den Ärmel des engen weißen Shirts komplett aus. Er lachte auf. »Ach, die üblichen Problemchen. Nach der Quengelei wegen Wachstumsschüben und allen sonstigen unerklärlichen Heulattacken, sind zurzeit wieder mal die wachsenden Zähne dran. Aber ich gebe alles, um gelassen zu bleiben, kennst mich ja.«

Marc nickte kurz anerkennend. »Gelassenheit ist gut. Na dann! Noch einen schönen Abend.«

»Danke, euch ebenfalls.«

Keanu trat an dem Pärchen vorbei und strebte in Richtung Tür.

Bevor Marc Elena aus seinen Fängen entließ, raunte er ihr ins Ohr: »Und du begibst dich besser gleich ins Schlafzimmer. Ich bin völlig geschafft von der Arbeit, und ich habe nicht mehr viel Energie übrig.«

Das Übliche. Elenas innere Verfassung wäre beinahe äußerlich sichtbar geworden, aber sie riss sich zusammen und versuchte, nicht daran zu denken, wie die nächsten zehn Minuten ablaufen würden. Sie auf Marc reitend, solange bis er kam. (Weil sein Arbeitstag anstrengend genug war und es nun ihre

Aufgabe war, ihren Anteil beizutragen!) Dann schnell auf den Rücken legen, die Beine nach oben strecken, während er sich duschen ging. Keinerlei Zärtlichkeit. Einfach eine stereotype Abhandlung der Notwendigkeiten, um ein Baby zu zeugen. Und das beinahe täglich. Alle zwei Wochen dann ein erneuter Schwangerschaftstest. Sie war bereits dazu übergegangen, in der Drogerie Mehrpacks zu kaufen. Dass es Mehrpacks überhaupt gab, zeigte wohl, dass sie nicht die Einzige war, der es so erging, dass es mit der Schwangerschaft einfach nicht klappen wollte. Aber das war ihr ehrlich gesagt überhaupt kein Trost.

Während Marc sich in Richtung Küche begab, um einen kleinen Happen Essbares vorab zu erhaschen, lief Elena hinter Keanu her, um ihn zur Tür zu begleiten.

Keanu blieb schließlich auf dem Absatz der Eingangsstufe stehen und drehte sich zu Elena um. Er blickte in ihre traurigen, den Tränen nahen Augen.

Sie zog das Gesicht kraus und sprach sehr leise. »Du hast eben hören können, was Marc zu mir gesagt hat, stimmts? Das tut mir leid.« Sie blickte beschämt zu Boden.

Keanu warf kurz einen Blick ins Haus, um sich zu vergewissern, dass Marc nicht in der Nähe war. »Nein, Elena! Mir tut es leid für dich. Ich hoffe, er macht nichts … du weißt schon … nichts mit dir, was du nicht, na ja, auch willst … Ich meine, hoffentlich zwingt er dich nicht mit Gewalt …«

»Um Himmels willen, nein! Alles gut, Keanu. Aber trotzdem.«

»Ich weiß, ich kanns mir vorstellen.« Keanu wandte seinen Blick ab und sah verloren in Richtung seines eigenen Gartens hinüber.

»Hör zu, Keanu …« Sie nagte betreten an ihrer Unterlippe. »Kann sein, dass ich tatsächlich nochmal auf dein Angebot –«

»Elena, kommst du?« Marcs Stimme erklang vom oberen Treppenabsatz.

»Bye Keanu«, flüsterte Elena erschrocken.

»Bye Elena, bye Marc«, verabschiedete sich Keanu und achtete darauf, so normal wie möglich zu wirken. Und das, obwohl es sein konnte, dass er gerade eine vage Zustimmung für das vermutlich seltsamste und folgenschwerste Angebot seines Lebens bekommen hatte.

Kopfschüttelnd und eiligen Schrittes verließ er das Grundstück und steuerte auf sein eigenes zu. Die Straße hinunter erblickte er bereits seine Mutter, die mit ihrem Enkel im Kinderwagen deren Spaziergang gerade beendete.

Ein zweites Kind – und das mit seiner Nachbarin. Er musste von der Trauer über den Verlust seiner Frau, die vor neun Monaten bei der Geburt ihres gemeinsamen Sohnes gestorben war, wirklich geistig doch noch verwirrter sein als angenommen, wenn er Elena allen Ernstes solch einen Vorschlag unterbreitete. Konnte etwas, das man aus einer Art Nächstenliebe heraus tat, wirklich so unmoralisch und falsch sein?

Kapitel 13 ✿ In Schockstarre

Leo ist genauso ratlos wie ich und sieht mich schulterzuckend an. Dann blickt er anklagend zu Keanu und meiner Mutter. »Könnt ihr uns bitte endlich mal verraten, wieso ihr euch heute so seltsam aufführt? Was hat Marc gerade mit seiner Aussage gemeint? Was, zur Hölle, verschweigt ihr uns?«

Meine Mutter sieht immer mehr so aus, als wäre jemand gestorben, und versucht, aufkommende Tränen in ihren Augen wegzublinzeln.

Als sie ihren Blick senkt und auf ihre Finger starrt, beginnt sie leise zu sprechen.

»Ihr könnt nicht zusammen sein … weil … Marc nicht dein Vater ist, Lou … sondern …«

»Ich«, sagt Keanu und verzieht den Mund. »Ihr beide seid Geschwister. Halbgeschwister.«

Halbgeschwister … Halbgeschwister … Halbgeschwister …

Ich falle.

Und falle.

Und falle.

Und es hört nicht auf.

Mein Kopf dreht sich so extrem.

Mein Herz überschlägt sich beinahe.

Mir ist mit einem Mal kotzübel.

Leo zieht seine Hand von meiner, fast so, als hätte er sich an mir verbrannt. Und ich glaube, ich kippe jede Sekunde um.

Die Worte von Keanu erreichen meine hintersten Gehirnwindungen nicht und wollen partout nicht in mein Bewusstsein sickern.

Aber mein Unterbewusstsein haben sie wohl bereits erreicht. Und so finde ich mich einige Sekunden später über das Waschbecken gebeugt wieder und entledige mich des kompletten Inhalts meines Magens.

Dann höre ich, wie die Haustür zugeschlagen wird und meine Mutter hinter mir am Tisch zu weinen beginnt, während Keanu beruhigend auf sie einredet.

Leo hat das Haus verlassen.

Wie in Trance spüle ich notdürftig das Waschbecken aus und torkle dann die Stufen zu meinem Zimmer nach oben.

»Lou, warte!« Ich höre Keanu rufen und schnelle Schritte,

die mir nachkommen.

Doch ich schlage die Tür bereits hinter mir zu und sperre eilig ab.

Wie Espenlaub zittere ich am ganzen Körper und atme viel zu schnell.

Es klopft an meiner Tür. »Lou, bitte! Bitte lass uns etwas dazu erklären!« Keanu drückt den Türgriff nach unten und klopft dann erneut. »Lass es uns zumindest versuchen. Bitte gib uns die Chance!« Er klingt extrem verzweifelt, aber das ist mir gerade so egal wie sonst noch etwas.

Nein, das kann nicht sein …!!!

Ich bin völlig am Ende und gehe panisch in meinem Zimmer umher, spüre den hämmernden Herzschlag in meinem Brustkorb, die tauben Finger und bitzelnden Hände, höre wie ein Echo immer wieder das Wort »Geschwister« in meinem Kopf hallen. Ich glaube, ich bekomme keine Luft mehr …

Ich kann nicht mit Leo zusammen sein.

Weil er mein Bruder ist …

In diesem Moment rieselt das letzte Sandkorn durch die Sanduhr und zwingt sie zum Stillstand.

In diesem Moment verschwindet die Sonne aus meinem Leben und der Schmerz beginnt, meine Seele zu verschlingen.

In diesem Moment schrumpft mein Kosmos auf die Größe einer Erbse.

Nein, das kann einfach nicht wahr sein …!!!

Ich bin nicht fähig, darüber nachzudenken, wie ich weiterleben soll, ohne denjenigen lieben zu dürfen, den ich liebe. Der mein Seelenverwandter ist. Mein Anker, mein Beschützer, mein Herzensmensch. Mein größtes Geschenk, meine Vergangenheit und meine Zukunft.

Dessen Zärtlichkeiten mein Lebenselixier sind. Dessen Liebe zu mir so tief und ehrlich ist, dass die Götter neidisch werden könnten. Dessen ganzes Leben ich bin, sowie er meines ist …

Ich weiß nicht, wie viele Stunden ich auf meiner Couch gesessen bin, nachdem ich meine Panikattacke überstanden hatte. Doch als es draußen Nacht wird, hat die Dunkelheit auch den Rest meines Herzens verschlungen.

Ich schaffe es nicht, meine Nachtsachen anzuziehen, sondern lege mich voll bekleidet in mein Bett und ziehe den dünnen Quilt über mich. Leos Geschenk – das meines *Bruders*. Dann breche ich in Tränen aus, bis sie irgendwann versiegen.

Wie ein Embryo zusammengerollt liege ich noch lange wach, gedankenlos und blutleer. Erst im Morgengrauen schlafe ich unruhig ein.

Ich kann nicht mit Leo zusammen sein.

Als ich mit diesem Gedanken erwache, ist draußen helllichter Tag. Die Sonne scheint in mein Zimmer, was in keiner Weise zu dem passt, wie ich mich fühle.

Meine Kehle ist vollkommen ausgetrocknet, die Zunge klebt mir im Mund. Meine Blase drückt. Meine Augen fühlen sich verquollen an, und mein Energielevel geht gegen null. Und obwohl ich eigentlich kaum fähig bin, mich auf den Beinen zu halten, strebe ich wackelig auf meine Tür zu, weil ich mir vermutlich ansonsten jeden Moment in die Hose machen würde.

Ich zögere kurz, um zu lauschen, ob ich von außen ein Geräusch höre, bis mir einfällt, dass heute Montag ist und meine Mutter sicher arbeiten gegangen ist. Deshalb sperre ich meine Tür auf – und bekomme einen halben Herzinfarkt, als ich meine Mutter im Flur neben meiner Tür kampieren sehe, die mit Decke um den Körper und Kissen im Rücken an der Wand sitzt.

Als ich vor Schreck fluche, erwacht sie und will sich aufrappeln. Doch ich eile ins Badezimmer gegenüber, werfe die Tür hinter mir zu und sperre ab.

»Louisa!«

Ich antworte nicht. Wackelig ziehe ich meine Hose nach unten, setze ich mich auf die Toilette und spüre, wie mein Kreislauf vom unerwarteten Schock noch schlimmer dran ist als zuvor. Mein Puls rast wie verrückt, und meine Beine und Arme fühlen sich an, als wären sie aus Gummi. Wenigstens der Druck in meinem Unterleib lässt allmählich nach.

Ich stütze meine Ellenbogen auf die Knien ab und lege meine Handflächen über mein Gesicht. Dann kullern mir Tränen über die Wangen, während mein Herz sich vor Schmerz zusammenzieht, als ich an gestern zurückdenke.

Ich kann nicht mit Leo zusammen sein.
Ich kann nicht mit Leo zusammen sein.

Ich kann nicht mit Leo zusammen sein.

Mein Negativ-Mantra setzt sich fort.

Zum ersten Mal muss ich bewusst daran denken, wie es ihm wohl gerade geht.

Und dann bleibt mein Herz kurz stehen, als mir ein anderer Gedanken kommt und mir klar wird, dass ich … mit meinem eigenen Bruder geschlafen habe. Mehrmals.

Wieso fühlt es sich so verdammt furchtbar an, das zu wissen? Es war immer so wunderschön und vertraut mit … meinem Bruder.

Mir wird prompt wieder schlecht.

Ich weiß gerade wirklich nicht, was ich fühlen soll. Ekel? Nein, das ist es nicht. Es ist Scham. Ich fühle mich mit einem Mal unheimlich beschämt, wenn ich daran denke, was wir getan haben. Unwissentlich, ja, aber … wir haben es getan.

Oh mein Gott … Die Übelkeit in meiner Magengrube ist beinahe zu viel für meinen labilen Kreislauf.

Mir schwant bereits jetzt, dass es noch viele Erkenntnisse nach dieser Wahrheit geben wird. Jetzt, wo die erste Panik von gestern vorüber ist, prasseln auf einmal unzählige neue Gedanken auf mich ein.

Mit einem Mal verstehe ich, wieso mein Vater – Pseudo-Vater – mich die letzten 21 Jahre lang so verachtet hat: weil ich gar nicht seine eigene Tochter bin. Weil er sich in den letzten 21 Jahren um ein Kind kümmern hätte sollen, das gar nicht seines ist. Und seiner Reaktion gestern zufolge, gehe ich davon aus, dass er sich dieser Tatsache bewusst wahr. Wieso? Woher?

Ich beginne zu begreifen, warum meine Mutter trotz all dem Shit immer wieder bei meinem Pseudo-Vater geblieben ist: Weil sie offenbar ein so schlechtes Gewissen hatte, die Familie zerstört zu haben, und alles versucht hat, um Buße zu leisten und ihre Tat wieder gutzumachen.

Hat ja wunderbar geklappt! Herzlichen Dank, Mom!, denke ich voller Sarkasmus und hasse sie in diesem Moment aus tiefstem Herzen.

Und dann wird mir auch klar, warum Keanu immer schon den Kontakt zu mir und meiner Mutter gesucht hat und sich mir gegenüber so liebevoll verhalten hat. Warum er neulich an meinem Geburtstag so rührselig gewesen ist: weil ich seine eigene Tochter bin und nicht bloß die beste Freundin seines

Sohnes.

Ich weine vor Hass und Glück, dass ich einen Vater zu haben scheine, der mich liebt, der es mir aber aus irgendwelchen Gründen nie gesagt hat. Wenn ich mir ausmale, wie mein Leben hätte verlaufen können mit Keanu als Vater, schmerzt mein Herz so sehr, dass ich kaum atmen kann. Wieso musste ich all das durchmachen? All die Jahre voller Streit und Angst, voller Unsicherheit und Disharmonie?

Das Loch in meinem Herzen, das durch die Verachtung meines Pseudo-Vaters entstanden ist, wird gerade noch ein bisschen mehr zerfetzt, wenn ich an all das denke, was ich hätte haben können aber nie hatte. Es tut einfach so unglaublich weh …

»Lou, mein Schatz! Bitte mach auf!«

Ich merke erst, wie ich heiser schluchze, als meine Mutter vor der Tür auf mich einredet.

»Sag mir, was ich tun kann. Bitte! Es tut mir so unendlich leid! Wir hatten nie die Absicht, euch wehzutun, das musst du mir glauben.«

Beinahe hätte ich geschrien, dass sie es sich verdammt nochmal sonst wohin stecken kann, ernsthaft zu meinen, dass sie mit einer Entschuldigung bei mir auch nur irgendwas bewirken kann! Aber ich kann schon kaum weinen, so ausgetrocknet fühle ich mich. Also spare ich mir meine Spucke und Wut für einen anderen Zeitpunkt auf, an dem ich wesentlich mehr Energie habe.

Ich trockne mein tränennasses Gesicht mit Klopapier ab und stehe mit zittrigen Beinen auf. Dann ziehe ich meine Hose hoch und stütze mich am Waschbecken ab. Ich lasse Wasser in meine Hand fließen und führe sie zum Mund. Erst nach etwa einem Dutzend Mal lässt mein Durst nach. Anschließend spritze ich mir Wasser ins Gesicht.

Als ich in den Spiegel blicke, erschrecke ich kurz. Meine blau-grauen Augen sind stark verquollen, meine Wimperntusche hat sich rundherum verteilt. Die dunkelblonden Haare sind ein einziges Vogelnest. Und ich sehe leichenblass aus, obwohl ich sonst eine relativ gesunde Gesichtsfarbe habe, weil ich im Sommer immer recht schnell braun werde … Moment, ist das aufgrund meiner Gene so? Was habe ich sonst noch von Keanu? Die Augen sind die meiner Mutter. Die Haarfarbe eher nicht, denn ihre sind etliche Nuancen heller als meine. Doch meine Mutter hat genauso wie ich gewelltes Naturhaar. Meine schmale Nase? Mein ovales Gesicht? Ich tue mich schwer, Keanu in mir zu erkennen, weil ich – bis auf ihren blassen Teint, den sie mir definitiv nicht weitervererbt hat – ziemlich viel von meiner Mutter zu haben scheine.

Ich nehme mir den Gesichtsreiniger von der Ablage und rubble das verwischte Make-up von meinen Panda-Augen. Dann bürste ich mir durch die Haare und sehe wieder halbwegs menschlich aus. Meine Augen werden wohl noch eine Weile brauchen, bis sie abschwellen. Doch im Grunde ist mir das egal, weil ich in nächster Zeit eh niemanden sehen will und werde …

Da ich das Bad noch nicht verlassen will, um meiner Mutter zu begegnen, setzte ich mich auf den Teppich und lehne mich an die Badewanne.

Ich kann nicht mit Leo zusammen sein.

Leo … er fehlt mir.

Ich vermisse ihn.

Darf ich meinen Bruder vermissen?

Ich bin völlig verwirrt, was nun überhaupt noch „erlaubt" ist und was nicht.

Ich will Leo vermissen dürfen!

Ich will ihn sehen.

Ihn umarmen.

Mich von ihm trösten lassen.

Gott, was für eine riesengroße SCHEISSE!

Ich greife nach dem bescheuerten Deko-Herz aus Beton, das auf einem Sockel an der Badewannen-Ablage steht, und donnere es an die Wand gegenüber. Mit einem lauten Knall prallt es ab, zerbricht in zwei Hälften, fällt auf die Bodenfliesen und hinterlässt eine unschöne Beule in der Wand neben der Tür.

Da liegt es, neben meinem eigenen zerbrochenen Herzen. Was für eine irrwitzige Metapher.

»Lou, ist alles okay bei dir? Ist dir was passiert?«

Ich reagiere nicht. Ich habe keinen Nerv.

»Lou! Ich mach mir Sorgen!« Sie rüttelt am Türgriff.

Ich verdrehe die Augen, stehe langsam auf und öffne die Tür.

Eine grauenvoll aussehende Person steht vor mir, die vermutlich genauso wenig und schlecht geschlafen hat wie ich. *Selbst Schuld.*

»Ich lebe noch! Zufrieden?«

Dann lasse ich sie stehen und gehe in mein Zimmer zurück, wo ich mich wieder einschließe und auf die Couch setze.

Kurz darauf höre ich, wie sich ihre Schritte ins Erdgeschoss entfernen. Dann scheint sie zu telefonieren. Nachdem ich nur eine einzige Stimme höre, gehe ich nicht davon aus, dass jemand im Haus ist. Ich kann jedoch nicht verstehen, was sie spricht, und es ist mir auch egal.

Ich kann nicht mit Leo zusammen sein.

Ich frage mich, was er wohl gerade macht. Ob er wohl genauso leidet wie ich. Ob er sich auch schämt, dass wir uns so nahegekommen sind, wie wir es nicht gedurft hätten, wenn wir die Wahrheit gekannt hätten. Ob er auch so verzweifelt ist und sich fragt, wie es jetzt weitergehen soll …

Wie kann die beste Zeit unseres Lebens nur in einem derartigen Schlamassel enden? Hätten wir uns nie ineinander verliebt, wenn wir gewusst hätten, dass wir Geschwister sind? Und war unser Verhältnis deswegen so besonders und intensiv, weil zur Hälfte das gleiche Blut in unseren Adern fließt?

Ich habe keine Ahnung, wie spät es eigentlich ist. Ich weiß noch nicht mal, wie lange ich heute Morgen geschlafen habe und wann ich aufgestanden bin. Dem Stand der Sonne nach zu urteilen ist es irgendwas zwischen Mittag und frühem Nachmittag, als ich die Schritte meiner Mutter wieder die Treppe hinaufkommen höre. Sie stoppen vor meiner Tür.

Ich schüttle den Kopf, weil ich will, dass sie einfach weggeht und mich alleine lässt.

»Lou, Schatz, ich brauch deine Hilfe. Hat Kaleo sich bei dir gemeldet? Er ist immer noch nicht zu Hause aufgetaucht, und wir machen uns langsam Sorgen!«

Was?!

Wo ist eigentlich meine Handtasche? Eilig sehe ich mich um und entdecke sie neben meinem Schreibtisch am Boden. Ich hole sie zu mir und angle nach meinem Smartphone.

Mich trifft halb der Schlag.

Ich habe 18 neue Nachrichten, einige von Leah und Isa, die meisten von Cara. Zehn Anrufe zeigt mein Display an, auch alle von meiner besten Freundin.

Keine Nachricht von Leo. Kein Anruf von ihm.

Ich öffne unseren Kontakt im Messenger-Dienst und sehe, dass er das letzte Mal gestern gegen 15 Uhr online war, was kurz vor dem ach-so-tollen Kaffeeklatsch gewesen ist.

Mein Herz beschleunigt seine Frequenz.

Wo ist er? Ist ihm etwas zugestoßen?

Meine Sorge um ihn ist größer als mein Ärger auf meine Mutter. Deshalb gehe ich zur Tür, um ihr zu öffnen.

»Er hat sich bei mir auch nicht gemeldet«, sage ich und merke, wie meine Stimme immer noch relativ heiser vom Flüssigkeitsmangel klingt.

Ich vergrabe die Fingernägel in meinem linken Unterarm, um zu versuchen, die Ruhe zu bewahren und nicht vor Angst und Wut durchzudrehen. Der Druck auf meiner Haut hilft ein wenig, den innerlichen Stress zu reduzieren.

»Scheiße«, sagt sie und lässt die Schultern hängen. »Weißt du, wo er sein könnte?«

Ich zucke mit den Schultern.

»Ich glaube, ich brauche auch frische Luft.«

»Nicht du auch noch, Louisa, bitte!«, fleht sie, als ich an ihr vorbeistrebe. Dann läuft sie mir in die Küche hinterher, wo ich mir aus dem Schrank eine Flasche Wasser nehme. Zurück im Flur ziehe ich mir meine Sneaker an.

»Bitte, Louisa, lass uns reden!«

Ich atme tief durch. Nein, ich werde ihr nicht sagen, wo ich mir vorstellen könnte, dass Leo steckt. Nachdem er sich scheinbar auch bei unseren Freunden nicht gemeldet hat, ist es tatsächlich die einzige Idee, die ich habe. Ich hoffe so sehr, dass sich meine Vermutung als richtig erweist und damit zumindest meine zusätzliche Sorge um Leo aus meinem Gefühlschaos verschwindet.

»Ich werde schon wieder zurückkommen, Mom, okay?«, sage ich genervt, ziehe die Haustür auf und hinter mir wieder zu.

Eilig laufe ich durch das Gartentor und erwarte fast, dass sie mir nachkommt. Aber sie tut es nicht. Zum Glück. Ich will gerade mit niemandem reden, vor allem nicht mit ihr. Ich habe einfach keinen Nerv dafür.

Als ich das Ende unserer Straße erreiche, biege ich nach links auf die Dorfstraße ab. Ich muss mich zwingen, unsere Nachbarin von gegenüber einigermaßen freundlich zu grüßen, die mir nach wenigen Metern über den Weg läuft. Wie mich alleine der Moment dieser aufgesetzten Fröhlichkeit ankotzt! Ich möchte gerade Zeter und Mordio schreien und einfach nur alle Welt hassen!

Ein Blick auf das Handy, das ich zum Glück vorhin in die Hosentasche gesteckt habe, zeigt mir, dass es fast 16 Uhr ist – später als ich gedacht hatte.

Ich bin froh, dass heute ein leichter Wind geht und es nicht ganz so brühend heiß ist wie die letzten Tage, weil mir in meiner Jeans von gestern Nachmittag gerade eh schon viel zu warm ist.

Da ich immer noch solchen Durst habe, öffne ich die Wasserflasche und nehme mehrere kräftige Schlucke. Als ich in Richtung Dorfmitte zum Kreisverkehr komme, herrscht reges Treiben. Vor der Eisdiele ist die Schlange wie immer lang, obwohl das Eis meiner Meinung nach nicht annähernd an das von Carlo heranreicht. Am Eck vor dem kleinen Marktplatz steht der Gemüsehändler. Und an der Imbiss-Bude sind die Bänke fast alle besetzt.

Alles ist wie immer. Aber nicht bei mir. Mein Leben ist seit gestern ein anderes.

Ich kann nicht mit Leo zusammen sein.

Wenn ich daran denke, dass ich nie wieder seine Lippen mit meinen berühren darf, nie wieder mit meinen Fingerspitzen über seinen Körper fahren darf. Nie wieder die Worte »Ich liebe dich« aus seinem Mund hören darf …

Die Tränen beginnen, mir erneut übers Gesicht zu laufen. Ich biege am Kreisverkehr eilig nach rechts in die Straße ab, die vom Trubel weg in Richtung See und Schwimmbad führt. Die Straße geht leicht bergab und dann in die Gerade über, als rechter Hand der Campingplatz beginnt. Nach einer kleinen Apfelbaum-Plantage nehme ich den Weg rechts zur Ufer-Allee und laufe dann nochmals rechts auf den Parkplatz, wo Leo und ich vor einigen Wochen zusammen übernachtet haben.

Es versetzt meinem Herz einen Stich, als ich daran denke, wie unbekümmert und lustig dieser Abend gewesen ist. Wenn wir es damals schon geahnt hätten … Wäre es mit uns dann nie so weit gekommen? Doch zu diesem Zeitpunkt waren wir bereits ineinander verliebt gewesen, ohne es voneinander zu wissen. Der Stopp hätte schon so viel früher kommen müssen. Die Wahrheit hätten wir, verdammt nochmal, schon als Kinder erfahren müssen!

Vielleicht hätten wir dann ein normales geschwisterliches Verhältnis aufgebaut, anstatt uns über Jahre so nahe zu sein, dass wir uns schließlich verliebt haben und nun ohne den anderen nicht mehr existieren können …

Ich balle meine Hände zu Fäusten und beiße meine Zähne fest aufeinander, so viel Wut habe ich gerade in mir.

Wie konnten sie uns das antun! Wie konnten sie uns nur blindlings in dieses Unglück rennen lassen!

Mein Hals schmerzt von meinem unterdrückten Zornesschrei.

Ich gehe über den Parkplatz und erreiche die Wiese.

Da sehe ich ihn.

Er sitzt mit Blick auf den See gerichtet auf genau der Bank, auf der er mir vor viereinhalb Wochen seine Liebe gestanden hat.

In einiger Entfernung toben ein paar Kinder im Gras, doch ansonsten ist außer einer Handvoll Spaziergänger nicht allzu viel los an unserer Bucht.

Meine Schritte werden langsamer, und mein Herz flattert immer nervöser, je näher ich ihm komme.

Wie wird er auf mich reagieren?

Mein Hals und meine Brust werden mit jedem weiteren Meter enger.

Schließlich setze ich mich mit klopfendem Herzen und kleinem Abstand auf die Bank neben ihn. Ich werfe ihm einen kurzen Seitenblick zu.

»Hi«, flüstere ich.

Er scheint wie aus einer Starre zu erwachen und blickt neben sich.

Dann lächelt er gequält und sieht nach einigen Sekunden wieder weg. »Hi Lou.«

Schweigend blicken wir auf den heute leicht aufgewühlten See. Etliche Windsurfer sind unterwegs und lassen ihre Bretter über die kleinen Wellen hüpfen. Rechts von uns schnäbeln die Enten und Schwäne im seichten Wasser, als wäre alles in bester Ordnung. Die gesamte Welt scheint nicht mitbekommen zu haben, was seit gestern passiert ist.

Für jeden hier dreht sich die Erde weiter.

Nur für mich und Leo nicht.

»Wie gehts dir?«, frage ich nach einer Weile vorsichtig.

Ich höre, wie er leise höhnisch auflacht, und sehe ihn mit

dem Kopf schütteln.

»Beschissen«, sagt er nach etlichen Momenten und hat so viel Wut und Aggression in der Stimme, dass ich kurz zusammenzucke.

Wie gut ich seine Gefühle nachvollziehen kann, weiß vermutlich gerade nur ich auf diesem gesamten Planeten.

Ich will nach seiner Hand greifen. Doch er schiebt sie von seinem Schoß.

Ich schlucke und blinzle gegen die Tränen an. »Heißt das, dass ich dich jetzt nicht einmal mehr berühren darf?«, flüstere ich und kann die Flüssigkeitsansammlung in meinen Augen nicht mehr zurückhalten. Wie so oft in den letzten 24 Stunden beginnt sie mir unkontrolliert über meine Wangen zu laufen. »Ich weiß nicht, ob ich das kann, Leo …«, sage ich verzweifelt, und meine Stimme bricht.

Ich schlage mir die Hände vors Gesicht.

Einige Minuten lang sitze ich weinend neben ihm, und ich wünsche mir so sehnlichst, dass er mich einfach umarmt und tröstet. Mein Herz ist mit jeder Minute, die verstreicht, schwerer von all der Traurigkeit und dem Kummer, sodass es sich immer wieder krampfhaft zusammenzieht.

Bitte nimm mich in den Arm, Leo! Wie du es all die letzten Jahre lang getan hast! Bitte sei für mich da!, flehe ich stumm.

Doch er tut nichts dergleichen, und mein Herz bricht ein weiteres Mal. Ich weiß nicht, wie lange es das noch mitmachen wird …

Als ich mich wieder etwas beruhigt habe, schlucke ich ein paarmal und flüstere: »Wie kannst du es übers Herz bringen, mich neben dir weinen zu lassen und mich nicht tröstend in den Arm zu nehmen? Hasst du mich jetzt wirklich so sehr?«

Dann höre ich ein lautes Einatmen neben mir, und Leo beginnt so plötzlich und herzzerreißend zu schluchzen, dass mir alles egal ist. Ich ziehe ihn in meine Arme, wo wir eng umschlungen zusammen weinen, bis keine unserer Tränen mehr übrig sind.

Kapitel 14 ✿ Wut

Einige Zeit später sitzen wir wieder still nebeneinander und hängen unseren Gedanken nach, bis mein Handy vibriert.

»Hast du was von Leo gehört?«, schreibt meine Mutter mit einem Dutzend großer roter Fragezeichen dahinter.

»Ja, er ist bei mir. Ich melde mich wieder«, tippe ich ihr zurück.

Dann sehe ich die Voransicht von Caras letzter Nachricht an mich. *»Was ist mit Kroatien? Wann gen…«*

Oh Scheiße!!! In all dem Trubel habe ich vollkommen vergessen, dass wir morgen früh bereits losfahren würden.

Ich öffne unseren Chatverlauf und lese die Nachrichten, die von oben nach unten immer besorgter klingen.

»Hey, was hast du heute Schönes gemacht?« Die Nachricht ist von gestern Abend.

»Lou, bist du schon wieder mit Leo in der Kiste oder warum meldest du dich nicht?«, schrieb sie am späteren Abend.

»Hello?! Na, ihr werdet beschäftigt sein, denke ich mal. Ich ruf dich später mal an.« Das war heute Morgen.

»Ich hab ein paarmal versucht, dich zu erreichen. Alles gut bei dir?«

»Haaaaaaallllllooooooooooooo?!!? PS: Hast du schon gepackt? Morgen ist es endlich so weit. Juhu!!«

»Lou, jetzt mach ich mir richtig Sorgen. Leo schreibt auch nicht zurück und geht nicht ran. Kannst du mir bitte kurz ein Lebenszeichen geben?«

»Lou??? Gibst du mir bitte eine Rückmeldung, wir wollen noch einiges mit Isa und Leah besprechen.« Es folgt eine Reihe unterschiedlichster Emojis. *»Was ist mit Kroatien? Wann genau wollen wir morgen los? Kommt Leo mit seinem Auto zu uns oder sollen wir uns bei euch treffen?«*

Eilig beginne ich, Cara eine Nachricht zu schreiben, um sie von ihren Sorgen zu erlösen.

»Hey, Süße, es tut mir so leid, wenn du dir Sorgen gemacht hast. Es gab hier ein paar … „familiäre Probleme". Ich denke, das mit Kroatien fällt leider erstmal ins Wasser. So sorry!!! Plant bitte ohne mich.«

Prompt folgt ein Anruf, doch ich habe leider überhaupt keinen Nerv ranzugehen, auch wenn es mir sehr leid für sie tut und sie jetzt sicher komplett verwirrt ist.

Nach wenigen Sekunden folgt eine weitere Nachricht von ihr. »*Was?!?! Was soll das heißen, du fährst nicht mit? Was ist passiert? Und was ist mit Leo? Fährt er denn mit? Er meldet sich auch nicht bei uns ...*«

Ich halte Leo ihre letzte Nachricht hin, und er lacht leise auf.

»Kroatien ... Wow. Das hab ich ja komplett aus meinem Gedächtnis gelöscht ... Wie soll ich jetzt nach Kroatien fahren?! Mir ist sowas von überhaupt nicht nach Urlaub ...«

»Soll ich ihr für dich absagen?«, frage ich leise.

Er nickt knapp und seufzt tief.

»*Leo kommt auch nicht mit. Ich habe ihn gerade gefragt. Es tut uns so leid für euch. Wir erklären euch alles ein anderes Mal. Lasst euch den Urlaub nicht verderben und habt viel Spaß!*«

»*Ach Lou!!*«, schreibt sie. »*Ich mach mir solche Sorgen! Wenn ich was für dich tun kann, gib bitte unbedingt Bescheid. Ich würde den Urlaub auch sausen lassen, wenn ich weiß, wie ich dir helfen kann!!!*«

»*NO WAY! Ihr habt euch so drauf gefreut. Wir kommen schon klar. Versprochen ...*«, flunkere ich sie an.

»*Ich gebe mich zwar ungern mit deinen dürftigen Infos zufrieden, aber gut, was will ich schon machen. Kopf hoch, mein Schatz! Hab dich lieb, bis bald. Und wenn es doch noch klappt, sag einfach Bescheid. Wir würden uns unheimlich freuen, wenn ihr mit dabei wärt.*«

Eine Sorge weniger. Ich seufze.

Wie verdammt egal mir Kroatien im Augenblick ist, kann ich niemandem erklären. Das Einzige, was ich mir von Herzen wünsche, ist, dass alles wieder so ist, wie es war, als ich gestern Morgen nichtsahnend in den Sonntag gestartet bin und mich auf Zeit mit Leo ... meinem Bruder gefreut habe.

»Wie soll es jetzt weitergehen?«, frage ich Leo und greife instinktiv wieder nach seiner Hand.

»Bitte, Lou«, sagt er gequält und zieht sanft seine Hand unter meiner hervor.

»Sorry«, sage ich leise. »Ich mach das nicht mit Absicht ... Ich kann nur nicht einfach so abstellen, was sich in den letzten Monaten und Jahren zwischen uns entwickelt hat.«

Er nickt knapp, als er mich kurz anblickt. »Tut mir auch leid, dass ich so reagiert habe. Ich merke ja selbst, wie schwer das ist.«

Eine ganze Weile denke ich nach. »Meinst du, wir sollten unseren Eltern nochmal die Chance geben, uns ein paar Dinge zu erklären?« Ich halte kurz inne. »Auch wenn ich so unfassbar wütend auf sie bin, dass ich am liebsten alles kurz und klein schlagen möchte … Ich habe so viele Fragen in mir und so viel, was ich ihnen gerne sagen würde. Geht es dir nicht genauso?«

»Doch. Natürlich.«

Er streift sich mit seinen Händen durchs Gesicht, und ich traue mich endlich, ihn länger als einen kurzen Moment anzusehen. Sein Teint wirkt fahl, er hat Augenschatten und sieht völlig übernächtigt aus. Ein absolut ungewohnter Anblick für mich, den ich bei ihm noch nie gesehen habe.

»Warst du eigentlich die ganze Nacht über hier?«

Er nickt, ohne mich anzusehen.

Als meine Mutter, die ich über unser Eintreffen vorgewarnt habe, uns die Tür öffnet, sehe ich, dass Keanu bereits da ist.

Wortlos lässt sie uns ins Haus, wo wir Leos … unserem Vater ins Wohnzimmer folgen und am Tisch Platz nehmen. Ich weiß nicht, wie lange es dauern wird, bis mein Gehirn sich daran gewöhnt hat, dass er auch *mein* Vater sein soll. Denn innerlich sträube ich mich gerade vehement dagegen, ihn jemals „Dad" zu nennen. Nein, dafür war er mir nicht „Dad genug" in den letzten 21 Jahren, wenn er es nicht einmal geschafft hat, mir in all der Zeit die Wahrheit zu sagen.

Als endlich alle sitzen und meine Mutter Luft holen will, komme ich ihr zuvor. Ich kann nicht mehr an mich halten und konfrontiere sie mit der Frage, die mir am meisten auf der Zunge brennt: »Wie ist das überhaupt vonstattengegangen, dass Keanu mein Vater geworden ist? Bist du fremdgegangen?« Ich kann die Schärfe in meiner eigenen Stimme hören, so viel Wut sitzt in meiner Magengrube.

»Nein, also … na ja …«, druckst meine Mutter herum.

Ich würde ihr am liebsten an den Kopf werfen, dass sie es zwar geschafft hat, mit einem Mann, der nicht ihr Ehemann ist, ein Kind zu zeugen, aber keinen Ton herausbringt, wenn es um die Wahrheit geht.

»Ich habe ihr sozusagen meinen Samen gespendet«, kommt Keanu ihr zu Hilfe und presst ein wenig peinlich berührt seine Lippen aufeinander.

Und obwohl ich es ja eigentlich selbst wissen wollte, bin ich nun ein wenig angewidert von der Vorstellung, wie ich scheinbar entstanden sein soll. Ich wurde vermutlich in einem Becher über den Gartenzaun gereicht. Wow.

»Lou«, setzt meine Mutter wieder an. »Du kannst dir nicht vorstellen, was ich mit deinem … ähm … Marc damals mitgemacht habe, als wir über eineinhalb Jahre lang versucht haben, ein Baby zu bekommen! Ich war so verzweifelt … Es hat damals schon angefangen, dass er sich so zum Negativen verändert hat. Der ganze Stress hat uns beiden so zugesetzt, dass ich es irgendwann nicht mehr ausgehalten habe und am liebsten gar kein Baby mehr bekommen wollte. Und nachdem ich davon ausgegangen bin, dass es nicht an mir liegen kann, und ich mich nicht getraut habe, Marc zu sagen, dass er vielleicht auch mal zum Arzt gehen sollte …«

Ich verziehe mein Gesicht. »Okay, okay, ich hab ja selbst gefragt, ich weiß.« Ich rolle mit den Augen und schüttle den Kopf. Wie verzweifelt muss sie gewesen sein, um sich auf so etwas mit Keanu einzulassen! Auch wenn ich es mir vage vorstellen kann, bedeutet das noch lange nicht, dass ich es auch gutheiße, was sie da getan haben. Andererseits … wäre ich dann heute nicht hier. Was für eine befremdliche Erkenntnis.

»Und ihr habt Marc von der ganzen Sache erzählt? Oder hat er die Wahrheit irgendwann selbst herausgefunden?«, will ich wissen, damit ich endlich verstehe, wann mein Pseudo-Vater begonnen hat, mich so zu verachten.

Ich beobachte, wie ein bisschen mehr Leben in meine Mutter zu kommen scheint, weil sie vermutlich froh ist, endlich mit uns zu sprechen und die Wahrheit erzählen zu können.

Sie spielt an ihrem Ehering, als sie tief Luft holt und mir schließlich antwortet. »Die ganze Sache hat sich damals relativ parallel abgespielt. Während ich schwanger wurde, war Marc ohne mein Wissen beim Arzt und hat sich untersuchen lassen. Als *ich ihm* eröffnet habe, dass ich endlich schwanger bin, hat *er mir* eröffnet, dass er am Vortag sein Ergebnis erhalten hat und zeugungsunfähig ist. Vermutlich durch eine chronische Entzündung im Unterleib. Jedenfalls war ihm somit klar …«

»… dass du dich von jemand anderem hast schwängern lassen. Was für ein Schlamassel!«, ergänzt Leo sarkastisch.

Ich blicke zu ihm. Wie er mit seinem Kiefer mahlt. Seiner

Miene nach zu urteilen, dauert es vermutlich nicht mehr allzu lange, bis er einfach platzt. Und keine fünf Sekunden später ist es bereits so weit.

»Lou musste euren Fehler ausbaden! Marc hat sie 21 Jahre lang wie Scheiße behandelt, weil ihr uns nicht die Wahrheit gesagt habt!« Er schlägt mit der Faust auf den Tisch, sodass ich kurz zusammenzucke.

Ich höre meine Mutter schlucken. Dann antwortet sie mit einer Aussage, die mich unerwartet sehr nachdenklich stimmt.

»Marc hätte Lou dennoch ein guter Vater sein können! Aber er hat sich lieber dafür entschieden, ein Arschloch zu sein. Es gibt auch andere Väter, deren Kinder nicht die leiblichen sind, und die trotz aller Umstände das Beste daraus machen. Stiefväter zum Beispiel! Patchwork-Familien funktionieren genau so – indem die Stiefväter die Kinder ihrer neuen Partnerin mit großziehen und sie im Normalfall nicht ihr Leben lang verachten!« Ihre Flecken am Dekolleté sind zu einer großen hellroten Fläche angewachsen. »Ja, Lou hat sich nicht ausgesucht, wessen Kind sie geworden ist. Wir alleine haben sie in diese furchtbare Situation gebracht. Aber Marc hätte ein tolles Familienleben haben können, wenn er sich mit unserer Tat versucht hätte zu arrangieren. Und dann hätte er der Vater sein können, den Lou verdient gehabt hätte …«

Ich bin immer noch so wütend auf Keanu und meine Mutter, dass sie all das hier zu verantworten haben. Doch wo noch ein paar Minuten zuvor ein Funken Mitleid mit Marc und seiner verzwickten Situation in den letzten 21 Jahren geherrscht hat, schlagen die Worte meiner Mutter jetzt voll durch. Sie hat vollkommen recht. Warum hat er mir das angetan, wo ich doch diejenige bin, die für all das hier überhaupt nichts kann!

Allmählich beginnt meine Wut auf meine Mutter und Keanu vom Hass auf meinen Pseudo-Vater überlagert zu werden.

Und dennoch: »Warum bist du dann bei ihm geblieben, wenn er uns beide so behandelt hat? Mom, warum?«, frage ich nachdrücklich.

Sie blickt betreten zur Seite. »Er hat so viel Druck auf mich ausgeübt. Ich konnte ihn einfach nicht verlassen … Du hast ja viel von dem mitbekommen müssen, was so passiert ist. Er hat mich so viele Jahre über emotional erpresst. Mal war es, dass er nicht wollte, dass die Wahrheit ans Licht kommt, weil er seine kleine Familie nicht verlieren wollte und sonst niemanden mehr hatte außer uns beiden. Mal, weil er sich umbringen wollte … Mal weil er so tief in seinem Alkoholsumpf gesteckt hat, dass er es ohne mich an seiner Seite nicht geschafft hätte … Und die ganzen Jahre ist das schlechte Gewissen über mir geschwebt, was ich ihm mit dieser einen Entscheidung angetan habe … Dass ich selbst ihn zu dem gemacht habe, was er geworden ist.« Sie schluchzt auf, und Keanu streicht ihr beruhigend über den Rücken.

Ich kann nicht anders, als dass sich in diesem Moment ein wenig Mitleid mit meiner Mutter regt.

Wir schweigen alle eine kleine Weile, bis meine Mutter sich wieder beruhigt hat, und ich glaube, es tut uns allen gut, unsere erhitzten Emotionen etwas abzukühlen.

Dann holt Leo neben mir Luft, doch sein Tonfall klingt noch immer ziemlich kühl. »Wollt ihr uns im Grunde sagen, dass ihr uns womöglich nie die Wahrheit erzählt hättet, wenn Lou und ich nichts miteinander angefangen hätten?«

Keanu lehnt sich nach vorne und legt beschwichtigend seine Hände in die Richtung seines Sohnes auf der Tischplatte ab. »Kaleo. Ich weiß, es ist unentschuldbar. Wir wollten es euch wirklich nicht so lange Zeit verschweigen. Aber erst war die Situation mit Marc so verzwickt, dass es ausgeschlossen war, noch weiteres Chaos zu verursachen. Und später dann … Es kam irgendwie nie der richtige Moment, es euch zu sagen … So haben wir Jahr um Jahr ins Land ziehen lassen … Es tut mir so leid. Ich kann dir nicht erklären, wie sehr.«

Er hält Leos erhitztem Blick stand, und ich kann förmlich an seiner Miene ablesen, wie viel Reue er zu empfinden scheint. Und wenn ich mich nicht ganz täusche, sehe ich auch einen Funken Angst in seinen Augen. Es würde mich zumindest nicht wundern. Er hat gestern seine beiden Kinder verloren und vermutlich keine Ahnung, ob sie ihm jemals verzeihen werden.

Bevor ich seinen Ausdruck weiter deuten kann, ergänzt meine Mutter Keanus Aussage. »Ich weiß nicht, wie es passieren konnte, dass wir nicht bemerkt haben, wie sich euer Verhältnis zueinander weiterentwickelt hat. Es ist nicht entschuldbar, wie viel Schmerz wir euch mit dieser Situation zufügen … So hätte das niemals kommen dürfen. Es tut mir so unfassbar leid. Ich wünschte, ich könnte die Zeit zurückdrehen und alles besser machen. Ich wünsche mir so sehr für euch beide, dass eure Herzen nicht gebrochen worden wären …«

Da ist es wieder.

Ich kämpfe mit den Tränen, als mir erneut bewusst wird, was das alles hier für Auswirkungen für mein und Leos Leben und für unsere gemeinsame – beziehungsweise *eben nicht gemeinsame* – Zukunft hat. Mit einem Mal habe ich solche Angst, dass ich auf einen Schlag nicht nur meinen festen Freund, sondern auch meinen besten Freund und meinen Bruder verloren habe …

Darum klammere ich mich an den letzten Strohhalm. »Wie sicher seid ihr euch, dass du mein Vater bist?«, frage ich leise und merke, wie meine Stimme bereits zittert.

Doch Keanu nimmt mir auch den allerletzten Rest meiner Hoffnung. »Es gibt einen Vaterschaftstest …«

Das wars …

Einen Moment ist es so still, dass man nur die Uhr an der Wand ticken hört, bevor Leo das Wort ergreift.

»Haben wir dann alles geklärt?«, sagt er harsch in die Runde. Er steht abrupt auf und wendet sich ab, stoppt dann aber noch einmal und taxiert Keanu. »Meine Mutter ist aber tatsächlich meine Mutter gewesen, oder? Und du bist tatsächlich mein Vater? Oder ist das etwa auch alles gelogen?« Er hält die Hände abwehrend von sich. »Just asking!«

»Natürlich, Kaleo«, seufzt Keanu verzweifelt.

Wir beobachten zu dritt, wie Leo seinen Stuhl übertrieben akribisch zurechtrückt und uns den Rücken zudreht. Dann läuft er mit geballten Fäusten in Richtung Haustür und verschwindet. Wieder einmal.

Kapitel 15 ✿ Nachforschungen

Keanu verlässt uns kurze Zeit später. Ich schaffe es nicht, ihn wie sonst zum Abschied zu umarmen. Ich weiß immer noch nicht, wie ich mit der ganzen Situation umgehen soll, und muss erstmal verarbeiten, was heute Abend alles an Informationen, Eindrücken und Emotionen auf mich eingeprasselt ist.

Bereits vorhin habe ich bemerkt, dass mein Magen ununterbrochen knurrt. Meine letzte Mahlzeit war vor fast eineinhalb Tagen, wenn man mal mit einberechnet, dass das gestrige Mittagessen meinen Körper durch meinen Mund wieder verlassen hat. Mittlerweile habe ich richtige Bauchkrämpfe vor Hunger, weshalb ich mir zwei Brotscheiben schnappe und sie mit Käse belege. An die Arbeitsplatte gelehnt beobachtet meine Mutter mich und wartet vermutlich darauf, dass wir wieder ins Gespräch kommen. Doch für mich sind für heute alle Worte gesagt, und ich habe keinen weiteren Redebedarf mehr. Ich brauche jetzt dringend etwas für meinen Magen, dann vielleicht eine Dusche, anschließend meine Ruhe und mein Bett.

Als ich mit dem Teller und einer Wasserflasche in Richtung Flur strebe, höre ich meine Mutter vorsichtig fragen. »Willst du nicht ein bisschen hier unten bei mir im Wohnzimmer bleiben?«

Ich schüttle den Kopf, ohne mich umzudrehen. Dann gehe ich die Treppenstufen nach oben, und mit jedem anstrengenden Schritt wird mir wieder bewusst, wie unterzuckert und schwach ich mich fühle. Im Zimmer angekommen lasse ich mich auf mein Bett fallen und beiße in mein Käsebrot. Und obwohl ich solchen Hunger habe, bringe ich es vor Traurigkeit kaum hinunter.

Leo ist vorhin wieder einfach gegangen.

Es versetzt mir einen Stich ins Herz, wenn ich darüber nachdenke, wie unglaublich wütend und eiskalt er heute war. Ich fühle mich so unfassbar hilflos, dabei zuzusehen, was die Situation aus ihm macht.

Nach einer warmen Dusche schnappe ich mir mein Handy und krieche mit nassen Haaren unter meine Bettdecke, ohne den Quilt darüber zu entfernen. Ich ziehe ihn bis zu meiner Nasenspitze und wünschte, er würde nach Leo riechen ...

Entsetzt und mit klopfendem Herzen hocke ich mich auf, als ich bemerke, wohin meine Gedanken gewandert sind. Ich schlage mir die Hände vors Gesicht, als mir wieder elend zumute wird, wenn ich daran denke, dass ab jetzt alles anders werden wird. Nur habe ich noch nicht den Schimmer einer Ahnung, wie.

Ich überlege, Leo zu texten. Doch als ich merke, dass ich absolut nicht weiß, was ich ihm schreiben soll, lasse ich das Handy wieder sinken und lösche die Worte, die ich bereits getippt habe.

»Du fehlst mir so sehr.«

Ich feuere das Handy von mir und schlage mit der Hand auf mein Kissen ein, bis meine ohnehin schon spärliche Energie in den roten Bereich abdriftet.

Dann lasse ich mich erschöpft, verzweifelt und hoffnungslos auf das Kissen fallen und weine mich in den Schlaf.

In den frühen Morgenstunden erwache ich bei Sonnenaufgang und Vogelgezwitscher, weil ich vergessen habe, meinen Rollo nach unten zu lassen und das Fenster zu schließen.

Ich kann mich nicht mehr erinnern, was ich in der Nacht geträumt habe, doch mit einem Mal trifft mich ein Gedanke wie der Blitz. Warum bin ich eigentlich bisher automatisch davon ausgegangen, dass ich mit Leo keine Beziehung haben darf? Weil meine Mutter ihre Beichte mit dieser Aussage begonnen hatte? Weil es ein gesellschaftliches Tabu darstellt? Ist es tatsächlich nicht in Ordnung, was zwischen uns ist?

Ich kann die Suchmaschine auf meinem Handy nicht schnell genug aktivieren, um die Worte einzutippen, die mir seit dem Aufwachen im Kopf umhergeistern.

Kann es wirklich verboten sein, was Leo und ich miteinander haben? Immerhin sind wir nur Halbgeschwister und wussten bis vor zwei Tagen noch nicht einmal von unserem Verwandtschaftsverhältnis!

Als ich eilig die Worte „Halbgeschwister Beziehung legal" eintippe, weicht mir einige Sekunden später sämtliches Blut aus meinem Gesicht. Zitternd lese ich erst Textausschnitte, dann Seite um Seite, während mein Herz gegen meinen Brustkorb pocht. Schließlich schluchze ich resigniert auf, als meine komplette Welt restlos und unwiederbringlich von der Wucht einer Atombombe zerstört wird und auch der letzte Funken

Hoffnung in mir stirbt.

Ich lese weiter und weiter, kann durch meinen Tränenschleier hindurch manchmal die Worte gar nicht richtig erkennen und wische mir andauernd mit der Bettdecke über die Augen.

Ich sauge alles auf, was ich finden kann, sodass nach einer halben Stunde und dutzenden Artikeln mein Kopf von meinen heißen Tränen und der Aufregung und Anstrengung wie irre schmerzt.

Meine Erkenntnisse bleiben ernüchternd.

Sex unter volljährigen Geschwistern sowie auch Halbgeschwistern ist strafbar. Zumindest hierzulande – nicht aber zum Beispiel in Frankreich, Spanien und den Niederlanden sowie etlichen anderen Staaten der Welt. In Hinblick auf die nun endlich auch erlaubte gleichgeschlechtliche Ehe hatte ich unser Land eigentlich bisher immer für supertolerant gehalten … Aber für die Liebe zwischen zwei Menschen gibt es offenbar doch noch Grenzen. Dabei hatte ich bisher immer gedacht, dass so etwas Wunderschönes, das zwei Menschen füreinander empfinden, gar nicht falsch sein KANN! Tja, wie man sich nur so täuschen kann …

Dann erfahre ich, dass sexuelle Beziehungen zwischen gleichgeschlechtlichen Geschwistern wiederum überhaupt kein Problem darstellen – und komme mir völlig veräppelt vor.

Ich stelle fest, dass Leos und meine Beziehung rein theoretisch sogar erlaubt wäre – aber nur wenn sie ohne Vaginalverkehr stattfindet. Oral- und Analsex sind wiederum allerdings kein Problem, was ich höhnisch lachend aufnehme. Das soll wohl ein Witz sein! Ich hatte bisher eigentlich stets gedacht, dass unsere Gesetze ein wenig logischer als die der Amerikaner wären …

Aber schnell finde ich heraus, dass es womöglich um die reine Befürchtung geht, Nachwuchs zeugen zu können und deshalb nicht automatisch jegliche Art von sexueller Handlung verboten ist. Nachwuchs? Ich habe noch kein einziges Mal daran gedacht, ob ich mit Leo überhaupt je ein Kind hätte haben wollen! Ich bin doch gerade erst 21 geworden und habe noch fast mein ganzes Leben vor mir … Ich habe wirklich keine Ahnung, was meine Zukunft gebracht hätte. Vielleicht hätte ich tatsächlich nie Kinder gewollt, wer weiß … Und dann habe ich vorhin in einem Artikel noch einen weiteren spannenden Ansatz gelesen: Wenn man diesem fragwürdigen Grundsatz folgen würde, müssten dann nicht auch Menschen, die ein hohes Risiko für die Weitergabe schlimmer Erbkrankheiten in sich tragen, eine Auflage erhalten, Nachwuchs nicht zeugen zu dürfen?! Denn laut Statistik sind die gesundheitlichen Risiken für die Nachkommen in diesen Fällen in etwa gleich hoch!

Gerade sträubt sich in mir alles. Denn die Kinderzeugung scheint offenbar zumindest von Gesetzes wegen mehr das Problem zu sein als die reine Tatsache, dass zwei Menschen eine Beziehung miteinander führen und sich lieben. Mir ist bewusst, dass das gesellschaftliche, moralische Tabu noch einmal ein ganz anderes Thema und Problem darstellt ... Aber vielleicht hängt beides ja sogar zusammen? Vielleicht würde unsere Gesellschaft eine andere Einstellung dazu haben, wenn die Gesetzgeber ihr nicht weismachen würden, dass es etwas Verbotenes und damit Anstößiges sei?

Ich weiß nicht, ob mein Herz überhaupt noch schwerer und die Leere in mir noch größer werden kann, als durch all die Ereignisse und Erkenntnisse der letzten eineinhalb Tage ... In was haben uns unsere Eltern da bloß hineinlaufen lassen! Wieder einmal regt sich so viel Wut in mir, dass ich platzen könnte.

Und bevor mein Kopf auch noch endgültig zerspringt, habe ich einen Artikel darüber gefunden, dass scheinbar sogar einige Leute aus der Fachwelt es fraglich finden, dass selbst mit getroffenen Verhütungsmaßnahmen oder gar Sterilisation der gewöhnliche Geschlechtsverkehr unter Geschwistern und Halbgeschwistern auch ohne die Möglichkeit einer Schwangerschaft nicht erlaubt ist und das Gesetz deshalb dringend überdacht werden sollte – dieser fragwürdige Paragraf im Strafgesetzbuch, der womöglich bloß noch aus moralischen Gründen besteht und ein elendes gesellschaftliches Tabu widerspiegelt, das aus alten Zeiten und der Kirche heraus erwachsen ist und so heutzutage vielleicht gar nicht mehr zeitgemäß ist.

Immer wieder gibt es öffentliche Diskussionen darüber, dass die sexuelle Selbstbestimmung auch sexuellen Kontakt zu Verwandten einschließen sollte. Und sogar der Ethikrat hat sich vor einigen Jahren dafür ausgesprochen, die Strafe bei einvernehmlichem Sex unter Geschwistern und Halbgeschwistern nicht weiter fortzusetzen … Doch solange vermutlich die Entscheidungsgremien bei uns aus vorwiegend älteren Moralaposteln bestehen, wird sich in nächster Zeit in dieser Hinsicht wohl erstmal nichts weiter tun.

Völlig überfordert mit all den Informationen werfe ich mein Handy auf die Bettdecke und merke, wie ich neben den höllischen Kopfschmerzen auch noch furchtbare Nackenschmerzen von meiner blöden Haltung bei der Recherche bekommen habe. Ich fische nach einer Schmerztablette in meiner Schreibtischschublade und nehme sie mit einem großen Schluck aus der Wasserflasche ein.

Mittlerweile bin ich erneut so müde, dass ich vermutlich jeden Moment einschlafen könnte, obwohl es gerade einmal kurz vor halb acht am Morgen ist. Geschafft lasse ich mich auf das Kissen zurückfallen, schließe meine Augen und warte darauf, dass das unbarmherzige Pochen an meinen Schläfen endlich nachlässt.

Ich muss erneut eingeschlafen sein, denn ich werde durch leises Klopfen geweckt.

»Ja?«, brumme ich und setze mich auf.

Meine Mutter öffnet die Tür. Ich bemerke sofort, dass sie nicht mehr ganz so desaströs wie gestern aussieht.

Sie bleibt am Zimmereingang stehen und lehnt gegen den Türpfosten. »Wie gehts dir?«

Meine Kopfschmerzen von heute Morgen sind verschwunden, aber mein innerlicher Schmerz ist omnipräsent … »Sehr gut, danke der Nachfrage«, sage ich und ziehe meine Mundwinkel übertrieben nach oben.

»Tut mir leid, war eine blöde Frage«, gesteht sie. »Natürlich geht es dir nicht gut.«

Ich blicke sie an und weiß nicht so recht, was sie will, doch dann redet sie weiter. »Ist es okay, wenn ich in die Arbeit gehe? Ich habe heute ein wichtiges Meeting, das ich nur schwer verschieben könnte.«

Ich zucke mit den Schultern. »Mir egal.«

»Lou …«, erwidert sie und sieht mich traurig an.

»Was erwartest du von mir, Mom?«, frage ich sie nachdrücklich und merke bereits, wie meine Stimme wackelt. »Ich habe gerade erfahren, dass ich mich STRAFBAR mache, wenn ich mit dem Menschen zusammenbleibe, den ich …« Ich schluchze los. » … von ganzem Herzen liebe … und er mich …«

Ich schlage mir die Hände vors Gesicht und spüre erst widerstrebend die Umarmung meiner Mutter, lasse sie dann aber doch zu. Weil ich es so dringend nötig habe, gehalten und getröstet zu werden.

»Ich vermisse ihn so sehr«, presse ich zwischen meinen Schluchzern hervor. »Ich weiß nicht, wie ich ohne ihn leben soll, Mom … Mein Herz tut so verdammt weh …«

Mein schneller Herzschlag steigert sich weiter und weiter und weiter, bis ich plötzlich viel zu schnell atme.

Bummbumm-bummbumm-bummbumm-bummbumm …

Panisch fasse ich mir an mein rasendes Herz.

Oh Gott, ich glaube, ich bekomme gerade einen Herzinfarkt!

Ich springe aus dem Bett auf und laufe schwer atmend durch mein Zimmer, während meine Lippen und Finger immer tauber werden.

»Mom, mir gehts nicht gut, ich bekomme keine Luft mehr …«, japse ich und vibriere von Kopf bis Fuß.

Ich bekomme vage mit, wie sie aufspringt, mich in ihr Schlafzimmer führt, während mir die Beine wegsacken.

Bummbumm-bummbumm-bummbumm-bummbumm …

Mein Herz schlägt so schnell, dass es in meiner Brust schmerzt.

Ich werde auf den Bettrand bedrückt.

»Ruhig atmen, Lou! Du musst dich beruhigen bitte! Atme ein und ganz lange wieder aus. Ein und aus.«

Ich höre, wie parallel ihre Nachttisch-Schublade aufgezogen wird und eine Folie knistert.

Aber ich schaffe es nicht, meinen Atem und Herzschlag unter Kontrolle zu bekommen, während die Todesangst mittlerweile durch meinen ganzen Körper fließt.

Mein Herz schlägt weiterhin unerbittlich schnell gegen meine Rippen.

Ich komme mit dem Atmen nicht mehr hinterher und sauge gierig Luft ein …

Eine kleine weiße Tablette wird mir hingehalten und zwischen meine tauben Lippen geschoben.

»Lass sie unter der Zunge zergehen, dann wirkt sie schnell.«

Ich spüre, wie meine Hand genommen wird und meine Mutter auf mich einredet, doch ihre Worte dringen nicht bis in mein Bewusstsein vor.

Bummbumm-bummbumm-bummbumm-bummbumm ...

Und dann, wenige Augenblicke später, merke ich, wie sich meine Atmung ein bisschen beruhigt und auch mein Herzschlag allmählich langsamer wird. Wie mein Körper und meine Glieder irgendwann ganz ruhig und schwer werden, mein Kopf nicht mehr so elend schwirrt, wie das Gefühl in meinen Händen und dem Gesicht zurückkehrt.

Völlig mit meiner Energie am Ende strecke ich die Arme nach meiner Mutter aus, die sich zu mir auf das Bett setzt und mich fest in die Arme schließt. Dann streicht sie mir durch meine Haare.

»Wieso hast du Beruhigungstabletten?«, frage ich nach einer Weile.

»Es gab eine Zeit, da hatte ich beinahe täglich heftige Panikattacken«, berichtet sie mir, während sie mir einige Strähnen hinters Ohr streicht. »Weißt du, ich wollte nie Tabletten nehmen, weil ich Angst hatte, wie Marc von etwas abhängig zu werden. Darum habe ich nur selten eine geschluckt, wenn es gar nicht mehr anders ging. Aber für diesen Notfall hatte ich immer welche da.«

»Oh nein. Das tut mir leid, Mom, das ist wirklich furchtbar. Ich habe davon überhaupt nichts mitbekommen.«

»Ich habs zum Glück überstanden«, seufzt sie und schiebt dann nach: »Alles geht irgendwann vorbei, mein Schatz. Alles.«

Doch diesen Optimismus kann ich gerade absolut nicht mit ihr teilen. Denn im Augenblick kann ich mir bei aller Vorstellungskraft nicht ausmalen, wie die Liebe zwischen Leo und mir einfach so vorbeigehen soll ...

Kapitel 16 ✿ Konfrontation

Jahrelang haben wir uns beinahe täglich gesehen oder zumindest getextet. Und nun vergeht ein weiterer Tag, ohne dass ich etwas von Leo gehört habe. Meine Sehnsucht nach ihm ist inzwischen so stark, dass ich es nicht mehr aushalte und ihm am Donnerstagabend eine Nachricht schicke. Und zwar exakt die, die ich ihm schon vorgestern schicken wollte.

»Du fehlst mir so sehr … Können wir bitte zumindest texten oder telefonieren? Ich würde gerne wissen, wie es dir geht.«

Eigentlich rechne ich nicht wirklich mit einer Antwort. Doch eine Viertelstunde später kommt sie. Ich kann nicht schnell genug nach meinem Handy greifen und meine Nachrichten öffnen. Wie sehr bin ich für jeden Strohhalm dankbar, egal was er mir gibt.

Mit pochendem Herzen lese ich seine Nachricht.

»Wie es mir geht, willst du wissen? Bitte schön:

Mit meinem Dad will ich gerade keinen Kontakt haben und versuche, ihn bestmöglich zu ignorieren, weil ich so unfassbar wütend bin, dass er mit dem Geheimnis seinen maßgeblichen Beitrag zu dieser beschissenen Situation geleistet hat.

Deine Mutter kann mir auch gestohlen bleiben, weil sie dein Leben traumatisiert hat, indem sie es 21 Jahre lang nicht geschafft hat, ihre Tochter vor einem Mann zu bewahren, der nicht einmal ihr richtiger Vater gewesen ist. Und dabei ist es mir immer noch egal, dass sie versucht hat, aus schlechtem Gewissen heraus Wiedergutmachung wegen ihrer vergangenen Taten zu leisten, indem sie Marc deswegen nicht verlassen hat. Für mich hört sich das ehrlich gesagt einfach nur bescheuert an, sorry. Weil ich nicht verstehe, wie man dir, Lou, so viel Leid antun konnte!

Mein Dad und sie haben durch ihre Tat uns beide zerstört! Unsere Liebe vernichtet. Mit einem bloßen Fingerschnipsen.

Und trotzdem ist es einfach so unglaublich schizophren, sich das einmal auf der Zunge zergehen zu lassen: Sie beide sind einerseits der Grund, warum du überhaupt existierst. Und auf der anderen Seite sind sie ebenso der Grund, warum ich mit der Frau, die ich liebe, nicht zusammen sein kann, weil ich sie nicht auf diese Weise lieben und berühren darf, wie ich es mir ersehne.

Ich weiß gerade also nicht einmal, ob ich meinen Dad und Elena dafür lieben soll, dass sie mit dir einen so unglaublich wundervollen

Menschen erschaffen und in mein Leben gebracht haben.

Oder ob ich sie dafür hassen soll, dass sie mir mit ihrem Geheimnis die Liebe meines Lebens weggenommen haben.

Das ist, wie es mir geht, Lou: Immer noch beschissen. Und ich vermisse dich so sehr. Ich weiß nicht, wie ich es aushalten soll …«

Seine ellenlange emotionale Nachricht hat mich so aufgewühlt, dass ich mit zittrigen Fingern zurückschreibe. »*Dann lass uns einfach telefonieren oder treffen! Bitte, Leo!*«, flehe ich ihn an und hoffe, dass er mir eine positive Antwort schickt.

Ich warte und warte ungeduldig. Fünf Minuten später ruft er an, und ich tippe eilig auf das grüne Hörersymbol.

»Danke«, flüstere ich atemlos, als ich abnehme.

»Klar«, sagt er, doch es klingt eher verzweifelt als ehrlich gemeint.

Wir schweigen. Und schweigen.

Langsam wird es wirklich schräg. Wo ich doch unbedingt telefonieren wollte …

»Ich weiß nicht, was ich sagen soll«, durchbreche ich die Stille und versuche es mit der Wahrheit.

»Geht mir genauso.«

»Leo, deine Nachricht … Ich weiß so gut, wie du dich fühlst. Ich weiß einfach nicht, wie es mit uns weitergehen soll. Ich bin wirklich am Ende«, gestehe ich ihm. »Ich habe recherchiert. Wir haben zumindest bisher nichts Illegales getan. Wir wussten nichts von unserem Verwandtschaftsverhältnis. Und somit war unser Sex bis jetzt also laut Gesetz nicht strafbar.«

Er lacht spöttisch auf. »Ernsthaft, Lou? Was ändert das denn? Ich glaube, du verstehst hier etwas Grundsätzliches nicht: ICH HABE MEINE SCHWESTER GEFICKT!!!«, spuckt er aus, und ich zucke zusammen.

»Halbschwester«, schiebe ich eingeschüchtert nach.

»Lou, wir haben denselben Vater, das ist doch im Prinzip das Gleiche! Sogar für das Gesetz.«

Auch er scheint sich also informiert zu haben … Vermutlich wusste er es schon vor dem erneuten Gespräch mit unseren Eltern am Montag. Das würde zumindest auch seine eiskalte Wut und seine abweisende Reaktion auf mein versehentliches Händehalten am See erklären.

»Trotzdem. Für mich ist es nicht das Gleiche! Und außerdem, darf ich dich daran erinnern, dass auch ICH DICH gefickt habe, um deine derbe Ausdrucksweise zu benutzen!

Dazu gehören wir beide! Aber wir waren ahnungslos, Leo. Man hat uns in dieses Unglück hineinlaufen lassen, anstatt uns zu schützen. Wir sind die Unschuldigsten überhaupt an der ganzen Sache! Ich verstehe nicht, was so falsch daran sein soll, dass wir uns lieben. Ich verstehe es einfach nicht! Wir haben das doch nicht mit Absicht gemacht. Wir schaden niemandem damit, oder? Jeder profitiert von uns und unserem Glück, wenn wir zusammen sind. Wir sind so perfekt zusammen, Leo, so perfekt!«

»Hör auf damit, Lou!«, sagt er harsch, und ich höre ihn schlucken. »Mach es uns doch bitte nicht noch schwerer, als es eh schon ist. Bitte«, fleht er, und ich weiß nicht, ob er gerade angefangen hat zu weinen oder einfach eine immense Ladung Verzweiflung in seiner Stimme mitschwingt.

Wir schweigen, und ich lausche, ob ich ein verdächtiges Geräusch höre, doch entweder hat Leo sich wieder beruhigt oder das Mikro abgedeckt.

»Bist du noch da?«, frage ich irgendwann leise.

»Ja.«

»Weißt du, ich will mich nicht mit dir streiten. Mein Herz kann das nicht auch noch verkraften.«

»Tut mir leid, dass ich dich angeschrien habe.«

»Schon okay. Ich verstehe, wie aufgewühlt du bist. Mir gehts ja genauso.«

»Danke, dass du mir nicht böse bist«, sagt er sanft und seufzt tief durch.

»Meinst du, wir können uns morgen treffen?«, frage ich vorsichtig und schiebe schnell hinterher: »Als Geschwister, meine ich. Und ich brauche meinen besten Freund zurück, er fehlt mir so …«

Mehrere Sekunden lang ist es ruhig in der Leitung.

»Okay«, sagt er dann, und ich atme auf. »Als Geschwister.«

»Gute Nacht, Leo.«

»Nacht, Lou. Träum schön.«

Leo legt auf.

Ich lasse mein Handy auf die Brust sinken.

Und obwohl er wissen sollte, dass er es nicht darf, kribbelt mein Bauch wie verrückt, als ich daran denke, dass ich Leo morgen sehen werde.

»Kann ich dich umarmen? Bitte?«, frage ich, als wir uns vor

dem Kino treffen und uns etwas scheu begrüßt haben.

Er zögert kurz und öffnet dann seine Arme. Ich drücke mich an seinen Körper und spüre, wie Leo sich prompt versteift.

Aber es tut so unfassbar gut, ihm so nahe zu sein, seine Wärme zu spüren, seinen Geruch wahrzunehmen, die Muskeln unter seinem Shirt zu fühlen. All diese vertrauten Dinge wieder zu erleben, die ich tagelang so schmerzlich vermisst habe und dringend gebraucht hätte. Und endlich lässt Leos körperliche Abwehr ein wenig nach, und er schlingt seine Arme um meinen Rücken.

Wellen von Glück durchströmen meinen Körper und erreichen innerhalb kürzester Zeit jede Pore meiner Haut. Ich habe das Gefühl, seit Sonntag das erste Mal wieder richtig atmen zu können. Mein Herz ist weit wie der Himmel über uns und so weich wie die kleinen Wolken, die ihn zieren. In diesem Augenblick bin ich frei von all den Sorgen und dem Leid der letzten Tage, und ich wünsche mir desperat, dass dieser Moment niemals endet. Leo soll mich einfach festhalten und nie wieder loslassen. Denn es fühlt sich so wundervoll an wie ein erster Sonnenstrahl nach einem langen dunklen Winter.

Und dann ist dieser Moment auch schon wieder vorbei, als Leo sich von mir löst. Doch unsere Nähe tat so gut, dass das Gefühl noch ein wenig in mir nachhallt. Bis meine verrückten Schmetterlinge im Bauch mich schließlich wieder in die Realität zurückholen und mir bewusst machen, dass sie ab sofort nicht mehr erwünscht sind.

»Wollen wir?«, fragt Leo und zeigt mit dem Kinn in Richtung Gebäude.

Ich nicke, und wir laufen durch den Eingang zu den Kinokassen. Hier ist es klimatisiert und so viel angenehmer als in der erbarmungslosen Hitze, die heute mal wieder herrscht.

Als Leo die Karten am Schalter gekauft hat, laufen wir wie zwei Teenager beim ersten Date in Richtung Kinosaal. Ich finde es beinahe schon irrwitzig, wie wir uns aufführen, obwohl wir uns in- und auswendig kennen.

»Fühlt es sich für dich auch so komisch an oder ist das nur in meinem Kopf?«

Er lacht auf. »Es ist sowas von komisch! Völlig absurd! Total strange! Absolut weird!«

Ich lache mit, und mir fällt ein riesiger Felsbrocken vom

Herzen, dass ich wieder ein Stück vom alten Leo sehen darf. Ich weiß zwar immer noch nicht, wie es in Zukunft laufen soll mit uns, aber in diesem Moment möchte ich einfach nur genießen, was wir heute Abend haben, und einen Schritt nach dem anderen machen.

»Möchtest du Popcorn?« Wir stoppen vor dem Tresen.

»Oder Eis?«, grinse ich.

»Auch eine gute Idee. Also Eis?« Er hat die Hände in den Hosentaschen vergraben und lächelt ein wenig unsicher.

Ich nicke, und wir bestellen uns zwei kleine Becher mit zwei verschiedenen Sorten: Schoko mit Brownie-Teig für mich und Walnuss mit Schokodrops für Leo.

Dann gehen wir in den Saal und setzen uns in die letzte Reihe. Obwohl Sommer ist und das Wetter für Grill-Partys im Garten perfekt ist, haben sich einige Andere ebenfalls lieber für einen gut klimatisierten Kinosaal als für brütende Hitze und Feuerglut entschieden.

Wir öffnen unsere Eisbecher, während der Vorfilm beginnt. »Magst du probieren?« Ich halte Leo den Löffel mit der dunklen Eiscreme hin.

Er beugt sich zu mir, und der Bissen verschwindet in seinem Mund.

»Du auch?«

Ich nicke.

Eigentlich sind solche Gesten für uns bisher immer das Selbstverständlichste der Welt gewesen … Ob es sich für ihn auch so intim anfühlt, was wir hier gerade tun?

Innerlich aufseufzend lehne ich mich in meinem Sessel zurück und starre kauend auf die Leinwand, auf der gerade Werbung für einen regionalen Radiosender läuft.

Und irgendwie bin ich froh, dass schon bald die Film-Previews für die kommenden Monate beginnen und ich abgelenkt werde.

Als das Licht im Kinosaal erlischt, weil der Hauptfilm anfängt, bin ich mir auf einmal nicht mehr so sicher, ob es wirklich so gut gewesen ist, mit Leo ausgerechnet ins Kino zu gehen – was mir eigentlich als ideale Idee vorgekommen war, um eventuell peinlichen Gesprächspausen während unseres Aufeinandertreffens nach der Wahrheit vorzubeugen. Stattdessen habe ich das Gefühl, als ob die Dunkelheit meinen kompletten Körper zum Kribbeln bringt. Ich könnte mir die

Haare raufen ... Wenigstens haben wir uns einen Comic-Helden-Actionfilm ausgesucht, bei dem man kaum zum Nachdenken kommt.

Ich löffle mein restliches Eis zu Ende und zermalme den Papierbecher in meinen Händen, bis er klein und flach und meine Hände von den letzten Eis-Resten ganz klebrig sind.

Ein paarmal sehe ich während des Films verstohlen zu Leo. Als sich irgendwann durch Zufall unsere Blicke treffen, durchfährt mich ein Blitz. Ich brauche etliche Minuten, bis ich es schaffe, meine abhandengekommenen Gefühle wieder in ihre Schranken zu weisen.

Nach dem Film beschließen wir, noch ein wenig durch die Gassen zu schlendern. Wir landen schließlich im Park, der ans See-Ufer angrenzt, wo wir uns auf eine Bank direkt ans Wasser setzen. Wir beobachten die nächtlichen Lichter der Bojen und Boote sowie die funkelnde Stadt am anderen Ufer. Die Luft ist mittlerweile klar und frisch, und ich merke, wie gut es tut, einfach neben Leo zu sitzen und den Augenblick festzuhalten so gut es geht.

»Denkst du, die anderen vermissen uns?«, frage ich ihn, weil ich seit ein paar Minuten an unsere Freunde denken muss, die hoffentlich gerade einen tollen Urlaub in Kroatien verbringen.

»Definitiv. Aber sie haben bestimmt nicht an ein Hühnersuppen-Duftspray gedacht«, lacht er leise auf und bringt mich damit auch zum Grinsen.

»Hoffen wir mal, dass sie nicht krank werden.«

Ich atme tief ein und aus, weil ich natürlich prompt an die Nacht meines 21. Geburtstags denken muss, als wir noch unbeschwert waren und niemals geahnt hätten, dass unser Leben einige Wochen später komplett aus den Fugen geraten würde.

»Meinst du, wir bekommen das mit uns hin?«, frage ich leise.

Er zuckt mit den Schultern. »Ich bin ganz ehrlich: Ich weiß es nicht, Lou. Es quält mich bis zur Unendlichkeit, wenn ich dich nicht berühren darf. Es fühlt sich an, als würde ein Vulkan ausgebrochen sein, und ich würde an einen kleinen Felsbrocken geklammert mitten in der Lava ins Tal hinabschwimmen, ständig auf der Hut, nur nicht abzustürzen und nichts Unüberlegtes zu tun, um nicht vom Feuer verbrannt zu werden.«

Mir bleibt kurz die Luft weg, so zutreffend ist die Beschreibung, die exakt wiedergibt, wie ich selbst mich auch fühle, wenn ich in seiner Nähe bin.

Nach einer Weile sage ich schließlich: »Meinst du, wir schaffen es irgendwann, dass unsere Beziehung wieder so wird, wie sie früher einmal gewesen ist? Dass wir einander nicht mehr ständig berühren wollen?«

Er reibt sich über sein Gesicht. »So sehr, wie ich dich gerade liebe, weiß ich beim besten Willen nicht, wie ich das aushalten soll … Aber … es muss gehen. Irgendwie. Es darf nicht mehr passieren, dass wir …«

»… miteinander im Bett landen«, ergänze ich und kann nicht verhindern, wie ich an all die leidenschaftlichen Situationen der letzten Wochen zurückdenken muss, in denen wir in ebenjene Lava gestürzt und genau dort miteinander verschmolzen sind, wo wir nun nicht mehr hindürfen.

Ich sehe, wie Leo kurz die Augen schließt, knapp nickt und dann irgendwo in die Dunkelheit starrt.

»Meine Mutter hatte übrigens heute Nachmittag ein eindringliches Gespräch mit mir, als sie erfahren hat, dass wir abends zusammen weggehen. Sie war, gelinde gesagt, sehr besorgt, dass wir fortsetzen, was wir nicht dürfen. Und ich musste ihr hoch und heilig versprechen, vernünftig zu sein … Weißt du, wie beschämend es ist, mit seiner eigenen Mutter darüber reden zu müssen, dass man mit dem eigenen Halbbruder nicht intim werden darf? Mit ihr, die dafür verantwortlich ist, dass es überhaupt erst so weit gekommen ist!« Ich gebe ein missbilligendes Schnauben von mir.

»Mein Dad hat es auch versucht. Aber ich habe ihn einfach stehengelassen und ihm einen wundervollen Freitagabend gewünscht. Mann, ich hasse unsere Eltern im Moment einfach so sehr!«, sagt er mit zusammengebissenen Zähnen.

Und damit spricht er mir aus der Seele.

Als er mich etwa eine halbe Stunde später mit seinem Wagen vor meinem Zuhause absetzt, sitzen wir erneut ein wenig unbeholfen im Auto nebeneinander, und mir kommt es vor, als würden wir die Sekunden vor der Trennung absichtlich hinauszögern wollen.

Dann wende ich mich ihm endlich zu. »Trotz aller

Umstände: Danke dir für diesen wirklich schönen Abend. Danke, dass ich dich sehen durfte.«

Leo lächelt, doch seine Augen bleiben traurig.

»Ich fand es auch sehr schön, dich wieder zu sehen.«

»Hören oder lesen wir uns morgen?«

»Klar.«

»Also dann. Bye Leo.«

»Bye.«

Ich öffne die Beifahrertür und schlage sie hinter mir zu. Dann laufe ich zu unserem Eingang und ziehe den Schlüssel aus meiner Tasche. Ich drehe mich ein letztes Mal zu ihm um und hebe meine Hand.

Als ich in der Küche bin und mir einen Tee mache, sehe ich vom Fenster aus, dass Leos Auto noch immer vor unserem Grundstück steht. Erst etliche Augenblicke später wendet der Wagen und fährt davon.

Kapitel 17 ✿ Luftschlösser

Am nächsten Morgen schreibe ich Leo noch während des Zähneputzens und erfahre, dass er heute ein paar Besorgungen sowie Gartenarbeit machen muss.

Deshalb schlage ich vor, am Sonntag eine Radtour zu unserer Lieblingseisdiele im Nachbar-Ort zu unternehmen, was mir wesentlich ungefährlicher als unser Abend im Kino vorkommt.

Den ganzen Tag über fühle ich mich für die momentanen Gegebenheiten relativ gut und bin voller Vorfreude auf die Zeit mit ihm.

Am Sonntag erwache ich bereits um fünf Uhr früh und bekomme kein Auge mehr zu. Deshalb surfe ich zur Ablenkung ein bisschen im Internet und stelle mich dann auf den Crosstrainer, den ich in den letzten Wochen jämmerlich vernachlässigt habe. Anschließend dusche ich ausgiebig und bereite das Frühstück vor.

»Guten Morgen, Lou«, begrüßt meine Mutter mich, als sie mit einem Turban um ihre nassen Haare in die Küche kommt. »Was bist du denn in aller Früh schon so emsig?«

Ich zucke mit den Schultern. »Konnte nicht mehr schlafen.«

Sie setzt sich zu mir an den Tisch. »Danke für die Brötchen und den Kaffee.«

»Ich habe auch noch Rührei in der Pfanne, wenn du willst.«

»Nein danke.« Sie beginnt, sich eine Semmel aufzuschneiden und mit Marmelade zu bestreichen.

»Wollen wir heute etwas zusammen unternehmen?«

»Ich bin schon verplant«, sage ich etwas unwirsch, nachdem ich meinen Bissen Rührei mit einem Schluck Orangensaft runtergespült habe. Mir fällt es ihr gegenüber immer noch furchtbar schwer, auf „normal“ umzuschalten, weil der Stachel einfach zu tief sitzt und es sicher noch eine ganze Weile dauern wird, bis ich ihr verziehen habe. Und wenn ich ehrlich bin, weiß ich nicht, ob ich das jemals komplett kann.

»Oh, na dann ein andermal.« Wenn ich sie gekränkt haben sollte, lässt sie es sich zumindest nicht anmerken.

Ich wundere mich bereits, dass sie nicht nachfragt, was ich heute vorhabe, doch es dauert nur wenige Minuten, bis sie schließlich doch nachhakt. »Was machst du denn Schönes?«

»Radfahren. Mit meinem *Halbbruder*«, betone ich, gemein wie ich bin, den letzten Teil meiner Aussage extra deutlich.

Ich sehe, wie sie tief ein- und ausatmet und ihre Lippen zusammenkneift, so als würde sie verhindern wollen, einen Kommentar dazu abzugeben.

Dann räume ich meinen Teller weg und lege mich auf die Terrasse in die Morgensonne, wo ich mit einem Buch in der Hand die nächsten Stunden totschlage, bis ich Leo sehen kann.

Um zwei Uhr bin ich so genervt, dass ich mich viel zu früh auf den Weg zu ihm mache und fast eine halbe Stunde vor der vereinbarten Zeit bei ihm zu Hause auftauche.

Als ich mein Fahrrad abgestellt habe und klingle, öffnet Leos ... unser Vater mir die Tür.

»Aloha, Lou!«

»Hi Keanu. Kann ich zu meinem *Halbbruder*?« Auch ihm gegenüber kann ich meine spitze Zunge gerade beim besten Willen nicht hüten.

»Klar.« Er fährt sich durch das Haar und deutet auf den Treppenaufgang. »Leo ist oben in seinem Zimmer.«

Dann tritt er beiseite, um mich hereinzulassen.

Als ich an Leos Tür klopfe, ertönt ein genervtes »Ja«, weil er sicher Keanu vermutet.

Ich öffne die Tür und sehe ihn auf dem Bett mit einem Buch in der Hand sitzen. Als er seinen Blick von seiner Lektüre abwendet, ruft er überrascht meinen Namen aus.

»Was machst du denn schon hier? Waren wir nicht erst in 20 Minuten verabredet?«

»Ich habs nicht mehr ausgehalten zu Hause«, gebe ich zu, schließe seine Tür und laufe auf das Bett zu. Kurz überlege ich, wohin ich mich setzen soll. Da rückt er bereits ein Stück zur Seite. Ich komme auf die Matratze neben ihn und lehne mich mit einem Kissen im Rücken an die Wand.

Ich verstecke meine Hände in meinem Schoß. »Was liest du da?«, will ich wissen und verrenke meinen Hals, um den Titel sehen zu können, weil er das Buch auf seinen Beinen verkehrt herum abgelegt hat.

»Ein Buch über die hawaiianische Botanik.«

»... sprach der Landschaftsgärtner, dessen Wurzeln in Hawaii liegen. Und, interessant?«, will ich wissen.

»Sehr«, nickt er. »Wusstest du zum Beispiel, dass der größte Banyan Tree dort 20 Meter hoch und so breit wie ein ganzer Häuserblock ist? Seine Äste decken eine Fläche von 3.000 Quadratmetern ab. Unglaublich, oder? Und, dass auf Maui erst kürzlich die seltenste Pflanze der Welt entdeckt wurde? Sie gibt es nur ein einziges Mal. Man hat bisher kein weiteres Exemplar dieser Cyanea in ganz Hawaii und der restlichen Welt gefunden.«

Ich muss lächeln, weil ich seine Begeisterung so ansteckend finde. »Du bist wirklich süß, weißt du das? Ich liebe deine Leidenschaft für Dinge, die du magst. Lass mich mal sehen.« Ich nehme das Buch mit der aufgeschlagenen Seite von seinem Schoß und fange an zu lesen.

»Der Ohia Baum, Metro-side-ros irgendwas, ist eine Pflanzenart in der Gattung der Eisenhölzer, Metrosideros, in der Familie der Myrtengewächse Myrtace-was? …«

Er reißt mir lachend das Buch aus der Hand. »Du bist eine grauenvolle Vorleserin, Louisa!«

Ich strecke ihm die Zunge raus, als er die Stelle sucht, die ich gerade vorgelesen habe.

»Myrtaceae. Sie ist auf den Inseln von Hawaii endemisch und wird dort Ōhi'a lehua genannt.«

»Blöder Angeber!« Ich kneife ihm in die Seite, sodass ihm vor Überraschung das Buch aus der Hand fällt und auf seinem Schoß landet.

»Du bist schuld, dass die Seiten jetzt verknickt sind!«, sagt er anklagend, als er das Buch aufhebt.

Dann kneift er mich zurück, sodass ich aufquieke, weil ich in der Taille so furchtbar kitzlig bin.

»Du weißt, wie ich das hasse«, beschwere ich mich lachend, als er sich einen Spaß daraus macht und in kurzen Abständen immer wieder mit seinem Zeigefinger in meine Seite piekt, sodass ich jedes Mal einknicke.

Dann drehe ich mich blitzschnell um 180 Grad, damit ich in der Hocke schräg vor ihm sitze. Ich greife nach seinem Handgelenk, um ihn zu stoppen, weil er bereits wieder nach mir ausgeholt hat.

Lachend halte ich ihn fest und blicke in seine grünen strahlenden Augen. Es ist so schön, ihn wieder lächeln zu sehen, dass mein Herz einen Satz macht und mit einem Mal schneller weiterschlägt als noch zuvor. Als ich das Kribbeln in meinem Unterleib spüre, während mein Blick seine offenen Lippen streift, bleibt mir das Lachen im Hals stecken. Ich halte inne.

Es ist eine Entscheidung, die ich nicht willentlich treffe. Es passiert einfach.

Ich beuge mich nach vorne und presse meine Lippen auf seine. Dann klettere ich auf seinen Schoß, umfasse seinen Nacken und hole mir hungrig, was ich dringend zu brauchen scheine. Ich schmecke seine Zunge, Minze von einem Kaugummi oder von Zahnpasta. Rieche Leos warmen vertrauten Atem. Fühle seine samtigen Lippen. Hier bei ihm ist alles, was meine verwundete Seele braucht, um zu heilen, und was meinem Körper fehlt, um existieren zu können.

Erst nach einigen Sekunden beginnt Leo aus seiner Starre zu erwachen und erwidert meine Zärtlichkeiten mit einer Wildheit, die mich überrascht aufstöhnen lässt. Unsere Zungen finden sich. Leo nimmt meinen Nacken und presst mich an sich. Seine Küsse sind so begierig, beinahe schon grob, dass ich kaum zu Atem komme.

Mit einem Mal stoppt er abrupt, drückt meinen Brustkorb von sich. »Lou, geh sofort runter von mir!«, sagt er nachdrücklich.

Nach einer Schrecksekunde klettere ich eilig von seinem Schoß. Ich kann seine fortschreitende Verzweiflung innerhalb weniger Sekunden beobachten, als er sich Zeigefinger und Daumen an seine Nasenwurzel drückt und die Augen fest zusammenkneift.

Dann springt er vom Bett auf.

Schlägt mit der Faust gegen die Wand.

Das dumpfe Geräusch seiner Hand auf dem Putz schmerzt in meinem Inneren.

Ich halte den Atem an.

Er beginnt, im Raum auf und ab zu tigern.

»Was machen wir hier?!« Er legt seinen Kopf in den Nacken und fasst sich mit der Hand an die Stirn.

»Was, Lou? Was soll das werden?«, poltert er, und ich fühle mich immer elender. »Sags mir!«, brüllt er.

Ich bin den Tränen nahe. »Denkst du, ich weiß das?!«, keife ich zurück.

»Fünf Minuten mehr, Lou, nur fünf Minuten mehr!« Er bleibt stehen und taxiert mich. »Und wir hätten etwas getan, wofür wir beide in den Knast kommen könnten!«

»Ich weiß!«, schreie ich zurück. »Und weißt du was? Es ist mir egal! Wer soll es denn schon erfahren! Wer, bitte, wer soll uns anzeigen? Unser Dad?« Ich schüttle den Kopf und sage leiser: »Ich liebe dich, Leo! Alles andere ist mir egal!«

»Scheiße, Lou! SCHEISSE!« Er fährt mit seiner Hand durch das Regal über der Couch und räumt mit einer Bewegung alles ab, was dort steht. Blu-Rays, ein Pokal aus Kindertagen, ein paar Bücher. Alles fällt krachend nacheinander zu Boden.

Es dauert keine zehn Sekunden, und Keanu reißt die Tür auf.

»Kann mir einer erklären, was bei euch los ist?!«

Leo bleibt schwer atmend mit in die Hüften gestützten Armen in der Zimmermitte stehen. Als ich mich ebenfalls Keanu zuwende, merke ich erst, wie mir Tränen übers Gesicht laufen.

»Meine *Schwester* und ich haben rumgeknutscht, Dad!«, schreit er. »Weil wir unsere verdammten Finger nicht voneinander lassen können!«

Mit seiner aggressiven Tonlage jagt er mir eine Heidenangst ein, weil ich mich unweigerlich an meinen Pseudo-Vater erinnert fühle. Ich schlucke, schnappe mir mit klopfendem Herzen meine Tasche und stürme aus dem Zimmer.

»Grandiose Leistung, die ihr da hingelegt habt, Elena und du! Wirklich großartig!«, wirft Leo Keanu an den Kopf.

Das ist alles, was ich noch mitbekomme, als ich die Treppen nach unten eile. Ich reiße die Haustür auf und schnappe mir mein Fahrrad. Dann weine ich den ganzen Weg zurück zu unserem Haus.

Zwei Tage dauert es, bis ich Leo wieder schreibe. Ich bin mit meinem Gefühlschaos so am Ende gewesen, dass ich anfangs ohnehin nicht wusste, was ich ihm hätte texten sollen. Und dass von ihm selbst keine Nachricht kommt, macht mich zusätzlich unbeschreiblich traurig. Ich kann mir kaum vorstellen, dass mein Herz noch schlimmer schmerzen kann als im Augenblick. Denn ich habe solche Angst davor, dass ich gerade dabei bin, auch noch meinen besten Freund sowie meinen Halbbruder zu verlieren.

»Leo, können wir vergessen, was war, und einfach neu starten? Bitte??? Es tut mir so unendlich leid, was am Sonntag passiert ist … Bitte sei nicht sauer, ich ertrage das nicht länger. Und ich verspreche dir, dass ich dir in Zukunft absolut nicht näher als höchstens dreißig Zentimeter kommen werde! Hoch und heilig. Ich schwöre es.«

»Wir müssen uns treffen.« Das ist alles, was zurückkommt. Und sofort habe ich ein mulmiges Gefühl, weil das gar nicht gut klingt.

Als Leo nach seiner Arbeit bei uns zu Hause klingelt, ist meine Mutter gerade dabei, das Abendessen zuzubereiten.

Mit klopfendem Herzen und schweißnassen Händen öffne ich die Tür. Leo sieht so grauenvoll aus, als hätte er lange nicht mehr richtig geschlafen.

»Hi.« Ich will mir ein Lächeln abringen, aber ich bin so verunsichert, dass ich es kaum hinbekomme.

»Hi, Lou«, sagt Leo und schafft es ebenso kaum, mich anzusehen.

Ich will ihn in mein Zimmer mitnehmen, doch er deutet auf das Wohnzimmer. »Lass uns bitte unten bleiben.«

Wir laufen an meiner Mutter vorbei, die verstohlen beobachtet, wie Leo sich in den Sessel setzt und ich ihm folgend auf der Couch gegenüber Platz nehme.

»Können wir nicht in Ruhe oben reden?«, sage ich leise, doch er schüttelt den Kopf.

Dann streicht er sich durch sein Haar und holt tief Luft. »Ich werde für eine Zeitlang verschwinden.«

Ich höre das Blut in meinen Ohren rauschen.

»Ich gehe für eine Weile zu meiner … unserer Oma nach Hawaii. Mein Flug geht übermorgen.«

Ich spüre, wie ein Zittern beginnt, durch meinen kompletten Körper zu laufen.

»Es tut mir so leid, Lou. Ich muss meinen Kopf frei kriegen und ein bisschen Abstand von allem bekommen. Von meinem … unserem Dad, von Elena … und dir.«

Ich schlage mir die Hände vor den Mund und schließe meine Augen.

Nein nein nein nein nein …

Ich schüttle vehement mit dem Kopf. »Nein, Leo, bitte nicht! Bitte geh nicht! Tu mir das nicht an! Bitte, ich flehe dich an!«

Er sieht gequält von mir weg. »Ich muss … Ich kann nicht anders … Wenn ich in deiner Nähe bin, will ich dich sehen. Und wenn ich dich sehe, will ich dich berühren. Und du weißt, dass das nicht sein darf. Bitte, Lou, es geht nicht anders. Bitte mach es mir nicht noch schwerer, als es eh schon ist …«

Ich springe auf und gehe einen Schritt in seine Richtung, sodass er ebenfalls aufsteht. »Nein, nein! Du kannst nicht einfach gehen, Leo! Bitte, bitte! Es tut mir so unendlich leid, was ich am Sonntag getan habe! So leid! Es kommt nie nie wieder vor, ich verspreche es dir!« Ich höre meine eigene verzweifelte hohe Stimme, die sich beinahe überschlägt, so schnell spreche ich. »Ich kann dich nicht verlieren! Ich kann nicht ohne dich sein!«

Ich merke, wie ich von oben bis unten wie Espenlaub zittere, während mein Kopf sich fiebrig heiß anfühlt.

Leo fasst mich mit beiden Händen an meinen Oberarmen, als ich mich in seine Arme werfen will.

»Du wirst nicht mehr zu mir zurückkommen, ich spüre es«, schluchze ich mit gesenktem Kopf. »Du wirst mich hier zurücklassen und nie wieder kommen! Wieso tust du mir das an, Leo? Wieso? Ich kann …«

Mein Herz schmerzt so in meiner Brust, dass ich mir an die Rippen fasse und mich zusammenkrümme.

» … kann nicht ohne dich leben! Bitte!«

Ich japse nach Luft und lasse mich auf die Couch fallen, während Leo beruhigend auf mich einredet, doch ich kann seine Worte nicht erfassen.

Bummbumm-bummbumm-bummbumm-bummbumm-bumm-bumm-bummbumm-bummbumm-bummbumm-bummbumm-bumm-bumm-bummbumm-bummbumm-bummbumm …

Eine gefühlte Ewigkeit später registriere ich vage, wie meine Mutter mir eine Tablette hinhält, die ich schlucke. Wie sich jemand neben mich setzt, mir jemand über den Rücken streichelt. Dann merke ich, wie meine Panik nachzulassen beginnt und meine Sinne allmählich zurückkehren.

Ich stütze meine Ellenbogen auf meinen Knien ab und lege meine Stirn auf meine Hände. Ich bin vollkommen fix und fertig.

Dann nehme ich das erste Mal bewusst meine Mutter wahr, die rechts, und Leo, der links von mir sitzt.

»Geh nicht, Leo«, flüstere ich atemlos.

Als er nicht antwortet, sehe ich zu ihm auf und bemerke die einzelne Träne auf seiner Wange. Da weiß ich, dass ich keine Chance mehr habe, egal, was ich noch sagen werde. Er ist fest entschlossen, mich hinter sich zu lassen.

»Pass gut auf sie auf, Elena«, sagt Leo leise.

Dann zieht er mich zu sich und drückt mich so fest an sich, dass meine Rippen leicht nachgeben. Doch der Rest meines Körpers fühlt sich von Kopf bis Fuß vollkommen taub an.

»Bye Lou«, flüstert er an meinem Ohr.

Ich bin nicht fähig zu antworten oder mich zu bewegen.

Leo geht.

Und er nimmt mein Herz und meine Seele mit.

Kapitel 18 ✿ Autopilot

Die nächsten Tage steht meine komplette Welt still. Wenn meine Mutter mich nicht zwingen würde, etwas zu essen, würde ich einfach verhungern. Und es wäre mir tatsächlich egal, denn mein Leben hat geendet, als Leo von mir gegangen ist.

Fast eine Woche ist das nun her, und ich habe seitdem nichts von ihm gehört. Ich weiß nicht, ob er den Flug überstanden hat, wo und wie oft er zwischengelandet ist. Ob er auf O'ahu gut angekommen ist. Wie es seiner … unserer Oma mit dem neuen Gast in ihrem Haus geht. Unsere Oma, die ich noch nie gesehen habe. Mit der ich nur wenige Male in den letzten Jahren kurz telefoniert habe, um „Hallo" zu sagen, als ich noch nicht die Wahrheit über meinen Halbbruder und mich gekannt habe, sondern lediglich Leos beste Freundin gewesen bin.

Ob sie weiß, dass ich ihre Enkelin bin? Was hat Leo ihr erzählt, warum er gegangen ist? Weiß sie, dass wir Dinge getan haben, die verboten sind? Hasst sie mich bereits, bevor sie mich jemals richtig kennenlernen konnte?

Und wie geht es Leo? Hat er sein Gefühlschaos im Gegensatz zu mir schon im Griff? Denkt er auch ununterbrochen an mich?

Anstatt von Leo kommen täglich mehrere Nachrichten von Cara. Nachdem unsere Freunde am Wochenende aus Kroatien zurückgekehrt sind, konnte ich mich nicht länger vor ihnen verstecken. Ich habe deshalb vorgestern meine Mutter gebeten, mit Cara zu sprechen, weil ich selbst nicht dazu fähig war … Sie hat ihr schließlich die Wahrheit über Leo und mich erzählt und ihr das Versprechen abgenommen, es sicherheitshalber niemand anderem zu sagen, nicht einmal ihrem eigenen Freund. Und so neugierig und frech Cara auch manchmal ist, kenne ich sie dennoch so gut, dass ich mir sicher bin, dass sie sich an die Versprechen hält, die sie gibt. Unsere restlichen Freunde wissen lediglich, dass Leo und ich einen heftigen Streit hatten und gerade eine Pause voneinander brauchen.

»*Lou, mein Schatz*«, hat Cara vor wenigen Augenblicken geschrieben, »*du weißt, dass du einfach nur mit dem Finger schnipsen musst, und ich beame mich zu dir! Du brauchst wirklich keine Sorgen zu haben, dass ich komisch über dich und Leo denken könnte. Na klar war ich erstmal geschockt. Aber ich finde es genauso strange, wenn ihr nicht zusammen seid, wie wenn ihr zusammen seid. Und je mehr ich über euch nachdenke, desto bewusster wird mir, dass ich nicht weiß, ob ich je zwei Menschen gesehen habe, die sich mehr wertschätzen, lieben, brauchen und ihre Seele teilen, als ihr es tut. Von daher hab ich mich für das Team KaLou entschieden und werde euch bestimmt nicht dafür verurteilen, was ihr füreinander fühlt.*

Aber sorry … ich befürchte, dass du das alles im Moment vermutlich gar nicht hören willst, weil mein Gequassel hier dir Leo auch nicht zurückbringt … Ich kann dir nicht sagen, wie leid es mir tut, was du durchmachen musst.«

Ich drehe mich auf die Seite und schreibe ihr im Bett liegend zurück. *»Du bist sehr lieb, danke dir.«*

»Jederzeit ♥ . Mal was ganz Anderes: Weißt du schon, ob du in die ersten Vorlesungen gehen wirst?«

Cara und ich besuchen dieselbe Uni und studieren beide BWL. Mir graut schon seit Tagen vor dem Beginn des neuen Semesters, weil mein Gehirn nicht verstehen kann, wie sich die Welt einfach weiterdreht und es hinbekommt zu ignorieren, dass mein Leben ohne Leo bedeutungslos ist.

»Ja, ich denke, dass ich komme, auch wenn mir überhaupt nicht nach Bibliotheken, Professoren und Menschen generell ist. Aber vielleicht werde ich so zumindest ein bisschen abgelenkt.«

»Eben, das denke ich nämlich auch. Wenn du willst, hole ich dich in nächster Zeit einfach mit dem Auto ab?! Dann sage ich Toni, er braucht mich erstmal nicht zur Uni bringen.«

Überpünktlich warte ich vor unserem Haus, als Caras kleine Rostlaube vor unserem Grundstück anhält. Sie würgt den Motor ab und hechtet aus dem Auto. Dann schließt sie mich fest in ihre Arme. »Oh Lou …«

Ich erwidere ihre Umarmung und halte mich so fest an ihr, wie ich kann. Meine Lippen beben, doch ich nehme all meine Selbstbeherrschung zusammen, um nicht bereits vor der Vorlesung loszuheulen, weil ich sonst nicht weiß, wie ich den ganzen ersten Tag überstehen soll.

Sie streicht mir über den Rücken, und es tut so gut, dass ich mein Leid in diesem Moment mit jemandem teilen kann, der dafür nicht selbst verantwortlich ist – wie meine Mutter zum

Beispiel. Ich glaube, dass ich meine Mutter in den letzten Tagen nur deshalb nicht so sehr verachtet habe, weil ich ohne sie vermutlich nicht überlebt hätte und meine Sehnsucht nach Trost stärker als meine Wut auf sie gewesen ist.

Caras liebevolle Umarmung ist mehr, als Worte es ausdrücken könnten. Und so stehen wir ein paar Minuten eng umschlungen vor meiner Haustür, bis sich meine Gefühle etwas beruhigt haben.

Dann drückt sie mir einen dicken Kuss ins Haar und streichelt meinen Arm. »Wir schaffen das zusammen. Ich bin immer für dich da, zu jeder Tages- und Nachtzeit.«

Ich lächle sie dankbar an.

Wir steigen ein. Sie legt den Rückwärtsgang ein, um in unserer Ausfahrt zu wenden.

»Wie gehts dir, wie war Kroatien?« Ich wische mir über die Augen, damit die Flüssigkeitsansammlung nicht doch noch überläuft.

Sie stößt laut und langsam die Luft aus. »Ich habe ein superschlechtes Gewissen, wenn ich dir jetzt von unserem Trip erzähle, weil ich weiß, was du währenddessen durchmachen musstest.« Sie ist am Ende unserer Straße angekommen und setzt den Blinker.

»Sag mir wenigstens kurz, wie es mit Toni war. Konntet ihr die gemeinsame Zeit genießen oder seid ihr euch auf den Keks gegangen?«

Ich blicke zu ihr und bemerke das kurze zufriedene Lächeln in ihrem Gesicht, das so schnell verschwindet, wie es gekommen ist. Offenbar hatte wenigstens eine von uns eine unbeschwerte Zeit, und das freut mich wahnsinnig für sie. Ehrlich. Auch wenn es weh tut, dass ich selbst diese Freude gerade nicht mit ihr teilen kann.

»Ja, es war wunderschön. Wir hatten tolle zwei Wochen. Und irgendwann zu einer anderen Gelegenheit nehmen wir dich dahin mit. Du wirst es dort lieben, ich bin mir sicher.«

Ich weiß, dass sie es gut meint, aber im Augenblick kann ich mir nicht vorstellen, irgendwann einmal wieder fröhlich und unbeschwert in den Urlaub zu fahren. Neben dem Wunsch, dass Leo einfach wieder Teil meines Lebens ist, kommt mir alles andere unwichtig vor. Nichts hat Wert neben dieser einen Sache.

»Freut mich, Cara. Wirklich«, sage ich und schaffe es nicht, die Traurigkeit in meiner Stimme zu verbergen.

Als sie an der Ampel stoppt, wirft sie mir einen mitleidigen Blick zu und streicht mir über den Oberschenkel. Dann richtet sie ihren Blick wieder auf die Straße, als sie anfährt.

»Du musst übrigens in nächster Zeit mehr essen, versprichst du mir das? Du bist in den letzten Wochen so dünn geworden, dabei bist du eh schon so schlank. Du hast bestimmt drei Kilo abgenommen, oder?« Sie verzieht ihren Mund und macht große Augen.

»Ja, fast vier«, sage ich leise und kneife meine Lippen zusammen.

»Ach Lou. Bitte iss wenigstens dreimal am Tag ein kleines bisschen was! Sonst mach ich mir noch mehr Sorgen um dich als ohnehin schon. Versprichst du mir das?«

Ich seufze, weil Essen gerade so weit unten auf der Prio-Skala kommt, dass ich mich fast schon zusammenreißen muss, es nicht komplett zu lassen, weil ich einfach keinen Appetit verspüre. Und seit ich ein paar Tage lang nur wenige Bissen gegessen habe, habe ich große Mühe, meinen empfindlichen Magen wieder an Nahrung zu gewöhnen.

»Ich versuchs.«

»Gut. Tus wenigstens für mich, wenn schon nicht für dich selbst.«

Nachdem wir eine Weile geschwiegen haben, durchbricht sie die Stille. »Haben Leo und du Kontakt?«

Ich schüttle den Kopf und schiebe dann eine verbale Verneinung nach, weil sie meine Geste nicht sehen kann, als sie auf die Landstraße abbiegt.

»Oh«, sagt sie und wirft mir einen kurzen Blick zu.

»Ich weiß nicht, wie es weitergehen soll ...« Ich stütze meinen Kopf an meinem Arm ab, der am Fenster lehnt. »Was meinst du? Soll ich mich bei ihm melden? Ich möchte zumindest wissen, wie es ihm geht und ob er gut angekommen ist. Das ist alles, was ich gerade will. Einfach nur wissen, dass er irgendwo am anderen Ende dieser Welt ist und atmet.«

»Dagegen ist eigentlich nichts einzuwenden, aber ... vielleicht magst du ihm noch ein wenig Zeit lassen, auch wenn ich weiß, dass dir das eine immense Selbstkontrolle abverlangt. Er meldet sich bestimmt von selbst, wenn er so weit ist.«

Ich kaue nervös an meiner Wangeninnenseite herum. »Und wenn er niemals so weit ist? Vielleicht hasst er mich ja jetzt, weil ich ihn zum Äußersten getrieben habe … Gott, wieso nur musste ich ihn auch nochmal küssen? WIESO?«, rufe ich und presse meine Zähne vor Wut aufeinander.

Cara legt mir ihre Hand auf den Oberschenkel. »Mein Schatz, mach dir keine Vorwürfe. Wenn euer Kuss an jenem Tag nicht passiert wäre, wäre irgendwann und irgendwo irgendwas anderes passiert. Es war doch nur eine Frage der Zeit, wenn ihr ehrlich zueinander seid, bis ihr euch wieder nahekommt.«

Ich seufze, und mir wird das erste Mal bewusst, wie recht sie damit hat. Wenigstens ein kleiner Teil des Selbsthasses fällt in diesem Moment von mir ab.

»Und Leo hasst dich auch nicht, Lou, denn dazu wäre er gar nicht fähig. Im Gegenteil: Er liebt dich zu sehr, und darum möchte er dich und sich vor Dingen schützen, die nicht mehr rückgängig zu machen sind. Lass ihm Zeit. Auch wenn es dir unmöglich erscheint, das auszuhalten.«

Ich seufze tief durch. »Er fehlt mir einfach so unendlich …«

Meine Freundin hat das Viertel erreicht, in dem unsere Uni ist. Sie parkt auf dem Gehsteig vor einem Wohnhaus etwa einen halben Kilometer vom Campus entfernt.

Wir steigen aus und nehmen unsere Rucksäcke von der Rückbank. Dann laufen wir eingehakt über die Straße, den Gehweg entlang bis zum Haupteingang, wo einige Kommilitonen stehen und ihre Morgen-Zigarette rauchen.

Da Cara weiß, dass ich gerade zu nichts zu gebrauchen bin, beschränken wir uns auf ein kurzes »Hallo« und streben auf die Bibliothek zu.

Als wir uns ein wenig abseits ans Ende der Tische setzen, sehe ich mich verstohlen um und bemerke einige Blicke, die uns streifen. Sofort bekomme ich einen Schrecken und befürchte, dass jemand wissen könnte, was diesen Sommer zwischen meinem Bruder und mir gelaufen ist.

»Hast du gemerkt, wie Rina und Jule uns angeschaut haben?«, frage ich Cara.

»Nein, ist mir nicht aufgefallen. Wieso?«

»Ich hatte so einen dummen Gedanken, dass jemand das mit Leo und mir wissen könnte …«

»Das kann gar nicht sein! Woher denn?« Sie sieht mich ungläubig an. »Von mir bestimmt nicht! Ich würde mich eher umbringen, als dir den Schmerz zuzufügen und es jemandem zu erzählen. Ich habe versprochen, dass ich es für mich behalte, und ich habe nicht vor, das zu brechen. Somit kann es niemand wissen, Lou. Ich denke, du siehst gerade nur Gespenster.«

»Du hast vermutlich recht«, sage ich seufzend, weil außer Cara, Leo, meiner Mutter und Keanu wirklich niemand wissen kann, dass Leo und ich Geschwister sind. Na ja, mein Pseudo-Vater weiß es natürlich auch noch – aber der wiederum hat vermutlich keine Ahnung, dass Leo und ich ein Paar waren, also hätte er keinen Grund, etwas weiterzuerzählen oder zu unternehmen ... Ich bete zu Gott, dass Marc niemals von unserer Beziehung erfährt! Ich würde meine Hand nicht dafür ins Feuer legen, dass er uns nicht eines Tages eins auswischen will und uns dahingehend Probleme machen würde, wenn er es wüsste.

»Hast du eigentlich deinen richtigen Vater wieder gesehen seit der Sache mit Leo?«

Ich schüttle den Kopf.

»Wenn du es nicht mehr aushältst, dann frag doch ihn einfach mal, wie es Leo geht. Außer er hat genauso wenig von seinem Sohn gehört wie du, weil er gerade Leos Hass-Objekt Nummer eins ist.«

»Ich überlegs mir mal.« Doch wenn ich ehrlich zu mir bin, wusste ich bereits, dass ich Keanu in Kürze aufsuchen würde, als Cara die Worte gerade erst ausgesprochen hatte.

Um Punkt neun Uhr beginnt die erste Vorlesung für das Semester. Unser neuer, übermotivierter Dozent für Wirtschaftsinformatik begrüßt uns und wünscht uns für das kommende Semester gute Nerven, viel Begeisterung, aber vor allem gute Noten. Zwei Jahre müssten wir uns nur noch zusammenreißen und anstrengen, dann würden wir den Weg für unsere weitere Zukunft mit einem Top-Bachelor-Studium geebnet haben.

Wie falsch er nur liegt, denke ich mir. Denn so sehr ich mir auch Mühe gebe, ich kann beim besten Willen keine Zukunft ohne Leo vor meinem inneren Auge visualisieren.

Am Freitag nach der ersten Semester-Woche ist mein Nervenkostüm so labil, dass ich es nicht mehr aushalte. Ich lasse mich von Cara nach den Vorlesungen bei Keanu absetzen und hoffe, dass er zu Hause ist. Mit klopfendem Herzen klingle ich und warte. Doch es öffnet niemand.

Als ich mich umwende und gehen will, höre ich jemanden meinen Namen rufen und drehe mich um. Keanu hat seinen Firmenwagen vor dem Eingang geparkt und steigt gerade aus.

Nervös warte ich, bis er bei mir angekommen ist.

»Aloha Louisa!«

»Aloha … Keanu«, sage ich und lächle scheu. »Können wir mal reden?«

Er zieht seinen Haustürschlüssel aus der Tasche und beeilt sich aufzusperren, weil er vielleicht denkt, dass ich es mir jeden Augenblick wieder anders überlegen könnte.

»Komm rein.«

Ich ziehe wie immer meine Schuhe vor der Tür aus, da das bei Hawaiianern üblich ist, und folge ihm in den Flur und weiter in die Küche. »Willst du dich schon mal auf die Terrasse setzen? Ich würde mir noch schnell was anderes anziehen und mir die Hände waschen.« Er schnaubt lachend und deutet auf seine völlig von Erde und grünen Schlieren verdreckte Arbeitskleidung.

Dann macht er die Terrassentür auf, legt Polster auf die Lounge-Ecke und öffnet den Sonnenschirm.

»Bin gleich bei dir.«

Ich sitze mit wippendem Bein auf dem weichen Polster und lasse meinen Blick über den kleinen Garten schweifen. Ein schmaler Weg aus beige-gelben Natursteinfliesen zieht sich von der Terrasse durch die angelegten Beete. Im hinteren Bereich, wo das Grundstück endet, stehen drei etwa zwei Meter hohe Zypressen, die Leo und Keanu letztes Jahr gepflanzt haben und noch groß werden wollen. Überall sind großzügige mediterrane Staudenbeete mit Lavendel, Sonnenhüten, Gräsern, Wolfsmilchgewächsen, Fetthennen und weiteren Sommerpflanzen angelegt, die ich nicht alle namentlich kenne. Etliche Insekten scheinen sich hier sehr wohl zu fühlen und schwirren im milden Spätsommer noch immer durch die Gegend, sodass über dem Beet nahe der Terrasse ein leiser Brumm-Ton liegt. Auf der rechten Seite in der Nähe der Terrasse befindet sich eine große Ölweide, die ein bisschen einer Olive ähnelt und unten um den Stamm mit ungleichmäßigen natürlichen Steinen eingefasst ist.

Rechts daneben wird das Grundstück von einer kleinen Mauer abgegrenzt, an der sich über eine Edelstahllippe ein kleiner Wasserfall in ein Kiesbett davor ergießt.

Was für ein traumhaftes kleines Stück Erde sie sich geschaffen haben! Ich wünschte, ich könnte das alles hier so genießen und wertschätzen, wie ich es sonst immer getan habe, wenn ich auf der Terrasse Zeit bei Leo verbracht habe …

Ich höre Keanu, der sich nähert. Als er bei mir ankommt, stellt er zwei ineinandergeschobene Gläser sowie eine Wasserkaraffe mit Zitronenscheiben und Minzblättern vor uns auf dem Lounge-Tisch ab.

»Möchtest du noch etwas anderes trinken?«, will er wissen.

Ich schüttle den Kopf. Dann setzt er sich auf den anderen Schenkel der Couch und blickt mich beinahe erwartungsvoll an, bis er schließlich die Stille durchbricht.

»Wie es dir geht, brauche ich dich gar nicht zu fragen, denn das sieht man dir leider an …« Er seufzt. »Du bist sehr dünn geworden, Louisa. Ich mache mir Sorgen.«

Ich zucke mit den Schultern und vergrabe meine Hände in meinem Schoß, da ich nicht weiß, was ich darauf erwidern soll, weil meine Appetitlosigkeit ja seine offensichtlichen Gründe hat.

»Bist du wegen Kaleo da?«, trifft Keanu ins Schwarze.

Ich nicke. »Ich wollte wissen, ob du was von ihm gehört hast. Er hat sich nicht gemeldet seit …« Ich presse meine Lippen aufeinander.

Keanu seufzt. »Nein, er hat sich auch nicht bei mir gemeldet. Ich weiß von meiner Mutter, dass er gut angekommen ist und sich sein Zimmer bei ihr eingerichtet hat.«

Mir fällt ein kleiner Stein vom Herzen, und ich atme aus.

»Weiß sie von der Geschichte zwischen Leo und mir? Weiß sie, dass sie noch eine Enkeltochter hat?«

»Jetzt ja. Ich habe ihr alles erzählt, bevor Kaleo seinen Flug gebucht hat.«

»Wie hat sie reagiert?«

»Nach dem ersten Schock hat sie sich sehr gefreut und möchte dich gerne irgendwann kennenlernen.«

»Nalani heißt sie, stimmts?«, frage ich Keanu. Leo hatte ihren Namen in der Vergangenheit ein paarmal erwähnt.

»Ja«, sagt Keanu.

»Hat ihr Name auch eine Bedeutung?«

»Nalani heißt Himmelszelt.«

»Das ist schön.«

»Und Kaleo bedeutet übersetzt *Klang* oder *Stimme*.«

»Ja, das weiß ich. Und was heißt Keanu?«

»Wind in den Wellen.«

»Bist du nicht eher das Gegenteil davon?«, bemerke ich. »Für mich warst du schon immer jemand, der die Wellen glättet, anstatt sie aufzuwühlen. Du strahlst so viel Gelassenheit aus.«

Genauso wie Leo – zumindest normalerweise ...

Er streicht sich über den Nacken und lacht. »Ja, das mag sein.«

»Louisa bedeutet Kämpferin«, sage ich nach einer Weile, während Keanu unsere Gläser füllt. »Ich befürchte, dass ich meinem Namen gerade auch keine Ehre mache.« Ich lächle schief und nehme einen Schluck von dem sprudelnden Wasser.

»Man muss nicht immer kämpfen«, sagt er. »Man darf auch einfach mal schwach sein.« Dann holt er Luft, doch er spricht nicht weiter. Erst nach einigen Sekunden nimmt er das Gespräch wieder auf. »Ich weiß, dass vermutlich nicht ausgerechnet ich derjenige sein sollte, der dir das sagt, aber: Ich bin immer für dich da, Louisa. Ich weiß nicht, ob ich es jemals schaffe, dass meine beiden Kinder mir verzeihen. Und das wäre auch ziemlich viel verlangt, das gebe ich zu. Aber ich werde zumindest ab sofort für dich da sein, wenn du mich brauchst.«

Ich nicke und schlucke. Dann sehe ich betreten in den Garten, während ich gegen meine Tränen anblinzle, weil es genau die Worte sind, die ich mir von einem guten Vater wünschen würde und so lange gewünscht habe. Aber ich bin noch immer hin- und hergerissen zwischen meinem Entsetzen, in welche Lage unsere Eltern uns gebracht haben, und meinem so dringend benötigten Trost und Zuspruch.

»Möchtest du umarmt werden?«, fragt Keanu leise.

Ich schüttle den Kopf, ohne ihn anzusehen.

Er reicht mir ein Taschentuch. Mein Kloß im Hals ist von den unausgesprochenen Worten so groß, dass es im Bereich meines Kehlkopfes schmerzt. Ich habe das Gefühl, dass ich platze, wenn ich meine stummen Tränen noch länger zurückhalten muss, aber ich möchte nicht lauthals vor Keanu weinen. Wieso muss gerade jeder in meiner Umgebung sehen, wie mein Innerstes nach außen gekehrt wird? Wie meine Seele zer-

175

fressen wird und mein Herz verkümmert? Wieso kann ich nicht einfach eines Morgens aufwachen in einer Welt, in der Leo und ich wieder zusammen sind? Egal auf welche Weise. Als Partner, Freunde, Geschwister.

»Meinst du, dass Leo wieder zurückkommt?«, frage ich traurig.

»Zu mir hat er gesagt, dass er erstmal ein paar Wochen Abstand von allem braucht und dann weitersehen will.«

Ich schlucke und nicke. »Es hat sich bloß irgendwie so angefühlt, als würde er mir für immer Lebewohl sagen ... Gott, ich vermisse ihn so sehr«, flüstere ich, während ich das nasse Taschentuch in meinen Händen zerpflücke und mir die Tränen über die Wangen strömen. »Dabei ist er erst wenige Tage weg. Ich weiß nicht, wie ich ohne ihn klarkommen soll, Keanu. Ich weiß es wirklich nicht. Ich hätte nie gedacht, dass ich einmal die so gehassten Worte von Marc verwenden würde, aber ... ich kann ohne Leo nicht leben ... Ich komme um vor Sehnsucht nach ihm ... Ich ... Ich ...«

Nein, nein, bitte nicht schon wieder! Ich merke, wie ich viel zu schnell atme, während mein Herzschlag sich beschleunigt. Panisch stütze ich mich auf dem Sofa ab und beuge mich fluchtbereit nach vorne.

»Ganz ruhig, Louisa, atme!«

Ich merke, wie Keanu neben mich kommt und mich an den Schultern fasst. »Wir machen das zusammen, okay? Atme immer nur kurz ein und lange wieder aus. Einatmen–zwei–drei. Aus–zwei–drei–vier–fünf–sechs.«

Er zählt die Sekunden seiner Atemzüge, während ich verzweifelt versuche, mich trotz meines donnernden Herzschlags seinem Atem anzupassen. Doch nach etlichen Malen merke ich, wie ich mich dem Rhythmus angleiche und nach einigen Minuten ruhiger werde.

Schließlich hole ich einmal tief Luft und stoße sie geräuschvoll wieder aus. Dann lehne ich mich auf der Lounge zurück und sehe betreten auf meinen Schoß, der vom zerfledderten Taschentuch voller weißer Krümel ist. »Ich halte das nicht mehr lange aus. Das ist so anstrengend.«

Keanu, der noch immer neben mir sitzt, streicht beruhigend meinen Arm auf und ab. »Ich weiß, Louisa. Ich habe das vor vielen Jahren mit deiner Mutter auch schon einmal mitgemacht. Ich habe hautnah mitbekommen, was sie mit jeder neuen Panikattacke durchlebt hat, und ich möchte mir nicht vorstellen, wie es sich anfühlen muss ... Es tut mir so sehr leid, was du mitmachen musst.«

»Ich bin froh, dass deine Technik so gut geholfen hat. Danke dir.«

»Atmen ist das A und O bei einer Panikattacke. Du solltest immer versuchen, doppelt so lange auszuatmen wie einzuatmen. Damit aktivierst du den Parasympathikus wieder, der für Entspannung zuständig ist. Nach einigen Minuten beruhigt sich dadurch alles andere in deinem Körper oft von selbst wieder.«

Keanu greift zum Tisch und reicht mir mein Wasserglas. »Hier, trink mal einen Schluck. Wasser ist auch sehr wichtig, damit der Körper und das Gehirn funktionieren können.«

Ich lasse die kühle, nach Zitrone schmeckende Flüssigkeit meine Kehle hinablaufen und stelle mein Glas ab, als es leer ist.

»Darf ich dich mal was fragen?«, beginne ich nach einer Weile.

»Nur zu.«

»Was wollte Marc, als er neulich bei euch aufgetaucht ist?«

»Er hat mich bedroht. Er wollte, dass Leo und ich endlich aus eurem Leben verschwinden.«

»Oh Mann, das also.« Und wieder einmal wird mir etwas klar, was vorher nur mit einer Reihe von Fragezeichen versehen gewesen ist.

»Wir konnten Leo und dir nicht sagen, weshalb Marc hier gewesen ist, weil ihr zu dem Zeitpunkt noch nichts davon gewusst habt, dass ihr Halbgeschwister seid.«

Ich lache höhnisch auf. »Na, jetzt hat Marc ja endlich seinen Willen bekommen. Ich war nicht im Kroatien-Urlaub dabei, den er mir verboten hatte. Und Leo ist auch nicht mehr da. Ich würde mal sagen, er hat fast alle seine Ziele erreicht.« Traurig schüttle ich mit dem Kopf. »Ist er eigentlich auch der Grund, warum wir keine Nachbarn mehr sind?«

Keanu nickt. »Wir sind damals relativ schnell weggezogen, nachdem das Verhältnis immer angespannter wurde. Aber da ich Kaleo nicht aus seinem gewohnten Umfeld herausreißen wollte, sind wir im selben Ort geblieben. Ich hatte damals sogar kurzzeitig überlegt, zurück nach Hawaii zu gehen. Aber ich hatte mir hier schon mein Geschäft aufgebaut und wollte

177

erstmal ein bisschen Gras über die Sache wachsen lassen. Außerdem konnte ich deine Mutter und dich nicht im Stich lassen – ich hätte es nicht übers Herz gebracht. Dass Marc mich abgrundtief hasst, hat mir als Grund nicht ausgereicht, um hier alle Zelte komplett abzubrechen.«

»Verstehe.« Ich nicke.

Seit der Wahrheit gibt es plötzlich einiges in meinem Leben, das auf einmal mehr Sinn ergibt als zuvor. Jedoch auch eine Sache, die seitdem überhaupt keinen Sinn mehr macht: nämlich dass ich Leo nicht lieben darf …

»Keanu, ich sollte langsam mal nach Hause.« Ich stehe auf, und er tut es mir gleich. Dann begleitet er mich zur Tür, wo ich nach meinem Rucksack greife.

»Kannst du mir Bescheid geben, wenn du was von Leo hören solltest?«

»Klar.« Keanu lächelt milde.

»Also dann …«

»Bye Louisa.«

Kapitel 19 ✿ In weiter Ferne

Lieber Leo,

ich glaube fest daran, dass es für jede und jeden von uns den einen besonderen Menschen im Leben gibt. Und obwohl ich noch so jung bin, habe ich meinen Seelenverwandten bereits gefunden: Das bist du, Leo, ohne jeglichen Zweifel.
Wir beide hatten gerade die unglaublichste Zeit unseres Lebens und haben andauernd unvergessliche gemeinsame Augenblicke erschaffen, die am liebsten niemals vergehen sollten. Und weil wir schon so lange befreundet waren, mussten wir nicht einmal mehr Vertrauen, Geborgenheit und Zusammenhalt aufbauen – all das war längst da. Du weißt selbst, wie perfekt wir zusammen waren …

Doch dann hat der Sarkasmus des Schicksals dich von mir gerissen und mein Herz in eine Sandwüste verwandelt. Denn nach dieser Sache spüre ich nichts als nur noch Leere in mir. Manchmal möchte ich einfach vergehen und in der Unendlichkeit des Universums nie wieder auftauchen …
Neulich nachts habe ich die Sterne angebrüllt, was für einen beschissenen Scherz sie sich da erlaubt haben. Doch sie sind nur kurz zusammengezuckt und haben dann unbeeindruckt weitergefunkelt. Aber mein Inneres ist erloschen, als du weggegangen bist, und mein Herz ist stehengeblieben. Bis jetzt hat es nicht wieder angefangen zu schlagen, und vielleicht wird es das ohne dich in meinem Leben auch nie wieder. Ich weiß es nicht.
Und im Prinzip ist es mir egal. Dann bleibe ich eben bis an mein Lebensende eine leere Hülle, denn ohne dich spielt es einfach keine Rolle mehr. Und das ist die reine Wahrheit.

Mittlerweile bist du genau vier Wochen weg … und ohne dich fühlt sich mein Leben unbeschreiblich einsam an. Mein Alltag ist farblos, irgendwie funktioniere ich nur. Ohne dich komme ich mir wie ein Roboter vor. Alles Positive ist mit einem Mal verschwunden. Ich vermisse den Spaß am Leben und die Leichtigkeit. Ich vermisse, was wir 21 Jahre lang zusammen erschaffen haben.
Die Nacht ist so stockdunkel ohne dich, und die Sonne am Tag will mich mit ihrem grellen Licht verhöhnen. Ich höre die Vögel nicht mehr singen, obwohl sie noch immer da sind. Und unsere gemein-

samen Lieblingslieder sind viel zu fröhlich und zu laut für meine Ohren.

Ich esse meiner Mutter und Freunde zuliebe, aber ich habe keinen Appetit. Nicht einmal das Eis von Carlo schmeckt nach irgendwas ohne dich in meinem Leben.

Mein Alltag besteht aus Uni und ab und zu Cara und die Mädels treffen. Und währenddessen muss ich mich immer wieder daran erinnern, das Atmen nicht zu vergessen. Denn ohne dich kommt mir die Luft um mich herum einfach viel zu stickig vor.

Seit Wochen schwimme ich auf dem weiten, dunklen Ozean, aber ich erreiche einfach kein Land, keine Insel. Ich weiß wirklich nicht, wie lange meine Kräfte noch ausreichen, um nicht unterzugehen. Ich weiß nicht, wie lange ich noch ohne ein Lebenszeichen von dir leben kann, Leo …

Du fehlst mir so unendlich.

Deine Lou

Lieber Leo,

„Nalani" heißt „Himmelszelt" hat Keanu mir gesagt. Deshalb muss ich besonders oft zu den Sternen schauen und frage mich, ob es am anderen Ende der Welt auch ein paar Sternenbilder gibt, die du von hier kennst. Oder ob das Nachtbild dort in jeder Hinsicht vollkommen anders ist, sodass uns nur der gemeinsame Mond bleibt. Es fühlt sich an, als wärst du dort – oder auf einem anderen Planeten. Und ich bin so ohnmächtig weit weg von dir.

Deine Lou

Lieber Leo,

meine letzten beiden E-Mails an dich sind zwei Wochen her. Ich hoffe, dass du sie erhalten hast. Falls ja, zerreißt es mir das Herz, dass du mir nicht eine Zeile zurückgeschrieben hast.

Lou

Leo,

dieses Gedicht habe ich vorhin geschrieben, weil du mir bisher weder auf meine Handy-Nachrichten noch auf meine Mails geantwortet hast …

<u>Wegsehen</u>

Zerfetz mein Herz nur noch ein bisschen
Man sieht sie kaum, die feinen Risschen
Weil sie doch schnell wieder verheilen.

Trampel auf meinen Nerven nur noch ein wenig
Denn Nerven, komm, die sieht man eh nicht
Also kann es so schlimm nicht sein.

Glaub nur, dass meine Seele keinen Schaden nimmt
Deine fehlenden Worte sind bestimmt
Nur stumme Laute aus deiner Kehle.

Und wenn ich dann am Boden lieg, tritt zu,
Komm, nur ein kleines Stück, weil der Untergrund
Doch stets nachgibt, also trittst du eh nur ins Leere.

Lou

Lieber Leo,

es tut mir leid, dass ich dir vor einigen Tagen dieses heftige Gedicht geschickt habe. Aber ich war so wütend, dass du mich offenbar einfach aus deinem Leben gestrichen hast!
Musst du denn gar nicht mehr an mich denken? Inzwischen wünschte ich mir manchmal, ich würde das können: dich einfach aus meinem Leben löschen. Damit es nicht mehr so verdammt weh tut. Und ein andermal wünsche ich mir wiederum, wir hätten die Wahrheit einfach nie erfahren, denn dann wärst du noch immer bei mir …

Deine Lou

Lieber Leo,

ich muss mich korrigieren: Ich möchte dich nicht aus meinem Leben löschen! Ich möchte auf keinen Fall die letzten 21 Jahre vergessen, die wir zusammen hatten. Wir haben so viel Schönes, aber auch so viel Schlimmes erlebt. Wir waren immer füreinander da. Wir haben zusammen den größten Blödsinn geredet, und wir haben zusammen geweint.
Ich kann und will nicht vergessen, was für eine wundervolle gemeinsame Zeit wir hatten. Darum tut es mir sehr leid, dass ich dir geschrieben habe, es hätte dich nie geben sollen. Das wünsche ich mir nämlich nicht wirklich.

Deine Lou

Lieber Leo,

gestern habe ich wieder ein Gedicht geschrieben, weil du mir so fehlst in meinem Alltag. Es gibt so viele Situationen, von denen ich dir gern erzählen möchte, bis mir siedend heiß einfällt, dass du ja gar nicht hier bist. Und ich weiß nicht, ob das irgendwann einmal aufhören wird …

Eigentlich wollte ich dir mein Gedicht mitschicken … Aber es ist so morbide, dass du bestimmt erschrocken wärst. Das wollte ich dir dann auch nicht antun … Vielleicht ahnst du auch so, wie es mir im Moment geht.

Deine Lou

Leo,

Mittlerweile bist du fast zwei Monate weg, und ich habe meine letzte Hoffnung aufgegeben, dass ich jemals wieder etwas von dir höre, geschweige denn, dass du jemals wieder in irgendeiner Form Teil meines Lebens wirst.
Doch auch wenn du mir nie antwortest, hoffe ich zumindest, dass du meine Worte liest und weißt, was ich hier durchlebe, wo du mich offenbar aus deinem Leben getilgt hast. Vermutlich hast du sogar vergessen, dass du einmal nicht nur mein bester Freund gewesen bist, sondern auch mein Halbbruder. Und ich bin so traurig darüber, dass dir nicht einmal mehr das gemeinsame Blut, das zur Hälfte in uns fließt, etwas zu bedeuten scheint …
Ich war diese Woche wieder zweimal bei unserem Dad, und es tut so gut, dass wenigstens er mich auffängt. Beinahe kann ich vergessen, was er uns mit dieser Situation angetan hat, weil er mit seinem Zuspruch einen klitzekleinen Teil dessen abfängt, was du an Leere hinterlassen hast, als du aus meinem Leben verschwunden bist.

Lou

Lieber Leo,

in einem Monat ist Weihnachten. Wie habe ich mich immer gefreut, wenn wir die Lichterketten am Haus angebracht und ich mit dir die bunten kitschigen Plastikkugeln an eurer Magnolie im Vordergarten aufgehängt habe! Wie wir zur Eröffnung des Weihnachtsmarkts gegangen sind und uns jedes Jahr gefragt haben, warum eigentlich. Der Glühwein ist ungenießbar und teuer, die Lebkuchen und Plätzchen und all der andere Süßkram viel zu pappig. Den ganzen Weihnachtsschmuck braucht kein Mensch, weil jeder ohnehin schon so viel Zeug zu Hause hat. Der Kinderchor war gruselig fürs Gehör, und die aufgebaute Krippe superkitschig. Aber jedes Jahr sind du und ich wieder dorthin und sind durchgeschlendert, einfach nur fürs Weihnachtsgefühl und der Romantik wegen. Und manchmal war unser Dad dabei oder meine Mutter. Oder Cara und Antonio, wie letztes Jahr.

In diesem Jahr ist alles anders. In diesem Jahr möchte ich die Buden am Weihnachtsmarkt am liebsten alle verbrennen! In letzter Zeit hatte ich ein paarmal wirklich schräge Gedanken, Leo, und habe mir ernsthaft Sorgen gemacht, dass ich verrückt werden könnte. Aber durch Zufall habe ich einen Psychologie-Podcast gehört (Wie gerne würde ich mit dir gemeinsam meinen neuen Zeitvertreib teilen!), und da wurde dieses Phänomen erklärt, das sich „Thought-Action-Fusion" nennt. Manche Menschen fürchten sich davor, dass ihre schlimmen Zwangsgedanken am Ende tatsächlich in eine Handlung übergehen, was bei dieser Störung zum Glück nicht passiert. Und das hat mich wirklich sehr beruhigt. Ich bin mir also inzwischen sicher, dass ich den Weihnachtsmarkt nicht wirklich abfackeln werde, auch wenn ich es mir so oft bildlich vorgestellt habe, seit ich von der Eröffnung weiß.

Aber eines weiß ich auch: Ich werde definitiv unter keinen Umständen mit irgendjemandem dieses Jahr auf diesen beschissenen Weihnachtsmarkt gehen!

Wie sich wohl Weihnachten auf O'ahu anfühlt? Ob Oma und du schon geschmückt haben? Ob man dort am Strand unter Palmen eine Weihnachtsfeier mit der Familie und allen Freunden feiert? Die Vorstellung finde ich jedenfalls sehr schön.

Ich hoffe, dass du eine tolle Vorweihnachtszeit haben wirst. Du fehlst mir so schrecklich.

Deine Lou

Lieber Leo,

ob der Schmerz in meiner Brust wohl jemals aufhören wird? Mittler-
weile glaube ich nicht mehr daran. Ich habe gestern Nacht ein
Gedicht geschrieben, obwohl ich eigentlich dringend hätte schlafen
sollen, weil ich heute ein wichtiges Referat hatte (das ich übrigens
aufgrund eines kurzzeitigen Blackouts ein wenig versemmelt habe ...)

Vielsagendes Schweigen

Die Narbe sitzt auf meiner Haut und schweigt,
doch was sie dennoch alles zeigt
sehe nur ich allein.

Der Kummer sitzt in meiner Seele und schweigt,
doch was er dennoch an Gift verstreut
spüre nur ich allein.

Der Schrei sitzt in meiner Kehle und schweigt,
doch was er dennoch alles zerreißt
höre nur ich allein.

Die Wahrheit, sie sitzt in den Zeilen und spricht,
und all die Last und all das Gewicht
fühle nur ich allein.

Deine Lou

Lieber Leo,

happy birthday! Alles Liebe zu deinem 23. Geburtstag!
Ich wünsche dir einen tollen Tag, und ich hoffe, du hast ein paar Menschen um dich herum, mit denen du ihn teilen kannst.
Ich weiß, du willst das nicht hören, aber: Ich wünschte, ich könnte dich umarmen und nie mehr loslassen.
Ich vermisse es immer noch, deine Wärme zu spüren und deinen vertrauten Geruch einzuatmen.

Deine Lou

Lieber Leo,

heute Nacht hatte ich einen schrecklichen Gedanken … Ich hatte mit einem Mal so Angst, dass ich deine Stimme vergessen könnte. Dass ich vergessen könnte, wie sich deine Umarmungen anfühlen, wie du riechst und wie du lachst.
Dann habe ich mit klopfendem Herzen meine Bildergalerie geöffnet und durch all die Fotos der letzten Jahre gescrollt. Und dabei die ganze Zeit geweint, weil wir so unglaublich glücklich und perfekt zusammen aussehen.
Eines meiner Lieblingsbilder hab ich dir im Anhang mitgeschickt. Es ist das von meinem 21. Geburtstag im Camper.
Ich wünschte, ich wüsste, ob es dir auch das Herz vor Kummer zerreißt, falls du es dir ansiehst.

Deine Lou

Fröhliche Weihnachten lieber Leo!

Ich bin ehrlich: Am liebsten hätte ich gekotzt, als ich dir diese erste Zeile geschrieben habe. Wie soll Weihnachten fröhlich sein, wenn es sich so anfühlt, als hätte der Grinch all die Weihnachtlichkeit aus dem Leben gestohlen. Aber vielleicht ist die Fröhlichkeit bei dir mittlerweile ja zumindest wieder eingekehrt, wer weiß … Vor ein paar Tagen hatte ich nämlich den furchtbaren Einfall, dass du vielleicht ein Mädchen kennengelernt hast und mich deshalb so einfach vergessen konntest. Und so sehr ich mir auch wünsche, dass du einfach nur glücklich bist, Leo, hat es mir das Herz zerrissen, daran zu denken, dass du mit jemand anderem das teilen könntest, was wir zusammen hatten.
Und noch einmal bin ich heute ganz ehrlich zu dir: Ich weiß wirklich nicht, was ich machen würde, wenn du jemand anderen hättest. Vielleicht würde ich vor Kummer einfach sterben. Oder vielleicht würde es mir helfen, über dich hinwegzukommen und endlich zu begreifen, dass ich mich noch immer an etwas klammere, das keine Zukunft hat …
Leo, ich wünsche dir ein schönes Fest mit deiner Oma und mit wem auch sonst noch.
Meine Mutter hat heute unseren Dad eingeladen, sodass wir zu dritt sein werden. Wie eine richtige kleine Familie *kotz*.
Vielleicht verkrieche ich mich auch einfach in meinem Zimmer, ziehe mir den Quilt über den Kopf und hasse die ganze Welt. Das kann ich ja mittlerweile ziemlich gut. Hab ich sicher von meinem Pseudo-Vater gelernt.
Apropos: Ich habe neulich von meiner Mutter erfahren, dass er wohl demnächst einige Wochen in den Knast wandert, weil er betrunken beim Fahren ohne Führerschein erwischt wurde.
Coole Familie, die ich da habe, oder?
Also in diesem Sinne: Fröhliche Weihachten!

Lou

Lieber Leo,

bei uns beginnt das Neujahr in einigen Stunden – und bei euch erst, wenn es hier bereits elf Uhr am Vormittag ist. Als Kind habe ich das nie begriffen. Und auch wenn ich es mittlerweile natürlich verstehe, finde ich es noch immer ein wenig gewöhnungsbedürftig.

Genauso wie es als kleines Kind für mich nie Sinn ergab, dass du nach deinem Geburtstag im Dezember plötzlich zwei Jahre älter als ich warst und dann auf einmal wieder nur noch eines, wenn ich ein halbes Jahr später im darauffolgenden Juli Geburtstag hatte. Witzig, oder nicht?

Cara hat darauf bestanden, dass ich mit ihr, Antonio, Isa sowie Leah und Tim ins neue Jahr starte. (Ja, Leah und Tim sind mittlerweile ein Paar, nachdem sie sich nach Antonios Sommer-Party etliche Male getroffen haben.)

In einer halben Stunde werde ich abgeholt. Ich freue mich keineswegs. Ich gehe einfach nur hin, weil ich sie nicht enttäuschen will und meine Mutter darauf besteht, dass ich mal wieder öfter das Haus verlasse.

Ich wünsche dir trotzdem einen guten Rutsch!

Deine Lou

Hallo Leo,

ich schreibe dir, obwohl ich ziemlich blau bin, und irgendwie finde ich das urkomisch. Keine Ahnung, warum. Ich glaube, weil ich bisher noch nie dermaßen betrunken gewesen bin und erst recht noch nie in diesem Zustand eine E-Mail an jemanden geschrieben habe. Isa und ich haben uns als elende Singles unter zwei Pärchen mit Alkohol betäubt, und ich spüre jetzt schon die Folgen meines Exzesses, der mir in ein paar Stunden womöglich die schlimmsten Kopfschmerzen meines Lebens bescheren wird. Aber für den Moment tat das Vergessen und Pseudo-Fröhlichsein einfach gut.

Doch als ich vor drei Stunden, also um zwei Uhr nachts, meine Mutter angerufen habe, um ihr ein supertolles Neues Jahr zu wünschen, war sie stinksauer, weil ich mich so zulaufen habe lassen. Ich

weiß, dass das nicht cool ist, Leo. Ich will sie weder an meinen Pseudo-Vater erinnern, noch will ich wie er sein. Aber es ist ja auch nur
einmal passiert seit … na ja, seitdem du dich aus dem Staub gemacht
hast. Und ich denke, dass man das vollkommen verstehen kann. Ich
habe es so satt, immer vernünftig zu sein! Mein ganzes Leben lang
war ich immer die brave, liebe Lou! Ich hasse das!!! Ich will mal
etwas Verrücktes tun. Etwas, das gar nicht zu mir passt. Zum Beispiel einen One-Night-Stand haben. Ja, das wird mein Vorsatz fürs
neue Jahr, Leo. Ich werde einen One-Night-Stand haben. Vielleicht
ist der Sex mit ihm so geil, dass du dagegen total abstinkst! Vielleicht küsst er mich besser und kanns mir noch schneller besorgen als
du!
SCHEISS AUF DICH LEO, dass du es nach fast vier Monaten
immer noch nicht geschafft hast, dich bei deiner HALBSCHWESTER
zu melden!
Und ich werde diese Mail auch nicht mit meinem Namen unter-
schreiben, so sauer bin ich gerade. Aloha, auf Nimmerwiedersehen!

Lieber Leo,

es tut mir leid, was ich heute in den Morgenstunden da an dich
geschrieben habe. Entschuldige, dass ich dich so beschimpft habe.
Vielleicht kannst du mir verzeihen und es einfach auf meinen alkoho-
lischen Ausnahmezustand schieben. Ich denke, die höllischen Kopfschmerzen und die Übelkeit, die ich bis vorhin hatte, habe ich nach
dieser Mail an dich redlich verdient.

Deine Lou

Lieber Leo,

ich bin kurz nach Neujahr vor knapp einer Woche beim Arzt gewesen, und er hat festgestellt, dass ich schwanger bin … Haha, natürlich nicht – war nur ein kleiner vorgezogener April-Scherz! Ich hoffe, du hast beim Lesen jetzt keinen Herzinfarkt bekommen. Sorry … aber manchmal bin ich immer noch so wütend auf dich, dass ich nicht anders kann, als ein bisschen Rache für dein Verschwinden zu üben.

Beim Arzt bin ich aber tatsächlich gewesen, und er hat mir ein Antidepressivum verschrieben. Hoffentlich hilft es bald, denn ich fühle mich immer noch so beschissen wie die ganzen vergangenen Monate. Wenigstens konnte ich meine Mutter beruhigen, aktiv etwas gegen meine schlimmen Gedanken unternommen zu haben.

Sie will auch, dass ich zu einer Psychotherapeutin gehe, aber gerade habe ich dazu überhaupt keine Lust. Vielleicht lasse ich mich zumindest auf die Warteliste setzen – du weißt ja, wie elend lange man ohnehin immer auf einen Therapieplatz warten muss. Absagen kann ich dann immer noch.

Ich stelle mir schon das Gesicht der Therapeutin vor, wenn ich ihr darauf antworte, was mich zu ihr geführt hat.

»Wissen Sie, ich liebe meinen Halbbruder so sehr, dass ich nicht ohne ihn leben kann. Ach ja, und ich habe einige Male mit ihm gevögelt.«

Ich frage mich, ob sie uns dann der Polizei melden würde, um uns überwachen zu lassen, oder ob das noch unter ihre Schweigepflicht fallen würde. Fast brennt es mir unter den Fingernägeln, das einfach mal auszuprobieren.

Tja, falls du gedacht hast, dass meine Morbidität mit meinem Antidepressivum zusammen verschwunden ist, hast du hier den Beweis, dass dem offenbar nicht so ist.

Deine Lou

Lieber Leo,

nach fünf Wochen habe ich das Antidepressivum abgesetzt, weil ich
keine Besserung gespürt habe. Sicher hätte ich länger durchhalten
müssen, oder es war der falsche Wirkstoff für mich und ein anderes
wäre effektiver gewesen. Aber im Moment will ich kein Versuchs-
kaninchen mehr sein. Die letzten Wochen bin ich beinahe wie im
Delirium gewesen, habe mich so furchtbar benebelt gefühlt. Und an
vieles kann ich mich nur noch vage erinnern. So muss es sich
anfühlen, wenn man unter Dauer-Hypnose steht.
Außerdem habe ich massive Schlafstörungen und übelste Restless-
Legs-Probleme von diesen Pillen bekommen. Ich hoffe, dass sie anderen Menschen besser helfen als mir, denn für irgendjemanden haben
sie bestimmt ihre Daseinsberechtigung.
Ich muss einfach den Kopf frei haben, um noch mehr für die Klausuren des Wintersemesters zu lernen. Zum Glück habe ich immer, so
gut es ging, mitgelernt, sodass ich nicht komplett von vorne
anfangen muss.

Gestern habe ich beschlossen, jetzt endgültig damit aufzuhören, dir
die Ohren vollzujammern, dass wir zusammen sein sollten. Ich weiß,
dass du das nicht hören willst, weil du dich so sehr dafür zu schämen
scheinst, was an Intimitäten zwischen uns war. Und ja, ich kann
dich ein bisschen verstehen. Es ist manchmal immer noch strange,
darüber nachzudenken. Aber da ich glaube, dass du nicht so locker
damit umgehen kannst wie ich, werde ich es ab jetzt sein lassen, uns
immer noch zusammen zu wünschen.
Wenn ich nur wenigstens meinen Bruder zurückhaben könnte, damit
ich mich nicht mehr so einsam fühle … Es kommt immer noch so
häufig vor, dass ich mich in den Schlaf weine, dass ich mittlerweile
schon selbst ganz genervt davon bin.

Deine Lou

Lieber Leo,

heute ist es exakt ein halbes Jahr her, dass du gegangen bist. Und ich kann es gar nicht glauben, weil ich nie gedacht hätte, dass ich überhaupt nur eine ganze Woche ohne dich sein könnte.

Scheinbar mache ich meinem Namen doch alle Ehre – auch wenn ich nicht weiß, woher mein Unterbewusstsein diesen Kampfgeist nimmt, um meinen Körper so weit am Laufen zu halten, dass ich noch immer lebe.

Was du wohl machst? Ob du arbeiten gehst, Geld verdienst? Ob du dich äußerlich verändert hast?

Manchmal tagträume ich, dass du in den frühen Morgenstunden bei Tagesanbruch am Strand stehst, während die Sonne, die gerade über den Horizont klettert, deinen Teint in einen noch wärmeren Ton taucht. Du legst deine Hand an die Stirn, um die Sonnenstrahlen abzuschirmen, und blickst auf die sanften Wellen hinaus. Dann nimmst du dein Surfbrett unter den Arm und rennst auf das Wasser zu, wo die Tropfen an deinen Beinen nach oben spritzen. Du wirfst das Board aufs Meer, legst dich mit dem Oberkörper darauf und fängst mit den Armen an zu paddeln.

Wenn du die Brandung überwunden hast, lässt du dich auf dem Board sitzend ein paar Meter im Wasser treiben und schließt die Augen, während du die Morgensonne in dir aufsaugst ... Das ist, wie ich mir dich so oft vorstelle. Weil es so gut zu dir passen würde, Leo.

Bei uns gab es in den letzten Tagen das erste Mal über 10 Grad, und es hat sich schon fast sommerlich angefühlt, so warm kam es mir nach dem nochmaligen Wintereinbruch im letzten Monat vor. Ich musste googeln, wie das Wetter bei dir ist, und habe gelernt, dass bis April ebenfalls „hooilo" ist mit etwa 23 bis 25 Grad. Wie schön wäre es, wenn es bei uns beinahe konstant diese Temperaturen haben könnte! Die Winter sind mir Frostbeule hier immer zu kalt, und die Sommer werden durch die Klimakrise von Jahr zu Jahr unerträglicher ... Aber das weißt du ja alles.

Hab einen schönen restlichen hooilo!

Deine Lou

Lieber Leo,

manches ändert sich wohl nie – Cara ist immer noch unmöglich!
Obwohl ich gerade kaum Gehirnkapazität für irgendwas anderes als
die zwei letzten bevorstehenden Klausuren habe, hat meine Freundin
mir gestern während unseres Lerntreffs heimlich eine Dating-App
auf mein Smartphone heruntergeladen und mir ein Profil angelegt.
Sie meinte, dass sie gerne mal wieder mit einem normalen Pärchen
auf Tour gehen wollen würde, weil ihr Leah und Tim mit ihrer stän-
digen On-Off-Beziehung viel zu anstrengend geworden sind.
Ich wollte die App sofort wieder löschen. Aber sie hat darauf bestan-
den, dass ich dringend ein bisschen Ablenkung bräuchte und es ja
nichts schaden würde, die App erstmal auf dem Handy zu lassen.
Außer dass sie mir unnötigen Speicher kostet, weiß ich ehrlich gesagt
gar nicht, was ich damit soll. Vielleicht lösche ich sie später doch ein-
fach wieder. Ist ja ansonsten echt albern, weil sie haargenau weiß,
dass ich überhaupt nicht bereit bin, in den nächsten hundert Jahren
jemanden kennenzulernen …

Deine Lou

Kapitel 20 ✿ Ablenkung

»Na, hast du seit letzter Woche mal irgendwann in der App mit jemandem geflirtet?«, flüstert Cara, als wir in der Uni-Bibliothek sitzen, um zu lernen.

Ich verdrehe die Augen. »Nein, natürlich nicht.«

»Ach, Lou! Lass uns später einen Kaffee im Augustin trinken gehen und mal was anderes machen, als ständig nur zu büffeln. Das wird bestimmt ein aufregender Spaß, die ganzen Boys durchzusehen.«

Ihr Enthusiasmus lässt mich grinsen.

»Du kannst nicht *nein* sagen! Ich bin jetzt seit beinahe zwei Jahren mit Toni zusammen und weiß schon gar nicht mehr, wie es ist, ein erstes Date zu haben.«

»Ich werde bestimmt kein Date haben!«, rufe ich empört aus und merke, dass das für unsere Location gerade etwas zu laut gewesen ist. Ein paar Kommilitoninnen drehen sich neugierig zu uns um. »Wir reden später«, flüstere ich Cara zu.

»Wie aufregend!« Sie reibt sich blöd grinsend ihre Hände vor ihrem Gesicht, und ich verpasse ihr einen leichten Schlag auf ihren Arm.

Nach dem intensiven Vormittag in der Uni fahren wir in die Stadt und laufen vom Parkhaus durch die idyllische Fußgängerzone bis zum Augustin. Wir haben Glück, und es ist noch exakt ein Tisch im Innenbereich frei. Ich ziehe meinen Wintermantel aus und hänge ihn um den Stuhl.

»Ich gebe heute einen aus!«, flötet Cara. Ihre Fröhlichkeit ist der krasse Kontrast zu meiner seit Monaten vorherrschenden Melancholie, und ich frage mich öfter, wie lange sie den Lou'schen Trauerkloß wohl noch duldet, bevor sie mir den Laufpass gibt. Aber da sie eine gute Freundin ist, ist sie äußerst geduldig mit mir und versucht fast immer, mich aufzuheitern, auch wenn es ihr nicht ständig gelingt. Ich frage mich manchmal immer noch, wann in meinem Leben mal wieder so etwas wie „Normalität" einkehrt, und ob es das jemals überhaupt wieder geben wird.

»Was möchtest du für einen Kuchen?«, will sie wissen und linst nach dem Tresen in einigen Metern Entfernung. »Ich glaube, es gibt heute Apfelstreusel, Schokotarte, Kirschkuchen und noch was mit Sahne.« Sie blickt wieder zu mir zurück.

Ich zucke mit den Schultern. »Mir egal.«

»Gut, dann hätten wir das geklärt: Schokotarte also.«

Ich kann nicht anders, als grinsen zu müssen. »Bitte einen Cappuccino dazu.«

»Kommt sofort.« Sie fischt ihren Geldbeutel aus ihrer Tasche und stellt sich an die Theke.

Ich werfe den Blick auf das Regal neben mir und lese die Buchtitel, die dort als Lese-Exemplare ausliegen.

»Liebeskummer überwinden in 100 Tagen – so wird aus Traurigkeit wieder mehr und mehr Lebensfreude«

»Beziehung retten – was hilft, um die Krise zu überwinden«

»Liebe kennt keine Grenzen« – Oh doch, das tut sie …

Cara kommt mit zwei Tellern Kuchen zu unserem Tisch und folgt meinem Blick. Dann dreht sie jeden einzelnen Buchtitel einfach um. Sie ist eben eine wahre Freundin.

Ich will aufstehen und ihr helfen, unsere Getränke zu holen, doch sie winkt ab. Als sie wieder zurückkehrt, nehme ich ihr die Kaffeetassen ab.

»Danke schön für deine Spende.«

»Gern.«

Sie pikst die Gabel in ihren Kirschkuchen und lässt den Bissen geräuschvoll genießend in ihrem Mund verschwinden.

»Gib mal dein Handy her«, fordert sie mich auf.

»Du hast das auch noch wirklich ernst gemeint«, seufze ich.

»Klar, was dachtest du denn? Dass ich mich erst heiß mache und mir dann doch wieder den Spaß verderbe?«

Ich entsperre mein Smartphone und lege es in ihre ausgestreckte Hand. Mit fast schon kindlicher Vorfreude öffnet sie die App und sieht sich die jungen Männer der Reihe nach an.

Ich verdrehe die Augen und schüttle den Kopf, während ich meine Schokotarte probiere.

»Da! Der hier ist doch ganz süß! Den könnte ich mir als neues Mitglied in unserem *wolf pack* vorstellen.«

Sie hält mir das Display hin, das einen Typen mit blonden Haaren zeigt, die im Nacken zu einem Dutt zusammengefasst sind.

Ja, er sieht gut aus, unbestritten, aber … »Mann, Cara!«, jammere ich.

»Du hast kurz interessiert geschaut, also nehme ich ihn mal auf die Positiv-Liste.« Sie sieht sich eine Reihe weiterer Profile an, bis sie wieder jemanden entdeckt hat, der ihr für mich vermeintlich gut gefällt. »Was sagst du zu dem hier?«

Ich nehme ihr das Gerät aus der Hand und setzte die Displaysperre. »Feierabend!«

»Lou«, schimpft sie. »Du elende Spielverderberin!«

Wir essen unseren Kuchen und reden noch ein wenig über die letzte Klausur, die übermorgen stattfindet.

»Ich kann gar nicht glauben, dass am Wochenende bereits das dritte Semester vorbei sein soll.«

»Geht mir genauso. Wenn wir Steuerlehre doch nur schon hinter uns hätten …«, stöhne ich, weil ich an meine ellenlange Zusammenfassung des Stoffs zu Hause denke.

»Mal was anderes: Schreibst du Leo eigentlich noch?«

»Ja, aber meine letzte Nachricht ist schon einige Tage her. Langsam komme ich immer mehr zu dem Schluss, dass meine einseitigen Mails eine ziemlich blöde Idee sind. Da kann ich auch gleich Tagebuch schreiben, wenn in über sechs Monaten keine einzige Nachricht von ihm zurückkommt …« Ich kann die Enttäuschung und Traurigkeit nicht verbergen, die aus meiner Stimme spricht.

»Tut mir leid, Lou. Ich kann mir vorstellen, wie deprimierend das sein muss. Wenigstens konntest du dir so den Frust ein bisschen von der Seele schreiben … Sorry, wenn ich dich jetzt wieder nachdenklich gemacht habe, das war nicht so feinfühlig von mir.«

»Macht nichts.« Ich schenke ihr ein tapferes Lächeln.

Als ich nach dem Abendessen den Stoff für die Klausur wiederholt habe, fläze ich auf meinem Bett und überlege, ob ich zu meiner Mutter nach unten gehen soll, um mit ihr eine neue Serie auszusuchen. Doch als ich mich gerade aufschwingen will, poppt eine Benachrichtigung der Dating-App auf meinem Smartphone auf.

Sie haben eine neue Nachricht von Joshua25.«

Ich runzle die Stirn und tippe auf die Push-Meldung.

»Hallo LaLeLou. Sag mal, weißt du, was man so schreibt, wenn man das erste Mal in einem Dating-Portal aktiv ist? Ich bin hier total aufgeschmissen, befürchte ich. Mein Kumpel hat mir ein Profil angelegt und mich genötigt, jemandem zu texten. Deshalb bist du

jetzt mein Test-Objekt. Liebe Grüße, Joshua25«

Ich lege das Handy wieder beiseite, doch ich muss grinsen, weil ich die Ehrlichkeit von „Joshua25" so charmant finde. Vorausgesetzt es stimmt natürlich, was er geschrieben hat. Bei solchen Kennenlern-Seiten weiß man ja leider nie, wer einem virtuell gegenübersitzt.

Als ich mein Display wieder entsperre und die Nachricht noch einmal öffne, wundere ich mich über mich selbst. Ich seufze tief durch und klicke tatsächlich auf „antworten". Was solls. Ich bin scheinbar gerade über jede Ablenkung von Leo und dem grauenhaften Lernstress dankbar.

»Hi Joshua25, dann würde ich mal sagen, dass wir schon zwei Gemeinsamkeiten haben. Ich wurde ebenfalls zwangsweise von meiner Freundin angemeldet und habe genauso wenig Ahnung wie du, wie das hier ablaufen könnte. Aber so schwer kann das eigentlich nicht sein, oder? Wir schreiben uns ja bereits erfolgreich.«

Ich lege mein Handy wieder beiseite und frage mich, was ich hier gerade allen Ernstes tue. *Vielen Dank, Cara ...*

Was Leo wohl denken würde? Wäre er eifersüchtig, wenn er wüsste, dass ich hier einem anderen Mann Nachrichten schicke? Ich bemerke mein unheimlich schlechtes Gewissen. Es fühlt sich irgendwie so an, als würde ich ihm fremdgehen.

Wir beide werden und dürfen niemals wieder Realität werden. Wann begreife ich das endlich?!

Ich blinzle die Tränen eilig weg, schiebe die Erinnerungen an Leo beiseite und stehe von meinem Bett auf. Ohne das Handy mitzunehmen, gehe ich ins Wohnzimmer zu meiner Mutter, die sich freut, dass ich mich nach dem Lernen doch noch einmal blicken lasse. Wir suchen uns eine Fantasy-Serie aus und starten sie. Für die nächsten eineinhalb Stunden denke ich zum Glück nur selten an Leo.

Kurz vor dem Schlafengehen werfe ich dann doch nochmal aus Neugierde einen Blick auf mein Handy. Joshua hat mir vorhin zurückgeschrieben.

»Ja, da hast du wohl recht, die ersten Schritte sind getan. Jetzt stellt sich nur noch die Frage, was man jemandem schreibt, wenn man eigentlich noch gar nicht bereit ist für eine neue Beziehung?!«

Ich lache leise und antworte ihm: *»Du bist offenbar genauso kaputt wie ich. Ich komme über meinen Ex auch nicht hinweg.«*

»Tja, dann könnten wir jetzt eigentlich aufhören zu schreiben, weil wir den Sinn dieser App hier komplett verfehlen, oder? Aber

ehrlich gesagt tut mir ein bisschen Ablenkung gerade wirklich gut.«

»Du sprichst mir aus der Seele! Ist Joshua eigentlich dein richtiger Name, wenn ich fragen darf? Er gefällt mir jedenfalls.«

»Wenn ich jetzt NEIN sage, wird das peinlich für mich, oder? Aber, ja, es stimmt tatsächlich, ich heiße Joshua. Schön dass dir mein Name gefällt. Und ist LaLeLou denn DEIN richtiger Name? Ich meine, heutzutage weiß man ja nie, was bei den Standesämtern alles in Geburtsurkunden geschrieben werden darf.«

Ich muss lachen. Dann überlege ich kurz, beschließe aber, ihm nicht meinen richtigen Namen zu verraten. Ich bin ja ohnehin nicht auf etwas Ernsthaftes aus.

»Nein, meine Eltern sind zum Glück bodenständig. Ich heiße Sophia. Meine Freundin hat das Pseudonym erfunden, weil ihre Oma ihr früher immer das entsprechende Einschlaflied vorgesungen hat.«

»Sophia finde ich ebenfalls sehr schön, auch wenn man Komplimente ja eigentlich nicht immer sofort zurückgeben soll, ich weiß. Aber ich kann dir immer noch versichern, dass ich ja eh nichts von dir will. Von daher habe ich es gar nicht nötig, mich einzuschleimen. Wir können also ganz unaufgeregt schreiben ohne jegliche Hintergedanken.«

»Dann bin ich beruhigt! Was machst du heute noch Schönes, wenn du nicht gerade Komplimente verteilst?«

»Ich werde vermutlich wie immer in Selbstmitleid versinken und der Liebe meines Lebens nachtrauern. Und wie sieht es bei dir aus?«

»Ähnlich. Wie lange ist es denn bei dir her?«, will ich von Joshua wissen.

»Viel zu lange schon. Ich frage mich, wann dieser elende Liebeskummer endlich mal aufhört.«

»Same here. Ich habe die Hoffnung verloren, dass ich jemals über ihn hinwegkomme. Es tut immer noch so weh, wenn ich an ihn denke. Kennst du dieses Stechen im Herzen, wenn du an sie denkst?«

»Zu gut. Ich muss immer daran denken, wie sie sich anfühlt, wie sie riecht, wie sie schmeckt ... Ich weiß, dass das Selbstgeißelung ist und nicht guttut. Aber ich kann nicht damit aufhören.«

»Ich weiß genau, wovon du sprichst. Er fehlt mir so unendlich, dass ich immer noch keine Ahnung habe, wie ich ohne ihn leben soll ...«

»Gott, hör uns mal zu! Wir sind so jämmerlich, weißt du das, Sophia? Wollen wir nicht überlegen, von der Dating-App in eine Selbsthilfe-App zu wechseln?«

Ich lache amüsiert auf, weil es echt schräg ist, was hier gerade zwischen uns in einer sogenannten „Dating-App" stattfindet. »*Das stimmt. Wirklich erbärmlich, wir beide. Liest hier eigentlich jemand mit? Wenn ja, könnten sie uns vermutlich in Kürze einfach den Account sperren.*«

»*Haha, ich mach mich darauf gefasst. In dem Sinne sag ich vorsichtshalber schon mal „Ciao". Es hat mich sehr gefreut, mit dir geschrieben zu haben.*«

»*Fand ich auch. Ich gehe jetzt aber tatsächlich schlafen, Joshua. Wir können ja wann anders wieder schreiben – vorausgesetzt wir werden weder gesperrt, noch sterben wir vor Liebeskummer nicht doch einfach eines Nachts.*«

»*Ausgeschlossen ist beides nicht. Gute Nacht, Sophia, und bis vielleicht bald!*«

Ich gehe ins Bad, mache mich bettfertig und lege mich schlafen. Eine Weile noch liege ich wach und denke über diese seltsame Begegnung in meiner App nach. Es war schön, ein bisschen Spaß gehabt zu haben, aber wieder schlafe ich erst nach einer Ewigkeit mit Tagträumen von Leo ein.

Am darauffolgenden Nachmittag warte ich auf Cara, die in der Uni-Bibliothek noch etwas nachlesen wollte, und sitze in der milden Frühlingssonne alleine auf einer Bank in der Nähe des Campus. Ich stoße prustend die Luft aus, weil ich gerade einmal wieder einige Themen aus meinem Skript wiederholt habe und dabei feststellen musste, dass für morgen noch nicht alles hundertprozentig sitzt.

Ein Pling meines Handys erlöst mich von meinem Elend. Ich schaue auf mein Display und sehe, dass ich in der Dating-App eine neue Nachricht von *AdonisAndi* erhalten habe.

»*Hey Schnecke, sexy Profilbild. Geht mit uns heut noch was?*«

Sein Foto zeigt ihn – falls er das tatsächlich sein sollte – im Fitness-Studio beim Gewichtheben. Er ist unnatürlich aufgepumpt und grinst superschmierig. Angewidert verziehe ich mein Gesicht. Meine Vorurteile, was solche Kennenlern-Seiten anbelangt, wurden gerade in jeglicher Hinsicht bestätigt.

Und das mit meinem „sexy Profilbild" ist die plumpeste Anmache überhaupt, denn Cara hat mir extra eines ausgesucht, auf dem ich weder Ausschnitt zeige noch vollständig zu erkennen bin, da es lediglich das Seitenprofil meines Gesichts zeigt. Wenn das bei mir schon reicht, um sexy zu wirken, dann sollte ich meine Eigenwahrnehmung vielleicht wirklich mal überdenken – oder lieber solche Typen wie *AdonisAndi* schlichtweg ignorieren.

Ich klicke Joshuas Bild an und betrachte seine schemenhafte Silhouette, die ihn beim Camping gen Sonnenuntergang schauend zeigt und damit das komplette Gegenteil vom selbstdarstellerischen *AdonisAndi* ist. Für einen Moment überlege ich, Joshua zu schreiben, entscheide mich aber dann dagegen, weil ich es albern finde.

»Hey Lou!« Cara winkt mir aus der Ferne und kommt auf mich zugelaufen. Sie hat einen Ordner unter ihren Arm geklemmt. Aus ihrem minikleinen blonden Pferdeschwanz, den sie nur selten trägt, haben sich die kurzen vorderen Haarpartien bereits gelöst und fallen ihr halb ins Gesicht.

Ich lege mein Handy auf der Bank ab, schließe das Skript auf meinem Schoß und ziehe den Rucksack zu mir.

»Oh Lou! Was sehen meine neugierigen Augen denn da?« Cara wirft einen Blick auf mein Smartphone. Ehe ich es verhindern kann, hat sie es sich bereits geschnappt und schaut auf Joshuas Profilbild.

»Cara!« Ich versuche, ihr das Smartphone aus der Hand zu nehmen, aber sie dreht sich von mir weg.

»Moment, habt ihr euch etwa sogar geschrieben?« Als sie auf die entsprechende Karteikarte mit dem Chatverlauf geklickt hat, schaffe ich es endlich, ihr das Gerät aus den Händen zu nehmen.

»Ja, haben wir.«

»Ooooh! Wie aufregend! Und? Erzähl!«

Ich grinse sie an. »Da gibts nicht viel zu erzählen, okay? Er wurde ebenfalls von seinem Kumpel zwangsweise angemeldet, und wir heulen uns gegenseitig die Ohren über unsere vergangene Beziehung voll.«

»Das ist nicht dein Ernst!? Du sollst jemanden kennenlernen und versuchen über Leo hinwegzukommen!«

Das Lächeln verschwindet aus meinem Gesicht. Ich lasse die Schultern hängen. »Kann ich aber nicht.«

»Lou, mein Schatz«, sie fasst mich an den Schultern, während wir in Richtung ihres Autos laufen, »es ist jetzt über ein halbes Jahr her. Ich möchte mir nicht vorstellen, wie schwer das für dich sein muss. Wirklich nicht. Ich weiß, dass Leo dir alles bedeutet. Immer noch. Aber du musst langsam wenigstens versuchen, mit deinem Leben weiterzumachen.«

»Ich befürchte, das kann ich nicht. Es fühlt sich an, als ob mein Herz immer noch stillsteht, als ob meine Seele unvollständig ist. Ich weiß selbst, wie bescheuert sich das anhört, du brauchst es mir nicht zu sagen.«

»Das wollte ich nicht, wirklich. Weißt du, einerseits bricht es mir das Herz zu sehen, wie du leidest. Und auf der anderen Seite bin ich auch ein wenig neidisch auf dich, auch wenn das überhaupt nicht passend erscheint.«

»Neidisch? Warum solltest du denn neidisch sein?«

»Weil du das Gefühl kennst, jemanden bedingungslos zu lieben und zurückgeliebt zu werden. Jemanden hast, der dein Seelenverwandter ist. Auch wenn eure Situation unglaublich beschissen ist. Aber eine tiefe innere Verbundenheit, wie Leo und du sie haben, gibt es glaube ich nicht oft auf der Welt. Ihr standet euch schon immer so nahe, dass absolut nichts zwischen euch gepasst hat.«

Ich ächze und lege meinen Kopf in den Nacken. »Oh Cara, das ist so lieb, was du sagst, aber das hilft mir gerade kein Stück weiter ...«

»Ich weiß. Tut mir leid ... Dann erzähl mir noch ein bisschen was über diesen App-Typen. Willst du ihm wieder schreiben?«

»Mal sehen.«

»Das ist ja schon beinahe ein Freudenschrei aus deinem Mund! So viel Positivität auf einmal habe ich schon lange nicht mehr von dir gehört.«

Ich gebe ihr einen kleinen Schubs mit meiner Hüfte, bevor ich auf die Beifahrertür ihres Autos zugehe.

Als ich gegen neun am Abend mit dem Lernen durch bin und meine Augen vor Anstrengung bereits ganz schwer sind, zeigt mein Handy den Eingang einer Mitteilung an. Es ist Joshua.

Ich lege meinen Lernstoff auf den Schreibtisch und öffne im Bett sitzend seine Nachricht.

»*Sophia, wie war dein Tag heute? Richtig mies oder halbwegs erträglich?*«

Ich muss grinsen, weil ich unseren Sarkasmus irgendwie mag.

»*Teils, teils. Meine Freundin hat mir heute gestanden, dass sie neidisch auf das ist, was ich mit meinem Ex hatte. Dass es diese —*

O-Ton – tiefe innere Verbundenheit zwischen uns sicher nicht oft auf der Welt geben würde.«

Seine Antwort lässt auf sich warten, sodass ich die Gelegenheit nutze, um im Erdgeschoss etwas zu trinken zu holen und meiner Mutter eine „Gute Nacht" zu wünschen.

Als ich zurückkehre, hat Joshua geschrieben. *»Autsch. Nicht sehr hilfreich. Und sicher unheimlich schmerzhaft für dich, wenn deine Freundin tatsächlich recht hat.«*

»Hat sie leider …«

»Schweigeminute«, schreibt er, und ich muss auflachen, obwohl ich innerlich relativ aufgewühlt bin. Nach kurzer Zeit kommt eine neue Nachricht. *»Gehts wieder?«*

»Ich liebe deinen Sarkasmus«, tippe ich zurück.

»War das etwa schon wieder ein Kompliment? Was ist nur mit uns los? Wir steuern ja geradewegs auf einen Flirt zu, oder?«

»Nie im Leben flirten wir! Wir hätten ein viel zu schlechtes Gewissen unseren Ex-Partnern gegenüber.«

»Das heißt, wir würden uns ohnehin nie treffen wollen?«, schreibt Joshua.

»Auf keinen Fall! Ich würde dich sowieso die ganze Zeit über nur mit meinem Ex vergleichen und du mich mit deiner Ex. Das könnte echt schräg werden.«

»Stell dir vor, wir würden anschließend bei einem One-Night-Stand im Bett landen! Wir hätten definitiv das Licht aus, damit wir uns unseren Fantasien hingeben könnten, und du würdest seinen Namen stöhnen und ich ihren. Das wäre super weird, oder?«

»Omg, sowas von!« Ich muss bei der Vorstellung lauthals auflachen.

»Aufgepasst, jetzt kommt ein Fun Fact für dich, halte dich gut fest oder setz dich hin, falls du stehst!«

»Ich sitze im Bett, kann also nichts passieren. Leg los!«, schreibe ich erwartungsvoll.

»Du wirst es nicht glauben, aber genau das ist mir neulich passiert. Ich dachte, es wäre eine gute Idee, den Kopf mal frei zu bekommen und sich nicht an die Vergangenheit zu klammern. Und da war dieses Girl, das mir in meinem Lieblings-Café morgens immer wieder über den Weg läuft. Wir hatten ein nettes Abendessen, und als ich sie heimgebracht habe, ist sie in die Offensive gegangen und hat mich in ihre Wohnung gezogen. Wir haben rumgemacht, und es war superheiß! Aber ich Honk musste pausenlos an meine Ex denken. Das kam mir meinem Date gegenüber so unfair vor, dass ich

jetzt noch ein schlechtes Gewissen habe. Seitdem grüßen wir uns wieder nur noch jeden Morgen im Café, als wäre nie was gewesen …«

»*Oh je, die Arme. Das hatte sie echt nicht verdient.*«

»*Danke, dass du mich aufbaust, Sophia …*«

»*Tut mir leid! Ich wollte dir nicht den Tag verderben.*«

»*Hast du zum Glück nicht. Er war ja schon kurz nach dem Aufstehen scheiße.*«

»*Oh sorry, ich hatte vorhin gar nicht zurückgefragt, wie es DIR geht*«, entschuldige ich mich.

»*Macht nichts. Es kann eh nicht noch schlimmer werden.*«

Schmunzelnd tippe ich zurück: »*… schrieb er, und sie entgegnete, dass sie ihn mit seinem Kummer nun allein lassen würde, weil sie jetzt dringend schlafen gehen sollte.*«

Als ich seine nächste Nachricht lese, freue ich mich amüsiert, weil er das Spiel mitspielt.

»*Oh no … dachte er und ließ resigniert das Handy sinken.*«

»*Morgen Früh wird alles besser, baute sie ihn auf.*«

»*Dein Wort in Gottes Ohr, erwiderte er und wünschte ihr anschließend eine gute Nacht.*«

Ich grinse über das ganze Gesicht, während ich ihm noch einmal zurücktexte. »*Hab ebenfalls eine gute Nacht, schrieb sie, während sie sich vor Lachen den Bauch hielt.*«

»*Bye, bis vielleicht morgen, verabschiedete er sich und wünschte sich, er könnte ebenfalls so unbeschwert lachen wie sie.*«

Ich kann mich nicht erinnern, wann ich mich das letzte Mal seit Leos Verschwinden so gelöst gefühlt habe wie beim Chatten mit Joshua.

Kapitel 21 ✿ Ahnungslosigkeit

Lieber Leo,

ich habe in den letzten Tagen jemanden über diese komische Dating-App kennengelernt, die Cara mir installiert hat. Ich habe wirklich lange überlegt, ob ich dir davon erzählen soll, aber ich glaube, ich schreibe dir das jetzt vor allem deshalb, weil ich mir erhoffe, dass du zumindest mit einer eifersüchtigen Mail reagierst. Oder mich warnen könntest, nichts Unüberlegtes zu tun, mich bei Cara abzumelden oder mich nur in der Öffentlichkeit mit ihm zu treffen, falls wir das vorhätten.

Doch vielleicht ist dir mittlerweile sogar egal geworden, wenn mich jemand mit K.O.-Tropfen abschleppen würde …

Denn ich habe ÜBERHAUPT KEINE AHNUNG, was du über mich, über uns denkst. Du lässt mich komplett im Regen stehen, und das ist so unfassbar … Leo, mir fehlt sogar ein Wort, um das zu beschreiben, was es mit mir macht, wenn du mich so ignorierst. Wenn du willst, dass ich dich nicht bis an mein Lebensende abgrundtief hasse, dann schreib mir in nächster Zeit zumindest eine Zeile zurück. Nein, mir würde sogar ein einziges Wort reichen! Oder antworte von mir aus ohne Text auf diese verdammte Mail, aber antworte mir einfach!!

Leo, ich bin so verdammt verzweifelt! Wie kannst du es übers Herz bringen! Wenn das dein absoluter Ernst ist, dann erkenne ich dich nicht wieder … Denn dann frage ich mich, wohin der Leo verschwunden ist, dessen Herz so groß war, dass er alles Leid der Welt darin hätte aufnehmen können und am liebsten alle hätte trösten wollen, denen es schlecht geht. Wohin ist dieser Leo verschwunden?

Lou

Lieber Leo,

sorry, dass ich dich gestern mit der Mail so provoziert habe. Ich habe alles ernst gemeint – bis auf das mit den K.O.-Tropfen … Ich weiß natürlich, dass es einem guten Menschen niemals egal wäre, wenn jemandem so etwas zustoßen würde. Tut mir leid, dass ich mal wieder in meiner Wut über die Stränge geschlagen habe.

Ich habe heute wieder mit meiner App-Bekanntschaft geschrieben, und es tut so gut, mich mit jemandem auszutauschen, auch wenn keine ernste Absicht dahinter steckt. Wir haben so irrwitzige Chats, Leo, weil er unter Liebeskummer leidet und seine Stimmung momentan genauso im Keller ist wie meine eigene. Wir sind in dieser Hinsicht also auf einer perfekten Wellenlänge.

Die letzte anstrengende Klausur für das Semester habe ich vor einigen Tagen hinter mich gebracht … Drück mir jetzt schon mal die Daumen für die Notenbekanntgabe!

Deine Lou

PS: Ich weiß nicht, wie lange ich diese nerdigen Mails hier noch ins Nirwana schicken werde. Kann gut sein, dass ich eines Tages einfach damit aufhöre, wenn ich zu begreifen beginne, dass das hier absolute Zeitverschwendung ist, also wundere dich nicht …

Am Samstag gehen Keanu und ich nachmittags ein Eis essen. Auch wenn es eine jämmerliche Gemeinsamkeit ist, reden wir bei unseren Treffen meist über Leo und darüber, was er nicht macht (nämlich sich bei uns beiden melden). Manchmal beantwortet mein Vater mir Fragen über Leo, die mir auf der Zunge brennen. Zum Beispiel, wie er überhaupt so lange ohne Visum in Hawaii bleiben kann. Aber da Leo durch Geburt automatisch sowohl eine amerikanische als auch eine deutsche Staatsbürgerschaft erworben hat, kann er ohne Probleme auf der Insel seiner Vorfahren leben.

Ein andermal bringt Keanu mich auf den neuesten Stand, wenn er mit seiner Mutter telefoniert hat. Heute erzählt er mir zum Beispiel, dass Leo vor etlichen Wochen angefangen hat, in Bars zu jobben, um sich über Wasser zu halten und unserer Oma nicht auf der Tasche zu liegen. Dass er tatsächlich mit dem Surfen begonnen hat, wärmt mein Herz bei der Vorstellung, dass ich mit meinen Tagträumen von Leo die Realität ziemlich gut eingefangen habe.

Wir sprechen darüber, dass Keanu sich vor einiger Zeit bereits Gedanken gemacht hat, zu seinem Sohn zu fliegen und zu versuchen, die Wogen zu glätten. Aber seine Mutter hat ihn gebeten, Leo noch ein wenig mehr Zeit zu geben. Sie wäre sich sicher, dass er bald so weit sein würde, sich von selbst zu melden, da es ihm mittlerweile schon etwas besser gehen würde.

Ich atme erleichtert auf, als ich das erfahre. Nie wäre ich selbst auf die Idee gekommen, Leo hinterherzufliegen, weil ich viel zu viel Angst davor hätte, dass er mich noch mehr hassen könnte als vielleicht ohnehin schon. Immerhin habe ich mit meinem Kuss damals seine Flucht provoziert. Das letzte, was er sehen möchte, ist sicher die Frau, die er nicht lieben und berühren darf. Oder? Ich kann noch nicht einmal sagen, ob das überhaupt wahr ist oder er doch schon über mich hinweg ist, weil er mir ja mit seinem Schweigen nicht den kleinsten Anhaltspunkt gibt …

Den Abend verbringe ich mit Cara, Antonio und Isa alleine, da Leah und Tim gerade wieder eine ihrer guten Phasen haben und das Wochenende vermutlich nicht aus dem Bett zu bekommen sind.

Als ich von Isa nach Hause gebracht worden bin, sehe ich, dass ich vor zwei Stunden wieder eine Nachricht von Joshua bekommen habe, nachdem die letzten beiden Tage Funkstille zwischen uns geherrscht hat.

»Hi Sophia, wie war dein bisheriges Wochenende? Irgendwelche Katastrophen oder Dramen, die sich ereignet haben?«

»Wie ich deinen Optimismus liebe!«, schreibe ich zurück und füge dann hinzu: *»Unglücklicherweise war das Wochenende bisher völlig in Ordnung. Ich hatte heute einen ganz netten Nachmittag mit meinem Vater und einen passablen Abend bei meinen Freunden. Und bei dir?«*

»Ich habe das Wochenende bisher mit Arbeiten verbracht. Aber halb so wild, wenigstens bin ich auf diese Weise abgelenkt.«

»Eben. Warum habt ihr euch eigentlich getrennt, deine Ex und du?«, will ich aus Neugierde wissen.

»Puuuuh, also die Geschichte willst du nicht hören, glaub mir.«

»Du sagst es mir also nicht?«

»Nope. Ist einfach zu abgefahren, was da zwischen uns am Ende passiert ist.«

»Ich bin mir sicher, dass ich deine Story toppen könnte«, schreibe ich wahrheitsgemäß.

»Battlen wir uns hier gerade echt um das dramatischste Ende einer Liebesgeschichte?«

»Sieht wohl ganz danach aus. Also, raus mit der Wahrheit!«

Es dauert eine Weile, bis von ihm eine Antwort kommt. *»Ein andermal, okay? Bin gerade echt nicht in der Stimmung.«*

»Tut mir leid. Ich wollte keine Flashbacks hervorrufen …«

»Schon okay. Hör mal, ich muss jetzt Schluss machen für heute. Wir lesen uns wieder.«

Ich werde das Gefühl nicht los, dass ich ihn mit meinem Drängen jetzt vergrault habe … *»Ja klar, gern. Und sorry nochmal.«*

Am Sonntag möchte mich meine Mutter als Belohnung für das bestandene dritte Semester ins vietnamesische Restaurant einladen, in dem ich mit Leo und ihr den Mittag an meinem Geburtstag verbracht habe. Ich bin froh, dass sie Verständnis zeigt, als ich mich alternativ für ein indisches Restaurant entscheide, um keine alten Erinnerungen zu wecken.

Als ich in mein Zimmer gehe, um mich schlafen zu legen, merke ich, dass ich mich beinahe schon auf das abendliche Ritual freue, wenigstens noch ein paar Worte mit Joshua auszutauschen. Heute ergreife daher ich einmal die Initiative und schreibe ihm.

»Wie war dein Tag? Ich hoffe, du hast mir verziehen, dass ich

dich gestern wegen der Sache mit eurer Trennung bedrängt habe ...«

»Kein Stress, wirklich. Ach ja, mein Tag war eigentlich ganz in Ordnung. Ich musste heute nur 325 Mal an sie denken und nicht 400 bis 450 Mal wie sonst immer.«

»Omg! Du wirst dich doch nicht langsam von deinem Liebeskummer erholen, oder? Was ist heute vorgefallen?«

»Nichts Besonderes eigentlich. Ich habe nur so viel und so lange gearbeitet, dass ich vermutlich gleich wieder ins Bett falle ...«

»Am Wochenende so viel zu arbeiten geht gar nicht! Das Wochenende ist zum Ausruhen da!«, gebe ich zu bedenken.

»Sag das meinem Chef ...«

»Was arbeitest du denn?«

»In der Gastronomie. Undankbares Gewerbe, kann ich dir sagen.«

»Kann ich mir vorstellen. Ich bin für die nächsten mindestens vier Wochen mit dem Lernen zum Glück durch.«

»Stimmt, es sind ja gerade Semesterferien.«

»Woher willst du wissen, dass ich studiere?«

»Aufgrund deines Alters und deiner Intelligenz bin ich irgendwie automatisch davon ausgegangen, dass du gerade ein Studium machst.«

»Das mit der Intelligenz scheint mir doch schon wieder so ein verstecktes Kompliment gewesen zu sein! Joshua, Joshua, flirtest du etwa doch mit mir?«

»Nie im Leben! Ich würde meiner Ex doch nicht untreu werden.«

»Eben.«

»Geht dir sicher ähnlich, oder?«

Ich seufze. *»Um ehrlich zu sein, ja. Ich komme mir vor, als würde ich ihn mit dir betrügen. Dabei haben mein Ex und ich noch nicht einmal mehr Kontakt. Und das schon seit über sechs Monaten. Er fehlt mir immer noch so ... Sorry, Joshua, das musste jetzt einfach raus.«*

»Immerzu. Ich bin für dich da, wenn auch nur virtuell. Manchmal wünschte ich mir, wir könnten uns gegenseitig trösten. Im echten Leben.«

Ich lächle traurig. *»Du bist so süß, weißt du das? Ich glaube, du bist ein wirklich aufrichtiger, humorvoller und wundervoller Mensch. Ich wünsche dir, dass du eines Tages eine Frau findest, die das alles in dir sieht, und mit der du glücklich werden kannst.«*

»Danke dir für die schönen Worte ... Aber was, wenn ich gar keine andere Frau will?«

»Das klingt wirklich sehr traurig. Aber ich weiß, wie es dir geht ...«

Seine Nachricht hat mich mit einem Mal sehr melancholisch werden lassen und mir einmal mehr vor Augen geführt, wie einsam ich mich tief in meinem Inneren fühle.

»Ich glaube, das waren heute genug Sentimentalitäten. Bist du mir böse, wenn ich mich für heute verabschiede?«, schreibt er.

»Nope. Ich wünsche dir eine gute Nacht und halbwegs schöne Träume.«

»Dir auch, schlaf gut, Lou.«

Erst fällt es mir gar nicht auf. Doch dann setzt mein Herz einen Schlag aus vor Schreck.

Lou?!

Mein Puls legt einen Hundert-Meter-Sprint hin, als ich eilig zurücktippe. *»Woher, zur Hölle, kennst du meinen richtigen Namen?!?!?!«*

Doch es kommt keine Antwort. »WER BIST DU?«, frage ich noch einmal.

Dann sehe ich, dass das Profil von Joshua25 gelöscht wurde.

Aufgeregt wähle ich Caras Nummer und falle mit der Tür ins Haus, als sie abnimmt. »Cara, das ist nicht witzig! Bist DU das im Dating-Portal?«

»Was? Wovon redest du, Lou?«

»Wenn du mich veräppelst, bin ich wirklich stinksauer und verzeihe dir das nie, also sag mir einfach die Wahrheit: Bist du Joshua25 und hast mit mir geschrieben?«

»Nein, natürlich nicht! Wie kommst du denn darauf?«

»Hast du jemanden angeheuert, der mir schreiben soll?«

»Auf keinen Fall! Würdest du mir mal sagen, was überhaupt los ist?«

»Du versprichst mir also, dass du es nicht gewesen bist und auch niemanden gebeten hast, mit mir Kontakt aufzunehmen?«

»Ja, ich schwöre es dir, Lou!«

»Weiß sonst noch jemand, dass ich diese App habe?«, will ich von ihr wissen.

»Nein, wem hätte ich es denn erzählen sollen? Kannst du mich jetzt endlich mal aufklären?«

Scheiße.

Ich versuche, meinen Herzschlag zu beruhigen und durchzuatmen, daher ist es für einen Moment still in der Leitung.

»Joshua25 hat heute geschrieben …« Ich suche die Nachricht raus und schalte meine Freundin auf Lautsprecher. »… schlaf gut, LOU.« Ich merke, wie ich vor Aufregung leicht zu zittern angefangen habe. »Dann habe ich ihn gefragt, woher er meinen richtigen Namen kennt, woraufhin er sein Profil gelöscht hat.«

»Oh«, kommentiert meine Freundin verwirrt. »Wenn ich es nicht bin und ich niemandem erzählt habe, dass du ein Dating-Profil hast, wer könnte es denn sonst noch wissen? Hast du jemandem davon erzählt?«

»Ja.« Ich atme tief durch. »Rate mal, wem?«

»Leo.«

Für einen Moment ist es still. Dann schlage ich mir die Hände vors Gesicht und kann nur noch mit dem Kopf schütteln. In Sekundenbruchteilen lasse ich einige unserer Chats Revue passieren, und mit einem Mal sehe ich es glasklar: Ich habe die ganze Zeit mit Leo geschrieben. Sein Humor und Charme, sein Liebeskummer, unsere gemeinsame Geschichte. Ich bin so aufgewühlt, dass ich gar nicht weiß, wohin mit meinen Gefühlen.

»Shit.« Cara ist offenbar für einen Augenblick genauso sprachlos wie ich.

»Cara, verzeih mir, ich muss jetzt auflegen und alle unsere Nachrichten noch mal unter diesem neuen Gesichtspunkt durchlesen. Ich fasse es einfach nicht!«

»Warte, warte, Lou!«, ruft sie gerade noch rechtzeitig, bevor ich auf das rote Hörersymbol drücken kann. »Denkst du, er hat sich absichtlich verraten?«

»Natürlich nicht! Ihm ist mein Name bestimmt nur aus Versehen herausgerutscht in einem unachtsamen Moment. Warum hätte er sonst gleich sein ganzes Profil löschen sollen! Oh mein Gott, Cara, ich kann nicht glauben, dass ich die ganze Zeit auf eine Nachricht von Leo warte und ihn dabei seit ein paar Wochen direkt vor der Nase habe … Ich muss damit jetzt erstmal fertig werden. Sorry, dass ich dich rauswerfe. Wir sehen uns morgen.«

Erst als ich unseren Chatverlauf einige Male komplett durchgelesen habe, bemerke ich die Tränen auf meinen Wangen.

Vor einigen Tagen haben wir über die Sehnsucht nach der Liebe unseres Lebens gesprochen, und ich lese die Zeilen wieder und wieder.

»*... Ich werde vermutlich wie immer in Selbstmitleid versinken* *und der Liebe meines Lebens nachtrauern …«*

»… Ich frage mich, wann dieser elende Liebeskummer endlich mal aufhört …«

»… Ich muss immer daran denken, wie sie sich anfühlt, wie sie riecht, wie sie schmeckt … Ich weiß, dass das Selbstgeißelung ist und nicht guttut. Aber ich kann nicht damit aufhören …«

»… Stell dir vor, wir würden anschließend bei einem One-Night-Stand im Bett landen! Wir hätten definitiv das Licht aus, damit wir uns unseren Fantasien hingeben könnten, und du würdest seinen Namen stöhnen und ich ihren …«

Und jedes Mal bleibt mir das Herz beinahe stehen, wenn meine Augen folgende Zeilen überfliegen:

»Du wirst es nicht glauben, aber genau das ist mir neulich passiert. Ich dachte, es wäre eine gute Idee, den Kopf mal frei zu bekommen und sich nicht an die Vergangenheit zu klammern. Und da war dieses Girl, das mir in meinem Lieblings-Café morgens immer wieder über den Weg läuft. Wir hatten ein nettes Abendessen, und als ich sie heimgebracht habe, ist sie in die Offensive gegangen und hat mich in ihre Wohnung gezogen. Wir haben rumgemacht, und es war superheiß! Aber ich Honk musste pausenlos an meine Ex denken. Das kam mir meinem Date gegenüber so unfair vor, dass ich jetzt noch ein schlechtes Gewissen habe. Seitdem grüßen wir uns wieder nur noch jeden Morgen im Café, als wäre nie was gewesen …«

Dann wollte er mir vor einigen Tagen seine Trennungsgeschichte nicht erzählen … Und ich bin völlig fertig, als ich realisiere, dass ich offenbar auch immer noch ununterbrochen in seinem Kopf herumschwirre …

»… mein Tag war eigentlich ganz in Ordnung. Ich musste heute nur 325 Mal an sie denken und nicht 400 bis 450 Mal wie sonst immer …«

»… Ich bin für dich da, wenn auch nur virtuell. Manchmal wünschte ich mir, wir könnten uns gegenseitig trösten. Im echten Leben …«

»… Danke dir für die schönen Worte … Aber was, wenn ich gar keine andere Frau will? …«

Er hat natürlich gewusst, dass ich studiere! Und er hat sogar erwähnt, dass er in der Gastronomie arbeitet, wo ich von Keanu erst erfahren habe, dass er ja mittlerweile in Bars jobbt, um sich ein wenig Geld zu verdienen.

Ich kann noch immer nicht glauben, dass ich die ganze Zeit über mit Leo getextet habe … Und mit einem Mal muss ich losschluchzen und weiß noch nicht einmal so genau, weshalb. Weil ich so unendlich glücklich bin, mit ihm Kontakt gehabt zu haben? Weil er noch das Gleiche wie ich zu fühlen scheint und mich keineswegs vergessen hat?

Oder weil ich traurig darüber bin, dass ab jetzt vermutlich wieder Funkstille herrschen wird, weil er sein Profil einfach gelöscht hat, ohne sich mir zu offenbaren? Weil ich enttäuscht bin, dass er nicht den Mut hat, mir direkt zu schreiben? Wenn er sich nicht verraten hätte, wüsste ich noch immer nichts über ihn! Wieso konnte er mir das alles nicht in einer Mail schreiben, ganz offiziell?

Doch diese letzte Frage kann ich mir im Grunde selbst beantworten: Leo hätte zugeben müssen, dass er noch immer etwas für mich empfindet, womit er offenbar gar nicht gut zurechtkommt. Es hätte unsere elende Sehnsucht nach dem, was nicht sein darf, nur weiter angestachelt und uns kein Stück vorangebracht.

Jetzt, da er sich aus Versehen verraten hat, stehen wir im Prinzip wieder an genau dem gleichen Punkt wie bereits vor einem halben Jahr … Für den Moment habe ich keine Ahnung, wie ich mit dieser Erkenntnis umgehen soll. Ich fühle mich hundeelend, rolle mich im Bett ein und ziehe mir Leos Decke bis an die Nasenspitze.

Noch spät in der Nacht gehen mir so viele Ungereimtheiten durch den Kopf, dass ich mein Internet aktiviere. Warum wurde mir in der Dating-App der Kontakt von *Joshua25* in nur 28 Kilometern Entfernung von hier angezeigt? Mein erster Impuls ist, dass Leo vielleicht zurückgekehrt sein könnte. Doch meine erste Freude weicht der Ernüchterung, als ich herausfinde, dass man mittels einer App den eigenen Standort manipulieren und anpassen kann. Ich bin mir inzwischen sicher, dass Leo immer noch auf O'ahu ist und leider nicht in meiner unmittelbaren Nähe.

Woher wusste er überhaupt, welche Dating-App ich benutze? Es gibt doch so viele davon. Hat er sich darauf verlassen, dass Cara eine der Bekanntesten wählen würde? Oder hat er sich womöglich in mehreren angemeldet, um mich zu finden? Und wie lange hat er wohl gesucht, bis er auf mich gestoßen ist?

Die ganze Zeit überlege ich, ob ich ihm eine E-Mail schicken und ihn zur Rede stellen soll. Doch ich bin verunsichert, ob ich ihn damit nicht nur weiter in sein Schneckenhaus zurückdränge. Also lasse ich es zumindest für den Moment sein und bemühe mich, endlich einzuschlafen.

✿

Lieber Leo,

tagelang habe ich immer wieder vor dieser Mail gesessen und sie dann doch nicht geschrieben. Aber heute habe ich den richtigen Tag erwischt, an dem mein Mut ausreicht, um dich mit der Situation zu konfrontieren, egal welche Konsequenzen das hat. Mal ehrlich: Kann ich noch weniger Kontakt zu dir haben als gar keinen? Ich habe gerade einfach nichts mehr zu verlieren …
Leo, bitte lass uns dieses anstrengende Versteckspiel einfach beenden und gib zu, dass du mir über die Dating-App als Joshua25 geschrieben hast! Es kommt ohnehin niemand anderes in Frage.
Ich weiß, dass es dir sicher unfassbar unangenehm ist, dass Joshua mir all das offenbart hat, was Kaleo niemals würde. Aber mir ist es sowas von egal, das kannst du dir nicht vorstellen! Ich bin die Letzte, die dich für irgendwas verurteilen würde. Und wenn ich jetzt schreibe, „im Gegenteil", dann wirst du sicher als allererstes innerlich aufschreien, weil wir endlich unsere Gefühle vergessen sollten. Aber wie du selbst merkst, geht das nun einmal nicht so einfach.
Ich weiß nicht, ob die Zeit die Wunden heilen wird und ich in 10 Jahren lächelnd auf unsere Vergangenheit zurückblicke, weil wir die rosarote Brille aufhatten und uns dementsprechend verhalten haben. Oder ob ich in 10 Jahren noch immer eine wandelnde Hülle sein werde, weil das Beste damals einfach für immer aus meinem Leben verschwunden ist. Such es dir aus!
Wir können beide die Zukunft nicht vorhersehen. Aber wir können versuchen, uns nicht weiter unnötig Leid zuzufügen durch Schweigen oder bitterböse E-Mails.
Leo, ich brauche dich in meinem Leben, egal wie. Und wenn es nur auf die weite Ferne ist und wir uns nicht sehen werden. Es ist mir mittlerweile einerlei. Ohne dich sterbe ich innerlich jeden Tag ein bisschen mehr.

Deine Lou

Kapitel 22 ✿ Anker

Meine liebe Lou,

auf dem Nachhauseweg von der Arbeit bin ich beinahe von einem Auto angefahren worden. Und mit einem Mal hatte ich den schrecklichen Gedanken, dass einem von uns eines Tages etwas Schlimmes passieren könnte ... Die Vorstellung, dass wir dann niemals wieder miteinander sprechen könnten, war so unerträglich für mich, dass es mein Herz in tausend Teile zerrissen hat ...
Mein Kopf war monatelang voll von all den ungesagten Worten, die immer und immer wieder meinen Mund verlassen wollten, es aber nie haben. Ich bin ertrunken in Bedauern an all das, was ich dir in den vergangenen Monaten gerne gesagt hätte, wofür ich aber nicht mutig genug war, sodass du nun nur durch Joshua weißt, was ich ohne dich alles durchgemacht habe ... Ja, Lou, ich hätte dich trösten sollen. Stattdessen habe ich dir nur noch mehr Leid zugefügt durch meine Unfähigkeit, über meinen Schatten zu springen. Ich bin wirklich ein riesengroßer Idiot, und es tut mir unendlich leid, was ich dir damit angetan habe!
Ich hoffe, du verzeihst mir jemals, dass ich dich über ein halbes Jahr lang komplett im Dunkeln gelassen habe ... Wie oft habe ich auf „antworten" geklickt und saß dann vor einer beschissenen leeren Mail, ohne auch nur ein einziges Wort zu tippen. Denn jedes einzelne Mal habe ich mich wieder zur Vernunft gezwungen, weil das zwischen uns doch ohnehin zum Scheitern verurteilt ist. Weil wir irrsinnig wären, es künstlich am Leben zu halten und uns weiter zu quälen. Wir sollten wirklich versuchen, nach vorne zu blicken, uns irgendwann eine neue Beziehung suchen und probieren zu vergessen, was zwischen uns ist und war. Lou, das sollten wir wirklich. Es ist unsere einzige Chance, wie wir je wieder glücklich werden könnten. Bitte lass uns das hinbekommen!
Lou ... und dennoch kann ich dich nicht komplett aus meinem Leben streichen, das ist mir längst klar geworden. Ich kann nicht länger leugnen, dass ich meine beste Freundin genauso in meinem Leben brauche wie du deinen besten Freund. Bitte lass uns daher in Kürze unbedingt telefonieren oder videochatten!

Dein Leo

Ich zittere am ganzen Körper, als ich seine Nachricht zu Ende gelesen habe. Und dann weine ich vor Freude und Erleichterung – ich weiß nicht wie lange. Ich möchte die Mail noch ein Dutzend Mal lesen, aber durch meinen Tränenschleier kann ich die Worte vor mir kaum erkennen.

Es klopft an meiner Zimmertür. »Louisa, ist alles in Ordnung bei dir?«

Ich würde gerne antworten, doch ich bringe außer einem Schluchzen nichts heraus, weil der wichtigste Mensch meiner letzten 21,75 Jahre gerade geschrieben hat, dass er wieder Teil meines Lebens sein will.

Ich registriere, wie meine Mutter die Tür öffnet und zu mir an den Schreibtisch tritt. Dann zeige ich auf die Mail von Leo. Und als sie versteht, zieht sie meinen Oberkörper zu sich und drückt mich an sich. Sie streichelt mein Haar, während ich ruhiger werde.

»Oh Louisa«, sagt sie schließlich seufzend. »Was haben wir euch da nur angetan.«

Als ich aufblicke, bemerke ich, dass ihre Wangen ebenfalls feucht schimmern. Sie wischt sich mit dem Handrücken übers Gesicht und setzt sich auf das Bett neben meinem Schreibtisch.

»Louisa, es tut mir so leid, dass wir unterschätzt haben, was sich da zwischen euch entwickelt hat. Mein Schatz, dass du noch immer so leidest, hat mir bewusst gemacht, was für intensive Gefühle ihr füreinander haben müsst.«

Sie hält kurz inne, beugt sich zu mir und wischt mir mit einer liebevollen Geste ein paar Tränen von den Wangen, bevor sie weiterspricht. »Ich habe mich neulich nochmals mit den rechtlichen Grundlagen beschäftigt, und ich brauche euch nicht zu sagen, was ihr ohnehin schon selbst wisst … Ich bin deine Mutter, und ich will es nicht generell gutheißen, dass du versuchst, an der Beziehung zu deinem Halbbruder festzuhalten. Aber ich gebe gerade alles, ein äußerst toleranter Mensch zu sein. Louisa, du bist ein Individuum, das selbst für sich entscheidet. Du bist das, was ich am meisten auf dieser Welt liebe. Und darum werde ich dir dein Leben nicht noch schwerer machen, als es ohnehin schon ist. Ich werde akzeptieren, was du fühlst, beziehungsweise was ihr füreinander fühlt … Ich habe keine Ahnung, ob und wie das in Zukunft werden wird. Aber ich gebe dir mein Versprechen, dass ich da sein werde, egal was kommt.«

Mir ist nicht bewusst gewesen, wie mir diese Worte gefehlt haben, bis sie sie ausgesprochen hat. Wie es mir gefehlt hat, dass meine Mutter unsere Gefühle ernst nimmt und sich nicht zwischen uns stellt. Und ich bin mir absolut darüber im Klaren, wie viel ihr das abverlangt. Wenn in einem Land, in dem es erlaubt ist, Homosexualität auszuleben, sich traurigerweise noch immer Eltern schwertun, ihr Kind mit all seinem Sein zu akzeptieren, wie viel Toleranz muss es jemanden wie meine Mutter kosten, wenn ihre Tochter etwas fühlt, das sie eigentlich nicht fühlen darf, weil Gesetze das verbieten und die Gesellschaft es verachtet? Trotz all der Umstände, die mir das Leben gerade schwer machen, kann ich nicht dankbarer sein als in diesem Moment.

Ich schließe meine Mutter fest in meine Arme und lasse sie eine ganze Zeitlang nicht mehr los. Egal, was mit Leo sein wird, ich werde nicht alleine dastehen. Und das zu wissen, ist ein unglaublich erhabenes Gefühl.

Heute Abend kochen meine Mutter und ich das erste Mal seit Monaten wieder zusammen unsere berühmte Gemüse-Lasagne mit extra viel Käse. Wir machen die doppelte Portion, um am nächsten Tag kein Mittagessen kochen zu müssen, doch ich habe nach Langem wieder so viel Appetit, dass ich beinahe eineinhalb Portionen vertilge. Nach dem Essen ist mein Magen so voll, dass mich Bauchschmerzen und eine leichte Übelkeit plagen, weil ich seit Leos Verschwinden nicht mehr annähernd so viel gegessen habe.

Und auch wenn die Zukunft mit Leo und mir vollkommen ungewiss ist, fühle ich, wie ein winzigkleines Stück vom Glück wieder in mein Herz zurückkehrt und es ein wenig leichter werden lässt.

Als ich eines Abends Ende März endlich Leos Gesicht auf dem Laptop-Bildschirm sehe, setzt mein Herz einen Schlag aus. Dann brechen meine Dämme. Ich schaffe es nicht, mein Schluchzen in den Griff zu bekommen, und beende nach Kurzem den Videochat.

»*Melde mich gleich wieder*«, schreibe ich ihm.

Wenige Minuten später habe ich meinen Gefühlsausbruch so weit unter Kontrolle, dass ich es noch einmal versuche.

»Everything okay again?« Ein lächelnder Leo blickt mir entgegen.

Er sieht noch genauso aus wie immer – und irgendwie doch nicht. Seine Haut ist brauner, sein Haar kürzer. Und wenn mich nicht alles täuscht, sehe ich unter seinem weißen Shirt am Oberarm ein Tattoo hervorblitzen.

Ich schniefe und lächle zurück. »Ja, ich glaube schon.«

»Die Niagarafälle sind ein Witz gegen dich, my beauty.«

Ich lache auf und wische mir mit dem Ärmel noch einmal über meine Augen. »Ich weiß.«

Er seufzt tief. »Lou, I'm a complete mess without you, too …«

Ich lächle tapfer, als er mir gesteht, dass er ohne mich ebenfalls eine Vollkatastrophe ist. Ja, so ähnlich hätte ich das in meinem Fall auch ausgedrückt.

»I missed you so much … I could never explain …«, fügt er hinzu.

»Dann lass mich zu dir fliegen, Leo! Ich vermisse dich auch so unbeschreiblich«, flehe ich, und mein Bauch kribbelt wie irre bei der Vorstellung, er könnte womöglich *ja* sagen.

Doch er atmet tief ein und aus und nimmt mir meine vage Hoffnung gleich wieder. »Lou, du weißt, das wäre keine *good idea*.«

Ich verziehe meinen Mund und nicke. »Ja, vermutlich hast du recht. Aber ich bin im Moment auch erstmal nur überglücklich, dass ich dich virtuell sehen kann. Weißt du, dass gerade fast 12.000 Kilometer zwischen uns liegen? Ist das nicht verrückt?«

»Absolutely weird!«, ruft er aus. »Damn … Sorry, Lou, dass ich ständig englisch rede, aber ich habe hier über ein halbes Jahr lang nichts anderes gemacht und muss mich erst daran gewöhnen, zur Abwechslung mal wieder deutsch zu sprechen. Denn das fühlt sich im Augenblick wirklich komisch an.«

Das kann ich mir vorstellen. Der Akzent, den er gerade hat, wenn er deutsch redet, ist vollkommen ungewohnt, aber echt süß. Wie seltsam, dass wir im letzten halben Jahr so vollständig anders gelebt haben. Mir kommt es vor, als wäre ich monatelang im Koma gelegen und würde nun durch Leo die Welt um mich herum wieder langsam anfangen wahrzunehmen.

»No problem«, grinse ich.

»Nein, sprich bitte deutsch mit mir, sonst verlerne ich es womöglich wirklich noch.«

Ich nicke und lächle. »Da sind wir nun und müssen uns erst wieder aneinander gewöhnen. Fühlt es sich für dich auch ein wenig seltsam an?«

»Ein bisschen. Aber ich glaube, dass dieses Gefühl spätestens dann wieder weg ist, wenn wir auflegen.«

»Vermutlich hast du recht. Was hast du heute gemacht?«

»Nothing special. Ich bin gerade erst aufgestanden, weil ich bis zwei nachts gearbeitet habe.«

»Oh Shit, stimmt, bei euch ist es ja gerade früh am Morgen!«

»Right. Es ist erst *nine a.m.*«

»Dafür, dass du erst vor sieben Stunden zu arbeiten aufgehört hast, siehst du aber relativ fit aus.«

Leo zieht eine Augenbraue nach oben. »Ist das so? Ich fühle mich jedenfalls ganz und gar nicht wach.«

»Ich liebe deine neue Frisur.«

Er streicht sich ein paarmal mit seiner Hand durch seine etwa fünf Zentimeter kurzen Haare, die sich im Vergleich zu vorher nun nicht mehr wellen. »Freut mich, dass sie dir gefällt.«

»Hast du dir ein Tattoo machen lassen?«, will ich wissen.

Er zieht den Ausschnitt seines Shirts ein wenig nach unten, doch ich kann nur einen Teil der kompletten Körperkunst sehen. »*Several*. Mehrere. Das hier zieht sich vom Oberarm über die Schulter bis zur Brust. Es ist ein traditionelles Kakau-Tribal. Die anderen an meinem Unterarm und Rücken habe ich nach dieser Tortur allerdings mit der gewöhnlichen Tätowier-Methode stechen lassen.«

»Autsch. Wie werden die traditionellen Tattoos denn gemacht?«

»Sie werden mit einem spitzen Tierknochen gestochen, der in die Haut geklopft wird. Dann wird die Wunde mit Asche und Ruß des Kukui Trees pigmentiert.« Er hält kurz inne, während ich mein Gesicht bei der Vorstellung verziehe, wie die hawaiianischen Kakaus gestochen werden. »Hier habe ich einen kleinen *lizard*, ähm, Gecko.« Er zeigt seinen Unterarm. Dann deutet er, ohne sich umzudrehen, hinter sich. »Und auf dem Rücken eine Meeresschildkröte. Ihr Panzer besteht aus geometrischen Formen.«

»Die Tattoos passen zu dir. Ich mag sie, auch wenn ich das sehr ungewohnt finde«, gebe ich zu.

»Keine Sorge, ging mir anfangs auch so«, lacht er. »Was hast du heute gemacht? Dein Tag war wesentlich länger als mein bisheriger.«

»Ich war heute mit Cara und Antonio unterwegs. Ich soll dich von den beiden sehr lieb grüßen, und sie würden sich riesig freuen, wenn du dich bei ihnen mal meldest.«

»Ja, das werde ich. Danke für die Grüße.«

»Leo ... wie hast du dich eingelebt?«

»Wenn ich die Gründe für meinen Aufenthalt hier außer Acht lasse, dann muss ich leider zugeben, dass es einem leicht gemacht wird, diese Inseln zu lieben. Lou, die Gastfreundschaft hier ist mit nichts zu vergleichen. Selbst Fremde behandeln einen wie Familie – das ist anfangs sehr ungewohnt, aber einfach nur wundervoll. Meine Tante, Cousine und meine Cousins sind sehr happy, dass sie mich endlich einmal länger als nur für einen dreiwöchigen Besuch kennenlernen dürfen. Ich habe sie in meinem Leben ja erst rund sechsmal gesehen.«

Ich schlucke den Kloß hinunter, der sich in meinem Hals gebildet hat, weil ich so eifersüchtig auf alle bin, die Leo gerade live und in Farbe vor sich haben können.

»Oh sorry ... Das war ziemlich unsensibel von mir«, entschuldigt er sich, als er seinen Fauxpas bemerkt.

»Es ist, wie es ist«, sage ich leichthin, aber ich weiß, dass er es mir genauso wenig abnimmt wie ich selbst. »Hast du Freunde gefunden?«

»Ja, ein paar. Joshua ist ein guter Freund geworden. Er arbeitet wie ich in der Bar.«

Ich kann mir gerade ziemlich gut vorstellen, woher Leo sein Pseudonym auf dem Dating-Portal hat, doch ich spreche ihn nicht darauf an.

»Mit Koa verstehe ich mich auch sehr gut.«

Oh okay. Hoffentlich ist es nicht dieses Girl aus dem Café, mit der er „rumgemacht“ hat, wie er mir vor einigen Wochen alias *Joshua25* verraten hat ... Ich traue mich jedoch nicht, ihn so konkret zu fragen.

»Das freut mich. Wie gehts ... unserer Oma?«

»Gut. Sie hat hier und da ein wenig Probleme und muss Tabletten gegen ihren erhöhten Blutdruck nehmen. Aber ansonsten ist alles in Ordnung.«

»Hat sie mal nach mir gefragt?«, möchte ich wissen.

»Oh yes«, lacht er, und seine Augen blitzen. »Ich musste ihr im Prinzip deine komplette Lebensgeschichte erzählen.«

Ich lächle und hoffe, dass ich Nalani irgendwann persönlich kennenlernen kann. Doch da sie eine Gerinnungsstörung hat, aufgrund der sie keine Langstreckenflüge unternehmen sollte, bleibt die einzige Möglichkeit, dass ich sie irgendwann einmal besuchen komme. Dort, wo auch Leo ist ...

Er legt die Hand auf seine Brust. »So, genug von mir geredet. Wie ist dein Leben, was macht das Studium?«

»Ich habe glücklicherweise noch drei Wochen, bevor das Sommersemester beginnt. Cara will mit mir einen kleinen Wellness-Trip in die Berge machen.«

»Mädels-Time – das klingt schön. Wie läuft es mit deiner Mutter?«, fragt er vorsichtig.

»Ganz gut. Wir haben uns mehrmals komplett ausgesprochen und langsam angenähert. Sie hat mir vor einigen Tagen sogar gesagt, dass sie versucht, unsere Gefühle zu respektieren und immer für uns da zu sein ...«

Ich halte die Luft an, als mir bewusst wird, dass ich in meiner Euphorie etwas gesagt habe, das ich im Hinblick auf Leos Einstellung zu uns beiden vermutlich lieber verschweigen hätte sollen. Doch nun kann ich es nicht mehr zurücknehmen ...

Ich traue mich kaum, Leo anzublicken, aber er versucht zumindest, sich nichts anmerken zu lassen. »Schön, dass ihr euch aussprechen konntet.«

»Was ist mit unserem Dad?«, will ich wissen. »Hast du vor, dich bei ihm zu melden?«

Er seufzt und sieht kurz weg. Dann fährt er sich durch seine Haare und antwortet mir. »Soon, I guess.«

»Ich glaube, er würde sich unendlich freuen, Leo. Nicht nur wir beide leiden, weißt du? Hasst du ihn immer noch so sehr?«

Er schüttelt mit dem Kopf und zuckt gleichzeitig die Schultern. »Keine Ahnung, was ich in Bezug auf ihn fühle.«

Ich verziehe meinen Mund und sehe ihn mitleidig an.

»Tut mir wirklich leid.«

»Mahalo, Lou«, bedankt er sich auf Hawaiianisch.

»Erzähl mir lieber vom Strand und deinem neuen Hobby!«, fordere ich ihn auf, um ihn abzulenken.

»I love it! Ich übe, so viel ich kann, aber ich bin noch ein blutiger Anfänger.« Er hält einen Moment inne und blickt in die Ferne. »Wenn du eins mit den Wellen und dem Ozean wirst – es ist ein unbeschreibliches Gefühl, das dich für eine Weile alles vergessen lässt. Das Wasser gibt dir so viel Energie. Du lernst hier so viel über Respekt, Achtsamkeit und Dankbarkeit.«

Leo so reden zu hören, lässt mich auf eine Art eifersüchtig werden, die ich bisher nicht gekannt habe. Diese Erfahrungen nicht mit ihm teilen zu können, versetzt mir einen Stich, auch wenn ich ihm all das gönne, was er gefunden zu haben scheint.

Doch dann wird er plötzlich leise und presst seine Lippen aufeinander. »Ich wünschte, du wärst hier«, sagt er so leise, dass ich es fast nicht verstanden hätte.

Ich blinzle meine Tränen weg, weil ich in diesem Moment die Entfernung zwischen uns wieder so deutlich zu spüren beginne, dass mein Herz ganz schwer wird. Wenn er mich lassen würde, wäre ich mir sicher, dass ich innerhalb eines Tages in einen verdammten Flieger steigen würde, nur um ihn einmal umarmen zu können …

»Das wünschte ich auch …«, antworte ich mit einem Kloß im Hals.

Als die Stille zwischen uns unangenehm wird, ergreift er wieder das Wort. »Ich muss in einer Stunde bei meinem nächsten Job sein und mich vorher noch fertig machen und eine Kleinigkeit essen.«

»Noch ein Job außer der Bar?«

»Noch zwei Jobs«, lacht er. »Ich bin in einem Hotelkomplex für die Gartenanlage zuständig und helfe ab und zu in einem Fitness-Studio aus.«

»Wieso das denn?«

»Ich will mir alle Möglichkeiten offenhalten, bis ich mit einem der Jobs genug Geld verdiene, um davon leben zu können.«

Komm doch einfach wieder hierher zurück und arbeite mit Keanu zusammen!, will ich am liebsten sagen, doch dieses Mal beiße ich mir auf die Zunge.

»Na, dann wünsche ich dir einen stressfreien Tag. Hören oder lesen wir uns bald wieder?«

»Sehr bald, Lou. Aloha!«

»Aloha, Leo.«

Wenn Leo nicht auf „auflegen" gedrückt hätte, hätte ich es

vermutlich noch immer nicht übers Herz gebracht, unseren Videocall zu beenden.

Ich klappe den Laptop zu, lasse mich auf mein Bett zurücksinken und starre an die Decke. Dann merke ich erst, wie aufgeregt mein Herzschlag noch immer ist und mein Gesicht nachglüht. Als ich nach einer Weile wie automatisch tief ein- und ausatmen muss, merke ich eine Leichtigkeit in mir, wie ich sie seit so vielen Monaten nicht mehr gespürt habe. Ich hatte völlig vergessen, dass sich Leben auch so anfühlen kann.

Gerade bin ich dem Universum einfach nur dankbar, dass ich vielleicht meinen besten Freund und Halbbruder wieder zurückbekommen habe. Und das ist mehr, als ich mir lange Zeit erträumen konnte.

Bevor ich mich schlafen lege, recherchiere ich allerdings noch zwei Dinge.

Ich lese einen kleinen Artikel über die traditionellen hawaiianischen Kakau-Tattoos und finde heraus, dass diese Tätowier-Methode von kaum jemandem noch praktiziert wird. Außerdem werden Kakaus nicht jedem und nicht ohne triftigen Grund gestochen. Mein Herz zieht sich vor Traurigkeit zusammen, als ich lese, dass einer der Gründe zum Beispiel der Verlust eines Menschen, den man sehr liebt, sein kann, um damit seinen tiefen Schmerz zum Ausdruck zu bringen … Spätestens jetzt bin ich mir sicher, dass Leo im letzten halben Jahr nicht weniger als ich selbst gelitten hat.

Die zweite Sache, die ich herausfinde, ist, dass der Name Koa entgegen meiner Annahme ein männlicher Vorname ist und Leo offenbar doch keine neue weibliche Freundin hat.

Was mit dem Café-Girl damals lief, brennt mir jedoch noch immer so auf der Seele, dass ich diese Ungewissheit unbedingt loswerden muss. Deshalb texte ich Leo kurz vor dem Schlafengehen, warte jedoch vergeblich auf eine schnelle Antwort, weil er vermutlich arbeitet ist.

Am nächsten Morgen dann sehe ich auf meinem Smartphone den Eingang einer Nachricht und öffne sie mit Herzklopfen.

»Lou, warum quälst du dich selbst? Was nutzt es dir, wenn du es weißt? Ich würde mir für uns beide so sehr wünschen, dass wir nach vorne und nicht zurückblicken und versuchen, uns nicht mit solchen Dingen das Leben unnötig schwer zu machen. Aber wenn du wirklich unbedingt wissen willst, was mit Leilani, dem „Café-Girl"

gelaufen ist, verheimliche ich es dir natürlich nicht …«

Ach Shit! Ja, ich will es unbedingt wissen … aber eigentlich nicht wirklich … Oder doch? Ich kaue nervös auf meiner Unterlippe herum.

Im Prinzip weiß ich, dass Leo recht hat und es keineswegs hilfreich ist, das erfahren zu wollen, weil es uns als Paar nicht mehr gibt. Und doch kann ich nicht anders …

»Ich muss es trotzdem wissen«, schreibe ich.

Ich starre auf mein Handy und sehe, dass er immer wieder schreibt und stoppt. Als meine Anspannung kaum noch größer werden kann, erhalte ich eine Antwort.

»Dass ich mit ihr geschlafen habe, war der verzweifelte Versuch, dich aus meinem Kopf zu bekommen …«, steht da.

Ich schließe meine Augen und kneife sie fest zusammen. Wie ätzende Säure frisst sich die Eifersucht quälend durch mein Inneres. Was bin ich nur für ein erbärmlich masochistisches Wesen.

Kapitel 23 ✿ Vorfall

»Schau mal, wer hier ist!« Leo sieht zur Seite und winkt jemanden heran.

»Aloha Lou, my darling!« Eine kleine ältere Frau mit dunkelgrauen lockigen Haaren und einem vereinnahmenden Lächeln setzt sich neben Leo auf die Couch und winkt.

Ich halte mir die Hände vor dem Mund und blicke mit großen Augen auf den Laptop-Bildschirm. »Oh my God! How exciting is this!«, rufe ich aufgeregt aus, winke zurück und strahle über das ganze Gesicht.

Leo legt den Arm um unsere Oma, drückt sie an sich und freut sich ebenso sehr wie ich, dass ich Nalani endlich kennenlerne.

»Kaleo is talking about you night and day.«

Sie erntet ein genervtes Zungenschnalzen von meinem Halbbruder, weil sie mir dieses Geheimnis verraten hat. Ich muss lachen, als sie ihn mahnend ansieht. Dann streicht sie ihm über die Wange, während sie anmerkt, dass sie lediglich die Wahrheit erzählen würde.

»I just can't believe I'm talking to my Grandma«, sage ich und bin völlig nervös, dass ich meine Oma endlich zum ersten Mal richtig kennenlerne.

»Pehea 'oe? How are you?«, fragt sie mich.

Ich antworte ihr ehrlich, dass ich gerade unfassbar glücklich bin, sie zu sehen, und hoffe, dass ich sie einmal besuchen kommen kann.

Nach einer Viertelstunde Small Talk verabschiedet sich Nalani, weil sie mit ihrer Nachbarin zusammen noch in die Stadt fahren will, um ein paar Besorgungen zu machen. Sie nimmt Leos Kopf, drückt ihm einen Kuss auf die Wange und verschwindet aus dem Bild. Ich bleibe mit Leo alleine zurück.

»Oh mein Gott ist sie wundervoll!« Ich schüttle ungläubig den Kopf und merke, dass mir mein Grinsen nach wie vor im Gesicht klebt. »Sie strahlt so viel Warmherzigkeit aus.«

Leo nimmt den Laptop, fläzt sich auf die Couch und stellt den Bildschirm auf seinem Bauch ab. »Ja, das stimmt. Sie ist ein unglaublich herzlicher Mensch. Sie liebt dich schon jetzt, obwohl sie dich noch nicht einmal richtig kennt.«

Ich beiße mir auf die Zunge, weil es mir wieder einmal auf

der Seele brennt, ihn nach einem Besuch zu fragen. Das Gefühl, nicht bei den beiden, sondern so unerreichbar weit weg zu sein, zerrt elendig an meinem Herzen.

»Wie war die Arbeit?«, will ich von Leo wissen.

Wie auf Kommando hält er sich die Hand vor den Mund und gähnt herzhaft. »Ist dir das Antwort genug?«

Ich lache. »Bis wann hast du denn heute in der Bar gearbeitet?«

»Wir hatten dort eine Geburtstagsfeier, sodass ich erst um vier ins Bett gekommen bin.«

»Oh nein! Warum hast du denn nicht geschrieben? Wenn ich das gewusst hätte, hätten wir uns nicht schon um neun Uhr deiner Ortszeit zum Videocall verabredet!«

»Lou, ich wollte auf keinen Fall verpassen, dir für den Beginn deines vierten Semesters noch persönlich viel Erfolg zu wünschen.«

»Das ist aber lieb. Danke, dass du daran gedacht hast.«

»Na klar. Findest du es arg schlimm, dass für dich ab morgen wieder Alltag einkehrt?«

Ich seufze. »Ich weiß nicht. Wenigstens bin ich so wieder ein wenig abgelenkt …«

»Kenne ich zu gut … Wie war dein Kurztrip mit Cara?«

»Sehr entspannend. Wir haben im Whirlpool gesessen und aus dem Panoramafenster auf die Berge geschaut. Das war wirklich unbezahlbar. Am letzten Tag haben wir uns eine Massage und ein Candle-Light-Dinner gegönnt. Das Essen war einfach fantastisch – und viel zu viel. Wir waren froh, dass wir am nächsten Tag nicht im Bikini in den Wellness-Bereich mussten, sondern abgereist sind«, lache ich, weil wir selbst am darauffolgenden Morgen aufgrund unserer vollen Bäuche nur eine Kleinigkeit zum Frühstück gegessen hatten.

»Leider hatte Cara eine nicht so schöne Rückkunft. Sie und Antonio haben sich gestritten«, schiebe ich nach.

»Was Ernstes?« Leo verzieht seine Stirn.

»Die beiden kriegen sich schon wieder ein. Cara hat herausgefunden, dass Antonio sich während unseres Kurztrips alleine mit einem Girl getroffen hat, das er über den Freundeskreis kennt. Eigentlich wären noch zwei andere Freunde mit dabei gewesen, die aber abgesagt haben. Cara versteht nicht, wieso Antonio es ihr verheimlicht hat. Wenn er es ihr einfach gesagt hätte, hätte sie kein Problem damit gehabt. So fragt sie sich jetzt natürlich, warum er ein solches Geheimnis daraus gemacht hat.«

»Ja, das kann ich verstehen. Ich wollte Antonio ohnehin mal anrufen, vielleicht kann ich herausfinden, was genau gewesen ist, und die Situation ein wenig entschärfen.«

»Das wäre nett. Cara hat wirklich Sorgen, dass da etwas gelaufen sein könnte.«

»Tut mir leid für sie. Ist bestimmt ein scheiß Gefühl.«

Ich nicke wissend, weil ich an das Café-Girl und Leos „Beichte" vor einigen Wochen denken muss. Ja, es ist verdammt grausam, wenn derjenige, den man liebt, seine Zärtlichkeiten mit einer anderen Person teilt.

Als Leo erneut gähnt, kann ich nicht anders und bestehe darauf, dass er sich noch ein paar Minuten Ruhe gönnt, ehe er zu seiner anderen Arbeitsstelle aufbricht. Ich kann mir noch immer nicht vorstellen, dass Leo es tatsächlich nötig hat, sogar drei Jobs gleichzeitig nachzugehen, aber vielleicht ist das ja seine eigene Methode der Ablenkung, wer weiß. Immerhin bin ich auf eine Weise ebenfalls froh, dass ich morgen wieder auf die Uni gehe und mein Gehirn mit Lernstoff zuschütte.

Einige Wochen später hat mich der Alltag wieder, und obwohl ich es nie hätte glauben können, vergeht die Zeit hier auch ohne Leo. Ich telefoniere zwei- bis dreimal wöchentlich mit ihm, und jedes einzelne Mal freue ich mich wie verrückt, wenn ich seine Stimme höre oder ihn virtuell sehen kann.

Eines Abends liege ich bereits im Bett und habe gerade meinen Videocall beendet, als ich meine Mutter im Erdgeschoss aufgeregt reden höre. Prompt habe ich das Gefühl, dass etwas nicht in Ordnung ist. Ich schlage die Bettdecke beiseite, ziehe mir einen kuscheligen Bademantel über meine Nachtbekleidung und laufe die Treppe nach unten. Meine Mutter nimmt ihr Smartphone vom Ohr und beendet gerade das Gespräch. Als sie sich umdreht und mich erblickt, zuckt sie zusammen.

Sie sieht unheimlich aufgewühlt aus und hat rote Flecken an Hals und Dekolleté. Kein gutes Zeichen.

»Sorry, ich wollte dich nicht erschrecken. Was ist denn los?« Ich deute besorgt auf ihr Telefon.

Sie sieht mich einen Moment lang wie ein verschrecktes Reh an, und ich bekomme es mit der Angst zu tun. »Marc …«

Sie schluckt. »… war gerade bei Keanu und hat ihn erneut bedroht, dass er endlich aus seinem Leben verschwinden soll.«

Ich spüre, wie mir alle Farbe aus dem Gesicht weicht.

»Keanu ist nichts passiert«, schiebt sie zum Glück schnell noch nach. »Er konnte ihn abwehren und die Tür zuschlagen, aber er hat Angst, dass Marc jetzt zu uns unterwegs sein könnte.«

Ihre Worte können von meinem Kopf gar nicht richtig verarbeitet werden, doch mein Herz hat ihre Bedeutung bereits erfasst. Es rast in meiner Brust vom Schreck und der Angst, die ich mit einem Mal empfinde. Als meine Mutter mich in den Arm nimmt, setzt das Zittern ein.

»Keanu hat bereits die Polizei gerufen. Wir machen einfach nicht auf, falls Marc klingeln sollte«, versucht sie uns zu beruhigen und drückt mich an sich. »Wir sind sicher, Louisa.«

Meine Zähne klappern unkontrolliert aufeinander, als hätte ich Schüttelfrost, und meine Beine fühlen sich völlig unsicher und wackelig an. Wir setzen uns auf die Couch und fürchten uns vor dem Moment, in dem die Türklingel ertönen könnte. Niemals hätte ich gedacht, dass die Situation mit meinem Pseudo-Vater einmal so eskalieren könnte. Mein Kopf hat bereits unzählige Filme produziert, die abwechselnd vor meinem inneren Auge ablaufen.

Als das Handy meiner Mutter klingelt, zucken wir beide zusammen. »Alles gut bei euch?«, höre ich Keanus besorgte Stimme.

»So weit schon, und bei dir?«, antwortet meine Mutter. Ich kann ihre eigene Furcht dabei förmlich spüren, so aufgeregt klingt ihre Stimme.

»Alles gut, ich habe mich vom Schrecken wieder ein bisschen erholt. Oh, ich muss auflegen, es hat geklingelt. Ich sehe einen Polizeiwagen vor der Tür.«

Mit einem Mal registriere ich, wie verzweifelt ich mir gerade Leo herbeiwünsche, weil ich in dieser Ausnahmesituation seinen Zuspruch und seine schützenden Arme so dringend gebrauchen könnte. Und das Wissen, dass er nicht innerhalb kürzester Zeit bei mir sein kann, sondern einen ganzen Tag hierher brauchen würde, bringt mich schier um den Verstand. Wenn uns etwas zustoßen würde … Es fällt mir gerade unheimlich schwer, meine Furcht in den Griff zu bekommen.

Ein weiteres Mal zucken wir zusammen, als es an unserer

Haustür klingelt. Dann klopft es kurz darauf ein paarmal vehement. Als die Polizei sich lautstark zu erkennen gibt, atmen meine Mutter und ich gleichzeitig laut auf. Ich begleite sie an die Tür und blicke in das Gesicht eines jungen Polizisten, der uns mit seiner Kollegin seine Dienstmarke hinstreckt.

Was für eine surreale Situation. Ich komme mir vor, als würde das hier gerade nicht wirklich passieren, weil es einfach zu schräg ist.

Meine Mutter bittet die Polizisten herein, und wir setzen uns an den Küchentisch. Nachdem wir einige Fragen beantwortet haben, erhält der Beamte einen Anruf, dass Marc aufgegriffen wurde. Als ein Felsblock von mir abfällt, spüre ich allmählich die einfallende Müdigkeit, weil mich das Ganze so unheimlich viel Aufregung gekostet hat.

Wir werden über unser Zusammenleben mit Marc befragt, und ich bin überrascht, mit wie viel Ehrlichkeit meine Mutter von ihrem Eheleben spricht. Es ist, als würde sie nur einen passenden Moment gesucht haben, um all das endlich aus ihrem tiefsten Inneren herauszulassen.

Da Marc die kurze Haftstrafe seiner Eskapaden aus dem letzten Jahr gerade erst hinter sich gebracht hat, droht ihm nun erneut ein Prozess. Ich glaube tatsächlich, dass ich ein viel zu gutes Herz habe, denn für einen winzigen Moment spüre ich enormes Mitleid mit ihm und seiner Situation – und das trotz allem, was er mir in den letzten 21 Jahren angetan hat. Ich kann nur mit dem Kopf über mich selbst schütteln.

Als die Polizei wieder gefahren ist, ruft meine Mutter Keanu zurück, der es vor wenigen Minuten probiert hat. Sie telefonieren eine ganze Weile, während ich versuche, dem Drang zu widerstehen, Leo eine Nachricht zu schicken und ihn über den Vorfall zu informieren. Ein egoistischer Teil von mir möchte provozieren, dass er sich daraufhin in den nächsten Flieger setzt und schnellstmöglich zu uns kommen würde. Doch den vernünftigen Anteil in mir bringt schon alleine der Gedanke daran um, dass Leo sich in 12.000 Kilometern Entfernung furchtbar ohnmächtig fühlen würde und ein Gefühlschaos sondergleichen durchleben müsste.

Am nächsten Morgen bereits wird mir die Entscheidung, Leo von gestern Abend zu erzählen, abgenommen, indem ich mitten in einer Vorlesung einen Anruf von ihm erhalte. Ich stecke das Telefon in meine Hosentasche und stehle mich so unauffällig wie möglich aus dem Saal.

Als ich in der Toilette ankomme, klingelt es noch immer.

Eilig nehme ich ab. »Hi Leo.«

»Gott sei Dank geht es euch gut! Ich hab einen riesigen Schrecken bekommen, als Dad mir das mit Marc erzählt hat!« Ich kann seine besorgte Miene anhand seiner Stimme richtiggehend vor mir sehen.

»Ja«, sage ich und seufze. »Es ist zum Glück gut für uns alle ausgegangen. Dad hat von Marcs Messer nur eine kleine Schnittwunde am Arm abbekommen, als er versucht hat, ihn abzuwehren. Ich möchte mir gar nicht ausmalen, was passieren hätte können …«

»Ich kann auch noch nicht wirklich realisieren, was geschehen ist … Wie gehts dir, Lou?«, fragt er sanft.

»Den Umständen entsprechend ganz gut.«

Für einen Moment ist es still in der Leitung.

»Ich wünschte, ich wäre bei dir«, gesteht mir Leo dann.

Ich lehne meinen Kopf gegen die Wand, presse meine Lippen zusammen und schließe meine Augen. »Das wünschte ich auch.«

Plötzlich wird die Tür aufgerissen, und ich zucke erschrocken zusammen.

»Da bist du ja! Oh …«, ruft Cara. »Alles okay?«, formt sie mit den Lippen, als sie sieht, dass ich telefoniere.

Ich nicke, woraufhin sie sich wieder aus dem Staub macht.

»War das eben Cara?«, will Leo wissen.

»Ja, genau. Danke übrigens, dass du letzte Woche mit Antonio geredet hast. Es hat Cara tatsächlich noch einmal beruhigt, als sie von dir gehört hat, wie sehr ihr Freund sie immer noch liebt und alles irgendwie nur ein blödes Missverständnis gewesen zu sein scheint.«

»Freut mich, dass ich in der Angelegenheit weiterhelfen konnte.«

Dann reden wir wieder über den fürchterlichen Vorfall gestern Abend, und ich erzähle Leo, dass meine Mutter nun doch endlich Marc wegen häuslicher Gewalt anzeigen will, weil ihre letzte Hoffnung ist, dass er erst ganz tief sinken muss, um vielleicht noch die Kurve zu bekommen. Sie hat verstanden, dass all ihre eigenen, wohlwollenden Versuche, ihm zu helfen, bisher mehr oder weniger gescheitert sind. Sie

229

denkt, dass Marc womöglich diesen Tiefpunkt braucht, damit er endgültig begreift, dass er dringend an seinem Verhalten arbeiten sollte, wenn er wieder umgänglich werden will. So widersprüchlich das auch klingen mag, ist es vielleicht tatsächlich die letzte Chance, sein Leben wieder unter Kontrolle zu bekommen.

Nach gut 20 Minuten gehe ich in den Vorlesungssaal zurück und lausche mehr oder weniger interessiert dem Professor, der gerade in Mikroökonomie darüber referiert, wie private Haushalte auf ökonomische Entscheidungen wie Preisänderungen reagieren. Während der nächsten Stunde bin ich jedoch die meiste Zeit durch meine Gedanken an Leo abgelenkt, sodass Cara mich ein paarmal anstößt und mich fragend anblickt.

Obwohl Leo und ich mittlerweile seit einigen Wochen so häufig miteinander sprechen, fällt mir auf, dass wir nie ein einziges Wort über die nähere Vergangenheit und das letzte Jahr verlieren, fast so, als hätte es all das nie gegeben. Es ist unser persönliches Tabu-Thema, weil wir vermutlich beide viel zu viel Angst davor haben, was passieren könnte, wenn wir offen darüber reden würden.

»Ich muss dir etwas sagen, Louisa«, verkündet mir mein Vater, als wir an einem Freitagnachmittag nach der Uni zusammen auf der Terrasse in der Frühlingssonne bei einer Tasse Kaffee sitzen. »Ich fliege im Juni nach Hawaii.«

Ich kann nicht verhindern, dass mir die Gesichtszüge entgleiten, so überraschend kommt diese Ankündigung für mich. »Oh, okay ... Ich meine, ich freue mich für dich. Aber wie kommt das?«

»Kaleo hat mich letzte Woche eingeladen.«

Wow, was für ein Schlag in die Magengrube.

Ich sehe betreten zu Boden.

Und was ist mit mir?, schreit mein Innerstes vermutlich so laut, dass mein Vater tröstend seine Hand auf meinen Arm legt.

»Es tut mir so leid, Louisa. Ich weiß, wie gerne du ihn sehen möchtest ...« Er hält inne und hebt mein Kinn an. »Ich weiß, wie du leidest. Und so blöd es sich anhört, aber vermutlich ist genau das der Grund, warum ihr euch lieber nicht sehen solltet. Ihr seid beide noch nicht so weit, die Vergangenheit hinter euch zu lassen.«

Darauf kann ich absolut nichts erwidern. Weil es schlicht und einfach der Wahrheit entspricht.

Auf dem Nachhauseweg mache ich einen Abstecher zum See und setze mich auf „unsere" Bank an der Bucht, die zum Glück gerade frei ist. Dann denke ich an den letzten August, den wir genau hier verbracht haben, und kann vor Schmerz darüber, wie glücklich wir einmal zusammen waren, kaum atmen. Und schließlich wird mir bewusst, wie ich noch immer ein wandelnder Geist ohne Leo bin, wie ich ständig auf der Suche danach bin, diese gähnende Leere in mir zu füllen … Ich wünschte, Leo würde einfach wieder nach Hause kommen. Doch sein neues Zuhause scheint er inzwischen auf O'ahu gefunden zu haben. Hat er manchmal Sehnsucht, wieder hierher zurückzukommen?

Ich möchte so gerne stärker sein, aber ich schaffe einfach nicht, mich ohne ihn vollständig und ganz zu fühlen. Ich vermisse ihn so sehr, dass ich auch nach all den Monaten einfach keine Kontrolle über meine Gefühle bekomme. Der Gedanke, dass Keanu ihn bald ohne mich besuchen wird, frisst mich vor Eifersucht fast auf.

Beinahe zwei Stunden lang beobachte ich die vielen Menschen, die auf der gegenüberliegenden Seite der Bucht kommen und gehen. Und etliche Male wünschte ich, ich könnte mit einem von ihnen tauschen, damit ich endlich frei von meinen Seelenqualen wäre. So dringend möchte ich meine Gefühle und Gedanken jemandem mitteilen. Doch der einzige Mensch, der mich vollkommen verstehen würde, ist der, der mich nicht sehen möchte, weil er Angst davor hat, dass wir uns noch immer zu sehr lieben, um unsere Handlungen unter Kontrolle zu halten.

Wenn er schon nicht hier bei mir sein will, um mir zu versichern, dass ich sein wahres Zuhause bin, kann Leo dann nicht wenigstens irgendetwas tun, das mich ihn aus tiefstem Herzen hassen lässt und meine Sehnsucht verringert?

Wieso, verdammt, kann ich nicht in einer Welt leben, in der er nicht mein Halbbruder ist? Dieses eine – nur dieses eine beschissene Wort, das uns unser komplettes Leben versaut hat! Wie kann so viel Glück und Leid im Grunde nur von einem einzigen verhängnisvollen Wort abhängen?

Halbbruder – was für ein Hohn des Schicksals.

Wie ich feststelle, bin ich auch ein dreiviertel Jahr später noch immer vollkommen gefangen in meinen Erinnerungen an unsere gemeinsame Vergangenheit.

Und mit einem Mal habe ich solche Angst vor der Zukunft, weil ich nicht mein restliches Leben lang nur noch existieren, sondern wieder leben will! Aber mir fehlt eine Idee, wie ich das ohne Leo schaffen soll.

Am liebsten würde ich Leos Ärger provozieren und einfach mit Keanu zusammen nach Hawaii fliegen. Doch ich weiß, dass ich wie Ikarus, der der Sonne zu nahekommt, verglühe, wenn ich Leo wieder begegne.

Ja, Leo, ich verstehe, warum du mich nicht in deiner Nähe haben willst: weil ich deine Berührungen noch immer zu sehr brauche.

Der Tag, an dem Keanu in den Flieger steigt, ist für mich unerträglich. Ich möchte mich in meinem Zimmer verkriechen und nichts sehen und hören. Doch Cara zwingt mich, den Samstagabend mit ihr, Antonio und meinen Freundinnen zu verbringen. Ich mache Bekanntschaft mit dem ein oder anderen Schluck Alkohol, bis meine Freundin mir mein Glas aus der Hand nimmt. Sie führt mich ins Schlafzimmer von ihrer und Antonios neuer gemeinsamer Wohnung.

»Ich kann nicht mehr, Cara ... Ich hatte so gehofft, dass es nach all der Zeit besser werden würde. Ohne Leo macht nichts wirklich Sinn in meinem Leben.«

Ein paarmal setzt sie an, als würde sie etwas sagen wollen. Doch dann streicht sie nur weiter über mein Haar, während sie mich tröstet. Wenn nicht einmal Cara einfällt, was sie sagen könnte, scheint es wirklich grauenvoll um mich bestellt zu sein.

Kapitel 24 ✿ Kleine Fortschritte

Während Keanu drei wundervolle Wochen auf O'ahu verbringt, habe ich drei grauenvolle Wochen zu Hause. Dass wir zu dritt ab und zu videochatten, macht es nur noch schlimmer. Ich vergehe vor Sehnsucht, und die zahlreichen Tränen auf meiner Bettwäsche sind ein Zeugnis davon. Ich durchlebe gerade wieder eine der schlimmsten Zeiten, seitdem Leo mich vor so vielen Monaten verlassen hat. Und ich kann nichts dagegen tun, als das Leben an mir vorbeiziehen zu lassen und zu hoffen, dass der Schmerz irgendwann nachlässt. Ich kann niemandem sagen, wie leid ich es mittlerweile bin, ständig zu weinen. Manchmal bin ich so wütend auf mich, dass ich mich nur mit Mühe davon abhalten kann, meinen inneren Schmerz auch außen auf meiner Haut zu tragen.

Als mein viertes Semester sich dem Ende neigt und nur noch zwei Klausuren anstehen, habe ich mich im Rahmen meines Studiums endlich um das Praktikum bemüht, vor dem ich mich so lange gedrückt habe. Wenige Tage nach der letzten Vorlesung beginnt es in der Marketingabteilung einer ansässigen Firma. Ich frage mich, ob ich mittlerweile so taub für andere Gefühle als Schmerz und Sehnsucht geworden bin, weil ich noch nicht einmal aufgeregt bin, als ich das Firmengebäude zum ersten Mal betrete.

Am Tag nach meiner ersten Woche dort ist mein 22. Geburtstag. Ich liege bereits im Bett und döse, als um Mitternacht mein Handy auf dem Schreibtisch vibriert. Leicht benebelt greife ich nach meinem Smartphone und blicke auf das Display. Bevor ich den Videoanruf entgegennehme, streiche ich mir meine Haare glatt und setze mich auf.

»Leo!«

»Meine wunderbare, liebenswerte, bildhübsche Lou! Alles Liebe zu deinem 22. Geburtstag!«

»Danke schön, mein wunderbarer, liebenswerter, bildhübscher Leo.«

In der Tat sieht er umwerfend aus. Seine Haare sind wieder einen Ticken länger als noch vor einigen Wochen, sodass sie ihm sexy verstrubbelt vom Kopf abstehen. Leicht verärgert schüttle ich mit dem Kopf, weil ich es einfach nicht hinbekomme, meine Gedanken zu kontrollieren.

»Nein, im Ernst, Lou, ich wünsche dir alles Glück der Welt und hoffe so sehr, dass du ein wunderschönes neues Lebensjahr haben wirst.«

Er kann die Betretenheit in seinem Gesicht nicht vollkommen verbergen, weil ihm selbst nicht entgangen ist, welche Wirkung seine Worte auf mich haben könnten. Allerdings kann ich mir kaum vorstellen, dass er ahnt, wie extrem verloren ich in Wahrheit bin.

Ich bemühe mich, ehrlich zu lächeln. »Danke dir, das wünsche ich mir auch.«

Er fährt sich durch sein Haar und grinst dann schelmisch. »Ich hoffe, ich war der Erste, der dir gratuliert hat!«

»Wie immer«, lache ich und finde es unglaublich süß, dass er darauf so viel Wert legt.

»Ist mein Geschenk schon angekommen?«

»Nein, leider nicht.«

»Schade. Ich hoffe, es ist in den nächsten Tagen bei dir. Ich habe es extra mit *Priority* schicken lassen.«

»Dann habe ich jetzt etwas, auf das ich mich freuen kann.«

»Hast du Pläne für deinen Geburtstag?«

Ich schüttle den Kopf. »Ich befürchte, dass Cara etwas organisiert hat. Aber ich bin guter Dinge, ihr dieses Mal einen Korb zu geben, weil ich wirklich überhaupt keine Lust habe, irgendwas zu machen.«

Leo sieht mich mitleidig an. »Das tut mir leid.«

Wirklich herrlich, wie wir beide wieder einmal umschiffen, den Grund für meine Motivationslosigkeit beim Namen zu nennen.

»Was machst du gerade?«, will ich wissen, um vom Thema abzulenken.

Er dreht seine Kamera um und lässt sie durch den Raum schweifen. Ich kann eine Menge Fitnessgeräte und Menschen erkennen, die an ihnen trainieren. »Im Studio aushelfen.«

»Macht es Spaß?«

»Ja, es ist in Ordnung. Ich mag vor allem den Kontakt zu den Leuten, die hierher kommen. Das Publikum ist sehr gemischt, was es abwechslungsreich macht. Und das Beste an der Arbeit ist, dass ich jederzeit kostenlos trainieren kann. Ich habe in der ersten Zeit hier auf O'ahu gemerkt, wie sehr mir die körperliche Tätigkeit aus meinem Beruf fehlt. Früher habe ich nie ein Fitnessstudio gebraucht, um gut auszusehen.«

»Man sieht, dass du trainierst«, bemerke ich, weil seine Figur noch definierter geworden zu sein scheint.

Er lacht. »Ein Glück. Lou, wie ist das Praktikum?«

»Bis jetzt ganz gut. Ich habe nette Kolleginnen und Kollegen, und die Stimmung ist recht locker. Sie haben es mir einfach gemacht, mich nach einer Woche bereits zu fühlen, als wäre ich schon viel länger mit an Bord.«

»Das klingt schön.«

»Ja, wenn alles so positiv bleibt, hoffe ich, dass die Abteilungsleiterin mich in guter Erinnerung behält und ich nach Abschluss meines Studiums dort bereits einen Fuß in der Tür habe.«

»Das wäre *really nice*.«

»Wie geht es Nalani?«, frage ich ihn.

»Oh, ganz gut. Sie war in letzter Zeit ein paarmal beim Doc, um ihre Blutdrucktabletten neu anpassen zu lassen, aber ansonsten sprüht sie vor Leben. Sie ist wirklich ein Fels in der Brandung.«

Ich lächle und bin froh, dass sie sich so gut um ihn zu kümmern scheint. »Was machst du am Wochenende?«

»Heute Abend habe ich zum Glück mal keinen Bardienst. Ich will mit Joshua, der auch frei hat, einen Tanzclub unsicher machen. Und morgen ist ein Surf-Event am North Shore, bei dem ich zuschauen möchte.«

»Das klingt grandios, Leo. Ich bin wirklich unheimlich neidisch …« *… wie du es scheinbar schaffst, einfach mit deinem Leben weiterzumachen.*

»Tust du mir einen Gefallen, Lou?«

Ich nicke und sehe ihn erwartungsvoll an.

»Gibst du Cara keine Abfuhr, falls sie etwas für dich organisiert hat? Kannst du versuchen, einen schönen Geburtstag zu haben – mir zuliebe? Ich wäre sehr traurig, wenn ich wüsste, dass du dich unter deiner Decke verkriechst, anstatt dich dafür feiern zu lassen, wie wundervoll du bist und wie schön es ist, dass es dich gibt.«

Ich ziehe meine Nase kraus und verenge meine Augen. »Du gemeine Ratte!«

Er lacht auf. »Wenn es weiter nichts ist. Sag, tust du mir den Gefallen?«

Ich atme tief durch. »Na schön. Aber wirklich nur, weil du es bist. Für niemand anderen würde ich das machen. Absolut für niemanden!«

»Danke, Lou. Ich hoffe, du wirst viel Spaß haben.«

»Ich versuche es.«

»Aber ohne Zuhilfenahme von Unmengen an Alkohol!«, mahnt er mich.

Ich verdrehe die Augen und muss grinsen. »Dir kann man wirklich gar nichts vormachen.«

»Du sprichst hier mit deinem besten Freund, der dich seit 22 Jahren in- und auswendig kennt, vergiss das nicht. Und deine Silvester-Mail klingelt immer noch in meinen Ohren, als du das letzte Mal über die Stränge geschlagen hast und mich übel beschimpft hast.«

»Du hast es verdient gehabt, weil du Ewigkeiten nichts von dir hören hast lassen.«

Er verzieht seinen Mund. »Du hast ja recht. Glaub mir, ich habe von Zeit zu Zeit noch immer ein schlechtes Gewissen, dass ich dich so lange in der Ungewissheit gelassen habe und nicht über meinen Schatten springen konnte.«

Ich schnalze mit der Zunge. »Einsicht ist der erste Weg zur Besserung.«

»Stoß ruhig den Dolch noch ein paarmal direkt in mein Herz.«

»Kein Problem für mich«, necke ich ihn herausfordernd. »Warum soll nur ich leiden? Ich meine, während du dich auf deiner Trauminsel gesonnt und den Girls in ihren Bikini-Höschen hinterhergeschaut hast, habe ich hier den beschissensten Herbst und Winter aller Zeiten verbracht.«

Er sieht mich einen Moment lang so an, als würde er überlegen, ob er mich zurechtweisen oder mitmachen soll.

»Autsch. Das hat gesessen«, sagt er schließlich.

»War mir eine Freude«, lächle ich diabolisch und hoffe, dass er erkennt, wie viel Schmerz in meinen Aussagen steckt, weil ich gerade nicht anders kann, als ihn mit den Narben zu konfrontieren, die er meiner Seele zugefügt hat.

»Lou, Lou, Lou!« Er schüttelt den Kopf und sagt dann liebevoll: »Am liebsten würde ich dich jetzt durchkitzeln, bis du keine Luft mehr bekommst. Ganz gleich, ob du mich anflehen würdest aufzuhören.« Als er seinen Kopf leicht schief legt und schmunzelt, nimmt er mir damit endgültig den Wind aus den Segeln.

Als unsere Trennung ungefähr ein Jahr her ist, geschieht genau das Gegenteil von dem, was ich mir noch immer insgeheim so dringend wünsche. Anstatt dass Leo mir endlich am Telefon erzählt, dass ohne mich auch in seinem Leben nichts mehr Sinn ergibt und er endlich zurückkommt, nimmt unser Gespräch im September einen völlig überraschenden Verlauf.

Während wir uns über unsere aktuelle Lebenssituation updaten, wirkt Leo plötzlich ein wenig nervös. »Lou … bevor ich noch weiter herumdruckse, sage ich es dir am besten ohne Umschweife: Ich habe eine Beziehung mit Leilani angefangen.«

Was?! Ich schlucke und versuche, die aufkommende Übelkeit abzuwenden.

»Es tut mir leid«, höre ich Leo leise sagen, als ich nicht sofort fähig bin zu reagieren.

Bevor es noch peinlicher wird, presse ich mir ein paar Worte heraus. »Nein, nein, Leo, herzlichen Glückwunsch!«

Ich fühle mich superschlecht, weil ich es nicht mit einer Faser meines Herzens ernst meine und auch noch weiterlüge. »Wirklich, ich freu mich für dich.«

Zum Glück telefonieren wir heute nur, ohne uns zu sehen, sodass Leo meine Gefühlswelt nicht zusätzlich an meinem Gesicht ablesen kann.

»Wir haben beschlossen, dass wir es nach dem seltsamen Start Anfang des Jahres noch einmal langsam angehen lassen wollen.«

Kann tatsächlich sein, dass ich mich gleich übergeben muss. Ich weiß gar nicht, wie ich weitersprechen soll, ohne unhöflich zu wirken. Ach, verdammt … »Viel Glück, Leo.«

Eine kurze Weile schweigen wir. Dann seufzt er tief. »Lou … du brauchst nicht so zu tun, als würdest du dich für mich freuen. Ich weiß sowieso, dass du es nicht tust.«

Ich beginne im Bett sitzend, meinen nackten Oberschenkel mit meinen Fingernägeln zu malträtieren.

»Tut mir leid, Leo, dass ich dich angelogen habe …«, sage ich betreten.

»Ich weiß, dass du dir noch immer wünschst, zwischen uns könnte alles so sein wie früher, bevor uns unser Leben um die Ohren geflogen ist … Ich sehe deine sehnsüchtigen Blicke, Lou, wenn wir videochatten. Ich höre den Schmerz in deiner

Stimme, wenn wir telefonieren. Und es tut mir so unendlich leid ... Wir müssen nach all der Zeit endlich weitermachen, verstehst du? Ich wünsche mir sehnlichst für dich, dass du dir auch jemanden suchst, mit dem du glücklich wirst. Und keine Sorge, mir ist sehr wohl bewusst, wie viel das verlangt ist.«

Ich zeichne mit meinem spitzen Daumennagel weiter Kreuze auf mein Bein. Jedes Einzelne steht für einen Monat, den wir nun schon getrennt sind. Nach dem Zwölften beginne ich, das erste Kreuz, das bereits wieder verblasst, nachzuziehen.

»Wer soll denn mit dir auch nur annähernd mithalten können?«, sage ich leise.

Leo seufzt erneut. »Mach es mir bitte nicht so schwer, Lou.«

Am liebsten würde ich ihm an den Kopf werfen, dass doch er derjenige ist, der es uns schwer macht, weil es im Prinzip so einfach sein könnte. Aber ich habe gerade keine Kraft, mit Leo über diese endlose Distanz zu streiten, darum kürze ich das Telefonat ab und verspreche, mich in den nächsten Tagen wieder zu melden.

Doch es dauert zwei ganze Wochen, bis ich ihm das nächste Mal schreibe, weil ich ununterbrochen daran denken muss, dass Leilani gerade all das abbekommt, was eigentlich ich von Leo haben möchte: Nähe und Liebe, Zuspruch und Halt, schöne Momente und jede Menge Spaß sowie einen besten Freund zum Pferdestehlen.

Als Leo mich im Herbst zwei weitere Male dazu auffordert, wenigstens zu versuchen, jemanden kennenzulernen, kommt mir der Gedanke, dass er womöglich gar nicht wirklich mit Leilani zusammen ist, sondern es mir nur erzählt hat, damit ich mich vielleicht irgendwann von ihm lösen kann. Dieser Gedanke lässt mich kurzzeitig alles hinterfragen, was er mir über sich und sein Privatleben erzählt. Es gibt mir Hoffnung, dass seine Beziehung mit dem Café-Girl nur eine Farce ist ... bis er eines Tages im Messenger-Dienst ein Profilbild von sich mit einer bildhübschen jungen Frau im Arm einstellt.

Da ist sie. Unverkennbar und schlichtweg nicht mehr wegzudiskutieren.

Als die ersten Schneeflocken fallen, sitze ich einmal mehr auf unserer Bank am See. Ich ziehe meinen Schal enger um mich, schaue den Wellen im rauen Wind zu und bin völlig in meiner Gedankenwelt gefangen.

»Du scheinst hier ziemlich häufig zu sein. Und jedes Mal siehst du so traurig aus.«

Ich zucke zusammen, als ich angesprochen werde, und blicke zur Seite. Ein junger Typ Mitte 20 lächelt mich an. Er hat seine Hände in den Manteltaschen vergraben, seine Ohren und Nase sind von der Kälte ein wenig gerötet, und eine seiner braunen Haarsträhnen hängt ihm ins Gesicht, als er zu mir nach unten blickt.

»Darf ich mich setzen?«

Eigentlich habe ich, wie so oft in den letzten Monaten, wenig Bedürfnis nach Gesellschaft, aber er sieht so unheimlich sympathisch aus, dass ich es nicht übers Herz bringe, ihm eine grobe Abfuhr zu erteilen. Daher nicke ich, und er nimmt in einigem Abstand neben mir Platz.

»Darf ich fragen, warum du immer so traurig aussiehst?«

Ich nage an meiner Unterlippe und überlege eine Weile, was ich am besten antworten soll. Warum sollte ich überhaupt einem Fremden etwas so Persönliches über mich erzählen?

»Du musst es mir nicht sagen, wenn du nicht willst oder kannst«, meint der Typ, während ich noch darüber sinniere, wie ich der Situation am geschicktesten entkomme.

»Ich habe auch einen Ort, an den ich gehe, wenn ich traurig bin«, erzählt er mir und schweigt dann wieder. »Ich habe vor zwei Jahren meine Freundin bei einem Verkehrsunfall verloren.«

Ich ziehe schockiert die Luft ein. »Oh mein Gott, das ist ja schrecklich … Das tut mir wirklich sehr leid.« Ich werfe ihm einen knappen Blick zu.

»Muss es nicht, du kannst ja nichts dafür«, lächelt er sanft.

Ich blicke auf den See hinaus und atme einmal tief ein und aus. »Mein Freund hat sich letztes Jahr von mir getrennt. Ich weiß, das ist nichts im Vergleich zu deinem Schicksal. Aber ich habe trotzdem keine Ahnung, wie ich ohne ihn zurechtkommen soll. Wir waren beste Freunde und Seelenverwandte«, sage ich, doch es klingt irgendwie abgedroschen und kann nicht annähernd das wiedergeben, was Leo und ich hatten.

»Du musst unsere Schicksale nicht gegeneinander abwägen. Jeder hat sein Päckchen zu tragen, und für jeden ist das, was er durchmacht, schlimm. Es ist kein Negativ-Wettbewerb. Jeder hat das Recht auf seine Gefühle und die Sorgen in seinem Inneren. Es sollte keine Wertung für schlimm und noch schlimmer geben.«

Ich bin froh, dass er zu verstehen scheint, wie ich leide, obwohl Leo nicht tot, sondern „nur" auf andere Weise nicht mehr bei mir ist.

»Das hast du schön gesagt«, lächle ich ihn an. »Wie oft hast du mich denn schon hier gesehen? Du stalkst mich doch nicht etwa, oder?«

Er lacht auf. »Nein, keine Sorge, ich bin kein Psycho. Wobei, sagen das nicht immer genau die, die es dann wirklich sind?«

Ich muss auflachen. »Vielleicht. Ich habe bisher noch keinen Psycho getroffen. Zum Glück.«

»Um auf deine Frage zurückzukommen. Ich habe dich inklusive heute viermal gesehen. Und immer sahst du so traurig aus, dass man dich am liebsten in den Arm nehmen und trösten möchte. Ich habe mich immer gefragt, was dich wohl so unglücklich macht. Jetzt weiß ich es.«

Ich bin etwas peinlich berührt über so viel Ehrlichkeit und lächle schief.

»Ich habe mich übrigens noch gar nicht vorgestellt. Sorry, wie unhöflich von mir«, gesteht er kopfschüttelnd. »Ich bin Noah. Wie der Typ von der Arche. Mit den Tieren. Du weißt schon, Altes Testament und so.« Er streckt mir auf altmodische Art seine Hand hin, und ich muss auflachen, weil er mir seinen offensichtlich sehr einfachen Namen so beispielhaft erklärt hat.

»Ich kenne den Namen und auch die Geschichte mit der Sturmflut. Hi Noah. Ich bin Lou.«

»Freut mich, Lou. Kann ich irgendwas tun, damit du nicht mehr so traurig bist?«

Ich lächle dankbar. »Nein, ist schon in Ordnung. Da muss ich, glaube ich, selbst durch.«

»Vielleicht magst du mich ja nächstes Mal anrufen, wenn du wieder vorhast, traurig auf der Bank zu sitzen? Dann könnten wir das gemeinsam machen.«

Seine Augen funkeln leicht amüsiert, als ich ihn ansehe.

Für einen Moment will ich ihm trotz seiner charmanten Art eine Abfuhr erteilen. Doch dann muss ich wieder an Leos Aufforderung denken, jemanden kennenzulernen, um mit dem Leben weiterzumachen. »Ja, wieso nicht?!«, sage ich deshalb. »Geteiltes Leid ist immerhin halbes Leid, oder?«

»Genau so ist es.«

Ich hole mein Smartphone aus meiner Jackentasche, und wir tauschen Nummern aus.

Dann steht er von der Bank auf, um sich zu verabschieden. »Also dann, Lou, es hat mich gefreut!«

»Mich auch«, sage ich und bemerke, dass ich es wirklich ehrlich meine. »Bis vielleicht bald, Noah.«

Eine Weile noch bleibe ich alleine sitzen und kann kaum glauben, dass ich gerade ernsthaft mit einem Typen Nummern ausgetauscht habe. Und je länger ich über meine Beweggründe nachdenke, umso klarer wird mir, dass ich drauf und dran bin, mir Ersatz für die Zuneigung zu suchen, die Leo mir nicht gibt.

Kapitel 25 ✿ Vernunftentscheidung

Hi Leo,

ich habe den Eindruck, dass es mir manchmal ein bisschen leichter fällt, über sensible Dinge mit dir zu sprechen, wenn ich dir eine Mail schicken kann.

Ich hoffe, du nimmst es mir nicht übel, aber ich habe dir bisher nicht erzählt, dass ich neulich jemanden kennengelernt habe. Und stell dir vor, wo das gewesen ist! Auf unserer Bank an der Bucht hat er mich angesprochen. (Ich hoffe, die Ironie dieser Sache entgeht dir nicht …) Noah ist sehr nett und zuvorkommend und versucht, mir jeden Wunsch von den Augen abzulesen, um mein Herz zu gewinnen. Manchmal ist er ganz gut darin, aber er kennt mich eben noch nicht wirklich lange. Wir sind an den Wochenenden einige Male zusammen ausgegangen, und auch Cara hat ihn bereits kennengelernt. Ihr Urteil lautete „ganz passabel mit Luft nach oben". Ich glaube, sie findet ihn ein bisschen zu ruhig und zurückhaltend und hätte sich eher einen verrückteren Sparringspartner für unser „wolf pack" gewünscht. Ich persönlich weiß nicht, was ich mir wünsche. Ich bin einfach froh, dass mich jemand in den Arm nimmt und mir die körperliche Nähe gibt, die ich brauche.

Am Freitag sind Noah und ich im Bett gelandet … Es war gut. Na ja, ganz okay. Also schön: Es war sterbenslangweilig. So, jetzt hab ich es gesagt. Ich habe die Leidenschaft vermisst, das Feuer und so vieles mehr. Vielleicht sollten wir aber noch ein paar Versuche starten, bevor ich mir ein endgültiges Urteil erlaube.

Ich hoffe, bei dir läuft es noch immer gut mit Leilani? Du hast tatsächlich schon länger nicht mehr von ihr gesprochen, wenn wir in letzter Zeit telefoniert haben.

Dicke Umarmung!
Deine Lou

Hey Lou,

ich freu mich riesig, dass du jemanden kennengelernt hast! Und natürlich nehme ich es dir nicht übel, wenn du es mir bisher nicht verraten hast. Du bist mir schließlich keine Rechenschaft schuldig.

Leilani … Puh, okay. Also die Wahrheit ist, dass wir uns vor Kurzem, also nach etwa drei Monaten, wieder getrennt haben. Im Moment stürze ich mich in die Arbeit und surfe viel (also auf dem Meer und nicht im Netz *lol*). Mit den Jungs bin ich leider viel zu selten unterwegs, weil unsere Schichten im Moment oft asynchron sind und sich nur wenige Stunden überschneiden, sodass wir nicht so oft gemeinsam frei haben.

Ich muss auch gleich schon wieder los – wollte dir nur zuvor noch schnell eine kurze Antwort schicken. Am liebsten ist mir tatsächlich, wenn wir telefonieren, weil ich das besser in meinen Alltag integrieren kann. Aber du darfst mir natürlich gerne weiterhin Mails schicken, wenn du das möchtest und es dir bei „gewissen Themen" leichter fällt.

Ich umarme dich zurück,
Leo

Hi Leo,

unser Call vor vier Tagen war wirklich schön, danke dir!
Ich bin glücklich, dass du dich so über mein Geschenk gefreut hast
und einen wundervollen Geburtstag hattest. (Unglaublich, dass du
schon 24 geworden bist, du alter Mann!)
Die Feier, die deine Familie für dich ausgerichtet hat, hätte ich wirklich gerne miterlebt. Ich gebe noch immer die Hoffnung nicht auf,
dass wir uns irgendwann wiedersehen und ich deine neue Heimat
kennenlernen darf! Fehlt dir eigentlich dein altes Zuhause hier am
See zumindest ab und zu? Oder musst du viel zu selten an all das
hier denken, während du im Paradies auf deinem Brett parallel zum
Sonnenuntergang surfst?
Kannst du dich noch erinnern, dass wir hier auch wunderschöne
Sonnenuntergänge haben? Wie oft sind wir mit unseren Freunden
im Frühling und Sommer zum Schloss Montfort gefahren und haben
bei einem Glas Spritz den purpurnen oder grellorange-roten Himmel
über dem See genossen, während im Hintergrund Chillout-Musik
lief. Wie oft haben wir an unserer Bucht ein kleines Lagerfeuer
gemacht und gegrillte Marshmallows gegessen, bis uns allen
schlecht war. Wie oft sind wir mit dem Rad zu Carlo gefahren, nur
wegen zwei Kugeln Eis, manchmal sogar zweimal pro Tag.
Ich hoffe, du hast all das nicht verdrängt.
Kannst du dich noch an all diese schönen Sommer erinnern, in
denen die Zeit stehengeblieben ist und wir dachten, dass die Ferien
niemals enden würden? Dass wir für immer so jung und unbeschwert und frei sein würden? Ich wünschte, man würde das als
Kind und Teenager zu schätzen wissen. Ich wünschte, das Leben
wäre manchmal nicht so furchtbar desillusionierend, wenn man
erwachsen wird.
Ich hoffe, ich habe dir jetzt mit meiner Melancholie nicht die Laune
verdorben. Eigentlich wollte ich dich nur an ein paar Erinnerungen
von früher teilhaben lassen.

Bis bald,
deine Lou

Meine liebe Lou,

du hast mir nicht die Laune verdorben – im Gegenteil. Ich kann mich sehr gut noch an all unsere gemeinsamen Sommer erinnern und finde die Gedanken an diese Zeiten unglaublich schön.
Klar fehlt mir mein altes Zuhause. Ständig. Vieles daran fehlt mir, wenn ich ganz ehrlich bin … Es ist auf andere Weise besonders als hier, aber nicht weniger unvergesslich.
Und du hast recht, auch ich wünsche mir diese kindliche Unschuld und den unvoreingenommenen Blick auf die Welt manchmal sehnlich zurück.
Weißt du noch, als wir auf der Chorfahrt der 7. bis 9. Klassen Telefonstreiche gemacht haben, weil auf dem Burg-Areal tatsächlich noch eine alte Telefonzelle aus den 90ern stand, die funktioniert hat? Wir haben zwei Nachmittage damit verbracht, kostenlose Nummern anzurufen und die armen Leute in den Callcentern zu veralbern. Am letzten Tag der Fahrt ist dann Hanna mit Tobi zusammengekommen, weil sie sich in ihn blitzverknallt hat, da er beim Tischtennisturnier Erster geworden ist. Ich könnte mich noch immer wegschmeißen vor Lachen, weil sie auch Wochen später noch so getan hat, als hätte sie einen Promi klargemacht.
Oder kannst du dich noch daran erinnern, dass wir uns auf dem Heimweg von Leahs Party zu siebt in meinen Wagen gequetscht haben, weil der letzte Bus schon weg war, die anderen zu geizig für ein Taxi waren und ich der Einzige war, der bereits einen Führerschein hatte? Wie wir die ganze Fahrt über Lachflashs hatten, weil Sanne auf dem Beifahrersitz ihren Kopf einziehen musste, als sie auf Isas Schoß saß. Mein erster Gedanke heutzutage wäre, dass etwas Schlimmes passieren könnte oder die Polizei uns erwischt. Damals hatten wir lediglich Sorge, dass der betrunkene Marko euch auf den Schoß kotzen könnte, weil ihr zu viert wie in einer Sardinenbüchse auf der Rückbank saßt …
Danke, dass du diese Erinnerungen in mir geweckt hast!
Schlaf gut und träum schön, Lou.

Dein Leo

Hallo Leo,

frohe Weihnachten! Wenn du meine Nachricht nach dem Aufstehen liest, ist bei uns gerade Heilig Abend, aber ich würde mich irre freuen, wenn wir trotzdem telefonieren könnten. Es gibt für mich kein schöneres Weihnachtsgeschenk, als deine Stimme hören zu können. (Na ja, beinahe jedenfalls. Denn wenn du hier wärst, wäre das definitiv durch nichts zu toppen.)
Ich werde später noch Noah treffen und kurz bei seiner Familie vorbeischauen, der er mich vorstellen möchte. Kurioserweise bin ich nicht einmal wirklich nervös. Ich frage mich, ob das ein gutes oder schlechtes Zeichen ist?!

Hab ein tolles Weihnachtsfest auf O'ahu und ruf mich an, wenn du magst!

Deine Lou

PS: Der Sex mit Noah ist immer noch nicht wirklich erwähnenswert, doch ich habe meine eigene Methode, um mich meiner Fantasie hinzugeben … Ich weiß, dass das wirklich jämmerlich klingt. Und sind wir mal ehrlich, das ist es auch. Aber soll ich mit ihm Schluss machen, weil der Sex so nichtssagend ist? Ist das nicht ein bisschen oberflächlich? Gib mir doch mal deinen Rat als bester Freund.

Mele Kalikimaka – frohe Weihnachten aus Hawaii, liebe Lou!

Den Vormittag über werde ich unserer Oma bei den Vorbereitungen für das abendliche Fest helfen. Wir wollen im Garten unserer Tante eine große Tafel errichten und dort den traditionellen Truthahn essen, soweit das Wetter durchhält und die Regenwolken sich verziehen.
Zuvor bin ich am Nachmittag noch mit meinen Cousins und Freunden beim alljährlichen weihnachtlichen Hawaii Bowl, einem Football-Event in Honolulu. Ich komme also vermutlich erst am Abend dazu, dich in Ruhe anzurufen, wenn bei euch schon der nächste Morgen angebrochen ist. Ich hoffe, du freust dich dann trotzdem.

Wegen der Sache mit Noah weiß ich nicht so recht, ob ich dir wirklich helfen kann … Versuch es mal mit ein paar Fragen:

Was magst du alles an ihm? Welche Eigenschaften an ihm bringen dich zum Lächeln? Habt ihr schöne Momente? Bist du glücklich und kannst dich fallen lassen, wenn ihr miteinander Zeit verbringt? Kannst du bei ihm du selbst sein? Denkst du an ihn, wenn du etwas Schönes erlebst oder wenn du morgens aufstehst?

Sorry, Lou, ich sollte jetzt dringend Nalani helfen, sie hat schon zweimal nach mir gerufen. Bis ganz bald!

Leo

Hallo Leo,

auch wenn es schon einige Tage her ist und wir mittlerweile zweimal telefoniert haben, habe ich dir noch nicht gesagt, dass dein Fragenkatalog mich in die Realität zurückgeholt hat und mir gezeigt hat, dass ich Noah – und vor allem auch mir – die ganze Zeit über nur etwas vormache.
Wir haben schöne Momente, aber sie sind überhaupt nicht zu vergleichen mit dem, was ich mit jemand anderem hatte …
Ich kann mich nicht wirklich fallen lassen, wenn ich mit ihm zusammen bin, weil ich mich neben ihm aus irgendwelchen Gründen unperfekt fühle.
Und glücklich – wann war ich zuletzt richtig glücklich …? Ich brauche dir die Antwort nicht zu nennen, oder?
Leo, nein, ich denke morgens definitiv nicht an Noah, wenn ich aufwache! Und je mehr ich mir das alles in den letzten zwei Wochen auf der Zunge habe zergehen lassen, desto mehr nagt das schlechte Gewissen an mir, weil ich nicht die Freundin bin, die Noah verdient hat. Niemand verdient, dass man nur mit dem halben Herzen, der halben Aufmerksamkeit bei der Sache ist. Auch wenn ich mich so sehr nach Nähe sehne, darf ich nicht so egoistisch sein und mir von Noah nur das holen, was ich im Moment brauche. Ich sollte ihm alles oder nichts von mir geben. Alles andere ist einfach nur unfair, das ist mir jetzt klar geworden.
Ich weiß nicht, ob du ahnen konntest, wohin mich dein „Fragenkatalog" führen würde. Aber danke dir in jedem Fall für deine Hilfe. Wünsch mir Glück, dass Noah meinen Schlussstrich gut verkraftet.

Auf ein besseres Neues Jahr!
Deine Lou

Lieber Leo,

nun ist der Januar bereits wieder um, und auch mein fünftes Semester neigt sich nach den Klausuren dem Ende. Irre, oder?

Ich bin am Wochenende Samuel begegnet, weil Leah nach der Beziehungspause zum x-ten mal wieder mit Tim angebandelt hat. Wir waren zu sechst tanzen, und ich hatte ein Déjà-vu, als Samuel dieselbe Nummer mit mir abgezogen hat wie vor eineinhalb Jahren auf Antonios Party. Ich war leicht angetrunken und ziemlich frustriert, sodass ich seine Berührungen in vollen Zügen genossen habe, weil ich mich so nach Nähe gesehnt habe. Dann bin ich mit ihm nach Hause gefahren und habe mit ihm geschlafen. Kannst du es glauben? Deine beste Freundin hatte einen One-Night-Stand. Okay, Samuel war jetzt kein komplett Unbekannter, aber immerhin. Wie man sich manchmal von seinem Hormonchaos mitreißen lässt, ist schon ein bisschen unheimlich … Bereut habe ich es aber nicht, auch wenn der Morgen danach genauso komisch ist, wie man immer in Filmen weisgemacht bekommt. Im Gegensatz zu Noah hatte Samuel zum Glück jede Menge Feuer und hat mich beinahe auf andere Gedanken gebracht. Wenn ich mal außer Acht lasse, dass ich das Licht ausgemacht habe und in meiner Fantasie mit jemand anderem Sex hatte … JA, jetzt habe ich es ausgesprochen! Und es tut mir nicht leid, Leo! Ich habe keine Ahnung, ob ich dich tatsächlich noch immer körperlich so anziehend finden würde, wenn du heute real vor mir stehen würdest, weil mittlerweile eine echt lange Zeit vergangen ist, seit wir uns das letzte Mal gesehen haben. Aber meiner Fantasie ist das offenbar ziemlich egal. Denn in meiner Fantasie habe ich deinen Geschmack im Mund, wenn ich andere Männer küsse. Ich habe deinen Geruch in der Nase, wenn ich ihnen nahe bin. Ich habe im Dunkeln dein Gesicht vor Augen, wenn sie über mir sind. Und meine Finger berühren dich, wenn ich ihren Körper erkunde. Leo, was machst du nach all der Zeit noch immer in meinen Gedanken??? Sag es mir! Ich bin es so gottverdammt leid, das kann ich dir nicht erklären!!! …

Lou

PS: Ob du während meiner Beziehung mit Noah und nach meiner heutigen One-Night-Stand-Beichte wohl die gleiche brennende Eifersucht verspürst, die ich in mir hatte, als ich vor Augen hatte, wie du mit Leilani geschlafen hast? Ich weiß nicht, ob du es mir je verraten würdest, wenn es so wäre. Und ich weiß nicht genau, ob ich mir wünsche, du würdest dieses ätzende Gefühl kennen …

Leo,

ich habe versucht, dich anzurufen, und auf meine Handy-Nachricht hast du auch noch nicht reagiert. Sind wir jetzt wieder da, wo wir vor eineinhalb Jahren schon einmal waren? Hast du wieder dein Schweigegelübde abgelegt und wirst mich mit monatelanger Ignoranz strafen?
Mal ganz ehrlich: Man kann uns doch wirklich nicht vorwerfen, Leo, wir beide hätten nicht auf andere Weise versucht, glücklich zu werden!!

Lou

Hallo Lou, du ungeduldige Nudel,

ich habe dir deshalb bisher noch nicht zurückgeschrieben, weil du sicher die Zeitverschiebung vergessen hast, da es bei uns Abend war und ich bereits geschlafen habe, als deine Nachricht ankam. Und am Morgen habe ich Oma zum Arzt begleitet, wo ich im Wartezimmer vorhin zwischen Tür und Angel dann deine Nachricht gelesen habe. Und jetzt ist es Nachmittag, und ich weiß einfach nicht wirklich, was ich auf dein Geständnis hin zurückschreiben soll, wenn ich ganz ehrlich bin …

Leo

Leo,

Vergiss es einfach!! Ich weiß nicht, wieso ich so saudumm war und wieder mit dieser Sache angefangen habe, wo ich doch haargenau weiß, dass dich das nur von mir stößt.
Ich habe nur irgendwie gehofft, dass du ehrlich zu mir sein könntest und wir vielleicht nicht noch die nächsten 10 Jahre um etwas herumeiern, das nicht wegzudiskutieren ist.
Tu mir einen Gefallen und streich bitte meine Worte aus deinem Gedächtnis! Ich glaube, ich werde dich jetzt freiwillig erstmal eine Zeitlang in Ruhe lassen … Das ist das Mindeste, was ich tun kann, damit du dich vielleicht von meinem Geständnis erholst.

Lou

Also schön, Lou …

Ich weiß zwar nicht, was wir davon haben, aber … ja, ich kenne diese Gefühle nur zu gut, die du beschrieben hast!
Warum glaubst du, dass mit Leilani so schnell Schluss war?! Und nein, ich kann unsere gemeinsame Zeit auch nie wirklich vergessen. Ich weiß ebenfalls nicht, ob wir uns noch körperlich anziehen würden, wenn wir uns gegenüberstehen würden, aber … Lou, sag mir, was wir jetzt damit anstellen! Ich persönlich habe nämlich wirklich keine Ahnung, was uns diese Erkenntnis nutzen soll …
Vermutlich bekommen wir uns nicht aus dem Kopf, weil wir immer noch eine so große Rolle im Leben des anderen spielen und ständig Kontakt haben. Das mag für unsere Seele die Rettung sein, aber fürs Vergessen ein Fiasko …
Meinst du, es ist sinnvoll, dass wir wirklich mal eine Zeitlang einen offiziellen Kontaktstopp einlegen? Dass wir sehen, was dann passiert und anschließend entscheiden, wie es weitergehen soll?
Und hab bitte keine Angst – ich werde nie wieder ohne dein Einverständnis über deinen Kopf hinweg entscheiden, von heute auf morgen den Kontakt zu dir einfach abzubrechen, falls du gegen unsere Kontaktpause sein solltest!
Leo

Hallo Leo,

ich mag es kaum zugeben, aber ... vielleicht ist das mit dem zwischenzeitlichen Kontaktstopp wirklich eine gute Idee?! Auch wenn es wieder sehr schmerzhaft sein wird, meinen besten Freund nicht in meinem Alltag zu haben, aber da muss ich, glaube ich, jetzt einfach durch ...
Wollen wir einen festen Zeitpunkt ausmachen, an dem wir uns wieder melden?

Lou

✿

Hi Lou,

was hältst du davon, wenn ich mich im Juli bei dir melde, um dir viel Glück für deine Abschlussprüfungen zu wünschen und dir zu deinem 23. Geburtstag zu gratulieren?

Dein Leo

✿

Leo,

du bist wirklich ein Sadist! Ich habe eher an einige Wochen gedacht, und du denkst in Monaten! ... Das klingt echt verdammt brutal, dich über vier Monate lang nicht zu hören oder zu lesen. Aber vermutlich hast du einfach recht, und alles andere macht keinen Sinn. (Unglaublich, dass ich in Bezug auf dich mal so vernünftig klingen würde. Werde ich etwa wieder ein Stück erwachsener?)

Leo, ich wünsche dir eine wirklich wundervolle Zeit in den nächsten fast fünf Monaten. Hab einen tollen Frühling und überarbeite dich nicht in meiner Abwesenheit!
Grüß bitte Nalani sehr lieb von mir! Und tu nichts, was ich nicht

auch tun würde – was auch immer das bedeuten mag *lol* …

Ich liebe dich, vor allem als meinen besten Freund, aus tiefstem Herzen.

Aloha …
Deine Lou

Liebe Lou,

viel Glück für die letzten Prüfungen deines Wintersemesters! Versuche die Semesterferien zu genießen und hab ebenfalls einen schönen Start in den Frühling. Ich bin mir sicher, dass dein Sommersemester genauso hervorragend wird wie dein bisheriges Studium, du kluge Frau! Aber trotzdem wünsche ich dir natürlich schon jetzt viel Erfolg für dein allerletztes Halbjahr.

Versprich mir, dass du eventuellen Kummer nicht mit Alkohol betäubst und auch sonst keine Dummheiten machst. Ich will mir bitte keine Sorgen um dich machen müssen, okay?
Du bist und bleibst der wichtigste Mensch in meinem Leben, und es würde mich nie wieder glücklich machen, wenn dir etwas zustoßen würde. Darum pass bitte extrem gut auf dich auf, Lou!

Bis dann!
Dein Leo

Kapitel 26 ✿ Geheimnisse

»Ahhhh …«, ächze ich. »Ich werde noch wahnsinnig. Wie soll ich das alles denn in meinen Kopf bekommen? Ich habe das Gefühl, es kann nicht mehr lange dauern, und er platzt mir!«

Cara und ich gehen unsere Zusammenfassungen für Kostenrechnung durch und stimmen unsere Skripte miteinander ab.

»Wir haben die letzten über zweieinhalb Jahre geschafft, da wird uns doch jetzt das letzte Semester nicht in die Knie zwingen, oder?«

Ich stoße die Luft aus. »Beim Schlussteil meiner Bachelorarbeit habe ich momentan auch einen Hänger. Und Abgabeschluss ist bereits in knapp drei Wochen. Ich könnte gerade echt kotzen.«

»Komm schon. Lass doch nicht ausgerechnet jetzt den Kopf hängen!«

»Können wir am Wochenende wenigstens ausgehen? Ich habe das dringende Bedürfnis, mal wieder meinen Kopf beim Tanzen freizubekommen.«

»Soweit ich weiß, ist im Schloss die monatliche Clubnacht. Da sind wir tatsächlich schon länger nicht mehr gewesen.«

»Ich bin definitiv dabei!«, sage ich prompt.

»Soll ich Isa und Leah fragen, ob sie Lust auf einen Mädelsabend haben?«

»Ja gerne, mach das. Vermutlich ist Leah sowieso gerade über ein wenig Ablenkung froh, wenn sie endlich darüber hinwegkommen will, dass Tim sie wieder betrogen hat. Ich hoffe, das war es jetzt endgültig mit den beiden. Wenn Tim nach etwas über einem Jahr schon nicht mehr treu sein kann, wie soll es denn dann werden, wenn wirkliche Probleme in einer Langzeitbeziehung auftreten? Zumal man zugeben muss, dass es ja von Anfang an ein Auf und Ab bei Leah und ihm war.«

»Sehe ich genauso«, gibt mir Cara recht.

»Sag mal, wollen wir das Lernen für heute gut sein lassen und lieber noch ein paar Minuten am See spazieren? Ich hab gerade eine komplette Blockade.«

Cara klappt mit einem lauten Knall ihren Ordner zu. »Na dann los.«

Ich ziehe meinen Cardigan enger um meinen Körper, weil ich unterschätzt habe, dass es gerade nicht so warm draußen ist wie erwartet. Der Wind ist unangenehm kühl, doch auch Ende Mai gibt es eben immer mal wieder ein paar frischere Tage. Im Grunde bin ich froh darüber, weil der April einmal mehr viel zu heiß für die Jahreszeit gewesen ist. Es würde der Natur guttun, wenn es nun noch einige Tage regnen würde.

Wir schlendern am Uferweg entlang und streben auf das Naturschutzgebiet zu, das vor der Halbinsel und Ortsmitte liegt.

»Soll ich dir ein Geheimnis verraten, Lou?«

Ich sehe sie von der Seite an. »Na klar! Ich bin wirklich sehr gespannt, was jetzt kommt.«

»Sei mal lieber nicht allzu gespannt – so aufregend ist es auch wieder nicht. Ich habe überlegt, ob ich mich nun tatsächlich für ein Journalismus-Studium anmelde.«

»Oh wow, Cara! Ich habe nicht gewusst, dass das noch immer in deinem Kopf herumschwirrt. Es ist etliche Monate her, seit du es das letzte Mal erwähnt hast.«

»Ja, ich weiß. Ich habe gemerkt, dass mich dieses BWL-Zeug nicht erfüllt. Ich wollte es aber noch unbedingt zu Ende bringen, falls es mit dem neuen Studium doch nichts werden sollte. Immerhin sind die beiden nächsten Unis zwei Stunden von hier entfernt. Was bedeuten würde, dass ich wegziehen müsste. Was bedeuten würde, dass ich dich auch noch verlassen müsste. Und was bedeuten würde, dass ich eine Fernbeziehung mit Toni führen müsste …« Sie stöhnt. »Deshalb weiß ich es noch nicht endgültig.«

»Kann ich verstehen. Mal abgesehen davon, dass ich dich natürlich ungern hergeben möchte, wäre das eine enorme Veränderung in deinem Leben.«

Sie legt den Kopf in ihren Nacken und ächzt. »Ich hasse solche schwerwiegenden Entscheidungen … Alternativ könnte ich mich auch einfach auf der Journalistenschule bewerben und eine Art Ausbildung machen. Dann hätte ich nicht wieder mindestens drei Jahre Studium vor mir. Allerdings ist hierfür der Bewerbungsschluss bereits in wenigen Tagen. Sag mir, was ich tun soll, Lou!«

Ich lache auf. »Das fragst du ausgerechnet die planloseste Person auf dem ganzen Planeten?«

Cara macht eine wegwerfende Geste und sagt gespielt herablassend: »Auch wieder wahr.«

Als wir eine Weile weitergelaufen sind, nehme ich das Gespräch wieder auf. »Cara, ich muss dir auch ein Geheimnis verraten … Ich werde im August nach Hawaii fliegen.«

»Nicht dein Ernst!« Cara bleibt stehen und sieht mich mit großen Augen an. »Das ist ja unglaublich! Wie kommt es dazu?«

»Ich habe in den letzten Wochen immer wieder überlegt, ob ich einfach mal den Mut haben und Leo besuchen sollte. Und wie es das Schicksal manchmal so will, hat Nalani mir gewissermaßen die Entscheidung abgenommen, weil sie mir vor zehn Tagen eine Nachricht geschickt und mich offiziell eingeladen hat, sie in den nächsten Monaten besuchen zu kommen.«

»Oh wow, Lou! Das ist ja aufregend! Und das erzählst du mir erst jetzt?! Ich freu mich so für dich!« Sie zieht mich in ihre Arme und strahlt. »Weiß Leo denn davon?«

»Nein, sie hat es ihm nicht gesagt. Ich denke, sie hat ihre Gründe. Keine Ahnung, wie er mittlerweile über uns denkt, es ist ja inzwischen fast vier Monate her, dass wir zuletzt Kontakt hatten.«

»Vier Monate schon wieder!«, ruft Cara erstaunt aus. »Ich kann kaum glauben, wie die Zeit rennt.«

»Ja, geht mir genauso. Einerseits ist die Zeit irre langsam vergangen. Auf der anderen Seite ist sie unglaublich schnell verflogen. Ich weiß gar nicht, wie etwas so Konträres beides nebeneinander bestehen kann«, lache ich.

»Heißt das, dass es im Sommer bereits zwei Jahre werden, dass Leo gegangen ist?« Sie schlägt sich die Hände vor den Mund. »No way!«

»Ja. Ich weiß ehrlich gesagt rückblickend gar nicht, wie ich diese Zeit überhaupt überlebt habe.«

»*Überlebt* ist der exakt richtige Ausdruck …« Sie sieht mich mitleidig an und grinst dann wieder. »Oh Mann, Lou, das ist das Aufregendste, was seit deinem One-Night-Stand mit Samuel passiert ist.«

Ich lache. »Tu nicht so, als wäre dein eigenes Leben vollkommen öde.«

»Ist es ja auch nicht. Aber es ist irgendwie einfach superaufregend, die Highlights eines Single-Lebens mitzuerleben, wenn man eine Langzeitbeziehung hat.«

»Du vergisst in deiner Euphorie wohl die ganzen Lowlights eines Single-Lebens …«

»Ansichtssache«, zwinkert sie mir zu. »Nein, Spaß beiseite. Tut mir leid, dass ich die vielen Momente deiner Krise gerade einfach geschmälert habe! Also zurück zu Hawaii: Hast du schon deinen Reisepass beantragt?«

»Ja, habe ich tatsächlich. Diese Woche.«

»Du meinst es also wirklich ernst.«

»Natürlich! Habe ich etwas jemals nicht ernst gemeint in Bezug auf Leo?«

»Jaja, ist ja gut. Willst du, dass ich mitkomme? Ich würde dich begleiten, wenn du seelische Unterstützung brauchst.«

»Das ist sehr lieb, danke für dein Angebot. Ich habe überlegt, mit meinem Vater zu fliegen. Er hat Leo das letzte Mal zu seinem Geburtstag im Dezember besucht. Ich könnte mir vorstellen, dass er mitkommen möchte.«

»Und du willst es Leo nicht vorher sagen? Du willst ihn also wirklich eiskalt überraschen – oder wie soll ich mir das vorstellen?«

»Na ja, schon irgendwie. Wenn ich erstmal dort bin, kann er mich nicht so einfach wieder loswerden, oder? Und vergiss nicht, dass eigentlich unsere Oma mich eingeladen hat. Das ist ein echtes Totschlagargument! Sollte er also tatsächlich etwas gegen meinen Besuch haben, dann kann ich immerhin zumindest noch meine Oma kennenlernen. Das kann er mir ja wohl kaum verwehren.«

»Denkst du, dass deine Oma dich eigennützig eingeladen hat oder steckt da mehr dahinter?«

Ich seufze. »Dasselbe habe ich mich auch schon ein paarmal gefragt. Aber ich denke, ich werde die Wahrheit erst erfahren, wenn ich dort angekommen bin.«

Eine Weile schweigen wir. Dann spreche ich die Befürchtungen aus, die mich, seitdem ich meinen Entschluss gefasst habe, plagen. »Cara, ich habe wirklich riesige Angst davor, Leo wiederzusehen … Ich habe keine Ahnung, was mich erwartet. Klar, wir werden vielleicht in einigen Wochen wie abgesprochen erstmal wieder Kontakt haben, und eventuell bekomme ich da schon ein Gespür für das, was zwischen uns ist … Aber ich habe im Augenblick fast schon mehr Angst, ihn zu sehen, als dass ich mich darüber freuen könnte … Es kann

einfach alles passieren, alles! Er kann mich wütend beschimpfen, mich anschreien. Er kann mich auffordern, wieder zu
gehen, oder mich einfach ignorieren. Es kann ihm gleichgültig
sein, mich zu sehen, weil er in den letzten Monaten gemerkt
hat, dass er auch ohne mich wunderbar – oder vielleicht sogar
besser – zurechtkommt. Wir können uns auseinandergelebt
haben! Zwei Jahre sind eine verdammt lange Zeit, Cara! Und
von dieser Zeit hatten wir das erste halbe Jahr lang überhaupt
keinen Kontakt, und nun seit fast vier Monaten wieder nicht.
Was, wenn wir einander nicht wiedererkennen?«

»Na, also so arg verändert haben werdet ihr euch optisch
auch wieder nicht!«, wirft Cara ein.

»Nein, ich meine doch nicht vom Aussehen her, du
Tomate!«, lache ich und gebe ihr einen Stoß mit dem Ellenbogen in die Seite. »Was, wenn wir uns so verändert haben,
dass wir nicht mehr die Gleichen sind? Dass wir nicht mehr so
zusammenpassen wie in den vielen Jahren unserer intensiven
Freundschaft? Die Zeit und das Leben verändern einen.«

»Lou, jetzt übertreib es mal nicht mit deiner Schwarzmale-
rei! Ihr habt so viele Monate lang so intensiven Kontakt
gehabt, dass ihr euch mehrmals in der Woche gehört oder
gelesen habt. Meinst du nicht, dass dir dann irgendwann einmal aufgefallen wäre, wenn Leo dir fremd geworden wäre?«

»Okay, du hast ja recht! Ich hänge gefühlstechnisch einfach
völlig in der Luft im Augenblick.«

»Verstehe ich vollkommen. Aber ist dir aufgefallen, dass
du mir bisher nur die größten Horror-Szenarien aufgemalt
hast, Lou? Was, wenn genau das Gegenteil von all dem, was
du aufgezählt hast, eintritt? Was, wenn ihr euch *nicht* auseinandergelebt habt und es sich noch immer genauso vertraut
anfühlt wie eh und je? Was, wenn er dich *nicht* beschimpft,
sondern vor Freude ausflippt, wenn er dich wiedersieht? Was,
wenn er nicht will, dass du gehst, sondern dass du *bleibst*?«

Mein Herz macht einen Satz. Ja, was wäre dann?

Irgendwie mag ich diese Option gar nicht richtig zulassen,
weil ich besser damit klarkommen würde, meine Befürchtungen bestätigt zu wissen, als sehr hoch zu fliegen und
anschließend ganz tief zu fallen. Sicherlich hat mein Pseudo-
Vater einen nicht unwesentlichen Beitrag dazu geleistet, dass
ich mein Leben lang lieber immer zu tief als zu hoch gestapelt
habe, damit die folgenden Enttäuschungen nicht allzu heftig

ausfallen konnten. Denn wenn man nichts erwartet, kann man auch nicht enttäuscht werden. Das ist das traurige Resultat meiner Kindheitserfahrungen.

Caras Aussagen arbeiten in meinem Kopf und stimmen mich nachdenklich. Irgendwann holt mich meine Freundin wieder ins Hier und Jetzt zurück, als wir vor der Eisdiele auf der Halbinsel stehenbleiben.

»Lust auf ein Eis? Die Tomate lädt dich ein!«

Kapitel 27 ✿ Abenteuerreise

Der Tag, an dem ich mit Keanu in den Flieger steige, ist der blanke Horror für meine Nerven. Ich bin so unfassbar nervös. Zum Glück hat meine Mutter mir Beruhigungstabletten eingepackt, weil sie meine Aufregung in der kompletten letzten Woche schon kaum noch mit ansehen konnte. Ich habe in den vergangenen Tagen so gut wie nicht geschlafen, und trotzdem tritt meine Müdigkeit kaum in Erscheinung, weil ich so voller Adrenalin bin, dass sogar mein Ruhepuls nie unter 80 Schläge pro Minute sinkt. Was mein armes Herz nur alles mit mir mitmachen musste in den letzten zwei Jahren!

Ich genehmige mir eine halbe Tablette und warte darauf, dass mein Puls sich etwas beruhigt. Als mein Vater meine Hand nimmt, hilft mir das zusätzlich ein wenig.

Die Maschine beschleunigt, und ich werde von der Schubkraft in meinen Sitz gedrückt. Dann hebt sie ab, und mein Magen rebelliert kurzzeitig.

Jetzt gibt es kein Zurück mehr. Ich werde unweigerlich vor Leos Tür stehen und ihm begegnen. Und zwar nicht nur irgendwann, sondern innerhalb der nächsten 24 Stunden. Ich glaube, mir wird schlecht.

Nachdem sich meine Nervosität etwas gelegt hat und ein wenig Ruhe in meinem Kopf einkehrt, lasse ich die letzten ereignisreichen vier Wochen Revue passieren. Nach dem Ergebnis für meine erfolgreiche Bachelorarbeit habe ich mein anschließendes Kolloquium recht passabel hinter mich gebracht und bin nun unheimlich happy, dass ich das Studium bereits nach der Regelstudienzeit beenden konnte. Außerdem habe ich mit meinen Freunden und meiner Familie meinen 23. Geburtstag ausgiebig gefeiert, weil ich so euphorisch war, dass Leo und ich nach der fast fünfmonatigen Pause endlich wieder Kontakt haben.

Ich bin in Hinblick auf meinen Besuch zwar nicht mehr ganz so pessimistisch wie vor vielen Wochen, als ich Cara mein Herz ausgeschüttet habe, aber ich kann meine Furcht vor unserer Begegnung noch immer nur schwer im Zaum halten.

Leo und ich haben ein paar völlig unauffällige Gespräche geführt und haben die Frage, wie es nun weitergehen soll, einfach geflissentlich unter den Tisch fallen lassen. Er hat lediglich durchscheinen lassen, dass ihm unser Kontakt in den letzten Monaten gefehlt hat, und ich habe mich ebenfalls sehr bedeckt gehalten, weil ich sicher nicht noch einmal den Fehler machen und ihn verschrecken werde.

Die Zeit auf O'ahu wird also äußerst aufregend und die Geschehnisse dort nicht vorhersehbar werden, so viel ist mir klar.

Bereits während des Landeanflugs bin ich verliebt. Das Wasser einiger Buchten mit gelbem Sandstrand leuchtet türkisfarben und wird Nuance um Nuance dunkelblauer, je weiter es von der Küste entfernt ist. An den West- und Ostküsten entlang ziehen sich saftig grüne hügelige Landstriche.

Mein Vater beugt sich zu mir, um ebenfalls aus dem Fenster sehen zu können. Während ich völlig fasziniert von der Insel bin, die sich unter uns erstreckt, deutet er in Richtung der kleineren Bergkette im Westen. »Das da ist der Mount Ka'ala, die höchste Erhebung von O'ahu. Er ist etwa 1.200 Meter hoch. Und hinter der Bergkette dort im Osten liegt Kailua, wo deine Oma und Kaleo leben und ich aufgewachsen bin. Der östliche Bergkamm ist beinahe so lang wie die ganze Insel, nämlich etwa 55 Kilometer.«

Unfassbar. Irgendwo dort hinter den Hügeln ist Leo gerade. Ganz nah … und plötzlich nicht mehr 12.000 Kilometer von mir entfernt.

Ich bekomme Gänsehaut.

»Direkt vor uns liegt die Hauptstadt Honolulu. Neben dem berühmten Waikiki Beach siehst du den Diamond Head. Das ist ein Tuffkrater, der durch Vulkanaktivitäten entstanden ist.«

Unübersehbar liegt das Wahrzeichen der Stadt direkt an der Südküste und sieht von hier oben irgendwie aus wie ein von der Natur erschaffenes Fußballstadion mit grün überwachsenem Gestein.

Je näher wir kommen, umso mehr Details kann ich erkennen. Bis zum Fuß der Berge erstreckt sich im Südwesten die Hauptstadt mit ihren etwa 350.000 Einwohnern. Entlang der Küste werden die Häuser immer größer und höher, und am Hauptstrand stehen fast ausschließlich Hochhäuser, was ich erst einmal sehr ungewohnt finde. Ich spreche meinen Vater darauf an, dass ich von der Skyline Honolulus überrascht bin, und er lacht.

»Das geht fast jedem so, der sich noch nicht so intensiv mit der Insel beschäftigt hat. Die Stadt ist aber wirklich besonders und schafft einen guten Kontrast zur sonstigen Natur, die du auf den Inseln findest. Wenn man sich erst einmal auf sie eingelassen hat, liebt man sie, glaub mir.«

Davon lasse ich mich gerne überzeugen. Offenbar hat Hawaii wirklich viele Facetten, das wird mir jetzt bereits klar.

»Der Inselname O'ahu«, erklärt er mir weiter, »heißt übersetzt übrigens so viel wie *Sammelpunkt*, weil hier 80 Prozent der Bewohner der sechs Hauptinseln leben.«

Als wir die Landebahn ansteuern, greife ich wie automatisch nach der Hand meines Vaters und bin unheimlich froh, dass ich ihn auf diesem aufregenden Trip an meiner Seite habe. Ich kann mir gerade gar nicht vorstellen, wie Leo vor zwei Jahren mutterseelenallein und todunglücklich diese lange Distanz überwunden hat.

Nachdem das Flugzeug über ein kurzes Rollfeld die auf dem Meer liegende Landebahn verlässt, erreichen wir wenige Minuten später unsere Parkposition am Gate.

An einem Nachmittag Mitte August kommen wir nach fast 17 Stunden reiner Flugzeit, die durch einen kurzen Aufenthalt in Vancouver unterbrochen wurde, endlich am überschaubaren Flughafen in Honolulu auf O'ahu an.

Unglaublich, ich bin tatsächlich hier. Wie surreal.

»Vergiss das Atmen nicht, Louisa«, lächelt mein Vater, als wir aufstehen und unser Handgepäck aus den Fächern holen. Offenbar steht mir meine Nervosität ins Gesicht geschrieben.

Wir laufen durch das Gate und eine Rolltreppe hinab, über der ein großes Schild hängt: „Aloha – Welcome to Hawaii". Es ist verziert mit lauter weiß-rosa Plumeria-Blüten. Ich zücke mein Handy und mache schnell ein Foto, das ich an meine Mutter und Cara sende, um ihnen auf diese Weise mitzuteilen, dass ich gut gelandet bin.

Nachdem wir unsere Koffer am Gepäckband abgeholt haben, verlassen wir das Terminal in Richtung Eingangshalle. Mein Herz klopft so schnell wie nach einem 100-Meter-Sprint, während ich meine Augen über die Personen, die dort warten, gleiten lasse. Dann entdecke ich die kleine, leicht untersetzte ältere Frau mit den dunkelgrauen lockigen Haaren, die eine Blumenkette mit gelben Blüten in der Hand hält.

Ich flüstere meinem Vater zu: »Ist das dort Nalani?«

»Ja!« Er lächelt nickend und läuft dann zielstrebig mit mir im Schlepptau auf seine Mutter zu. Als wir auf halber Strecke zu ihr unterwegs sind, entdeckt sie uns und fängt an zu strahlen und zu winken.

Auch wenn ich tierisch nervös bin, bin ich sehr erleichtert, dass Nalani in Wirklichkeit genauso viel Sympathie und Herzlichkeit ausstrahlt wie in den wenigen Videocalls, die ich mit ihr und Leo zusammen hatte.

Sie läuft mir einige Schritte entgegen und zieht mich dann so fest in ihre Arme, dass ich von ihrer Offenheit vollkommen überrascht werde.

»Mo'opuna wahine!« – Meine Enkelin, wie mir Keanu später erklärt. Sie streichelt meinen Hinterkopf »Aloha, my darling! Welcome to Hawaii!«

Dann hält sie mich von sich, um mich zu betrachten. »I mean, how beautiful are you, Louisa!« Sie streicht mir durch meine welligen dunkelblonden Haare, die seit Leos Abreise immer länger geworden sind und mir mittlerweile bis über die Brust reichen. Ich freue mich über ihr Kompliment.

Dann gibt sie mir einen Kuss auf die Wange, und ich weiß gar nicht, wohin ich mit der ganzen Aufmerksamkeit soll, die sie mir entgegenbringt. Offenbar merkt mein Vater mir meine leichte Überforderung an und sagt lachend an seine Mutter gewandt: »She just arrived, Mom. Give her a second to breathe.«

Nalani lacht und legt mir den wunderschönen gelben Lei um den Hals, den sie mitgebracht hat.

Mein Vater beugt sich zu mir und sagt leise: »Einen Lei zu erhalten, ist ein Zeichen großer Wertschätzung. Und du solltest die Blumen nicht in Anwesenheit deiner Großmutter ablegen. Das gilt als unhöflich.«

»Mahalo.« Ich lächle Nalani dankbar an und freue mich über ihr bedeutsames Willkommensgeschenk.

Während sie Keanu umarmt und begrüßt, krame ich in meinem Rucksack und überreiche ihr anschließend ebenfalls ein kleines Geschenk als Dankeschön für die Einladung.

Nalani strahlt und freut sich über alle Maßen, obwohl sie es noch nicht einmal ausgepackt hat. Sie steckt es in ihre große Beuteltasche, verspricht es später in Ruhe aufzumachen und fordert uns auf ihr zu folgen.

Als wir das klimatisierte Flughafengebäude mit unseren Koffern im Schlepptau verlassen, trifft mich die Wärme wie eine Wand. Auch wenn ich nicht sehen würde, wo ich mich gerade befinde, merkt man prompt, dass wir in einer anderen Klimazone sind. Die Luft fühlt sich hier vollkommen anders an und trägt eine gewisse Schwüle in sich. Dazu hat es bestimmt über 30 Grad, doch die leichte Brise macht die Hitze erträglich. Überall säumen hohe Palmen die Straße, die wir überqueren, um zum Parkplatz zu gelangen.

»Erzählt, wie war euer Flug?«, fragt Nalani auf Englisch.

Ich antworte ihr, dass er anstrengend, aber gut war und ich ein bisschen müde von der Reise und dem Jetlag bin. Wirklich verrückt, dass es bei uns zu Hause gerade exakt zwölf Stunden später ist als hier in Honolulu.

Nalani sperrt ihren weißen Jeep auf, und Keanu befördert unsere Koffer ins Wageninnere.

Wir verlassen das Flughafen-Areal in südwestlicher Richtung und biegen dann in Richtung Osten auf den Highway ab. Je weiter wir die Hauptstadt hinter uns lassen, desto grüner wird es um uns herum. Ich betrachte die ungewohnten Palmen und Bäume, die zu beiden Seiten des Pali Highways wachsen. Als wir ein paar Kilometer weit gekommen sind und die Straße ein bisschen steiler wird, erstreckt sich links von uns ein grünes Bergpanorama, das ich bereits vom Flugzeug aus gesehen habe: das Ko'olau-Gebirge. Dann erscheint ein weiterer grüner Hügel vor uns, den wir mittels mehrerer leicht bergab führender Tunnel durchqueren. Als wir die kurzen Tunnel hinter uns gelassen haben, gibt der Ausblick links von uns ein saftiges grünes Tal frei. Ich bin völlig geflasht.

»Wow!« Das also ist Leos neue Heimat. »Jetzt kann ich noch mehr nachvollziehen, warum Leo nie wieder nach Deutschland zurückgekommen ist«, sage ich völlig gefangen von dem, was meine Augen erblicken. »Ich meine, schau dir das an!«

Mein Vater wirft mir einen Blick vom Beifahrersitz aus zu und lächelt. »Hast du Lust auf einen noch spektakuläreren Ausblick?«

Als ich zustimme, fahren wir nach Kurzem rechts ab in eine kleinere Straße, die ein wenig bergauf führt. Nach nicht einmal fünf Minuten halten wir an einem kleinen Parkplatz. Eigentlich braucht man den Wegweiser zum Aussichtsplateau nicht, denn es sind bereits zahlreiche Menschen dorthin unterwegs. Nach einigen Metern erreichen wir die windige Plattform, an der vermutlich niemand vorbeikommt, ohne mindestens ein Foto zu schießen.

Die sonnenbeschienene Landschaft, die sich zu unseren Füßen erstreckt, ist atemberaubend schön. Linker Hand sieht man einen Teil des dunkelgrünen gefalteten Bergkamms, der sich durch das Tal zieht. Rechts von uns ist ein hoher Hügel, in der Ferne kann man das türkisfarbene Meer mit Sandstrand erblicken. Im Tal dazwischen wechseln sich waldige Gebiete mit saftgrünen Wiesen ab, bevor sich Richtung Küste die Stadt Kailua erstreckt, die von hier aus wie ein gemütlicher flacher Ort wirkt und ohne die ungewohnten Wolkenkratzer von Honolulu auskommt.

Vor lauter Staunen habe ich tatsächlich für einen Moment vergessen, dass irgendwo dort in der Ferne Leo gerade keine Ahnung davon hat, dass er mich noch heute sehen wird. Aus lauter Furcht vor unserer Begegnung bekomme ich prompt einen Kloß im Hals und schlucke schwer.

Ich sehe mich um und entdecke Keanu und Nalani ein paar Meter weiter, die an die Brüstung gelehnt ebenfalls die Aussicht genießen und mir zuwinken, als sie meinen Blick bemerken. Ich habe das Gefühl, dass sie gerade etwas besprochen haben, das ich nicht hören sollte, weil mein Vater wie auf Knopfdruck zu sprechen aufhört und mich anlächelt.

Nachdem ich ein paar Erinnerungsfotos gemacht habe, gehe ich zu den beiden, weil ich etwas fragen möchte, das mir gerade erst in den Sinn gekommen ist.

»Ist Leo überhaupt momentan zu Hause?«

»Er kommt erst gegen acht von der Arbeit heim, du hast also noch ein paar Stunden Schonfrist«, zwinkert mein Vater mir zu.

Ich stoße die Luft aus, woraufhin er mich an den Schultern fasst. »Er wird dich schon nicht auffressen, Louisa. Und wenn, dann schieb es einfach auf deine Großmutter und mich. Immerhin hat sie dich eingeladen, und ich habe Kaleo nicht verraten, dass ich Besuch mitbringe.«

Wenn mein Vater das so sagt, klingt es super easy. Ich glaube, er hat verdrängt, dass ich vor zwei Jahren der Grund gewesen bin, warum mein Halbbruder hierher geflüchtet ist, nachdem ich ihn geküsst habe … Verdammter Mist! Was mache ich hier eigentlich?! Meine eigene Courage beginnt, mir langsam aber sicher immer mehr um die Ohren zu fliegen …

Als wir wieder aufgebrochen sind, führt der Highway nur noch bergab, und nach einer letzten Kurve sieht man bereits die ersten Häusersiedlungen. Wir haben Kailua nach knapp 25 Minuten Fahrt von Honolulu aus erreicht.

Nalani durchkreuzt die Kleinstadt, bis sie zwei Straßen vor der Küste in der Ohana Street an einem weißen breiten Bungalow langsamer wird.

»Willkommen in unserem Zuhause!«, verkündet Nalani in den Rückspiegel blinkend, als sie einparkt und den Motor abstellt.

Eine mittelhohe Palmen-Allee bildet die gegenüberliegende Seite der Straße, und direkt neben Nalanis Haus befindet sich ein großer Jacaranda-Baum, unter dem ein Briefkasten steht.

Das alleinstehende Haus ist relativ unscheinbar und einfach, hat jedoch eine große Grundfläche. Es ist von einem Garten umgeben, der durch einen niedrigen weißen Holzzaun sowie dichte hüfthohe Büsche von den beiden Nachbar-Grundstücken abgegrenzt wird.

Wir steigen aus und holen unser Gepäck aus dem Kofferraum.

»Links daneben wohnen übrigens meine Schwester, ihr Mann und ihre Kinder.« Mein Vater deutet auf das entsprechende Haus. »Deine Tante hat mir ein Zimmer freigemacht, weil sie drüben ein bisschen mehr Platz als hier haben. Wenn es okay für dich ist, kannst du bei deiner Großmutter im Haus schlafen. Es sei denn, Kaleo … na ja, sollte etwas dagegen haben. Aber davon gehen wir jetzt mal nicht aus.«

Da ist es wieder. Wie wird Leo auf mich reagieren? Vor lauter Nervosität, Jetlag und Schlafmangel habe ich wackelige Knie und spüre erneut eine leichte Übelkeit in meiner Magengegend.

Ein schmaler gepflasterter Weg aus Natursteinen führt neben dem Carport zur Eingangstür. Nalani streift ihre Schuhe ab und bittet uns herein. Das Wohnzimmer liegt linker Hand, während nach rechts ein schmaler Gang zu den weiteren Zimmern zu führen scheint.

Alles ist sehr schlicht und in Naturfarben und Holzmaterialien eingerichtet, was sehr beruhigend wirkt. An der Wand über der hellgrauen Leinen-Couch hängt eine aus Gräsern geflochtene rechteckige Matte mit dem Motiv eines großen grünen Palmwedels. Die offene Küche an der hinteren Seite des Raums ist sehr rustikal aus rötlichem Holz gehalten. Dazwischen steht ein kleiner Esstisch in demselben Farbton.

»Ich zeig dir, wo du dein Gepäck abstellen kannst«, sagt Nalani in ihrer Muttersprache. Mir wird bewusst, dass ich ab jetzt ein paar Wochen lang viel englisch sprechen werde, vor allem mit meiner Großmutter. Aber daran werde ich mich sicher schnell gewöhnen.

Sie geht den rechten Flur entlang. »Das hier ist mein Schlafzimmer.« Sie deutet auf die erste Tür. »Daneben kommt das Bad. Du kannst dir einfach Handtücher und Seife aus dem Schrank nehmen, wenn du etwas brauchst. Und ganz hinten ist Kaleos Zimmer.«

Sie öffnet die Tür zu besagtem Raum. »Du kannst auf der ausziehbaren Couch schlafen, sie ist wirklich sehr bequem. Ich mache sie dir später noch bettfertig. Na los, du darfst ruhig hinein«, lächelt sie mich an, als ich am Türpfosten stehenbleibe. Ich habe das Gefühl, dass ich Leos Intimsphäre störe, wenn ich ungefragt sein kleines, bescheidenes Reich betrete. »Louisa, du bist seine Halbschwester«, scheint sie meine Gedanken zu lesen. »Du bist keine völlig Fremde für ihn.«

Ich lächle nickend zurück.

»Komm erstmal in Ruhe an. Du kannst gerne später zu uns nach vorne gehen, wenn du dir ein paar Minuten gegönnt hast.«

Eine kurze Weile nur für mich kann ich jetzt tatsächlich gut gebrauchen. Nalani zieht die Tür hinter mir zu, und ich stelle meinen Koffer daneben ab. Dann laufe ich barfuß über den angenehm kühlen Holzboden auf das Fenster zu, das einen Seitenblick auf den Garten freigibt. Ums linke Eck herum kann ich die Stufen einer Veranda erkennen. Der Garten selbst ist mit einigen Sträuchern und viel Grünfläche relativ schlicht. Eine hellblaue Stoff-Couch befindet sich links im etwa 15 Quadratmeter großen Raum, während Leos Bett direkt rechts unter dem Fenster steht. An der Wand dazwischen ist ein kleiner Schrank, und rechts neben seinem Bett ein Regal, auf dem allerhand persönliche Dinge von ihm liegen. In einem Rahmen entdecke ich das Bild von Leos Eltern, das er von zu Hause mitgenommen hat und immer an seinem Schreibtisch stand. Ein paar alte CDs und englische Bücher sind feinsäuberlich nebeneinander aufgereiht.

Im Fach weiter unten liegen kreuz und quer einige

Muscheln sowie eine Kette mit einem weißen hawaiianischen Angelhaken, der an einem Lederband hängt. Ich nehme ihn in die Hand und fühle das glatte, kühle Material. Dann lege ich ihn an Ort und Stelle zurück und lasse meinen Blick über die weiteren Dinge schweifen: eine Reihe Flyer und Zettel von Sport- und Surfevents, eine Karte von dem weihnachtlichen Football-Spiel, bei dem er gewesen ist. Daneben entdecke ich einen ovalen Glas-Schlüsselanhänger, in dessen Mitte sich ein getrocknetes Kleeblatt befindet. Auf dem Metall an der Rückseite sind die Worte „Alles Glück der Welt, du wundervoller bester Freund« eingraviert, und ich kann es kaum glauben, dass Leo den Anhänger noch immer hat, weil ich jenen seit fünf Jahren nicht mehr gesehen habe. Ich hatte ihn ihm damals als Glücksbringer vor seinen Abiturprüfungen geschenkt gehabt.

Dann fällt mein Blick auf ein Foto, das mit dem Gesicht nach unten auf einem der unteren Regalbretter liegt. Ich nehme es neugierig heran – und halte das Bild in der Hand, das Leo von uns an meinem Geburtstag vor zwei Jahren im Camper gemacht hat. Es ist völlig abgegriffen und matt, so als hätte er es hunderte Male in der Hand gehabt oder in seiner Hosentasche mit sich herumgeschleppt. Dieser Gedanke lässt mein Herz vor Freude hüpfen und zaubert mir ein kleines Lächeln ins Gesicht.

Ich beende meine Tour, lasse mich auf die Couch fallen und betrachte das große gerahmte Foto auf der gegenüberliegenden Wand über Leos Bett. Das schwarz-weiße Bild zeigt einen hawaiianischen Krieger, der einen Speer in der Hand hält und nur von hinten zu sehen ist. Er hat lediglich ein Tuch um seine Hüften gewickelt, ist ansonsten nackt und hat äußerst muskulöse Rücken- und Beinpartien. Ein Blätterkranz ziert seinen Kopf, und er blickt auf einem Felsen stehend auf das Meer hinaus.

Mich fasziniert die pure Schönheit dieser Szenerie, die so viel Ruhe und Männlichkeit und Naturverbundenheit ausstrahlt.

Plötzlich klopft es an der Tür, und ich zucke erschrocken zusammen, weil ich mit Leo rechne. Doch meine Oma gibt sich zu erkennen und bringt mir einen Schluck Wasser vorbei.

»Mahalo. Das kann ich gut gebrauchen«, sage ich und nehme das Glas dankbar an.

»Du kannst auch ein bisschen schlafen, Louisa. Dein Vater geht jetzt zu seiner Schwester, und ich werde das Abendessen vorbereiten. Ich wecke dich, bevor Kaleo nach Hause kommt.«

Sie schließt die Tür und lässt mich wieder alleine zurück.

Da ich im Flugzeug kaum ein Auge zubekommen habe, würde mir ein kleiner Powernap vermutlich wirklich guttun, doch ich befürchte, dass ich so viel Nervosität in mir habe, dass mein Bauch wie verrückt kribbelt und sich zusammenzieht.

Ich nehme den Lei ab und drapiere ihn vorsichtig auf der Armlehne. Dann lasse ich meinen Kopf auf die Rückenlehne der Couch sinken und atme ein paarmal tief durch. Ich schließe die Augen, zähle meine Atemzüge und versuche, die angstbehafteten Gedanken an die bevorstehende Begegnung mit Leo nicht überborden zu lassen.

Kapitel 28 ✿ Dualseelen

Eine Stimme lässt mich aus meinem Schlaf hochschrecken. Doch es ist nicht *irgendeine* Stimme, sondern Leos.

Mein Puls beschleunigt sich sofort, und für einen Moment bin ich wie erstarrt. Warum ist Leo schon da? Es ist gerade einmal sechs, und ich habe höchstens eine Stunde gedöst. Ich schlucke schwer und lausche angestrengt. Dann laufe ich zur Zimmertür, halte den Atem an und öffne sie einen Spalt. Ich kann hören, wie Leo unseren Vater überschwänglich begrüßt und die beiden lachen und schäkern.

Gleich wird der Moment der Wahrheit kommen … Ich habe so weiche Knie, dass ich befürchte, dass sie mir einfach jeden Moment wegklappen. Mein Gesicht glüht wie Feuer, während meine Hände schweißnass sind.

Ich husche ein Zimmer weiter ins Bad und schließe leise die Tür. Zittrig stütze ich mich auf dem Waschbecken ab und werfe einen Blick auf mein erhitztes Gesicht im Spiegel. Ich kämme mir hektisch mit den Fingern durch meine langen Haare, die von der Luftfeuchtigkeit noch ein bisschen welliger als sonst sind. Dann spritze ich mir kühles Wasser ins Gesicht und ziehe die Luft ein, als der Temperaturkontrast auf meine warmen Wangen trifft. Nachdem ich mich abgetrocknet habe, ziehe ich die Tür wieder einen Spalt auf und lausche erneut.

»… habe übrigens eine Überraschung für dich«, sagt unser Vater gerade. »Ich habe dir etwas mitgebracht, aber es hat nicht in den Koffer gepasst.«

Ich habe kaum bemerkt, wie ich mich wie automatisch zum Ende des Flurs bewegt habe, um die beiden noch besser verstehen zu können. Keine fünf Meter von Leo entfernt lehne ich mit dem Rücken an der Wand, wo ums Eck das Wohnzimmer beginnt.

Leo lacht gerade über die Ankündigung meines Vaters. »Du musstest doch nicht etwa extra Übergepäck wegen deines Geschenks für mich bezahlen, Dad, oder?«

»Nein, kein Übergepäck. Eher einen extra Sitzplatz.«

Als würde man bei einer Musikanlage die Lautstärke herunterregeln, verstummt Leos Lachen allmählich, während Dads Worte langsam in sein Gehirn sickern.

Ich kneife die Augen zusammen, als Keanu weiterspricht.

»Und zwar einen Sitzplatz für den wichtigsten Menschen in deinem Leben.«

Für einen Moment ist es so totenstill, dass man nur noch den Ventilator brummen hört.

»Nein, Dad, oder?« Seine Stimme klingt atemlos – nur kann ich nicht deuten, ob auf eine gute oder schlechte Art.

Angespannt balle ich meine Hände zu Fäusten, stoße die Luft aus, die ich die ganze Zeit über angehalten habe, und trete wie in Trance um die Ecke.

»Hi«, sage ich leise, und Leo dreht sich wie in Zeitlupe zu mir um.

Für einen Moment sind wir wie erstarrt.

Schockiert.

Perplex.

Scannen uns gegenseitig.

Erstaunt. Neugierig.

Wir beide. Lebendig und real und nicht nur auf dem Display eines Laptops oder Handys …

Schließlich halte ich die Anspannung nicht mehr aus. Ich laufe die restlichen Schritte auf Leo zu, werfe mich an seine Brust und schlinge meine Arme um seinen Oberkörper. Dann brechen meine Dämme.

Mit jeder Sekunde, die verstreicht, wird Leos abweisender steifer Körper ein wenig nahbarer und weicher, bis er schließlich meine Umarmung erwidert und mich so fest hält, dass mir beinahe die Luft wegbleibt. Den rasenden Herzschlag in seiner Brust kann ich sowohl hören als auch an meinem Gesicht fühlen.

Irgendwann legt er seinen Kopf an meinem Scheitel ab und hält mit einer Hand meinen Nacken, während die andere auf meinem Rücken ruht.

»Oh Lou …«, flüstert er. »Ich …« Mehr erfahre ich nicht, weil dann seine Stimme bricht.

Da stehen wir, so fest umschlungen, dass kein Zentimeter Luft mehr zwischen uns passt. Und mit jeder Sekunde, die verstreicht, wird mein Herz weiter und weiter. Es flattert wie dutzende Kolibris und strahlt so hell wie tausend Sonnen, als pure Glücksgefühle mich von Kopf bis Fuß durchströmen und jede Faser meines Körpers vor Freude tanzen lassen.

Für etliche Augenblicke besteht die Welt nur noch aus Leo und Lou, und um uns herum existiert absolut nichts anderes mehr. Ich fühle mich auf einmal wieder so unendlich lebendig wie seit zwei Jahren nicht mehr. Und als Leo mir über meinen Rücken und durch mein Haar streicht, heilen weitere Risse in meinem Herzen.

Als meine Freudentränen versiegen, kuschle ich mich an Leos Schulter und schließe genießend die Augen, während er mir liebevoll weiter durch mein Haar streicht. Jede seiner Berührungen sauge ich wie ein trockener Schwamm auf und lasse sie direkt in meine Seele fließen.

»Mein Gott, erst jetzt spüre ich wirklich, wie sehr ich dich vermisst habe«, flüstert er an meinem Kopf und drückt mir einen Kuss auf den Scheitel, während seine Hände an meinem Rücken langsam auf- und abstreichen.

Als er nach etlichen Minuten unsere Umarmung beenden möchte, kann ich ihn kaum loslassen, weil ich dieses Gefühl von Liebe und Schutz am liebsten nie wieder hergeben möchte.

Da durchbricht Nalanis Stimme aus der Küche endgültig die Blase, in der wir uns befinden, und holt mich ins Hier und Jetzt zurück.

»Kaleo, du bist ein echter Dummkopf! Ich meine, sieh euch beide doch mal an! Kein Wunder, dass du die letzten fünf Monate so depressiv warst. Ich habe euch jetzt erst fünf Minuten zusammen erlebt, und ich sehe bereits mit bloßem Auge das unsichtbare Band, das euch verbindet. Ihr könnt nicht ohneeinander sein, ohne euch gegenseitig seelische Schmerzen zuzufügen.«

Leo dreht sich um und wirft Nalani einen strafenden Blick zu. »Oma, bitte übertreib nicht! So schlimm bin ich in den letzten Monaten nicht gewesen.«

Da lacht unsere Großmutter lediglich kopfschüttelnd und wendet sich wieder dem Gemüse zu, das sie gerade für das Abendessen schneidet. »Oh Kaleo, du bist wirklich ein Meister darin, dir etwas vorzumachen. Zwei Jahre lang habe ich jetzt miterlebt, wie du dich quälst. Zwei Jahre lang!« Sie schnalzt missbilligend mit der Zunge und schaut uns liebevoll lächelnd an. »Lest doch einfach mal bei Gelegenheit nach, was man unter *Dualseelen* versteht«, zwinkert sie uns zu und gibt das Gemüse in die heiße Bratpfanne.

Ich sehe Leo an, dass ihm ihre Offenheit superunangenehm ist. Seine Augen flattern, während er sich ein paarmal durch sein Haar fährt und irgendwo in die Ferne starrt. Dann zieht er das Gesicht kraus und kratzt sich an der Stirn.

Okay, er fühlt sich tatsächlich vollkommen ertappt. Ich presse meine Lippen zusammen, damit ich beim Anblick seines verdutzten Gesichts nicht loslachen muss.

Im Gegensatz zu Leo könnte ich persönlich gerade nicht glücklicher sein über Nalanis Aussagen, weil sie damit verraten hat, dass Leo mich im selben Maße zu brauchen scheint wie ich ihn. Und zwar zunächst völlig unabhängig von irgendwelchen körperlichen Anziehungen.

Ich mache mir eine geistige Notiz, den Begriff zu googeln, den Nalani erwähnt hat, habe aber jetzt schon eine ungefähre Vorstellung davon, was damit gemeint sein könnte.

Plötzlich nimmt Leo mich an die Hand. »Lass uns nach hinten gehen.«

In seinem Zimmer wirft er einen kurzen Blick auf meinen Koffer und den Lei auf der Couchlehne. Ich hoffe, dass er sich nicht insgeheim ärgert, dass ich bereits zuvor in sein Privatreich eingedrungen bin.

Doch er lässt sich entspannt auf die Couch fallen, lehnt mit dem Kopf an der Armlehne und bedeutet mir, vor ihn zu kommen. Ich bin überrascht, dass er freiwillig so viel körperliche Nähe zulässt, und zögere einen kurzen Moment. Dann setze ich mich ebenfalls längs auf die Couch und schmiege mich mit dem Rücken an seinen Bauch. Einen Augenblick später merke ich, wie die Anspannung allmählich von mir abfällt und wie enorm müde ich in Wirklichkeit bin.

»Ich kann es einfach nicht glauben«, schnaubt er leise. »Du bist tatsächlich hier. Weißt du, wie surreal sich das anfühlt? Ich glaube, ich bin noch immer ein wenig in Schockstarre.«

»Brauchst du etwa einen Beweis, dass das hier real ist?« Ich hole mit meiner Hand aus und lasse sie auf sein Bein niedersausen. Er stöhnt auf, und ich grinse schelmisch. »Hier hast du deinen Beweis: Ich bin echt, und du bist auch echt.«

Dann seufzt er zufrieden und hüllt mich fest in seine Arme ein – eines der unbeschreiblich schönsten Dinge, die ich je gespürt habe.

Wir schweigen und genießen unsere Nähe, bis ich nach einer Zeit merke, wie mir immer wieder die Augen zufallen. Doch ich zwinge mich, sie wieder aufzureißen, um nur keinen einzigen Moment unserer Zweisamkeit zu verpassen.

»Hey, du musst nicht verzweifelt versuchen, wach zu bleiben. Eure Reise war bestimmt sehr anstrengend. Ich lasse dich am besten eine Weile schlafen und schaue in die Küche zu Nalani, ob sie noch Hilfe braucht, okay?«

Als er mein Zögern bemerkt, lacht er leise. »Du darfst ruhig einschlafen, ich werde später und in den nächsten Tagen auch noch da sein.« Dann schiebt er nach: »Ich gehe wirklich nicht weg, versprochen.«

Ich lächle und lasse ihn aufstehen.

»Brauchst du ein Laken oder ist dir warm genug?«, will er wissen, als er mir ein Kopfkissen bringt.

»Nein, alles gut, danke.«

»Dann komme ich später wieder und hole dich zum Abendessen.«

Ich nicke und bin keine paar Sekunden später eingeschlafen.

»Hey Schönheit …« Ich werde von einem Flüstern geweckt und schlage die Augen auf. Leo sitzt in der Hocke vor mir und streicht mir eine Strähne aus dem Gesicht. »Ich wecke dich nur ungern, aber möchtest du noch einen Bissen zu Abend essen? Ich vermute mal, dass du seit eurem Flug nichts mehr hattest.«

Ich brauche einen Moment, um zu realisieren, dass ich hier auf O'ahu bei Leo bin und nicht lediglich träume. Dann rapple ich mich auf, als ich sehe, dass es draußen bereits stockdunkel ist. »Wie viel Uhr ist es denn?«

»Kurz vor Mitternacht.«

Ich ächze, streiche mir übers Gesicht und ärgere mich prompt, dass ich die ersten Stunden hier bisher einfach verschlafen habe.

»Etwas zu essen wäre toll«, sage ich, weil ich merke, wie mein Bauch völlig eingefallen ist.

»Okay, dann mache ich es dir kurz warm, und du kommst in die Küche, wenn du bereit bist.«

Ich nicke, ehe er mich alleine lässt.

Kopfschüttelnd und selig lächelnd sitze ich auf der Couch und kann es noch immer nicht fassen, dass ich Leo wiederhabe.

Bevor ich es vergesse, schnappe ich mir mein Handy und gebe den Begriff „Dualseelen" in der Suchmaschine ein. Schnell finde ich das heraus, was ich bereits vermutet hatte:

Der Begriff meint eine Art Seelenverwandtschaft, die bereits Platon vor rund 2.400 Jahren beschrieben hat. Laut seiner Aussage wurden die Menschen ursprünglich mit der doppelten Anzahl an Gliedmaßen sowie je zwei Köpfen und Rümpfen erschaffen. Die Götter fürchteten sie jedoch, weshalb sie die Wesen schlichtweg teilten. Doch die menschlichen Hälften waren unglücklich und schwach, und so begaben sie sich ihr Leben lang auf die Suche nach ihrer zweiten Hälfte, um ihr Leid zu beenden.

Zwei Dualseelen können nicht nur Schmerzen und Trauer des jeweils anderen lindern und gemeinsam Probleme überwinden, die alleine nicht händelbar wären, sie können auch die Schwächen des jeweils anderen ausgleichen. Die Seelen-Menschen verstehen sich ohne Worte wie durch Telepathie, und wenn man mit demjenigen zusammen ist, verschwimmt die Zeit auf unheimliche Weise und wird bedeutungslos. Und dann ist da noch dieses unsichtbare starke Band, das schon seit Ewigkeiten zwischen ihnen zu bestehen scheint …

Wirklich kurios. Es ist, als hätte jemand Leos und meine Beziehung mittels weniger Sätze exakt auf den Punkt gebracht.

Ich atme tief durch und stehe auf. Dann folge ich dem Geruch, der aus der Küche kommt.

Leo wirft mir einen knappen Blick zu und deutet mit dem Kinn auf den Esstisch. »Setz dich schon mal.«

»Sind Dad und Oma schon schlafen gegangen?«, will ich wissen.

Leo nickt.

»Jetzt habe ich ein schlechtes Gewissen.«

»Quatsch«, kommentiert Leo meine Aussage. »Morgen ist auch noch ein Tag! Und das Beste weißt du sicher noch gar nicht: Morgen ist *Hawaii Statehood Day* – der Tag, der die Aufnahme unseres Staates in die *United States* feiert.«

Ich mache große Augen, weil ich ahne, was das bedeutet.

Leo gibt den Inhalt der Pfanne auf einen Teller und kommt zu mir an den Tisch. »Das heißt, dass wir ganz viel Zeit zusammen haben, weil ich nicht arbeiten muss.«

Klingt ziemlich perfekt für den Start auf O'ahu.

Als Leo mir geholfen hat, die Schlafcouch bettfertig zu machen und wir uns in unsere jeweiligen Betten kuscheln, ist es bereits ein Uhr morgens.

Ich atme den Geruch des frisch gewaschenen Bettbezugs ein und starre in die Dunkelheit. Unzählige Gedanken gehen mir durch den Kopf, von denen nur einer von wirklicher Bedeutung ist: Zwischen Leo und mir fühlt sich trotz der monatelangen Distanz noch immer alles genauso vertraut an wie eh und je, was das Schönste ist, was passieren konnte, weil es die wichtigste Basis für einen unvergesslichen Aufenthalt hier bildet. Und dann fallen mir Caras Worte wieder ein, die für einige Minuten noch wie ein stetiges Echo in meinem Ohr widerhallen: *Was, wenn Leo will, dass du bleibst?*

Bis zu meiner Abreise in drei Wochen werde ich hoffentlich mehr wissen.

Als ich Leos leisen Atemgeräuschen eine Weile gelauscht habe, beruhigt sich mein kribbelnder Bauch allmählich wieder, und meine Lider werden schwer.

Am nächsten Morgen werde ich durch ein Vibrieren meines Handys, das am Boden liegt, geweckt.

Es ist taghell im Zimmer, und Leos Bett gegenüber ist leer.

Die Uhr auf dem Smartphone zeigt beinahe zehn Uhr. Ich habe fast neun Stunden geschlafen.

Noch ein wenig benebelt öffne ich Caras Nachricht.

»Scheint mir, als wäre dein Wiedersehen mit Leo gut verlaufen«, schreibt sie und schickt eine Ladung Herzchen-Smileys mit. *»Ohne jetzt despektierlich klingen zu wollen, aber sonst hättest du bestimmt schon heulend angerufen.«* Dahinter folgt ein Zwinker-Gesicht und eine weitere Nachricht. *»PS: Oh Gott, ich hoffe so sehr, dass ich recht habe!!«*

Ich lächle und schicke ihr eine kurze Antwort. *»Die Kandidatin hat 100 Punkte! Cara – es ist so unfassbar schön, ich bin so glücklich! Und ich glaube, Leo auch. Drück mir die Daumen und freu dich, je weniger du in nächster Zeit von mir hörst. (Das ist dann sicher ein ziemlich gutes Zeichen und bestimmt keine böse Absicht.)«*

Prompt kommt eine Rückmeldung. *»Awww, wie nice!! Habt eine wundervolle Zeit zusammen! Ich kann dir nicht sagen, wie glücklich mein kleines Herz gerade hüpft, weil ich mich so für dich freue!«*

Ich lege lächelnd das Telefon beiseite und mache mich im Bad für den Start in den Tag bereit.

Zwanzig Minuten später trete ich barfuß und in Shorts und Tanktop bekleidet auf die Veranda zum Rest meiner Familie.

»Na, ausgeschlafen?«, fragt Dad gut gelaunt von der Hollywood-Schaukel aus, während Leo lässig mit dem rechten Knöchel auf dem linken Knie in einem Rattansessel sitzt und eine dampfende Tasse mit beiden Händen umfasst hält.

»Ja, ich fühle mich so weit ganz fit. Bis ich den Jetlag vollständig abgeschüttelt habe, dauert es sicher noch einige Tage.«

Leo hebt seinen Becher in die Höhe. »Möchtest du auch einen Kaffee? Und darf ich dir Frühstück machen?«

»Danke dir, Leo, mach dir bitte keine Umstände. Gerade bin ich noch nicht allzu hungrig, weil ich gestern so spät gegessen habe. Aber ein Kaffee wäre toll. Darf ich ihn mir aus der Küche holen?«

»Klar. Die Kanne steht auf dem Tresen.«

Mit dem Getränk in der Hand setze ich mich zu meinem Vater und Oma auf die Schaukel und lasse meinen Blick über die Gegend schweifen.

Aussicht auf Palmen, ein Kaffee auf der Veranda, meine Familie und Leo um mich herum. Manchmal braucht es so wenig, um wahrhaft glücklich zu sein.

Leo schenkt mir ein umwerfendes Lächeln, während ich von meinem duftenden Milchkaffee nippe und eine warme Sommer-Brise meine Nase umweht. Mein Herz wird so leicht, als wäre es eine Feder. Und für einen langen Moment schließe ich die Augen und spüre dem Gefühl nach, tatsächlich wieder zu leben, anstatt lediglich zu existieren.

»Was machen wir heute?«, frage ich schließlich.

»Das wollten wir gerade zusammen besprechen.«

Kapitel 29 ✿ Kleine Eidechse

»Bist du dir sicher, dass wir es vor der Flut zurück an Land schaffen?«, frage ich verunsichert, als wir einige Meter weit gelaufen sind.

»Ja klar!«, lacht Leo. »Und wenn doch nicht, dann rufe ich einfach die Lifeguards an, damit sie uns holen kommen.«

Ich gebe ihm einen Hieb auf seinen Oberarm. »Leo! Das ist nicht witzig. Ich bekomme jeden Moment Panik, wenn ich daran denke, dass wir von dieser Insel dort nicht mehr wegkommen könnten.«

Er grinst mich frech an. »War doch nur Spaß, wir werden sicherlich keine Lifeguards brauchen. Um halb zwölf ist der niedrigste Wasserstand, und erst gegen kurz vor 18 Uhr ist wieder Hochwasser.«

Ich linse ihn mit zusammengekniffenen Augen von der Seite an. »Ich hoffe, du hast das extrem gut recherchiert.«

»Ich auch!«, lacht er erneut auf und erntet einen ängstlichen Blick von mir. »Aber mal ehrlich – wäre es wirklich so schlimm, wenn du mit mir zusammen alleine auf einer einsamen Insel Zeit verbringen müsstest?«

»Vermutlich eher nicht«, gebe ich zu, ohne ihn dabei anzusehen, weil mir bei diesem Gedanken ein bisschen warm in der Leistengegend wird.

Der Schwelbrand, der seit unserer Begegnung gestern wieder in mir kokelt, ist der unmissverständliche Beweis dafür, dass ich mich noch immer zu Leo hingezogen fühle.

Der Sandboden unter unseren Füßen ist von teilweise sehr scharfkantigen Steinen und Muscheln durchzogen, sodass ich froh bin, dass Leo auf feste Schuhe bestanden hat. Hier und da weichen wir ein paar Pfützen aus, die vom zurückgezogenen Meer übrig geblieben sind. Meter für Meter nähern wir uns Mokoli'i, die aufgrund ihrer spitz aufragenden Form auch Chinaman's Hat genannt wird. Ich bin froh, dass ich eine Kopfbedeckung auf und eine langärmlige weiße Tunika anhabe, da es auf der gesamten Tour logischerweise kein Fleckchen Schatten geben wird.

»Warst du schon oft hier?«, will ich von Leo wissen.

»Dreimal. Aber noch nie zu Fuß. Ich bin bisher immer mit Freunden mit dem SUP oder Kajak nach drüben gelangt.«

Ich weine gespielt. »Wir hätten uns für alle Fälle ein SUP mitnehmen sollen. Können wir notfalls nicht einfach zurückschwimmen?«

»Das sollten wir lieber nicht. Die Wellen und Strömungen hier sind manchmal unberechenbar, und leider sind schon Menschen bei dem Versuch gestorben. Außerdem wimmelt es in der Gegend manchmal vor Quallen, die einen mit ihren Tentakeln fürchterlich brennen können.«

»Super Aussichten!« Ich werfe meine Arme in die Luft und lache. »Ein Glück, dass ich dir vertraue, dass du mich heil wieder zurückbringst.«

»Ich würde mein Leben für dich geben, um dich zu retten«, strahlt er mich an.

»Dein Wort in Gottes Ohr!«, grinse ich zurück.

»Mokoli'i heißt übrigens *kleine Eidechse*. Einer Legende nach hat die Göttin Hi'iaka eine böse Rieseneidechse getötet und ihren Körper ins Meer geworfen. Diese Insel ist somit die Schwanzspitze, die aus dem Meer ragt.«

»Hat Oma dir das erzählt?«

Er nickt. »Ich finde es schön, dass die Einheimischen ihr Wissen über unsere Kultur von Generation zu Generation versuchen weiterzugeben. Es ist schade genug, dass die hawaiianische Sprache nur noch von so wenigen gesprochen wird. Das sind gerade einmal etwa tausend Menschen, von denen die Hälfte schon über 70 Jahre alt ist. Es wäre so schade, wenn diese schöne Sprache ausstirbt. Darum legt Dad auch so viel Wert darauf, dass wir möglichst viele Worte und Sätze in unseren Alltag integrieren. Zum Glück gibt es mittlerweile auch einige Projekte in Schulen, die helfen sollen, die Sprache am Leben zu halten.«

Nach rund einer halben Stunde erreichen wir den kleinen Strand dieser steilen Mini-Insel und machen uns an den Aufstieg. Die letzten Schritte des 70 Meter hohen Hügels benötigen wir unsere gegenseitige Hilfe, um den Fels zu erklimmen. Zwanzig Minuten später sehen wir uns die wunderschöne Umgebung von oben aus an. In unserem Rücken das türkisfarbene Meer und vor uns die Ebbe, schaue ich ehrfürchtig hinüber in Richtung Kailua, das einige Ortschaften links von hier hinter der nächsten Landzunge liegt. Leo legt seinen Rucksack auf dem roten Gestein ab, öffnet ihn und fördert eine Wasserflasche zu Tage. Dankbar nehme ich einen großen Schluck. Ich ziehe meinen großen Strohhut vom Kopf und fächere mir damit Luft zu, während ich mir mit dem Handrücken einige Schweißtropfen von der Stirn wische.

Als ich mich einmal um meine eigene Achse gedreht und die Natur mit allen Sinnen aufgesaugt habe, neckt Leo mich ein weiteres Mal. »Na, siehst du schon die Flut zurückkehren?«

Ich stemme meine Arme in die Hüften und schaue ihn mit zusammengekniffenen Augen an. »Spiel nur mit der Angst deiner besten Freundin. Ist schon in Ordnung.«

Er lacht und zieht mich mit seinem Arm an seine Schulter heran. »Mein Leben wäre nur halb so schön, wenn du dich nicht manchmal so gut ärgern lassen würdest.«

Wir setzen uns auf einen Fels zwischen dem höchsten Punkt und den ersten Grasbüscheln, blicken auf die Küste O'ahus zurück und schweigen. In der Ferne kann ich das leise Meeresrauschen hören. Jede Brise der feucht-heißen Luft schmeckt salzig auf meinen Lippen.

Es ist perfekt. Leo und ich und diese kleine Eidechsen-Insel. Mitten auf dem Ozean am Ende der Welt. Manchmal braucht es keine Worte, sondern lediglich zwei Menschen, die gemeinsam im Hier und Jetzt sind.

Erst als wir uns an den Abstieg machen, nehmen wir unsere Gespräche wieder auf. Leo geht voran und reicht mir seine Hand, wo immer es nötig ist. Als wir am Strand unten angekommen sind, drücke ich ihm kurzerhand einen Kuss auf die Wange.

»Wofür war der denn?«, will er lächelnd wissen.

»Dafür, dass du mich gestern nicht weggeschickt hast. Und dass ich in deinem Zimmer schlafen darf. Dass du mir so ein schönes Gefühl gibst, wenn ich in deiner Nähe bin. Und für diese schöne Erfahrung hier. Einfach für alles, Leo.« Mein Herz flattert, weil die Worte aus meinem tiefsten Inneren kommen. »Danke, dass es dich in meinem Leben gibt.«

Lächelnd drückt er meine Schulter, während wir langsam weitergehen. »Dasselbe gilt exakt andersherum auch.«

Wir weichen einer größeren Pfütze aus, die bestimmt knietief wäre, wenn wir hindurchwaten würden.

Als wir etwa die Hälfte des Weges zum Strand zurückgelegt haben, sagt er: »Du hast gerade einen Gedanken bei mir angestoßen, der ziemlich gruselig ist. Hast du dir eigentlich schon mal überlegt, wie furchtbar es wäre, wenn wir zu völlig unterschiedlichen Zeiten auf dieser Erde leben würden und uns somit niemals begegnen hätten können?«

Ich nicke melancholisch. Dann schweige ich eine Zeitlang und erzähle ihm schließlich doch etwas, das ich ihm noch nie zuvor gesagt habe. »Ich finde den Gedanken, dass wir uns vielleicht in früheren Leben schon öfter begegnet sind, irgendwie so schön, dass ich daran glauben mag, dass es wirklich so ist. Ich kann mir manchmal einfach nicht anders erklären, warum wir so eine Bindung zueinander spüren und das Gefühl haben, uns irgendwie schon immer gekannt zu haben.«

Er macht ein nachdenkliches Gesicht. »Der Gedanke ist wunderschön, Lou«, gesteht er dann. »Wer weiß, vielleicht ist es tatsächlich so, und wir können uns an unsere früheren gemeinsamen Leben bloß nicht mehr erinnern.«

Ich bücke mich, um eine größere Muschel aus dem Schlamm aufzuheben. Als ich merke, dass sie noch bewohnt ist, suche ich die nächste Wasserpfütze und lege sie hinein, weil ich nicht weiß, ob der Meeresbewohner in der prallen Sonne überleben kann, bis die Ebbe vorüber ist.

»Falls wir wirklich wiedergeboren werden, möchte ich mein nächstes Leben wieder mit dir verbringen. Egal wo und wann«, teile ich meinen Wunschtraum mit Leo.

»Ja, das möchte ich auch«, lächelt er. »Und wenn ich wüsste, dass du im nächsten Leben wieder bei mir wärst, müsste ich nicht so viel Angst vor dem Tod haben oder davor, dich zu verlieren.«

Auf diese Weise habe ich es tatsächlich noch nie betrachtet. Das lässt mich einerseits glücklich, aber auch irgendwie unheimlich schwermütig werden, weil leider niemand von uns wissen kann, was nach dem Tod mit uns passiert. Vielleicht bleibt Leo und mir ja doch „nur" dieses eine Leben zusammen … Bei dem Gedanken, ihn irgendwann vielleicht für immer verlieren zu müssen, spüre ich einen tiefen Schmerz in meinem Herzen.

Als wir den Strand erreichen, sind wir beide aufgrund unseres tiefsinnigen Gesprächs noch immer ein wenig melancholisch – bis Leo schließlich sagt: »Siehst du, wir haben es tatsächlich zurückgeschafft, ohne einen Notruf absetzen zu müssen!«

»Du bist ein wirklich hervorragender Tourguide, Leo«, lobe ich ihn schmunzelnd.

Auf der Rückfahrt mit Omas Geländewagen, den sie sich mit Leo teilt, halten wir am Shop einer Macadamia-Farm an. Ich decke mich mit Nuss-Cookies ein und probiere hier zum ersten Mal den berühmten und extrem teuren hawaiianischen Kona-Kaffee, der tatsächlich herausragend anders schmeckt als jeder Kaffee, den ich zuvor probiert habe. Das Aroma reicht von nussig über schokoladig-karamellig bis hin zu einem Hauch von Honig. Ich bin mir ziemlich sicher, dass ich diesen Kaffee in den nächsten Tagen noch öfter genießen werde, wenn ich ihn hier schon direkt vor der Nase habe.

Einen weiteren Zwischenstopp legen wir an einem kleinen Restaurant abseits der Straße ein, um ein verspätetes Mittagessen einzunehmen. Als Leo den Großteil der hawaiianischen Begriffe auf der Speisetafel für mich übersetzt hat, beschließe ich, in den nächsten Wochen mit ein paar mehr Worten dieser schönen Sprache nach Hause zurückzukehren, als ich gekommen bin.

Am Nachmittag kommen wir nach Kailua zurück. Als Leo den Wagen vor der Tür abstellt, läuft eine Frau in Richtung unseres Autos und strahlt über das ganze Gesicht.

»Jetzt lernst du deine Tante kennen«, bemerkt Leo, als er den Motor abstellt und den Schlüssel abzieht. Ich öffne die Beifahrertür und gehe um das Auto herum, wo Leo bereits auf mich wartet, um mich ihr vorstellen zu können.

»Aloha Louisa! Da bist du ja endlich! Ich habe schon so viel Wunderbares von dir gehört.«

Sofort fällt mir die Ähnlichkeit zu Nalani ins Auge. Luana hat nicht die sportliche Figur ihres Bruders, sondern scheint wie ihre Mutter einen gesunden Appetit zu haben. Ihre dichten, dunklen Haarwellen ergießen sich auf ihre Schultern, ihr Teint ist eine Nuance dunkler als der von Keanu, was mich nicht wundert, da sie 365 Tage im Jahr Sonne abbekommt. Ihre vollen Wangen und ihr breites Lachen unterstreichen ihre positive Ausstrahlung. Luana breitet ihre Arme aus und schließt mich darin ein, um mir dann einen Kuss auf die Wange zu geben.

»*E komo mai!* Herzlich willkommen in unserer Familie.«

In diesem Moment fällt mir erst auf, dass ich keine Ahnung habe, ob sie weiß, dass ich die Tochter ihres Bruders bin. Das sollte ich dringend in Erfahrung bringen, um in kein Fettnäpfchen zu treten.

»Aloha Luana, ich freu mich, dich kennenzulernen!« Das tue ich wirklich, weil ich es schön finde, endlich all die Menschen zu treffen, mit denen mein bester Freund und Halbbruder die letzten beiden Jahre verbracht hat.

Luana legt ihren Arm um meine Schulter und läuft mit mir auf ihr Grundstück zu. »Komm mit, komm mit! Ich werde dich den anderen vorstellen.«

Ich will Leo einen flehenden Blick zuwerfen, mich ja nicht alleine zu lassen, doch er ist bereits neben mir, um mich zu begleiten.

»Das war ja eine wirkliche Überraschung, als mein Bruder dich mitgebracht hat!«, freut sie sich und flüstert dann: »Es ist so schön, dass er noch eine Tochter hat, die ich endlich kennenlernen darf.« Damit wäre eine Sache geklärt – Luana zumindest kennt die Wahrheit. »Er hat es ja lange genug geheim gehalten. Ich weiß gar nicht, wie man so etwas Aufregendes so lange Zeit für sich behalten kann!«

Ich lache und versuche, jegliche Gedanken an die Konsequenzen dieses so lange gehüteten Geheimnisses einfach zu verdrängen.

Sie führt mich um das Haus herum in den Garten, wo an einem großen Tisch mein Vater, ein anderer Mann, der vermutlich Luanas Ehemann ist, sowie zwei ihrer drei Kinder sitzen.

Bevor wir zu den anderen gehen, bleibt sie an der Terrassentür stehen und ruft nach innen: »Luke! Lucas! Kommst du mal bitte kurz?«

An mich gewandt sagt sie schließlich: »Also, das ist John, mein Mann«, stellt sie mir den Erwachsenen neben Keanu am Tisch vor. »Und das sind Olivia und Chris.«

John steht auf, kommt um den Tisch herum und begrüßt mich mit einem Wangenkuss. Er ist wesentlich größer als seine Frau, sodass er sich leicht zu mir herabbeugen muss. Mein Onkel hat beinahe raspelkurze braune Haare und einen leichten Bartschatten. Im Gegensatz zu seiner quirligen Ehefrau scheint er eher der Typ Mensch zu sein, der stoische Ruhe ausstrahlt.

Olivia, das etwas zurückhaltende Mädchen mit dem braunen Pferdeschwanz, begrüßt mich mit einem Lächeln und winkt von ihrem Platz aus, während sie ein Stück Kuchen vertilgt. Ich weiß, dass sie mit 15 Jahren die jüngste Tochter der beiden ist.

»Hi Louisa!«, begrüßt Chris mich und steht auf, um mich zu umarmen. Dann schlägt er mit Leo ein. Er ist Luanas und Johns ältester Sohn und ist mit 25 Jahren nur ein halbes Jahr älter als Leo. Die Körpergröße hat er definitiv von seinem Vater geerbt.

»Lucas!«, ruft Luana noch einmal ins Hausinnere und verdreht uns zugewandt die Augen. »Teenager …«

»Ich bin ja schon da, Mom«, beschwert ihr 17-jähriger Sohn sich. »Was gibts denn?«, fragt er, als er an der Terrassentür steht. Dann sieht er mich. Er scannt mich intensiv von Kopf bis Fuß, während seine Mutter erklärt, dass Besuch da ist.

»Das ist Louisa – Kaleos beste Freundin aus Deutschland.«

»Oh, hi!«, lächelt er ein wenig schüchtern. »Willkommen auf O'ahu!«

»Danke dir, Lucas.«

Einen Moment noch schaut er mich fast schon verstohlen an, dann wendet er sich schnell dem Tisch zu und nimmt sich einen Teller, auf den er ein Stück Kuchen legt. Anschließend dreht er uns den Rücken zu, um zurück nach innen zu gehen.

»Luke, willst du nicht ein bisschen bei uns bleiben?«, fragt Luana, als er bereits an der Schwelle zur Tür ist.

»Ich will den Comic noch fertigzeichnen, Mom. Ich komme in einer Viertelstunde, okay?«

Ich lache leise, als Luana ihn mit einer liebevollen Geste wegscheucht.

»Setzt euch!«, fordert sie uns dann auf und schickt sich an, zwei frische Teller und Tassen von innen zu holen.

»Ich glaube, du hast einen neuen Verehrer, Louisa«, lacht sie, als sie uns das Geschirr hinstellt und je ein Stück Kuchen darauf legt. »Luke ist sonst nie so schüchtern.«

Ich erinnere mich an seine scannenden Blicke.

Leo lacht. »Was ein Pech, dass Lou nicht auf jüngere Männer steht.«

»So?«, sage ich und hebe die Augenbrauen an.

»Also zumindest war das mein letzter Stand. Wir haben

uns ja jetzt eine Weile nicht gesehen«, schiebt Leo nach, und ich merke, wie ihm die Situation ein wenig unangenehm wird.

Ich sehe schmunzelnd zu ihm, als er mir ebenfalls ein kleines Lächeln zuwirft.

Luana lehnt sich in ihrem Stuhl zurück und lässt ihre Augen von Leo zu mir und wieder zurück wandern. »Ihr zwei seid wirklich süß zusammen.«

»Seid ihr wohl ein Paar?«, fragt Olivia kauend.

Ich blicke Leo an, und für gefühlt eine halbe Ewigkeit sagt niemand etwas, obwohl es sicher nur wenige Sekunden gewesen sind.

»Nein, sind wir nicht«, sage ich schnell an Olivia gewandt und hoffe, dass ich nicht gleich knallrot anlaufe. »Wir sind nur beste Freunde.«

»Ach so«, erwidert sie und wendet sich wieder ihrem Kuchen zu.

Ich stöhne innerlich auf. Das hat ja wirklich nicht lange gedauert, bis wir wieder mit unserer Vergangenheit konfrontiert werden.

Am Abend holen wir Leos – und gewissermaßen auch meinen – Cousin Chris von nebenan ab und gehen in Richtung Strand, wo wir mit Freunden der beiden verabredet sind.

Chris hat eine Tüte Chips und Bier im Schlepptau, während Leo einige Softdrinks unter den Arm geklemmt hat.

Bei der spontanen Begegnung mit Luana und ihrer Familie heute Nachmittag bin ich gewissermaßen ein wenig überrumpelt worden, sodass ich kaum Aufregung aufbauen konnte. Nun allerdings werde ich gleich ein paar von Leos Freunden treffen, was mich gerade tierisch nervös macht.

»Wie gefällt es dir bis jetzt?«, reißt Chris mich aus meinen Gedanken, während wir am Ende der Straße, die zum Strand führt, angekommen sind und nach rechts abbiegen.

Ich werfe ihm einen knappen Blick zu und lächle. »Es ist wirklich traumhaft! Ich weiß nicht, ob Leo es dir schon erzählt hat: Wir waren heute am Chinaman's Hat. Die Aussicht war unglaublich.«

»Ja, das stimmt. Ich bin auch immer wieder gerne dort. Mokoli'i ist nicht so frequentiert wie die Moku-Lua-Inseln.«

»Sind das die beiden, die man im Osten unserer Bucht sieht?«, frage ich nach.

»Ja genau.«

Ich ziehe meine Flipflops aus, als wir den weichen Sand erreichen. Über dem Meer ist es schon fast stockdunkel, obwohl es erst kurz nach sieben Uhr am Abend ist. Nur über dem Land ist am Himmel noch ein schmaler heller Streifen zu erkennen. Als wir ein paar Minuten gelaufen sind und die Büsche zwischen Straße und Strand zu Bäumen werden, sehe ich schon das kleine Feuer, um das ein paar junge Menschen sitzen.

Plötzlich höre ich, wie hinter uns jemand schnell über den Sand rennt. Ich erschrecke, als Leo von hinten angefallen wird und strauchelt. Doch mein bester Freund lacht lediglich auf und hat sich bereits wieder gefangen, bevor er stürzen kann.

»Hi Koa, du Idiot! Du hast Lou erschreckt.«

Koas Lachen erstirbt, und er sieht mich versöhnlich an. »Tut mir leid, das wollte ich natürlich nicht.« Dann drückt er mir einen Begrüßungskuss auf die Wange. »Aloha Lou! Schön, dass ich dich endlich kennenlerne.«

»Aloha Koa. Ihr arbeitet zusammen in der Bar, stimmts?«

»Nicht mehr. Ich habe vor einigen Monaten hier in Kailua einen kleinen Laden mit hauptsächlich Surf- und Sportzubehör aufgemacht. Jetzt habe ich Leo erfolgreich von der Bar abgeworben.«

Ich werfe meinem besten Freund einen erstaunten Blick zu. »Das wusste ich ja noch gar nicht!«

»Es war relativ kurzfristig und ist noch ganz frisch. Er arbeitet erst seit dieser Woche bei mir«, nimmt Koa seinen Freund in Schutz.

Na gut, es sei ihm verziehen, dass er es mir bisher noch nicht erzählt hat – immerhin haben wir in der Woche vor meinem Besuch nur zweimal kurz Kontakt gehabt, was auch ein bisschen an mir gelegen hat, da ich vor meinem Überraschungsbesuch so nervös gewesen bin, dass ich Angst hatte, ich würde mich vor Leo verdächtig machen.

Wir laufen die restlichen Meter zum Lagerfeuer, wo ich Joshua vorgestellt werde, dem weiteren ehemaligen Arbeitskollegen von Leo, sowie Joe, Sarah und Leilani.

Leilani? Kann das Leos Ernst sein? Die hübsche junge Frau mit den langen dunklen Haaren begrüßt mich überschwänglich, und ich lasse mich völlig überrumpelt von ihr umarmen.

Ich fange Leos Blick auf und sehe ihn absichtlich länger als gewohnt an. Wie erhofft zieht er mich zur Seite.

»Du hast Nerven!«, zische ich vorwurfsvoll. »Du hättest mich zumindest vorwarnen können!«

Er runzelt die Stirn und sieht mich völlig ahnungslos an. »Wieso? Was ist denn los?«

»Ich hätte mich gerne seelisch darauf vorbereitet, wenn ich auf deine Ex treffe.«

Leo stutzt kurz und bricht dann in schallendes Gelächter aus. Ich warte darauf, dass er mich in seinen Witz einweiht.

»Sorry Lou, daran hab ich gar nicht gedacht. Leilani ist nicht DIE Leilani. Der Name kommt hier natürlich häufiger vor.«

Ich schürze meine Lippen und muss dann mitlachen. »Wie peinlich.« Ich halte mir die Hände vor die Augen. »Ich habe wirklich keine Sekunde daran gedacht, dass es sich um eine andere Leilani handeln könnte. Sorry Leo …«

Er zwinkert mir zu. »Ist doch nichts passiert – außer dass du dich gerade unnötigerweise selbst gestresst hast.«

Chris kommt zu uns heran und fasst Leo an den Oberarm. »Alles gut bei euch?«

Ich nicke und schnappe mir Leos Hand. Dann gehen wir zurück und setzen uns zu den anderen ans Feuer.

Die Stimmung ist recht locker, und die Gespräche sind in vollem Gange, was ich sehr angenehm finde, da ich mich so erst einmal ein wenig an die vielen neuen Gesichter gewöhnen kann. Ich höre der ein oder anderen Anekdote zu, bis mich Koa neben mir anspricht.

»Soso. Du bist also die Frau, vor deren Vater Leo geflüchtet ist.«

Das hat Leo seinen Freunden also erzählt! Ich versuche, mir meine Irritation nicht anmerken zu lassen, und lächle ihn an. »Sieht wohl ganz danach aus.«

»Ich war ziemlich überrascht, als mir Leo vorhin die Nachricht geschickt hat, dass er dich mitbringt.«

»Er selbst war mindestens ebenso überrascht, als ich gestern Abend aufgetaucht bin«, erkläre ich lachend.

»Jedenfalls, schön dass du hier bist«, sagt er und sieht mich intensiv an, sodass ich das Gefühl bekomme, er meint es wirklich ernst und sagt es nicht nur einfach so daher.

»Mahalo. Ich freu mich auch, hier zu sein und euch alle kennenlernen zu dürfen. Hat ja lange genug gedauert.«

Er stupst mich mit seinem Ellenbogen an. »Das kannst du laut sagen. Ich glaube, ich kenne dich schon besser, als du dich selbst, so viel hat Leo von dir erzählt, seit er hier ist.«

»Tatsächlich?« Ich mache große Augen.

»Ja, ohne Mist, Lou! Selbst als er mit Leilani zusammen war, hat er öfter von dir als von ihr geredet.«

Ich muss grinsen und finde es immer wieder erfrischend, wenn man von anderen Menschen „geheime" Dinge über Personen erfährt, die einem nahestehen.

Während Leo in ein Gespräch mit Joshua und Chris vertieft ist, rede ich mit Koa über seinen neuen Laden und alles, was damit zusammenhängt. Er scheint ein wirklich sympathischer und liebenswerter Typ zu sein, sodass ich mir bildlich vorstellen kann, wie gut Leo mit seinem neuen Kollegen harmoniert.

Irgendwann ruft Sarah in die Runde: »Oh mein Gott, ich habe ja vollkommen vergessen, dass ich frische Malasadas mitgebracht habe!«

Sie greift hinter sich und zieht den Deckel von einer Box, die anschließend einmal reihum gereicht wird, während sie sich für ihr Mitbringsel feiern lässt. Das frittierte Hefe-Gebäck ist mit Kokospudding gefüllt und schmeckt genauso himmlisch, wie mir alle erzählen. Anschließend werde ich noch genötigt, das Bier einer Brauerei aus Kailua zu probieren. Um niemanden zu enttäuschen, gebe ich mir Mühe, so zu tun, als würde es mir schmecken, weil Bier einfach noch nie zu meinen Lieblingsgetränken gehört hat. Unauffällig schiebe ich Leo kurz darauf die Flasche hin, und er lacht.

Damit uns niemand verstehen kann, spreche ich ihn irgendwann auf Deutsch an. »Da erfährt man ja spannende Dinge über sich! Du bist also vor Marc geflüchtet und hast mich deshalb alleine zu Hause sitzen lassen. Soso.« Ich schmunzle und beobachte seine Reaktion.

Er streift sich durch seine Haare. »Was Blöderes ist mir nicht eingefallen, Lou. Ich wollte natürlich niemandem die Wahrheit über uns beide erzählen, um mich und uns zu schützen. Und irgendeinen halbwegs glaubwürdigen Grund musste ich den Leuten um mich herum ja liefern, warum ich hier von heute auf morgen ein Leben begonnen habe, ohne Dad mitzunehmen.«

»Du brauchst dich nicht zu rechtfertigen«, beschwichtige ich ihn und zwinkere ihm zu. »Ich habe mich vorhin nur ein wenig gewundert, als mich Koa darauf angesprochen hat. Sag mir lieber, was Luanas Familie weiß und was nicht, damit ich in keine Fettnäpfchen mehr trete.«

»Eigentlich wollte ich es dir noch erzählen, bevor wir auf Luana treffen. Aber dann ist sie uns vorhin so spontan über den Weg gelaufen … Sie und John wissen jedenfalls darüber Bescheid, dass du Keanus Tochter bist. Ihre Kinder, also auch Chris, allerdings nicht. Wir fanden es besser, das erst einmal für uns zu behalten, gerade weil Olivia noch so jung ist. Nicht, dass sie unbedacht irgendetwas weitererzählt.«

Ich überdenke die Situation einen Moment. »Das heißt, ich sollte jetzt immer aufpassen, dass ich Keanu in Gegenwart unserer Cousins und Cousine nicht aus Versehen Dad nenne?«

»Nein, das wäre schon okay. Wir haben ihnen das mit Marc ebenfalls gesagt, und dass er dir kein allzu guter Dad war. Sie denken, du nennst Keanu Dad, weil du ihn schon so lange kennst und er wie ein Vater für dich ist.«

Ich kann nicht behaupten, dass ich es gut finde, Menschen in meinem nahen Umfeld anzuschwindeln, aber ich bin gleichzeitig der Meinung, dass es in diesem Fall einem ehrbaren Zweck dient, also geht die Sache für mich in Ordnung.

»Okay, dann weiß ich Bescheid. Somit bin ich deine beste Freundin sowie Keanus *Adoptiv-Tochter*.« Ich zeichne mit meinen Fingern Gänsefüßchen in die Luft.

»Ja, gewissermaßen.« Leo legt die Arme auf seinen aufgestellten Knien ab und schenkt mir eines seiner zauberhaften Lächeln. Das – und seine strahlenden grünen Augen – werden für mich wohl niemals an Magie verlieren.

Als er wieder wegsieht, betrachte ich noch einige Sekunden lang verstohlen sein bildhübsches Gesicht im Schein des Feuers und bemerke das Kribbeln in meinem Bauch.

Kapitel 30 ✿ Aloha Spirit

Nach der vielen gemeinsamen Zeit mit Leo am Vortag ergibt es sich ganz gut, dass er Frühschicht im Fitness-Studio hat, sodass ich automatisch ein wenig Zeit mit meiner Oma verbringen kann, die bisher viel zu kurz gekommen ist.

Wir frühstücken mit meinem Dad zu dritt auf der Veranda und besprechen den Plan für den heutigen Tag.

»Was hältst du davon, dass wir dir Honolulu zeigen? Wenn wir den Bus nehmen, müssen wir uns den Verkehr in der Stadt nicht antun«, schlägt mein Vater vor.

Wir beginnen die Tour am hübschen weißen Aloha Tower mit seinem grünen Dach, der einst das höchste Gebäude Honolulus gewesen ist. Ein Aufzug bringt uns auf den eckigen, zehnstöckigen Leuchtturm. Von der Plattform aus hat man einen wunderbaren Blick auf die Stadt. Mein Vater zeigt in Richtung Chinatown, das wir uns anschließend anschauen wollen. Im Süden der Stadt kann man das Finanzviertel mit seinen hohen Wolkenkratzern sehen, und in der Bucht am Hafen hat ein großes Kreuzfahrtschiff angelegt.

Entlang der Maunakea Street nördlich des Towers erstreckt sich das chinesische Stadtviertel. Die vielen asiatischen Läden geben ihm eine bunte und abwechslungsreiche Note. An beinahe jeder Ecke duftet es aus den Garküchen, doch mein vom Frühstück noch gut gefüllter Magen hat gerade keine Kapazität für all die Leckereien. Wir kommen an dutzenden Geschäften vorbei, die Lei-Blumenketten verkaufen, und schlendern über einen kleinen Markt, auf dem unzählige verschiedene Arten von Obst, Gemüse, Fleisch und Süßigkeiten angeboten werden.

Zurück in Richtung Downtown passieren wir den Iolani Palace, den ehemaligem Wohnsitz der hawaiianischen Königsfamilie im Rokoko-Stil, der mittlerweile ein Museum ist.

Am frühen Nachmittag lässt mein Vater es sich nicht nehmen, uns in ein teures Restaurant, das direkt am Yachthafen liegt, einzuladen. Von der Terrasse aus haben wir einen hervorragenden Blick in Richtung Waikiki Beach mit dem Stadtstrand und seinen faszinierenden Hochhäusern. Das erste Mal an diesem Tag voller neuer Eindrücke halte ich bewusst inne und nehme den Moment in mir auf. Ich sehe zu meiner Oma, die mich anlächelt, als sie meinen Blick bemerkt. Dann greift sie über den Tisch, legt ihre Hand auf meine und sagt mir, wie froh sie ist, mich hier zu haben. Mein Herz hüpft vor Freude, so wunderbare Menschen wie sie und Keanu zu haben. Das erste Mal in meinem Leben habe ich das Gefühl, angekommen zu sein und nicht nur eine Mutter, sondern gleich eine ganze Familie zu haben, die mich liebt.

Nach dem Surf and Turf-Grillbuffet ächzen wir alle drei, weil wir viel zu viel gegessen haben. Während meine Oma sich eine Auszeit in einem Café nimmt, schlendern Dad und ich durch das Ala Moana Shopping Center mit seinen unzähligen Läden entlang der Outdoor Mall. Ich bin so überfordert von der Vielfalt der angebotenen Waren, dass ich schlichtweg gar nichts kaufe. Mein Vater lacht und berichtet mir, dass man auch in Kailua gut shoppen gehen kann und es dort die ein oder andere nette Boutique sowie ein paar Souvenirläden gibt.

Als wir Nalani wieder eingesammelt haben, will Keanu mir noch die Schlemmermeile von Honolulu zeigen, daher nehmen wir ein paar Stationen mit dem Bus und landen im östlichen Stadtteil Kapahulu. Dort entdecke ich auch die fantastischen Malasadas wieder, die Sarah mitgebracht hatte. Mein Vater empfiehlt mir als Nicht-Amerikanerin, die fruchtigen Varianten lieber auszulassen, weil sie mir sicher zu künstlich schmecken würden. Also entscheide ich mich für Quarkfüllung, Kokospudding, Macadamia-Creme und die Klassischen mit Zimt und Zucker. Während wir an weiteren dutzenden kleinen Läden mit kulinarischen Genüssen vorbeikommen, muss ich mich zusammenreißen, mich nicht allzu sehr von meinem Appetit leiten zu lassen. Ich mag, dass es hier auch einige Vintage-Läden gibt, und amüsiere mich über die vielen Geschäfte, die Aloha-Hemden verkaufen. Im Größten davon gibt es mit über 15.000 Shirts eine schier unendliche Auswahl dieser fragwürdigen Hawaii-Souvenirs.

Ich liebe es, durch all die kleinen Läden zu schlendern und die ein oder andere Kuriosität zu entdecken. Neben den klischeehaften Kokosnuss-Bikinis kann man an etlichen Stellen natürlich auch Ukulelen kaufen. Immer wieder entdecke ich eine ganze Reihe von Elvis Presley-Mitbringseln, zu denen mir mein Vater später erklärt, dass der Sänger in den 70ern ein legendäres Konzert in Honolulu gegeben hatte, das erstmals per Satellit live und weltweit ausgestrahlt worden war und ihn zum internationalen Superstar gemacht hat.

Den Nachmittag lassen wir in einem asiatischen Park ausklingen. Als wir uns auf einer Bank ausruhen, merke ich, wie ich vom vielen Laufen ziemlich geschafft bin. Zwar haben Städtetrips etwas sehr Inspirierendes und Eindrucksvolles, aber auf eine andere Weise sind sie auch immer ein wenig anstrengend.

Wir sind etwa eine Stunde vor Leos Rückkunft zu Hause, sodass ich genug Zeit habe, mit Nalani eine leckere Poke Bowl zuzubereiten, die sich hier auf der Insel als Leos Lieblingsessen etabliert hat.

Als Leo nach Hause kommt, muss ich mich zusammenreißen, ihn nicht allzu euphorisch zu begrüßen, da ich ihn – unabhängig von diesem wirklich gelungenen Tag – tierisch vermisst habe.

Nachdem er sich umgezogen hat, kommt er in einer olivfarbenen kurzen Hose mit weißem Shirt bekleidet zu uns in die Küche.

»Oh wow! Das sieht ja schon grandios aus!« Er klaut sich ein paar Edamame-Bohnen, als er mir über die Schulter schaut. Ich drapiere den rohen, eingelegten Lachs auf dem Reissalat und reiche ihm eine fertige Essens-Schüssel.

Auf der Terrasse erzählen wir ihm von unserem Tag in Honolulu. Irgendwann sind nur noch Leo und ich übrig, weil Dad nicht allzu spät bei seiner Schwester auftauchen will, da er keinen eigenen Schlüssel hat, und Nalani vom vielen Laufen müde ist und zu Bett geht.

Wir setzen uns auf die Hollywood-Schaukel und lassen uns vor- und zurückschwingen. Die kleine viereckige Holzlaterne auf dem Tisch ist die einzige Lichtquelle in der näheren Umgebung.

Während wir zum Nachtisch eine Handvoll der mitgebrachten Malasadas aus der Kapahulu Avenue verspeisen, erzähle ich Leo ein paar Highlights und Details meines heutigen Tages, die ich vorhin ausgelassen habe.

»Wollen wir morgen einen Tag am Strand einlegen? Es ist ohnehin Sonntag, und was würde da besser passen?!«, schlägt er irgendwann vor.

»Das hört sich fantastisch an. Und meine Füße würden sich

nach gestern und heute sicher auch freuen, wenn sie ein bisschen chillen dürften.«

»Ich hab dir übrigens noch gar nicht verraten, dass Koa mir für nächste Woche freigegeben hat. Sein Bruder wird ihm zu den Stoßzeiten im Laden aushelfen. Also haben wir die komplette nächste Woche für uns!«

»Wie nice ist das denn?!« Ich strahle über das ganze Gesicht, weil ich gar nicht genug Zeit mit ihm verbringen kann. Ich habe das Gefühl, dass wir so viel aufzuholen haben. Zwei Jahre sind eben eine verdammt lange Zeit … »Was mag Koa gerne? Ich glaube, ich muss ihm bei Gelegenheit ein Dankeschön vorbeibringen.«

Leo lacht auf. »Das ist nicht nötig, glaub mir. Er macht das wirklich gerne. Heute Morgen hat er mir eine Nachricht geschickt, dass er sich unglaublich freut, dich kennengelernt zu haben, und er sehr glücklich wäre, wenn du und ich die Gelegenheit hätten, mehr Zeit miteinander zu verbringen.«

»Das ist echt toll von ihm. Ich habe allmählich wirklich den Eindruck, dass die Menschen hier viel mehr Nächstenliebe versprühen, als man es von zu Hause kennt.«

»Ja, das ist tatsächlich so. Jeder Tourist hat bei der Abreise sicherlich zwei, drei Geschichten im Gepäck, die die Herzlichkeit der Hawaiianer widerspiegeln. Alleine in meinen ersten Wochen hier habe ich laufend Dinge erlebt, die einem ansonsten vermutlich nur über sein gesamtes Leben verteilt passieren würden.«

»Magst du mir ein paar davon erzählen?«

»Na klar.« Er beugt sich nach vorne zum Tisch und nimmt sein Getränk in die Hand. Als er sich wieder zurücklehnt, beginnt er zu erzählen.

»In meiner ersten Woche zum Beispiel wollte ich von Honolulu mit dem Bus nach Kailua zurück und hatte lediglich einen größeren Dollar-Schein und kein Kleingeld mehr. Weil man für das Ticket aber kein Rückgeld bekommt, habe ich eine Verkäuferin gefragt, ob sie mir den Schein bitte wechseln könnte. Als sie festgestellt hat, dass in der Ladenkasse kaum noch Kleingeld war, hat sie mir kurzerhand die Busfahrt mit Münzen aus ihrem privaten Portemonnaie spendiert.«

Leo trinkt einen Schluck, bevor er fortfährt. »Und ein andermal habe ich mich an den Strand gesetzt und das Meer beobachtet. In der Nähe hat eine größere Familie gepicknickt.

Ich muss wohl ein wenig verloren auf sie gewirkt haben.« Er lacht kurz auf. »Jedenfalls haben sie mich kurzerhand eingeladen, mit ihnen zu essen. Ich hatte trotz der Umstände, dass wir beide so frisch getrennt waren, also einen wirklich unheimlich schönen Abend mit dieser Familie.«

Ich schüttle leicht den Kopf. »Das wäre bei uns beinahe unvorstellbar. Wie schön, dass sie dich in ihren Kreis mit aufgenommen haben.«

Er nickt. »Lustigerweise hat sich irgendwann im Nachhinein herausgestellt, dass Koa die Familie kennt. Aber inzwischen wundert mich das nicht mehr so sehr. Irgendwie kennt hier jeder sowieso jeden über ein, zwei Ecken.«

»Das kann gut oder auch schlecht sein«, gebe ich lachend zu bedenken, und Leo stimmt mir zu.

»Eine Geschichte fällt mir spontan noch ein.«

»Ich hör dir gerne zu, leg los!«

Er verändert seine Sitzposition, wendet sich mir leicht zu und legt seinen abgewinkelten Unterarm an der Rückenlehne ab. »Irgendwann einmal wollte ich vom Feiern zurück nach Hause und habe leider den letzten Bus verpasst. Also bin ich nachts an der Hauptstraße entlang, um die knapp vier Kilometer heimzulaufen. Plötzlich hat ein Bus neben mir angehalten. Der Busfahrer hatte bereits Feierabend, hat mich aber gefragt, wohin ich denn möchte. Dann hat er mich einfach aufgesammelt und bis direkt vor die Haustür kutschiert. Unglaublich, oder?«

Ich nicke. »Das war eine wirklich nette Geste. Bei uns zu Hause verstehen die meisten keinen Spaß, wenn man sie auch nur um fünf Minuten ihres Feierabends bringen könnte. Neulich habe ich gewagt, zehn Minuten vor Ladenschluss in einen kleinen Supermarkt zu gehen, und wurde beinahe mit Blicken getötet«, lache ich bei der Erinnerung. »Und ein Arbeitskollege meiner Mom im HR lässt immer um Punkt vier den Stift fallen. Und wehe ein Mitarbeiter braucht noch etwas – dann muss derjenige am nächsten Tag nochmal vorbeikommen.«

»Genau das ist der Unterschied! Na klar gibt es überall anders auch hilfsbereite Menschen. Aber die muss man hier in Hawaii nicht erst mühsam suchen. Den *Aloha Spirit* lernt man von klein auf. *Aloha* bedeutet eben nicht einfach nur *Hallo* und *Tschüss*. Es bedeutet, den anderen zu sehen, Rücksicht aufeinander zu nehmen, freundlich und warmherzig miteinander umzugehen. Ich finde es immer noch genial, dass es seit den Achtzigern sogar ein Gesetz gibt, das die Regierung dazu verpflichtet, nach den Aloha-Prinzipien zu handeln.«

»Wow, das hab ich noch gar nicht gewusst! So etwas bräuchten wir zu Hause definitiv auch. Kein Wunder, dass die meisten Menschen hier so besonders sind.«

Als wir eine Weile schweigen, wird mein Bedürfnis, noch ein Stück näher an Leo heranzurücken, stärker. Doch in dieser romantischen Atmosphäre der dunklen Nacht um uns herum, die lediglich durch das Windlicht auf dem Tisch erhellt wird, kommt mir das gerade ein wenig zu intim vor. Und so kneife ich die Augen zusammen und traue mich einfach nicht, weil ich um keinen Preis zerstören möchte, was wir uns in den letzten beiden Jahren mühsam wieder aufgebaut haben.

Als ich unbeabsichtigt leise aufseufze, sieht Leo mich von der Seite an. »Alles okay?«

Aus all dem, was ich gerade fühle, picke ich mir einen anderen Grund als den im Augenblick präsentesten heraus, um ihm trotzdem wahrheitsgemäß zu antworten. »Ich bin gerade sehr, sehr glücklich, dich zurückzuhaben, Leo. Ich weiß gar nicht, wie ich irgendwann wieder ohne dich sein soll.«

Da zieht er mich zu sich heran, nimmt mich in den Arm und erfüllt mir meinen geheimen Wunsch von ganz alleine.

»Das bin ich auch«, gesteht er. »Und wir haben noch zweieinhalb gemeinsame Wochen vor uns, also lass uns jetzt noch nicht so weit in die Zukunft denken. Wir genießen einfach jede Minute, die wir zusammen bekommen können, okay?«

Ich weiß natürlich nicht, ob es stimmt, aber so feinfühlig wie Leo und ich in Bezug auf uns gegenseitig sind, spüre ich eine Melancholie von ihm ausgehen, die mir weitaus mehr verrät, als seine Worte es getan haben. Vermutlich bin ich doch nicht die Einzige, die nicht nur zuversichtliche Gedanken hat, dass alles zwischen uns schon irgendwie von selbst gut werden wird.

Am Sonntag entführt mich Leo an den Lanikai Beach, der nur rund zwei Kilometer östlich von meinem momentanen Zuhause entfernt liegt. Dort geht es ruhiger zu als in Kailua, weil keine Parkmöglichkeiten in unmittelbarer Nähe sind. Der Strand ist mit seinem leuchtend türkisen Wasser und dem samtig weichen Sand noch einen Ticken idyllischer als der in unserer Bucht. Die beiden vorgelagerten Moku-Lua-Inseln sind hier ganz nah.

Das Farbspiel der Blautöne des Meeres und Himmels sowie das Weiß des Sandes, der Wolken und Wellen gepaart mit dem intensiven Grün der Palmen und Sträucher bilden eine unfassbar atemberaubende Kulisse, die ich in den ersten Minuten einfach nur völlig verzaubert in mir aufnehme. Wie kann so etwas Schönes überhaupt existieren?

Leo breitet die Decke im Halbschatten einer Palme aus und pflanzt sich darauf.

»Unfassbar, wie schön es hier ist.« Ich schüttle vor Unglauben den Kopf und setze mich neben ihn. Dann streife ich mein Shirt und meine Hotpants ab und zupfe meinen limonengrünen Triangel-Bikini zurecht, den ich darunter trage.

Aus der Badetasche hole ich die Sonnencreme und besprühe mich damit von Kopf bis Fuß, weil ich meinen leichten Sonnenbrand von gestern nicht verstärken möchte. Ich hatte bei unserem Städtetrip blöderweise nicht an einen entsprechenden Schutz gedacht und bin nun an Armen, Nase und Stirn ein wenig lachsrosa.

»Bist du so lieb und cremst mir den Rücken ein?« Ich reiche Leo die Sprühflasche und wende ihm meine Rückseite zu.

Als er behutsam meinen Pferdeschwanz nach vorne streicht, läuft bei dieser zarten Berührung ein feines Prickeln einmal durch meinen kompletten Körper. Die kalte Lotion trifft auf meine Haut, und ich zucke kurz zusammen. Während Leo sorgfältig die Creme verteilt, kneife ich meine Lippen zusammen, weil ich seine Berührungen mehr genieße, als ich es sollte. Als er mit seinen Fingern meinen Slip einige Millimeter nach unten zieht und mich dort eincremt, damit ich an den Rändern keinen Sonnenbrand bekomme, halte ich die Luft an.

Ruckartig drehe ich mich schließlich zu ihm um, um die Situation abzukürzen, und lächle. »Danke, Leo. Soll ich dich auch eincremen?«

Er zieht sein Shirt aus und wendet mir den Rücken zu. Es ist das erste Mal seit zwei Jahren, dass ich ihn wieder oberkörperfrei sehe. Ich muss schlucken, weil er mit seinen neuen Tattoos und den Muskeln vom Training so unglaublich sexy aussieht, dass sich mein Herzschlag bei seinem Anblick beschleunigt.

Lou, verdammt! Wütend presse ich meine Kiefer aufeinander und versuche, meine Gedanken in den Griff zu bekommen. *Mach bloß nicht wieder alles kaputt, du dämliche Kuh!*

Eilig sprühe ich die Sonnenmilch auf seinen Rücken und verreibe sie auf seiner samtig hellbraunen Haut, fahre über die Meeresschildkröte zwischen seinen Schulterblättern und das Kakau-Tribal, dessen Formen und Linien sich über Schulter und Oberarm ziehen. Und die ganze Zeit über frage ich mich, ob er wohl die gleichen Gefühle in seinem Inneren spürt wie ich, als er mich gerade berührt hat.

»So, fertig!« Ich gebe ihm einen Klaps auf den Rücken, und hoffe, dass er mir meine Übersprungsreaktion nicht anmerkt. Dann lege ich die Sonnenmilch in die Strandtasche zurück.

Plötzlich geht Leo in Habacht-Stellung und ruft: »Wer zuerst im Wasser ist!« Für eine Sekunde lang sieht er mich herausfordernd an, dann sprintet er schon los und ich ihm lachend hinterher.

Das knapp 28 Grad warme Wasser spritzt an uns nach oben, während wir ins Wasser stapfen. Als ich ihn nach einigen Metern eingeholt habe, werfe ich mich auf ihn, und wir fallen beide ins Meer.

»Gewonnen!«, prustet Leo, als er auftaucht.

Ich spritze ihn mit Wasser voll, während er rückwärtsgeht und sein Gesicht abwendet, damit das Salzwasser nicht in seinen Augen landet.

Dann geht er in die Offensive, und mehrere Ladungen Wasser landen auf mir.

»Das ist so unfair«, beschwere ich mich. »Du hast viel größere Hände und kannst damit viel mehr Wasser schöpfen als ich!«

Er hält inne und zuckt grinsend mit den Schultern. »Na gut, Waffenstillstand, okay?«

Er rubbelt sich mit den Händen übers Gesicht, um das Wasser abzustreifen, und fährt sich durch seine Haare, die durch die Nässe noch dunkler in der Sonne glänzen als sonst.

Ich binde meinen nassen Pferdeschwanz neu und reiche ihm grinsend die Hand. »Einverstanden.« Dann gebe ich ihm mit all meiner Kraft einen Schubs, der ihn ein wenig ins Straucheln bringt.

Gespielt entsetzt sieht er mich an, während ich ein paar

Schritte zurückweiche. »Du kleine Ratte hast gerade unsere Waffenstillstands-Vereinbarung gebrochen! Na warte!«

Ich beginne, eilig in Richtung Ufer zu waten. Vor lauter Lachen bekomme ich kaum noch Luft, weil ich haargenau weiß, dass ich chancenlos bin. Als ich nur noch einen Schritt vom Strand entfernt bin, hebt er mich von hinten hoch, sodass ich vor Überraschung aufquieke.

Lachend trägt er mich auf den trockenen Sand und legt mich nach ein paar Metern dort ab. Dann dreht er mich auf die andere Seite, sodass ich einmal vom Dekolleté bis zu den Füßen paniert bin.

Ich setze mich auf, während ich vor lauter Lachen bereits Bauchschmerzen bekomme.

»Leo!«, jammere ich gackernd und blicke zu ihm nach oben. »Ich sehe aus wie ein riesengroßes Chicken Nugget!«

Schmunzelnd lässt er seinen Blick über mich wandern. »Das hast du dir doch selbst eingebrockt!«

Dann zwinkert er mir zu und joggt zum Wasser zurück, während ich ihm nachblicke und sein Muskelspiel an Armen und Rücken beobachte. Leo taucht ins Wasser ein und kommt nach wenigen Metern wieder an die Oberfläche. Erst als er einen Blick zurück zu mir an den Strand wirft, erwache ich aus meiner Trance.

Ich stehe auf und begebe mich ebenfalls ins Meer, um mir den Sand vom Körper zu waschen. Als mir das Wasser bis zur Brust reicht, schwimme ich die letzten paar Meter zu ihm.

»Na, hat dir die Panade etwa nicht gefallen?«, neckt er mich, während ich auf ihn zuschwimme.

Ich strecke ihm die Zunge heraus. Dann blicke ich einen Moment zu lange in seine anziehenden Augen, an deren Wimpern sich glitzernde Wassertropfen verfangen haben.

Schnell lenke ich vom Thema ab, um zu verhindern, dass er meine Faszination womöglich bemerkt. »Können wir in den nächsten Tagen mal einen gemeinsamen Surfversuch starten?«

»Na klar!«

Ich ziehe an ihm vorbei und sehe, dass er mir folgt. Eine Weile lang schwimmen wir parallel zur Küste, bis ich irgendwann frage: »Gibt es hier eigentlich Haie?«

»Das fällt dir aber bald ein«, lacht er. »Ja, die gibt es tatsächlich.«

Mir läuft es eiskalt den Rücken hinunter, und ich blicke

mich um, kann im klaren, seichten Wasser jedoch nichts Verdächtiges erkennen.

»Wir sind noch ein wenig zu nah am Strand, die Wahrscheinlichkeit ist eher klein. Aber tatsächlich hat es in den letzten Jahren hier an der Ostküste ab und zu Hai-Angriffe gegeben.«

Ich sehe ihn mit großen Augen an. »Hättest du mir das nicht erzählen können, bevor wir ins Wasser sind?«

Er lacht erneut. »Hai-Saison ist vor allem von Oktober bis Dezember. Momentan ist es also relativ unwahrscheinlich, dass du angegriffen wirst.«

»Mir ist dieses *relativ unwahrscheinlich* immer noch ein paar Prozentpunkte zu viel …«

Ich merke, wie ich automatisch wieder ein wenig in flachere Gewässer zu schwimmen beginne, was Leo amüsiert beobachtet.

»Ja, mach dich nur lustig!«, beklage ich mich. »Mal sehen, ob du auch noch lachst, wenn du deine beste Freundin im Rollstuhl herumfahren darfst, weil der Hai eines ihrer Beine so köstlich paniert fand.«

Leo greift mich an der Schulter und stoppt uns. Dann umfasst er grinsend mein Gesicht mit seinen Händen. Als Leos Lächeln verschwindet, holt er Luft – doch er sagt keinen Ton und taxiert mich stattdessen ebenso wie ich ihn. Für einen Moment vergesse ich zu atmen, weil ich denke, dass er mich jeden Moment küsst. Dann lässt er abrupt von mir ab.

Während er kraulend wegschwimmt, ruft er mir zu: »Ich würde nie zulassen, dass ein Hai dich mit einem Snack verwechselt. Ich werde dich mit meinen Fäusten verteidigen, Lou!«

Verwirrt bleibe ich zurück, sehe ihm einige Sekunden hinterher und gehe dann langsam in Richtung Strand. Selbst als ich mich abtrockne und auf die Decke setze, denke ich noch immer über die seltsame Situation von eben nach.

Fünf Minuten später kommt Leo aus dem Wasser und lässt sich neben mich fallen. Dann legen wir uns hin und benehmen uns so, als wäre alles in bester Ordnung. Ich fische nach dem Buch in der Badetasche und versuche zu lesen. Doch ich schaffe es innerhalb von bestimmt zehn Minuten nicht über die erste Romanseite hinaus, weil ich so unkonzentriert bin, dass ich immer wieder von vorne anfangen muss.

Als Leo mich anspricht, zucke ich zusammen, weil ich so in meiner Gedankenwelt gefangen gewesen bin. »Lernst du die Seite eigentlich auswendig? Soll ich dich abfragen?«

Ich lasse mein Buch sinken, drehe meinen Kopf und blicke in Leos schmunzelndes Gesicht.

»Heute macht es dir aber wieder besonders viel Freude, mich zu ärgern.«

Ohne meinen Blick von ihm zu wenden, nehme ich mein Buch wieder zur Hand und schlage demonstrativ auf die nächste Seite um. Erst dann widme ich mich wieder meinem Lesestoff.

Ich sehe aus dem Augenwinkel, wie Leo mich noch eine Weile lang beobachtet, bis er schließlich beginnt, das Meer in der Ferne zu betrachten.

Irgendwann am Nachmittag verspeisen wir die mitgebrachten Sandwiches und spielen eine Runde Beachball. Als es gegen halb sieben am Abend dunkler wird, kann ich kaum glauben, wie die Stunden selbst beim Relaxen nur so dahinfliegen konnten. Wir packen unsere Sachen zusammen und machen uns auf den Weg nach Hause, wo Luana mit ihrer Familie im Garten ein großes Grillfest veranstaltet, zu dem wir beide sowie Dad und Oma eingeladen sind.

Kapitel 31 ✿ Shaka Brah

Da Leo in der kommenden Woche ja frei bekommen hat, haben wir unendlich viel gemeinsame Zeit zur Verfügung. Wir shoppen in Kailua, gehen Eis essen, und Leo zeigt mir den Laden, in dem er morgens immer seinen Kaffee gekauft – und später auch Leilani kennengelernt – hat. *ChadLou's Coffee* steht dort in hübschen Lettern über dem kleinen modernen Café. Ob Leo sich aufgrund des Namens an mich erinnert gefühlt hat und deshalb dorthin gegangen ist? Ich traue mich nicht, ihn zu fragen, aber ich habe eine starke Vermutung, dass dem so gewesen ist.

Mitte der Woche gehen wir mit meinem Dad im Ko'olau-Gebirge wandern, und ich bin völlig in meinem Element, weil ich die wunderschöne pure Natur mit all meinen Sinnen aufsauge. Als ich am nächsten Tag wegen meines Muskelkaters in den Waden, den ich mir vom stundenlangen Bergauf und Bergab geholt habe, um Gnade flehe, fahren wir an der Ostküste entlang in Richtung Norden ins *Valley of Temples* und lassen den Tag dort ruhiger angehen.

Den ganzen Vormittag über schlendern wir durch den Park und sehen uns die japanischen Tempel sowie Mausoleen und Zeugnisse anderer großer Religionen an. Die bis ins kleinste Detail sorgfältig geplante und angelegte Landschaft strahlt mit ihren Wasserfällen, Koi-Teichen und Meditationsnischen unheimlich viel Kraft und Ruhe aus.

Am Nachmittag nimmt mich Oma zu ihrem Einkauf auf den wöchentlichen *Farmer's Market* in Kailua mit. Neben Obst und Gemüse kann man dort auch jede Menge Gebäck, einheimischen Honig sowie Smoothies, Kaffee, Blumen und handgefertigte Waren der ansässigen Bauern kaufen. Am Rande des idyllischen Marktes spielt eine lokale Band. Einige Menschen haben sogar Stühle mitgebracht, um das kleine Konzert besonders bequem genießen zu können.

Mittlerweile bin ich seit genau einer Woche auf O'ahu und fühle mich fast schon ein wenig wie zu Hause, weil alle es mir hier so unheimlich leicht machen. Nicht nur Leo, sondern auch seine Freunde, meine Oma und meine Tante tragen einen immensen Teil dazu bei, mich auf dieser Insel so unglaublich wohl zu fühlen.

Am Freitag besuchen wir Koa bei der Arbeit im kleinen Laden in der Stadtmitte, um sicherzugehen, dass er an diesem frequentierten Tag vor dem Wochenende auch ohne Leos Hilfe wirklich klarkommt.

»Hey, ihr beiden!«, strahlt Koa, als er uns durch die Tür kommen sieht. Dann geht er uns entgegen und umarmt mich, ehe er mit Leo einschlägt.

»Na, läuft es oder brauchst du Hilfe?«, will mein bester Freund wissen.

Koa versichert ihm, dass alles in bester Ordnung ist und der Laden läuft. »Shaka brah«, sagt er lächelnd und macht das *Hang-loose*-Zeichen, indem er die mittleren Finger seiner rechten Hand einklappt, Daumen und kleinen Finger ausstreckt und sein Handgelenk leicht schüttelt.

In den letzten Tagen habe ich diese ursprüngliche Surfer-Geste hier so oft gesehen, dass ich mich mittlerweile daran gewöhnt habe.

Ich sehe mich in dem Laden ein wenig um, während die Jungs sich unterhalten. Als ich gerade die Surfbretter im Ständer an der Wand betrachte, zucke ich leicht zusammen, weil ich angesprochen werde. Ich drehe mich um und stehe einem selbstbewussten, braungebrannten Typen Anfang 20 mit schulterlangen gelockten Haaren gegenüber.

»Kann ich dir helfen?«, fragt er mich freundlich.

»Hey, Nate, das ist Lou!«, ruft Koa von der Theke aus.

Koas Bruder setzt ein Lächeln auf, als er versteht. »Ah, du bist also Leos *bestie* aus Deutschland.«

Ich nicke. »Ja, genau. Leo wollte vorbeischauen und sehen, ob er vermisst wird. Und er wollte mir mal den Laden zeigen.« Ich lasse meinen Blick durch den Raum schweifen. »Er ist wirklich schön geworden.«

»Soll ich dir ein paar Dinge zeigen?«

»Gerne.«

Er klärt mich unter anderem über die verschiedenen Materialien, Größen, Volumen und Shapes der Boards auf und zeigt mir die unterschiedlichen Finnen sowie die jeweiligen Enden der Boards, die als *Noses* und *Tails* bezeichnet werden. Jede Form und Größe ist für einen anderen Verwendungszweck beziehungsweise Surfstil geeignet. Bislang ist mir nie wirklich aufgefallen gewesen, wie unterschiedlich Surfboards aussehen können.

Als die Männer ihr Gespräch beendet haben, kommen sie dazu.

»Koa hat mich gefragt, ob wir am Sonntag mit zum North Shore wollen. Hast du Lust?«, will Leo wissen.

Ich freue mich, knüpfe meine Begleitung allerdings an eine Bedingung. »Wenn ich mich auch mal auf ein Brett stellen darf und ihr mir versprecht, mich nicht auszulachen, dann gerne.«

Nachdem Leo am Samstag im Fitness-Studio aushelfen muss, unternehme ich mit Dad eine weitere Wanderung. Dieses Mal geht es zum Diamond Head im Süden von Honolulu, dem Ringkrater, den ich bereits beim Landeanflug gesehen habe.

Am Sonntag machen wir uns zu viert auf zum North Shore. Leo holt Koa und Nate von zu Hause ab, und sie verstauen ihre Bretter auf dem Auto. Von Kailua aus geht es auf der Interstate H-3 in Richtung des Tals in der Inselmitte und von dort aus über die H-2 in den Norden zum berühmten North Shore.

Während der Fahrt lerne ich, dass die Wellen im Winter zehn Meter oder höher werden können und die Strände dort dann nur für absolut geübte Surfer geeignet sind. In den Sommermonaten jedoch sind die Wellen viel flacher. Außerdem sollte man stets die Surf Forecasts lesen und Warnschilder vor Ort beachten, um sein Leben nicht unnötig in Gefahr zu bringen.

Nach rund einer dreiviertel Stunde sind wir an dem kleinen Ort Hale'iwa angekommen und fahren ein kleines Stück an der Küste entlang, bis wir den Surfspot am Pua'ena Point erreichen.

Nachdem Koa neben seinem Job im Laden auch ab und zu Surfkurse gibt, hat er sich als echter Profi meiner angenommen und sich angeboten, mir das Surfen Schritt für Schritt beizubringen. Mit einem kurzärmligen schwarzen Neopren-Anzug stehe ich neben dem Mini-Malibu-Board, das er für mich mitgebracht hat. Für Anfänger wie mich sei es am besten geeignet, erklärt er, da es durch sein großes Volumen und die runde Nase einen hohen Auftrieb hat und stabil im Wasser liegt.

»Zuerst müssen wir herausfinden, welches dein Standbein

ist. Mit welchem Fuß würdest du einen Ball kicken?«

Ich deute auf mein rechtes Bein.

»Okay, dann bist du ein *Regular-Foot*. Dein Standbein kommt später beim Stehen nach hinten aufs Board. An deinem rechten Knöchel wird auch die Leash befestigt, damit du das Board im Wasser nicht verlierst. Ich habe dein Board für den besseren Grip schon mal gewachst.«

Während ich Koa zuhöre, sehe ich Leo mit Nate im Augenwinkel, die sich in wenigen Metern Entfernung mit ein paar Übungen bereits warm machen.

»Das Ganze läuft in der Praxis später so ab: Du paddelst auf deinem Board liegend in Richtung Horizont, bis du im Line-up angekommen bist und auf eine geeignete Welle wartest. Wenn sie kommt, drehst du das Board in Richtung Strand und paddelst zurück. In dem Moment, wo du registrierst, wie die Welle dich anschiebt, paddelst du noch etwa zwei Züge lang. Dann stützt du deine Hände auf Brusthöhe auf dem Board ab und machst den Take-off, indem du gleichzeitig auf beide Beine springst.«

Koa macht die entsprechende Bewegung auf seinem Brett vor und steht wie eine Eins, während ich hoffe, dass ich für diese Bewegung überhaupt über ein einigermaßen passables Gleichgewicht verfüge. Ich sehe ihn skeptisch und gleichzeitig bewundernd an.

Koa grinst. »Keine Sorge. Das kann man natürlich selten gleich aufs erste Mal. Als ich vor fünfzehn Jahren mit dem Surfen angefangen habe, hätte man wirklich nicht zusehen dürfen«, lacht er. »Jeder fängt mal klein an, es ist noch kein Meister vom Himmel gefallen, Lou. Wir üben das gleich noch im Trockenen, damit du ein Gespür für dein Board und die Bewegung bekommst. Noch ein Tipp gleich vornweg: Bei einem Wipe-out, also wenn du vom Board stürzt, schütze deinen Kopf immer mit den Händen, damit dir das Brett nicht auf die Birne fällt.«

Ich nicke und zeige ihm mit dem Daumen, dass ich verstanden habe. »Ich versuche, an alles zu denken. Gerade hört es sich ein bisschen kompliziert an.«

»Kann ich mir vorstellen. Okay, also dann lass uns hier am Strand mal klein anfangen.«

Er zeigt mir, wie man mit dem Bauch auf dem Board liegend mit beiden Armen abwechselnd in Richtung Brandung paddelt. Dabei sind die Zehen hinten am Board aufgestellt und der Oberkörper leicht nach oben geneigt. Das war die leichteste Übung, vermute ich.

Als Nächstes üben wir den Take-off, den er mir noch einmal vorführt und jedes Detail seiner Endposition erklärt.

»Hier ist Schnelligkeit wichtig! Wenn du aufspringst, drehe deine Hüfte zur Seite ein! Dein Standfuß bleibt quer hinten in der Mitte, während der vordere Fuß ebenfalls auf der Mittellinie schräg steht. Dein Stand ist weiter als schulterbreit, und du solltest leicht in die Knie gehen, um einen niedrigeren Schwerpunkt zu haben. Das gibt dir mehr Stabilität. Deine Arme und dein Blick sind nach vorne gerichtet. Dann kannst du die Welle surfen. So weit klar?«

Ich kratze mich am Kopf und lache. »Na dann mal los.«

Ich lege mich aufs Board in Paddelposition und stütze mich mit beiden Armen und Füßen ab, um zu versuchen, vom Stütz in den Stand zu springen. Beim ersten Mal komme ich lediglich ins Straucheln, weil ich unterschätzt habe, wie schwer es ist, mein gesamtes Körpergewicht mit dem Armen anzustemmen. Beim zweiten Versuch drücke ich mich kräftiger ab und lande wackelig auf den Beinen. Die nächsten Male komme ich schneller nach oben, vergesse aber, die Hüfte nach vorne zu schwingen und den Fuß einzudrehen. Als meine Beine die richtige Position haben, vernachlässige ich wieder den hinteren Arm, der auch auf Brusthöhe nach vorne zeigen sollte.

Nach etwa 15 Versuchen lache ich, weil ich bereits merke, wie viel Kraft es den Armen auf Dauer abverlangt, sich hochzustemmen. Ich betrachte neiderfüllt Koas und Leos Bizeps und Trizeps und ärgere mich, dass ich relativ untrainiert bin und neben meinem Ausdauersport nicht wenigstens ab und zu Krafttraining mache.

Koa zeigt mir eine weitere Methode, wie ich mit bis zur Hüfte angezogenem Bein schneller auf die Füße komme, und dieses Mal klappt es beim ersten Mal relativ gut.

»Super, das sah richtig professionell aus!«, lobt er mich.

Stolz stehe ich auf dem Board und lächle, bis mir einfällt, dass das hier lediglich Trockenübungen waren und später noch das Schaukeln der Meereswellen hinzukommt. »Wie soll das denn auf dem Meer klappen, wenn es schon an Land so schwierig ist?«

Er beschwichtigt mich und erklärt mir, dass wir erst einmal

mit dem Surfen auf dem Bauch beginnen werden und uns dann vorarbeiten.

Als wir unsere Leash am Knöchel und Board befestigt haben und Richtung Meer gehen, kann ich das erste Mal Leo und Nate in etwa hundert Metern Entfernung auf dem Wasser beobachten. In meiner Lehrstunde zuvor bin ich viel zu konzentriert gewesen, um für etwas anderes einen Blick zu haben. In der ganzen Zeit unserer Trennung habe ich mir Leo immer nur in meiner Fantasie auf dem Brett vorgestellt. Ihn nun jedoch das erste Mal real auf dem Board im Meer zu sehen, ist für mich ein besonderer Moment. Mit einer Portion Stolz sehe ich zu, wie er auf dem Brett nach eineinhalb Jahren Training eine wirklich gute Figur macht und auch die meisten mittelgroßen Wellen gut steht.

Da ist es wieder, dieses Kribbeln in meinem Bauch, als mir bewusst wird, wie unheimlich sexy ich es finde, ihn so in seinem Element zu sehen. Leo, die Wellen und das Board. Ich bin völlig fasziniert von dem Anblick.

»Er hat es mittlerweile ziemlich gut drauf, oder?«

Ich habe nicht gemerkt, wie ich stehengeblieben bin, bis Koa mich anspricht.

Ich blicke Leos Freund an und nicke lächelnd. »Es sieht wirklich professionell aus.«

»Hartes Training, viel Geduld«, lacht er.

Koa und ich laufen ein paar Schritte weiter ins Wasser.

»Am besten fangen wir mit dem Gliding im Weißwasser an. Das sind die gebrochenen Wellen, die an den Strand rollen.«

Wir halten unser Board so, dass der Tail in Richtung Meer und die Nose Richtung Strand zeigt, blicken hinter uns und warten auf die sich brechenden, etwa einen halben Meter hohen Wellen. Als es so weit ist, legen wir uns mit dem Bauch auf das Brett und lassen uns einige Meter weit tragen.

Ich sehe lachend zu Koa, weil selbst diese einfache Übung schon jede Menge Spaß gemacht hat. Wir wiederholen das Ganze noch einige Male, bis Koa mich anweist, in derselben Position die Arme beim Gliding seitlich vom Körper wegzu-strecken. Der nächste Schritt besteht schließlich darin, dass wir bereits anfangen in Richtung Strand zu paddeln, wenn die Welle noch einige Meter von uns entfernt ist.

»Wenn die Welle uns erfasst, gehst du in den Gleitstütz«,

ruft Koa mir zu. »Das heißt, du drückst dich mit ausgestreckten Armen vom Brett ab.«

Durch die aufgenommene Geschwindigkeit vom Paddeln und die aufrechte Position werde ich mit mehr Geschwindigkeit von der Welle an den Strand getragen. Ein süchtig machendes Gefühl.

Völlig euphorisch wiederholen wir die Übung, bis Koa verkündet, dass jetzt der Moment gekommen wäre. Wenn die Welle mich schiebt, soll ich noch zwei- bis dreimal paddeln und dann den Take-off versuchen.

Mit mulmigem Gefühl im Bauch beobachte ich die Welle hinter mir, paddle zu kurz und versuche, einen Moment zu früh aufzustehen. Strauchelnd falle ich vom Board und pruste, als ich aus dem Wasser auftauche.

»Alles okay?«, fragt Koa.

Ich nicke und streiche mir das Wasser aus dem Gesicht.

»Versuch es nochmal!«, motiviert er mich.

Beim zweiten Mal passe ich den richtigen Moment ab, doch ich bin viel zu langsam auf den Füßen, sodass mich die Welle erneut umreißt. Doch bereits beim dritten Mal stehe ich für einen kleinen Moment auf dem Brett und lasse mich ein winziges Stück von der Welle mittragen.

Wie verrückt fange ich an zu jubeln und spüre Adrenalin und Glücksgefühle durch meinen Körper fließen, weil ich mich so freue, dass es tatsächlich geklappt hat.

Lachend paddelt Koa zu mir.

»Wow, Lou, du bist wirklich gestanden! Jetzt bist du das erste Mal richtig gesurft.«

Ich bekomme das Grinsen nicht mehr aus dem Gesicht, auch wenn die nächsten Versuche wieder schiefgehen. Doch nach einer Weile habe ich immer öfter kleine Erfolgsmomente und bin einfach nur von der Haar- bis zur Fußspitze glücklich.

Entkräftet schleppe ich das Board an den Strand und lasse es in den Sand fallen.

»Hey, Lou, das war fürs erste Mal wirklich nicht schlecht!«

Koa legt sein Board neben meines. Dann umarmt er mich und drückt mich, weil er sich so für mich freut.

»Mahalo! Danke für die tolle Surfstunde, du bist echt ein guter Lehrer!«

»Das höre ich gerne. Und kein Problem.«

Wir setzen uns in den Sand und sehen, dass Leo und Nate

ebenfalls in der Ferne aus dem Wasser kommen. Als sie mit ihren Boards unter dem Arm in unsere Richtung laufen, winke ich ihnen zu.

»Lou, ich bin stolz auf dich!«, ruft Leo aus einigen Metern Entfernung im selben Augenblick als ich »Hast du mich gesehen?« frage.

Ich stehe vom Boden auf und falle Leo in die Arme.

Dann sieht er mich aus der Nähe an und streicht mir eine Strähne aus dem Gesicht.

»Du warst wirklich unheimlich ausdauernd. Manche sind schon nach ein paar Versuchen am Ende.«

Ich freue mich über sein Kompliment. »Mich hat der Ehrgeiz gepackt, als ich dich auf dem Board gesehen habe. Du sahst wirklich unglaublich aus, Leo! So leichtfüßig möchte ich den Take-off auch mal hinbekommen. Dafür muss ich wohl noch ein bisschen im Studio trainieren gehen.« Ich fasse mir an meine schmächtigen Oberarme. »Mir graut schon vor morgen, wenn ich einen fetten Muskelkater in den Armen und Beinen haben werde.« Ich verdrehe die Augen.

»Dann unternimm einfach etwas nicht ganz so Anstrengendes«, schlägt Leo vor. »Oder du chillst den ganzen Tag auf der Veranda oder am Strand, bis ich um halb sieben vom Laden heimkomme.«

Oh no … Ich hatte ja völlig vergessen, dass Leo ab morgen wieder arbeiten ist.

Eine halbe Stunde später sind wir umgezogen, haben die Boards am Auto verstaut und machen uns zu Fuß auf den Weg nach Hale'iwa. Wir passieren den Hafen und kommen an etlichen gut erhaltenen Plantagegebäuden, an kleinen Galerien, Surf- und Souvenirshops sowie Restaurants vorbei. Das nur einen Kilometer entfernte Örtchen ist relativ frequentiert, doch wir finden einen Platz in einem stylischen Burger- und Bowl-Restaurant an der Hauptstraße. Nach dem späten Mittagessen ziehen mich die drei Männer noch zu einem Laden, vor dem sich bereits eine beachtliche Schlange gebildet hat.

»Das Warten lohnt sich«, erklärt mir Leo. »Der Laden wird von einer japanischen Familie seit ungefähr 60 Jahren geführt. Hier gibt es das beste Shave Ice der Insel, darum ist er so beliebt. Angeblich werden an einem guten Tag über tausend Eis verkauft.«

»Bitte?«, lache ich erstaunt. »Das ist für diesen kleinen Ort aber jede Menge.«

»Es kommen jeden Tag viele Touristen hierher.«

»Das sieht man«, bemerke ich mit Blick auf die Schlange, die Zentimeter um Zentimeter weiter in Richtung Eingangstür rückt.

»Du musst dich übrigens zwischen fast 40 verschiedenen Geschmacksrichtungen entscheiden«, warnt er mich vor.

Ich mache große Augen.

»Aber du kannst auch empfohlene Kombinationen wählen«, schiebt er dann nach.

Ich wische mir den imaginären Schweiß von der Stirn.

Als wir an der Reihe sind, entscheide ich mich für die Tropical-Variante mit Guave, Mango und Maracuja.

Wir löffeln unser Eis und gehen in Richtung Hafen zum Meer zurück.

»Hast du wirklich Bier und Pflaumenwein genommen?«, will Leo von Nate wissen.

Der nickt grinsend und lässt einen Bissen genüsslich in seinem Mund verschwinden. »Und dazu grünen Tee. Willst du mal probieren?«

Leo verzieht angewidert das Gesicht, und ich muss auflachen. »Nein, danke, lass stecken. Wie kann man sich diese Kombination aussuchen?!«

Nate grinst. »Ich hatte schon so viele Sorten und wollte mal was anderes. Und bevor ich Bier trinke und dann noch ein Eis esse, kann ich es auch gleich kombinieren.«

»Frappierende Logik«, bemerkt Leo. »Das schlägt jedes Gegen-Argument.«

Nachdem wir eine Weile am Meer entlanggeschlendert sind, machen wir uns auf den Weg zurück zum Auto und kommen noch vor dem Abendessen wieder in Kailua an.

Leo und ich wollen Oma beim Kochen helfen, doch sie scheucht uns davon, und so sitzen wir beide wieder einmal auf der Hollywood-Schaukel und lassen Beine und Seele baumeln.

»Es war unglaublich heute!«, schwärme ich.

Leo lächelt mich an, als ich kurz zu ihm blicke. »Das freut mich total. Ich finde es schön, dass du ein paar Erfolgserlebnisse hattest und es dir so viel Spaß gemacht hat.«

»Koa war ja auch ein echt guter Lehrer«, erkläre ich begeistert. »Er konnte mir viele tolle Tipps geben und hatte sehr viel Geduld mit mir. Man merkt ihm an, dass er schon so unglaublich erfahren ist. Es muss ein wirklich erhabenes Gefühl sein, so hervorragend surfen zu können. Hast du mich ab und zu gesehen?«

Leo nickt. »Klar! Ich habe ständig zu euch geschaut, um deine Fortschritte zu beobachten.«

Enthusiastisch erzähle ich weiter. »Koa hat mich immer wieder ermutigt, es noch einmal zu versuchen, wenn es mal nicht so lief. Dein Arbeitskollege ist ein wirklich netter Typ. Ich glaube, er hat ein echt großes Herz. Ich fand es unheimlich süß, dass er sich so mit mir gefreut hat und sich von meiner Euphorie hat anstecken lassen …«

Als ich bemerke, dass Leo mich mit gesenktem Kinn verstohlen von der Seite mustert, beende ich meine Lobeshymne auf Koa. Stattdessen nehme ich mein Glas vom Tisch, um einen Schluck zu trinken.

Ist er etwa eifersüchtig?

»Du schaust mich so komisch an. Ist was?«, frage ich vorsichtig.

»Wieso schaue ich komisch?!«, erwidert er und sieht weg, um sich sein eigenes Glas vom Tisch zu nehmen. Dann runzelt er die Stirn und schüttelt knapp den Kopf. »Stimmt doch gar nicht!«

»Okay, ich dachte nur …«, sage ich, beiße mir dann aber auf die Zunge und stelle mein Glas wieder ab.

Kurz darauf werden wir abgelenkt, da Dad von nebenan durch den Garten zu uns kommt. »Hey ihr beiden! Na, wie waren deine ersten Surfversuche, Louisa?«

Kapitel 32 ✿ Feuer und Öl

Als Leo am Montagmorgen zur Arbeit aufbricht, gönne ich mir tatsächlich einen kompletten Tag Ruhe und kuriere meinen Muskelkater aus. Am Vormittag schlendere ich durch Kailua und besuche ein paar Shops und Souvenirläden. In einem Schmuckgeschäft kaufe ich für meine Mutter eine hübsche Kette aus schwarzem und grünem Lavastein und für Cara eine hübsche kleine und aus Koa-Holz geschnitzte Meeresschildkröte, die an einem Lederband hängt.

Dann lasse ich mich in einem Café nieder und trinke gemütlich einen Kona-Kaffee. Ich nutze die Zeit, um mich bei Cara zu melden, die ich in den letzten Tagen sehr vernachlässigt habe. Auch meiner Mutter schicke ich eine Antwort auf ihre Nachricht, die bereits von gestern Abend ist.

Am Dienstag mache ich wieder mit meinem Vater die Insel unsicher. Neben einer Kaffeefarm, fahren wir eine Ananas-Plantage besichtigen und enden an einem Schildkrötenstrand, wo wir mit etwas Geduld nach einer Weile tatsächlich ein paar Meeresschildkröten in ihrem Element beobachten können. Auch wenn ich sie nur an der Wasseroberfläche oder unter Wasser und nicht an Land gesehen habe, war dieses Erlebnis mein Highlight des heutigen Tages.

Kurz vor Ladenschluss besuche ich die Jungs bei ihrer Arbeit und hole Leo ab, wie ich es gestern Abend bereits getan habe, um mit ihm gemeinsam nach Hause zu laufen.

Ich beginne, die Selbstverständlichkeit unheimlich zu genießen, mit der ich mich inzwischen in Kailua bewege und mich nach beinahe zwei Wochen hier fast ein bisschen wie zu Hause fühle.

Als wir abends in Leos Zimmer in unseren jeweiligen Betten liegen, lasse ich mit ihm zusammen die bisher vergangenen zwölf Tage Revue passieren und sage ihm einmal mehr, wie unendlich glücklich ich bin, hier bei ihm zu sein und eine wunderschöne gemeinsame Zeit zu verbringen. Beinahe sind all die Seelenschmerzen und der Kummer der letzten beiden Jahre vergessen … Doch dann denke ich daran, dass wir bisher noch immer nicht darüber gesprochen haben, wie es mit uns weitergeht, und mein Herz zieht sich vor Sorge zusammen.

Mitten in der Nacht wache ich auf. Bevor ich es verhindern kann, ist mein Gedankenkarussell in vollem Gange, als ich erneut daran denke, wie überfällig ein klärendes Gespräch zwischen Leo und mir ist. Ist es ihm denn wirklich egal geworden, was zwischen uns war? Sieht er in mir lediglich noch seine beste Freundin und Halbschwester – oder ist da doch mehr?

Was war das denn vorletzten Sonntag im Meer, als er mein Gesicht in seine Hände genommen hat? Und neulich abends auf der Veranda bei Kerzenschein? Oder Leos vermutlich eifersüchtige Blicke von vorgestern nach meiner Surfstunde? Ganz zu schweigen vom intensiven Augenkontakt, den wir manchmal in den letzten Tagen hatten. Bilde ich mir das alles lediglich ein? Passieren all die vermeintlich intimen Momente wirklich nur in *meinem* Kopf? Sind es nur *meine* Gefühle, die dabei verrücktspielen und *meine* Gedanken, die sich auf Abwegen befinden? Ich weiß beim besten Willen nicht, wie ich es auf Dauer schaffen soll, ihm so nahe zu sein, ohne vor Sehnsucht nach körperlicher Berührung beinahe zu vergehen. Es quält mich seit einigen Tagen so enorm, dass ich einfach nur schreien möchte. Und in solchen Momenten schleichen sich alte Gedanken ein, die ich längst geglaubt hatte, besiegt zu haben. Dann verfluche ich wieder unsere beschissene Situation, anstatt froh darüber zu sein, was wir uns erneut geschafft haben aufzubauen. Und Leo verfluche ich ebenfalls, weil er es uns in meinen Augen wirklich nicht gerade leicht macht.

Er merkt doch sicher, wie ich mich nach ihm verzehre, oder? Dass er mich nicht darauf anspricht, ist für mich wie ein Beweis, dass er sich nicht damit konfrontieren will. Und ich selbst habe einen furchtbaren Horror davor, das Gespräch mit ihm zu suchen, weil ich mich nicht wieder auf seine Abschussliste katapultieren will. Es frustriert mich ungemein, dass ich das Gefühl habe, auf der Stelle zu treten und nicht voranzukommen.

Was ist meine Alternative? Einfach nach Deutschland zurückzukehren und weiterhin meine Gefühle zu untergraben? So wie ich es zwei Jahre lang vergeblich versucht habe? Ich weiß ehrlich gesagt im Moment nicht, wie ich die Kraft haben soll, das hinzubekommen.

Ja, ich habe am Anfang der Reise tatsächlich nur den einen bescheidenen Wunsch gehabt, einfach wieder bei Leo zu sein. Und vielleicht war es naiv von mir zu glauben, dass ich mich langfristig damit zufriedengeben kann ... Aber ich bin eben auch nur ein Mensch! Dass Leo für mich viel mehr als nur ein Freund und Halbbruder ist, konnte ich so lange Zeit nicht abschalten und kann es offenbar auch jetzt nicht ...

Genervt schnaube ich, als ich nach locker einer Stunde intensivem Grübeln noch immer nicht wieder eingeschlafen bin, sondern hellwach auf der Schlafcouch liege und Leos ruhigen Atemgeräuschen lausche.

Irgendwann stehe ich auf und schließe die Tür leise hinter mir. Die Uhr im Bad zeigt 4:40 an. Ich spritze mir eine Ladung Wasser ins Gesicht und trockne mich ab. Dann bleibe ich eine gefühlte Ewigkeit auf dem geschlossenen Klodeckel sitzen und denke weiter nach.

Als es auf einmal vorsichtig an der Tür klopft, zucke ich erschrocken zusammen.

»Ich bins«, flüstert Leo. »Was machst du so lange da drin? Alles okay?«

»Komm rein«, sage ich leise.

Leo öffnet die Tür und schirmt seine Augen kurz gegen das helle Deckenlicht ab. Ein wenig verschlafen sieht er mich an, dann tritt er ein und schließt die Tür hinter sich. Seine weißen Boxershorts sind das einzige Kleidungsstück, das er anhat.

Als er sich mit verschränkten Armen ans Waschbecken lehnt und mich fast neugierig betrachtet, kann ich seinen Anblick kaum ertragen. Seine Haare sind durch den Schlaf so sexy verwuschelt. Und so braungebrannt wie er ist, mit all seinen Tattoos und dem definierten Oberkörper, sieht er einfach nur verdammt begehrenswert aus.

»Alles okay, Lou?« Er blinzelt. »Warum hockst du denn hier mitten in der Nacht im Bad herum? Ich habe mitbekommen, wie du rausgegangen bist, und mich gefragt, warum du so lange nicht mehr zurückkommst.«

Die Shorts sitzt so knapp auf seinen Hüften, dass meine Fantasie bereits zu blühen beginnt. Ich beiße mir auf die Lippe und schaue schnell weg, weil das Feuer in meiner Hüftgegend bei diesem Anblick kaum auszuhalten ist.

»Keine Ahnung. Ich konnte einfach nicht mehr einschlafen.« Ich zucke mit den Schultern. Dann ändere ich meine

Position, beuge mich nach vorne, um nicht in Versuchung zu kommen, ihn erneut anzuschmachten, und stütze meine Unterarme auf meinen Oberschenkeln ab.

»Das ist alles?!«, fragt er skeptisch.

Während ich noch eine Weile überlege, was genau und ob ich überhaupt etwas von dem wirklichen Grund meiner Schlaflosigkeit preisgeben will, setzt er sich mit verschränkten Knöcheln und aufgestellten Beinen vor mich auf den Boden und legt seine Unterarme auf den Knien ab.

Unsere Gesichter sind somit beinahe auf derselben Höhe und mir für den Moment einfach viel zu gefährlich nah.

»Spucks aus! Du siehst immer deprimierter aus.« Er schenkt mir ein sanftes Lächeln, als ich meinen Blick auf ihn richte.

»Leo … Ich …« Dann senke ich meinen Blick erneut. »Ich kann nicht.«

»Also …«, beginnt er zögernd, » …geht es vermutlich um uns …«

Eine Feststellung, keine Frage. Ich nicke dennoch leicht.

Wir schweigen beide.

Irgendwann hole ich Luft und seufze. »Bin ich wirklich die Einzige, die das zwischen uns spürt? Bilde ich mir das echt nur ein?«, frage ich leise. »Bitte sag mir, dass ich keine Gespenster sehe und unsere Blicke nicht vollkommen miss-interpretiere …«

Leo blinzelt ein paarmal, als wäre er irritiert, dann sieht er weg. Als er wieder zu mir schaut, holt er Luft – aber es kommt nichts.

Wir taxieren uns.

Seine Augen blitzen, wirken hektisch.

Er ist mir viel zu nah.

Ich spüre, wie ein kleiner Stromschlag von meinem Bauch bis in meinen Brustkorb fährt. Mein Atem und mein Herz-schlag beschleunigen sich, als ich kurz auf seine weichen Lippen blicke und dann zu seinen Augen zurückkehre. Dann erfasst das aufgeregte Kribbeln meinen kompletten Körper. Ich merke, wie ich meinen Mund öffne, um mehr Luft zu bekommen, weil mein Atem immer schneller geht. Sekunde um Sekunde verstreicht, während die Atmosphäre zwischen uns immer explosiver zu werden scheint.

Obwohl Leo sich große Mühe gibt, cool zu wirken, sehe

ich, dass auch er schneller atmet und seine Augen wild flackern. Ich bemerke, wie sein Blick meine Lippen für einen kurzen Moment streift.

Dann … beuge ich mich nach vorne … im exakt selben Moment, in dem Leo ein Stück zurückweicht, sich ruckartig auf die Beine schwingt und aufsteht.

Schnell dreht er sich zum Waschbecken um, doch die Beule in seiner Hose habe ich trotzdem gerade noch gesehen.

Er lässt Wasser über sein Gesicht laufen und schnappt sich ein Handtuch, während ich völlig perplex dasitze und ihn beobachte. Irgendwann blickt er über den Spiegel zu mir nach hinten.

»Jetzt, wo wir schon mal hellwach sind und vermutlich eh nicht mehr einschlafen können: Hast du Lust, dass wir uns den Sonnenaufgang am Strand ansehen?«

Ich kneife meine Augen zusammen. »Ähm, ja klar.«

»Dann lass uns in einer Viertelstunde los, okay? In etwa 40 Minuten geht sie auf.«

Mit scheinbarer Seelenruhe nimmt er sich seine Zahnbürste und putzt sich die Zähne, während ich noch immer völlig *lost* bin und überhaupt nicht weiß, wohin mit all meinen Gefühlen.

Erst als er kurz darauf im Bad fertig ist und geht, stehe ich endlich auf – und verfluche die verräterische Nässe in meiner Shorts. Eilig schnappe ich mir meine Haarbürste, um ziemlich unwirsch meine Mähne zu entwirren. Danach trage ich mir Wimperntusche auf und putze meine Zähne. Als ich in Leos Zimmer zurückgehe, höre ich bereits leise Geräusche aus der Küche. Während ich mich umziehe, flaut mein Gefühlschaos zumindest ein klein wenig ab.

Zehn Minuten später steht Leo mit zwei Bechern frisch zubereiteter Smoothies an der Haustür, als ich dazukomme. Er lächelt mich so unheimlich süß an, dass ich beinahe vergesse, wie verärgert ich noch immer bin, weil er im Bad nicht nur meine Frage nicht beantwortet, sondern mein Feuer auch noch mit Öl gelöscht hat.

Außer den wenigen Autos, die man in der Ferne auf Kailuas Hauptstraße hört, ist es fast totenstill an diesem Mittwochmorgen um kurz nach halb sechs. Beinahe die ganze Kleinstadt schläft noch, und außer einem Jogger begegnen wir auf dem Weg hinunter zum Strand niemandem. Die Luft hat eine angenehme Frische von an die 20 Grad und hilft mir ein wenig, meinen erhitzten Kopf abzukühlen. Obwohl sich die Sonne noch hinter dem Horizont versteckt, liegt bereits ein heller Schimmer am östlichen Himmel. Die ganzen fünf Minuten bis zum Strand gehen wir schweigend nebeneinander her. Als wir den Sand betreten, ziehe ich meine Flipflops aus. Bei jedem Schritt, den ich mache, versinke ich im lockeren Boden und fühle die morgendliche Kühle des samtig-weichen Untergrunds.

Wie ein dunkler Teppich aus Öl liegt der Ozean vor uns, und schemenhaft kann man dort in der Ferne bereits die beiden Moku-Lua-Inseln erkennen. Kurz vor der Wasserlinie setzen wir uns nebeneinander in den Sand und stellen unsere Getränke dort ab.

Der Himmel über dem Meer erhellt sich weiter. Ein orangeroter Ton beginnt, den Horizont und die Wolken am Himmel einzufärben, während der Ölteppich sich allmählich in einen Türkis-Ton verwandelt und man die weiße Gischt im Vordergrund erkennen kann. Wenige Minuten später ist die Farbe des Himmels bereits so intensiv, dass man exakt die Stelle ausmachen kann, an der die Sonne hervorkommen wird. Und dann sieht man auch schon den Feuerball, der einen ersten gelben Strahl auf das Wasser wirft. Sekunde um Sekunde arbeitet er sich nach oben und bringt die Wolken, die sich unmittelbar darüber befinden, zum Glühen, bis sie schließlich aussehen, als würden sie brennen. Rechts daneben heben sich zwei hügelige Schatten aus dem Wasser ab, als die beiden Inseln von der dahinterliegenden Sonne angestrahlt werden. Mittlerweile ist der komplette Feuerball über den Horizont geklettert. Das glitzernde Meer wird von den grellen, tiefstehenden Strahlen in einen warmen Gold-Ton getaucht. An den sich brechenden Wellen spiegelt das Licht teilweise so stark, dass es uns blendet.

Ich halte mir die Hand an die Stirn und muss kurz darauf wegsehen, weil die Sonneneinstrahlung zu enorm wird. Stattdessen blicke ich auf den goldschimmernden nassen Sand vor uns und beobachte, wie die Wellen sanft an den Strand schwappen. Als ich mich bewusst auf das leise Meeresrauschen konzentriere, fühle ich mich allmählich wieder komplett geerdet.

Ich kann kaum glauben, dass es dieses wundervolle Naturschauspiel geschafft hat, mir meine innere Balance zurückzugeben. Dieser Moment hier am Strand mit dem goldfarbenen Ozean zu unseren Füßen, der aufgehenden Sonne und dem beruhigenden Klang der Wellen macht mich vollkommen unerwartet so glücklich, dass mein Herz beinahe überschwappt.

Eine Freudenträne löst sich aus meinen Augen, doch ich lasse sie einfach über meine Wange laufen und blicke auf das Meer hinaus.

Als Leo mit seinem Finger mein Gesicht berührt, um sie mir wegzuwischen, zucke ich vor Überraschung kurz zusammen. Dann nimmt er meine Hand, und wir schauen gemeinsam auf den Ozean, wo tausende Kilometer um uns herum nichts als nur Wasser ist.

Unsere Vergangenheit ist nicht änderbar, unsere Zukunft ungewiss. Doch im Moment versuche ich, mich davon nicht beirren zu lassen. Denn das, was uns in jeden Fall gehört, ist dieser Moment im Hier und Jetzt.

Kapitel 33 ✿ Kalte Dusche

Donnerstags ist Leos Arbeitstag im Fitness-Studio. Und weil ich gegen Abend solche Sehnsucht nach ihm habe, besuche ich ihn kurzerhand an seinem Arbeitsplatz. Da jedoch ein Kollege ausgefallen ist, kann er nicht pünktlich Feierabend machen und ist stattdessen in ein Telefonat verwickelt, um ein paar Zusatz-Aufgaben zu erledigen, die liegengeblieben sind.

Kurzerhand verlasse ich das Büro im Mitarbeiterbereich und gehe in den nahen Supermarkt, wo ich noch ein paar kleine Besorgungen mache. Etwa 20 Minuten später bin ich wieder zurück, um nach Leo zu sehen und ihn abzuholen. Ich biege um die Ecke in Richtung Büro, kann ihn dort jedoch nicht entdecken. Also laufe ich zurück zum Tresen am Eingang.

»Lou-Boutin!«, schallt es einmal quer durch die Trainings-halle zu mir, und ich muss auflachen. »Da bist du ja wieder! Ich dachte, du wärst doch schon ohne mich heimgegangen.«

»Niemals!«, rufe ich. »Ich wollte dich vorhin nicht bei der Arbeit stören und bin nur kurz zum Supermarkt, um Schoko-laden-Nachschub zu kaufen. Kann ich dir noch helfen?« Ich lasse meine Handtasche von meiner Schulter gleiten, lege sie am Tresen ab, ziehe meine Schuhe im Flur aus und schlendere barfuß quer durch die Halle auf ihn zu.

»Du könntest mir tatsächlich noch behilflich sein, die rest-lichen Trainingsgeräte mit dem Desinfektionsmittel abzuwi-schen. Dann wäre ich schneller fertig.«

Es ist bereits eine knappe Stunde nach der offiziellen Schließung des Fitness-Studios. Ich möchte Leo, der schon seit dem Vormittag auf den Beinen ist und aufgrund der Krank-heit seines Kollegen heute alles alleine stemmen musste, unbe-dingt entlasten, weil ich ihm den anstrengenden Tag ansehe. Ich pflücke ein Tuch von der Papierrolle ab und besprühe es mit einer ordentlichen Ladung Reinigungsmittel, welches neben Leo am Boden steht. Dann beginne ich, die Auflageflä-chen und Griffe der Trainingsgeräte abzuwischen.

»Danke dir«, lächelt Leo, als er kurz zu mir aufblickt und zügig zum nächsten Gerät übersetzt.

»Überhaupt kein Problem.«

»Lass uns das schnell fertig bekommen und nach Hause

gehen. Ich bin jetzt seit beinahe zwölf Stunden hier, das reicht für heute. Hoffentlich ist Brian bis übermorgen wieder gesund.«

»Ich drück dir die Daumen!«

Einige Minuten arbeiten wir uns still und zügig von Gerät zu Gerät.

Plötzlich gehen um uns herum die Deckenbeleuchtung sowie das Flurlicht aus, und wir stehen komplett im Dunkeln.

»Oh! Stromausfall?«, bemerke ich überflüssigerweise.

»Sieht ganz danach aus.«

Es ist so stockdunkel, dass wir wirklich gar nichts sehen können. Keine Grautöne oder Schatten, nichts. Die Halle liegt zu weit vom nächsten Fenster entfernt, als dass das Mondlicht oder Autoscheinwerfer eventuell einen Strahl hineinwerfen könnten.

»Hast du dein Handy da? Dann könntest du uns den Weg leuchten«, fragt er.

»Nein, es liegt am Tresen draußen in meiner Handtasche.«

»Verdammt. Meins ist auch noch vorne am Empfang unter der Ablage«, stöhnt Leo.

»Dann lass uns zusammen dorthin laufen. Wo bist du?« Ich taste mit den Händen umher, um auszumachen, wie ich in Leos Richtung gelange, ohne über eines der Geräte zu stolpern.

»Wir treffen uns auf halbem Weg.« Ich höre Leos Grinsen in der Dunkelheit am Klang seiner Stimme.

Was für ein komisches Gefühl, sich so ungewohnt komplett auf seinen Tastsinn verlassen zu müssen! So gut ich mich auch in Richtung von Leos Stimme voranzubewegen versuche, ich kann nur die Gefahren in Bauch- und Kopfhöhe mit meinen Händen abschätzen. Und deshalb dauert es auch nicht lange, bis ich nach wenigen Metern mit meinem Knie dermaßen gegen etwas donnere, dass ich vor Schmerzen aufschreie.

»So ein Mist!« Ich reibe mir das Knie und weiß nicht, ob ich lachen oder fluchen soll, also wird es gewissermaßen eine Mischung aus beidem.

Als nicht einmal fünf Sekunden später Leo ein ähnliches Schicksal ereilt, müssen wir beide erneut lachen. Wir stehen unseren Stimmen zufolge bereits knapp voreinander, und wenige Schritte später berühren wir uns und tasten nach unseren Händen.

»Hi!«

»Hi«, erwidere ich und verschränke meine Finger mit seinen. Seine Hände fühlen sich kräftig aber nicht grob an. Man merkt an den Schwielen unter seinen Gelenken, dass er regelmäßig an den Geräten trainiert.

»Zum Glück kann uns niemand beobachten. Wir sehen bestimmt wie Zombies aus, so langsam wie wir uns fortbewegen und mit den Händen in der Gegend herumfuchteln.«

Wir sind Hand in Hand laufend schon ein paar Meter weit gekommen, als ich über etwas am Boden stolpere. Ich gerate ins Straucheln, stürze und ziehe Leo mit, weil er meine Hand nicht loslässt. Als wir beide nebeneinander auf einer Trainingsmatte landen, die offenbar eine Falte geworfen hat, lache ich auf. Zum Glück habe ich mich gut mit meiner Hand abfangen können, sodass ich mich nicht weiter verletzt habe.

»Alles okay bei dir?«, lache ich noch immer, während ich Leo aufstöhnen höre.

»Leo?«, erkundige ich mich erneut.

»Gib mir einen kurzen Moment«, presst er hervor. »Ahhhh …« Er ächzt und japst nach Luft. »Du hast dich gerade eben … beim Aufrappeln … kurz auf meinen Eiern abgestützt.«

Ich pruste völlig unangemessen los. »Oh Gott, sorry, tut mir total leid! Gehts wieder?«

Er atmet einmal tief durch. »Ja, jetzt bekomme ich langsam wieder einigermaßen Luft.«

Wir tasten wieder nacheinander und finden uns. Ihm gegenüber sitzend, halte ich seine Hände.

»Sorry, dass ich so aufgelacht habe. Es ist nur einfach zu komisch, weil für einen winzigen Moment der Gedanke durch meinen Kopf geschossen ist, dass meine Hand gerade sehr weich gebettet war. Das waren dann wohl deine wertvollsten Juwelen …« Ich versuche, mein Lachen zu unterdrücken. »Tut mir wirklich leid, Leo.«

»Alles gut. Komm hoch! Lass uns noch einen Versuch starten, nach vorne zu unseren Handys zu gelangen! Der Techniker im Stromkraftwerk macht offenbar ein längeres Nickerchen.«

Immer noch seine Hände haltend will ich aus dem Schneidersitz aufstehen, doch unsere Füße verhaken sich ineinander. Wir straucheln, bevor wir überhaupt halb stehen. Ich reiße Leo mit mir. Er fällt in meine Richtung und landet halb auf mir.

Ich ächze kurz, als meine Lungen für einen Moment von dem plötzlichen Gewicht auf mir zusammengepresst werden.

»Irgendwie soll es nicht sein«, sagt er, und ich kann nicht anders, als vor Selbstironie so arg zu lachen, dass mein Bauch auf und ab hüpft.

Doch dann verstumme ich, weil ich mir seines Körpers vollends bewusst werde, der von den Beinen bis zur Brust angespannt ist, weil er versucht, die Schwere seines Gewichts ein wenig von mir abzuhalten. Die Dunkelheit um uns herum scheint alle Sinne zu intensivieren. Wir sind uns so nah, dass ich seinen angenehmen Atem in meinem Gesicht spüren kann. Sein Shampoo rieche, das an seinen Strähnen haftet. Den leichten männlichen Schweißgeruch wahrnehme, der von einem langen Arbeitstag zeugt.

Es fühlt sich an, als hätte jemand die Zeit angehalten, und die Stimmung verändert sich im Sekundenbruchteil eines Wimpernschlags. Die Hitze schießt mir ins Gesicht. Mir wird schwindelig, als würde sich der Boden unter mir bewegen. Ich höre seinen Atem und bilde mir ein, dass er synchron zu meinem eigenen ein wenig schneller zu gehen scheint. Doch wir sind zu Eisklötzen erstarrt – keiner von uns bewegt sich auch nur einen Millimeter.

Von Sekunde zu Sekunde nimmt das Prickeln in meinem Gesicht zu und weitet sich auf meinen Brustbereich aus, bis es kurz darauf meinen Unterleib erfasst. Ich bin einmal mehr machtlos und kann absolut nichts gegen die aufkommende Hitzewelle in meiner Leistengegend unternehmen. Die Dunkelheit um uns herum ist ein wahrer Erotik-Booster. Mir ist, als müsse ich jeden Moment die von mir ausgehenden Funken in der Finsternis sprühen sehen.

Mir kommen all die Situationen der letzten beiden Wochen in den Sinn, in denen ich das Feuer beinahe nicht mehr in den Griff bekommen habe – allem voran der heftig heiße Moment im Bad, der erst gestern Morgen gewesen ist.

Leo scheint genauso hypnotisiert zu sein wie ich und macht keine Anstalten, seine Körperposition zu verändern.

Als ich meine Hände ausstrecke und nach seinem Nacken taste, verfalle ich in einen tranceartigen Zustand. Mein Empfinden, dass das hier längst überfällig und nicht länger vermeidbar ist, wird immer stärker …

Ich ziehe die letzten Zentimeter seines Kopfes an mich

heran, bis unser Atem sich vermischt.

Ein, zwei, drei Sekunden lang.

Alles in mir pulsiert. Ich pendle irgendwo zwischen nervöser Anspannung und purer Erregung.

Dann landen meine Lippen auf seinen. Leo atmet scharf ein und erstarrt. Doch einen Wimpernschlag später merke ich, wie er allmählich aus seiner Regungslosigkeit erwacht und meine Absichten erwidert. Innerhalb von Sekunden haben wir unser Tempo von null auf hundert gesteigert. Ich stöhne in seinen Mund, weil ich mich von unseren heißen Küssen, dem ganzen Adrenalin und Dopamin bereits jetzt komplett high fühle. Wir atmen schwer, weil wir uns kaum Luft lassen, so hungrig sind wir nacheinander. Mein ganzer Körper kribbelt, und mein Puls möchte unbedingt einen neuen Rekord brechen.

»Was tun wir hier?«, raunt Leo an meinen Lippen.

Ich stoppe unsere Küsse. »Lass uns dieses Mal einfach zu Ende bringen, wo wir vor zwei Jahren in deinem Schlafzimmer aufgehört haben.« Während meiner eigenen Worte schießt mir ein Blitzstrahl bis in meine Eingeweide.

»Wenn wir ehrlich zu uns selbst sind«, sage ich an seinem Ohr, »sollten wir unsere Vernunft vielleicht endlich ausschalten und einfach geschehen lassen, was die ganze Zeit über schon zwischen uns ist.«

»Awww Lou …«, ächzt er leise. »Ich kann gerade nicht mehr klar denken, keine Chance …«

Und auch mir kommt es vor, als hätten unsere Körper die Regie übernommen und wir beide absolut keine Willenskraft übrig, gegen das vorzugehen, was zwischen uns passiert …

Mit einem Mal trifft Licht auf meine geschlossenen Augenlider. Ich halte inne, öffne die Augen. Der Stromausfall ist offenbar vorüber und dieser Raum hier plötzlich viel zu grell. Ich sehe Leos leicht erhitztes Gesicht über mir. Seine Augen blitzen, die vorige Müdigkeit ist purer Lust gewichen.

Nach einem kurzen Moment hat er sich gefasst und schwingt sich von mir herunter. Während er aufsteht, lässt er mich keine Sekunde aus den Augen. Er greift nach meiner Hand. Erst zieht er mich nach oben, anschließend hinter sich her. Er eilt mit mir im Schlepptau in Richtung Flur, der nur noch wenige Meter von uns entfernt ist.

Am Tresen stoppt er.

»Warte hier kurz«, weist er mich knapp an und sperrt eine

verschlossene Schublade auf, aus der er seinen Geldbeutel holt.

Ich sehe, wie er eine kleine viereckige und silbern glänzende Verpackung herauszieht. Dann begibt er sich zum Eingang der Trainingshalle und löscht das Licht. Ebenso verfährt er mit dem Flurlicht, dessen Schalter sich neben der Garderobe befindet. Erneut umgibt uns beinahe völlige Dunkelheit. Dieses Mal jedoch leuchtet ein schwacher Lichtschein von einer fernen Parkplatzlaterne durch die Fensterfront.

Immer noch schwer erregt lehne ich am Tresen und beobachte schemenhaft in der Finsternis, wie Leo auf mich zuschreitet. Er fasst mich mit dem Kondom in der Hand an der Taille und umschließt meinen Körper mit seinem. Dann beginnen wir erneut, uns intensiv zu küssen. Seine Lippen sind ebenso unglaublich hungrig und heiß wie meine eigenen.

Er bugsiert mich um den Tresen herum in den Mitarbeiterbereich und hebt mich kurz an, sodass ich auf dem Schreibtisch, der davor steht, aufsitze. Dann lässt er von mir ab und macht sich dem Geräusch nach zu urteilen an seiner Trainingshose zu schaffen, die in der Stille raschelt. Eine Horde Schmetterlinge flutet meinen Bauch. Ich spüre das Kribbeln von dutzenden Flügeln in mir, weil mein Gehirn registriert, was das zu bedeuten hat. Unwillkürlich halte ich die Luft an, während ich höre, wie die Verpackung zu Boden segelt und er sich das Kondom überstreift. Er greift nach meiner Hüfte, zieht mich an den Rand des Tisches zu sich heran, und ich bin zum Zerreißen gespannt. Seine Finger tasten über mein Gesicht, suchen meine Lippen, streichen darüber.

»Wie lange musste ich darauf warten«, flüstert er heiser. Dann werden die Finger durch seinen Mund ersetzt, und ich muss meinen Kopf leicht in den Nacken legen, um ihm auf gleicher Höhe zu begegnen.

Mein Herz galoppiert davon, mein Kopf dreht sich wie ein Karussell. Viel fehlt nicht mehr, und ich verfalle in Schnappatmung. Als Leo meinen Po leicht anhebt und meine Hose samt Slip von meinem Hintern streifen will, hebe ich hilfsweise meine Hüften kurz an und spüre, wie meine eigene Nässe an meinem Oberschenkel haften bleibt.

Kurz nachdem meine Kleidung seinen vorigen Platz verlassen hat, dringt er auch schon Zentimeter für Zentimeter quälend langsam und lustvoll zugleich in mich ein. Ich lege meinen Kopf in den Nacken. Ich kann nicht anders, als meine Ekstase geräuschvoll kundzugeben, nachdem er vollständig in mir ist.

»Du fühlst dich so verdammt gut an, Louisa.«

Louisa.

Wie seine Stimme meinen vollständigen Namen streichelt, jagt mir einen gewaltigen Schauer über den Rücken. Wie kann er meinen Namen so sexy klingen lassen, wo er mich schon unzählige Male zuvor so genannt hat?

Er zieht meinen Körper zu sich heran und flüstert in mein Ohr: »You are so damn perfect.«

Ich bekomme Gänsehaut. Von Kopf bis Fuß.

Mit geschlossenen Augen taste ich nach Leos Oberkörper, lasse meine Hände unter sein Shirt wandern und meine Finger an der angespannten Haut hinaufgleiten, welche sich straff über Muskeln und Sehnen zieht. Vor meinem geistigen Auge entsteht durch meine tastenden Hände das Bild seines äußerst begehrenswerten Körpers, der mich gestern Morgen bereits fast um den Verstand gebracht hat.

»Awww …« Ein Wimmern entschlüpft meinen Lippen, als Leo ungehemmter wird. Haltsuchend umgreife ich seinen stahlharten Bizeps. Wie von selbst beuge ich meine Hüfte leicht nach oben und unten, und Leo passt sich dem Rhythmus an. Er greift mit seinen Händen nach meinem Hintern, drückt unsere Becken fest aneinander. Unsere aufeinanderstoßenden Körper hallen zusammen mit unseren schweren Atemstößen im Vorraum wider.

Ich schlinge meine Beine um Leos Po und lasse mich mit meinem Oberkörper gleichzeitig nach hinten sinken, um mich mit meinen Händen an der Theke festzukrallen und dort Halt zu suchen. Dann berührt Leo mit seinen Fingern meine empfindlichste Stelle und beginnt, sie mit schnellen Bewegungen zu reiben. Ich stehe in Flammen.

»Lou, ich kann gleich nicht mehr«, raunt er atemlos.

Eine weitere Armee Schmetterlinge flutet meinen Unterleib. Seine Worte sind es, die schließlich das Feuerwerk in mir zünden. Kurz darauf komme ich laut stöhnend – und wundere mich für eine Sekunde selbst, aus welcher Ecke meines Unterbewusstseins diese ungezügelten, geräuschvollen Laute hervorgekrochen kamen.

Es dauert keine zehn Sekunden, und Leo folgt mir. Während seine Stöße sich allmählich verlangsamen, gibt er sich genießerisch seinem Höhepunkt hin. Die Geräusche aus seiner Kehle sind verdammt sexy. Noch nie hat ein Mann beim Sex mit mir seine Ekstase laut kundgetan. Wie schade eigentlich …

Mein Herz rast wie ein Schnellzug in meiner Brust. Ich atme wie ein Marathonläufer am Zieleinlauf, um ausreichend Sauerstoff in meine Lungen zu bekommen. Das Prickeln auf meinen Lippen lässt langsam nach, und ich registriere, wie ich völlig nassgeschwitzt bin.

Mit einem Mal ist es wieder ungewohnt still. Auch Leo gibt außer seinem Atemgeräusch keinen Ton von sich. Langsam versuche ich zu realisieren, was in den letzten Minuten hier gerade geschehen ist. Ich spüre ihn klar und deutlich in mir.

Dann sickert die Erkenntnis in mein Bewusstsein.

Ich habe gerade wieder mit meinem Halbbruder geschlafen.

Und … es war unglaublich.

Oh. Verdammte. Scheiße …

Bevor ich weiter vor mich hin sinnieren kann, schnappt sich Leo meinen Oberkörper und umarmt mich fest und liebevoll. Ich kuschle mich an seine Brust und will diesen Moment einfach nur genießen. Sein Kinn legt er auf meinem Scheitel ab.

Es fühlt sich so gut und so richtig an und ist genau das, was ich im Augenblick für meine ausgehungerte Seele gebrauchen kann.

Leo ist für mich der wundervollste Mensch, den dieser Planet hervorgebracht hat. Mit ihm wäre alles so einfach, weil er Unbeschwertheit und Leichtigkeit bedeutet.

Mit ihm könnte ich endlich wieder frei atmen …

Nicht einmal zwanzig Minuten sind vergangen, seit sich ein kleiner Funken zwischen uns in einen massiven Großbrand verwandelt hat … War das gerade der erste Schritt in unsere Zukunft? Oder gehen wir jetzt wieder zurück in die Vergangenheit, als wir uns mit der letzten gleichartigen Aktion komplett selbst vernichtet haben?

Ich seufze leise an Leos Brust, während er offenbar ebenso gedankenverloren wie ich über meinen Rücken streicht. Warum nur muss immer alles so anstrengend kompliziert sein? Gerade war ich noch euphorisch und überglücklich. Doch jetzt bin ich völlig verunsichert und kämpfe mit meinen

Ängsten. Aber ich versuche, mir nichts anmerken zu lassen, denn ich will Leo nicht auf den Gedanken bringen, dass das hier falsch gewesen sein könnte. Für mich war es das auch nicht, im Gegenteil. Es war sogar unvergesslich schön – und genau das könnte ein Problem werden.

Ich würde gerade 100 Dollar für einen Blick in Leos Kopf geben. Ist er der Meinung, dass wir uns lediglich von unserer körperlichen Anziehung hinreißen haben lassen? Dass unsere Gefühle unseren Verstand vollkommen überwältigt haben?

Plötzlich zieht Leo so abrupt sein Geschlecht aus mir, dass ich vor Überraschung zusammenzucke. Wie eine heiße Kartoffel lässt er von mir ab, tritt einen Schritt zurück und durchbricht die inzwischen mehr als unangenehme Stille.

»Scheiße«, seufzt er leise kopfschüttelnd.

»Scheiße, Scheiße, SCHEISSE!!!!«, flucht er kurz darauf lauter und schlägt mit der Faust auf den Tresen.

Ich fahre erschrocken zusammen und versuche, seinen Gesichtsausdruck in der beinahe völligen Dunkelheit zu erkennen. Er blickt aus dem Fenster und sieht reichlich angepisst aus. Als er missbilligend schnaubt und höhnisch auflacht, halte ich die Luft an und presse meine Augen fest zusammen.

Ich weiß nicht, was ich sagen soll, um ihn zu beschwichtigen. Es ist, als hätte er mir mit seinen verächtlichen Lauten alle Worte aus dem Mund geraubt.

Keine drei Sekunden später dreht er sich einfach um und verlässt den Ort dieses unglaublichen und gleichzeitig denkwürdigen Geschehens, um in Richtung der Waschräume zu gehen. Als seine Schritte kaum noch hörbar sind, quietscht eine Tür. Ich zucke gewaltig zusammen, als diese kurz darauf kräftig zugedonnert wird.

Völlig verloren lässt Leo mich mit klopfendem Herzen auf dem Tresen zurück. Und mit einem Mal komme ich mir unglaublich schmutzig vor, wie ich hier so halbnackt sitze - schmutzig und schuldvoll, als wäre ich diejenige, die ihren Halbbruder mit ihren Reizen um den Verstand gebracht hat. Als hätte ich alleine zu verantworten, dass wir erneut Sex hatten. Diese Schuldgefühle sind so durchdringend und ätzend, und ich hasse, dass ich mich so fühle … obwohl ich insgeheim genau weiß, dass wir beide gleich viel zu dieser Situation beigetragen haben.

Ja, auch mir ist nur allzu klar, dass wir gerade das erste Mal in vollem Bewusstsein gehandelt haben, etwas Unerlaubtes zu tun, weil wir die anderen Male vor der Wahrheit ahnungslos gewesen sind. Und diese Erkenntnis ist auch für meinen Kopf gerade eine Nummer zu groß … Aber warum hat Leo mir das angetan? Es verletzt mich gerade über alle Maßen, dass er einfach wütend abgedampft ist, ohne mit mir über seine Emotionen zu sprechen.

Ich bin verwirrt, befriedigt, zerstört. Tränen treten mir in die Augen. Ich traue mich nicht aufzustehen, weil ich nicht weiß, ob ich mich auf den Beinen halten kann. Selten habe ich Leo so wütend gesehen, was mir ein wenig Angst einjagt. Ich bin es noch immer nicht gewohnt, dass er, seit wir die Wahrheit um uns wissen, ein paarmal dermaßen die Beherrschung verloren hat.

Warum lässt er mich hier zurück? Ich bin zutiefst enttäuscht, dass er mich völlig alleine leiden lässt.

Nein, ich will jetzt nicht weinen … Ich wusste vorhin im Moment des ersten Kusses, dass diese Situation beschissen enden könnte, wenn ich mir Leos Reaktionen auf meine Worte und Sehnsüchte in den beiden Jahren seit unserer Trennung vor Augen führe. Und deshalb werde ich jetzt auf keinen Fall weinen! Weil die Chance groß war, dass es genau so ausgeht, wie es gerade tatsächlich passiert ist.

Ich schlucke meine Tränen hinunter und wische mit dem Saum meines Oberteils über meine Augen. Dann rutsche ich von der Kante des Tresens und stelle mich wacklig auf die Beine. Schnell bücke ich mich und beäuge den dunklen Boden. Als ich meinen Slip und meine Hose entdeckt habe, ziehe ich beides nacheinander ziemlich unwirsch über und straffe meine Schultern.

Kurz bin ich davor, nach meiner Handtasche zu greifen und all das hinter mir zu lassen. Doch wenn der Abend hier derart unausgesprochen zwischen Leo und mir hängen bleibt, war es das sicher wieder einmal für unsere Freundschaft, unsere Geschwisterliebe – oder was auch immer künftig zwischen uns noch davon übrig sein mag …

Ich hole tief Luft und laufe in Richtung der Waschräume, in die Leo verschwunden ist. Vorsichtig öffne ich die Tür zu den Herren-Duschen. Im Vorraum sehe ich Leos restliche Kleidung auf der Bank vor den Spindtüren liegen. Ein paar

Schritte weiter befinde ich mich an der Schwelle zum Duschraum. Da steht er, mit dem Rücken zu mir gewandt, nackt unter dem Duschstrahl. Er hat beide Hände an der Wand abgestützt und hält den Kopf gesenkt, als würde er zu Boden blicken. Aber von der Seite kann ich erkennen, dass er die Augen geschlossen hat.

Ein paar Sekunden lang stehe ich dort an der Tür, unschlüssig, was ich tun soll. Doch als Leo die Position ändert und seinen Kopf in den Nacken legt, kann ich die Verzweiflung in seinem Gesicht erkennen. Ich zucke zusammen, als ich registriere, dass er weint. Ich fühle mich unwohl, ihn in diesem intimen Moment heimlich zu beobachten. Mit einem Mal habe ich so viel Mitgefühl für ihn und für unsere beschissene Situation, dass ich ohne langes Nachdenken auf ihn zugehe.

»Nicht erschrecken, bin nur ich«, mache ich mich bemerkbar, kurz bevor ich direkt hinter ihm stehe. Ich lasse ihm keine Gelegenheit, sich zu mir umzudrehen, sondern trete in voller Montur zu ihm unter den Duschstrahl. Ich umfasse seinen Körper und schmiege mich an seinen Rücken.

Die Dusche ist kalt, sodass mein Atem kurz stockt, als der Wasserstrahl auf meinen Kopf trifft und sich meine Klamotten im Nu vollsaugen.

»Scheiße Lou … Es tut mir so leid … Ich habe mich gerade wie ein Arschloch aufgeführt, als ich dich einfach habe sitzen lassen. Das war furchtbar egoistisch, und ich bin so sauer auf mich selbst! Ich weiß echt nicht, was in mich gefahren ist. Ich bin nur …« Er hält inne, und für einige Sekunden lang lausche ich nur dem prasselnden Regen. »Ich bin so verwirrt … Ich weiß gar nicht, was ich jetzt denken soll.« Er seufzt tief. »Es war wunderschön mit dir. Und wenn mein Gehirn anfängt zu arbeiten, ist wieder alles am Arsch! Weil wir, verdammt nochmal, etwas getan haben, für das man uns ins Gefängnis stecken könnte«, zischt er mit zusammengebissenen Zähnen und schüttelt dann ein paarmal den Kopf. »Lass dir das mal auf der Zunge zergehen: Wir könnten hinter Gittern landen!«

Ich kneife die Augen zusammen, weil es zu schön wäre, wenn all das leider nicht so traurig und wahr wäre. Dann schweige ich einen Moment weiter, bis ich mir sicher bin, dass er alles gesagt hat, was es im Augenblick von seiner Seite aus zu sagen gibt.

»Ich habe mich schon lange nicht mehr so gedemütigt gefühlt wie gerade eben nach deinem Abgang, Leo. Aber ich nehme deine Entschuldigung an, okay? Weil ich dich gewissermaßen verstehen kann. Und weil ich die Situation genauso beschissen finde.«

Leo dreht sich in meinen Armen um und blickt mich mit traurigen Augen an. »Danke, dass du mich nicht hasst.«

Ich lächle und streiche ihm über den Rücken. »Nein, im Gegenteil«, sage ich leise. »Ich liebe dich, Leo. Viel zu sehr …«

Mein Herz pocht wie verrückt, und ich senke meinen Blick.

»Ich weiß, Lou, ich weiß.« Er drückt mich fest an sich, sodass kein Wasser mehr zwischen unsere Körper passt.

»Ich hatte heute Nacht einen Traum«, sagt er plötzlich.

Geduldig warte ich darauf, dass er weiterspricht.

»Darin habe ich Koa verprügelt … Er hat dir Surfunterricht gegeben, und ihr seid anschließend zusammen in den Laden, um die geliehenen Bretter zurückzubringen. Als ich von der Mittagspause zurückgekommen bin, habe ich euch … beim Sex erwischt. Du lagst nackt auf dem Tresen und Koa hat mit heruntergelassener Hose zwischen deinen Beinen gestanden. Im ersten Augenblick war ich so perplex, dass ich euch lediglich anstarren konnte. Dann hat Koa mich provokativ angesehen und gemeint: *Wenn du sie nicht fickst, dann tu ich es eben …*«

Ich höre, wie Leo schluckt.

»… Ich bin vollkommen ausgerastet und habe ihm ein paar verpasst, bis du irgendwann dazwischengegangen bist und dich … vor *ihn* gestellt hast.«

Wow, okay … War etwa Leos Eifersuchts-Traum der Grund, weshalb wir miteinander geschlafen haben? Ehrlich gesagt bin ich gerade ein bisschen ratlos, wie ich auf seine Worte reagieren soll. Und darum sage ich einfach nichts.

Ich bemerke, wie ich zu zittern angefangen habe, weil ich nun schon seit einigen Minuten unter der kühlen Dusche stehe. Wie hält Leo das nur aus?

Dann holt er tief Luft und stößt sie geräuschvoll wieder aus. »Schaffen wir es, dass das hier unser kleines Geheimnis bleibt und wir uns vor Dad und Oma nichts anmerken lassen?«

Ich nicke.

»Okay«, flüstert er. »Das hier darf sich nicht wiederholen, das weißt du, oder?«

Ich schlucke hart.

Scheiße.

Mit zusammengepressten Lippen nicke ich widerstrebend erneut.

»Stell dir nur vor, wenn uns jemand erwischt hätte ... Zum Glück haben wir hier nur Kamera-Attrappen.«

Ich seufze leise. »Selbst wenn, Leo. Derjenige hätte doch einfach nur zwei sich liebende Menschen beobachtet und nicht zwei Halbgeschwister, die etwas ... Verbotenes tun. Es kennt doch niemand hier die Wahrheit außer uns, Luana, John, Oma und Dad.«

Er ächzt und schüttelt erneut den Kopf. »Was für eine riesengroße Scheiße, verdammt ...«

Mein Magen krampft sich zusammen, als ich die leichte Panik in mir bemerke, weil ich mich daran zurückerinnere, welches Drama – und vor allem welche Folgen – unser Kuss in Leos Zimmer vor zwei Jahren nach sich gezogen hat ... Dass er nie wieder intim mit mir werden möchte, ist die eine Sache. Die andere ist die, ihn erneut verlieren zu können ...

»Leo, versprichst du mir bitte, dass wir alles versuchen werden, dass das hier nichts an unserer Beziehung zueinander ändert? Bitte!«, flehe ich eindringlich. Ich drücke ihn noch ein letztes Mal an mich, bevor ich aus dem Duschstrahl trete und ihn unsicher ansehe. »Ich ... würde es wirklich nicht noch einmal verkraften, dich zu verlieren.«

Mittlerweile kommt das Zittern meines Körpers nicht mehr nur von der Kälte. Ich merke, wie ich kurz vor einer Panikattacke stehe, weil ich solche Angst vor den Folgen unserer Aktion habe.

Doch Leo schenkt mir ein kleines, versöhnliches Lächeln. Dann stellt er die Dusche ab und reibt sich mit seinen Händen die Feuchtigkeit aus dem Gesicht.

»Ich verspreche es. Glaub mir, ich weiß inzwischen, dass ich dich viel zu sehr in meinem Leben brauche.« Dann zwinkert er mir zu. »Du weißt ja, jeder braucht Lou-Boutins.«

Und trotz des Gefühlschaos in meinem Inneren gibt mir sein letzter Satz genügend Zuversicht, dass wir dieses Mal mit der Situation besser umgehen werden als noch vor zwei Jahren.

Kapitel 34 ❀ Ein Plädoyer

Am Samstag geht Leo wieder im Fitness-Studio arbeiten, und am Sonntag ist Familienzeit angesagt, weshalb uns am gesamten Wochenende kaum ein Moment zu zweit bleibt. Im Grunde bin ich sogar ganz froh darüber, weil es sich als gute Ablenkung von meinen zahlreichen und wirren Gedanken in Bezug auf unseren intimen Kontakt erweist.

Doch bereits am Montagabend können wir unser Erlebnis im Fitness-Studio schlichtweg nicht mehr als einmaligen Ausrutscher abtun. Während des wunderschönen Abends zu zweit auf der Veranda mit einer Flasche Wein und viel Albernheiten, habe ich schon seit einer ganzen Weile bemerkt, wie wir die Berührungen des anderen provozieren und uns andauernd viel zu nahe sind.

Kurz vor Mitternacht begeben wir uns zum Schlafen in Leos Zimmer. Als ich ungefragt zu ihm unter die Decke schlüpfe, mache ich mir zumindest vor, es wäre lediglich, um mit ihm weiter in ein paar alten Erinnerungen zu schwelgen. Während wir uns einander zugewandt ein paar Minuten lang unterhalten, intensiviert sich die Atmosphäre zwischen uns erneut schlagartig. Und sicher ist es auch dem ein oder anderen Glas Alkohol geschuldet, dass es dieses Mal Leo ist, der die Initiative ergreift.

Ohne Vorwarnung drückt er meinen Körper auf die Matratze und kommt über mich, sodass ich überrascht die Luft ausstoße.

»Ich kann seit dem letzten Mal einfach nicht mehr klar denken, wenn du mir so nahe bist«, raunt er. »Und so angetrunken wie ich bin, kann es sein, dass es mich gerade zusätzlich anmacht, dass wir dabei sind, etwas Verbotenes zu tun …«

Wie bitte?! Das hier kann definitiv nur der Alkohol sein, der aus ihm spricht. So offen ist er in Bezug auf seine Gefühle seit der Wahrheit noch nie gewesen …

In meinem Körper jagt ein prickelnder Schauer den nächsten. Unsere Lippen verschmelzen miteinander, und wir lassen uns kaum Zeit, Luft zu holen.

Als er in mir ist, schließe ich meine Augen und stöhne auf.

»Pssst«, flüstert er eindringlich, während er sich langsam

vor- und zurückbewegt.

Dieses Tempo ist so schön und intensiv, dass wir es dieses Mal vollkommen auskosten und keinerlei Eile verspüren.

Als wir anschließend aneinandergekuschelt daliegen, flüstert Leo: »Wusstest du, dass es im Hawaiianischen ungefähr 130 verschiedene Wörter für Regen, 160 verschiedene Ausdrücke für Wind, aber kein einziges Wort für Sex gibt?«

»Wie kurios.« Ich streiche ihm über seine Brust und schnaube lächelnd.

Doch je mehr ich über diese sprachlichen Besonderheiten nachgrüble, desto mehr Sarkasmus schleicht sich in meine Gedanken.

Ist das etwa der Grund, weshalb dieses Thema für dich ebenfalls nicht existiert und du lieber totschweigst, aus welchem Grund du die Finger nicht von mir lassen kannst, Leo?

Ich möchte unseren intimen Moment nicht negativ einfärben, also behalte ich meine Frage für mich. Aber in diesem Moment fasse ich den festen Entschluss, dass wir dringender als je zuvor und ziemlich bald über das, was zwischen uns ist, reden müssen, anstatt uns jetzt bereits zum zweiten Mal völlig kopflos von unseren Gefühlen überwältigen zu lassen. Und dann wird Leo mir endlich Rede und Antwort stehen, warum wir erneut so weit gegangen sind, obwohl ich ihm im Fitness-Studio noch versprechen musste, dass sich die Situation nicht wiederholen darf …

Als ich am nächsten Morgen aufwache, ist Leo nicht mehr neben mir, sondern bereits aufgestanden. Ein wenig enttäuscht mache ich mich fertig und gehe in die Küche, wo ich auf Oma treffe.

Sofort packt mich das schlechte Gewissen, wenn ich daran denke, dass sie keine Ahnung hat, was bei Leo und mir in der Nacht zwei Zimmertüren weiter abgelaufen ist. Ich versuche, mir meine peinliche Berührung nicht anmerken zu lassen.

»Guten Morgen Nalani! Wo ist Leo?«

Sie sieht von ihrer Backform auf und schenkt mir ein Lächeln. »Guten Morgen, Louisa. Er ist zum Strand gegangen und wollte einen kurzen Spaziergang machen.« Sie blickt auf die Uhr. »Das war vor zwei Stunden.«

Vielleicht sehe ich etwas betreten aus. Jedenfalls fragt sie mich prompt, ob zwischen uns alles okay ist, und bemerkt dann: »Leo war heute Morgen sehr kurz angebunden.«

»Ja, alles okay!«, sage ich schnell und schiebe geistig nach, dass ich das zumindest hoffe ... »Darf ich?« Ich deute auf die Schüssel mit der frisch aufgeschnittenen Ananas, um vom Thema abzulenken.

Als meine Großmutter sie mir hinschiebt, stecke ich mir ein paar Stücke in den Mund und kaue genüsslich. Wie diese Früchte hier nur so vollkommen anders schmecken können als bei uns! Vermutlich habe ich in meinem ganzen bisherigen Leben noch nie so viel Ananas gegessen wie in den letzten Tagen.

»Was backst du denn?«, will ich wissen und beäuge die Zutaten auf der Ablage.

»Ananas-Kokos-Kuchen.«

»Göttlich«, schwärme ich und drücke ihr einen schnellen Kuss auf die Wange.

Sie lacht. »Nun geh schon Leo suchen. Deine Unruhe ist ja kaum auszuhalten.«

Manchmal ist es wirklich unheimlich, wie gut sie Menschen lesen kann.

Ich mache auf dem Absatz kehrt und winke zum Abschied.

»Vergiss den Hut nicht, sonst holst du dir einen Sonnenstich! Die Hitze ist extremer geworden in den letzten Tagen.«

Am Strand angekommen sehe ich in beide Richtungen, kann Leo jedoch nirgends entdecken. Ich beschließe, mein Glück erst am kürzeren Abschnitt des vier Kilometer langen Kailua-Strandes zu versuchen, und wende mich nach rechts. Als ich nach einem Kilometer den Kailua Beach Park erreiche und Leo noch immer nicht sehen kann, drehe ich um und laufe in die entgegengesetzte Richtung. Nach etwa 20 Minuten erahne ich ihn in der Ferne und laufe ihm entgegen. Da er die meiste Zeit über aufs Meer oder den Boden blickt, bemerkt er mich erst, kurz bevor ich bei ihm bin.

»Hi.«

»Hi«, erwidert er ebenso knapp mit einem kleinen Lächeln.

Ich komme neben ihn und passe mich seinem Schritttempo an.

»Was hast du hinter deinem Rücken?«

»Halte deine Hände auf«, fordert er. Dann legt er eine große braun-weiß gefleckte Kauri-Muschel auf meine Handflächen. »Für dich.«

Ich freue mich und wende das Geschenk hin und her. »Danke schön. Sie ist so hübsch.«

»Wenn du sie an dein Ohr hältst, kannst du das Wellenrauschen darin hören. Muscheln können den Klang des Meeres speichern.«

Ich sehe ihn skeptisch an und halte die Kauri an mein Ohr. »Unglaublich!«, sage ich perplex, als ich ein Rauschen höre. »Wie soll das denn funktionieren?«, frage ich verwundert.

Leo beginnt, über das ganze Gesicht zu grinsen. »Ich hab dich nur veräppelt. Was du hörst, sind lediglich Schwingungen der Umgebungsgeräusche im Muschelinneren. Der Wind oder das Wasser zum Beispiel.«

Ich gebe ihm einen Klaps auf den Arm. »Hätte ja wirklich sein können. Die Natur hat manchmal verrückte Tricks auf Lager. Ich werde zum Beispiel nie verstehen, wie Bäume über ellenlange Distanzen miteinander kommunizieren oder Meerestiere lumineszieren können.«

Leo nickt. »Faszinierend, oder?«

Als in einer Lücke der niedrigen Begrünung hinter dem Sandstrand ein Baum aufragt, frage ich ihn, ob wir uns in den Schatten setzen wollen.

Dann lassen wir uns nebeneinander im feinkörnigen Sand mit Blick auf das Wasser nieder. Ich nehme meinen Sonnenhut ab.

Einmal mehr erfasse ich die Schönheit dieses Ortes: das türkisfarbene Meer mit all den kleinen weißen Wellen, die sich am Strand brechen, die beiden vorgelagerten Inseln rechts von uns, der weiche und beinahe weiße Sand, die Palmen und strauchartigen Fächerblumen – all das Grün in unserem Rücken. Im Paradies kann es nicht schöner sein.

»Ich kann immer noch nicht glauben, dass so etwas Bezauberndes wie das hier überhaupt existiert«, sage ich ergriffen.

»Das denke ich mir auch oft. Vor allem, wenn ich dich ansehe«, entgegnet Leo leise und blickt mich mit geneigtem Kopf fast ein wenig scheu von der Seite an.

Ich lächle geschmeichelt und lege meine Wange an seiner Schulter ab. »Ich würde dich jetzt so gerne küssen«, gestehe ich.

Es dauert einen Augenblick, bevor er leise sagt: »Dann tu es.«

Mein Bauch kribbelt wie verrückt, als ich mich ihm

zuwende und seine Wange in meine Hand nehme. Für einen Moment sehen wir uns so tief in die Augen, dass mein Herz nervös flattert. Dann nähere ich mich seinen Lippen und lege sie auf seinen weichen Mund.

Nach etlichen sinnlichen Zungenküssen lösen wir uns voneinander. Ich merke, wie mein Gesicht glüht.

Als sich mein Herz wieder etwas beruhigt hat, spreche ich das unangenehme Thema endlich an. »Leo, wir sollten über das Fitness-Studio und die Sache in deinem Bett reden. Dringend.«

Er zögert kurz und sagt dann grinsend: »Was soll damit sein? Das Fitness-Studio ist mein Arbeitsplatz und das Bett mein Schlafplatz.«

Ich seufze und weiß nicht, ob ich auf seinen Scherz eingehen oder verärgert sein soll.

»Ich meine es ernst«, sage ich daher relativ neutral. Nach einigen Sekunden schiebe ich nach: »Warum kannst du nicht dazu stehen, dass du mich so begehrst? Du verhältst dich jedes Mal wie ein hungriger Tiger, der seine Beute mit Haut und Haar verschlingen möchte, nur um anschließend wieder so zu tun, als wärst du der sittsame Zwillingsbruder dieses Raubtiers. Wieso schämst du dich noch immer so für deine Gefühle?«

Er blickt wieder aufs Meer hinaus. Ich warte einige Minuten lang vergeblich auf eine Rückmeldung.

Innerlich versuche ich, tief durchzuatmen, und stelle ihm stattdessen eine andere Frage. »Glaubst du eigentlich, dass die anderen in unserer Familie ahnen, dass wir uns körperlich schon so verboten nahegekommen sind?«

Er zuckt mit den Schultern. »Keine Ahnung. Sie wissen vermutlich nicht einmal, wie lange wir bereits zusammen waren, *bevor* sie uns die Wahrheit gebeichtet haben. Oder hast du es ihnen je erzählt?«

Ich schüttle den Kopf.

»Denkst du, sie würden uns mehr ins Gewissen reden, wenn sie ahnen würden, was zwischen uns gelaufen ist und wieder läuft?«, fragt Leo.

»Ich glaube nicht. Meine Mutter meinte ja vor einiger Zeit, dass wir erwachsen genug wären, das mit uns zu entscheiden, und dass sie uns unterstützen würde, egal wie es weitergeht. Das impliziert ja gewissermaßen, dass wir körperlichen Kontakt haben könnten.« Ich merke, wie ich auf der Innenseite meiner Wange kaue, als ich weiter nachdenke. »Denkst du, dass Dad unsere Beziehung akzeptieren würde?«

»Ich weiß es nicht«, sagt er seufzend. »Es ist schon echt viel verlangt, seine beiden eigenen Kinder miteinander zu sehen, meinst du nicht?«

»Klar«, sage ich nach einer kurzen Weile. »Aber er weiß ja ebenfalls, wie wir sind, wenn wir zusammen sind. Ich habe von seiner Seite zumindest noch keine Abneigung uns gegenüber gespürt. Ich glaube, er hätte mich nicht so bereitwillig hierher begleitet, wenn er absolut kein Risiko eingehen wollen würde, dass sich das mit uns fortsetzt. Es sei denn … er hat in der ganzen Zeit nicht mitbekommen, dass wir uns nicht nur als Geschwister und beste Freunde vermissen.«

»Unwahrscheinlich.« Er fährt sich durch sein Haar und wirkt geistesabwesend.

Eine Weile schweigen wir wieder, bis ich mein Eingangsthema von vorhin in ähnlicher Weise wiederhole. »Und wie geht es jetzt mit uns weiter? Wie denken *wir beide* über uns und das, was gestern und im Fitness-Studio passiert ist?«

Einen Moment sieht er erst mich an, dann wieder aufs Meer hinaus und schüttelt fast unmerklich seinen Kopf. »Ich weiß es nicht, Lou.«

»Kannst du dir vorstellen, das mit uns *offiziell* zu machen?«

Ich lasse die Kauri-Muschel von einer Hand in die andere gleiten.

Es dauert einen Moment, bis er mit dem Kopf schüttelt.

Ich verziehe resigniert meinen Mund und lege die Muschel in den Sonnenhut neben mir. »Bedeutet das dann, dass wir das mit uns geheim halten? Oder aber dass …?«

Er seufzt tief und wirkt immer melancholischer, je mehr Zeit verstreicht. Erst nach einer ganzen Weile setzt er wieder an. »Was hat das mit uns denn für eine Zukunft? Wir tun etwas Illegales und sollen uns verhalten, als würde dem nicht so sein? Und dann sind da noch die ganzen Leute mit ihren altmodischen Ansichten, wie Liebe zu sein hat, wen man lieben darf und wen nicht …«

Ich lege meinen Kopf in den Nacken und stoße langsam die Luft aus. »Scheiß. Auf. Die. Leute! Es weiß doch ohnehin kaum jemand, dass wir Halbgeschwister sind, und die Menschen, die es wissen, würden es niemals preisgeben! Die Leute sollen gefälligst vor ihrer eigenen Tür kehren! Wir tun doch niemandem Unrecht mit unserer Liebe! Die Wahrheit wird keiner erfahren, Leo! All diese Grenzen und Hürden spielen sich hauptsächlich in unseren Köpfen ab. Hast du schon mal darüber nachgedacht, dass es vielleicht mehr Beziehungen unserer Art gibt – nur bekommt niemand davon etwas mit, weil keiner darüber spricht?!«

»Das ist mir tatsächlich noch nie in den Sinn gekommen«, sagt er leise und wirkt ehrlich überrascht.

Er stellt seine Beine auf und legt die Arme auf den Knien ab.

Ich tue es ihm gleich. Dann wandere ich mit meinem linken Fuß zu seinem rechten, bis unsere kleinen Zehen übereinanderliegen.

»Wo ist der Kern deines Problems, Leo?«, frage ich leise. »Ich würde dir so gerne helfen.«

Darüber denkt er ziemlich lange nach, sodass ich schon glaube, er würde mir erneut keine Antwort geben, bis er schließlich doch etwas sagt.

»Ich alleine bin das Problem, Lou.«

»Du lässt dich nur davon beirren, dass es ein Gesetz gibt, das besagt, dass Sex zwischen Halbgeschwistern verboten ist, und dass man Verbote auf keinen Fall missachten darf, habe ich recht?«

Er zuckt mit den Schultern. »Vermutlich.«

»Was, wenn du dir auf der Zunge zergehen lässt, dass wir nur *halb* miteinander verwandt sind? Was, wenn ich dir ins Gedächtnis rufe, dass wir bereits verliebt waren, lange bevor wir von unserer Verwandtschaft wussten? Was, wenn du das Wissen hast, dass unsere Familie trotz allem hinter uns steht? Dass unsere Beziehung nicht einmal generell verboten wäre, sondern nur ein Teil der körperlichen Intimitäten? Und dass in anderen Ländern nicht einmal *dieses* Verbot existiert, sondern die Menschen lieben dürfen, wen immer sie wollen? Bringt dir das nicht ein wenig Erleichterung in Hinblick auf die Moralvorstellungen, die dir irgendein uraltes deutsches Gesetz weismachen möchte?«

Ich lasse ihm einen Moment, um über all das nachzudenken, bevor ich weiterrede. »Weißt du, als es noch keine Wahrheit gab, war all das, was zwischen uns war, überhaupt kein Problem. Und auf einmal soll es falsch sein? Hast du dir schon mal Gedanken darüber gemacht, was gewesen wäre, wenn wir nie erfahren hätten, dass wir Halbgeschwister sind? Wenn unsere Eltern es uns entweder nie verraten oder wir keinen Kontakt mehr zu ihnen gehabt hätten?« Ich halte kurz inne. »Ist dir klar, dass wir dann jetzt keine Sorgen hätten und uns lieben und küssen würden, ganz ohne den Funken eines schlechten Gewissens?«

Leo schluckt hörbar, bevor er spricht. »Ich wünschte manchmal, wir hätten diese Wahrheit einfach nie erfahren.«

Ich seufze. »Ja, das wünsche ich mir auch. Und zwar beinahe jeden Tag, weil uns diese Wahrheit einfach nur kaputt macht … Aber es ist nun einmal so, wie es ist. Auf das Wesentliche heruntergebrochen ist diese Wahrheit im Prinzip doch völlig egal, oder nicht? Wir fühlen etwas füreinander, und mir will nicht eingehen, warum wir uns unglücklich machen sollten, indem wir das verleugnen! Wir sind beide so unglücklich, wenn wir nicht zusammen sind, dass wir so leiden wie die letzten beiden Jahre. Wie kann das gut sein im Gegensatz zu etwas so Reinem wie Liebe! Manchmal habe ich den Eindruck, die ganze Welt ist voller Hass, Gewalt, Mord, Neid und Missgunst, Intrigen und Macht. Und dann sind da zwei Menschen, die sich einfach nur lieben und niemandem etwas Böses tun. Im Gegenteil – wir machen unsere Umwelt zu einer Besseren, wenn wir beide zusammen glücklich sind. Was soll daran denn nur falsch sein? Bitte erkläre mir das jemand!«

Leo ächzt und streicht mit seinen Händen ein paarmal über sein Gesicht. Ich glaube, ich habe ihn mit meinem Plädoyer für unsere Beziehung in Grund und Boden geredet, so verzweifelt wie er gerade aussieht. Aber so konnte ich wenigstens endlich einmal all das mit ihm teilen, was mir so oft lediglich im Kopf herumschwirrt, ohne je nach außen zu können.

»Und ja, Leo – auch mir jagt das mit dem Knast manchmal eine Heidenangst ein. Wenn ich mir den *Worst Case* ernsthaft vorstelle, bekomme ich fast keine Luft mehr, beim bloßen Gedanken daran, wie das sein muss, für solch eine Sache einige Monate oder zwei Jahre lang in einer kleinen Zelle einzusitzen. Aber wenn unsere Familie uns nicht in den Rücken fällt, wer soll uns denn dann etwas anhaben, wenn niemand weiß, dass wir zur Hälfte dasselbe Blut in uns haben? Und selbst bei einer Anzeige wird man uns vermutlich nichts nachweisen können. Zum Glück gibt es noch keine staatlichen

Kameras in deutschen Schlafzimmern.«

»… oder in hawaiianischen«, ergänzt Leo und stößt langsam die Luft aus. »Ich habe mich über das hawaiianische Recht schlaugemacht. Die Lage hier ist ähnlich wie in Deutschland. Irgendwie hatte ich gehofft …«

Mehr erfahre ich leider nicht, aber ich kann mir den Rest des Satzes auch so denken.

Nach einer kurzen Sprechpause greift er meinen Monolog wieder auf. »Im Prinzip weiß ich all das, was du mir erzählt hast, ja selbst. Ich glaube, ich habe es nur noch nie so komprimiert vor Augen geführt bekommen … Lou, bitte gib mir ein paar Tage Zeit! Ich muss versuchen, das Chaos in meinem Kopf zu entwirren. Ich habe das Gefühl, dass mir gleich mein Schädel zerspringt.«

»Ja, das verstehe ich vollkommen … Wir haben jedoch nur noch zwei gemeinsame Tage, Leo …«, bemerke ich betreten und kann die Traurigkeit über diese Tatsache nicht verbergen.

Ob ihm diese Frist ausreicht, sich eine endgültige Meinung über uns zu bilden? Fast bezweifle ich es, wenn ich ihn mir mit all seinem kopflastigen Widerstreben so ansehe. Die Resignation in meinem Inneren trifft mich gerade mit voller Wucht. Dass ich in etwas mehr als 48 Stunden im Flieger zurück sitzen werde, ist die *eine* grauenvolle Sache. Die *andere* ist, dass ich jetzt inständig hoffen muss, dass Leo sich bis morgen Abend überlegt, wie es mit uns weitergehen soll – wovor er bereits zwei Jahre lang die Augen verschlossen hat.

Allmählich habe ich trotz aller Fortschritte die leise Befürchtung, dass ich mit beinahe derselben Ladung Unsicherheit abreisen werde, mit der ich hergekommen bin, weil die Sterne für uns scheinbar einfach nicht in der richtigen Konstellation stehen wollen.

Unser letzter gemeinsamer Tag endet mit einem großen Familienessen bei meiner Tante Luana und John im Garten, um Keanu und mich zu verabschieden.

Als ich mich nach diesem schönen, aber melancholischen Abend im Bad bettfertig gemacht habe und in Leos Zimmer gehe, sehe ich, dass er noch immer nicht da ist. Inständig hoffe ich, dass er bald nachkommt, damit wir diese letzte Nacht gemeinsam verbringen können. Es war grausam genug, dass sich bereits den ganzen Tag über mein Herz vor Traurigkeit schmerzvoll zusammengezogen hat, wenn ich an unsere Abreise morgen Früh gedacht habe. Deshalb sind mir diese letzten Stunden in Leos Nähe so besonders wichtig.

Gerade will ich in Richtung Wohnzimmer gehen, um nach ihm zu suchen, als ich Nalani dort leise mit ihm reden höre. Ich schleiche bis zur Ecke, um heimlich zu lauschen und die beiden besser verstehen zu können.

»Willst du wirklich für den Rest deines Lebens ein unglücklicher Mann bleiben, Kaleo?«, fragt Nalani ihn gerade, und ich halte die Luft an. »Du bist so verkopft! Warum hörst du nicht auf deine Gefühle? Als du klein warst, habe ich dir so viel über die Huna-Prinzipien beigebracht, erinnerst du dich noch? Makia – wohin deine Aufmerksamkeit geht, dorthin fließt deine Energie. Also richte deinen Blick auf das Positive und hab nicht all die Hindernisse vor Augen! Mana – akzeptiere die Kraft aus deinem Inneren! Manawa – lebe im Hier und Jetzt! Aloha – erschaffe ein Leben voller Liebe! Sie ist die Grundessenz von allem. Bei Pono geht es um all das, was dich aufhält, Kaleo. Pono bedeutet, dass du die Wahrheit auch in unangenehmen Situationen leben solltest. Ike meint, dass wir dazu tendieren, die Welt durch unsere persönlichen Erfahrungen wahrzunehmen und nicht, wie sie in der Realität ist. Und Kala heißt, es gibt keine Grenzen – du setzt sie dir lediglich selbst. Alles ist möglich, Kaleo.«

Sie schweigt einige Sekunden, bis sie weiterredet. »Weißt du, was der Hauptgrund war, dass ich Louisa eingeladen habe? Ich wollte endlich mit eigenen Augen sehen, was genau mit dir zwei Jahre lang los gewesen ist. Und in dem Augenblick, als ich euch zusammen erlebt habe, hat plötzlich alles Sinn ergeben.«

Es folgt eine weitere Pause. »Liebe ist niemals falsch«, sagt sie und wiederholt den Satz dann noch einmal eindringlicher. »Liebe ist niemals falsch, Kaleo. Wie sollte sie?«

Eine Zeitlang ist es still. Dann höre ich Leo schwer seufzen. »Sie wird morgen ohnehin gehen. Und wer weiß, wie lange es dauert, bis wir uns wiedersehen. Ich habe mir auf O'ahu ein Leben aufgebaut, Grandma, und gerade bin ich völlig planlos, wie es weitergehen soll. Dad hat mir auch verraten, dass er mit dem Gedanken spielt, hierher zurückzukommen. Ich weiß nicht einmal, ob Lou theoretisch bereit wäre …« Er legt eine kurze Pause ein. »Wir haben nie darüber gesprochen.«

340

Mein ohnehin schon rasendes Herz beschleunigt seinen Pulsschlag vor lauter Aufregung noch ein wenig, und mein Bauch kribbelt mittlerweile wie ein ganzer Ameisenhügel.

»Hast du Louisas Lei beobachtet, den sie ins Meer geworfen hat, als wir am Strand spazieren waren?«

Nalani gab mir den Rat, meine Blumenkette mitzunehmen und sie vor meiner Abreise traditionell ins Meer zu werfen. Also habe ich sie vorhin hinter der Brandung auf die Wasseroberfläche gelegt und sie eine Weile lang beobachtet, bevor ich an den Strand zurückgewatet bin. Es war ein sehr emotionaler Moment für mich, weil es mir den Abschied von Leo bewusst gemacht und sich angefühlt hat, als würde ich erneut einen Teil meines Herzens zurücklassen …

Gespannt lausche ich dem weiteren Gespräch, als Leo ihre Frage verneint.

»Aber *ich* habe es getan«, erzählt Nalani. »Als wir den Sand in Richtung Straße verlassen haben, habe ich einen letzten Blick zurückgeworfen und gesehen, dass die Blumen an den Strand gespült wurden. Du weißt, was das heißt, oder?«

»Nein«, sagt Leo und klingt verwundert.

»Eine Legende sagt, dass derjenige, dessen Lei angespült wird, nach Hawaii zurückkehren wird.« Sie hält kurz inne. »Die Sterne haben bereits entschieden, dass Louisa zurückkommt. Und wenn sie das nächste Mal hier ist, ist es an dir, eurer Zukunft die richtige Richtung zu geben, Kaleo.«

Mit angehaltenem Atem und völlig aufgewühlt schleiche ich in Leos Zimmer zurück und schließe die Tür.

Im Dunkeln liege ich in seinem Bett und hoffe, dass er bald kommt. Als er eine Viertelstunde später den Raum betritt, habe ich immer noch Herzklopfen wegen des Gesprächs, das ich belauscht habe.

Ich beobachte im fahlen Mondlicht, das durch die Jalousie dringt, wie er auf die leere Couch blickt und mich dann in seinem eigenen Bett liegen sieht. Als er sich bis auf seine Boxershorts ausgezogen hat, rutsche ich zur Seite, um Platz zu machen. Er legt sich neben mich und breitet das dünne Laken über uns aus. Dann zieht er mich in seine Arme und gibt mir einen Kuss auf den Scheitel. Eine halbe Ewigkeit lang liegen wir eng umschlungen da, ohne auch nur ein Wort zu sprechen.

Ich denke viel über meine bisherige Zeit hier nach, unsere

Ausflüge und Erlebnisse. Über unsere Vertrautheit und die intensive körperliche Nähe. Ich lasse Nalanis Worte von vorhin Revue passieren und frage mich, was sie wohl in Leo bewirkt haben mögen. Nur noch so wenige gemeinsame Stunden bleiben uns, dass ich verzweifelt jede einzelne Sekunde davon vollkommen präsent sein möchte. Ich wünsche mir, ich könnte für immer so daliegen und seinen Körper an meinem spüren. Es ist gerade alles, was mein Herz braucht, um schlagen zu können.

Mit einem Mal gleitet Leo still an meinem Körper entlang nach unten. Dann liebt er mich mit seinem Mund auf eine der intimen Weisen, die uns nicht verboten ist. Anschließend zieht er mich an seine Brust und hüllt mich in seine Arme ein, wo ich vor Erschöpfung immer schläfriger werde.

Ehe ich ins Land der Träume reise, bekomme ich noch mit, wie Leo leise etwas auf Hawaiianisch sagt, das ich nicht verstehe. Zwei Sekunden darauf bin ich eingeschlafen.

Doch allzu lange dauert es nicht – und ich liege nach drei Stunden wieder wach. Dieses Mal finde ich keinen Schlaf mehr, weil mir nur allzu bewusst ist, dass die Zeit erbarmungslos gegen uns läuft und mein Rückflug mit jeder Sekunde, die vergeht, unaufhaltsam näher rückt.

Kapitel 35 ✿ Glücksmomente

Ich halte mir meinen kleinen Taschenspiegel vors Gesicht und wische mit einem weichen Tuch die restliche verlaufene Mascara unterhalb meiner Wimpern weg. Meine Augen und Nasenspitze sind noch immer etwas gerötet, obwohl ich mich seit einer halben Stunde wieder einigermaßen gefangen habe. Ich gebe mir seitdem wirklich große Mühe, meine Gedanken abzulenken, weil ich ansonsten Gefahr laufe, jeden Moment erneut in Tränen auszubrechen, wenn ich nur eine Sekunde zu lang an den Abschied mit Leo zurückdenke.

Aber auch ohne mein Kopfkarussell hallt unsere Trennung noch immer in meinem Körper nach. Mein Puls ist flattrig, und mein Herz liegt schwer wie ein Felsblock in meiner Brust. Ich bin komplett unterzuckert und deshalb zittrig, weil ich seit gestern Abend nichts Essbares mehr hinuntergebracht habe. Dazu kommen Kopfschmerzen vom vielen Weinen und der ganzen nervlichen Anstrengung. Meine Müdigkeit wegen der beinahe schlaflosen letzten Nacht tut ihr Übriges, dass ich völlig erschöpft bin.

Mein Plan für die nächsten Minuten und Stunden beinhaltet daher eine Schmerztablette, einen Schokoriegel und ein wenig Schlaf.

Ich blicke zu meinem Vater links neben mir, dem ich dieses Mal den Fensterplatz im Flieger überlassen habe. Er rückt die Plumeria-Blüte in meinem Haar zurecht, die Leo mir beim Abschied hinters Ohr gesteckt hat, und lächelt mich an.

»Gehts wieder ein bisschen?«, erkundigt er sich.

Ich lächle tapfer. »Ich darf nicht allzu viel nachdenken, dann schon.«

Er nimmt meine linke Hand vom Schoß und umfasst sie mit seinen beiden. »Ihr werdet euch wiedersehen, Louisa. Und dieses Mal dauert es sicher keine zwei Jahre.«

Ich nicke melancholisch. »Hoffentlich, Dad.«

Mit einem Schluck Wasser spüle ich die Schmerztablette hinunter und hole dann den Schokoriegel aus meiner Handtasche.

»Sag mal … stimmt es, dass du vielleicht planst, wieder nach O'ahu zurückzukehren?«, frage ich vorsichtig.

Keanu sieht mich überrascht an. »Hat Leo dir das erzählt?«

Ich verziehe meinen Mund. »Nicht direkt. Na ja, ich habe zufällig ein Gespräch zwischen Nalani und ihm mitbekommen, bei dem er es erwähnt hat.«

Keanu streicht sich durch sein Haar und schweigt einen Moment, bevor er mir antwortet. »Ich habe darüber nachgedacht, ja. Aber ich weiß es wirklich noch nicht. Ich wollte natürlich erst einmal ausführlich mit dir sprechen. Und am Geschäft hängt auch einiges, sodass ich erst Gespräche mit meinem Partner führen muss, bevor ich überhaupt zu einer Entscheidung gelange. Und dann müsste ich weitersehen, wie ich auf O'ahu arbeiten könnte.«

Ich nicke erneut und merke, wie mein Nervenkostüm bei der reinen Option, mein Vater könnte aus meinem Alltag verschwinden, wieder ein wenig fragiler wird.

Bitte verlass mich du nicht auch noch!, möchte ich ihm am liebsten sagen. Aber ich sollte wirklich noch keine Probleme machen, wo bisher keine sind.

Ich beiße von meinem Schokoriegel ab und lasse das Stück auf meiner Zunge schmelzen.

»Wir werden sehen, Louisa. Mach dir bitte erstmal keine Sorgen.« Er drückt meine Hand und schenkt mir ein aufmunterndes Lächeln.

Nach einer Weile schlägt er den Krimi auf seinem Schoß an der durch ein Lesezeichen markierten Stelle auf und widmet sich seiner Lektüre. Kurz darauf ziehe ich mir eine Mode-Zeitschrift aus dem Ablagenetz und blättere ein wenig gelangweilt hindurch.

Da fällt es mir mit einem Mal wieder ein: Bevor ich gestern Nacht eingeschlafen bin, hat Leo etwas zu mir gesagt!

Aber was ist das bloß gewesen? Irgendwas mit *Aloha wao …* *Aloha ao …*? Ich kann mich einfach nicht erinnern, weil ich nur wenige hawaiianische Worte kenne und außerdem schon im Halbschlaf gewesen bin.

Aber jetzt, da es mir wieder siedend heiß eingefallen ist, lässt es mich nicht mehr los.

»Dad?« Er lässt sein Buch sinken und sieht zu mir. »Kannst du mir sagen, was *Aloha ao …* irgendwas … bedeuten könnte?«, frage ich und muss dann selbst über meine wirklich dürftigen Informationen schmunzeln.

Er lächelt ebenfalls, runzelt dabei aber die Stirn.

»Sorry, Dad, ich habs mir einfach nicht richtig merken

können.«

Einen kurzen Moment schaut er mich nachdenklich an, bevor er antwortet. »Meinst du vielleicht *Aloha wau iā 'oe*?«

»Ja, das kann es gewesen sein.« Kurz kommt mir der Gedanke, dass es hoffentlich nichts Unangemessenes oder Unanständiges ist … »Was würde das bedeuten?«, frage ich vorsichtig.

»Es heißt: *Ich liebe dich.*«

»Oh.« Ich presse meine Lippen zusammen und werde, der Wärme auf meinen Wangen nach zu urteilen, gerade rot wie eine Tomate. Vermutlich war es aus offensichtlichen Gründen nicht allzu schwer für ihn zu erraten, was ich meinen könnte.

Aus dem Augenwinkel sehe ich meinen Vater grinsen, doch er sagt keinen Ton, sondern wendet sich wieder seinem Buch zu.

Aloha wau iā 'oe.

Ich liebe dich.

Nach fast zwei Jahren hat Leo es zum ersten Mal wieder zu mir gesagt.

Zurück in der Heimat falle ich meiner Mutter in der Ankunftshalle des Flughafens um den Hals. Ich kann kaum glauben, dass ich lediglich drei Wochen fort gewesen bin. Es kommt mir eher vor wie ein halbes Leben, so intensiv war die Zeit auf O'ahu.

»Tut mir leid, dass ich mich so selten gemeldet habe. Ich habe ein richtig schlechtes Gewissen deswegen«, sage ich, als ich den Koffer ins Auto hieve, bevor wir uns nachts zu dritt auf die über zweistündige Heimfahrt machen.

Auf O'ahu ist es gerade genau einen Tag später als bei unserer Abreise – und hier durch die Zeitverschiebung bereits eineinhalb Tage, was für meinen Biorhythmus sehr verwirrend ist. Ich werde wohl wieder einige Tage brauchen, bis ich den Jetlag überwunden habe. Wie es wohl Stars ergeht, die andauernd und in der ganzen Welt herumreisen? Für mich wäre das definitiv nichts.

Obwohl ich während des Flugs etliche Stunden geschlafen habe, merke ich die Müdigkeit in allen Knochen. Auch Keanu auf dem Rücksitz gähnt hörbar einige Male. Er ist vermutlich genauso froh wie ich, endlich zu Hause angekommen zu sein, als meine Mutter ihn bei sich vor der Tür absetzt.

Da nach unserer kurzen Nacht glücklicherweise Samstag ist, kann ich sogar Cara wiedersehen, die seit ein paar Wochen eine kleine Wohnung in der Nähe ihrer zweieinhalb Stunden entfernten Journalistenschule hat und ohnehin nur am Wochenende zu Besuch kommt. Als wir uns nachmittags im Augustin treffen, fallen wir uns sehnsüchtig um den Hals.

»Wie hab ich dich vermisst!«, gesteht sie mir, während unsere Umarmung noch immer anhält. »Sag mir, wie hast du es nur ganze zwei Jahre ohne Leo ausgehalten? Mir ist einmal mehr bewusst geworden, wie qualvoll das für dich gewesen sein muss. Mir waren schon die drei Wochen ohne dich zu lang!« Sie hält mich ein Stück von sich und hebt den rechten Zeigefinger hoch, bevor sie weiterspricht. »Aber erzähl mir jetzt bitte nicht, dass du mich auch so vermisst hast! Denn das würde kein gutes Licht auf Leo und seine Präsenz werfen.«

»Ich habe dich wirklich kein Stück vermisst, tut mir leid, Cara!« Ich lasse sie los und lache. »Mein Gott, es war so schön …«, schiebe ich wehmütig nach und senke meine Stimme ab.

Vor Sehnsucht zieht sich mein Herz bei all den Erinnerungen an unsere gemeinsame Zeit spürbar zusammen. Unser tränenreicher Abschied ist gerade erst zwei Tage her, und ich vermisse Leo schon wieder so schmerzlich, dass es nicht gesund sein kann.

Als wir am Tresen bestellt haben und am Tisch zurück sind, will Cara alles wissen, was ich ihr bisher nicht erzählt habe, weil ich mich so selten gemeldet habe. Mein Monolog dauert beinahe eine Stunde, dabei schildere ich nur die Eckpunkte meiner Reise und liefere ihr keinen allzu ausführlichen Reisebericht.

»So euphorisch du anfangs noch warst, so melancholisch bist du am Ende geworden, Lou. Wo genau ist also das Problem? Ihr hattet sogar mehrmals fantastischen Sex! Was hast du beim Erzählen ausgelassen?«

Ich seufze. »Er schuldet mir noch immer eine konkrete Antwort. Es gibt keine Pläne für unsere Zukunft. Er ist dort, und ich bin hier … Ich hatte so gehofft, dass einige Gespräche, die Nalani und ich mit ihm geführt haben, einen Schalter bei ihm umgelegt haben … Cara, ich habe wirklich Angst davor, dass wir erneut einige Schritte zurück machen, jetzt wo wieder 12.000 Kilometer zwischen uns liegen.«

Meine Freundin verzieht ihren Mund und wirft mir einen mitleidigen Blick zu, als sie über meinen Arm streicht. »Arme Lou … Und jetzt?«

Ich zucke mit den Schultern. »Na ja, ich werde das Masterstudium durchziehen.« Das einjährige BWL-Anschluss-Studium, für das ich mich angemeldet habe, beginnt Mitte Oktober. »Auf einen Job habe ich mich ja bisher eh nicht beworben. Am Montag hole ich erst einmal meine Abschlussdokumente und mein Bachelor-Zeugnis ab.« Während ich weg war, habe ich offenbar gleichzeitig wie Cara meine Benachrichtigung bekommen, dass sie fertiggestellt sind.

Ich nehme mir meine Tasse und trinke einen Schluck. »Aber jetzt mal was anderes: Erzähl, wie ist deine Journalistenschule?«

Ich merke, wie Caras Augen sofort ein bisschen mehr zu leuchten beginnen. »Sehr genial! Fast jeder Tag ist spannend, weil wir bereits Teamprojekte haben. Wir werden einen Podcast produzieren und schreiben erste Beiträge für Magazine.«

»Ich habe mir schon gedacht, dass das genau das Richtige für dich ist«, lächle ich. »Freut mich wirklich sehr! Und wie läuft es mit Antonio?«

»Es ist noch immer ein bisschen ungewohnt, dass wir uns unter der Woche nie sehen. Aber es ist ja zum Glück nur für knapp eineinhalb Jahre. Und ob du es glaubst oder nicht, bringt ein wenig Sehnsucht wieder etwas frischen Wind in die Beziehung«, zwinkert sie mir zu. »Na ja, zumindest wenn man nur zwei Stunden voneinander entfernt ist und sich jedes Wochenende sehen kann«, schiebt sie schnell nach und verzieht ihren Mund, als sie ihren Fauxpas in Bezug auf meine verzwickte Situation mit Leo bemerkt.

Obwohl mich meine beste Freundin eingeladen hat, mit ihr, Leah und Isa auszugehen, verbringe ich den Abend lieber zu Hause, weil ich ohnehin vorhabe, aufgrund meiner bleiernen Müdigkeit nicht allzu lange aufzubleiben. Stattdessen sind Leo und ich zum Videocall verabredet. Als mein Smartphone klingelt, greife ich reflexartig danach und pausiere den Film, den ich gerade schaue.

Dann nehme ich zwei Treppenstufen auf einmal und hechte nach oben. Als ich in meinem Zimmer bin, lasse ich mich auf das Bett fallen und lege mich seitlich hin. Während ich das grüne Symbol drücke, lehne ich das Telefon neben mein Gesicht an eines meiner Kissen, sodass ich es nicht halten muss.

Leo hat seinen Kopf schief gelegt und sieht mich prüfend an, als ich abnehme. »Hast du erst überlegt, ob du mich noch leiden kannst, weil du mich so lange hast warten lassen?«, fragt er schmunzelnd.

»Das wäre das Letzte, was ich überhaupt jemals überlegen würde«, entgegne ich und versuche, zu Atem zu kommen.

»Was hast du denn gemacht, dass du so schnaufst?«, lacht er. »Du liegst doch im Bett, soweit ich sehen kann.« Er runzelt die Stirn.

»Ich war im Wohnzimmer, und meine Mutter sitzt mit unserem Dad auf der Terrasse. Darum bin ich nach oben gesprintet, weil ich ungestört sein wollte.«

»Ach so … Na dann bin ich beruhigt.«

Ich sehe ihn verwundert an. »Was dachtest du denn?«

Er zieht eine Augenbraue nach oben, und ich lache auf, als ich verstehe. »Leo, unterstellst du mir hier gerade, dass ich mich mit jemand anderem über dich hinwegtröste und auch noch den Nerv habe, dir eine Sekunde später im Videocall gegenüberzutreten?!«

Ich bemerke den Funken Unsicherheit, der über sein Gesicht huscht. Zuerst denke ich, dass er meine Aussage unkommentiert lässt, aber dann spricht er doch.

»Keine Ahnung. Es war nur so ein Blitzgedanke, ob du heute vielleicht zufällig Samuel über den Weg gelaufen bist … Als du damals Ablenkung gebraucht hast, war er ja offenbar genau zur rechten Zeit am rechten Ort …«

Ich schüttle den Kopf. »An meinem ersten Tag hier zurück in Deutschland? Du bist ja richtig schlimm eifersüchtig, wie es aussieht«, grinse ich über das ganze Gesicht.

Er schürzt seine Lippen und sieht kurz weg, als wäre es ihm unangenehm. »Ich darf wirklich nicht daran denken, was du mit Samuel … oder auch Noah hattest, Lou. Das quält mich unfassbar.«

Ich schenke ihm ein sanftes Lächeln, weil ich ihm den Schmerz aus seinen Worten regelrecht ansehe. »Meinst du, mir geht es mit dir in Bezug auf Leilani anders?«

Wir sehen uns einen Moment beinahe verlegen an. Doch dann hole ich Luft, um die Situation abzukürzen. »Leo, lass uns jetzt einfach nicht mehr darüber nachdenken, okay? Dieses Thema ist gerade ein echter Stimmungskiller, und eigentlich will ich ein schönes Gespräch mit dir führen … Du fehlst mir sehr, das weißt du, oder? Es ist so eigenartig, plötzlich wieder ohne dich zu sein.«

»Du fehlst mir auch. Und zwar wie verrückt.«

Sein sanftes Lächeln schmilzt mein Herz und scheucht eine Horde Schmetterlinge in meinem Magen auf.

»Bist du gerade im Studio?«, will ich wissen.

»Jepp.« Er hält das Telefon ein wenig weiter weg, damit ich den Hintergrund erkennen kann. Diese Stelle kenne ich nur zu gut: Er steht an den Tresen gelehnt, und ich kann nicht verhindern, dass unzählige Erinnerungen meinen Kopf fluten … »Ich habe noch den ganzen Arbeitstag vor mir.«

»Und mein Tag ist schon wieder vorbei. Ich war heute mit Cara im Augustin. Seitdem habe ich, glaube ich, eine leichte Rippenprellung von ihrer Umarmung«, lache ich.

»Da hat dich aber jemand ganz schön vermisst.«

Ich nicke. Dann sprechen wir über meinen Rückflug und den morgigen Sonntag.

Irgendwann sage ich: »Ich muss dir etwas verraten. Vermutlich hast du nicht gedacht, dass ich es mitbekomme … aber ich habe das, was du vor meiner Abreise nachts zu mir gesagt hast, noch gehört. Und es ist sehr schön, das zu wissen, Leo.«

Jetzt, da ich ihm den kleinen Finger gereicht habe, hoffe ich, dass er meine ganze Hand nimmt und vielleicht unsere Zukunftspläne anspricht.

Er zögert einen Moment. »Ich dachte tatsächlich, du hast schon geschlafen«, sagt er dann lediglich, während er sich durch die Haare streift. »Aber die Worte waren wirklich ernst gemeint.«

»Das hoffe ich doch.« Ich lächle, und wir schweigen einige Sekunden. Währenddessen denke ich darüber nach, ob ich wirklich mehr von Leo brauche oder mir das Stück vom Glück, das er mir gibt, auch schon ausreicht. Sollte ich vielleicht einfach genügsamer sein?

Als ich merke, dass von seiner Seite nichts weiter kommt, hole ich tief Luft. »Ich werde dann wohl mal schlafen gehen, damit ich meine Müdigkeit loswerde. Drück mir die Daumen, dass ich morgen wieder einigermaßen fit bin!«

Gleich werden wir auflegen ... Ich presse meine Lippen zusammen.

»Das mach ich. Hab eine gute Nacht! Träum was Schönes, okay?«

»Danke dir. Und hab du einen tollen Tag im Studio!«

Ich winke kurz. Nachdem ich auf das rote Hörersymbol gedrückt habe, seufze ich. Dann starre ich auf den Sperrbildschirm meines Smartphones. Das Display zeigt Leo und mich am Strand vor zwei Wochen auf einer gestreiften Decke. Ich liege auf dem Bauch, habe meine Ellenbogen abgestützt und halte mein Buch in beiden Händen, während ich zur Kamera blicke. Mein vom Salzwasser gewelltes und leicht feuchtes Haar ergießt sich über meine rechte Schulter. Leo fläzt neben mir auf dem Rücken und lächelt leicht mit geschlossenen Lippen. Er hat den mir zugewandten Arm lässig unter seinen Kopf gelegt, während der andere das Telefon seitlich neben sich hält, um das Foto aufzunehmen. Seine Gesichtszüge sind weich, er wirkt glücklich und entspannt ...

Irgendwann wache ich kurz aus dem Schlaf auf, weil ich mitbekomme, wie meine Mutter mir eine Decke um den Körper legt. Dann bekämpfe ich auch schon wieder meine Jetlag-Folgen und schlafe bis beinahe zum nächsten Mittag durch.

In den folgenden zwei Wochen telefonieren Leo und ich beinahe jeden Abend. Untertags ist mir zugegebenermaßen ein wenig langweilig, weil mein Studium erst in einem Monat beginnt und ich nicht recht weiß, was ich mit meiner vielen Freizeit unter der Woche anfangen soll. Alle um mich herum sind entweder arbeiten, studieren oder gehen – wie Cara – zur Schule. Ich war bereits alleine im Kino, shoppen, des Öfteren Eis essen und Kaffee trinken, im Wellness-Bad, habe eine Städtetour gemacht und zwei neue Serien durch. Langsam gehen mir die Ideen aus.

Am Freitagabend kommt Cara wie üblich übers Wochenende. Für den Samstag lade ich sie und Antonio zu uns nach Hause ein und bereite einen Brunch vor.

Da Antonio am Nachmittag seine Eltern bei einer Hausvermittlung vertritt, gehen Cara und ich eine Runde am See spazieren, bevor wir uns am Abend mit ein paar Freunden in der Stadt treffen wollen.

Obwohl es schon bald Ende September ist, hat die milde Sonne heute noch so viel Kraft, dass wir mit dünnen Pullis bekleidet nicht frieren. Als wir unser Grundstück verlassen, setze ich meine Sonnenbrille auf und laufe neben meiner Freundin her. Cara bringt mich über ihre Journalistenschule sowie ihren Alltag in ihrem neuen Zuhause auf den aktuellen Stand.

Irgendwann kommen wir an Leos und meiner Bank in der Bucht vorbei und setzen uns. Wir beobachten die Windsurfer auf dem glitzernden Wasser und genießen die spätsommerlichen Sonnenstrahlen.

Cara stupst mich an. »Hast du Lust auf ein Eis?«

»Klar!«

»Okay, dann gehe ich uns kurz eines vom Kiosk holen. Was magst du?«

Mit meiner Bestellung im Kopf läuft sie los in Richtung Schwimmbad, während ich für einen Moment die Augen schließe und mein Gesicht gen Südwesten richte. Ich sauge jeden Sonnenstrahl auf, als würde ich mir für die kühlen Herbst- und Wintertage einen Vorrat anlegen.

Plötzlich klingelt mein Telefon. Es ist Cara.

»Hey, sag mal, liegt mein Geldbeutel irgendwo auf oder unter der Bank?«, will sie wissen. »Ich kann ihn nicht in meiner Tasche finden.«

Ich blicke neben mich, dann unter die Bank.

Doch da liegt kein Geldbeutel. Sondern ein Brief, auf dem mein Name steht.

Ich runzle die Stirn und bücke mich, um ihn aufzuheben.

»Cara? Was ist das für ein Brief?«, bemerke ich verwundert.

Doch sie lacht nur kurz und beendet dann einfach das Gespräch.

Ich lege mein Handy zur Seite und starre auf den Brief in meiner rechten Hand. „Für Lou" steht dort in Druckbuchstaben. Einige Sekunden lang betrachte ich entrückt die Schrift, während mir ein Dutzend Gedanken gleichzeitig durch mein Gehirn geistern.

Was hat Cara da nur wieder ausgeheckt? Hat sie wieder ein Date für mich arrangiert, weil ich mich so einsam fühle? Hat sie sich etwa ohne mein Wissen verlobt – ist das etwa eine Einladung zu ihrer Hochzeit? Oder werde ich gleich ein Ultraschallbild in den Händen halten? Dreht es sich um eines ihrer Projekte von der Journalistenschule? Hat sie einen Mädels-Trip organisiert, zu dem sie mich einladen will?

Ich werde es nur herausfinden, wenn ich den Brief öffne. Also drehe ich ihn um und klappe die nicht verschlossene Lasche nach oben. Im Inneren befinden sich zwei gefaltete DIN-A4-Blätter, die jeweils mit Kuli beschriftet sind. Ich erkenne Caras Schrift auf beiden Zetteln und bin gespannt, was das zu bedeuten hat.

»*LIES ZUERST DIESEN BRIEF!*«, steht auf dem einen.

Der andere ist beschriftet mit »*LIES DIESEN BRIEF ALS ZWEITES!*«

Also nehme ich den ersten Brief und klemme den zweiten zwischen Bank und meinen Oberschenkel. Dann falte ich den Zettel auseinander. Die Zeilen sind handgeschrieben, doch die Schrift scheint niemandem zu gehören, den ich kenne. Neugierig beginne ich zu lesen.

Liebe Lou, lieber Leo,

eure wundervolle Journalisten-Freundin Cara hat einige Mühen gehabt, uns ausfindig zu machen, aber wie ihr seht, ist es ihr gelungen. Denn heute bekommt ihr Post von zwei Gleichgesinnten. Mein Halbbruder und ich sind mittlerweile seit zwölf Jahren ein Paar. Wir sind beide in getrennten Familien aufgewachsen, weil unsere gemeinsame Mutter uns in jungen Jahren weggegeben hat, da sie sich nicht um uns kümmern konnte. Bis sie uns vor etwa 13 Jahren einander vorgestellt hat, wussten wir nicht einmal, dass es uns gegenseitig gab. Es war also eine echte Überraschung, auf einmal ein neues Geschwisterteil zu haben! Wir haben uns schließlich ziemlich häufig getroffen, um uns besser kennenzulernen und die ungefähr 20 Jahre auszugleichen, die wir im Leben des jeweils anderen verpasst haben. Aber nach einer Weile haben wir festgestellt, dass da mehr zwischen uns ist als nur gegenseitige Neugierde und geschwisterliches Interesse. Anfangs haben wir es noch versucht zu leugnen, doch die Anziehung wurde dadurch nur umso größer. Als wir die ersten Male miteinander geschlafen haben, wussten wir noch nicht einmal, dass wir dabei waren, etwas Verbotenes zu tun …
Es konnte doch nichts falsch sein, was sich so gut anfühlt und auf gegenseitigem Einverständnis beruht, haben wir uns gedacht.
Aber dann gab es einen Inzest-Fall vor Gericht, der in den Medien

heiß diskutiert wurde. Dadurch wurden wir überhaupt erst darauf aufmerksam, dass wir monatelang etwas getan haben, das wir gar nicht gedurft hätten … Von da an hatten wir zwar ein ungutes Gefühl bei der ganzen Sache, doch auf keinen Fall wollten wir uns vorschreiben lassen, wen wir zu lieben haben.

Irgendwann zeigte uns eine enge Verwandte an, die mit unserer Beziehung nicht einverstanden war … Damit begann der Spieß-rutenlauf für uns. Die Polizei schaute vorbei und legte eine Akte über uns an. Weil man uns aber nichts nachweisen konnte, gab es bis jetzt glücklicherweise keinen Prozess.

Unter „Geschädigte" steht in der Anzeige übrigens nichts drin – was denn auch? Wir müssen immer wieder höhnisch lachen, wenn wir uns daran erinnern, wie irrsinnig es ist, dass es ein Gesetz gibt, das dem Umfeld der „Täter" keinen Schaden zufügt, uns aber in unserer Selbstbestimmung einschränkt.

Deshalb lasst euch Mut machen, dass man selbst eine solch heikle Situation gemeinsam überwinden kann! Um euch selbst zu schützen und unnötige Sorgen zu ersparen, solltet ihr dennoch sehr gut aus-wählen, wem ihr von eurer außergewöhnlichen Liebe erzählen wollt. Lasst euch auf keinen Fall unterkriegen, liebe Lou und lieber Leo. Ihr seid richtig so, wie ihr seid – die anderen sind nur noch nicht so weit, sich von eurer besonderen Liebe nicht irritieren zu lassen!

Alles Liebe für euch,
Melissa & Alex

PS: Übrigens gibt es laut Recherche der damaligen Journalistin, die die anonymisierte Reportage über uns veröffentlicht hat, etwa 150 bekannte Geschwister-Paare in Deutschland. Wie hoch die Dunkel-ziffer ist, kann natürlich keiner sagen, weil sich aus verständlichen Gründen niemand gern der „öffentlichen Wertung" aussetzen will. Darum ist es auch so schwer, Gleichgesinnte zu finden, um sich gegenseitig auszutauschen oder Mut zu schenken.

Doch wenn ihr wollt, können wir diese Chance nutzen und uns gerne einmal persönlich kennenlernen. Wir würden uns unheimlich freuen!

Als ich die Zeilen zu Ende gelesen habe, habe ich Tränen in den Augen. Es fühlt sich so unglaublich gut an, zu wissen, dass wir mit unseren Sorgen und der Situation nicht alleine sind. Ich verstehe gerade ziemlich gut, warum es in so vielen

Städten Selbsthilfegruppen und all diese Social-Media-Gruppen zu sämtlichen Themen und Problemen gibt. Geteiltes Leid scheint wirklich halbes Leid zu sein, denn so erleichtert, wie ich mich gerade fühle, glaube ich das zweifellos.

Das hat Cara also arrangiert? Ich würde ihr am liebsten dankbar um den Hals fallen, so glücklich macht mich das Wissen, dass ich nun jemanden kenne, der ein ähnliches Schicksal wie wir teilt. Doch als ich mich umsehe, kann ich meine beste Freundin nirgends entdecken.

Der zweite Brief brennt unter meinem Oberschenkel, und jetzt bin ich noch neugieriger als zuvor, was darin stehen wird. Ich lege die erste Seite gefaltet in den Umschlag zurück und greife nach dem anderen Brief. Als ich ihn aufschlage, sehe ich, dass er mit dem Computer getippt und ausgedruckt wurde. Die Schrift ist ziemlich klein und die Seite von oben bis unten komplett vollgeschrieben.

Liebe Lou,

ich könnte jetzt sagen „besser spät als nie", aber in Anbetracht unserer Leidensgeschichte kommt mir das wirklich mehr als unpassend vor … Es ist unverzeihlich und grausam, dass du so lange auf eine Entscheidung warten musstest! Und ich hoffe, dass du es schaffst, mir das ganze Gefühlschaos irgendwann restlos zu verzeihen. Denn mir ist wirklich bewusst, was ich dir mit dem ganzen Hin und Her angetan habe … Jedenfalls gibt es da eine Sache, die ich unbedingt loswerden möchte. Doch vielleicht sollte ich dich vorwarnen: Sie könnte dein Leben verändern …! Bist du also wirklich bereit? Dann kommt hier eine Frage an dich:

Liebe Lou, willst du mit mir zusammenleben und eine Beziehung führen???
- *Ja, ja, JA!*
- *Auf jeden Fall!*
- *Aber sowas von!*
(Verzeih mir, dass ich kein „Nein" zulasse!)

Ich hoffe, du wählst deine Entscheidung weise! Denn es könnte bedeuten, dass wir demnächst weniger Freizeit haben, weil wir Zukunftspläne schmieden müssen …!

Und, Lou, eine Sache noch: Eine Blüte hinter dem rechten Ohr bedeutet in Hawaii, dass die Frau single ist. Trägt sie sie jedoch am linken Ohr … ist sie vergeben. Nur für den Fall, dass du das mit der Blüte auf der linken Seite zum zweiten Mal nicht verstanden haben solltest!

»Zum zweiten Mal?«, wirst du dich jetzt vielleicht fragen. »Beim Abschied auf O'ahu hat Leo mir eine Blüte ans Ohr gesteckt – aber wann, zum Henker, ist denn das erste Mal gewesen?«, grübelst du weiter nach.

Ich will es dir verraten, falls du nicht darauf kommst, weil es bereits etwas länger her ist. Erinnerst du dich noch an deinen 21. Geburtstag am See? Ich bin damals schon so irre in dich verliebt gewesen, dass ich mir einen kleinen persönlichen Glücksmoment gegönnt habe, indem ich dir die Blüte vom Geschenk deiner Freunde hinters linke Ohr gesteckt habe. Ohne dass du es ahnen konntest, habe ich dich also bereits vor zwei Jahren für mich „reserviert" …

Kurze Zeit nach dieser Geste ist dann allerdings so viel passiert, Lou … Wir mussten viele schmerzhafte, deprimierende und wutgeladene Momente alleine und auch miteinander durchleben – ich brauche dich nicht an diese grauenvolle Zeit erinnern.

Aber es ist vor allem dir zu verdanken, dass wir schließlich wieder zueinander gefunden und zuletzt eine unglaublich wundervolle gemeinsame Zeit auf O'ahu verbracht haben!

Ich habe viel nachgedacht und jedes deiner Worte in meinem Kopf gewälzt. Und wenn ich ehrlich bin, hat mein Herz in dem Moment, als wir uns vor fünf Wochen in Omas Wohnzimmer am Tag deiner Anreise gegenüberstanden, entschieden, dass ich mehr als nur Freundschaft von dir brauche. Mein Kopf wusste bloß bis vor Kurzem absolut und überhaupt nicht, was er mit dieser Herzens-Entscheidung anfangen sollte …

Mit deinem Überraschungsbesuch hast du mich jedenfalls dazu gezwungen, mich mit der Realität auseinanderzusetzen. Und Stück für Stück habe ich für mich wieder Hoffnung geschöpft, mein Leben endlich in die richtige Bahn lenken zu können und gutzumachen, was ich zuvor vermasselt hatte, indem ich in Bezug auf uns so verkopft gewesen bin. Doch während der drei Wochen, die du bei mir warst, habe ich es irgendwie einfach nicht hinbekommen, dem Kritiker in meinem Kopf endgültig den Mund zu verbieten. Unsere intimen Momente waren für mich mehr als verwirrend, aber letztlich

*doch schon der erste Beweis dafür, dass ich mich in einem inneren
Wandel befunden habe, den ich nicht mehr aufhalten konnte und
sollte.*

*Die Sache mit Melissa und Alex war dann das allerletzte i-Tüpfel-
chen, das mir vermutlich noch gefehlt hat, um endlich zu begreifen,
wie unglaublich wichtig es ist, auf sein Herz zu hören. Und es hat
mir klargemacht, dass man sich durchaus eine gemeinsame Zukunft
gestalten kann! Ja, vielleicht wird es nicht immer leicht werden aufgrund unserer besonderen Situation. Doch solange die vertrauten
Menschen um uns herum zu uns halten, sollten wir so zusammenleben können, wie es uns guttut.*

*Als du in Deutschland zurück warst und dich mit Cara getroffen
hast, konnte sie deinen Zustand nicht länger ertragen und hat mich
bereits am nächsten Tag angerufen, um mich zur Rede zu stellen. Du
kennst sie ja, Lou – sie nimmt wirklich kein Blatt vor den Mund und
kann einem ganz schön Feuer unter dem Hintern machen …!*

*Wir haben sehr lange gesprochen, und schließlich hat sie mir von
ihrer Projektarbeit in der Journalistenschule erzählt. Durch einen
Artikel, der vor einigen Jahren über Melissa und Alex erschienen ist,
ist sie auf deren Geschichte aufmerksam geworden. Sie hat das entsprechende Magazin kontaktiert und dem Autor des Berichts eine
Nachricht für die beiden zukommen lassen. Während unserer
gemeinsamen Zeit auf O'ahu hat sie dann von den beiden einen
Anruf bekommen. So kam die Sache, zwischen uns einen Kontakt
herzustellen, ins Rollen. Offenbar hatten Melissa und Alex mit unserer Situation so viel Mitgefühl, dass sie uns prompt einen Brief
geschrieben haben, den Cara mir eingescannt und unmittelbar nach
dem Telefonat geschickt hat.*

*Mir war nicht bewusst, welche Bürde ich mit mir herumgetragen
habe, bis ich den Brief der beiden gelesen hatte. So viel Last ist mit
einem Mal von meinen Schultern abgefallen, dass ich mich nicht
mehr zusammenreißen konnte, Lou … Irgendwie schafft es unsere
verrückte Situation, mich immer wieder in ein emotionales Wrack zu
verwandeln. In diesem Augenblick ist mir wieder etwas eingefallen,
das du damals, am Tag nach der Wahrheit, zu mir gesagt hast. Als
wir beide am See gemeinsam vor Verzweiflung geweint haben, habe
ich mich bei dir für meinen Gefühlsausbruch entschuldigt. Da hast
du mich liebevoll angelächelt und eine Textstelle aus einem deiner
Lieblingsromane zitiert: »Nur die richtig tollen Kerle weinen auch
mal«, hast du zu mir gesagt. Und das war so unheimlich süß, Lou,*

dass es mein Herz noch immer schmelzen lässt.
Jedenfalls war mir nach dem Brief und meiner Reaktion darauf end-
gültig klar, dass ich eine Entscheidung getroffen hatte, die dich hof-
fentlich sehr glücklich machen würde …

Ich weiß, dass es auch für dich nicht immer nur leicht ist, mit dem
Thema umzugehen, selbst wenn du inzwischen wirklich gut darin
bist, unsere Liebe zu nehmen, wie sie ist. Mir ist aufgefallen, wie
selten du mich als „Halbbruder" bezeichnet hast, wenn wir geredet
haben – für dich war ich die meiste Zeit über immer noch dein
„bester Freund". Im Prinzip ist es egal, welchen „Titel" wir unserer
Beziehung zueinander geben, weil es eigentlich überhaupt keine
Rolle spielt.
Aber heute möchte ich trotzdem das erste Mal aus vollem Herzen
sagen, dass ich dich, meine HALBSCHWESTER, liebe. Und auch
wenn ich weiß, dass wir aus verschiedenen Gründen keine Zeitungs-
anzeige schalten sollten, um unsere Beziehung offiziell zu machen,
möchte ich ab jetzt vor unserer Familie und vor allem mir selbst dazu
stehen, was wir beide haben.
Es zählt nichts anderes, als dass ich dich liebe. Und am liebsten
würde ich es dir gerade in jeder einzelnen Sprache der Welt sagen!
Aber damit du heute noch etwas anderes tust, als fremde Wörter und
Buchstaben zu lesen, begnüge ich mich mit der Sprache, in der es
meiner Meinung nach wirklich wunderschön klingt:

Aloha wau iā 'oe, Lou!

Dein Leo

Ich lasse das Blatt sinken und tupfe mit meinem Pullover-
Ärmel eilig die Feuchtigkeit meiner Tränen vom Papier. Dann
fällt mein Blick wieder auf die Passage mit Leos Frage, und ich
kann mich erneut nicht zurückhalten. Ich weiß nicht, ob ich in
meinem Leben überhaupt schon einmal vor Freude so geweint
habe wie gerade in diesem Augenblick.

Ich sitze hier auf unserer Bank, wo alles begonnen hat und
nun erneut beginnen wird. Und ich kann das alles kaum
fassen, weil es mir wie ein Traum vorkommt. So sehnsüchtig
habe ich mir zwei Jahre lang gewünscht, was sich nun endlich
erfüllt …

»Brauchen Sie einen Stift zum Ankreuzen oder lieber

zuerst ein Taschentuch für Ihre Tränen?«, höre ich eine bekannte Stimme hinter mir.

Für einen Moment erstarre ich.

Nein, das kann nicht sein ...!

Dann fahre ich herum und falle halb über meine eigenen Füße, als ich aufspringe und um die Bank haste. Leo fängt mich lächelnd auf, während ich meine Arme so fest um ihn schlinge, als würde mein Leben davon abhängen.

Oh mein Gott! Wie kann er hier sein?!

Meine Wange an seinem Brustkorb drückt Leo mich an sich und legt seinen Kopf auf meinem Scheitel ab. So stehen wir regungslos für etliche Minuten da. Und das kleine Stück vom Glück, mit dem ich mich all die Monate zufriedengeben musste, wird von Sekunde zu Sekunde größer.

Mit geschlossenen Augen atme ich seinen Geruch ein und möchte vor Wohlgefühl übersprudeln. Leo ist tatsächlich hier bei mir. Und das vielleicht für immer.

»Du wirst mich definitiv nicht mehr los. Ich hoffe, das ist dir bewusst«, drohe ich ihm liebevoll und sehe zu ihm auf, ohne ihn loszulassen.

Leo atmet lächelnd tief ein und dann wieder aus. Ich spüre die Leichtigkeit förmlich durch seinen Körper fließen.

»Das ist mir sowas von bewusst, Lou.« Dann nimmt er mein Gesicht in seine beiden Hände und gibt mir einen langen Kuss.

Als wir uns voneinander lösen, fragt er: »Wollen wir ein Stück gehen?«

Ich nicke. Dann laufen wir Hand in Hand unter den Bäumen am Seeufer entlang in Richtung Ortsmitte. Irgendwann bin ich so weit zu realisieren, dass dieser Traum hier Wirklichkeit ist. Ich überhäufe ihn mit Fragen.

»Seit wann bist du denn hier? Wie hat Cara es nur geschafft, das alles vor mir geheim zu halten?« Ich schüttle ungläubig den Kopf.

»Ich bin gestern Abend angekommen und habe bei Dad übernachtet.«

»Ach, Dad auch noch! Wussten etwa alle bis auf mich Bescheid?«, beschwere ich mich lachend.

»Eigentlich schon. Deine Mutter auch. Ich glaube, ihr ist es am schwersten gefallen, dichtzuhalten, weil sie ja mit dir zusammenlebt.«

»Wann hast du denn den Flug gebucht? Es ist gerade mal gute zwei Wochen her, dass ich bei dir war!«

»Ich habe das Ticket drei Tage nach dem Telefonat mit Cara kurz nach deiner Rückkunft gekauft. Am liebsten wollte ich dich sofort sehen. Gott, Lou, ich habe es nach meiner Entscheidung einfach nicht mehr ausgehalten.« Leo drückt sanft meine Hand. »Koa hat mir für nächste Woche ohne Probleme freigegeben und mich fast schon weggescheucht – du kennst ihn ja«, lacht er. »Im Studio musste ich für vergangenen Donnerstag und heute Urlaub beantragen, aber zum Glück hat das auch geklappt.«

»Wie lange wirst du bleiben?«

»Bis Mittwoch. Ich werde am kommenden Donnerstag wieder im Studio gebraucht.«

Knapp vier gemeinsame Tage bleiben uns, berechne ich schnell.

»Mit dieser elenden Fliegerei gehen jedes Mal bei An- und Abreise gleich ein oder eineinhalb Tage drauf«, stöhnt er.

»Hier guck mal.« Leo deutet auf den Laptop. Wir sitzen auf der Couch im Wohnzimmer bei mir zu Hause, während ich mit angewinkelten Beinen seitlich neben ihm sitze und meinen Arm auf der Rückenlehne abgestützt habe. Ich komme näher an den Bildschirm und folge seinem Finger.

»Dafür müsste ich erstmal die Uni wechseln. Und dann weiß ich nicht, ob ich für das Auslandssemester überhaupt eine Chance habe. Nicht jeder, der möchte, kann auch zur Partner-Uni wechseln. Und ich wette, dass nicht nur die Anmeldefrist für die Uni, sondern auch die Bewerbungsfrist für das Auslandssemester bereits abgelaufen sind.«

Wir lesen in den FAQ nach und finden heraus, dass von allen Bewerbern nur zwei bis vier Studenten die Chance auf das Auslandssemester in dem Studiengang haben. Außerdem läuft das Ganze wie ein Austausch ab, sodass auch ein ausländischer Student an meine neue Uni wechseln wollen müsste.

»Das sind mir alles zu viele Eventualitäten und Umstände. Das muss doch auch leichter gehen.«

Wir recherchieren weiter und stoßen auf ein Landesprogramm. Doch mit der Uni in Honolulu wird keine Kooperation angeboten, und generell kann man seine Wunsch-Uni zwar angeben, jedoch gibt es keinen Garant, dass man dort auch studieren darf. Ich verziehe mein Gesicht.

»Was wäre denn, wenn du keinen Uni-Austausch machst, sondern ein Studenten-Visum beantragst?«, schlägt Leo vor und hat fünf Sekunden später die Suchbegriffe in der Suchmaschine eingegeben.

Wir lesen uns durch etliche Seiten und finden heraus, dass der Master-Studiengang im Bereich Wirtschaft und Management glücklicherweise in Honolulu angeboten wird. Für mein restliches Studium würde ich ein F-Visum beantragen müssen, könnte vereinfacht ausgedrückt aber nur für die Zeit des Studiums in den USA leben.

»Und danach?«, frage ich Leo.

»Danach bräuchtest du ein Arbeitsvisum und gleichzeitig eine Firma, die dich für den Job in die USA entsendet. Alternativ könntest du eine Greencard beantragen.«

Ich stoße die Luft aus. »Und wie bekommt man die?«

Leo durchsucht eine Weile das Internet, während ich ihm über die Schulter blicke.

Ich deute auf das Display. »Schau mal, hier steht etwas über Verwandte von US-Bürgern. Das wäre ich als Tochter von Keanu ja somit.«

Leos Augen fliegen über die Zeilen, und ich versuche mitzukommen, während er über die Seite scrollt.

»Da du bereits über 21 Jahre bist, hättest du die sogenannte F1-Preference«, fasst er den Bericht über die verschiedenen Visa zusammen. »Das ist zwar besser als F3- oder F4-Preference mit einer Wartezeit von bis zu 13 Jahren. Aber bei F1 dauert es trotzdem durchschnittlich 7 Jahre, bis du eine Greencard erhalten würdest.«

»Ernsthaft?!« Ich schüttle den Kopf und sehe meine Felle davonschwimmen.

»Hey, mir kommt gerade eine Idee: Du könntest auch an der Greencard-Lotterie teilnehmen!«

Ich mache große Augen und sehe ihn fragend an. »Schon mal davon gehört. Wie genau läuft das denn ab?«

Er ruft eine entsprechende Seite auf, die Hilfestellung für eine korrekte Lotterie-Bewerbung anbietet. »Lass mal sehen … Die Auslosung ist einmal jährlich im Mai oder Juni. Für Europa gibt es pro Jahr etwa 20.000 Greencards. Die Chancen stehen bei 1:35, dass man gezogen wird. Gar nicht so schlecht, oder? Überleg mal, wie gering die Gewinnchancen bei einer normalen Lotterie sind.«

»Leo, dein Optimismus in allen Ehren«, lache ich, »aber eine Chance von unter drei Prozent pro Jahr ist trotzdem noch so wenig, dass es Jahre dauern kann, bis ich gezogen werde! Ich will nicht wieder in die Situation kommen, dass wir für längere Zeit getrennt sind. Bis jetzt sind alle unsere Ideen nicht wirklich vielversprechend gewesen. Zumindest kurzfristig gesehen.«

Resigniert verziehe ich meinen Mund. Dann klappe ich kurzerhand den Laptop auf Leos Schoß einfach zu. »Das ist mir gerade alles viel zu kompliziert. Mein Kopf braucht eine Pause.«

Leo legt den Laptop auf den Couchtisch. Dann lehnt er sich schräg an die Arm- und Rückenlehne und bedeutet mir, vor ihn zu kommen. Ich rutsche mit dem Rücken an ihn heran, während er mich mit seinen Armen von hinten umfasst.

»Lou, wenn das alles so hyperkompliziert ist, dann komme ich einfach hierher zurück. Ich will nicht schon wieder derjenige sein, der es uns schwer macht! Im Prinzip ist es mir egal, wo wir leben, Hauptsache wir haben uns endlich wieder.« Er streicht mir durch meine Haare. »Klar habe ich mir ein Leben in Kailua aufgebaut. Aber du bist auch mein Leben. Und wenn du hier bleibst, egal aus welchem Grund, dann komme ich wieder in meine alte Heimat zurück. Ganz einfach.«

Ich höre, wie die Haustür aufgesperrt wird, und im ersten Moment will ich reflexartig aus Leos Armen flüchten. Doch dann besinne ich mich wieder, dass wir ein neues Stadium unserer Beziehung erreicht haben. Ein wenig komisch ist es dennoch, als meine Mutter und unser Dad das Wohnzimmer betreten.

»Hi ihr beiden!«, begrüßt Dad uns. »Dürfen wir zu euch kommen?«

»Nur zu«, sagt Leo.

Wir setzen uns ein wenig aufrechter hin, um nicht die gesamte Wohnlandschaft zu blockieren. Keanu nimmt jedoch mit meiner Mutter auf dem Zweisitzer Platz.

Wenn die beiden es seltsam finden sollten, uns so eng aneinandergekuschelt zu sehen, so lassen sie es sich zumindest nicht anmerken.

»Hattet ihr einen schönen Abend?«, will ich wissen.

»Ja, danke«, antwortet meine Mutter. »Den neuen Inder solltet ihr unbedingt mal ausprobieren. Das Essen war fantastisch! Und das Theaterstück war auch sehr schön.«

»Freut mich«, lächle ich. »Unser Abend war furchtbar anstrengend.« Ich verdrehe die Augen. »Wieso muss immer alles so kompliziert sein?«

Meine Mutter stutzt. »Okay. Was genau meinst du?«

»Na ja«, druckse ich herum, »ich hab es dir noch nicht so konkret gesagt, aber … ich spiele mit dem Gedanken, zu Leo zu ziehen. Ich hoffe, dass du dich jetzt nicht vor den Kopf gestoßen fühlst, Mom.« Ich verziehe meinen Mund und habe ein schlechtes Gewissen, weil ich weiß, was ich ihr damit zumuten würde, wenn ich von heute auf morgen von hier verschwinden und sie allein lassen würde.

»Louisa«, lächelt sie mild, »ich habe schon länger damit gerechnet, dass es irgendwann passieren könnte – spätestens wenn du mit Kaleo wieder mehr Kontakt haben würdest. Also gab es für mich in Gedanken immer eine gewisse Wahrscheinlichkeit, dass du ihm irgendwann folgen könntest, sollte er nicht hierher zurückkommen.«

»Mir war nicht klar«, sage ich überrascht, »dass du dir über uns so viele Gedanken gemacht hast …«

Sie lacht auf. »Wenn ihr wüsstet! Ihr beide wart bei uns in den letzten beiden Jahren thematisch unser Dauerbrenner.«

Ich schmunzle. »Wie peinlich, Mom.«

»Das muss euch nicht peinlich sein. Wir haben uns einfach nur tierisch Sorgen um euch gemacht. Und dass wir gewissermaßen die Verursacher des ganzen Chaos gewesen sind, hat das nur intensiviert.« Sie stoppt kurz. »Und außerdem: Ich habe dir vor einiger Zeit gesagt, dass ich hinter euch stehe, egal was kommt. Und das gilt noch immer. Wenn du wirklich zu Leo gehst, dann bricht es mir natürlich mein Herz, Louisa! Aber was gibt es für eine Mutter andererseits Schöneres, als wenn die eigene Tochter glücklich ist.«

Ich lächle sie an. »Danke dir, Mom. Wirklich.«

Sie lächelt zurück und blinzelt verdächtig, schafft es jedoch, ihre Tränen zurückzuhalten.

»Also«, nimmt sie das Gespräch wieder auf, »was ist denn nun so kompliziert bei eurer Planung heute Abend gewesen?«

Ich klettere neben Leo und setze mich nach vorne gebeugt

hin, um ihr unsere Situation zu schildern. »Wir haben versucht herauszufinden, ob ich meinen Master auch in Honolulu machen kann. Aber entweder bekomme ich nur ein begrenztes Visum. Oder aber ich muss eine Greencard beantragen, die ich dann in gefühlt hundert Jahren in den Händen halten werde. Deshalb bin ich gerade supergenervt.«

Sie runzelt die Stirn, sieht dann Keanu an, um wieder zu mir zurückzublicken. »Ähm, Louisa … Ich glaube, es gibt da etwas, das du bisher nicht weißt.«

Mir stockt der Atem. Reflexartig presse ich mit weit aufgerissenen Augen hervor: »Nein, bitte nicht wieder eine Hiobsbotschaft! Ich habe gerade ein verdammtes Déjà-vu an eine ziemlich bescheidene Situation von vor zwei Jahren …«

Doch meine Mutter lacht auf und beschwichtigt mich, sodass ich die Anspannung langsam wieder aus meinem Körper fließen lasse.

»Nein, nein, keine Angst. Es ist eher eine positive Nachricht. Du weißt, glaube ich, nicht, wer in deiner Geburtsurkunde unter *Vater* steht.« Sie blickt zu meinem leiblichen Dad. »Es ist Keanu.«

»Was?!«, rufe ich überrascht. »Nicht Marc?«

In diesem Moment fällt mir das erste Mal überhaupt auf, dass ich meine eigene Geburtsurkunde offenbar noch nie in den Händen gehalten habe. Bisher hatte ich sie ja auch noch für nichts gebraucht.

Meine Mutter schüttelt den Kopf. »Nein, nicht Marc. Wir hatten damals einen üblen Streit, und er wollte nicht zu irgendwas verpflichtet werden, falls wir uns irgendwann trennen sollten. Er hatte keine Lust, dass er für eine Tochter, die nicht seine ist, womöglich Unterhalt bezahlen muss. Darum stand anfangs kein Vater in deiner Geburtsurkunde. Einige Zeit später hatten Keanu und ich dann den schrecklichen Einfall, dass du Waise werden würdest, wenn mir je etwas passieren sollte. Also haben wir beschlossen, dass wir Keanu nachtragen lassen, um ihm das Sorgerecht für dich zu sichern.«

Ich bin immer noch völlig perplex. Auch, weil ich noch nie darüber nachgedacht habe, dass ich im Prinzip Halb-Amerikanerin bin.

Doch Leo ist gedanklich offenbar schon einen Schritt weiter als ich. »Wenn du«, spricht er unseren Dad an, »also in Lous

Geburtsurkunde als Vater stehst, dann hat Lou somit auch die doppelte Staatsbürgerschaft, oder? Damit könnte sie einen amerikanischen Pass beantragen.«

Keanu nickt. »Ihr hättet euch die ganze Recherche-Arbeit sparen können.«

Ich kann es kaum fassen. Von einer auf die andere Sekunde habe ich ein Problem weniger in meinem Leben. Wie es aussieht, bin ich tatsächlich frei in meiner Entscheidung, mit Leo sowohl hier als auch in Hawaii zu leben.

Spontan falle ich meinem Vater um den Hals. Dann umarme ich meine Mutter und lasse sie einige Sekunden lang nicht mehr los. »Ich verspreche, dass ich mich dieses Mal nicht so rar machen werde, falls ich wirklich mit Leo nach O'ahu gehen sollte. Und wir würden uns regelmäßig gegenseitig besuchen kommen, okay?«

Sie streicht mir über den Rücken und flüstert mir ins Ohr: »Ich kann dir nicht sagen, wie glücklich ich bin, dass du endlich das Leben hast, das ich mir immer für dich gewünscht habe. Du hast jetzt einen Vater, der dich liebt. Und ich hoffe so sehr, dass dir mit Kaleo ein wundervolles, sorgenfreies Leben bevorsteht und ihr euch nicht unterkriegen lasst.«

»Danke, Mom«, sage ich leise und drücke sie noch ein bisschen fester. »Ich wünschte, alle Eltern wären auch nur halb so tolerant wie Keanu und du es seid.«

Als ich vom Bad in mein Zimmer zurückkomme, liegt Leo bereits unter der Decke in meinem Bett. Er hat die Augen geschlossen und schläft. Sicher steckt ihm die anstrengende Reise noch in den Knochen.

Ich lösche das Licht und ziehe mich aus. Dann laufe ich zum Schrank, um mir Nachtkleidung herauszunehmen. Durch die offene Jalousie dringt etwas Licht in mein Zimmer, sodass ich mich gut zurechtfinde. Ich schließe die Schranktür und will mich umdrehen.

Plötzlich drückt sich ein nackter Körper an meinen Po und Rücken. Ich erschaudere, als Leo meine Haare nach vorne streift und seine Lippen kurz darauf meinen Nacken finden. Während er mich dort küsst, streichen seine Fingerspitzen sanft über meine Brüste, meinen Bauch und meine Hüften. Er nimmt mir die Klamotten, die ich aus dem Schrank geholt habe, ab und lässt sie auf den Boden fallen. An meiner Taille gefasst zieht er mich einige Zentimeter mit sich nach hinten. Dann lehnt er sich gegen den Heizkörper unter meinem Fenster, ohne seinen Mund von meinem Nacken zu lösen. Irgendwann dreht er uns um 180 Grad. Schließlich drückt er meinen Rücken sanft nach unten, sodass ich in die Nacht hinausblicke.

Als unser Nachbar gerade mit seiner Frau nach Hause kommt, verschmelzen Leo und ich miteinander. Dann lieben wir uns das erste Mal seit langer Zeit wieder völlig unbefangen und ohne Gefühlschaos. Und auch unsere Gewissenskonflikte haben uns nicht allzu sehr im Griff.

»Zwei Halbgeschwister, die sich lieben«, haucht Leo von hinten in mein Ohr. »We are almost perfect together, Lou. Almost.«

Epilog

Das Städtchen liegt ruhig in meinem Rücken, und nur in der Ferne kann ich leise ein paar fahrende Autos hören. Die Sonne ist gerade über die Häuserdächer geklettert und wirft ihre ersten Strahlen auf das Holzschild über der Tür. Auf hellgelbem Hintergrund ist schräg über den schwarzen Buchstaben „KaLou's" eine stilisierte schwarz-weiße Plumeria-Blüte abgebildet.

Es ist kurz vor sieben Uhr am Morgen, als ich unser kleines Café aufsperre. Ich lege den Schlüssel sowie meine Tasche am Tresen ab. Dann nehme ich die beiden knallgelben Bistrotische mit je zwei Stühlen und trage sie nach außen. Auf die Sitzfläche der Stühle lege ich ebenso gelbe Polster und binde sie am Übergang zur Lehne mit einer Schleife fest. Auf meinem Weg zurück nach innen drehe ich das kleine Türschild auf „Open" und gehe um den Tresen herum, wo ich die Siebträgermaschine anschalte. Erst als ich den Geschirrspüler ausräume und einige Tassen auf der Platte abstellen will, fällt mein Blick auf den Brief, der neben der Kasse liegt.

»*Happy birthday meine Schönheit!*«

Ich erkenne Leos Schrift auf dem Umschlag sofort.

Lächelnd drehe ich den Umschlag um, nehme die kleine Karte heraus und schlage sie auf.

Liebe Lou!
Wenn du diese Karte findest, werde ich dir (hoffentlich) morgens schon gratuliert haben. Doch ich konnte es mir nicht nehmen lassen, dir noch ein paar Zeilen zu schreiben, weil Worte auf Papier für die Ewigkeit sind. So kannst du die Karte auch in ein paar Jahren oder Jahrzehnten noch einmal herausziehen und lesen.
Lou, jetzt bist du schon über eineinhalb Jahre bei mir auf O'ahu, und manchmal kann ich es immer noch nicht ganz fassen. Dann trifft es mich wie ein Blitzschlag, und ich realisiere mit einem Mal, was für ein unglaubliches Glück ich habe, dass du wirklich da bist.
Nach all der Zeit gehst du mir immer noch durch Mark und Bein und berührst meine Seele auf eine Weise wie niemand sonst. Und so oft denke ich darüber nach, dass dieses Glück, das wir zusammen haben, sicher nicht vielen Menschen auf der Welt in dieser Intensität vergönnt ist.

Ich weiß, wie besonders das zwischen uns ist, und es gibt keine Worte, um zu beschreiben, was wir haben. Manche Gefühle kann man einfach nicht erklären, sondern nur fühlen, Lou. Und ich glaube, das tun wir auf ähnliche Weise. Zumindest fühle ich mich von dir so sehr geliebt, dass ich den Eindruck habe, ich könnte davon alleine leben, auch wenn ich sonst nichts anderes hätte.

Ich freue mich schon, wenn ich nach meiner Jogging-Runde zu dir komme und wir gemeinsam in den Tag starten. Es gibt nichts Schöneres, als das Gefühl zu haben, gar nicht wirklich arbeiten zu müssen, wenn einem mit dir an der Seite alles so furchtbar leicht von der Hand geht. Unglaublich, dass das KaLou's nun schon bald ein Jahr alt wird! Ich weiß, dass du es keineswegs bereust, deinen Master doch nicht mehr gemacht zu haben, aber trotzdem habe ich das Bedürfnis, dir noch einmal »Danke« dafür zu sagen, dass du damals so begeistert auf meine Idee angesprungen bist und wir meinen Traum nun gemeinsam leben.

Happy birthday noch einmal, mein Schatz, alles Liebe zu deinem 25. Geburtstag! … und bis gleich im KaLou's!

Dein Leo

Ich schiebe die Karte mit Leos herzerwärmenden Worten zurück in den Umschlag und verstaue sie in meiner Tasche, die ich unter den Tresen packe. Noch immer lächelnd mache ich mich daran, die Spülmaschine weiter auszuräumen.

»Aloha, Lou!«

Ich blicke zur Tür und sehe Koa, der gerade eintritt und auf mich zuläuft.

»Hey Koa, guten Morgen! Wen hast du denn dabei?« Ich lache, als er Tiger vom Arm lässt, der sofort in meine Richtung läuft und noch vor Koa bei mir ankommt. Ich bücke mich kurz, um Leos und meinen Kater zu kraulen.

»Wo kommst du denn her?«, frage ich ihn, doch er drückt lediglich genießerisch seinen Kopf gegen meine Hand und schnurrt. Als Koa fast bei mir ist, erhebe ich mich.

Er kommt um den Tresen herum und öffnet seine Arme. »Lass dich umarmen, Geburtstagskind! Happy birthday!« Er gibt mir einen Kuss auf die Wange und drückt mich an sich.

»Na, wie gehts dir heute?«, strahlt er und löst sich von mir.

»Sehr gut, danke. Sag mal, hast du deinen Laden nebenan schon aufgesperrt oder hast du noch Zeit für einen Kaffee?«

»Ich habe noch eine halbe Stunde. Ich bin extra eher

gekommen, um mit dir auf deinen Geburtstag anstoßen zu können.«

»Das ist aber nett«, lächle ich und mache mich daran, den Kaffee frisch zu mahlen.

»Ist Leo noch gar nicht da?«, fragt er etwas lauter, um die Maschine zu übertönen.

»Er ist noch eine Runde am Strand joggen.«

»Wenn er das jetzt öfter macht, muss ich ihn glatt fragen, ob wir zusammen gehen. Ich habe mir auch schon länger vorgenommen, wieder ein bisschen mehr Sport zu treiben.«

Ich lache amüsiert auf und beäuge sein Shirt, an dem sich seine Muskeln abzeichnen. »Als würdest du zu wenig Sport machen!«

»Man kann nicht fit genug bleiben«, zwinkert er mir zu. »Seit Leo nicht mehr im Studio arbeitet und ich dort den vollen Preis zahlen müsste, nehme ich mir nur von Zeit zu Zeit eine Zehnerkarte. Und surfen war ich in den letzten Wochen auch nicht allzu oft, weil ich so viele Kurse gegeben habe, dass ich nie über die einfachen Basics hinauskomme. Das ist ja keine sportliche Herausforderung für mich, Lou.«

»Du hast schon ein furchtbar schweres Leben.« Ich spanne den Siebträger in die Kaffeemaschine ein, stelle zwei Tassen unter den Auslauf und drücke auf den Knopf. »Leider kann ich dir noch kein Gebäck dazu anbieten. Nalani kommt heute erst gegen zehn, um ihre Kuchen abzugeben. Sie hat noch einen Arzttermin.«

Koa winkt ab. »Danke dir. Ich habe ohnehin erst gefrühstückt.«

Ich stelle die beiden fertigen Tassen auf den Tresen und gebe in meine einen Löffel Zucker. Koa nimmt die Getränke und zeigt mit dem Kinn auf die Tür.

»Morgensonne?«

»Ja gerne.«

Ich laufe mit ihm nach draußen, und wir platzieren uns am rechten Tischchen neben dem Eingang.

»Gefällt es deinem kleinen Bruder noch, mit dir zusammenzuarbeiten?«, will ich wissen.

»Ich denke schon. Er hats inzwischen echt drauf, und ich kann mich wirklich gut auf ihn verlassen. Außer wenn seine Herzensdame vorbeischaut, dann ist alles zu spät«, lacht er.

»Kenne ich sie?«

»Ich weiß nicht, vielleicht ist sie ja auch öfter bei dir hier. Blond gefärbte lange Haare, große Augen, sportliche Figur. Ungefähr 20. Und ihre Pants sind immer einen Ticken zu kurz.«

»Grüne Sonnenbrille?«

Koa lacht. »Ja genau.«

»Da hat sich dein Bruder aber einen heißen Feger ausgesucht.«

»Ich hoffe, er schafft es endlich mal, sie um ein Date zu bitten, anstatt sie immer nur anzuschmachten. Ich könnte mir jedenfalls vorstellen, dass sie nicht abgeneigt ist. Ehrlich gesagt frage ich mich, was man zweimal die Woche in einem Surf- und Sportladen braucht«, feixt Koa. »So groß ist unser Geschäft nicht, und wir bekommen auch nicht ständig neue Ware.«

»Ist doch goldig«, grinse ich. »Frisch verliebt zu sein, ist wirklich was Schönes.«

»Wer ist frisch verliebt?« Leo umarmt mich von hinten und drückt mir einen Kuss auf die Wange.

Ich lache. »Koas Bruder offenbar.«

»Ach so. Er hat mir schon von Kaya erzählt«, sagt Leo, als Koa aufsteht, um ihn per Handschlag zu begrüßen.

»Dein Ernst? Ich bin sein Bruder, und dir erzählt er von seiner neuen Flamme?«, beschwert Koa sich.

Leo grinst und zuckt mit den Schultern. »Darüber solltest du dir mal Gedanken machen.«

Koa schnaubt. Dann nimmt er seine Tasse und trinkt den letzten Schluck. »Ich werde mal rübergehen und nachgrübeln, was du hast, das ich nicht habe.«

Ich lache.

Als Koa seinen Geldbeutel zückt, stoppe ich ihn. »Ich gebe einen aus, weil heute mein Geburtstag ist.«

Unser Freund nickt und bedankt sich. »Dann bis später! Hab einen schönen Geburtstag, Lou!«

Ich winke, stehe auf und will die Kaffeetassen nehmen, doch Leo ist schneller. Als ich ihm ins KaLou's hinterhergehe, sperrt Koa gerade seinen eigenen Laden zwei Türen weiter auf.

Leo stellt die Tassen in die Spüle und schnappt sich dann unseren Kater. »Wo warst du denn die ganze Nacht über, hm? Auf unsere Wohnung 500 Meter weiter hast du scheinbar weniger Lust als auf unser schönes Café hier, was?«

Ich lehne am Tresen und beobachte, wie die beiden sich in unterschiedlichen Sprachen miteinander unterhalten. Unser grau getigerter Kater sieht Leo mit großen Augen an und maunzt, bevor er weiter gekrault wird. Die beiden sind wirklich süß zusammen.

»Danke schön für die wundervolle Karte«, sage ich und drücke Leo einen Kuss auf den Mund.

Er lächelt. »Hab ich gern gemacht.«

Dann lässt er Tiger runter. »Was wollen wir heute Nachmittag nach Ladenschluss unternehmen? Hast du Lust, zur Pillbox zu wandern und abends dort ein kleines Picknick zu machen?«

Die Pillbox ist ein kleiner Verschlag am Aussichtspunkt auf dem Hügel hinter dem Lanikai Beach. Von dort aus hat man einen fantastischen Ausblick über die gesamte kilometerlange Bucht von Kailua mit den beiden vorgelagerten Moku-Lua-Inseln. Es ist ein paar Monate her, seit wir dort oben zuletzt gewesen sind.

»Ja klar, gerne. Vielleicht hat Mom auch Lust mitzukommen. Obwohl sie mittlerweile schon dreimal auf O'ahu gewesen ist, haben wir sie noch nie an diesen schönen Fleck mitgenommen.«

Leo streicht sich durch sein Haar. »Ich will jetzt nicht uncharmant sein, aber … ich dachte eigentlich an uns beide alleine und ein bisschen mehr Romantik …«

Ich lege meine Arme locker um seine Taille. »Na gut, überzeugt. Meine Mutter wird uns hier hoffentlich noch öfter besuchen kommen.«

»Eben«, nickt Leo knapp. »Und außerdem kann Dad ihr den Fleck auch zeigen. Sie sind beide immerhin noch eine Woche da, bevor sie wieder abreisen.«

»Meinst du eigentlich, dass Dad sich irgendwann doch noch entschließt, auch hierherzuziehen?« Ich lasse Leo los, schnappe mir den Lappen und wische die Kaffeeflecken von vorhin weg.

»Er hat schon so oft überlegt und dann doch wieder einen Rückzieher gemacht. Ich denke, er bringt es wegen Elena nicht übers Herz. Sie vermisst dich so sehr, Lou, dass Dad sicher ein höllisch schlechtes Gewissen hätte, wenn er sie jetzt auch noch im Stich lassen würde.«

»Vermutlich hast du recht.« Ich wasche den Lappen unter dem fließenden Wasser ab und wringe ihn aus. »Hey, übrigens hat es sich Cara offenbar zum Ziel gemacht, deine alte Tradition zu übernehmen. Um Punkt Mitternacht hat sie mir mit Antonio zusammen eine persönliche Videobotschaft mit Glückwünschen geschickt. Und sie haben gefragt, ob wir sie im Herbst oder an Weihnachten mal besuchen kommen wollen.«

»Gerne. Dann könnten wir auch wieder Melissa und Alex zu unseren Eltern einladen. Die beiden würden sich bestimmt irre freuen! Lass uns mal mit Oma sprechen, ob sie übergangsweise den Laden übernehmen würde. Und vielleicht hilft ihr wie letztes Mal Nate wieder aus.«

Als wir am höchsten Punkt des Hügels ankommen, dämmert es bereits. Glücklicherweise hat Leo für den Rückweg an Taschenlampen gedacht, damit wir nicht auf unsere Handy-Beleuchtung angewiesen sind.

Den Sonnenuntergang in unserem Rücken halten wir einen Moment inne. Am Fuß des grünen Hügels, auf dem wir stehen, wechseln sich in Richtung Küste Häuser mit Palmen ab, bevor der Lanikai Beach und dahinter das Meer beginnen. Die letzten Sonnenstrahlen werfen bereits lange Schatten auf die Bucht und tauchen das Meer in einen dunklen Blauton. Hinter uns hebt sich die Silhouette des Ko'olau-Gebirges vom apricotfarbenen Himmel ab.

Wir lassen uns ein wenig abseits des alten Bunkers auf der mitgebrachten Decke nieder. Nach einer Weile holt Leo zwei eingewickelte Sektgläser aus seinem Rucksack und stellt sie auf einem flachen Stein neben uns ab. Dann öffnet er eine kleine Flasche und schenkt uns ein. Er reicht mir ein Glas.

»Es ist so schön, dass du Teil meines Lebens bist, mein Schatz. Auf dich, happy birthday!« Leo drückt mir einen innigen Kuss auf die Lippen.

Unsere Gläser klirren leise, als wir sie aneinandertippen.

»Wie viele Male wir uns wohl schon geküsst haben?«, frage ich, als ich einen Schluck genommen habe.

Leo blickt lächelnd zu mir. »Du kommst auf Sachen!«

»Sag bloß, du hast noch nie über solche Dinge nachgedacht?!«

Leo sieht mich fragend an.

Ich ziehe meine Knie an meinen Körper heran, umfasse sie mit meinen Armen und blicke aufs Meer hinaus. »Na ja, manchmal denke ich darüber nach, wie viele Menschen wohl gerade auch den Sonnenuntergang betrachten. Oder wie viele gerade gleichzeitig niesen. Oder sich zur gleichen Zeit küssen oder Sex haben. Ich finde das irgendwie spannend.« Ich grinse. »Das Verrückte dabei ist doch, dass es niemand jemals herausfinden kann und solche Dinge für immer ein Geheimnis bleiben werden.« Ich blicke kurz zu Leo, der mir schmunzelnd zuhört, und dann wieder zurück auf den Ozean, der inzwischen still und dunkel unter uns liegt. »Dann denke ich darüber nach, dass es vielleicht doch irgendwo da draußen etwas gibt, das so allwissend ist, dass es meine Fragen auf die exakte Ziffer genau beantworten könnte. Das wäre wirklich irre.«

Leo gibt mir einen Kuss auf die Wange. »Ich mag es, wenn du solche Gedanken mit mir teilst. Das finde ich irgendwie inspirierend.«

Ich lächle, weil ich mich über sein Kompliment freue.

»Kannst du dich eigentlich noch an unseren ersten Kuss vor vier Jahren am See erinnern? Weißt du noch, wie sich das angefühlt hat?«, will Leo wissen. »Ich glaube, ich war an dem Abend so unter Liebesdrogen gestanden, dass ich wie unter Hypnose gehandelt habe.« Leo lacht kopfschüttelnd auf. »Ich wünschte, ich wüsste all die Details noch … Zum Beispiel wie sich deine Lippen für mich angefühlt haben und du geschmeckt hast.«

»Geht mir genauso. Der Abend damals war irgendwie fast zu schön, um real zu sein.« Ich spüre noch immer ein leichtes Kribbeln beim Gedanken an unsere erste Annäherung.

»Weißt du eigentlich«, erzähle ich nach einer Weile, »dass unser erster Kuss am See gar nicht wirklich unser allererster Kuss gewesen ist, sondern bereits unser zweiter?«

Er runzelt die Stirn. »War ich irgendwann einmal ohnmächtig? Hast du mich im Schlaf überfallen?«

Ich schüttle grinsend den Kopf. »Kannst du dich noch an die Party von Hannah erinnern, als wir ungefähr zwölf, dreizehn waren?«

Ich sehe, dass bei Leo der Groschen fällt.

»Ich hatte beim Flaschendrehen *Pflicht*. Und eigentlich hätte ich dich nur auf Wange küssen müssen, aber irgendwie war ich so übermotiviert, dass ich das kurzerhand vergessen habe und dir einen Kuss auf die Lippen gedrückt habe. Danach waren alle völlig aus dem Häuschen und haben prophezeit, dass wir bestimmt bald zusammenkommen werden.«

Leo schüttelt ungläubig den Kopf. »Oh Mann, Lou, das hatte ich ja wirklich beinahe vergessen! Unglaublich.«

»Na ja, die Prophezeiung lag zwar um ein Jahrzehnt daneben, aber gestimmt hat sie trotzdem.«

Leo legt seinen Arm um meine Schulter und zieht mich noch ein Stück an sich heran. Dann küsst er mich auf die Schläfe.

»Schau mal nach oben«, sagt er irgendwann leise.

Über unseren Köpfen erstreckt sich ein glitzerndes Sternenmeer, das von Minute zu Minute an Intensität zunimmt.

»Ein kleiner Kaleo«, flüstere ich, »hat einmal vor unzähligen Jahren im Zeltlager zu mir gesagt, dass die Sterne deshalb so schön wären, damit wir unsere Sorgen für einen Moment vergessen, wenn wir zum Himmel hinaufschauen.«

»Das weißt du noch?«, fragt er vollkommen verblüfft.

Ich nicke lächelnd. »Ich weiß es deshalb noch, weil ich seitdem jedes Mal an deine Worte denken muss, wenn ich von Zeit zu Zeit nachts in den Himmel schaue. Nur, dass ich mittlerweile nicht mehr nach oben blicke, um meine Sorgen zu vergessen.« Ich halte kurz inne und lege meinen Kopf an seiner Schulter ab. »Jetzt sehe ich mir die Sterne an und fühle Dankbarkeit darüber, wie unglaublich gut es das Universum mit mir gemeint hat, weil du in meinem Leben bist, Leo.«

Als wir unsere Sachen zusammengepackt haben und uns mit leuchtenden Taschenlampen an den Abstieg machen, ist es stockdunkle Nacht.

Aus Richtung des Meeres weht ein leichter Wind zu uns, und ich atme die frische, nächtliche Luft tief ein.

Was wir uns all die Jahre Stück für Stück erkämpft haben, trägt sie in sich.

Unbeschwertheit und Leichtigkeit.

❀ *ka hopena* ❀

Mögliche Trigger

(Spoilergefahr!)

Dieser Roman beinhaltet unter anderem die Beschreibung von Gedanken und Gefühlen im Zusammenhang mit häuslicher Gewalt und Alkoholismus.

Außerdem gibt es Passagen, in denen Panikattacken und Gedankengänge im Rahmen einer leichten Depression eine Rolle spielen.

Liebe Leser:innen!

Ihr ahnt nicht, wie unfassbar wichtig ihr für uns Autor:innen seid! Lasst die unzähligen Stunden und das viele Herzblut, das in all diese Geschichten fließt, nicht ohne Gegenliebe sein ☺ .
Wenn ihr uns nur wenige Minuten eurer Zeit schenkt, habt ihr bereits einen wichtigen Beitrag dazu geleistet, dass wir euch auch in Zukunft mit unseren Romanen unterhaltsame Lesestunden schenken können. Hinterlasst mir daher eine kurze (oder gerne auch sehr ausführliche) Bewertung für »Almost Perfect Together« auf den bekannten Portalen und Vertriebskanälen!
Allen, die mich hierdurch unterstützen, gehört schon jetzt ein Teil meines Herzens!

✿ Mahalo nui loa ✿

Danksagung

Diese Geschichte hatte viele Einflussfaktoren – vor allem aber meine eigene Beziehung zu meinem persönlichen Seelenverwandten. Du weißt, mein Schatz, dass Leo und Lou uns in so vielen Sachen gleichen. Und wie die beiden bin ich ebenfalls sehr dankbar, dass wir etwas so Besonderes haben. Leo hätte es in seinem letzten Geburtstagsbrief an Lou nicht besser ausdrücken können (Abschnitt 3 und 4 des Briefs sind für dich!). Danke für deine unerschütterliche Liebe und Geduld, die uns geholfen hat, all den Shit zu überstehen, den wir in den letzten 23 Jahren zusammen durchleben mussten.

Ich bin sehr dankbar dafür, dass ich den Freiraum habe, meiner Leidenschaft, dem Schreiben, nachzugehen. Für mich ist es der schönste Job der Welt, weil er sich nicht wie Arbeit anfühlt. Was kann es Besseres geben, als am Sonntag bereits mit den Hufen zu scharren, damit man am Montagmorgen endlich wieder sein Herzblut aufs Papier fließen lassen kann?!

Allen meinen Testleser:innen ein riesengroßes DANKESCHÖN, allem voran Andi, Ela, Meike und Silvia. Eure geschätzte Meinung und euer Feedback haben mir unheimlich geholfen!

Und nicht zuletzt gehört ein Teil meines Herzens meinen vielen Leser:innen, die mich schon seit dem ersten Band meiner »Shadows of Night«-Trilogie unterstützt haben und sich nun hoffentlich freuen, erneut von mir zu lesen. (Ich habe euch ja nach Band 3 der Trilogie versprochen, dass wir uns eines Tages wieder begegnen werden!)

✿ Aloha ✿ – ganz viel Liebe für euch!
Eure Anie

PS: Ein Shout-Out an alle, die »Hühnersuppen-Duftspray« gegoogelt haben, um zu prüfen, ob es das wirklich gibt!

Du brauchst Lesenachschub von Anie Parker?

»The Beauty Of Summer«

ist eine emotionale und tiefgründige Slow Burn Romance über Summer, die sich in Callboy Noah verliebt und keine Ahnung hat, wie sie damit umgehen soll, ihn mit anderen Frauen zu teilen.

»The Way You Saved Me«

ist das Enemies to Lovers Spin-off zu »The Beauty Of Summer« und erzählt die Geschichte von Noahs Schwester Jules, die gezwungen ist, zum besten Freund ihres Bruders, einem unsensiblen Halbspanier, zu ziehen. Dabei könnte sie gerade dringend jemanden gebrauchen, der sie auffängt …

Das Spin-off ist unabhängig lesbar, enthält jedoch Spoiler zum Vorgängerroman.

»A Million More Sunrises«

ist eine intensive und tiefgründige Slow Burn Romance mit einem wunderschönen Lake-Setting. Der angehende Filmstar Nate steht vor dem Durchbruch seiner Karriere, doch ein schlimmes Schicksal lässt ihn in Selbstmitleid versinken – bis im entlegenen Seehaus eine hübsche junge Frau auftaucht, die er schon bald nicht mehr ignorieren kann und will.

Alle Romane sind als E-Book und Taschenbuch erhältlich.